Rachel Crane

Elathar

Das Herz der Magie

DIE AUTORIN

Rachel Crane ist das Pseudonym einer bekannten Autorin. Nach zwei kaufmännischen Ausbildungen, einem Fachwirt und beinahe einem Jahrzehnt bei einer Bank entdeckte sie das Schreiben für sich. Und obwohl das inzwischen 15 Jahre her ist, hat es sie noch immer nicht losgelassen. Die Autorin lebt und arbeitet in München.

Rachel Crane

Elathar

Das Herz der Magie

cbt

Kinder- und Jugendbuchverlag
in der Verlagsgruppe Random House

Verlagsgruppe Random House FSC® N001967
Das für dieses Buch verwendete
FSC®-zertifizierte Papier *Super Snowbright*
liefert Hellefoss AS, Hokksund, Norwegen.

1. Auflage
Deutsche Erstausgabe April 2016

Lektorat: Catherine Beck
Karte von Tharennia: © Erhard Ringer
Umschlaggestaltung und -illustration:
© Isabelle Hirtz, Inkcraft
MG · Herstellung: kw
Satz: KompetenzCenter, Mönchengladbach
Druck: CPI books GmbH, Leck
ISBN: 978-3-570-31028-1
Printed in Germany

www.cbt-buecher.de

Willst du, dass sie dich erwischen? Das werden sie! Und dann töten sie dich.

Rissa kniete vor dem Kamin und starrte in die Feuerstelle. Flammen leckten über die Scheite, bereit, sich durch das Holz zu fressen, so wie sich die Magie durch ihre Haut fressen wollte.

Seit Tagen verfolgte sie das Prickeln und Knistern unter ihrer Haut, als dränge etwas nach außen. Etwas Verbotenes. Gefährliches. Wie gefährlich es war, wusste sie, auch ohne das Entsetzen zu sehen, das sich in den Augen ihres Vaters zeigte, als sie ihm davon erzählte. All die Jahre hatte er die Hoffnung gehegt, die Magie, die in seinem Blut lag, möge sie verschonen. Von klein auf hatte er ihr eingeschärft, dass sie mit keiner Menschenseele über die Dinge sprechen durfte, die er vollbringen konnte. Wenn jemand davon erfuhr, würden sie ihn töten. Und Rissa womöglich gleich mit.

Dass die Magie sich nun auch in ihr zu zeigen begann, brachte sie beide nur noch mehr in Gefahr.

»Ich will lernen, sie zu beherrschen.«

»Magie ist nichts für kleine Mädchen.«

»Aber Vater, ich bin doch kein kleines Mädchen! Ich bin schon acht!«

Ihre Worte entlockten ihm ein Lächeln. »Das bist du, und erstaunlich erwachsen und klug für dein Alter. Und gerade deshalb vertraue ich darauf, dass du keine Dummheiten machst.«

»Aber –«

Ihr Vater schüttelte den Kopf. »Kein Aber! Du wirst nicht daran rühren. Du wirst vergessen, dass sie da ist. Und du wirst mit niemandem darüber sprechen. Nie!«

Noch in derselben Stunde hatten sie ihre Sachen gepackt und die Schenke und die Stadt hinter sich gelassen, in der sie zu Gast gewesen waren.

Seit Rissa denken konnte, blieben sie nie länger als ein paar Wochen an einem Ort, manchmal nur wenige Tage. Ihr Vater verdiente den Lebensunterhalt für sie beide, indem er als Schreiber arbeitete. Wo immer sie hinkamen, mieteten sie sich ein Zimmer in einem Gasthaus. Während ihr Vater seinem Tagwerk nachging, blieb Rissa die meiste Zeit für sich. Das Leben, das sie führten, machte es schwierig, Freundschaften zu schließen. Seit sie die Magie in sich spürte, war es unmöglich geworden. Zumindest, wenn es nach ihrem Vater ging.

Wieder und wieder hatte er ihr eingeschärft, sich ab sofort von anderen Kindern und erst recht von Erwachsenen fernzuhalten. Zu groß war seine Angst, die Leute könnten die Wahrheit über sie herausfinden.

»Wenn jemand auch nur einen Verdacht hegt, werden sie keine Fragen stellen. Sie werden uns töten. Deshalb ist es wichtig, dass du ihnen aus dem Weg gehst. Menschen wie wir können keine Freundschaften schließen. Uns ist ein einsames Leben bestimmt.«

»Aber du bist doch nicht allein. Du hast doch mich.«

»Und du mich.« Ein trauriges Lächeln glitt über seine Züge. »Das muss genügen.«

Rissa mochte es nicht, allein zu sein. Sie verabscheute es, tagein, tagaus darauf zu warten, dass ihr Vater am Abend zurückkehrte. Die Orte mochten andere sein, ebenso die Gasthäuser, die Stille und die Einsamkeit blieben jedoch immer gleich.

Gestern Abend hatte sie noch einmal versucht, ihren Vater

dazu zu bringen, sie im Umgang mit ihrer Magie zu unterweisen. Er hatte abgelehnt.

»Du darfst nicht an diesen Kräften rühren. Solange du die Magie schlummern lässt, wird niemand herausfinden, was du bist.«

Eine Zauberin. Das war sie. Eine, die niemals mit ihrer Magie in Kontakt kommen würde. Zumindest nicht, wenn es nach ihrem Vater ging. Aber wie sollte sie wissen, ob ihre Gabe wirklich so bedrohlich war, wenn sie nicht einmal wusste, was sie damit bewerkstelligen konnte?

Seufzend legte sie ein weiteres Scheit in den Kamin. Was die Magie anging, mochte er recht haben, in einem jedoch irrte er sich: Sie musste sich nicht von anderen fernhalten. Sie konnte Spielgefährten haben wie jedes andere Kind in ihrem Alter.

Heute wollte sie ihm beweisen, dass es möglich war.

Der Sohn der Wirtin, der hier als Laufbursche arbeitete und vielleicht einen Sommer älter war als sie, hatte ihr angeboten, ihr am Nachmittag die Obstgärten und die zur Schenke gehörenden Kaninchenställe zu zeigen. Er konnte ihr Freund sein und nichts würde geschehen.

Seit ihr Vater nach dem Frühstück das Gasthaus verlassen hatte, sehnte Rissa den Nachmittag herbei. Sie hatte die Wäsche gewaschen und Ordnung in der Dachkammer gemacht, doch ihre Gedanken waren in die Zukunft gerichtet, auf das bevorstehende Treffen am Nachmittag. Die Stunden zogen sich endlos dahin, und obwohl es ihr vorkam, als müsse sich der Tag längst seinem Ende zuneigen, war es gerade einmal Mittag.

Die Magie prickelte und knisterte unter ihrer Haut, so stark und ungeduldig wie niemals zuvor. Lag es an ihrer Rastlosigkeit? Oder würde sich die verbotene Gabe mit jedem Tag stärker bemerkbar machen, ganz gleich, wie sehr sie sie zu ignorieren versuchte?

Rissa schloss die Augen und konzentrierte sich auf das Kribbeln. Es war überall, von den Haarwurzeln bis zu den Zehenspitzen. Ob sie die Energie lenken konnte? Sie richtete ihre Aufmerksamkeit auf ihren rechten Arm und stellte sich vor, wie es wäre, die Kraft dort in ihrer Hand zu bündeln. Ein pulsierender Strom, der durch ihre Adern pumpte und langsam über den Arm in die Finger floss. Das Prickeln wurde stärker. Es fühlte sich an, als zuckten winzige Blitze zwischen den feinen Härchen auf ihrem Handrücken hin und her. Wärme kroch, ausgehend von ihrer Schulter, langsam den Arm entlang bis in ihre Fingerspitzen. Diese Kraft, die Macht, die sie in sich spürte, hätte ihr Angst einjagen sollen, doch Rissa fürchtete sich nicht. Es fühlte sich gut an. Fast schon vertraut.

Die Hitze in ihren Fingern gab ihr ein Gefühl von Geborgenheit, als könne ihr nichts und niemand je etwas anhaben. Ein Lächeln breitete sich auf ihrem Gesicht aus. Sie würde ihren Vater schon noch dazu bringen, sie im Einsatz ihrer Magie zu unterrichten. Was sie spürte, war viel zu wunderbar, um es auf ewig unangetastet zu lassen.

Ein Geräusch in ihrem Rücken – die Tür! – ließ sie hochfahren. Erschrocken riss sie die Augen auf. Mit einem Schlag war alle Kontrolle dahin. Ein heller Lichtstrahl schoss aus ihren Fingerspitzen in den Kamin, fuhr in die brennenden Scheite und ließ sie in einem gleißenden Feuerball explodieren.

Rissa sprang zur Seite. Die Scheite, die aus dem Kamin geschleudert wurden, flogen an ihr vorbei und verfehlten sie um Haaresbreite. Der Junge, der hinter ihr zur Tür hereingekommen war, hatte dieses Glück nicht. Eines der Scheite traf ihn mitten im Gesicht und warf ihn zu Boden.

Es war der Sohn der Wirtin, der pausbäckige Junge, der ihr Freund und Spielgefährte sein sollte, der jetzt mit entsetzlichen Verbrennungen im Gesicht besinnungslos auf den Dielen lag.

Rissa konnte ihn nur anstarren. Die Magie war fort. Aufgegangen in einem Feuerball, der sie das Leben kosten konnte. Dort, wo vor wenigen Augenblicken noch eine behagliche Wärme unter ihrer Haut gelegen hatte, spürte sie jetzt nichts als Kälte und Furcht. Zitternd schlang sie die Arme um ihren Oberkörper. Dann begann sie zu schreien.

Prolog

Die buschigen Brauen zusammengezogen, starrte der alte Zauberer auf das Buch, das aufgeschlagen vor ihm auf dem Versuchstisch lag. Die Laternen, die sein fensterloses Labor erhellten, ließen die Buchstaben vor seinen Augen tanzen, bis sie zur Unkenntlichkeit verschwammen. Er brauchte sie ohnehin nicht zu lesen, denn er wusste nur zu gut, was dort geschrieben stand. Wie oft hatte er die Zeilen in den letzten Tagen gelesen? Hundertmal? Tausendmal? Jetzt jedoch hatte er den Blick auf die vergilbten Seiten gesenkt, um seinen Herrn nicht ansehen zu müssen, der auf der anderen Seite des massiven Eichenholztisches stand. Oder den Echsenschwanz, der vor ihm lag. Das Artefakt, wegen dem sein Herr gekommen war.

»Ich will diese Armee!«

Die Ungeduld, die der Adlige mit jedem Wort verströmte, ließ den Zauberer erschaudern. Bedächtig schüttelte er den Kopf. »Herr, das ist wider die Natur! Das könnt Ihr nicht von mir verlangen.«

Der andere sah ihn so durchdringend an, als wollte er sagen, dass seine bloße Existenz wider die Natur war. Was machte es da schon, wenn er tat, weshalb seinesgleichen seit Jahrzehnten verfolgt und hingerichtet wurden, und seine Magie einsetzte?

»Bitte, Herr. Was nützt Euch eine Armee bei unserer Suche? Es könnte Jahre dauern herauszufinden … Wenn es mir überhaupt jemals gelingt.«

Die Energie, die er für seine Magie ansammelte, hielt ihn

jung. Sein Haar mochte von einzelnen grauen Strähnen durchzogen sein, doch trotz seiner siebzig Sommer hatte er das Aussehen eines Mannes in den frühen Vierzigern. Er war gesund und kräftig, aber in letzter Zeit glaubte er, die Last seines wahren Alters zu spüren. Die verschwendeten Jahre, in denen er seinem Ziel keinen Schritt näher gekommen war.

Fünfunddreißig Jahre waren vergangen, seit die Fürsten gegen die Zauberer in den Kampf gezogen waren. Fünfunddreißig Jahre seit der Ausrottung nahezu aller Magie. Die Zauberer waren gierig geworden. Und machthungrig. Sie hatten ihre Gabe eingesetzt, um ihre eigenen Ziele durchzusetzen, nicht um zu helfen. Den Fürsten war keine andere Wahl geblieben, als sich gegen sie zu stellen. Hätten sie es nicht getan oder auch nur noch ein wenig länger damit gewartet, wäre es zu spät gewesen. Denn dann hätte Tarlan, einer der Zauberer, eine Armee erschaffen, gegen die die Fürsten nicht mal mehr mit vereinten Kräften angekommen wären. Die Fürsten waren Tarlan zuvorgekommen. Das Land war befriedet worden und die einstmals sieben Fürstentümer zu einem einzigen Königreich zusammengewachsen. Der Preis für die Zauberer war hoch gewesen. Die meisten waren in der letzten Schlacht gefallen, nur wenigen war – wie ihm – die Flucht gelungen. Von den Soldaten der königlichen Armee verfolgt, waren sie aus Tharennia geflohen, auf die benachbarten Inseln oder den Kontinent im Westen. Nicht einmal eine Handvoll war geblieben und hielt sich unter der Bevölkerung verborgen. Der alte Zauberer war einer von ihnen, geblieben in der Überzeugung, dass es seine Bestimmung war, die Magie zurückzubringen.

Magie war nicht an sich böse. Das *wusste* er. Diejenigen, die sie ausübten, mussten nur angeleitet werden. Wenn dies geschah, konnte viel Gutes daraus entstehen. Doch als die Zauberer in der letzten, alles entscheidenden Schlacht fielen, erlosch mit ihnen auch ihre Magie. Bis auf die wenigen Überlebenden gab es keine fähigen Zauberer mehr. Sofern überhaupt noch jemand mit der Gabe der Magie geboren wurde, war sie schwach – ein Schatten der Macht, über die seinesgleichen einst verfügt hatte. Die meisten Menschen bemerkten nicht einmal, welch bemerkenswertes Geschenk ihnen in die Wiege gelegt worden war. Es war, als hätte der Tod der Zauberer und die Vernichtung von Thanasses, ihrer Metropole, die Magie in ihrer einstigen Form ausgelöscht.

Doch der alte Zauberer wusste, dass dem nicht so war. Er wusste, dass das Herz der Magie – ihre Essenz – noch existierte, tief unter den Ruinen der Metropole der Zauberer, verborgen vor jedem, der nicht über die Gabe des Aufspürens verfügte. Wenn es ihm nur gelänge, die Essenz zu finden, könnte er die Magie zurückbringen. Er könnte den Menschen beweisen, was für ein Segen sie sein konnte, wenn man sie nur richtig einzusetzen wusste.

Über drei Jahrzehnte war er auf der Flucht gewesen, war von Ort zu Ort gezogen und nirgendwo länger als ein paar Monate geblieben, aus Furcht, jemand könne erahnen, was er war. Dann hatte der Herr ihn gefunden und mit in seine Burg genommen. Für alle anderen war er nichts weiter als der Berater eines Fürsten – einzig sein Herr kannte die Wahrheit.

Schnell stellte sich heraus, dass sie dasselbe Ziel verfolgten. Sie beide wollten die Rückkehr der Magie. Jetzt, da der Zauberer einen Ort gefunden hatte, an dem er nicht länger fürchten musste, entdeckt zu werden, konnte er endlich mit seiner Suche beginnen.

»Ich sollte mich darauf konzentrieren, jemanden zu finden, der sich auf die Kunst des Aufspürens versteht«, sagte der Zauberer.

Der Adlige trat um den Tisch herum. Gelangweilt zupfte er an den Aufschlägen seines Rocks, doch seine Aufmerksamkeit galt dem Mann vor ihm, der noch nicht ahnte, dass sich ihre Ziele in einem entscheidenden Punkt unterschieden. Und für seine Ziele würde der Adlige beides benötigen – jemanden, der aufspüren konnte, *und* eine Armee. Er wusste, was die Magie bewirken und wie sie ihm dienen konnte. Was der Zauberer wollte, scherte ihn nicht – nicht mehr, seit er herausgefunden hatte, wie es war, an der Schwelle des Todes zu stehen, das Leben bedroht von einer Krankheit. Einer Krankheit! Wenn überhaupt, so hatte er sich vorgestellt, sein Ende eines Tages auf dem Schlachtfeld zu finden, aber doch nicht im Bett! Er hatte das Fieber überwunden, doch die Erinnerung an seine eigene Vergänglichkeit ließ ihm keine Ruhe mehr. Nein, er wollte nicht sterben. Nicht so und auch nicht auf andere Weise. Nicht, wenn es Wege gab, dies zu verhindern. Und dieser alte Narr, der so voller Ideale steckte, würde ihm den Weg ebnen.

Er griff in die Tasche seines Wamses, ließ das darin befindliche Kupferband in seine Hand gleiten und trat neben den Zauberer. Mit der freien Hand deutete er auf das aufgeschlagene Buch. »Woran arbeitet Ihr gerade?«

Der andere schien über den Themenwechsel erleichtert. Er legte eine Hand auf das Buch und deutete auf einen Abschnitt. »Ich versuche herauszufinden, ob die Gabe des Aufspürens tatsächlich in die Wiege gelegt sein muss, oder ob sie sich auch auf andere Weise – durch ein Artefakt vielleicht – erwerben ließe.«

Der Adlige trat dichter heran, den Blick vermeintlich auf das Buch gerichtet, in Wahrheit jedoch fixierten seine Augen den Arm des Zauberers. Als dieser die Seite umblätterte, rutschte der Ärmel seiner Robe zurück und offenbarte einen Streifen blasser Haut. Die Hand des Adligen schnellte vor und drückte das Kupferband auf das Handgelenk des Zauberers. Der schrie auf, als sich plötzlich zahnartige Zacken daraus erhoben und in seine Haut gruben. Wie eine Schlange wand sich das Band um sein Handgelenk und schloss sich wie ein Armreif darum, während sich seine schimmernden Zähne in den Arm des Zauberers gruben und das Band immer tiefer in sein Fleisch sinken ließen, bis es unter der Haut kaum mehr zu erkennen war.

»Dies ist ein Band der Gefolgschaft«, erklärte der Adlige, ungerührt vom Schmerz und Entsetzen seines Gegenübers. »Sobald ich es aktiviere, werdet Ihr meinen Befehlen Folge leisten. Ihr werdet nicht länger versuchen, mich abzulenken oder mir meine Pläne auszureden.«

Eine kurze Geste, gefolgt von einem fremdartigen Wort, dessen Bedeutung sich dem Adligen noch nie erschlossen hatte, dann versank das Kupferband endgültig im Fleisch des Zauberers. Alles, was jetzt noch daran erinnerte, war ein dünnes, bereits trocknendes Rinnsal Blut an einem ansonsten unversehrten Handgelenk.

»Jetzt seid Ihr mein.« Er wies auf den Echsenschwanz, der noch immer auf dem Tisch lag. »Und Ihr werdet mir meine Armee erschaffen!«

»Ja, Herr.«

* * *

Vier Jahre zogen ins Land, in denen der Zauberer herauszufinden versuchte, wie Tarlan es vollbracht hatte, eine Armee zu erschaffen. Er wollte es nicht und hatte mehrfach versucht, sich dagegen zu wehren, doch das Kupferband in seinem Fleisch ließ es nicht zu. Die Magie darin zwang ihn, dem Befehl seines Herrn zu folgen. Manchmal gelang es ihm, sich Zeit zu stehlen, doch sobald sein Herr ihm einen unmissverständlichen Befehl gab, blieb ihm keine andere Wahl, als ihm zu folgen. Sich zu widersetzen, bereitete ihm keine Schmerzen – es war schlichtweg nicht möglich. Die Magie des Kupferbands wirkte in einer Weise auf seinen Willen, der er sich nicht entziehen konnte.

Jahrelang hatte er den Echsenschwanz studiert, das Artefakt, das Tarlan für seine Armee verwendet hatte. Sein Herr hatte offenbart, wie er es gefunden hatte – in der Schlucht von Correl in Tarlans Händen. Der Zauberer, der in der Lage gewesen war, eine Armee von Tausenden zu schaffen, war von einem Felsrutsch besiegt worden. Und mit ihm seine Armee. Halb unter den Steinen begraben, die ihn erschlagen hatten, hatte Tarlan gelegen, das Artefakt noch in der Hand. Und überall in der Schlucht die Skelette der Krieger, deren unnatürliches Leben mit ihrem Erschaffer ein Ende gefunden hatte.

Aufgrund des Berichts seines Herrn und der fehlenden Schuppen am Artefakt kam der alte Zauberer zu dem Schluss, dass jede Schuppe in der Lage sein musste, etwa einhundert Krieger zu erschaffen. Anfangs war jeder seiner Versuche, jeder Zauber und jedes Ritual, fehlgeschlagen. Und je länger es dauerte, desto ungeduldiger und zorniger wurde sein Herr. Schließlich hatte der Zauberer begonnen, seine eigene Energie in das Artefakt zu leiten. Beinahe sofort war zu spüren, dass sich etwas veränderte … dass es zum Leben erwachte. Doch um eine Armee zu erschaffen, brauchte es mehr. Zwei Jahre hatte er damit zugebracht, das Artefakt mit seiner Kraft zu speisen. Als sich die Schuppen schließlich aufrichteten und einen regenbogenfarbenen Schimmer annahmen, wusste er, dass es so weit war. Er suchte sich einen abgeschiedenen Ort, eine Lichtung in einem verlassenen Wald, und leitete einen letzten, massiven Schub Energie in das Artefakt – Energie, die er auch aus seiner Umgebung abzog, bis diese tot und verdorben war. Die Schuppen richteten sich weiter auf und wuchsen an, jetzt nicht mehr bunt schimmernd, sondern silbern glänzend.

Weiter geschah nichts. Um ihn herum war die Erde verdorrt, die Bäume hatten ihr Laub verloren, Äste hingen leblos herab. Vögel waren tot vom Himmel und von den Bäumen gefallen, und sogar den Kadaver eines Rehs konnte er am Rande der Lichtung erkennen. So viel Lebensenergie, die er seiner Umgebung genommen hatte – etwas, von dem er geschworen hatte, es nie wieder zu tun und zu dem ihn der Zwang seines Herrn dennoch nötigte –, und es reichte nicht aus!

Er schickte noch mehr Energie nach, dieses Mal von seiner eigenen Lebenskraft. Als er schon fürchtete, dass auch das nicht ausreichen würde, begannen sich die Schuppen zu lösen. Wie Herbstlaub fielen sie zu Boden, silbern schimmernd im Sonnenlicht, und zerbarsten in tausend Splitter, als sie auf den Boden trafen.

Entsetzt blickte der Zauberer auf das zerstörte Artefakt. Verzweifelt bemüht, noch etwas zu retten, schickte er einen letzten Energiestoß in Form eines Blitzschlags in die Überreste der Schuppen. Staub wirbelte auf und nebelte alles ein, so sehr, dass er gezwungen war, von der Lichtung zurückzuweichen.

Als sich der Staub schließlich legte, schälten sich darunter die Umrisse unzähliger Körper hervor, die sich langsam aufrichteten und dem Zauberer zuwandten, der noch immer den – jetzt schuppenlosen – Echsenschwanz in Händen hielt. Einen Schwanz, der jetzt nicht anders aussah als ein silberner Stab von der Länge eines Unterarms.

Die Lichtung war voll von diesen Kreaturen, ebenso der dahinter liegende Wald, so weit das Auge reichte.

Es waren Tausende.

Wir erwarten Euren Befehl, Meister, erklang eine Stimme in seinem Geist.

Ehe der Zauberer etwas erwidern konnte, trat sein Herr neben ihn und nahm ihm das Artefakt aus der Hand. »Aufrichten«, befahl er. »Augen zu mir!«

Die Kreaturen folgten.

»Sie benehmen sich wie seelenlose Wesen. So werde ich sie nennen – Seelenlose.« Zufrieden ließ der Fürst den Blick über die Armee schweifen.

Schließlich richtete er seine Aufmerksamkeit wieder auf den Zauberer. »Und jetzt«, sagte er. »Bringt mir jemanden, der des Aufspürens mächtig ist.«

Einige Jahre später …

1

Elathar Fjal'Har stand am Rande des Ballsaals und beobachtete das bunte Treiben. Er konnte noch immer nicht glauben, dass er hier war: zurück in Naranor und in der Burg von König Caedmon Melanthion – seinem Vater.

Er war sich der Aufmerksamkeit der anderen Gäste nur allzu bewusst. Manche streiften ihn nur verstohlen mit Blicken, während andere ihn unverhohlen anstarrten und sich erst abwandten, wenn er ihrem Blick begegnete. *Der Bastard ist zurück*, schienen ihre Augen zu sagen.

Obwohl er seine Galauniform trug – schwarze Hosen, glänzende Reitstiefel und eine blausilberne Uniformjacke, auf deren Brust der silberne Greif des Königs prangte –, hob er sich deutlich von den übrigen Gästen ab, die sich in Kostbarkeit und Ausgefallenheit ihrer Gewänder gegenseitig zu übertreffen versuchten. Ohne sein Schwert, das ihm in der Burg nicht gestattet war, fühlte er sich eigenartig schutzlos.

Aufgewachsen in der rauen Landschaft des Nordens, im abgelegenen Fürstentum Maél, hatte er sich mit all der Taktiererei, den Spielchen um Macht und Politik, im Umfeld des Königs nie wirklich anfreunden können. Trotzdem waren Naranor und die Königsburg, die sich am Rande der Klippen über dem Meer erhob, für einige Jahre sein Zuhause gewesen. Er war seinem Vater zum ersten Mal in seinem achten Sommer begegnet, nachdem seine Mutter einem Fieber erlegen war. Damals hatte der König ihn nach Naranor, die Hauptstadt des tharennischen Reichs, holen lassen. Seine Mutter, die dem einfachen Landadel angehörte, hatte ihm nie gesagt, wer sein Vater war. Sich plötzlich in der königlichen Burg wiederzufinden und zu erfahren, dass er ein Bastard des Königs war, war ein Schock gewesen. Schlimmer jedoch war, dass der König nichts mit ihm zu tun haben wollte. Fremde Männer und Frauen kümmerten sich um ihn und sorgten dafür, dass er erzogen und ausgebildet wurde.

Seine Abstammung war ein offenes Geheimnis, doch solange der König ihn nicht offiziell anerkannte und ihm damit einen Platz in seinem Haushalt und in der Thronfolge einräumte, wagte niemand, die Wahrheit laut auszusprechen. Die einen nannten ihn den Eisprinzen, denn schließlich kam er aus dem kalten Norden. Für die anderen war er nur der Bastard.

Das einzige Mitglied der königlichen Familie, zu dem er Kontakt hatte, war sein Halbbruder Carandir, mit dem zusammen er unterrichtet wurde. Für Carandir war Elathars Abstammung nie ein Problem gewesen – er hatte vom ersten Tag an einen Bruder und Freund in ihm gesehen und ihn auch so behandelt.

Zwei Jahre lang lebte Elathar im Haushalt des Königs, bis dieser ihn das erste Mal zu sich rufen ließ. Es war eine unbeholfene Unterhaltung gewesen, ein Gespräch zwischen Vater und Sohn, die einander so fremd waren wie König und Untertan. Doch auf dieses erste, zögerliche Gespräch waren weitere Zusammentreffen gefolgt. Treffen, die von Mal zu Mal weniger förmlich ausfielen.

Während seine Beziehung zu seinem Vater wuchs, strafte die Königin ihn weiter mit Missachtung. In der Öffentlichkeit begegnete sie ihm freundlich, doch sobald niemand zugegen war, wich das Lächeln aus ihrem Gesicht, und die Ablehnung, die sie ihm entgegenbrachte, wurde offenbar. Erst als er älter wurde, begriff Elathar, dass ihre Kälte nicht allein daher rührte, dass sein Anblick sie an die Verfehlung ihres Gemahls erinnerte. Vielmehr sah sie eine Bedrohung in ihm. Eine Bedrohung für die Zukunft ihres eigenen Sohns. Elathar war einen Sommer älter als Carandir. Sollte sein Vater ihn je offiziell anerkennen, wäre der Anspruch auf den Thron der seine.

Ungeachtet des Verhaltens der Königin, waren seine Jahre in Naranor gute Jahre gewesen. Er hatte einen Bruder und Freund gefunden und einen Vater, der mehr und mehr Zeit mit ihm verbrachte. Und dann plötzlich, von einem Tag auf den anderen, hatten sie ihn fortgeschickt.

Der König hatte ihm die Nachricht durch einen seiner Berater überbringen lassen. Der Mann hatte ihm erklärt, dass für einen wie ihn kein Platz im königlichen Haushalt war und dass er die Aufmerksamkeit der Leute vom Thronerben ablenkte. Deshalb hatte man entschieden, dass er nicht länger bleiben konnte. Ab sofort würde er in der königlichen Armee dienen. Auf diese Weise war für seinen Unterhalt gesorgt, und er konnte der Krone auch weiterhin dienlich sein, wie seine Abstammung es verlangte.

Mit gerade einmal vierzehn Sommern hatte Elathar zum zweiten Mal sein Zuhause verloren. Er hatte sich nie für einen Titel oder gar für die Krone interessiert, aber es hatte ihm gefallen, einen Bruder zu haben. Carandir war auch der Einzige, der gekommen war, um sich von ihm zu verabschieden.

Und Carandir war der Grund, warum er heute hier war. Es war seine Vermählung, die heute gefeiert wurde, und ganz gleich, wie sehr sein Vater und die Königin Elathar auch verachten mochten, an seiner Verbundenheit mit seinem Bruder änderte das nichts. Seit er Naranor vor sieben Jahren verlassen hatte, war viel geschehen. Sein ganzes Leben hatte sich verändert, doch die Verbindung zu Carandir war geblieben. Sie hatten einander geschrieben und sich getroffen, wann immer die Aufgaben des einen ihn in die Nähe des anderen geführt hatten. So hatten sie einander nie ganz aus den Augen verloren.

Die Einladung hatte Elathar spät erreicht, weshalb er erst am Morgen angekommen war. Ihm war gerade noch genug

Zeit geblieben, seine Galauniform anzulegen, ehe die Zeremonie begann. Dainn, seinen stellvertretenden Kommandanten und besten Freund, der mit ihm nach Naranor gekommen war, hatte er schon auf dem Burghof aus den Augen verloren. Bei jedem anderen hätte Elathar vermutet, dass er lediglich in die Stadt wollte, wo zu Ehren der Vermählung des Prinzen schon seit Tagen ausgelassen in den Schenken und auf den Straßen gefeiert wurde. Dainn jedoch interessierte sich nicht für die Feiern. Er war mitgekommen, weil er wusste, wie schwer Elathar die Rückkehr fiel. Auch wenn Dainn in Ermangelung einer Einladung weder bei der Vermählung selbst noch auf dem anschließenden Ball anwesend sein konnte, wusste Elathar diesen Freundschaftsdienst zu schätzen.

Schlimmer als der Ball war der Empfang am Nachmittag gewesen, bei dem die Gäste dem König und dann dem Brautpaar ihre Aufwartung machten. Die Königin hatte sich zurückgezogen. Man munkelte, dass sie guter Hoffnung sei und sich schonen musste. Als Elathar vor seinem Vater das Knie beugte, war der König auf seinem Thron nach vorne gerückt. Für einen Moment hatte Elathar das Gefühl, als wollte er aufstehen und zu ihm gehen, doch der König blieb, wo er war.

»Du bist erwachsen geworden, Elathar.«

Was nicht Euer Verdienst ist, Vater. »Danke, Eure Majestät.«

Der König lächelte. Fast, als würde er sich wirklich freuen, ihn zu sehen. Was natürlich lächerlich war. Immerhin war er es gewesen, der ihn damals fortgeschickt hatte. Vermutlich in der Hoffnung, dass er noch während seiner Ausbildung verrecken würde. Warum sonst hätte er, von allen Garnisonen, ausgerechnet eine Lumpenkompanie für ihn auswählen sollen?

Elathar streifte die Erinnerung an den Nachmittag ab und richtete seine Aufmerksamkeit wieder auf den Ballsaal, in den die Gesellschaft nach einem ausgiebigen Bankett umgesiedelt war und sich jetzt zu den Klängen der königlichen Musiker amüsierte.

Neben den sechs Fürsten samt ihrer Gefolge war jeder Adlige von Rang und Namen anwesend. Niemand wollte sich ein Ereignis wie dieses entgehen lassen: Der Thronfolger Tharennias heiratete Eleria Dane, die Tochter des mächtigsten Fürsten des Reichs.

Seit sich seine Anwesenheit herumgesprochen hatte, wurde Elathar das Gefühl nicht los, dass einige Leute von ihm mehr fasziniert waren als vom Brautpaar. Während er die Tanzenden beobachtete, spürte er die Blicke auf sich. Er hatte einmal geglaubt, hier zu Hause zu sein. Dazuzugehören. Niemand schien ihm damals einen Vorwurf aus seiner Abstammung gemacht zu haben.

Doch wem machte er etwas vor? Der König mochte sein Vater sein, doch die Königin war nicht seine Mutter. Das hier war nicht sein Zuhause.

Hast du ihn gesehen? Das ist er! Der Eisprinz! … Bastard … jahrelang nicht blicken lassen …

Es waren nur Bruchteile gewisperter Gespräche, die an sein Ohr drangen, doch sie zeigten ihm, wie fremd er hier war.

Was die Menschen dachten, interessierte ihn nicht. Er war wegen Carandir gekommen. Morgen würde er noch bleiben, in der Hoffnung, ein wenig Zeit mit seinem Bruder verbringen zu können, doch danach wollte er zur Garnison zurückkehren. Lumpenkompanie hin oder her – dort war sein Zuhause.

Am liebsten hätte er sich zurückgezogen. Da er später jedoch noch erwartet wurde, konnte er ebenso gut noch bleiben. Im Vergleich zu der Zusammenkunft, die ihm bevorstand, war der Ball das reinste Vergnügen: ein Treffen im engsten Familienkreis – das Brautpaar, der König und die Königin und Fürst Falinn, der verwitwete Vater der Braut. So gut sein Verhältnis zu Carandir auch sein mochte, so wenig wollte es ihm in den Kopf, warum Carandir dabei auf seiner Anwesenheit bestand. Er hatte von Anfang an deutlich gemacht, dass er zwar zur Vermählung kommen, dem König und der Königin aber, soweit es das Protokoll zuließ, aus dem Weg gehen wollte. Carandir hatte sich einverstanden gezeigt und ihm dann eine offizielle Einladung zukommen lassen. Das Bathrá, zu dem Carandir ihn geladen hatte, war eine alte Tradition. Ein Treffen zwischen den Brautleuten und deren engsten Angehörigen, bei dem der Bräutigam den Anwesenden Wein darbot, woraufhin alle auf das Wohl des jungen Paars tranken. Glücklicherweise würde es nicht lange dauern, denn der Brauch verlangte auch, dass sich das Brautpaar, nachdem alle ihre Kelche geleert hatten, in seine Gemächer zurückzog.

Neben Elathar teilte sich plötzlich die Menge. Als er den Kopf wandte, sah er Carandir auf sich zukommen. Schlank und groß, das lockige braune Haar mit einem silbernen Stirnreif gebändigt, gekleidet in königliches Rot, war er ein Edelmann durch und durch. Seine dunklen Augen strahlten eine Wärme und Freundlichkeit aus, die den meisten Menschen seines Standes abging. Carandir war das Abbild seines Vaters, während Elathar selbst sich mit seinem schwarzen Haar, den grauen Augen und dem meist ernsten Blick kaum mehr von den beiden hätte unterscheiden können. Ein Grinsen stahl sich in Elathars Mundwinkel. Bisher war ihnen noch keine Gelegenheit zu einer ungestörten Unterhaltung geblieben, dabei brannte Elathar darauf zu erfahren, wie es seinem Bruder ergangen war. All die Dinge, die nicht aus den Nachrichten herauszulesen waren, die sie ausgetauscht hatten. Er war neugierig, wie Carandir zu seiner Frau und zu dieser arrangierten Ehe stand. Das Mädchen – die zukünftige Königin – war hübsch, wenn auch ein wenig zu still und zurückhaltend für Elathars Geschmack. Beim Empfang der Gäste hatte sie kaum ein Wort gesprochen, und wenn, dann so leise, dass er Mühe gehabt hatte, sie zu verstehen. Auch den Blick hob sie nur selten. Die Tochter eines einflussreichen Fürsten hatte er sich selbstbewusster vorgestellt.

Um die Form zu wahren, verneigte sich Elathar, als sein Bruder vor ihn trat.

»Lass den Unsinn!« Carandir hielt sich nicht mit Förmlichkeiten auf und zog Elathar in eine innige Umarmung. Als er ihn wieder freigab, seufzte er. »Du ahnst nicht, wie froh ich bin, dass du hier bist.«

Elathar runzelte die Stirn. Das war nicht die unbekümmerte Freude, die er erwartet hatte. Fast erschien es ihm, als würde sich hinter Carandirs Worten etwas anderes verbergen. Etwas, das er in der Öffentlichkeit nicht auszusprechen wagte. »Ist etwas nicht in Ordnung?«

»Ich muss dringend mit dir sprechen«, sagte Carandir leise. »Jetzt sofort. Lass uns irgendwohin gehen, wo wir ungestört sind.«

Ehe sie sich in Bewegung setzen konnten, kam Fürst Falinn zu ihnen. Falinn Dane, der Fürst von Namada, war ein Mann, der selbst in den einfachsten Gewändern eine Aura von Macht ausgestrahlt hätte. In dem schwarzen, von silbernen Fäden durchwirkten Wams, auf dessen Brust der Leuchtturm, das Wappen seines Hauses, prangte, war er kaum weniger beeindruckend als der König selbst. Seit Elathar ihn das letzte Mal gesehen hatte, hatten sich erste Spuren von Grau in sein dunkles Haar und den sorgfältig getrimmten Bart geschlichen. Doch was einen anderen hätte gealtert wirken lassen, schien seine Stärke nur zu unterstreichen.

»Ich muss Euch meinen Schwiegersohn entführen.«

»Ich wollte nur einen Moment mit meinem Bruder haben, nachdem wir uns so lange nicht gesehen haben«, widersprach Carandir und klang dabei überraschend scharf.

»Dafür ist morgen noch den ganzen Tag Zeit. Jetzt werdet Ihr an anderer Stelle erwartet.« Mit einem Nicken in Elathars

Richtung legte er seine Hand auf Carandirs Ellenbogen und bugsierte ihn davon.

Elathar fragte sich, worüber Carandir mit ihm sprechen wollte. Es hatte sich dringend angehört. Andererseits hätte er sich dann nicht einfach wegführen lassen. Schwiegervater hin oder her, Carandir war immer noch der Thronerbe und stand damit in der Rangfolge über Falinn. Was immer seinen Bruder beschäftigte, konnte offenbar bis morgen warten.

Verärgert über die Unterbrechung, ließ Elathar den Blick erneut durch den Saal schweifen, als er auf der anderen Seite des Tanzparketts eine junge Frau bemerkte, die ihn beobachtete. Als sich ihre Blicke kreuzten, konnte sie ein Lächeln nicht verbergen. Kein verächtliches Lächeln, wie er es heute schon des Öfteren zu sehen bekommen hatte, vielmehr wirkte sie amüsiert. Neugierig geworden, umrundete er die Tanzfläche. Sie stand nicht unmittelbar am Rande des Parketts, wie so viele andere, die nur darauf warteten, zum Tanz aufgefordert zu werden. Stattdessen hatte sie sich nach hinten zurückgezogen, wo niemand ihr Aufmerksamkeit schenkte. Niemand außer Elathar. Sie war jung, vielleicht sechzehn oder siebzehn Sommer, und für eine Frau auffallend groß. Trotzdem wirkte sie geradezu zierlich in ihrem langen dunkelgrünen Kleid. Dort, wo bei anderen Perlen und Edelsteine den Stoff zierten, hatten die Säume ihres Gewands Stickereien. Bis auf silberne Ohrringe und eine Haarnadel, die ihre rotbraunen Locken bändigte, trug sie keinen Schmuck.

Elathar trat neben sie. Obwohl sie groß war, überragte er sie noch immer um einen halben Kopf. »Ich scheine Euch zu amüsieren.«

»Mehr als so mancher eitle Pfau im Saal«, sagte sie, ohne den Blick von der Tanzfläche zu nehmen.

Ihre Unverblümtheit entlockte ihm ein Lächeln. »Ich fürchte, ich bin nur halb so unterhaltsam, wie Ihr womöglich annehmt.«

Jetzt sah sie ihn doch an. Ihre Augen waren von einem dunklen Grün, durchzogen von winzigen goldenen Sprenkeln, die im Kerzenschein funkelten. »Tatsächlich erweckt Ihr auch eher mein Mitleid.«

Elathar hob eine Augenbraue. Diese Begegnung versprach, unterhaltsam zu werden. »Euer Mitleid?«

»Ihr mögt es mir verzeihen, aber ich glaube, dass Ihr im Augenblick an jedem anderen Ort lieber sein möchtet als hier.«

»Und das erkennt Ihr woran?«

»Ihr habt da diese kleine, steile Falte zwischen den Augenbrauen, die sicher nicht da wäre, wenn Ihr Euch nicht zu Tode langweilen würdet.«

Er war ziemlich sicher, dass die Falte – sollte sie je dagewesen sein – in dem Moment verschwunden war, in dem er diese Frau entdeckt hatte. »Womöglich könntet Ihr mir behilflich sein, etwas gegen diese Langeweile zu unternehmen.« Ehe er wusste, was er tat, verneigte er sich vor ihr. »Darf ich um diesen Tanz bitten?«

»Solange Ihr versprecht, mir nicht auf die Füße zu trampeln, falls Ihr Euch spontan entscheidet, die Flucht von hier zu ergreifen.«

Elathar lachte. »Ihr habt mein Wort.« Und als ihm bewusst wurde, dass er sich noch nicht offiziell vorgestellt hatte, fügte er hinzu: »Hauptmann Elathar Fjal'Har, zu Euren Diensten.«

In ihren Zügen zeigte sich keine Regung. Nichts, das darauf hindeutete, dass sie wusste, wer er war. Hatte sie ihn zuvor nicht erkannt, so hätte spätestens sein Name das ändern müssen. Doch sie schien vollkommen ahnungslos zu sein.

»Und Ihr seid Lady …?«

»Rissa. Mein Vater ist Fürst Falinns Berater.«

Keine Adlige. Das gefiel ihm.

Rissa ergriff den Arm, den er ihr darbot, und ließ sich von ihm in Richtung der Tanzfläche führen. Noch bevor sie sie erreichten, fragte sich Elathar, was er da tat. Tanzen war nicht gerade eine seiner Stärken. Der Tanz, den er am besten beherrschte, war der des Schwerts. Dass er Rissa aufgefordert hatte, musste seiner Anspannung geschuldet sein. Vielleicht hatte ihm auch der Staub auf den Straßen das Hirn vernebelt. Allerdings wirkte sie nicht, als würde sie das als Entschuldigung gelten lassen, wenn er jetzt einen Rückzieher machte.

Als sie den Rand der Tanzfläche erreichten, hielt Rissa plötzlich inne.

»Stimmt etwas nicht?«

Sie blinzelte. »Ich … brauche frische Luft.«

»Fühlt Ihr Euch nicht gut?«

Sie winkte ab. »Es ist nur zu stickig hier. Lasst uns nach draußen gehen.«

Froh, dem Tanz nun doch zu entkommen, führte er sie durch eine der großen Flügeltüren nach draußen. Fackeln und Laternen erhellten die Wege durch den königlichen Garten, vorbei an Blumenbeeten und vereinzelten Bänken. Trotz des lauen Frühlingsabends waren nur wenige andere Gäste hier.

»Ich muss zugeben, dass ich froh bin, nicht tanzen zu müssen«, gestand er.

»Ihr habt *mich* aufgefordert.«

»Und ich bin Euch zu tiefstem Dank verpflichtet, dass Ihr Euch dagegen entschieden habt.«

»Ihr seid Krieger! Solltet Ihr nicht auf jedem Schlachtfeld zurechtkommen?«

»Manche Schlachten sind schlimmer als andere.«

Rissa begann zu lachen, und Elathar konnte nicht anders, als einzustimmen. Zum ersten Mal seit seiner Ankunft verspürte er nicht das Verlangen, woanders zu sein. Eine Frau wie diese hätte er seinem Bruder gewünscht. Jemanden, der schlagfertig war, klug und unterhaltsam. Nicht jemanden wie Eleria, die das Temperament eines Banners bei Windstille zu haben schien.

Nachdem sie sich wieder beruhigt hatten, gingen sie schweigend weiter, bis Rissa schließlich die Stille durchbrach. »Ich bin hier, weil mein Vater der Berater des Fürsten ist. Was führt Euch hierher?«

Hätte sie gewusst, wer er war, hätte sie diese Frage nicht stellen müssen. Ihre Ahnungslosigkeit gefiel Elathar. »Ich bin zusammen mit dem Kronprinzen aufgewachsen.«

Es war durchaus üblich, dass andere Mitglieder des Haushalts mit den Nachkommen der Adligen unterrichtet und erzogen wurden. Beolan, der inzwischen Kommandant der königlichen Leibgarde war, hatte in einigen Bereichen dieselbe Erziehung genossen wie Carandir und Elathar. Die drei hatten einen Großteil ihrer freien Zeit miteinander verbracht und waren, ungeachtet des Standesunterschieds, Freunde gewesen. Nur dass Beolan heute kein Gast war, sondern mit seinen Männern die Verantwortung für die Sicherheit des Königs und die seiner Gäste trug.

»Dann steht Ihr einander nah?«

»Wir waren wie Brüder.«

»Also habt Ihr früher hier gelebt.« Sie streckte die Hand nach einem Zweig aus, der vor ihr über den Weg hing, und schob ihn zur Seite. »Wo seid Ihr jetzt stationiert?«

»Auf der Ebene von Raidon.«

Rissa erbleichte. »Ihr gehört zu einer der Einheiten, die …«

»… die Aufgabe haben, Zauberer aufzuspüren.«

Der Stützpunkt in Raidon, im Fürstentum Callendaé, war einer von sieben dieser Art – einem in jedem Fürstentum. Nach der siegreichen Schlacht gegen die Zauberer und der Zerstörung ihrer Metropole Thanasses hatten sich die Fürstentümer zu einem einzigen Reich vereint. Als König ernannten sie jenen Mann, der sie in die Schlacht geführt hatte: Barra Melanthion, den bisherigen Fürsten von Atandara und Elathars Großvater. Obwohl in jener letzten Schlacht die Magie ausgelöscht und die meisten Zauberer getötet worden waren, befahl König Barra eine Säuberung. Zehn Jahre lang durchstreiften Soldaten auf der Suche nach entkommenen Zauberern das Land, und jeder, der nur entfernt den Anschein von Magie erweckte, wurde augenblicklich getötet. Es gab keine Prozesse, nur den sofortigen Tod. Je schneller die Krieger handelten, desto geringer war die Gefahr, dass sich der Beschuldigte mit seiner Magie zur Wehr setzen konnte. Einige entkamen dennoch. Die meisten verließen Tharennia, einige wenige jedoch lebten auch nach der Säuberung noch immer verborgen unter den Menschen. Um sie zu finden, befahl König Barra, dass in jedem der Fürstentümer eine Garnison einzurichten war, deren einzige Aufgabe es war, Meldungen über Magie nachzugehen, Zauberer aufzuspüren und unschädlich zu machen.

Zum ersten Mal, seit er Rissa begegnet war, war die Fröhlichkeit aus ihren Zügen gewichen. »Macht Euch keine Sorgen«, sagte Elathar. »In den sieben Jahren, die ich dort stationiert bin, haben wir nur ein einziges Mal einen wirklichen Zauberer zu Gesicht bekommen.« Den größten Teil ihrer Zeit verbrachten sie damit, Gerüchten nachzugehen, die sich am Ende als genau das herausstellten: Gerüchte.

»Was ist damals passiert?«

»Wir wurden in ein Dorf am Ufer des Strám gerufen, wo angeblich ein ganzes Feld über Nacht verdorrt sein sollte.« Sie waren schon häufiger aus ähnlichen Gründen gerufen worden. Zauberer bezogen die Kraft für ihre Magie aus der Umwelt. Sie entzogen Pflanzen, Tieren und manchmal auch Menschen die Lebenskraft und wandelten sie in Magie um. Die Zauberer von Thanasses waren in ihrem Streben nach Macht sogar so weit gegangen, dass sie nicht nur ganze Landstriche verheerten, indem sie ihnen das Leben entzogen, sondern sich Menschen als lebende Energiespeicher hielten. Menschen, die sie bis zum letzten Lebensfunken aussaugten. Aus den Berichten von einst wusste Elathar, dass tote Tiere oder verdorrte Felder und Landstriche ein Anlass waren, der Sache auf den Grund zu gehen. Für gewöhnlich stellte sich ziemlich schnell heraus, dass es sich dabei um eine Missernte oder eine grassierende Tierseuche handelte, für die die Menschen einen Schuldigen suchten. Bis auf dieses eine Mal.

»Wir fanden keine Spuren einer Missernte«, fuhr er fort. »Dafür haben wir eine Kate im Wald entdeckt.« Eine Schneise der Verwüstung hatte ihnen den Weg dorthin gewiesen. Jeder Baum, jeder Strauch und jeder Grashalm auf dem Weg dorthin war abgestorben. Vögel waren tot vom Himmel und aus den Bäumen gefallen, und selbst das Wild, das sich im Wirkungsbereich des Zauberers befand, hatte sein Ende gefunden. »Er empfing uns mit einem Feuerball.«

Rissa schnappte nach Luft, und schlagartig wurde Elathar bewusst, dass er sie nicht mit der blutigen Wahrheit jenes Tages konfrontieren konnte. »Ein Armbrustbolzen war schneller als das magische Feuer.«

Zwei seiner Männer waren an jenem Tag gestorben, umgekommen in dem Feuer, mit dem der Zauberer ihnen entgegengetreten war. Auch Elathar hätte den Angriff nicht überlebt, hätte er nicht unter dem Schutz der Blutlinie seines Vaters gestanden. Wie alle ihre Abkömmlinge konnte auch Elathar zwar verletzt, aber nicht durch fremde Hand getötet werden. Krankheiten oder das Alter vermochten sein Leben zu beenden, aber kein gewaltsamer Akt. Und trotzdem würde die Magie einmal seinem Leben ein Ende setzen. Zumindest hatte ihm das der Sehende prophezeit, dem er als Junge in Naranor begegnet war.

Er war damals aus der Burg getürmt, um die Stadt zu erkunden. In der Nähe des Marktplatzes war er auf einen alten Mann gestoßen. Einen Bettler, der vor einer Schale saß, in der ein paar Münzen in der Sonne funkelten.

»Für ein Kupferstück offenbare ich dir dein Schicksal«, hatte er mit heiserer Stimme gesagt. »Hast du eine Münze, Junge?«

Elathar war zögernd näher gekommen, die Finger um das Kupferstück in seiner Tasche geschlossen. Schließlich hatte seine Neugier gesiegt. Magie mochte verboten sein, doch Hellseher waren es nicht. Sie stellten keine Gefahr dar. In Carandirs Augen waren die meisten ohnehin nur Scharlatane, die es auf ein paar Münzen abgesehen hatten. Elathar hatte die Ansicht seines Bruders bisher geteilt, doch dieser hier erschien ihm anders. Irgendetwas im Gesicht des Alten sagte ihm, dass er womöglich wirklich die Zukunft sehen konnte. Und wenn nicht, wäre es zumindest ein Spaß, sich anzuhören, welche Verheißungen er sich für Elathar ausdachte. Neugierig warf er die Münze in die Schale.

»Sag mir, guter Mann, wie viel Glück und Reichtum erwarten mich?«

Der Alte packte ihn beim Handgelenk und schloss die Augen. Als er sie wieder öffnete, war sein Blick verschleiert und die Pupillen von einem weißen Nebel überzogen, als wäre er blind. Erschrocken wollte Elathar seine Hand zurückziehen, doch der Alte gab ihn nicht frei. »Dein Leben ist an die Magie gebunden«, sagte er. »Die Begegnung mit der Magie wird zugleich eine mit dem Tod.«

Eine Begegnung mit dem Tod. Wie recht der Alte doch gehabt hatte. Von Anfang an war sein Leben an Magie gebunden gewesen. Erst der Schutzzauber, der seit Barra Melanthion auf der Blutlinie seines Vaters lag, und später seine Aufgabe in der Garnison von Raidon. Die Begegnung mit dem Tod hatte er gehabt, als der Zauberer seine Kameraden getötet und ihn schwer verletzt hatte.

Als sein Blick erneut Rissas fand, wirkte sie noch immer erschrocken. »Ihr müsst Euch wirklich keine Sorgen machen. Ich glaube nicht, dass es noch viele Zauberer gibt. Jene, die noch nicht aus Tharennia geflohen sind, verstecken sich vermutlich unter irgendwelchen Steinen, um nicht von uns gefunden zu werden. Bestenfalls taugen sie noch zu unheimlichen Geschichten, mit denen man hübsche Damen auf langweiligen Bällen erschrecken kann.«

Seine letzten Worte entlockten ihr ein Lächeln.

Er wollte noch etwas sagen, das auch das letzte Unbehagen aus ihren Zügen vertrieb, als er den Mann sah, der vom Haupthaus auf sie zukam. Dainn. Den ganzen Tag über war er nicht auffindbar gewesen und ausgerechnet jetzt musste er das ändern!

Sein Stellvertreter hatte die staubigen Reisegewänder gegen eine saubere Uniform getauscht und sein Haar im Nacken zu einem ordentlichen Zopf zusammengebunden. Als er Elathars Begleitung musterte, umspielte ein Grinsen seine Mundwinkel.

Er verneigte sich kurz vor Rissa, wandte sich dann aber sogleich Elathar zu. »Ich störe nur ungern, aber du wirst jetzt an anderer Stelle erwartet. Ich soll dir ausrichten, dass die Zusammenkunft vorgezogen wurde.«

Ausgerechnet jetzt. Bevor er Rissa begegnet war, hätte er alles darum gegeben, dieses verfluchte Bathrá so schnell wie möglich hinter sich zu bringen. Jetzt allerdings hätte es gern noch ein wenig auf sich warten lassen können. Er wandte sich Rissa zu. »Es tut mir leid, aber ich muss gehen. Soll ich Euch noch zurückgeleiten?«

Sie schüttelte den Kopf. »Nicht nötig. Ich bleibe noch ein wenig hier.«

»Es hat mich gefreut, Eure Bekanntschaft gemacht zu haben.«

»Mich auch, Hauptmann.« Aber die Unbeschwertheit von vorhin war noch immer nicht in ihr Lächeln zurückgekehrt.

»Vielleicht bist du doch kein so hoffnungsloser Fall«, sagte Dainn, sobald sie Rissa ein Stück hinter sich gelassen hatten.

»Falls du dir Hoffnungen machst, dass die nächste Vermählung meine sein könnte, schlag dir das lieber gleich aus dem Kopf.«

»Dir ist schon klar, dass du dich versetzen lassen kannst? Auch in die Stadt, in der sie lebt.«

Unwillkürlich musste Elathar lächeln. Auch wenn er sich – im Gegensatz zu Dainn – noch lange nicht als verheiratet ansah, konnte er zumindest versuchen, sie wiederzusehen. Er könnte sie morgen aufsuchen und um einen Spaziergang bitten. Die Lebendigkeit in ihrem Blick und diese unverblümte Offenheit, die sie an den Tag legte, wo andere sich in höfliche Floskeln flüchteten, faszinierten ihn. Abgesehen davon war sie nicht auf den Mund gefallen, was er ausgesprochen erfrischend fand. Er hatte nicht erwartet, einer Frau wie ihr zu begegnen. Ganz besonders nicht hier und heute.

»Weißt du, was sie sich über dich erzählen?«, riss Dainn ihn aus seinen Gedanken.

Nach allem, was er aufgeschnappt hatte, konnte er es sich ungefähr vorstellen. »Ich wette drei Goldstücke, dass darin die Worte Bastard, nicht blicken lassen und Eisprinz vorkommen.«

Dainn grinste. »Ich lasse mich nicht auf Wetten ein, die ich nicht gewinnen kann. Aber auf eines kommst du im Leben nicht! Einer hat doch felsenfest behauptet, dein Vater hätte dich verbannt, weil du ein Zauberer bist. Das ist doch immerhin mal originell.«

Originell. Das war es in der Tat.

»Jetzt mach nicht so ein Gesicht, Elathar. Sobald wir übermorgen hier raus sind, gehen wir erst einmal in eine Schenke und spülen diesen ganzen Adelsmuff mit einem ordentlichen Humpen herunter.«

Jetzt musste auch Elathar grinsen. Dainn wusste immer, wie er ihn aufheitern konnte. Als er vor sieben Jahren zur Lumpenkompanie gestoßen war, war Dainn der Einzige gewesen, der ihn mit offenen Armen empfangen hatte, während die anderen ihren Schabernack mit ihm, dem Frischling, getrieben hatten. Seitdem waren sie Freunde. Längst waren auch die anderen seine Freunde, und seit er zum Hauptmann befördert worden war, auch seine Untergebenen. Damals allerdings, als Elathar zum ersten Mal davon gehört hatte, zu welcher Art von Einheit sein Vater ihn schickte, hatte ihm das eine Höllenangst gemacht. Mit Ausnahme der Offiziere waren die meisten Mitglieder einer Lumpenkompanie ehemalige Diebe und Betrüger. Verbrecher, die man vor die Wahl gestellt hatte, in den Kerker zu wandern oder ihre Schuld im Dienst der königlichen Armee abzuleisten. Lebenslang.

Es gab nur wenige Kompanien dieser Art, und die meisten taten ihren Dienst in Garnisonen wie seiner: an abgelegenen Orten, an denen die wenigsten Soldaten freiwillig sein wollten. Elathar störte sich schon lange nicht mehr daran – weder an der Zusammensetzung seiner Einheit noch an seinem Einsatzort und den ihnen zugeteilten Aufgaben. Die Männer waren ein rauer Haufen, doch keiner von ihnen war so schlimm wie der Ruf, der ihnen vorausging. Diejenigen, die es waren, blieben für gewöhnlich nicht lange. Entweder desertierten sie oder sie wandten sich erneut dem Verbrechen zu – beide Wege endeten zumeist am Galgenbaum.

Elathar fragte sich, was es über ihn aussagte, dass er lieber einen Haufen ehemaliger Verbrecher kommandierte, als sich jetzt auf den Weg zu seiner Familie zu machen. Allerdings hatte die Begegnung mit Rissa seine Laune derart gehoben, dass nicht einmal das bevorstehende Zusammentreffen mit seinem Vater und der Königin seine Stimmung drücken konnte.

2

Rissa blickte Hauptmann Elathar und seinem Begleiter hinterher, bis sie in der Dunkelheit nicht mehr zu sehen waren. Erst dann gab sie ihren weichen Knien nach und ließ sich auf eine Bank sinken.

Was hatte sie sich nur dabei gedacht? Sie hätte ihn im Saal nicht beobachten sollen und sich erst recht nicht auf einen Spaziergang oder gar ein Gespräch einlassen dürfen. Ihr erster Impuls, als sich ihre Blicke begegnet waren, war gewesen, sich abzuwenden. Aber genau das wollte sie nicht. Der Mann, der sich so offensichtlich fehl am Platz fühlte, hatte sie fasziniert. Ihr gefielen seine kantigen Züge ebenso wie die Entschlossenheit in seinem Blick. Anfangs hatte sie seinen Blick für finster gehalten, jedoch schon bald festgestellt, dass es die geraden dunklen Augenbrauen waren, die diesen Anschein erweckten. Schon bevor er sich ihr vorgestellt hatte, war ihr seine Haltung aufgefallen. Die Haltung eines Kriegers, aufrecht und stolz. Elegant, aber tödlich. In der Art, wie er den Kopf hielt, lag eine gewisse Überlegenheit, die zu besagen schien, dass er mit jedem Gegner fertigwurde. Vielleicht war es gerade diese Furchtlosigkeit, die sie angezogen hatte. Eine Furchtlosigkeit, die sie sich für sich selbst wünschte. Was war schon dabei, sich einen Abend lang zu amüsieren? Nur ein einziges Mal. Nach dem Ball würde sie ihn ohnehin nicht wiedersehen.

Dieser Gedanke war es gewesen, der sie in Sicherheit gewiegt hatte. Wie trügerisch diese Sicherheit war, hatte sie im Laufe ihrer Unterhaltung feststellen müssen. Dieser so freundliche Mann war womöglich die größte Bedrohung, der sie in Naranor hätte begegnen können. Seine Aufgabe war es, Zauberer aufzuspüren! Als er davon erzählt hatte, war ihr übel geworden, und sie hätte am liebsten die Flucht ergriffen. Zu ihrer Erleichterung hatte er angenommen, dass ihr seine Schilderungen aufs Gemüt geschlagen waren. Was ja auch stimmte – nur dass der Grund ein anderer war, als er vermuten mochte. Rissa war keineswegs zart besaitet – aber sie war eine Zauberin. Und das machte den Hauptmann zu einer Gefahr.

Ihr Vater, dem die Gabe der Magie ebenfalls in die Wiege gelegt war, hatte sie immer gewarnt. Ihr ganzes Leben lang hatte er ihr eingeschärft, sich von anderen fernzuhalten. »Nähe offenbart Geheimnisse. Vertrauen kann dich umbringen.« Mit dieser Warnung war sie aufgewachsen.

Wenn er ihr wenigstens beigebracht hätte, ihre Magie in all ihren Facetten zu nutzen – doch solange sie zurückdenken konnte, hatte ihr Vater ihr stets verwehrt, sie zu unterrichten. Erst als er vor einigen Jahren in Falinns Dienst getreten war und sie nicht länger von Ort zu Ort ziehen mussten, immer in der Angst, als das erkannt zu werden, was sie waren, hatte sich das geändert. Ihr Vater hatte sich in den ungenutzten Kellern tief unter der Burg ein Labor eingerichtet, einen Ort, an dem er sich sicher fühlte.

Rissa wusste nicht, was er dort unten trieb – sie wusste nicht einmal, ob der Fürst von diesen Räumen wusste. Ihr selbst war es lange Zeit verboten gewesen, dorthin zu gehen. Erst als ihr Vater vor zwei Jahren herausgefunden hatte, dass sie über die seltene Gabe des Aufspürens verfügte, hatte er sie mit in sein Allerheiligstes genommen, wobei er sie nur in einen der Räume ließ, während der andere stets abgesperrt blieb. Das Aufspüren von Magie war eine Gabe, die nur wenigen Zauberern in die Wiege gelegt war, und ihr Vater wollte nicht, dass Rissa dieses seltene Talent verkümmern ließ. Er selbst allerdings war des Aufspürens nicht mächtig, weshalb es sich für ihn auch schwierig gestaltete, sie darin zu unterweisen.

Immer wieder bat Rissa ihn, ihr auch andere Dinge beizubringen, doch er lehnte jedes Mal ab. »Solange du keine Magie einsetzt«, pflegte er zu sagen, »wird niemand herausfinden, was du bist. Dann bist du in Sicherheit.«

Ihren Einwand, dass das Aufspüren doch auch Magie war, ließ er nicht gelten, da er der Ansicht war, dass es ihr womöglich einmal das Leben retten könnte, wenn sie in der Lage war, einen Zauberer und dessen Werk zu erkennen.

»Ich verfüge über den Blick. Sollte das nicht genügen?«

Der *Blick* hatte nichts mit Magie zu tun. Er war eine angeborene – wenn auch seltene – Fähigkeit, über die auch normale Menschen verfügen konnten und die es ermöglichte, eine magische Täuschung zu durchschauen und zu erkennen, was sich wirklich dahinter verbarg.

»Damit«, hatte ihr Vater erwidert, »erkennst du den Zauber, aber noch lange nicht den Zauberer. Außerdem funktioniert es nur, wenn dein Auge darauf fällt. Was aber, wenn du bewusst etwas finden musst?«

Rissa konnte sich nicht vorstellen, warum das je der Fall sein sollte, vermied aber jede weitere Diskussion. Längst war ihr klar geworden, dass ihr Vater nicht nachgeben würde. Und wenn sich Dalkur einmal etwas in den Kopf gesetzt hatte, konnte er mindestens so stur sein wie sie selbst.

Wie gern hätte sie all die Dinge gelernt, die er über die Magie wusste – und die er damit vollbringen konnte. Doch statt sie in der Anwendung ihrer Kräfte zu unterweisen, hatte er die letzten beiden Jahre darauf verwandt, ihr beizubringen, ihre Energie zu kanalisieren und sie dazu zu verwenden, andere Magie aufzuspüren. Inzwischen war sie gut darin geworden. Es kostete sie immer weniger Konzentration, die Zauber zu finden, die ihr Vater in seinem Labor für sie versteckte, ganz egal, ob es sich dabei um einen Blitz handelte, den er hinter einer Reihe von Büchern in einem der Regale verborgen hatte, oder um einen winzigen Käfer, den er für ihre Augen hatte unsichtbar werden lassen.

Rissa hatte nicht begreifen wollen, warum eine Form der Magie sicherer sein sollte als eine andere. Ihr erschien es besser, wenn sie ihre Kräfte kennen und einzuschätzen lernte, statt dass plötzlich ein Zauber unkontrolliert aus ihr hervorbrach. Deshalb hatte sie die Warnung ihres Vaters in den Wind geschlagen und angefangen, heimlich mit ihren Kräften zu experimentieren. Angeleitet vom Vorbild ihres Vaters, hatte sie sich einen verlassenen Lagerraum gesucht, einen Ort, bei dem sie sicher war, dass sich dort niemand hin verirrte. Unglücklicherweise waren ihre ohnehin spärlichen Energiereserven nach den Übungsstunden mit ihrem Vater häufig aufgebraucht, sodass sie weit weniger experimentieren konnte, als sie es sich gewünscht hätte. Nachdem sie jedoch erst einmal begriffen hatte, wie ihre Magie im Grundsatz funktionierte, war es leichter geworden. Zauber, die darauf abzielten, die Elemente zu manipulieren, fielen ihr am leichtesten. Ganz besonders dann, wenn sie in der Lage war, das entsprechende Element zu berühren. Je greifbarer etwas war, desto einfach war es zu beeinflussen. Unglücklicherweise waren ihren Kräften deutliche Grenzen gesetzt, weshalb sie die Zeiten, in denen sie nicht üben konnte, darauf verwandte, mehr über die Magie in Erfahrung zu bringen. Sie las alte Schriften, die sich im Besitz ihres Vaters befanden, und lauschte den Legenden der Geschichtenerzähler. Es war kein geheimes Wissen, das sie sich dabei aneignete, aber zumindest eine tiefere Kenntnis über die Vergangenheit der Zauberer und darüber, wo und wie sie gelebt hatten.

Trotz ihrer Übungen hatte sie in Gegenwart anderer Menschen noch nie gewagt, einen Zauber einzusetzen. Zu groß war ihre Angst, jemand könne ihre Magie durchschauen und herausfinden, was sie war. Jemand wie der Hauptmann.

Menschen wie er waren der Grund, warum ihr Vater sie ermahnte, lieber für sich zu bleiben. Ein einziges Mal, für kurze Zeit, hatte sie einen Spielkameraden gehabt, doch es war nicht gut ausgegangen. Seitdem hielt sie sich von anderen fern.

Aber Rissa kam nicht gut mit dem Alleinsein zurecht. Sie vermisste die Nähe und Freundlichkeit anderer. Was seltsam war, wenn man bedachte, dass sie ihr ganzes Leben lang eine Einzelgängerin gewesen war, die gar nicht wissen sollte, wie sich Nähe und Freundlichkeit anfühlten. Da war einfach eine Lücke in ihrem Innersten, von der sie vermutete, dass diese Gefühle dorthin gehörten. Manchmal versuchte sie noch immer, diese Lücke zu füllen, und suchte die Gesellschaft anderer. Und auch wenn sie stets darauf bedacht war, dabei niemandem zu nah zu kommen, mochte sie die Illusion von Freundschaft. Sie liebte es, sich mit anderen zu unterhalten, zu debattieren und zu lachen. Die Menschen gleichzeitig auf Distanz zu halten, war schwierig, und ohne die regelmäßigen Standpauken und Strafen ihres Vaters, die ihr immer ungerecht erschienen waren, hätte sie es womöglich nicht geschafft.

Jetzt wusste sie, dass es keine Ungerechtigkeit war, die ihn dazu veranlasst hatte, sondern lediglich der Wunsch, sie zu schützen. Vor Menschen wie dem Hauptmann. Oder denen, die ihresgleichen an Männer wie ihn meldeten. Glücklicherweise würde sie ihn nicht wiedersehen. Zu ihrem Erstaunen verspürte sie einen Funken des Bedauerns. Rasch streifte sie das Gefühl ab. Ihr Vater hatte recht gehabt; es war besser, wenn sie für sich blieben. Und in Zukunft würde sie sich auch daran halten.

Dabei hatte sie nicht einmal vorgehabt, auf dem Ball zu erscheinen. Es war die Braut, die auf ihrer Anwesenheit bestanden hatte. Als Mitglied des Haushalts und Tochter des fürstlichen Beraters war es Rissas Pflicht, anwesend zu sein. »Außerdem«, hatte Eleria beharrt, »möchte ich nur ein einziges Mal erleben, dass du dich amüsierst. Was wäre da besser geeignet als meine Vermählung?«

Rissa wollte ablehnen, doch Eleria hatte darauf bestanden. »Das ist mein Hochzeitswunsch an dich. Du musst ihn mir erfüllen.«

Da war ihr keine andere Wahl mehr geblieben.

Es war nicht einmal ihr erster Ball. Schon als sie noch jünger war, hatte sie von Zeit zu Zeit an ähnlichen Festivitäten teilgenommen, auch wenn die Gesichter der Anwesenden in ihrer Erinnerung ebenso verschwommen waren wie der jeweilige Anlass. Sie konnte sich nicht einmal erinnern, welche Kleider sie getragen oder mit wem sie getanzt hatte. Vielleicht war sie damals klüger gewesen und hatte sich tatsächlich von den anderen Gästen ferngehalten. Zumindest konnte sie sich nicht erinnern, sich jemals auf ähnliche Weise wie heute Abend unterhalten zu haben.

Als der Hauptmann sie zum Tanz aufgefordert hatte, hatte sie darauf gebrannt, mit ihm über das Parkett zu wirbeln. Sobald sie jedoch den Rand der Tanzfläche erreicht hatten, war ihr schlagartig bewusst geworden, dass sie gar nicht tanzen konnte. Sie hatte gedacht, sie könnte es, doch plötzlich war jede Erinnerung an die Schrittfolgen verschwunden. Hauptmann Elathar hatte sie offenbar so beeindruckt, dass sie sogar etwas so Selbstverständliches wie Tanzschritte vergaß.

Da ihr die Aufregung der letzten Stunde für einen Abend genügte, entschied sie, sich zurückzuziehen. Mit immer noch wackligen Beinen stand sie auf und kehrte in den Ballsaal zurück, um sich nach ihrem Vater umzusehen. Es dauerte ein wenig, bis sie ihn abseits der Tanzfläche entdeckte. Er hatte die vertraute Robe des Gelehrten, die für gewöhnlich seine stämmige Gestalt umhüllte, gegen Wams und Hosen getauscht, und schien sich sichtlich unwohl darin zu fühlen. Sein Blick schweifte unruhig durch den Raum, die buschigen, dunklen Augenbrauen in tiefer Konzentration zusammengezogen. Als sein Blick auf Rissa fiel, hellten sich seine Züge auf. War das Erleichterung? Wusste er, dass heute jemand wie der Hauptmann anwesend sein würde?

»Ich werde mich zurückziehen«, sagte sie.

Ihr Vater quittierte ihren Entschluss mit einem Nicken.

»Dalkur!« Noch bevor ihr Vater etwas erwidern konnte, trat Weylan Aren, der Fürst von Maél, zu ihnen. »Ihr seht keinen Tag älter aus als bei unserer letzten Begegnung! Wie lang ist das her? Sieben Jahre?«

»Acht, Euer Gnaden.« Dalkur verneigte sich und Rissa tat es ihrem Vater nach. Sie konnte sich nicht erinnern, dem Fürst von Maél schon einmal begegnet zu sein. Auch nicht daran, dass sie je in seiner Burg oder deren Nähe gewesen wären. Woher ihr Vater ihn kannte, wusste sie nicht.

»In Falinns Diensten zu stehen, scheint Euch gut zu bekommen.«

Mit einer weiteren Verneigung in Richtung des Fürsten zog sich Rissa zurück. Der Mann hatte recht. Ihr Vater hatte sich in den letzten Jahren wirklich nicht verändert. In ihrer Erinnerung sah er immer gleich aus. Was für ein Glück, dass er mit derart guter Gesundheit gesegnet war. Nicht auszudenken, wie ihr Leben ohne ihn wäre. Ohne den einzigen Menschen, mit dem sie ihr Geheimnis teilte, dem einzigen Bezugspunkt, den sie in dieser Welt hatte.

3

Wenn du das Bathrá hinter dir hast«, sagte Dainn, als sie vor dem Zugang zu dem Treppenhaus stehen blieben, das zu den königlichen Privatgemächern führte, »spendiere ich dir einen Humpen, um den bitteren Nachgeschmack der Verwandtschaft herunterzuspülen. Wozu bis übermorgen damit warten?«

»*Darauf* freue ich mich jetzt schon.« Elathar nickte ihm noch einmal zu und machte sich auf den Weg. Die ausgetretenen Stufen wanden sich in einer engen Spirale nach oben. Durch die Schießscharten drangen die Stimmen und das Gelächter der Hochzeitsgesellschaft an sein Ohr, begleitet von den gedämpften Klängen der Musik.

Oben angekommen, trat er in einen überraschend hell erleuchteten Gang, dessen nackte Steinwände von Wandteppichen und Bannern geschmückt wurden. Vor dem Empfangszimmer des Königspaars hatte sich ein bulliger Krieger postiert, auf dessen Uniform Fürst Falinns Leuchtturm prangte. Seine Schulterklappen wiesen ihn als Hauptmann aus. Als Elathar näher kam, salutierte der Mann zackig und öffnete die Tür, um ihn einzulassen.

Dicke Teppiche dämpften seinen Schritt. Im Inneren des weitläufigen Raums, in dem der König Freunde und Familie in ungezwungener Atmosphäre zu empfangen pflegte, erwarteten ihn bereits Fürst Falinn und das Brautpaar. Elathar verneigte sich vor dem Fürsten und dessen Tochter und nickte seinem Bruder zu. Carandir stand neben einem der Fenster, das den Blick über die Klippen zum Meer eröffnete, doch er schenkte weder der Aussicht noch seiner Gemahlin Beachtung. Stattdessen schoss sein Blick rastlos hin und her, während er unablässig am bestickten Ärmel seines Wamses zupfte. Den ganzen Tag über, selbst während der Zeremonie am Morgen, als alle Augen auf ihn gerichtet waren, hatte Carandir ruhig und beherrscht gewirkt. Anders als jetzt. War es jetzt nicht ein wenig zu spät, um noch nervös zu sein?

»Hauptmann Fjal'Har«, begrüßte ihn der Fürst. »Wir hatten noch gar keine Gelegenheit, uns zu unterhalten.«

»Ihr seid ein gefragter Mann, Euer Gnaden. Und heute ist ebenso ein besonderer Tag für Euer Haus, wie er es für das Haus des Königs ist.« Elathar verkniff es sich, ihm zu sagen, dass die Gelegenheit durchaus da gewesen wäre, der Fürst es aber vorgezogen hatte, stattdessen sein Gespräch mit Carandir abrupt zu unterbrechen und ihn ohne ein weiteres Wort von ihm wegzulotsen.

Der Fürst quittierte seine Worte mit einem Lächeln, kam jedoch nicht mehr dazu, etwas zu erwidern, da in diesem Augenblick die Tür geöffnet wurde und der König und die Königin eintraten. Als er durch die Tür schritt, bedeutete König Caedmon seinen Leibwachen, die Tür zu schließen und draußen zu warten. In Gegenwart seines Vaters erschien Elathar der Raum mit einem Mal zu klein. Die Sitzmöbel, die Teppiche und die schweren Vorhänge, die dem Empfangszimmer ein Gefühl von Gemütlichkeit vermitteln sollten, wirkten plötzlich erdrückend.

Elathar beobachtete, wie sich Falinn und Eleria vor dem Königspaar verbeugten und Carandir seine Mutter auf die Wange küsste. Königin Arien wirkte frisch und ausgeruht. Das lange blonde Haar hatte man ihr zu einer komplizierten Frisur aufgesteckt, auf der die zarte Krone ruhte. Die goldenen Stickereien in ihrem dunkelroten Gewand waren perfekt darauf abgestimmt.

Als die Reihe an ihm war, trat Elathar vor und verneigte

sich, wobei er Carandir wieder einmal dafür verfluchte, dass er ihn hierher bestellt hatte. Das Bathrá war eine Sache der engsten Familie, zu der er nicht gehörte, wie ihm der eisige Blick der Königin deutlich zeigte. Im Gegensatz zu seinem Vater hatte Königin Arien nicht einmal ein Nicken für ihn übrig. Die Stimmung im Raum war so angespannt, dass sie Elathar beinahe körperliches Unbehagen bereitete. Und nicht nur ihm. Carandir wirkte, als würde er am liebsten die Flucht ergreifen. Offenbar war er mit dieser Ehe weit weniger glücklich, als Elathar es ihm gewünscht hätte.

Während die Königin ein paar Worte mit Eleria wechselte, ging Carandir zur Anrichte, auf der ein Tablett mit sechs silbernen Weinkelchen bereitstand. Falinn nickte ihm kurz zu, da griff er nach einer der beiden Karaffen und begann, die Kelche zu füllen. Die ersten Tropfen verschüttete er, bevor seine Hand ruhig genug war, um fortzufahren. Schließlich stellte er die Karaffe zur Seite und griff zur nächsten, um auch die verbliebenen beiden Kelche zu füllen.

»Meine Königin, mein König, geschätzter Schwiegersohn, meine Tochter, Hauptmann Fjal'Har«, erhob Fürst Falinn die Stimme, sobald eingeschenkt war. »Wie es die Tradition verlangt, bietet der Bräutigam jenen, die ihm am nächsten stehen, den Kelch des Friedens und der Freundschaft.«

Carandir reichte jedem einen Kelch. Dabei bot er den Becher, dem Brauch entsprechend, mit beiden Händen dar und wartete mit gesenktem Haupt, dass seine Gabe angenommen wurde. Als er Elathar den Wein überreichte, trafen sich ihre Blicke für einen Moment. Elathar war nicht sicher, was genau es war, das er in den Augen seines Bruders zu sehen glaubte. Es ging jedoch weit über die normale Nervosität eines frisch Vermählten hinaus. Ehe er sich einen besseren Eindruck verschaffen konnte, wandte sich Carandir ab und griff nach dem letzten Kelch auf der Anrichte.

Der Fürst ergriff erneut das Wort. »Ich möchte mit Euch

auf die Verbindung unserer Häuser trinken. Möge sie glücklich und segensreich sein und uns auf immer die tiefe Freundschaft erhalten, die unsere Familien seit Jahrzehnten verbindet.« Er wandte sich Carandir zu. »Ich freue mich, Euch als meinen Sohn in meiner Familie begrüßen zu dürfen, ebenso wie ich mich freue, meine Tochter in Eure Hände und die Eurer Familie zu überantworten.« Bei der Erwähnung seiner Tochter zog ein kurzer Schatten über seine Züge. Die Trauer eines Mannes, der seine Frau viel zu früh verloren hatte und jetzt im Begriff war, sein einziges Kind gehen zu lassen. So schnell der Anflug von Bedauern gekommen war, so schnell verflog er auch wieder. Falinn hob seinen Weinkelch. »Darauf möchte ich trinken. Auf das Brautpaar und die Zukunft Tharennias!«

Die übrigen Anwesenden hoben ihre Kelche und stimmten ein.

»Ich heiße dich als meine Tochter willkommen, Eleria«, sagte der König.

Die Worte versetzten Elathar einen Stich – waren es doch die Worte, die er sich vor langer Zeit selbst von seinem Vater zu hören gewünscht hätte. Worte, die ihm nie über die Lippen gekommen waren.

An Falinn gewandt sagte er: »Auch Euch will ich willkommen heißen, Falinn. Nicht nur als langjährigen Verbündeten, sondern auch als Mitglied dieser Familie.«

Mit einer Verbeugung in Richtung des Königs schloss Falinn das Ritual ab. Um den geschlossenen Bund der beiden Familien zu besiegeln, führten nun alle ihre Becher an die Lippen. Wie es die Tradition verlangte, leerte Elathar seinen Wein in einem Zug. Er hatte Mühe, nicht das Gesicht zu verziehen. Der zweifellos edle Tropfen war so gar nicht nach seinem Geschmack. Dünn, fast schon wässrig, und dennoch erstaunlich sauer. So ganz anders als das Ale, das er aus den Schenken rund um die Garnison gewöhnt war. Er ging zur

Anrichte und stellte seinen leeren Weinkelch ab, in der Hoffnung, dass die Zusammenkunft, dem Brauch entsprechend, jetzt aufgelöst wurde.

Als er von der Anrichte zurücktrat, wurde ihm schwindlig. Rasch machte er einen Schritt zur Seite, um nicht ins Taumeln zu geraten. Wässrig oder nicht, der Wein schien stärker gewesen zu sein als gedacht.

Carandir nahm seiner Frau und seinem Vater die Becher ab, und Falinn, der nach dem Kelch der Königin gegriffen hatte, hielt überrascht inne. »Ihr habt ja gar nichts getrunken, Majestät.«

»Der schwere Wein täte meiner Gemahlin in ihrem Zustand nicht gut«, sagte der König an ihrer Stelle.

»Also ist es wahr, was man sich erzählt.« Der Blick des Fürsten kehrte zur Königin zurück. »Dann seid Ihr also guter Hoffnung?«

Zum ersten Mal, seit sie den Raum betreten hatte, zeigte sich ein Lächeln auf Königin Ariens Zügen. Ihre Wangen nahmen eine rosige Färbung an, und ihre blauen Augen strahlten vor Glück. »Es ist wahr, mein lieber Fürst.«

Elathar wurde übel. Da er nach einem Becher Wein wohl kaum betrunken war, mussten es die Erinnerungen sein, die ihm den Magen umzudrehen drohten. Er hatte geglaubt, über die Zurückweisung hinweg zu sein. Offenbar hatte er sich getäuscht.

Bemüht, sich nichts anmerken zu lassen, zog er sich ein Stück zurück. Dabei verlor er das Gleichgewicht. Mit einem taumelnden Schritt versuchte er, sich abzufangen, doch seine Beine gehorchten ihm nicht. Sie fühlten sich eigenartig kraftlos an, kaum mehr in der Lage, ihn zu tragen. Seine Sicht verschwamm. Er sah sich nach den anderen um. Sah, wie der König zu Boden stürzte. Die Königin schrie auf. Sie fuhr herum, um ihrem Gemahl zu Hilfe zu kommen, als Falinn sie beim Arm packte und herumriss. Ein Dolch blitzte in seiner

Hand auf – nur einen Herzschlag lang, bevor sich die Klinge in die Eingeweide der Königin grub.

Carandir stand mitten im Raum. Reglos, die leeren Becher noch in den Händen, sah er zu, wie Falinn zu einem weiteren Stich ausholte. *Hilf ihr*, wollte Elathar rufen, doch kein Laut kam über seine Lippen. Falinn zog seinen Dolch zurück, gab die Königin frei und ließ sie neben ihrem Gemahl zu Boden fallen. Blut sickerte unter ihrem Leib hervor und tränkte den Teppich in einer stetig größer werdenden Lache.

Nur am Rande bemerkte Elathar, dass auch Eleria zusammengebrochen war. *Der Wein! Es muss etwas im Wein gewesen sein.* Er machte einen wankenden Schritt nach vorne, bereit, sich Falinn entgegenzuwerfen. Doch seine Beine vermochten ihn nicht mehr zu tragen. Lange bevor er auch nur in die Nähe des Fürsten kam, brach er in die Knie. Sein Sichtfeld verengte sich immer mehr. Das Letzte, was er wahrnahm, bevor die Welt endgültig in Dunkelheit versank, war der Blick, den Falinn und Carandir wechselten. Der Blick von Verschwörern.

4

Für eine Weile herrschte in seinem Geist Stille. Eine Stille, die sich Elathar geradezu zurückwünschte, als sein Bewusstsein allmählich zurückkehrte. Ihm war übel, und in ihm schien ein Feuer zu lodern, das ihn zu verzehren drohte. Es kostete ihn unglaubliche Anstrengung, überhaupt die Augen zu öffnen, und als er es endlich schaffte, war die Dunkelheit noch immer da. Er blinzelte dagegen an, bis er glaubte, milchige Schemen hinter der Finsternis auszumachen. Nur ganz allmählich wurde ihm bewusst, dass jemand ein Laken über ihn gebreitet hatte. Ein Leichentuch! Mit einem Ruck riss er es fort.

Ein Poltern erklang, als ein Stuhl neben Elathar auf den Steinboden krachte. Verschwommen erkannte er die vertrauten Umrisse seines Stellvertreters, der an seiner Seite gesessen haben musste und wohl aufgesprungen war, als Elathar sich unter dem Laken befreit hatte.

Elathar lag auf einem Tisch, neben ihm drei weitere Körper unter weißen Tüchern verborgen. Eines davon war blutbefleckt. Als er sich aufsetzte, begann sich der Raum zu drehen. Seine Eingeweide zogen sich bei jedem Herzschlag schmerzhaft zusammen.

»Was zum …?« Nur ganz allmählich kehrte die Erinnerung zurück. An Falinn und an Carandir, die Einzigen, die noch gestanden hatten. War da ein Lächeln in Falinns Zügen gewesen?

»Bei den Göttern von Anfang und Ende!«, entfuhr es Dainn. »Du hast mich zu Tode erschreckt!«

»Mein vermeintliches Ableben oder meine Wiederauferstehung?« Elathar rieb sich den dröhnenden Schädel und versuchte zu begreifen, was passiert war. Der Wein. Es musste der Wein gewesen sein. Vermutlich Gift. Natürlich! Die Königin hatte nicht getrunken, deshalb hatte Falinn sie erdolcht. Und war da nicht auch eine zweite Karaffe gewesen? Eine ohne Gift? Carandir hatte den Wein verteilt. Er hatte gewusst, welche der Becher ungefährlich waren. Ausgerechnet Carandir!

Elathar sah zu Dainn. »Was ist passiert?«

»Das wollte ich eigentlich dich fragen.« Er wirkte bleich und müde. Dunkle Schatten lagen unter seinen Augen. »Immerhin halte ich gerade deine Totenwache.«

»Wie lange war ich … weg?«

»Ein paar Stunden. Bei den Ärschen aller verfluchten Zauberer! Ich dachte wirklich, du wärst tot!«

»Was hast du mitbekommen?« Elathar versuchte noch immer, seine Gedanken zu ordnen.

»Ich habe auf dich gewartet, als plötzlich Tumult unter den Wachen ausbrach. Jemand aus dem königlichen Flügel hatte sie alarmiert. Ich wollte ihnen folgen, doch sie ließen mich nicht nach oben. Also habe ich gewartet. Irgendwer munkelte etwas von Toten, aber keine der Wachen war bereit, mir etwas zu sagen. Ich konnte nur aufschnappen, dass die Toten in die Kapelle gebracht werden sollten. Also bin ich dorthin gegangen. Elathar, du kannst es dir nicht vorstellen … Dein Herz hat nicht geschlagen! Du hast nicht mehr geatmet. Du warst tot!«

»Offensichtlich nicht.«

Er vermutete, dass das Gift zu gering dosiert gewesen war, um einen Mann seiner Konstitution umzubringen, aber ausreichend, um seine Lebensfunktionen weit genug zu drosseln, dass man ihn für tot gehalten hatte. Was sein Glück gewesen war. Ein Glück, das seinem Vater und der Königin nicht vergönnt gewesen war, und auch nicht Eleria. Bei den Göttern, Falinn hatte seine eigene Tochter ermordet!

Aber wie konnte sein Vater tot sein? Was war mit dem Schutzzauber, der seine Blutlinie seit König Barra schützte? Wie es schien, hatten Falinn und Carandir einen Weg gefunden, den Schutz zu umgehen.

»Carandir hat das getan.« Elathar spie die Worte aus, als könne er mit dem Namen seines Bruders auch das Gift ausspucken, das durch seine Adern pumpte. »Er und Falinn.«

In knappen Sätzen berichtete er Dainn, was passiert war.

»Warum?« war alles, was Dainn darauf zu sagen hatte.

Elathar verstand selbst nicht, wie Carandir so etwas tun konnte. Warum er es überhaupt tun *sollte*. Er wäre seinem Vater doch ohnehin auf den Thron gefolgt. Hatte er in den letzten Jahren einen derartigen Durst nach Macht entwickelt, dass er nicht länger abwarten wollte, bis seine Zeit kam?

Er schüttelte den Kopf. »Ich weiß es nicht. Aber ich werde diese Tat nicht ungesühnt lassen. Holen wir sie uns!« Er schwang die Beine vom Tisch, sprang auf – und wäre um ein Haar zu Boden gegangen, als seine Knie nachgaben. Es gelang ihm gerade noch, sich abzufangen. Er fühlte sich schwach und schwindlig. Gleichzeitig war er wütend. Auf Carandirs Tat und seine eigene Schwäche.

»Ich glaube nicht, dass wir heute noch etwas anderes unternehmen sollten, als von hier zu verschwinden.«

Elathar blinzelte gegen den Schwindel an. Es fiel ihm schwer, den Sinn hinter Dainns Worten zu erfassen. »Warum sollten wir das tun?«

»Wenn sie dich umbringen wollten, wird es ihnen nicht gefallen, dass du quicklebendig hier herumläufst.«

Er konnte jetzt nicht einfach verschwinden! Diese Ratten mussten sich für ihre Tat verantworten!

Wie so oft, schien Dainn auch dieses Mal seine Gedanken zu erraten. »In dieser Verfassung wirst du niemanden zur

Rechenschaft ziehen. Bestenfalls wird es dir gelingen, ihre Tat zu vollenden, indem du dich mit deinem Wunsch nach Vergeltung selbst umbringst.«

»Unsinn!«

»Unsinn? Wirklich?« Dainn tippte ihm gegen die Brust.

Sofort geriet Elathar aus dem Gleichgewicht und musste sich erneut festhalten. Dainn hatte recht. Vermutlich war er nicht mal in der Lage, ein Schwert zu halten – wenn er denn eines gehabt hätte. Doch abgesehen davon, dass sich seine Waffe in seinem Gemach und damit außerhalb seiner Reichweite befand, wäre er tatsächlich nicht imstande gewesen, sich mit Falinn und Carandir anzulegen. Noch weniger mit mehreren Dutzend Wachen, die zu ihrer Verteidigung eilen würden. Es gefiel Elathar nicht, sich diese Schwäche einzugestehen, und am liebsten hätte er sich der Einsicht verweigert. Doch damit half er niemandem – am wenigsten sich selbst. »Lass uns verschwinden.«

Dainn wollte ihn stützen, doch Elathar wehrte seine Hände ab. Er nahm sich einen Moment, um sich zu sammeln. Dann richtete er sich auf. Er fühlte sich immer noch ein wenig unsicher, doch er konnte immerhin aus eigener Kraft stehen und gehen. Und das war zweifelsohne mehr, als Falinn und Carandir ihm zugetraut hätten, als sie das Leichentuch über ihn breiten ließen.

Dainn ging zur Tür, öffnete sie einen Spalt und spähte nach draußen. Schließlich wandte er sich wieder Elathar zu. »Die Luft ist rein. Der Priester, der vorhin noch im Gebetsraum war, ist weg.«

Zweifelsohne war die Kapelle der Ort, von dem aus es ihnen am leichtesten gelingen sollte, aus der Burg zu fliehen. Sie befand sich zwar innerhalb der Burgmauern, doch so weit abgelegen vom Haupthaus, dass es nicht sonderlich schwierig sein sollte, unbemerkt zum Tor zu gelangen. Dann mussten sie nur noch an den Torwachen vorbei.

»Haben sie die Nachricht vom Tod meines Vaters schon verkündet?«

Dainn schüttelte den Kopf. »Ich glaube, das wollen sie morgen tun. Im Ballsaal feiern sie immer noch, ohne zu ahnen, was passiert ist.«

Umso leichter würde es sein, an den Torwachen vorbeizukommen. Zwei betrunkene Gäste auf dem Weg in die Stadt.

Mit unsicheren Schritten ging Elathar zur Tür, als er hinter sich ein Stöhnen vernahm. Er fuhr herum und folgte dem Laut zu einem der Tische. Da war es wieder, dieses gequälte Geräusch. Er zog das Tuch zur Seite und sah seinem Vater ins bleiche Gesicht. Der Brustkorb des Königs hob und senkte sich unter kaum merklichen Atemzügen.

»Dainn! Er lebt!« Er beugte sich über seinen Vater und versuchte, ihn aufzuwecken. Doch der König rührte sich nicht. Keine Regung zeigte sich in seinen Zügen, kein Zucken, nicht mal ein Flattern der Lider. Abgesehen von den flachen Atemzügen gab es kein weiteres Lebenszeichen. »Wir müssen ihn fortbringen. Hilf mir!«

»Sollten wir nicht lieber die Wachen rufen?«

»Hast du nicht gerade selbst gesagt, dass sie uns umbringen werden?«

»Das war, bevor wir einen lebenden König hatten. Er wird dafür sorgen, dass –« Er schüttelte den Kopf. »Er wird für nichts sorgen, oder? Er kann nicht mal die Augen öffnen.«

Wenn sie ihn zurückließen, wäre er seinen Mördern ausgeliefert.

Dainn trat an Elathars Seite und sah ihn an. »Drei Betrunkene?«

Elathar nickte. Jemand hatte dem König das edle Wams ausgezogen, sodass er jetzt nur noch Hemd, Hosen und Stiefel trug. Krone und Amtskette fehlten ebenso wie der Siegelring mit dem Familienwappen, der sonst seine linke Hand zierte. Elathar zerzauste seinem Vater das Haar, bis ihm die Strähnen vor das Gesicht hingen, dann zog er ihn zusammen mit Dainn auf die Beine. Seine Arme über die Schultern gelegt, nahmen sie den König in ihre Mitte. Ein bis zur Besinnungslosigkeit Betrunkener, dem der Kopf auf die Brust gesunken war.

Sie verließen die Kapelle und schafften es unbeachtet bis zum Tor. Mit jedem Schritt wog die Last des Königs schwerer auf Elathars Schultern. Seine Knie zitterten, und es fiel ihm nicht schwer, den schwankenden Gang eines Betrunkenen vorzutäuschen.

Das Tor war geschlossen, was für die Nacht nicht weiter ungewöhnlich war. Zu seiner Erleichterung wirkten die Wachen nicht aufmerksamer als sonst. Offensichtlich wussten sie noch nicht, was geschehen war. Wer konnte schon damit rechnen, dass zwei Tote versuchen würden, die Burg zu verlassen?

Am Tor blieben sie stehen, darauf bedacht, sich so weit am Rande des Fackelscheins zu halten, dass die Schatten ihre Gesichter verbargen, aber weit genug im Licht, um keinen Argwohn zu erregen. Elathar trug noch immer seine Uniform, ebenso wie Dainn, weshalb es ihnen nicht schwerfiel, sich als Soldaten der Armee zu erkennen zu geben.

»He!«, rief Dainn mit gespielt schwerer Zunge einem der Männer zu. »Lasst uns mal raus. Wir müssen unseren Kumpel hier in sein Bettchen bringen, bevor sein Kommandant merkt, dass er sich davongemacht hat.«

Eine der Wachen trat näher. »Was macht ihr überhaupt in der Burg?«

Jene Soldaten, die keinen Dienst taten, nahmen an den Feierlichkeiten in der Stadt teil. Nur die höchsten Offiziere der königlichen Armee waren auf den Ball geladen. Während Dainn etwas von hübschen Zofen lallte, stimmte Elathar ein Trinklied an. Sein Gesang wurde immer lauter, und als er sich der Wache näherte, den König halb hinter sich her schleifend, hob diese abwehrend die Hände.

»Seht lieber zu, dass ihr rauskommt, bevor die feinen Herrschaften euch sehen.« Er gab einem seiner Kameraden ein Zeichen, woraufhin dieser eine Pforte neben dem Tor öffnete.

Nur ein paar Herzschläge später standen Elathar und Dainn mit dem König auf der anderen Seite der Burgmauer und lauschten dem beruhigenden Geräusch des Riegels, der auf der anderen Seite des Tors vorgeschoben wurde. Erleichtert stieß Elathar den Atem aus. Zum Glück war sein Plan aufgegangen, und die Wache hatte ihn aufgehalten, ehe er noch näher kommen konnte. Andernfalls wäre dem Mann zweifelsohne aufgefallen, dass sie nicht wie Betrunkene rochen.

Dainn grinste. »Und jetzt?«

»Jetzt suchen wir uns jemanden, der uns aus der Stadt bringt, bevor sie merken, dass ihnen ihre Toten abhandengekommen sind.«

5

Seit Stunden lief Carandir nun schon im Empfangszimmer seines Vaters auf und ab. Nachdem seine Eltern, Elathar und Eleria zu Boden gegangen waren, hatte Falinn die Wachen alarmiert. Sobald die Männer die Toten fortgebracht hatten, postierte Falinn ein paar Wachen vor der Tür und ließ Carandir ohne ein weiteres Wort der Erklärung zurück.

Die Blutlache auf dem Teppich war alles, was von den Ereignissen des Abends geblieben war. Sie und Carandirs Erinnerungen. Er bekam die Bilder einfach nicht aus dem Kopf. Der Dolch, der seine Mutter ausgeweidet hatte. Sein Vater, wie er zu Boden gestürzt war. Das Entsetzen in Elathars Augen, bevor auch er das Bewusstsein verloren hatte. Seine Gemahlin.

Carandir hatte sie retten wollen. Alle. Doch er hatte nicht bedacht, dass Falinn ihn festsetzen würde. Dass ihm die Hände gebunden waren, wenn sein Handeln am meisten gebraucht wurde. Jetzt konnte er nur noch hoffen, dass sein Plan aufging.

Wie hatte sein Leben in so kurzer Zeit eine derart drastische Wendung nehmen können? Noch vor drei Tagen, als Eleria und ihr Vater, zusammen mit ihrem Gefolge, in Naranor angekommen waren, war alles in bester Ordnung gewesen. Er hatte seiner Vermählung mit Freude entgegengeblickt, denn auch wenn es ein arrangiertes Bündnis war, hatte er Eleria gemocht. Sie war freundlich und sanft gewesen und schien ihm ebenfalls zugetan.

Und dann, vor zwei Tagen, war sein Leben zerbrochen.

Zerschmettert in unzählige Scherben, die sein Herz und seine Seele mit ihren scharfen Kanten jeden Tag aufs Neue zerfetzten. Fürst Falinn hatte ihn, in Begleitung des Hauptmanns seiner Leibgarde, in seinen privaten Gemächern aufgesucht. Der Hauptmann war an der Tür stehen geblieben, während Falinn zum Fenster ging. Carandir liebte diesen Raum, den er als sein persönliches Aufenthaltszimmer nutzte. Er liebte den Ausblick, der sich ihm von hier aus über die Stadt bot. Sichtlich war auch der Fürst davon angetan, denn er vermochte es kaum, den Blick von dem Trubel zu lösen, der überall in den Gassen und auf den Plätzen herrschte. Schon seit Wochen war jedes Gasthaus und jedes freie Bett belegt, vor den Toren war eine Zeltstadt entstanden, und noch immer strömten Besucher nach Naranor, die sich die Feierlichkeiten anlässlich Carandirs Vermählung, die tagelang überall in der Stadt stattfinden würden, nicht entgehen lassen wollten. Überall waren Gaukler und Musikanten. Schauspieltruppen unterhielten die johlenden Massen, und an bunten Ständen gab es Wein und Ale im Überfluss, dazu Braten und frisches Brot. Wimpel und Banner zierten die Straßen und nirgendwo in diesem Durcheinander schien es noch eine ruhige Ecke zu geben. Nie zuvor hatte Carandir seine Stadt so voller Leben gesehen.

»Ihr werdet etwas für mich tun, mein Prinz«, sagte Falinn, den Blick noch immer auf die Stadt gerichtet.

Carandir verspürte einen Anflug von Ärger. Dieser Mann mochte in wenigen Tagen sein Schwiegervater sein, dennoch stand es ihm nicht zu, so mit ihm zu sprechen. Er hätte eine Bitte äußern können, doch seine Worte hatten nichts Bittendes an sich.

Endlich wandte sich der Fürst ihm zu. »Am Abend nach der Vermählung werdet Ihr, dem Brauch entsprechend, das Bathrá einberufen. Sorgt dafür, dass neben Euren Eltern auch Euer Bastardbruder anwesend sein wird.«

»Elathar wird nicht kommen wollen.«

»Dann werdet Ihr ihn davon überzeugen müssen, dass seine Anwesenheit für Euch von großer Bedeutung ist.«

»Warum?«

»Wie Ihr wisst, steht die Blutlinie der Melanthions unter einem magischen Schutz. Aber kennt Ihr auch die genauen Worte?« Als Carandir nicht antwortete, fuhr Falinn fort: *»Keine fremde Hand kann diesen Mann und seine Erben töten, kein fremdes Blut den Zauber brechen.«* Gedankenverloren strich sich Falinn über den Bart. »Es hat mich einige Zeit gekostet, Aufzeichnungen zu finden, in denen diese Worte festgehalten waren. Aber stellt Euch meine Freude vor, als ich sie las! Die Zeit ist ihnen davongelaufen, die feindlichen Krieger stürmten ihnen bereits entgegen, weshalb Celedan seine Worte nicht mit der nötigen Sorgfalt wählte. Ein bedauerlicher Fehler.«

»Warum sagt Ihr mir nicht einfach, was Ihr wollt?«, verlangte Carandir, dem nicht der Sinn danach stand, sich über die alten Legenden auszutauschen, die rund um die Schlacht gegen die Zauberer entstanden waren.

Falinn bedachte ihn mit dem nachsichtigen Blick eines Lehrers, dessen Schüler das Offensichtliche nicht sehen wollte. »Niemand kann einen von Barras Nachkommen töten. Niemand von *fremdem* Blut. Und da kommt Ihr ins Spiel. Ihr werdet Eurer Familie das hier«, er ließ eine kleine Kristallphiole aus seinem Ärmel in seine Hand gleiten und hielt sie in die Höhe, »in den Wein mischen.«

»Was ist das?« Carandir ahnte es längst, trotzdem musste er es hören. Vielleicht konnte er dann begreifen, was gerade passierte. Was Falinn von ihm verlangte. Im Augenblick erschien es ihm lediglich wie ein schlechter Traum.

»Gift natürlich.«

Es war kein Traum. »Ihr müsst verrückt sein! Nichts dergleichen werde ich tun! In den Kerker werfen lasse ich Euch, allein für Eure Worte!« Carandir machte kehrt und wollte zur

Tür, doch Falinns Hauptmann, ein bulliger Kerl mit feuerrotem Haar, vertrat ihm den Weg.

»Das solltet Ihr gründlich überdenken«, sagte Falinn hinter ihm. »Ganz besonders bei allem, was für Euch auf dem Spiel steht.«

Carandir fuhr herum. »Was wollt Ihr damit sagen, Ihr elender –«

Falinn war noch immer die Ruhe selbst. »Ich sage Euch, dass Ihr die Wahl habt. Ihr könnt Eure Familie oder Euer Volk retten. Beides wird Euch nicht gelingen.« Während Carandir noch versuchte, die Schwere seiner Worte zu erfassen, fuhr der Fürst fort: »Meine Männer sind überall in der Stadt postiert, natürlich ohne Uniformen. Sie haben sich unter das Volk gemischt. Solltet Ihr Euch weigern, meine Forderungen zu erfüllen, wird es ein Blutbad unvorstellbaren Ausmaßes geben, an dessen Ende in dieser Stadt kein Leben mehr existieren wird.«

Carandir schwankte zwischen dem Wunsch, die Wachen zu rufen, und dem, Falinn augenblicklich selbst den Hals umzudrehen.

»Ich sehe, Ihr zweifelt an meiner Entschlossenheit, mein Prinz. Warum begleitet Ihr nicht Hauptmann Kartain in die Stadt und verschafft Euch selbst einen Eindruck?«

Auch das war keine Bitte gewesen. Noch heute erinnerte sich Carandir an die bleierne Schwere, die seine Beine erfasst hatte, als er dem Hauptmann in die Stadt gefolgt war. Ihm war bewusst gewesen, dass weitere von Falinns Männern in unmittelbarer Nähe waren – gerade auffällig genug, dass er sie immer wieder am Rande seines Sichtfelds hatte ausmachen können. Als er nach einer Weile sicher gewesen war, dass es sich nicht immer um dieselben Männer handelte, hatte ihm der Hauptmann zu allem Überfluss erklärt, dass es sich dabei nur um einen winzigen Teil von Falinns Männern handelte. Und um den auffälligsten. »Die anderen«, hatte der Hauptmann verkündet, »würdet Ihr nicht mal erkennen, wenn Euer Leben davon abhinge.«

Der Hauptmann hatte ihn fort von der Hauptstraße und dem Marktplatz geführt, durch verwinkelte Gassen, in eine Gegend, so abgelegen, dass selbst die Feiernden sich nicht hierher verirrten. Vor dem Haus eines Händlers hatte er haltgemacht und Carandir aufgefordert einzutreten. Der Anblick, der sich ihm im Innern des Hauses geboten hatte, verfolgte ihn noch immer. Drei Kinder, die Kehlen aufgeschlitzt, Vater und Mutter, die an dicken Seilen vom Deckenbalken baumelten, und eine alte Frau, die mit gebrochenem Blick in unnatürlich verrenkter Haltung vor der Feuerstelle lag.

»Dasselbe wird in jedem Haus und jeder Gasse dieser Stadt geschehen, wenn Ihr Euch weigert, die Anweisungen meines Herrn zu befolgen. Solltet Ihr dieses Opfer immer noch für vertretbar halten, stellt Euch die Frage, ob sich etwas an Eurer Einstellung ändern würde, wenn der Tod nicht an den Toren Eurer Stadt haltmacht.«

Als Carandir in die Burg zurückkehrte, hatte Falinn ihn bereits erwartet. Wieder hielt er ihm die Phiole entgegen. Widerstrebend hatte Carandir das Fläschchen an sich genommen, wohlwissend, was er damit tun würde.

Aber Falinn hatte seine Gedanken erraten. »Versucht gar nicht erst, es mir in den Wein zu kippen. Ich werde vorher ein Gegenmittel einnehmen.« Er hob warnend den Zeigefinger. »Auch ein Dolch zwischen meine Rippen oder anderes Ungemach wird Euch nicht retten. Meine Männer haben Anweisungen, diese Stadt auszulöschen, sollte mir etwas zustoßen.«

Carandir schüttelte den Kopf. Wieder kehrte sein Blick zu dem Blutfleck auf dem Teppich zurück. Er hatte gedacht, alles unter Kontrolle zu haben, doch damit, dass seine Mutter den Wein nicht trinken würde, hatte er nicht gerechnet.

Natürlich hatte er von Anfang an nicht vorgehabt, sich auf Falinns Forderungen einzulassen. Er hatte zu seinem Vater gehen wollen, doch ihm war bewusst gewesen, dass dieser ihm nicht glauben würde. Nicht, nachdem er schon vor Monaten sein Misstrauen angesichts der bevorstehenden Vermählung geäußert hatte. Zu seinem Leidwesen war er von Natur aus impulsiv und ließ sich zu sehr von seinen Gefühlen leiten, weshalb sein Vater dazu neigte, ihn nicht immer ernst zu nehmen. So war es auch damals gewesen.

»Was bringt dich auf den Gedanken, dass etwas mit dieser Vermählung nicht in Ordnung sein könnte?«, hatte sein Vater gefragt, nachdem Carandir ihm von seinem Unbehagen erzählt hatte.

»Falinn plant etwas, da bin ich sicher.«

»So sicher, wie du dir damals warst, als du mich davon überzeugen wolltest, dass das Handelsschiff vor unserem Hafen in Wahrheit ein Piratenschiff ist?«

Der spöttische Unterton seines Vaters versetzte ihm einen Stich. Ja, er hatte sich geirrt, aber wenn er recht gehabt hätte, hätte sein Misstrauen unzählige Leben gerettet. »Dieses Mal ist es anders.«

»Schlag dir diesen Unsinn aus dem Kopf, Sohn.« Sein Blick war streng und unnachgiebig gewesen. »Ich war es, der diese Vermählung angeregt hat. Nicht Falinn. Du kannst also aufhören, ihm alle möglichen Dinge zu unterstellen, denn wenn überhaupt, bin ich derjenige, der sich etwas von dieser Verbindung erwartet.«

In letzter Zeit hatte es immer wieder Unruhe unter den Fürsten gegeben, und mehr als einmal war hinter vorgehaltener Hand die Frage geäußert worden, ob Caedmon immer noch der Richtige auf dem Thron sei. Ein oder zwei hatten sogar begonnen, eine Allianz gegen ihn zu schmieden. Carandirs Vermählung mit Eleria, so hatte sein Vater ihm erklärt, würde das mächtige Haus der Danes an die Krone binden. Solange Falinn aufseiten der Melanthions stand, würde niemand es wagen, offen aufzubegehren. Und auch Falinn hatte keinen Grund, sich gegen den König zu erheben. Warum auch, wenn seine Tochter die nächste Königin von Tharennia werden würde?

Damit hatte der König Carandir entlassen – nicht ohne anzumerken, dass er noch viel zu lernen hatte, ehe er so weit war, selbst den Thron zu besteigen. Dass er daran zweifelte, dass Carandir der Richtige war, um das Land zu regieren, hatte er mit keiner Silbe gesagt. Doch Carandir hatte es in seinen Augen gesehen.

Sein Vater würde ihm nicht zuhören. Deshalb hatte er daran gedacht, sich an Beolan zu wenden. Die beiden waren zusammen aufgewachsen und Carandir vertraute ihm. Trotzdem hatte er den Gedanken sofort wieder verworfen. Als Kommandant der königlichen Leibgarde würde Beolan eine derartige Bedrohung nicht für sich behalten. Er würde mit dem König sprechen, wie es seine Pflicht war. Und der König würde ihn erneut abschmettern, selbst wenn Carandir ihm die Phiole mit dem Gift präsentierte. Wie sollte er auch beweisen, dass es von Falinn stammte? Und selbst wenn er ihm Glauben geschenkt hätte – was dann? Vermutlich hätte er seine Soldaten in Alarmbereitschaft versetzt und wenn Falinn Wind davon bekommen hätte …

Seine einzige Hoffnung war Elathar. Sein Bruder hätte gewusst, was zu tun war. Doch als er auf dem Ball versucht hatte, mit ihm zu sprechen, war Falinn ihm in die Quere gekommen und hatte ihn von seinem Bruder ferngehalten, bis es zu spät war.

Nachdem sein Plan, Elathar einzuweihen, gescheitert war, hatte er selbst handeln müssen. Er wusste, dass Falinn ihn nur wegen des Schutzzaubers gebraucht hatte … andernfalls wäre er niemals das Risiko eingegangen, ihn in seine Pläne einzuweihen. Zornig drosch Carandir die Faust gegen die Wand. Er schlug sich die Knöchel am Stein blutig, doch er spürte den Schmerz nicht. Dieser verdammte Schutzzauber hatte niemandem geholfen! Der Hohepriester des Bronn selbst hatte den Schutz ausgesprochen und im Gegensatz zu den Zauberern hatten die Bronnéa damals noch immer hohes Ansehen in weiten Teilen der Bevölkerung genossen. Die Bronnéa, was, wie Carandir aus den alten Sagen wusste, die Kinder des Lebens bedeutete, waren die Hüter des Alten Glaubens gewesen. Eines Glaubens, der mit ihrem Tod in Vergessenheit geraten war. Vielleicht hatten die Menschen ihn auch bewusst verdrängt und durch den Glauben an die Kirk Tharennae und die von der Kirk verehrten Götter von Anfang und Ende ersetzt. Denn auch wenn die Bronnéa aufseiten der Fürsten gestanden hatten, so verfügten auch sie über Magie, und wenn es etwas gab, wovor sich die Menschen zu jener Zeit fürchteten, dann vor Zauberwerk.

Sie hatten ihre Magie gegen die Zauberer eingesetzt und den Fürsten damit zum Sieg verholfen. Alles, was es ihnen gebracht hatte, waren Tod und Vergessen. Keiner der Bronnéa hatte die letzte Schlacht überlebt, und jetzt, über vier Jahrzehnte später, starben auch die Erinnerungen an sie zunehmend aus.

Damals, vor der letzten großen Schlacht, war Celedan, der Hohepriester des Bronn, zu Barra gekommen, der die Fürsten unter seiner Führung vereint hatte. Im Durcheinander des bevorstehenden Kampfes hatte er einen magischen Schutz über ihn gelegt. Carandir wusste natürlich davon. Die genauen Worte jedoch hatte er erst von Falinn erfahren: *Keine fremde Hand kann diesen Mann und seine Erben töten, kein fremdes Blut den Zauber brechen.*

Es war seine Hand, die Hand eines Melanthions, die vollbringen sollte, was Falinn nicht möglich war. Und jetzt war seine Mutter tot! Hätte sie nur den verdammten Wein getrunken, dann hätte Falinn nicht seinen Dolch gezogen. Ausgerechnet seine Mutter hatte den Wein verweigern müssen! Die Einzige, in deren Adern nicht das Blut der

Melanthions floss und auf die Celedans Schutzzauber deshalb keine Wirkung hatte.

Wieder schlug er mit der Faust gegen die Wand, doch auch dieses Mal vermochte der Schlag es nicht, den Schmerz in seinem Innersten zu betäuben. Solange er hier festsaß, waren ihm die Hände gebunden. Er konnte nur hoffen, dass sein Plan funktioniert hatte und Elathar und sein Vater in Sicherheit waren. Verflucht! Sie wussten nicht einmal von der Bedrohung durch Falinns Krieger. Wenn sein Vater seine eigenen Krieger auf Falinn hetzte, war die Stadt dem Untergang geweiht. Falinn hatte nicht einmal davor zurückgeschreckt, seine eigene Tochter zu töten! Was sollte ihn dann davon abhalten, eine Stadt auszulöschen?

Während sich Carandir noch immer den Kopf zerbrach, was er unternehmen konnte, kehrte Falinn zurück. Der Fürst wirkte vollkommen makellos, sein Haar war perfekt frisiert, und keine Falte zeigte sich in seinen Gewändern, die dort nicht hingehörte. Er schwitzte nicht einmal.

»Ich vermute, Ihr wisst, warum Ihr noch hier seid, mein Prinz?«

»Ihr wollt mich als den Schuldigen hinstellen und für den Mord an meiner Familie hinrichten lassen«, sagte Carandir. »Dabei vergesst Ihr nur eines: keine *fremde* Hand – erinnert Ihr Euch?«

Falinn lachte. »Das ist das Wunderbare an Nachforschungen. Sie verleihen einem einen Wissensvorsprung. Wisst Ihr, was ich herausgefunden habe?« Er ließ Carandir gar nicht erst zu Wort kommen. »Natürlich nicht. Wie solltet Ihr auch? Magie ist eine nützliche Sache, aber wie bei den meisten Dingen hilft sie einem nur, solange niemand sie zerstört. Ihr habt sie zerstört, Prinz Carandir, denn wenn einer vom eigenen Blut den Zauber bricht, ist er aufgehoben. Ihr werdet das Beil des Henkers spüren, *Schwiegersohn.*«

Falinn rief nach seinen Wachen, als Hauptmann Kartain

hereinstürmte. Die beiden unterhielten sich in gedämpften Ton, doch nicht leise genug, dass Carandir nicht mitbekommen hätte, was passiert war. Elathar und der König waren verschwunden.

Ein erleichtertes Lächeln breitete sich auf seinen Zügen aus, als zwei von Falinns Männern ihn abführten. Seine Mutter hatte er nicht retten können. Wenigstens bei Elathar und seinem Vater hatte er Erfolg gehabt. Jetzt musste er nur noch einen Weg finden, sie vor der Gefahr durch Falinns Krieger zu warnen.

Auf der Treppe nach unten sah er den Zeitpunkt gekommen zu handeln. Einer der Männer ging vor ihm, der andere hinter ihm. Eine bessere Gelegenheit würde sich ihm nicht bieten. Aus dem Augenwinkel schätzte Carandir die Position des Mannes hinter ihm ab. Dann machte er einen Schritt zur Seite. Während er sich gegen die Außenwand des Treppenhauses drückte, packte er den Mann hinter sich und schleuderte ihn nach vorne. Die beiden Wachen stießen zusammen und gerieten ins Taumeln. Mit einem Tritt verpasste Carandir ihnen zusätzlichen Schwung, der sie die Treppen hinunterstürzen ließ. Unten blieben sie reglos liegen.

Er machte sich nicht die Mühe herauszufinden, ob sie bewusstlos oder tot waren. Lediglich ein Schwert und einen Dolch nahm er ihnen ab, bevor er über sie hinwegstieg.

Zu seinem Erstaunen waren die Hochzeitsfeierlichkeiten noch immer im Gange. Offenbar wollte Falinn bis zum Morgen warten, wenn alle nüchtern genug waren, um die Nachrichten zu begreifen, die er zu verkünden hatte.

Auf dem Weg durch die Eingangshalle riss Carandir ein Banner von der Wand und wickelte das Schwert darin ein. Den Dolch steckte er, unter dem Wams verborgen, in den Hosenbund. Er hatte nicht die geringste Ahnung, wo er jetzt hin sollte. Nur, dass er die Burg verlassen musste, wusste er mit absoluter Gewissheit. Wenn er Elathar und seinen Vater finden wollte, musste er außerhalb der Burgmauern nach ihnen suchen.

Er verließ das Haupthaus und hielt geradewegs auf das Tor zu. Es war lächerlich einfach, an den Wachen vorbeizugelangen. Der letzte Beweis, den Carandir brauchte, dass Falinn die Nachricht vom Tod des Königs noch zurückgehalten hatte. Wenn überhaupt, wunderten sich die Wachen darüber, warum sich ihr Prinz in seiner Hochzeitsnacht nicht in seinem Brautgemach aufhielt.

Er hatte die Burg noch nicht weit hinter sich gelassen, als die Alarmhörner ertönten. Reiter preschten aus dem Burgtor die Straße entlang. Ohne Rücksicht auf die Feiernden zu nehmen, die ihnen schreiend und fluchend aus dem Weg sprangen, schwärmten sie über die Stadt aus. Befehle hallten durch die Gassen, und die Stadtwache begann, die Menschen auseinanderzutreiben, zurück in ihre Unterkünfte. Carandir, der sich einen Umhang geschnappt und unter eine Gruppe Gaukler gemischt hatte, ließ sich mit dem Strom über den Marktplatz treiben. Längst war ihm klar geworden, dass es für ihn kein Entkommen mehr gab. Zweifelsohne hatte Falinn die Stadttore inzwischen schließen lassen. Als er einen Trupp von Falinns Kriegern entdeckte, der ihnen entgegenkam, schlüpfte er in den Schatten einer Gasse und kletterte über einen Zaun in einen Garten. Geduckt und mit dem Rücken gegen den Bretterzaun gepresst, harrte er aus. Er wusste nicht, was Falinn den Leuten erzählen würde, doch eines wusste er mit Sicherheit: Die Krieger des Fürsten suchten nach Elathar und seinem Vater. Er konnte nur hoffen, dass sie in Sicherheit waren und es vielleicht sogar aus der Stadt geschafft hatten, bevor die Tore geschlossen wurden.

6

Falinn Dane, der Fürst von Namada, kochte vor Wut. Der König und sein Bastard hätten tot und der Kronprinz im Kerker sein sollen. Stattdessen liefen sie jetzt irgendwo herum und brachten seine Pläne in Gefahr!

Während seine Männer – die in Uniform und jene, die er unerkannt unter die Bevölkerung gemischt hatte – überall in der Stadt nach den Flüchtigen suchten, erreichte Falinn die Kapelle und ging mit schnellen Schritten auf die Tür zum Nebenraum zu, in den er die Leichen hatte bringen lassen. Hauptmann Kartain hielt sich, seinem Rang entsprechend, einen halben Schritt hinter ihm, während Dalkur mit ihm Schritt zu halten versuchte. Atemlos hetzte der Zauberer neben ihm her, noch immer in dasselbe Wams und die Hosen gekleidet, die er auf dem Ball getragen hatte. Zu seinem eigenen Erstaunen irritierte es Falinn, seinen Berater in etwas anderem als der gewohnten dunkelblauen Robe zu sehen.

Die beiden Wachen seiner Leibgarde, die neben der Tür Posten bezogen hatten, salutierten bei seinem Anblick. Falinn verzog das Gesicht. Er hätte die Männer schon viel früher hier postieren sollen. *Bevor* ihm seine vermeintlich toten Widersacher abhandengekommen waren.

Jetzt, da es hinter dieser Tür kein Leben mehr gab, waren sie nutzlos. Falinn konnte noch immer nicht fassen, dass sie fort sein sollten. Entkommen! Er musste es sehen, um es wirklich glauben zu können.

Bereits bevor er die Tür erreichte, öffnete einer der Männer sie, um ihn einzulassen. Falinn stürmte hindurch und hielt erst mitten im Raum inne. »Türe schließen!«, befahl der Hauptmann in seinem Rücken.

Sofort entdeckte Falinn die beiden Leichentücher, die auf dem Boden lagen. Abgestreift und zurückgelassen wie eine zu eng gewordene Haut. Sie waren tatsächlich fort. Der König und sein Bastard waren am Leben. Wie zum Henker war das möglich? Für einen Moment erfüllte ihn die lächerliche Hoffnung, dass auch Eleria entkommen sein konnte. Sein Blick glitt durch den Raum und blieb an den beiden Leichnamen hängen, das Tuch über dem einen blutdurchtränkt, das andere so weiß und rein wie die Seele seiner Tochter. Eleria war tot. Und auch wenn es schmerzte, war es der einzige Weg gewesen. Er konnte nicht zulassen, dass sich ihm jemand in den Weg stellte. Auch nicht sein eigen Fleisch und Blut. Hätte er sie am Leben gelassen, wäre sie womöglich auf den Gedanken gekommen, als Frau des Thronfolgers die Krone einzufordern. Ihr rechtmäßiger Anspruch, aber auch einer, der seinen eigenen Plänen zuwiderlief.

Vor langer Zeit hatte er einen Plan geschmiedet und dessen Umsetzung Stück für Stück vorbereitet. Jetzt war es endlich so weit. Die Früchte seiner Arbeit konnten geerntet werden. Der Tod des Königs war erst der Anfang, der ihm den Weg für seine nächsten Schritte ebnen sollte. Davon, dass der verfluchte Caedmon überlebt hatte, würde er sich nicht aufhalten lassen. Jetzt nicht mehr. Er würde nicht mehr schwach sein. Nie wieder.

Falinn hatte die Krone schon immer gewollt, doch näher als der Vater der zukünftigen Königin zu sein, würde er diesem Wunsch nicht kommen. Nicht, ohne nachzuhelfen. Früher einmal, noch vor Elerias Geburt, hätte er das akzeptiert. Es hätte ihm gereicht. Aber dann war die Krankheit gekommen. Er hatte sie überstanden und war wieder vollkommen gesundet, doch sie hatte ihn verändert. Konfrontiert mit der eigenen Sterblichkeit, hatte Falinn entschieden, dass er niemals zulassen wollte, dass sein Körper dahinsiechte und verfiel. Er wollte jung und gesund bleiben. Und wie es aussah, gab es nur einen Weg, das zu erreichen.

Nach seiner überstandenen Krankheit hatte Falinn in der Magie die Lösung seiner Probleme gesehen. Wie klein er damals noch gedacht hatte, wie beschränkt seine Vorstellungskraft doch gewesen war! Die Furcht vor einer erneuten Krankheit hatte ihn dazu gebracht, nach einem Artefakt zu suchen, das es vermochte, seine Gesundheit zu wahren. Er hatte einen Trupp in die Ruinen der Metropole geschickt, den Ort, an dem die Zauberer einst gelebt und gearbeitet hatten und von dem sich Falinn erhoffte, dass dort, im Schutt begraben, noch immer unzählige magische Schätze verborgen lagen.

Die Männer waren nicht zurückgekehrt. Auch ein zweiter und dritter Trupp blieben verschollen. Offenbar waren die Geschichten, die man sich über die Dunklen Wächter erzählte, die die Ruinen von Thanasses bewachen sollten, mehr als nur Gerüchte. In der Folge sandte er seine Männer überall im Land aus, schickte sie auf die Inseln und auf den Kontinent im Westen, um dort nach Artefakten zu suchen. Im Laufe der Jahre gelangte er auf diesem Weg in den Besitz einer stattlichen Sammlung. Jedes Stück für sich war auf die eine oder andere Art nützlich, doch keines dazu angetan, ihn seinem Ziel näher zu bringen. Während seine Männer ihre Suche fortsetzten, war Falinn auf Dalkur gestoßen. Er war ihm auf der Straße begegnet, als er sich mit seinem Gefolge auf der Rückreise von einem Besuch beim Fürst von Lendaé befunden hatte. Zu stolz für einen Bettler und zugleich darauf bedacht, nicht aufzufallen, hatte der Mann Falinns Aufmerksamkeit geweckt. Er hatte ihn nach Waerhall bringen lassen, in seine eigene Burg, wo er ihn mithilfe eines seiner Artefakte auf die Probe gestellt hatte. Das Artefakt hatte in ihm zweifelsfrei einen Zauberer erkannt. Wie entsetzt Dalkur gewesen war, als Falinn ihm eröffnet hatte, dass er sein Geheimnis kannte! Und wie überrascht, als er ihn – statt ihn zu töten – als Berater in seine Dienste nahm.

Anfangs hatte Falinn noch gedacht, einen Zauberer in seinen Diensten zu haben, sei die Lösung. Doch schon bald war ihm klar geworden, dass ihm das nicht reichte. Dem Alten konnte etwas zustoßen, er konnte krank werden und sterben. Oder sich gegen ihn auflehnen. Es war besser, sich nicht von der Macht eines anderen abhängig zu machen. Dalkur war ein naiver Narr, der an das Gute in der Magie glaubte. Ein hoffnungsloser Träumer, der die Welt verbessern wollte und die Ausrottung der Magie für einen Fehler hielt. Falinn war es gleichgültig, warum der Mann die Magie zurückhaben wollte, solange er ihm nur bei der Suche danach half. Denn wie sich herausstellte, gab es durchaus noch Magie in dieser Welt – und mithilfe des Zauberers würde er sie finden.

Dass Dalkur angefangen hatte, sich gegen seine Wünsche zu stellen und Falinn schließlich gezwungen gewesen war, ihn mithilfe eines Artefakts seinem Willen zu unterwerfen, war ärgerlich gewesen. Die Verschwendung eines Artefakts, das ihm zweifelsohne an anderer Stelle hätte von Nutzen sein können. Doch dafür konnte er sich nun sicher sein, dass Dalkur seinen Befehlen auch wirklich nachkam.

Mit Dalkurs Hilfe würden sie auch mit der Flucht des Königs und seines Bastards fertigwerden, und Falinn konnte mit der Umsetzung seines Vorhabens fortfahren, als sei nichts geschehen.

In drei oder vier Monaten wäre er am Ziel einer Reise, deren ersten Schritt er vor siebzehn Jahren nach überstandener Krankheit getan hatte. Er musste nur noch …

Ein gedämpftes Geräusch riss ihn aus seinen Gedanken. Das Tuch über dem Leib seiner Tochter bewegte sich, hob und senkte sich raschelnd mit den Bewegungen ihrer Brust. Sie atmete!

»Hauptmann!«

Sofort erschien der Krieger neben ihm. »Euer Gnaden?«

Dankbar, dass das liebliche Gesicht noch immer unter dem Tuch verborgen war, und dennoch nicht in der Lage, noch einmal hinzusehen, wies Falinn mit dem Kopf in Richtung seiner Tochter. »Bringt es zu Ende.«

Der Hauptmann zog seinen Dolch. Noch bevor er ihr die Kehle durchtrennte, verließ Falinn den Raum. Zusammen mit Dalkur zog er sich in das Gastgemach zurück, in dem er untergebracht war. Ein einziger Raum mit einem Bett, einem Sekretär und einer Sitzecke. Dinge, für die in den königlichen Gemächern, in die er bald umsiedeln würde, jeweils ein eigener Raum zur Verfügung stand.

Falinn ging zur Anrichte, griff nach der Flasche mit dem Gebrannten und schenkte sich einen Becher ein. Er leerte ihn in einem Zug, schenkte noch einmal nach und kippte auch diesen herunter. Der starke Branntwein vermochte es nicht, den bitteren Geschmack aus seinem Mund zu vertreiben, doch immerhin vernebelte er die Erinnerung an das Rascheln des Leichentuchs.

»Bei Tagesanbruch werde ich die Fürsten zusammenrufen lassen«, erklärte er, als er den Becher zur Seite stellte. »Nachdem ich ihnen erzählt habe, was passiert ist, werde ich mich bereit erklären, die Regentschaft zu übernehmen, bis ein neuer König bestimmt wird.«

Dalkur nickte. »Sie werden sich einverstanden zeigen. Keiner von ihnen will, dass das Reich in einer Krise wie dieser handlungsunfähig ist.«

»Und keiner von ihnen wird selbst die Verantwortung übernehmen wollen«, fügte Falinn hinzu. Die anderen Fürsten mochten Caedmon die Krone geneidet und sogar ihre Finger danach ausgestreckt haben, doch keiner von ihnen wollte das Land in schlechten Zeiten führen. Schönwetterkönige wären sie gewesen, allesamt! Er hingegen war bereit, das Land auch durch die schlimmsten Unwetter zu lenken. Ganz besonders, wenn er wusste, dass sie vorübergehen würden. Immerhin hatte er selbst den Sturm entfacht.

Er hob die Hand, um sich über den Bart zu streichen, ließ sie jedoch sofort wieder sinken. Zu sehr erinnerte ihn das Rascheln des Stoffs seiner Gewänder an das sich hebende Leichentuch. »Hauptmann Kartain soll Euch zwei Männer aus dem Kerker holen, und Ihr, Dalkur, sorgt dafür, dass ihre Leichen aussehen wie die, die uns abhandengekommen sind. Immerhin müssen wir sie der Öffentlichkeit präsentieren.«

»Natürlich, Herr. Ich kümmere mich darum.« Dalkur begann vor dem Fürsten auf und ab zu wandern, eine Angewohnheit, die er an den Tag legte, wenn ein Gedanke in ihm reifte, den er noch nicht ganz zu fassen vermochte. Als er schließlich innehielt, lag der Glanz einer Idee in seinen Augen. »Wie wäre es, wenn wir noch einen dritten Mann aus dem Kerker holen?«

»Fahrt fort.«

»Einen, den wir als Prinz Carandir präsentieren und öffentlich für den Mord an seiner Familie hinrichten können.«

Der Gedanke gefiel Falinn. Allerdings nur, bis er genauer darüber nachdachte. Wenn der Prinz noch immer in der Stadt war und jemand ihn zu Gesicht bekam, konnte das zu Problemen führen. »Es ist besser, wenn die Leute glauben, dass er sich im Kerker befindet. Wenn sie den Prinzen dann finden, werden sie ihn für den entkommenen Königsmörder halten und an unsere Wachen ausliefern, oder ihn selbst aufknüpfen. Halten sie ihn aber für den *bereits hingerichteten* Königsmörder, werden sie sich fragen, wie das möglich sein kann.«

»In der Tat«, stimmte Dalkur zu. »Das hatte ich nicht bedacht.«

Etwas in seinen Augen ließ in Falinn die Frage aufkeimen, ob er es wirklich nicht bedacht hatte, doch er verscheuchte den Anflug von Misstrauen. Abgesehen davon, dass Dalkur seinen Befehlen Folge zu leisten hatte, wäre auch sein Leben verwirkt, wenn Falinns Pläne scheiterten. Das Risiko würde er wohl kaum eingehen.

»Wir werden verkünden, dass Prinz Carandir im Kerker auf seine Hinrichtung wartet. In der Zwischenzeit sollen die Seelenlosen nach ihm suchen«, entschied Falinn. »Sie sollen die Stadt und das umliegende Land nach ihm durchkämmen. Nach ihm und Caedmon und diesem verdammten Bastard!«

Drei Monate später …

7

Seufzend ließ Rissa den Stickrahmen sinken und sah aus dem Fenster, wo die Sommersonne den Hof in flirrende Hitze tauchte. Weder das Geplapper der anderen Frauen noch die Beschäftigung mit Garn und Nadel konnten ihre Aufmerksamkeit fesseln. Sie fühlte sich eingesperrt und trotz der Frauen um sie herum einsam. Ihre Gedanken schweiften ziellos umher, als seien sie der einzige Teil von ihr, der sich noch frei bewegen durfte.

Jalina, eine der Zofen, bedachte sie mit einem mitleidigen Blick. »Ist die Verzierung zu schwer für Euch, Rissa?«

Es war das Stillsitzen, das ihr schwerfiel, doch wie sollte eine alte Frau das verstehen, die vermutlich den größten Teil ihres Lebens mit dem Stickzeug in der Hand auf einem unbequemen Stuhl verbracht hatte? »Meine Finger schmerzen und meine Augen sind müde«, beklagte sie sich stattdessen, legte Garn und Stickrahmen beiseite und erhob sich. »Ich brauche ein wenig Luft.«

Noch ehe Jalina oder eine der drei anderen Frauen, die noch immer mit ihrer Arbeit beschäftigt waren, etwas erwidern konnte, verließ Rissa das Gemach. Sobald die Tür hinter ihr zugefallen war, atmete sie erst einmal tief durch. Sie strich die Röcke glatt und machte sich auf den Weg zur Bibliothek. Vielleicht vermochten die Bücher es, sie abzulenken.

Sie verstand noch immer nicht, warum ihr Vater ihr verboten hatte, die Burg zu verlassen. Es sei zu gefährlich, hatte er ihr erklärt und war all ihren Fragen danach, worin diese Gefahr liegen sollte, beharrlich ausgewichen. Auch auf ihren Vorschlag, ihr jemanden zu ihrem Schutz mitzugeben, war er nicht eingegangen.

Was sollte schon passieren? Naranor war nicht einfach irgendeine Stadt, sie war der Sitz des Königs. Wenn es einen Ort gab, an dem es sicher war, dann doch wohl hier. Abgesehen davon waren die Wachen seit dem Mord an König Caedmon verdoppelt und die Stadtwachen verstärkt worden. Doch auch wenn das nicht der Fall gewesen wäre, wäre es in Naranor wohl kaum gefährlicher als in Waerhall. Und dort hatte ihr Vater sie bedenkenlos hingehen lassen.

Das war allerdings auch schon der einzige Grund, warum sie Falinns Burg und die davor liegende Stadt vermisste. Denn wenn sie ehrlich war, gefiel es ihr in Naranor weitaus besser. Die Umstände allerdings, die zu ihrem Bleiben geführt hatten, waren alles andere als erfreulich. Rissa war entsetzt gewesen, als sie vom Mord an der königlichen Familie erfahren hatte. Zu hören, dass Hauptmann Elathar unter den Toten war, hatte sie ebenso überrascht wie geschmerzt. Er musste sie für eine Idiotin gehalten haben, dass sie nicht gewusst hatte, wer er war. Tatsächlich aber hatte sie, bis die Nachricht seines Todes die Runde machte, nie von ihm oder seiner Verbindung zur königlichen Familie gehört. Zumindest erklärte Letzteres, warum er auf dem Ball gewesen war. Auch wenn er eine Bedrohung für sie gewesen war, hatte er deswegen noch lange nicht den Tod verdient. Selbst Wochen nach seinem Tod fiel es ihr schwer, ihn aus ihren Gedanken zu verbannen. Seit ihrem Zusammentreffen saß die Einsamkeit tiefer als sonst.

Dass ausgerechnet der Kronprinz für den Mord an seiner eigenen Familie verantwortlich sein sollte, machte sie fassungslos. Der Prinz hatte so freundlich gewirkt und Eleria schien ihn aufrichtig gemocht zu haben. Und jetzt war sie ebenfalls tot.

Der Tag nach der Vermählung war grauenvoll gewesen. Fürst Falinn hatte die Regentschaft übernommen und auf dem Marktplatz zu den Menschen gesprochen, während seine Boten die Nachricht im ganzen Land verbreiteten. Aus den ausgelassenen Festivitäten der letzten Tage war eine riesige Trauerfeier geworden. Überall hatten Menschen geweint. Manche hatten geflucht und geschimpft und lautstark Prinz Carandirs Kopf gefordert. Der Fürst hatte ihn ihnen versprochen, sobald er einen Weg fand, den Schutzzauber zu brechen. Bis dahin würde er im Kerker bei Wasser und Brot verrotten.

Wie alle anderen auch, kannte Rissa natürlich die Legende über den Schutz, der auf der Linie der Melanthions lag. Es wunderte sie jedoch, dass er noch immer Bestand haben sollte, denn mit seiner Tat müsste der Kronprinz den Zauber eigentlich gebrochen haben. Magie war ein Gleichgewicht. Wenn jemand das Muster durchbrach und das Pendel in die eine oder andere Richtung ausschlagen ließ, konnte ihre Wirkung in sich zusammenfallen. So wie jemand eine Illusionen durchschauen konnte, wenn er eine Täuschung hinter dem vermutete, was man ihn sehen ließ. Womöglich wusste der Fürst das längst und wollte nur vollends sicher sein, dass es wirklich möglich war, den Kronprinzen hinzurichten, bevor er ihn der Öffentlichkeit vorführte.

Am Tag nach der Vermählung hätten sie und ihr Vater ursprünglich nach Waerhall zurückkehren sollen. Stattdessen waren sie in Naranor geblieben. Falinn hatte sich mit den übrigen Fürsten in den Besprechungsraum zurückgezogen und ihn als künftiger König wieder verlassen. Einzig Willan Carr, der Fürst von Lendaé und ein enger Freund von König Caedmon, war damit nicht einverstanden gewesen. Er hatte sich öffentlich gegen Falinn ausgesprochen und war einige Tage später von Falinns Männern festgenommen und wegen Hochverrats hingerichtet worden. Ein unschönes Vorgehen, aber vielleicht nötig, um die Ruhe im Land aufrechtzuerhalten. Aus einem Gespräch, das Rissa zwischen ihrem Vater und Hauptmann Kartain mit angehört hatte, wusste sie, dass Falinn seine Krieger nach Lendaé geschickt hatte, um zu verhindern, dass es bei der Einsetzung des neuen Fürsten, eines Mannes, den Falinn selbst ausgewählt hatte, zu Unruhen kam. Tatsächlich war es in den letzten Wochen dort zu Aufständen gekommen, die jedoch rasch niedergeschlagen wurden. Viele waren gefangen genommen und hingerichtet worden und noch mehr befanden sich seitdem auf der Flucht.

Rissa folgte einer langen Reihe verwinkelter Gänge und Treppen, die außer ein paar Dienern niemand zu benutzen schien. Es gab kaum Fenster, und die Fackeln, die in großen Abständen in Halterungen an den nackten Steinwänden hingen, vermochten es kaum, die Gänge ausreichend zu erhellen. Als sie den Zugang zu jenem Teil des königlichen Flügels erreichte, in dem sich neben der Bibliothek auch das Arbeitszimmer und die Besprechungsräume des Königs befanden, ließen die Wachen sie passieren, ohne einen zweiten Blick an sie zu verschwenden. Jeder wusste, wer sie war und dass sie die Erlaubnis hatte, den königlichen Flügel und die Bibliothek zu betreten.

Die Bürger Naranors hatten den Ereignissen in Lendaé ebenso wenig Beachtung geschenkt wie die Wachen ihr. Kurz vor Fürst Willans Festnahme waren der König und die Königin zu Grabe getragen worden. Auch wenn es nur den Adligen gestattet gewesen war, an der Zeremonie teilzunehmen und die aufgebahrten Leichname noch einmal zu sehen, so hatten doch überall in der Stadt Trauerfeiern stattgefunden.

Einen Tag später war Hauptmann Elathar bestattet worden. Der Tod hatte seine Züge glatt und wächsern werden lassen, und nichts in seinem bleichen Gesicht erinnerte Rissa an den warmherzigen Mann, der ihr auf dem Ball begegnet war. Während der Tempel bei der Trauerfeier für das Königspaar bis in den letzten Winkel gefüllt gewesen war, gab es kaum jemanden, der von ihm Abschied nahm.

Am Tag darauf waren sie nach Waerhall aufgebrochen, wo Falinn seine Tochter in der Familiengruft der Danes zur letzten Ruhe gebettet hatte. Danach war Rissa gerade genug Zeit geblieben, ihre Sachen zu packen, ehe sie nach Naranor zurückkehrten. Dieses Mal für immer.

In einer pompösen Zeremonie, gefolgt von einem ausgelassenen Fest, von dem ihr Vater behauptete, dass es genau das war, was das Volk nach der Zeit der Trauer brauchte, war aus Fürst Falinn Dane von Namada König Falinn von Tharennia, Fürst von Namada und Atandara geworden.

Rissa mochte ihr neues Zuhause. Einst zur Verteidigung erbaut, war das ursprüngliche Haupthaus über die Jahrhunderte um unzählige Anbauten erweitert worden, die das Gelände in ein kleines Labyrinth verwandelten. Nach seiner Krönung war Falinn in den königlichen Flügel gezogen. Rissa und ihrem Vater waren Räume in einem der neueren Anbauten zugewiesen worden. Von ihrem Gemach aus konnte sie sowohl die Stadt wie auch das Meer überblicken. Die Burganlage selbst war an der Spitze einer steil abfallenden Landzunge erbaut, wo die Mauern an drei Seiten unmittelbar an die hoch aufragenden Klippen grenzten. Auf der vierten Seite zog sich Naranor den Hügel hinab, die abflachende Küste entlang. Im Gegensatz zu Waerhall, wo Falinns Burg ein Stück abseits der Stadt lag, befand man sich direkt in Naranor, sobald man die Burgmauern hinter sich ließ. Deshalb war die Burg neben ihren eigenen Schutzmauern zusätzlich von einem weiteren Mauerring umgeben, der Teil der Stadtmauer war.

Sobald man das Burgtor passierte, gelangte man zum Hohen Tempel der Kirk Tharennae, der sich außerhalb der Wehranlage auf dem Plateau vor der Burg erhob. Dahinter erstreckte sich Naranor den steilen Hang entlang, nach unten zum Hafen. Oben, in der Nähe der Burg, wohnten Edelleute und reiche Händler, die sich in Kutschen und Sänften den Hügel hinauf und herunter befördern ließen. Den Mittelpunkt der Stadt bildete der Marktplatz, um den herum sich die meisten Geschäfte und Schenken fanden. Hier wohnte die Mittelschicht Naranors. Weiter unten, im ebenerdigen Teil der Stadt, in dem auch der Hafen lag, lebten vorwiegend Fischer und Arbeiter. Einfache Leute, deren Häuser oft kaum mehr als Bretterverschläge waren. Dazwischen hatten sich jene Händler angesiedelt, denen der Aufstieg in die bessere Gesellschaft verwehrt geblieben war. Im Gestank von Fisch und brackigem Meerwasser, der dort unten wie ein Schleier über allem lag, teilten sie sich diesen Teil der Stadt mit Bettlern und Dieben.

Bisher war Rissa nur einmal in die Nähe des Hafens gekommen. Sie hätte sich dort gern weiter umgesehen, doch dann hatte ihr Vater ihr verboten, in die Stadt zu gehen, und sie hatte begonnen, die Burg mit ihren verwinkelten Gängen zu erkunden.

Nachdem sie sich inzwischen beinahe blind zurechtfand, begann sie sich immer mehr zu langweilen. Glücklicherweise hatte ihr Vater für sie die Erlaubnis erwirkt, die königliche Bibliothek zu nutzen. Auf diese Weise konnte sie sich zumindest ein wenig die Zeit vertreiben.

Sie war nicht mehr weit von ihrem Ziel entfernt – nur noch diesen Gang entlang, dann um eine Ecke, und schon wäre sie da –, als aufgeregte Stimmen an ihr Ohr drangen. Eine davon gehörte dem König, die andere erkannte sie als die ihres Vaters. Die Stimmen kamen aus dem Besprechungsraum. Zu ihrem Erstaunen standen keine Wachen vor der Tür. Dabei umgab sich der König nahezu immer mit einer oder mehreren Wachen, die meisten davon ungewöhnlich schweigsam. Während die Männer von Hauptmann Kartain beinahe immer für einen Scherz oder ein paar Worte zu haben waren, zeigte die neue Einheit, die sich den Wachdienst mit den Männern des

Hauptmanns zu teilen schien, nie eine Regung. *Als gäbe es keine Welt jenseits ihrer Aufgabe.*

Neugierig geworden, was den König so aufbrachte, kam Rissa näher, darauf bedacht, nicht gegen die gekreuzten Hellebarden zu stoßen, die die Tür zu beiden Seiten in einer Schmuckhalterung flankierten. Die Tür stand einen Spalt offen, nicht weit genug, um in den Raum blicken zu können, aber ausreichend, um die Männer zu verstehen.

»Entweder ist er inzwischen tot oder längst über alle Berge«, hörte sie Hauptmann Kartain sagen. »Er ist ein Feigling.«

Rissa fragte sich, ob es um weitere Aufständische aus Lendaé ging. Hatten sie jemanden gefunden, der sie anführte? Aber sollte dort nicht inzwischen Ruhe eingekehrt sein?

»Ich habe gehört, dass dieser *Feigling* Flüchtlinge um sich schart.« Das war ihr Vater. Er klang ungewöhnlich besorgt.

»Und wenn schon.« Der König musste entweder weiter weg oder aber mit dem Rücken zur Tür stehen, so gedämpft, wie seine Stimme klang. »Was will er mit diesen Flüchtlingen ausrichten? Die Verhungernden vor unsere Tore legen, damit wir die Stadt nicht mehr verlassen können?« Seinen nächsten Worten fehlte jeder Hohn: »Trotzdem darf es ihnen nicht gelingen, in die Nähe der Stadt zu gelangen. Hauptmann, postiert Eure Männer in den Dörfern und an den Straßen vor der Stadt. Strenge Kontrollen für jeden, der nach Naranor oder auch nur in die Nähe will. Bis wann können Eure Männer auf Posten sein?«

»In zwei Tagen, Majestät.«

»Dann seht zu, dass Ihr beginnt.« Der König klatschte in die Hände, als wollte er seinen Hauptmann antreiben. »Ich will sie tot sehen! Alle beide!«

Als Rissa die zackigen Schritte vernahm, war es fast zu spät. Sie schaffte es gerade noch, in eine Nische nahe der Tür einzutauchen und sich in den Schatten zu verbergen, bevor die

Tür aufgerissen wurde und der Hauptmann auf den Gang trat. Sobald Hauptmann Kartain fort war – vorausgesetzt, dass er sie nicht entdeckte –, schwor sie sich, würde sie weitergehen, ohne noch einmal an der Tür innezuhalten. Dann jedoch drang, einen Herzschlag, bevor der Hauptmann die Tür hinter sich schloss, ein einziges Wort an ihr Ohr, das ihren Entschluss ins Wanken brachte. »Seelenlose«, hörte sie den König sagen, bevor die geschlossene Tür seine weiteren Worte verschluckte.

Der Hauptmann ging in die andere Richtung davon, ohne Rissa zu bemerken. Sobald seine Schritte verklungen waren, wagte sie sich wieder hervor. Durch die geschlossene Tür waren die Stimmen jetzt nur noch dumpf zu vernehmen, was auch nicht besser wurde, wenn sie ihr Ohr gegen das Holz drückte. Rissa wich einen halben Schritt zurück und warf einen Blick den Gang entlang. Sobald sie sicher war, dass sie noch immer allein war, ließ sie ein wenig Energie in das Holz fließen und wandelte sie kraft ihrer Gedanken in Magie um. Sie stellte sich vor, wie das Holz dünn wurde, durchlässig, und noch während sich in ihrem Geist das Bild formte, wurden die Stimmen verständlicher. Rissa stoppte den Fluss der Energie und warf einen prüfenden Blick auf die Tür. Dem Holz war nichts anzusehen. Niemand würde etwas bemerken, und in ein paar Minuten, wenn die Energie verbraucht war, wäre alles wieder wie vorher.

»Ich werde meine Seelenlosen losschicken«, sagte der König gerade. »Sie werden sie aufspüren!«

Da war es wieder, das Wort, das sie hatte innehalten lassen. *Seelenlose.* Sie hatte diesen Begriff noch nie zuvor gehört, trotzdem überkam sie eine unangenehme Vorahnung. Zu jener Zeit, als es ihr noch gestattet gewesen war, in die Stadt zu gehen, hatte sie dort Gerüchte gehört. Ein Händler war angeblich ein paar Flüchtlingen aus Lendaé begegnet, die ihm von merkwürdigen Kreaturen erzählt hatten. Dämonischen

Kriegern in Falinns Dienst, die nur an der Oberfläche menschlich aussahen. Die Leute hatten den Händler ausgelacht, dennoch hatte sich die Geschichte verbreitet. Sogar in der Burgküche hatte Rissa einen der Küchenjungen hinter vorgehaltener Hand davon erzählen hören.

Seelenlose. Zweifelsohne waren sie ein Teil von Falinns Armee, aber warum nannte der König sie so? Weil sie ohne Zögern jeden Befehl ausführten, als hätten sie ihre Seele verkauft? Rücksichtslose Krieger, die alles für ihren Herrn taten. Als solche könnten sie einem schon wie dämonische Kreaturen erscheinen. Das würde die Gerüchte zumindest erklären. Vielleicht gehörten die Männer, mit denen sich Falinn in letzter Zeit umgab, zu dieser Einheit. Die, die nie lächelten und sich auch sonst nicht von ihrer Aufgabe ablenken ließen.

»Ist das Mädchen bereit?« Falinns Frage riss sie aus ihren Gedanken.

Welches Mädchen?

»Sie ist so weit, wie sie nach dieser Zeit nur sein kann«, erwiderte ihr Vater. Er klang angespannt, und so, wie die Lautstärke seiner Stimme schwankte, schien er hin und her zu gehen.

Der König schnaubte. »Das klingt nicht sonderlich ermutigend. Dummerweise ist sie alles, was wir haben. Ich will, dass sie übermorgen zum Aufbruch bereit ist!«

»Ich werde sie darauf vorbereiten, Majestät.«

Rissa fragte sich, von welchem Mädchen sie sprachen. Soweit sie wusste, war sie die Einzige, mit der ihr Vater zu tun hatte. Die Einzige, die er unterrichtete. Aber das war unmöglich. Wohin hätte sie schon aufbrechen sollen? Und hätte er nicht längst etwas gesagt, wenn ihr eine Reise bevorstand?

»Werdet Ihr mit uns kommen, Herr?«

»Natürlich nicht. Hauptmann Kartain wird Euch und Euer Gör mit seinen Männern begleiten.«

Also war doch sie gemeint. Vermutlich hätte sie die Aussicht, die Burg für eine Weile hinter sich zu lassen, erfreuen sollen, doch das Unbehagen, das das ganze Gespräch in ihr weckte, dämpfte die Freude gehörig. Und noch immer wusste sie nicht, was für eine Reise das war, für die sie nicht nur bereit sein, sondern auf der sie auch noch ein Trupp Soldaten begleiten sollte.

»Außerhalb Naranors wird sich Euch ein Trupp meiner Seelenlosen anschließen und dafür sorgen, dass Ihr die Metropole sicher erreicht. Sie werden die Dunklen Wächter ablenken und gewährleisten, dass das Mädchen unbeschadet in die Katakomben gelangt, dorthin können sie ihr nicht folgen, denn sie sind an die Außenanlagen gebunden. Dann muss sie nur noch Nakkon Sawans Leichnam aufspüren und mir die Essenz bringen.«

Rissa stockte der Atem. In all den Jahren, die ihr Vater nun schon in Falinns Diensten stand, hatte sie sich oft gefragt, ob der jetzige König die Wahrheit über ihren Vater und sie kannte. Nun hatte sie ihre Antwort.

Sie wusste nicht, was schlimmer war: Die Erkenntnis, dass ihr Vater sie belogen und es ihm nie um ihren Schutz gegangen war, als er darauf bestanden hatte, sie in der Kunst des Aufspürens zu unterweisen – oder die Tatsache, dass die Männer sie nach Thanasses schicken wollten. Wenn sie bei ihren Nachforschungen über die Geschichte der Zauberer etwas gelernt hatte, dann, dass die Metropole selbst nach ihrer Vernichtung noch immer einer der gefährlichsten Orte in ganz Tharennia war.

Nakkon Sawan war der Erste aller Zauberer gewesen – und der mächtigste, der je gelebt hatte. Seine Gebeine ruhten tief unter der Metropole an einem Ort, der nur für Eingeweihte zu finden war. Der Legende nach beherbergte sein Leichnam die Essenz aller Magie. Ihr Herz. Außerdem hieß es, dass die Magie jedes Zauberers, der je gelebt hatte, nach dessen Tod in Nakkon Sawans Leib überging und dort überdauerte. Solange die Essenz existierte, würde es auch Magie auf der Welt geben. Das war der Grund! Deshalb hatte ihr Vater angefangen, sie in der Kunst des Aufspürens auszubilden. Wie oft hatte er ihr gesagt, dass er selbst nicht imstande war, Magie aufzuspüren? Wie oft hatte er betont, wie wichtig diese Fähigkeit eines Tages für sie sein würde?

Für mich? Wohl eher für den König.

Was auch immer Falinn mit der Essenz vorhatte, es war offenbar von Anfang an klar gewesen, dass Rissa sie für ihn suchen sollte.

»Wenn ich sie in meinem Besitz habe, werde ich Euch reich entlohnen, Dalkur.« Der König klang fast schon euphorisch.

»Mit der Essenz seid Ihr der mächtigste Zauberer aller Zeiten«, erwiderte ihr Vater. »Euch zu dienen, wird mir Ehre genug sein.«

»Ihr werdet mich unterweisen müssen. Ich muss lernen, meine neuen Kräfte einzusetzen, wenn ich sie mir erst einverleibt habe.«

Zweifelsohne würde es dem König leichter fallen, ihren Vater davon zu überzeugen, ihn zu unterrichten. Im Gegensatz zu ihr konnte er es ihm einfach befehlen.

»Wir werden die Magie in die Welt zurückbringen, alter Freund! Und Euer Gör wird unser Werkzeug sein. Darauf trinke ich!«

Sollte es wirklich so leicht sein? Konnte sich jemand die Essenz und damit die Gabe zur Zauberei einfach einverleiben? Abgesehen davon, dass sie sich nicht vorstellen konnte, wie es möglich sein sollte, einem Leichnam die Magie zu entziehen, gefiel ihr die Vorstellung, aus Falinn könne ein Zauberer werden, keineswegs. Die Art, wie er mit Fürst Willans Weigerung, ihn als neuen König zu akzeptieren, umgegangen war, war schlimm genug gewesen. Wie viele Menschen waren tot oder auf der Flucht, weil ihr Fürst aufzubegehren gewagt hatte? Was würde Falinn erst tun, wenn ihm neben einer Armee auch noch Magie zur Verfügung stand?

»Auf Eure Unsterblichkeit, Euer Majestät!«

»Auf meine Unsterblichkeit.«

Die Worte waren so überzeugend ausgesprochen, dass Rissa keinen Moment lang daran zweifelte, dass die Essenz Falinn tatsächlich unsterblich machen konnte. War es nicht ohnehin so, dass Zauberer weit langsamer alterten als normale Menschen? Was würde mit jemandem passieren, der sich nicht nur die Macht aller Zauberer einverleibte, die je gelebt hatten, sondern zugleich die Essenz aller Magie? Die bloße Ungeheuerlichkeit dieses Gedankens ließ sie zurückweichen. Dabei stieß sie gegen eine der Hellebarden neben der Tür. Kein lautes Geräusch und ganz sicher keins, das auf der anderen Seite der Tür zu hören sein dürfte – zumindest nicht, wenn sie nicht zuvor das Holz mit ihrer Magie durchlässig gemacht hätte.

»Was war das?«, vernahm sie den König.

»Sicher nur die Wachen, die Euren Auftrag ausgeführt haben und auf ihren Posten zurückgekehrt sind.« Die Worte ihres Vaters schienen Falinn nicht zu beruhigen. Einen Augenblick später hörte sie ihren Vater sagen: »Ich sehe nach, mein König.«

Mit einem Satz flüchtete sich Rissa ein weiteres Mal in die Nische. Zu langsam, wie ihr schnell bewusst wurde, denn noch bevor sie in die Schatten eintauchen konnte, wurde die Tür hinter ihr geöffnet. Rasch drückte sie sich an die Wand. Jeden Moment würde ihr Vater kommen und sie aus ihrem Versteck zerren. *O Götter, bitte lasst ihn auf die andere Seite gesehen haben.*

Wenn sein Blick dem Gang zuerst in die Richtung gefolgt war, in die vorhin der Hauptmann verschwunden war, bestand die Hoffnung, dass er sie nicht bemerkt hatte. Waren seine Augen jedoch in ihre Richtung gewandert …

Mit angehaltenem Atem wartete sie darauf, dass er vor ihr erschien, die vertrauten, immer etwas nachdenklich wirkenden Züge voller Enttäuschung und Wut. Aber er kam nicht. Eine Weile blieb alles still. So still, dass sie noch immer nicht zu atmen wagte. Dann vernahm sie erneute Schritte und kurz darauf wurde die Tür zu Falinns Besprechungsraum wieder geschlossen. Rissa ließ den Atem entweichen.

Mit wild pochendem Herzen wagte sie sich schließlich aus ihrem Versteck. Ihr Vorhaben, die Bibliothek aufzusuchen, war vergessen. Sie wollte nur noch fort von hier. Fort vom königlichen Flügel und vom König selbst.

Auf dem Weg zu ihrem Gemach sah sie sich ständig um. Die Angst, ihr Vater könne ihr gefolgt sein und sie zur Rede stellen, saß so tief, dass sie Mühe hatte, nicht bei jedem Laut zusammenzuzucken. Jeden Augenblick, so fürchtete sie, würde sich eine Hand auf ihre Schulter legen und jemand sie aufhalten. Erst in der Sicherheit ihres Gemachs begriff sie, wie übertrieben ihre Angst war. Selbst wenn man sie beim Lauschen ertappt hätte, was wollten sie tun? So wie es aussah, brauchte Falinn sie für seine Pläne, er konnte es sich also nicht leisten, sie allzu hart zu bestrafen. Was hingegen nicht übertrieben war, war ihre Sorge. Falinns Vorhaben gefiel ihr ebenso wenig wie der Umstand, welche Rolle sie dabei spielen sollte. Es hatte seinen Grund, dass es kaum noch Zauberer gab. Magie veränderte die Menschen. Die Macht veränderte sie. Hatte Falinn Letzteres nicht schon bewiesen? Vielleicht würde er die Macht, die ihm die Magie gab, sinnvoll einsetzen. Aber was, wenn nicht? Was, wenn er sie missbrauchte? Rissa wusste nicht, was schwerer wog; die Angst vor dem, was Falinn mit der Magie tun konnte, oder ihre Furcht davor, nach Thanasses zu gehen. Vielleicht war es nicht wichtig, was letztlich den Ausschlag gab. Wenn sie sich nicht zu Falinns Werkzeug machen lassen wollte, gab es nur einen Ausweg. Sie musste Naranor verlassen. Noch heute Nacht.

8

Der Entschluss war schnell gefasst, die Vorbereitungen hingegen nahmen den ganzen Nachmittag in Anspruch. Glücklicherweise kamen ihr die langen Jahre der Wanderschaft mit ihrem Vater zugute, während derer sie gelernt hatte, was für eine Reise vonnöten war und was nicht. Abgesehen von einem Rucksack, einer Decke und ein wenig Proviant, den sie sich aus der Küche stibitzte, holte sie sich ein Hemd und eine dunkelbraune Hose sowie ein paar Sachen zum Wechseln aus der Wäschekammer. Im Stall fand sie einen Wasserschlauch, den einer der Soldaten dort vergessen haben musste. Außerdem schwatzte sie einem Pagen ein Paar Wildlederstiefel ab, die dieser frisch geputzt zu seinem Herrn zurückbringen wollte. Sie behauptete einfach, das für ihn zu übernehmen. Zusammen mit einigen anderen Kleinigkeiten stopfte sie das Essen, Wechselkleidung und ihren Umhang in den Rucksack und band die zusammengerollte Decke und den Wasserschlauch daran fest. Die wenigen Münzen, die sie besaß, befestigte sie in einem kleinen Beutel an ihrem Gürtel.

Für einen Moment bedauerte sie es, ihren Vater ohne Lebewohl zurückzulassen. Dann jedoch wurde ihr bewusst, dass er sie ebenso benutzen wollte, wie Falinn. Menschen die man liebte, waren kein Werkzeug! Und wenn es das war, was er in ihr sah, hatte er keinen Abschied verdient.

Die Zeit bis Einbruch der Dunkelheit erschien ihr quälend lang. Sie hatte versucht, sich hinzulegen, doch abgesehen davon, dass sie zu aufgeregt war, um Ruhe zu finden, fürchtete sie auch, nicht rechtzeitig zu erwachen und die Gelegenheit zur Flucht zu verpassen.

Als in der Burg endlich die nächtliche Ruhe einkehrte, tauschte sie ihr Kleid und die Seidenschuhe gegen Hemd, Hose und Stiefel. Sie dachte daran, ihren Umhang anzulegen und sich die Kapuze tief ins Gesicht zu ziehen, damit niemand sie erkannte. Doch die Luft war nach der Hitze des Tages noch immer aufgeheizt und jemand in einem warmen Umhang würde Aufmerksamkeit erregen. Also blieb er, wo er war. Rissa nahm ihren Rucksack und verließ das Gemach. In der Burg war es still geworden. Die Fackeln in den meisten Gängen waren gelöscht und selbst in den Treppenhäusern brannte nur noch jede zweite. Wer jetzt noch seinen Weg finden wollte, brauchte entweder eine Lampe oder musste den Weg gut genug kennen, um sich auch im fahlen Mondlicht zurechtzufinden.

Für einen Moment spielte sie mit dem Gedanken, ihre Magie zu nutzen, um das wenige Licht zu verstärken, doch sie verwarf den Gedanken sofort wieder. Weniger aus Angst, jemand könne sie dabei sehen, sondern eher aus Sorge, ihre Energie zu verschwenden. Wenn sie kein Pferd fand, würde sie die Stadt zu Fuß verlassen müssen. Dann brauchte sie alle Kraft, die sie hatte.

Das Haupthaus und ein Teil des Burghofs lagen hinter ihr, als ihr Blick auf das Tor fiel. Fluchend zog sie sich in den Schatten der Stallungen zurück. Das Tor war geschlossen! Natürlich! Warum hatte sie nicht daran gedacht, dass die verfluchten Tore bei Anbruch der Dunkelheit geschlossen wurden? Zwei Wachen standen davor, vier weitere konnte sie im flackernden Fackelschein im Wachhaus erkennen, wo sie sich die Zeit bei einem Würfelspiel vertrieben. Auf der Mauer über dem Tor patrouillierten weitere.

Vermutlich würden einer oder mehrere wissen, wer sie war. Vielleicht ließen sie sie sogar passieren, wenn sie es verlangte. Aber was, wenn ihr Vater den Wachen Anweisung gegeben hatte, dass sie die Burg nicht verlassen durfte und sie sich weigerten, das Tor für sie zu öffnen? Das Risiko, abgewiesen zu werden, erschien ihr zu hoch. Ihr blieb keine andere Wahl, als ihre Magie einzusetzen. Die Furcht, ihre Gabe in Gegenwart anderer einzusetzen, saß tief. Was, wenn man sie erwischte? Falinn würde nicht zulassen, dass man sie hinrichtete – auch dann nicht, wenn sie der Magie überführt wäre. Er brauchte sie, und sie konnte nur hoffen, dass er sie auch wirklich *so* dringend brauchte. *Sie ist alles, was wir haben*, hatte er gesagt. Das klang dringend genug, um ihren Kopf aus der Schlinge zu ziehen. Nicht dass sie vorhatte, sich erwischen zu lassen.

Wenn sie die Schatten verstärkte, konnte sie sich darin verbergen und es unbemerkt an den Männern vorbeischaffen. Der Gedanke war gut, er hatte nur einen Haken: Das Tor war geschlossen, und solange sie nicht in der Lage war, sich in einen Lufthauch zu verwandeln – was sie definitiv nicht war –, gab es kein Durchkommen, ohne es zu öffnen. Spätestens das würde die Wachen alarmieren. Abgesehen davon war es vor dem Tor viel zu hell. Im Fackelschein gab es keine Schatten, die sie verstärken konnte, und damit kein Versteck. Sie brauchte einen anderen Plan.

Die alten Zauberer waren in der Lage gewesen, Menschen einschlafen zu lassen. Warum konnte sie das nicht? Statt eines nützlichen Zaubers konnte sie nur billigen Hokuspokus, den jeder Scharlatan eines beliebigen Jahrmarkts, der nicht einmal über echte Magie verfügte, besser beherrschte. Elemente zu beeinflussen, war das Einzige, was sie wirklich konnte. Rissa hielt inne. Elemente. Sie war schon auf dem richtigen Weg gewesen, doch was sie brauchte, waren keine Schatten, sondern Luft. Sie musste diese Kerle beeinflussen, ihnen vorgaukeln, jemand anders zu sein.

Als sie angefangen hatte, mit ihrer Magie zu experimentieren, hatte sie schnell gelernt, Dingen ein anderes Äußeres zu geben. Um etwas anders aussehen zu lassen, musste sie die Luft darum in ein Abbild dessen verwandeln, was sie zeigen wollte. Es war wie eine Hülle. Der ursprüngliche Gegenstand befand sich noch immer darunter, doch die Luft um ihn herum ließ ihn anders erscheinen, als er in Wirklichkeit war.

Schon häufig hatte sie sich darin geübt, ein Ding wie ein anderes aussehen zu lassen. Doch das waren Gegenstände gewesen, leblose Dinge – etwa ein Krug, dem sie das Aussehen einer Vase gegeben hatte. Nichts als eine Illusion. Noch nie zuvor hatte sie versucht, selbst ein anderes Aussehen anzunehmen. Aber soweit sie es beurteilen konnte, war es der einzige Weg nach draußen. Und wenn es hier funktionierte, konnte sie denselben Trick später noch mal am Stadttor versuchen.

Wessen Erscheinung sollte sie nehmen? Es musste jemand sein, den sie gut genug kannte, um ein überzeugendes Abbild zu erschaffen. Jemand, den die Wachen auch mitten in der Nacht passieren ließen, ohne Fragen zu stellen. Die Einzigen, die ihr einfielen, waren der König und ihr Vater. Da der König die Burg nicht ohne Wachen verlassen würde, kam nur ihr Vater infrage. Sein Anblick war ihr ohnehin am vertrautesten.

Rissa schloss die Augen und stellte sich ihren Vater vor. Sie ließ die Energie fließen und begann mit dem einfachsten Teil: der gedrungenen Gestalt und der Art, wie die dunkelblaue Robe seinen stämmigen Leib verbarg. Als Nächstes konzentrierte sie sich auf sein Gesicht.

Einem Gegenstand ein anderes Aussehen zu verleihen, war ein einfaches Unterfangen, solange er nicht größer war als ein Handteller. Je größer das Ziel des Zaubers jedoch war, desto höher war auch der nötige Energieaufwand. Und wenn Rissa eines nur in begrenzten Mengen hatte, dann war es Energie.

Magie entstand aus Energie, Lebenskraft, die der Umgebung entzogen und durch den Willen in Zauberwerk umgewandelt wurde. Aus einem Grund, den weder Rissa noch ihr Vater kannte, war ihre Gabe verkrüppelt. Im Gegensatz zu anderen Zauberern, die die Energie ihrer Umwelt entzogen und dafür Pflanzen und Tiere, im Extremfall sogar ganze Landstriche verwüstet und Menschen ihrer Lebenskraft beraubt hatten – was schließlich die Fürsten dazu gebracht hatte, gegen sie vorzugehen –, nahm Rissa die Energie immer und überall auf. Es geschah ganz ohne ihr Zutun und ohne dass sie es beeinflussen konnte. Wo immer sie war, ging ein kleines bisschen der Lebenskraft ihrer Umgebung auf sie über. Ganz ohne Gewalt und ohne dass etwas – oder jemand – dabei zu Schaden kam. Während sich ihr Vater jederzeit neue Energie einverleiben konnte, solange es um ihn herum Leben gab, waren ihren Kräften Grenzen gesetzt. Nur ein einziges Mal hatte er Rissa gedrängt, bewusst Energie aus einer Pflanze zu ziehen. Es hatte sie unendlich viel Kraft gekostet, und schließlich war sie ohnmächtig geworden, doch sie hatte nicht das kleinste bisschen an zusätzlicher Energie gewonnen. Danach hatte ihr Vater nie wieder von ihr verlangt, dass sie es versuchen sollte. Rissa war froh darüber gewesen, denn allein die Vorstellung, sich die Kraft, die sie für einen Zauber benötigte, mit Gewalt zu nehmen, erschien ihr falsch. Der Nachteil war, dass sie – sobald ihre angesammelte Energie verbraucht war – keine Magie mehr wirken konnte, bis sich ihre Kräfte wieder regeneriert hatten. Was im schlimmsten Fall Tage dauern konnte.

Weiter und weiter ließ sie die Energie fließen, während sie sich das Gesicht ihres Vaters in allen Einzelheiten vorstellte. Sie spürte, wie der Einsatz der Magie sie auslaugte, als würde sie auch ihr das Leben entziehen. Schließlich entschied sie, dass es genügen musste und sie nicht noch weiter ins Detail gehen konnte. Sie konnte es sich nicht erlauben, noch mehr Energie in die Erschaffung ihrer Illusion zu stecken, denn sie brauchte das, was ihr noch geblieben war, um den Zauber aufrechtzuerhalten. Andernfalls würde er langsam verfliegen, wie Nebel, der vom Wind davongetragen wurde, und das womöglich noch, bevor sie das Tor überhaupt erreichte.

Als sie auf ihre Hände hinabsah, waren es noch immer ihre eigenen. Sich selbst konnte sie mit einer Illusion nicht blenden, zumindest nicht, wenn sie sich direkt ansah. Sie konnte nur hoffen, dass ihr Werk überzeugend genug war.

Da es sinnlos war, noch mehr Zeit zu verschwenden und zu riskieren, dass sich der Zauber verflüchtigte, trat sie aus ihrem Versteck. Auf dem Weg zum Tor kam sie an einer Pferdetränke vorbei. Sie hielt kurz inne, um einen Blick auf ihr Spiegelbild zu werfen, das von der dunklen Wasseroberfläche zurückgeworfen wurde – die einzige Möglichkeit, die Wirksamkeit ihres Zaubers zu überprüfen. Rissa war zufrieden. Die Robe hatte sie gut getroffen, der Rucksack, dessen Gewicht sie auf ihren Schultern spürte, war nicht zu sehen, und das Gesicht glich dem ihres Vaters auf erschreckende Weise. Einzig die Falten um seine Augen und die ergrauten Strähnen in seinem Haar fehlten, doch im Fackelschein würde das niemandem auffallen. Jedenfalls hoffte sie das.

Schon jetzt zehrte die Anstrengung an ihr. Es kostete unglaubliche Kraft, die Energie im Fluss zu halten, die ihrem Zauber Bestand verlieh. Sie begann zu schwitzen und betete zu den Göttern, dass niemand es unter der Illusion bemerken würde.

Verfluchte Energie! Sie – oder vielmehr ihr Fehlen – war der Grund dafür, warum sie im Umgang mit ihrer Magie so ungeübt war. Im Gegensatz zu heute hatte sie das früher nicht weiter gestört. Schließlich hatte sie nur für sich selbst geübt, um ihre Möglichkeiten zu erforschen und ihre Kräfte kennen und kontrollieren zu lernen. Ihr Vater hatte sie, wenn er sie im Aufspüren unterwiesen hatte, oft so ausgelaugt, dass sie schlicht keinen Zauber mehr wirken konnte, um etwas anderes auszuprobieren. Stets hatte sie darauf achten müssen, nicht zu viel Energie in ihre eigenen Experimente fließen zu lassen, denn ihr Vater wusste ziemlich genau, wann ihre Reserven wieder aufgefüllt waren. Dann ohne Kräfte bei ihm zu erscheinen, hätte ihn nur mit der Nase darauf gestoßen, was sie heimlich tat. Als sie im Aufspüren besser wurde und es sie immer weniger Kraft kostete, hatte sie es für sich behalten und so getan, als würden sie die Übungen noch immer viel Energie kosten. Auf diese Weise waren ihr nach der Arbeit mit ihrem Vater noch Reserven für ihre eigenen Studien geblieben.

Als Rissa das Tor erreichte, nahmen die Wachen Haltung an. Es war geradezu lächerlich einfach, sie zu täuschen – sie musste nicht einmal einen Ton sagen. Eine herrische Geste, die sie sich beim König abgeschaut hatte, genügte, um einen der Männer dazu zu bringen, die Pforte neben dem Tor zu öffnen und sie passieren zu lassen. Zehn Schritte, dann war sie an den Wachen vorbei und auf der anderen Seite der Mauer.

Der Zauber lastete nun schwer auf ihr. Jeder Schritt fühlte sich an, als würde sie durch zähen Morast wandern. Immer schwerer fiel es ihr, einen Fuß vor den anderen zu setzen. Am liebsten wäre sie stehen geblieben, um sich auszuruhen, doch das musste warten. Bevor sie den Zauber fallen ließ, musste sie sicher sein, dass die Männer auf der Mauer sie nicht mehr sehen konnten. Rissa hatte kaum noch Kraft für den nächsten Atemzug, geschweige denn für die nächsten Schritte. Dennoch zwang sie sich vorwärts, über das Plateau, auf dem sich zu ihrer Rechten der Hohe Tempel erhob, hin zu der ersten Häuserreihe, wo die Hauptstraße den Hügel nach unten, weiter in die Stadt hineinführte. Ihre Knie zitterten bei jedem Schritt und vor ihren Augen tanzten dunkle Punkte. Endlich erreichte sie die Straße. Sobald sie in den Schatten der Häuser eintauchte, ließ sie den Zauber fallen. Taumelnd schleppte sie sich voran. Die Magie hatte sie vollkommen ausgelaugt. Gegen die Schwäche ankämpfend, quälte sie sich weiter, den Hügel abwärts. Dann konnte sie nicht mehr. Erschöpft bog sie in eine schmale Seitengasse in der Nähe des Stadttors ein, wo sie im Schatten eines Schuppens in den Staub fiel.

Daran, denselben Trick noch einmal am Stadttor anzuwenden, war nicht mehr zu denken. Selbst eine Nacht voll Schlaf würde nicht ausreichen, um etwas daran zu ändern. Sie hatte so viel Energie verbraucht wie nie zuvor, und es würde Tage, vielleicht Wochen dauern, bis sie sich regeneriert hatte. Ihr blieb keine andere Wahl, als sich ein Versteck für die Nacht zu suchen. Am Morgen, wenn die Tore geöffnet wurden, konnte sie sich unter den Strom von Reisenden und Händlern mischen und die Stadt verlassen.

Rissa kämpfte sich auf die Beine und überprüfte den Schuppen. Er war nur mit einem einfachen Riegel verschlossen, der sich mühelos anheben ließ. Im Inneren stapelten sich Mehl- und Getreidesäcke. Einen bequemeren Platz würde sie außerhalb einer Schenke nicht finden. Sie sank auf einen der Säcke und war eingeschlafen, sobald ihr Kopf den Rucksack berührte, der ihr als Kissen diente.

* * *

Rissa wusste, dass sie träumte. Dennoch erschien ihr der Traum eigenartig real. Sie befand sich inmitten eines riesigen Labyrinths, dessen Wände aus purer Energie bestanden. Es waren Wände aus wallenden Nebelschwaden, in denen die Lebenskraft in Form von endlosen Blitzschlägen hin und her schoss. Rissa stolperte voran. Schon lange war sie vom Weg abgekommen und suchte nach einem Ausgang. Unzählige Menschen von merkwürdig durchscheinender Gestalt bat sie um Hilfe, doch niemand blieb stehen, um mit ihr zu sprechen. Niemand sah sie auch nur an. Es war, als sei sie unsichtbar. Sie war gerade im Begriff, an eine der Wände heranzutreten und zu versuchen, sie zu durchdringen, als sich, scheinbar aus dem Nichts, eine Gestalt neben ihr manifestierte.

»An deiner Stelle würde ich das nicht tun«, sagte der Mann

in der langen braunen Robe. Sein Gesicht war im Schatten einer Kapuze verborgen, doch seine Gegenwart erschien ihr auf eigenartige Weise vertraut. Er hob die Hand und berührte die Wand. Sofort sprangen die in der Wand umherzuckenden Blitze auf seinen Körper über, hüllten ihn in gleißendes Licht und drohten ihn mehr und mehr zu verschlingen. Ohne Hast zog er die Hand zurück und beobachtete, wie die letzten Funken, die über seine Haut krochen, vergingen. »Das Leben und seine Energie können tödlich sein. Es ist noch niemandem bekommen, den ihm vorbestimmten Weg abzukürzen.«

»Ich kann meinen vorbestimmten Weg aber nicht finden und niemand will mir dabei helfen«, sagte Rissa.

»Manchmal erscheint einem das Leben wie ein Labyrinth, und nur allzu oft haben wir das Gefühl, unseren Pfad hindurch nicht zu finden.« Der Mann trat von der Wand weg und auf sie zu. Er war von beeindruckender Größe, und obwohl sie sein Antlitz unter der Kapuze nicht erkennen konnte, war sie davon überzeugt, dass sich dort in den Schatten ein freundliches Gesicht voller Güte verbarg. »Du bist weggelaufen, weil du frei sein willst.«

Wollte sie das wirklich? War sie nicht weggelaufen, weil ihr die Vorstellung zuwider war, Falinns Werkzeug zu sein?

»Ist es nicht der Wunsch nach Freiheit, der uns dazu bringt, kein Werkzeug sein zu wollen?« Die Stimme des Fremden war tief und angenehm ruhig, seine Worte jedoch beunruhigend.

»Ihr kennt meine Gedanken?«

Er schüttelte den Kopf. »Ich lese deine Gefühle.«

Ein Umstand, den Rissa nicht weniger beunruhigend fand. Da ihr jedoch bewusst war, dass sie noch immer träumte, beklagte sie sich nicht. »Und was soll ich tun?«

Statt ihr zu antworten, zog er etwas aus seinem Ärmel und hielt es Rissa entgegen. »Nimm das. Es wird dir die Augen öffnen und dir – wenn die Zeit gekommen ist – den Weg weisen.« Er nahm ihre Hand und legte ein Lederband hinein, an dem eine goldene Scheibe von der Größe einer Münze hing. In die glatte Oberfläche waren Linien geritzt, die ihr auf eigenartige Weise ebenso vertraut erschienen wie der Mann, der ihr das Medaillon gegeben hatte. Es fühlte sich warm unter ihrer Berührung an.

Der Fremde hob den Kopf, und obwohl sie sein Gesicht noch immer nicht erkennen konnte, wusste sie, dass seine Augen auf sie gerichtet waren. »Um frei zu sein, musst du dich in die Hände des Feinds begeben.«

»Was soll das –« Noch bevor sie ihre Frage aussprechen konnte, verschwand die Berührung an ihrer Hand – und mit ihr der Fremde. So plötzlich er aus dem Nichts gekommen war, so plötzlich war er auch wieder dorthin verschwunden. Rissa war wieder allein, inmitten des Labyrinths ihres Lebens. Noch immer nahm keiner der Menschen, die wie Schemen an ihr vorbeiglitten, sie wahr. Doch das machte ihr keine Angst mehr. Sie spürte die Wärme des Anhängers in ihrer Hand und wusste, dass es ihr helfen würde. In diesem Wissen erwachte sie.

Verwirrt blinzelnd öffnete sie die Augen und setzte sich auf. Ihr Rücken schmerzte und ihre Beine waren ganz steif. Die Erschöpfung saß ihr noch immer in den Knochen, trotzdem fühlte sie sich ausgeruhter als noch vor ein paar Stunden. Schon bald würde Naranor zum Leben erwachen und sie konnte ihren Weg fortsetzen. Die stickige Hitze im Schuppen trieb sie zur Tür. Vorsichtig drückte sie sie einen Spalt auf, um die kühle Morgenbrise einzulassen. Was ihr stattdessen entgegenschlug, war der heiße Luftzug eines Sommertags. Erschrocken warf sie einen Blick zur Sonne, die hoch am Himmel stand. Der Morgen war schon lange vorbei und auch der Mittag lag bereits hinter ihr. Sie hatte viel zu lange geschlafen!

Hastig lief sie zu ihrem Nachtlager zurück. Als sie ihren Rucksack aufnahm, fiel etwas zu Boden. Rissa griff danach und schnappte erschrocken nach Luft. Es war das Lederband mit der kleinen goldenen Scheibe.

9

Elathar stand am Dachfenster und starrte auf die belebte Straße, die sich unter ihm zum Hafen wand. Seine Gedanken schweiften zwischen dem, was geschehen war, und dem, was heute noch passieren würde, hin und her.

Nachdem sie Naranor vor drei Monaten, versteckt im Wagen eines Gauklers, hinter sich gelassen hatten, war Elathar sicher gewesen, nie wieder hierher zurückzukehren. Jetzt saß er seit drei Tagen im *Salzigen Hering*, wo er für sich und fünf seiner Männer eine Kammer unter dem Dach gemietet hatte, und wartete darauf, dass es endlich losging. Elathar war das Warten leid. Wenn es etwas gab, das er in den letzten Monaten zur Genüge getan hatte, dann war das Warten. Darauf, dass jemand kam und Falinn für seine Tat zur Rechenschaft zog. Jemand, der die Dinge wieder ins Lot rückte. Zumindest sein Bruder würde bezahlen. Elathar hatte gehört, dass er im Kerker auf seine Hinrichtung wartete. Es hätte ihm eine Genugtuung sein sollen, dass zumindest einer der Mörder sich seiner Strafe nicht würde entziehen können. Doch alles, was er empfand, waren Bedauern und der beißende Schmerz des Verlusts. Ihm war noch immer unbegreiflich, wie ausgerechnet Carandir zu einer derart abscheulichen Tat imstande sein sollte. Der Carandir, der seine Familie stets über alles geliebt hatte! Er hatte nicht nur seine Familie verraten, sondern auch sein ganzes Volk. Jene Menschen, die ihn als künftigen König geliebt und verehrt hatten! Elathar verspürte keine Befriedigung angesichts seines bevorstehenden Todes. Wie sollte er auch? Wusste er doch, dass Carandir nicht der

Einzige war, an dessen Händen Blut klebte. Der andere saß jetzt auf dem Thron von Tharennia. Warum auch immer Carandir sich darauf eingelassen hatte, seine Familie – sein ganzes Volk – zu verraten, am Ende hatte sich Falinn gegen ihn gewandt und sich selbst dem Volk als derjenige präsentiert, der die abscheuliche Tat des Kronprinzen aufgedeckt hatte. Niemand schien etwas von Falinns Anteil an den Geschehnissen jenes fatalen Abends zu ahnen. Er hatte die Königin erdolcht und seiner eigenen Tochter Gift gegeben! Und wozu das Ganze? Für eine verdammte Krone!

Nach ihrer Flucht aus Naranor, bei der Elathar sein Gepäck in der Burg hatte zurücklassen müssen – darunter der Ring seiner Mutter, das einzige Erinnerungsstück, das ihm geblieben war –, waren Elathar und Dainn zu ihrem Stützpunkt geritten, den noch immer besinnungslosen König auf der Ladefläche des Wagens verborgen, den sie dem Gaukler abgekauft hatten. Elathar wusste, dass er nicht in Raidon bleiben konnte, doch seine Männer sollten die Wahrheit erfahren. Also hatte er ihnen erklärt, was geschehen war, und sie vor die Wahl gestellt, weiter im Dienste des Königs zu stehen – einem König, der mit ziemlicher Wahrscheinlichkeit Falinn sein würde –, oder Elathar in eine ungewisse Zukunft zu folgen. Keiner der Männer hatte auch nur gezögert, sich ihm anzuschließen.

In Begleitung von fünfzig Kriegern hatte er schließlich den Stützpunkt auf der Ebene von Raidon verlassen. Sie waren übereingekommen, nach Dirran, in die Hauptstadt des Fürstentums Lendaé, zu ziehen, und von dort ein Schiff zu nehmen, das sie auf den westlichen Kontinent oder zu den Inseln von Cymholt bringen sollte. Söldner wurden immer gebraucht, und mit ein wenig Glück würde es ihnen gelingen, gute Aufträge an Land zu ziehen. Elathar hatte der Gedanke, einfach zu gehen, nicht sonderlich gefallen. Es erschien ihm feige. Nachdem sie jedoch den Stützpunkt verlassen hatten und offiziell als Deserteure galten, konnte er den Männern nicht länger befehlen. Der Entschluss, Tharennia zu verlassen, war mehrheitlich gefallen, und Elathar akzeptierte es. Und dann war alles anders gekommen.

Zuerst waren es nur Gerüchte gewesen. Auf den Märkten und in den Schenken Callendaés erzählte man sich von Aufständen im benachbarten Fürstentum. Sie hörten von Fürst Willans Hinrichtung und davon, dass seine Leibgarde im königlichen Kerker darauf wartete, dass ihnen das gleiche Schicksal widerfuhr. Viele Lendaér befanden sich auf der Flucht vor Falinns Truppen. Schnell stand fest, dass sie nicht nach Dirran konnten. Nicht, solange Falinns Soldaten überall im Fürstentum unterwegs waren. Die Gefahr, dass jemand Elathar – oder den reglosen König auf der Ladefläche des Wagens – erkannte, war zu groß. Sie entschieden, ihr Glück in einem der Häfen im Norden zu versuchen. Nicht einmal einen Tag später waren sie auf die ersten Flüchtlinge gestoßen. Vierzig hungrige und entkräftete Gestalten, viele von ihnen Frauen, Kinder und alte Leute. Sie hatten Karren bei sich, auf denen sie die wenige Habe transportierten, die sie hatten retten können. Sie wussten weder, wo sie hin noch was sie jetzt tun sollten. Nur, dass sie Falinns Kriegern früher oder später in die Hände fallen würden, stand fest. Für sie gab es keine Hoffnung auf Entkommen – nicht ohne Hilfe.

Diese Leute waren es, die Elathar bewusst machten, dass er nicht gehen konnte. Er mochte nichts gegen Falinn selbst ausrichten können, aber er konnte zumindest jenen Schutz bieten, die vor ihm auf der Flucht waren.

In den Bergen von Demantur, im Westen des Fürstentums Uryen, dort wo die Grenzen von Uryen, Callendaé, Atandara und Assana aufeinandertrafen, gab es eine Passfestung. Ein vergessenes Relikt aus jener Zeit, als Tharennia noch aus sieben Fürstentümern bestand. Damals hatten sich überall an den Grenzen bemannte Festungen befunden, die den jeweiligen Nachbarn von einem Einfall ins eigene Reich abhalten sollten. Die meisten dieser Festungen existierten längst nicht mehr oder waren inzwischen von Landadligen bewohnt, die von dort aus ihre Ländereien verwalteten. Als die Grenzen fielen und sich die sieben Fürstentümer zu einem Königreich vereint hatten, waren auch die Krieger aus der Passfeste abgezogen worden. Da niemand in der schwer zugänglichen Gegend Quartier beziehen wollte, war sie verlassen geblieben und offenbar in Vergessenheit geraten. Elathar hätte nichts von ihrer Existenz geahnt, hätte er sie nicht durch Zufall entdeckt. Damals, noch bevor er in den Rang des Hauptmanns erhoben worden war, hatten er und Dainn die Spur eines vermeintlichen Zauberers verfolgt, der sich angeblich in den Bergen von Demantur versteckt hielt. Das Gebirge war ein unwirtlicher und schwer zugänglicher Ort, voller halb verschütteter Wege und tückischer Spalten, sodass sich kaum ein Mensch tiefer hineinverirrte. Einen Zauberer hatten sie damals nicht gefunden, dafür aber die Überreste der Passfestung, die sich beinahe unsichtbar in ihre Umgebung einfügte. In dem Moment, in dem Elathar klar geworden war, dass er den Flüchtlingen helfen musste, hatte er gewusst, dass er sie dorthin bringen würde.

Er hatte seinen Männern freigestellt zu gehen, doch Dainn hatte nur gelacht, und auch die anderen hatten kein Wort über ihre ursprünglichen Pläne verloren. »Königliche Armee oder nicht – du bist unser Hauptmann«, hatte Kearn gesagt, den alle wegen seiner Größe und der rauen Stimme nur Bär nannten. »Wo du hingehst, gehen wir auch hin.«

Damit war es entschieden.

Sie hatten die Flüchtlinge in die Festung gebracht, die sie wegen ihres klobigen Aussehens den Fels tauften. Wie sich herausstellte, waren zwar Teile der Festung marode und einer der Türme unter der Last der Jahre eingestürzt, der größte Teil jedoch, darunter die Mauern, die sie umgaben, war so gut erhalten wie das Gebirge um sie herum. Sie hatten das Tor und – wo nötig – die Mauern ausgebessert, Dreck und Schutt aus dem Hof und dem Inneren der Feste fortgeschafft und entschieden, welche Bereiche sicher und welche womöglich einsturzgefährdet waren. Aufgeteilt in kleine Trupps, beschafften sie die nötigen Vorräte; darunter Essen, Kleidung, Decken und Baumaterial. Da ihnen die Mittel fehlten, war ihnen nichts anderes übrig geblieben, als sich zu nehmen, was sie benötigten. So zogen sie durch die an das Gebirge angrenzenden Fürstentümer und bedienten sich nachts, wenn alles schlief, an den Lagern der Händler. Während die einen sich um die Vorräte kümmerten, andere die nötigen Reparaturen übernahmen und die Umgebung erkundeten, zog ein weiterer Trupp immer wieder los, um nach weiteren Flüchtlingen Ausschau zu halten. So wurden sie stetig mehr. Wenn es so weiterging, mussten sie bald damit beginnen, die Menschen in den weitläufigen Höhlen unterzubringen, die sie in der Nähe der Festung entdeckt hatten.

Als ihrem Anführer hatten sie Elathar zwei aneinandergrenzende Gemächer überlassen, deren Einrichtung aus einem Bett, das zu reparieren ihm gelungen war, alten Sesseln, einem Tisch mit Stühlen und einer Pritsche bestand. Elathar hatte seinem Vater, der noch immer in einem tiefen, todesähnlichen Schlaf lag, das Bett im einstigen Schlafgemach überlassen und selbst die Pritsche nebenan genommen. Es ging seinem Vater von Woche zu Woche schlechter. Er konnte nichts essen, und die wenige Flüssigkeit, die er in Form von Wasser und Suppe verabreicht bekam, reichte nicht aus, ihn zu stärken. Aus dem einst so stattlichen Mann war ein Schatten seiner selbst geworden. Die Wangen eingefallen, dunkle Ringe unter den Augen und die Lippen von einem wächsernen Ton, lag er Tag ein, Tag aus still da. Er atmete und er schluckte, wenn man ihm vorsichtig etwas Flüssigkeit einflößte. Ansonsten war ihm keine Reaktion abzutrotzen. Nicht ein einziges Mal, seit

Elathar ihn aus Naranor fortgebracht hatte, hatte er die Augen geöffnet.

Um den König zu schützen, wussten nur seine Männer von seiner Anwesenheit, die Flüchtlinge ahnten nichts. Anfangs hatte Elathar versucht, sich allein um ihn zu kümmern. Dainn hatte ihm jedoch auf seine unnachahmliche Art klargemacht, dass das eine schlechte Idee war. »Willst du in ein paar Wochen neben ihm liegen? Wenn du so ausgezehrt bist wie er, weil du deine Tage und Nächte zwischen ihm und deinen Aufgaben hier aufteilst?«

Elathar hatte einsehen müssen, dass er es nicht schaffen konnte. Schon nach wenigen Tagen, in denen er kaum geschlafen hatte, steckte ihm die Anstrengung in den Knochen. Schließlich hatten sie begonnen, sich abwechselnd um den König zu kümmern. Seitdem war vieles einfacher geworden.

Auch wenn seine Einheit in ihm noch immer ihren Hauptmann und Anführer sah, hatte Elathar neben Dainn, der weiterhin sein Stellvertreter sein sollte, fünf Unterführer ernannt und jedem einen eigenen Verantwortungsbereich zugewiesen. Wacheinteilung am Tor und auf den Mauern, Einteilung der Trupps, die nach weiteren Flüchtlingen suchten, Verantwortung für die Vorräte und deren Beschaffung, einen Stallmeister und einen, der mit ein paar Männern dafür sorgen sollte, dass es unter den Flüchtlingen nicht zu Auseinandersetzungen kam. Sie alle trafen sich regelmäßig in einem viel zu kleinen Raum, den sie schon bald scherzhaft die Ratskammer nannten. Sie hatten einen alten Tisch und ein paar Stühle dorthin geschleppt und gaben regelmäßig reihum ihre Berichte ab, besprachen Probleme und planten ihr weiteres Vorgehen.

Anfangs war Elathar damit zufrieden gewesen, den Menschen eine Zuflucht zu bieten. Doch je mehr Zeit verstrich, desto rastloser wurde er. Sie konnten sich nicht ewig verstecken. Die Festung war bereits jetzt zu klein für all die Menschen und es wurden immer noch mehr. Was sollte aus ihnen werden, wenn der Winter kam? Ihre Vorräte würden nicht ewig reichen und schon jetzt mussten sie mit jedem Raubzug vorsichtiger sein. Viele der Händler in der Umgebung hatten inzwischen Wachen angeheuert, sodass sie sich jedes Mal ein Stück weiter von den Bergen von Demantur entfernen mussten, an Orte, an denen die Händler noch nichts von den Überfällen gehört hatten.

Solange Falinn auf dem Thron saß, würde sich nichts ändern. Mit ihm hatte alles angefangen, seinetwegen waren sie alle auf der Flucht – mit ihm musste es auch enden.

Elathar hatte nicht die geringste Vorstellung, wie er etwas gegen Falinn ausrichten sollte, doch wenn er je in der Lage sein wollte, überhaupt etwas zu unternehmen, dann brauchte er eine schlagkräftige Truppe. Die Fürsten schieden aus. Nach dem, was mit Willan Carr von Lendaé geschehen war, würde keiner der anderen es wagen, gegen Falinn aufzubegehren. Auch auf den Stützpunkten der königlichen Armee würde er wohl kaum jemanden finden, der bereit war, sich ihm anzuschließen. Die Einzigen, die infrage kamen, waren die Männer aus Fürst Willans Leibgarde. Männer, die im königlichen Kerker auf ihre Hinrichtung warteten.

»Das ist nicht dein Ernst!« Dryden, ein kleiner, glatzköpfiger Mann, der für die Suchtrupps zuständig war, die nach weiteren Flüchtlingen Ausschau hielten, war aufgesprungen. »Du willst nach Naranor marschieren und unter der Nase des Königs in dessen Kerker einbrechen?«

»Und wieder ausbrechen«, hatte Elathar hinzugefügt.

»Er hat eine Armee! Was wollen wir gegen die ausrichten?«

Wie alle anderen hatte auch Elathar die Geschichten gehört, die sich die Flüchtlinge über Falinns dämonische Krieger erzählten. Er glaubte nicht daran, und ebenso wenig glaubte er, dass Falinn über so viele Männer verfügte, wie alle vermuteten. Die königliche Armee war groß, doch sie war über ganz Tharennia verteilt. Selbst wenn es Falinn gelungen wäre, sie in kürzester Zeit an einem Ort zusammenzuziehen – warum hätte er das tun sollen?

Rinan und Njall, zwei der anderen Unterführer, hatten mindestens so erschrocken dreingeschaut wie Dryden. Dainn und Bär hingegen war das Grinsen nicht mehr aus dem Gesicht zu wischen gewesen.

Dainn war ebenfalls aufgestanden und hatte sich Dryden zugewandt. »Falinn mag viele Krieger haben, doch sie können unmöglich überall sein. Viele sind noch immer in Lendaé, auf der Suche nach Flüchtlingen. Weitere hat er zweifelsohne an den Grenzen der anderen Fürstentümer stationiert, nur für den Fall, dass doch noch einer den Aufstand probt.«

»Nimmt man dann noch die Garnisonen dazu, die über ganz Tharennia verteilt sind«, griff Bär Dainns Gedankengang auf, »wie viele können dann noch in Naranor sein?«

»Abgesehen davon«, fügte Elathar hinzu, »habe ich nicht vor, mich erwischen zu lassen.«

»Es könnte zu schaffen sein«, hatte Dryden schließlich eingeräumt.

Natürlich war es ein gefährliches Unterfangen, dessen war sich Elathar bewusst. Doch die Aussicht, diese Männer auf ihrer Seite zu haben, war das Risiko wert. Mit Fürst Willans Leibwache als Verbündete konnten sie vielleicht noch weitere seiner ehemaligen Krieger für sich gewinnen. Männer, die sich Falinn angeschlossen hatten, als ein Aufbegehren sinnlos gewesen wäre. Männer, die ihre Meinung ändern würden, wenn sie die Möglichkeit sahen, etwas gegen Falinn auszurichten.

Sie entschieden sich für einen kleinen, unauffälligen Trupp. Elathar, Dainn und vier weitere Männer. Die übrigen Unterführer sollten im Fels bleiben und dort für Ordnung sorgen. Ihr Plan, ungesehen in die Stadt zu gelangen, war simpel: Je auffälliger sie waren, desto weniger Beachtung würden die Wachen am Stadttor ihnen schenken.

Es war nicht schwer gewesen, einen Tross Händler aus Kinnel davon zu überzeugen, sie als Begleitschutz in ihre Dienste zu nehmen. Die Erinnerung an die Raubzüge der letzten Wochen und Monate hatte ausgereicht, um den Anführer zu überzeugen. Kurz vor Naranor waren ihnen immer wieder einzelne Einheiten von Falinns Kriegern auf der Handelsstraße entgegengekommen. Keiner der Soldaten hatte ihnen oder den Händlern Beachtung geschenkt und schließlich waren sie unter den Blicken der Torwachen einfach in die Stadt geritten.

Die letzten drei Tage hatten sie darauf verwandt, einen Plan zu schmieden. Im Gegensatz zu Carandir, der in den Verliesen unter der königlichen Burg verrottete, hatte man Willan Carrs Männer in die Stadt gebracht. Dorthin, wo die gewöhnlichen Gefangenen ihre Strafe absaßen oder auf ihr Ende warteten. Der Kerker war ein massiger Steinklotz nicht weit hinter dem Marktplatz, dessen einzige Lichteinlässe die Schießscharten waren, die sich über die Mauern nach oben zogen.

»Das ist eine Festung!«, sagte Kestan. »Wie wollen wir da reinkommen?«

»Mir ist alles recht«, brummte Dainn, »solange wir nicht auf das Dach klettern müssen.«

Der Kerker war ein hohes Gebäude, das höchste in der Stadt, und Elathar wusste nur zu gut, wie unwohl sich Dainn in großen Höhen fühlte. Es war schon ein Wunder, dass er sich noch nicht über ihr Versteck in den Bergen beklagt hatte. Zumindest nicht mehr als bisher.

Anfangs hatte Elathar keine Antwort auf Kestans Frage gehabt. Nachdem sie jedoch eine Weile im gegenüberliegenden Gasthaus gesessen, Ale getrunken und den Kerker durch das Fenster beobachtet hatten, begann sich allmählich ein Plan in ihm zu formen.

Während der nächsten zwei Tage hatten sie abwechselnd

den Kerker im Auge behalten. Es gab drei Schichten, doch nur einen Wachwechsel während des Tages. Wenn sie ihr Vorhaben in die Tat umsetzen wollten, mussten sie schnell sein. Dass die Garnison der Stadtwache ausgerechnet im Gebäude neben dem Kerker untergebracht war, war unglücklich. Von dem Moment, in dem sie die Männer befreiten, bis zu dem, in dem die Wachen Alarm schlugen und die Stadt abriegeln ließen, würde nicht viel Zeit vergehen. Bis dahin mussten sie verschwunden sein, sonst säßen sie fest. Also blieb ihnen keine andere Wahl, als bei Tag zuzuschlagen, wenn die Stadttore geöffnet waren und sie sich in den Strom der Händler, Bauern und Reisenden einreihen konnten, die von morgens bis abends durch die Tore kamen und gingen.

Nachdem Elathar seinen Plan dargelegt hatte und keinem etwas Besseres eingefallen war, machten sie sich an die Umsetzung. Am Abend des zweiten Tages hefteten sie sich den Männern der Mittagsschicht an die Fersen, als diese nach ihrem Dienst den Kerker verließen, und folgten einer Einheit bis zu einer Schenke am Hafen. Schnell wurde ersichtlich, dass sie oft hierherkamen. Der Wirt ging vertraut mit ihnen um, ebenso wie die Schankmaiden, die mit ihnen schäkerten und Ale brachten, noch ehe einer der Männer überhaupt etwas geordert hatte. Als sie zur Sperrstunde aufbrachen, teilten sich Elathar und seine Männer auf und folgten ihnen nach Hause.

Während der folgenden Tage beobachteten sie die Wachen weiter. Schließich hatte Elathar seine Wahl getroffen – sechs Wachen, von denen jeder allein lebte und die niemand vermissen würde, wenn sie eine Nacht lang nicht nach Hause kamen.

Jetzt saßen diese sechs Männer gefesselt, geknebelt und bis auf die Unterwäsche entkleidet in der Ecke der angemieteten Dachkammer. Elathar und seine Leute waren ihnen gestern Abend, nach dem Ende ihrer Schicht, erneut zur Hafenschenke gefolgt und hatten sich einen nach dem anderen geschnappt, als sie sich auf den Heimweg machten.

Den Siebten, der – noch immer in seiner Uniform – eingeschüchtert danebenstand, hatten sie sich als Letzten geholt. Er war der Einzige mit Frau und Kindern. Und er war ihr Schlüssel zum Kerker. Natürlich weigerte er sich anfangs, ihnen zu helfen. Die Flickenpuppe seiner Tochter, die Dainn am Nachmittag, als seine Frau und die Kinder zum Markt gegangen waren, aus dem Haus gestohlen hatte, ließ ihn seine Meinung jedoch ändern. *Die Flickenpuppe und die Behauptung, dass zwei meiner Männer in seinem Haus sind und seine Familie töten werden, wenn er sich weigert.* Elathar war nicht stolz darauf, den Mann mit einer derartigen Lüge in Angst und Schrecken zu versetzen. In Anbetracht der Umstände, ganz zu schweigen davon, dass niemand im Haus des Mannes war, und seine Tochter lediglich ihre Puppe vermisste, war ein wenig Angst jedoch ein geringer Preis.

Endlich war das Warten vorbei. Elathar stand auf und rückte das Wams seiner Uniform zurecht. Er hätte nicht gedacht, dass er jemals wieder eine Uniform tragen würde, nachdem er Raidon und die königliche Armee hinter sich gelassen hatte. Ganz sicher war er nicht davon ausgegangen, eine Uniform wie diese anlegen zu müssen. Sie stank nach Rauch und verschüttetem Ale, und das Wappen Naranors, ein Schiff unter vollen Segeln auf dunkelblauem Grund, zeigte Spuren jeder Mahlzeit, die ihr Besitzer während der letzten Tage zu sich genommen hatte. Seine Männer sahen nicht besser aus. Dainns Uniform war fadenscheinig und Kestans an mehreren Stellen so notdürftig geflickt, dass seine breite Brust den Stoff zu sprengen drohte. Jestar hielt eine sehnige Hand gegen das Bein gepresst, um ein Loch an der Seite seines Oberschenkels zu verbergen, das aufgerissen war, als er sein Bein in den zu engen Stoff gezwängt hatte.

Elathar griff nach seinem Wasserschlauch, öffnete ihn und

kippte das Pulver hinein, das er gestern bei einem Kräuterhändler erworben hatte. Ein Schlafmittel, das verhindern sollte, dass ihre Gefangenen jemanden auf sich aufmerksam machten, sobald sie allein waren. Der Händler hatte ihm versichert, dass es einen mindestens drei oder vier Stunden außer Gefecht setzen würde. Lange genug, um in den Kerker einzubrechen und aus der Stadt zu verschwinden. Zumindest was die schnelle Wirkung anging, hatte der Händler nicht zu viel versprochen. Schon wenige Atemzüge, nachdem sie es den gefesselten Wachen eingeflößt hatten, fielen diese in einen tiefen Schlaf. Bordan konnte es nicht lassen und überprüfte es mehrmals, indem er ihre Arme und Beine anhob und fallen ließ. Im Griff des großen, mit Muskeln bepackten Mannes wirkten sie wie Puppen.

»Sie sind weggetreten. Lasst uns verschwinden.« Elathar wandte sich dem Wachmann zu, der sie führen sollte. Ein großer Mann namens Kartos, dem die Uniform lose um die hagere Gestalt schlackerte. »Du weißt, was für dich auf dem Spiel steht. Wenn du tust, was wir von dir verlangen, wird deiner Familie nichts passieren. Hast du das verstanden?«

»Habe ich. Aber was, wenn sie uns erwischen und Ihr keine Gelegenheit mehr habt, Eure Männer zu benachrichtigen?«

»Bete, dass das nicht geschieht.«

Sie verließen das Gasthaus und machten sich auf den Weg zum Kerker. Ihre Pferde und das Gepäck, darunter Kleidung für die Gefangenen, hatten Kestan und Larric schon heute Morgen zu einem Stall in der Nähe der Stadttore gebracht. Elathar hätte gern weitere Pferde für die Männer gekauft, die sie befreien wollten, doch selbst wenn sie das Silber nahmen, das ihnen die Händler für ihren Geleitschutz bezahlt hatten, konnten sie sich dafür bestenfalls zwei Esel leisten. Statt davon Esel zu kaufen, würden die Münzen dem Stallburschen die Augen verschließen, wenn sie weit mehr Pferde aus dem Stall führten, als sie heute Morgen dort untergestellt hatten.

10

Angeführt von Kartos, erreichten sie den Kerker. Verborgen in einer Gasse hatten sie ausgeharrt, bis alle anderen Wachen abgelöst und sie die Letzten waren, die noch fehlten. Auch wenn Elathar nicht davon ausging, dass jemand ihn erkennen würde, ging er zwischen Kestan und Jestar und hielt den Kopf gesenkt. Am Kerker angekommen, donnerte Kartos mit der Faust gegen die Tür. Nach einer Weile öffnete sich die Sichtklappe. Dahinter erschien das teigige Gesicht eines Wachmanns, der erst Kartos ansah, ehe sein Blick kurz an Elathar und seinen Männern hängen blieb.

»Bringst du uns Frischfleisch, Kartos?«

»Der Kommandant schickt uns die hier«, erklärte der Angesprochene. »Sie sollen die Mittagsschicht übernehmen.«

»Was ist mit der üblichen Schicht?«

»Irgendein Spezialauftrag.« Kartos machte einen Schritt nach vorne. Elathar stieß ein Hüsteln zur Warnung aus und hoffte, der Mann würde jetzt keinen Fehler machen. Statt jedoch Alarm zu schlagen, sagte er ein wenig leiser: »Wenn du mich fragst, schrubben die die Latrinen, weil sie sich letzte Nacht mal wieder stockbesoffen geprügelt haben.«

Die Wache auf der anderen Seite der Tür stieß ein Geräusch aus, das wohl ein Lachen sein sollte. »Das klingt ganz nach ihnen.« Er musterte Dainn und die anderen, wobei sein Blick über die Uniformen glitt. »Ich habe euch noch nie hier gesehen. Seid ihr von einer der neuen Einheiten des Königs?«

»Wir sind erst seit ein paar Tagen in der Stadt. Heute Morgen haben sie uns der Kerkerwache zugeteilt.« Dainn deutete auf sein fadenscheiniges Wams und verzog das Gesicht. »Offenbar musste alles so schnell gehen, dass sie nicht einmal neue Uniformen für uns hatten.«

»Na, dann kommt mal besser rein, bevor euch hier draußen noch jemand sieht und ihr ein schlechtes Licht auf uns alle werft.« Das Gesicht verschwand, die Sichtklappe fiel mit einem dumpfen Knall zu. Dann ertönte das metallische Kreischen des Riegels und einen Moment später wurde die schwere Eisentür geöffnet. »Da drin wird keinem auffallen, wie abgerissen ihr ausseht.«

Kaum waren sie eingetreten, fiel die Tür hinter ihnen auch schon wieder ins Schloss und sperrte das Tageslicht aus. Elathars Augen brauchten einen Moment, um sich an den dämmrigen Fackelschein zu gewöhnen. Der Gang vor ihnen war verlassen. Das war die einzige Information, die er für den Moment brauchte. Sein Blick schoss nach links, zu dem Mann, der sie eingelassen hatte. Er hatte ihnen den Rücken zugewandt und war auf dem Weg in die Wachstube. Elathars Männer handelten sofort. Dainn packte sich den Mann und drosch ihm den Griff seines Dolchs gegen den Schädel. Noch bevor sein regloser Körper auf dem Boden ankam, waren Bordan, Kestan und Jestar an ihm vorbei und stürmten mit gezückten Waffen in die Wachstube.

Elathar zog den erstarrten Kartos zur Seite. Bisher hatte er vermieden, ihn wissen zu lassen, warum sie hier waren. Für den Fall, dass er ihnen entkam, konnte er zumindest nicht verraten, was sie vorhatten. Jetzt jedoch war der Moment gekommen, sein Vorhaben zu offenbaren. »Wo sind Willan Carrs Männer?«

Verwirrt sah der Mann ihn an.

Elathar drückte ihn gegen die Wand. Binnen eines Herzschlags lag sein Dolch in seiner Hand, die Spitze auf Kartos' Kehle gerichtet. »Wo. Sind. Willan. Carrs. Männer?«, wiederholte er. »Denk an deine Familie.«

»Dritte Ebene«, keuchte er. »Sie sind die Einzigen da oben.«

»Irgendwelche Überraschungen?«

»Nein.«

»Sicher?« Elathar übte ein wenig mehr Druck auf die Klinge aus.

Kartos keuchte. »Die Männer, deren Uniformen Ihr habt, sind für die erste Ebene eingeteilt. Wenn Ihr –«

Mit einem Fausthieb schlug Elathar ihn nieder. Sofort tauchte Larric neben ihm auf und reichte ihm einen Strick. Sobald Kartos gefesselt und geknebelt war, schleiften sie ihn in die Wachstube, wo die anderen bereits ganze Arbeit geleistet hatten. Die Wache, die sie eingelassen hatte, lag sorgfältig verschnürt und geknebelt neben zwei Kameraden.

»Ich kümmere mich um die Waffenkammer.« Jestar schnappte sich die Umhänge der Wachen und verschwand auf dem Gang. Von Kartos wussten sie, wo die Waffenkammer war. Wenn sie abgesehen von kampffähigen Männern irgendetwas gebrauchen konnten, dann Waffen.

Auf Elathars Befehl hin griffen sich Bordan und Larric die Schwerter der gefesselten Männer und folgten ihm aus der Wachstube. Auf ihrem Weg zum Treppenhaus stießen sie jede Tür auf, an der sie vorüberkamen. Obwohl Kartos ihnen versichert hatte, dass niemand in den Verhörkammern und den Mannschaftsräumen sein würde, musste sich Elathar mit eigenen Augen davon überzeugen. Sie konnten es nicht riskieren, Wachen zu übersehen, die ihnen später in den Rücken fielen.

Elathar hatte Gerüchte gehört, dass Falinn den Befehl gegeben hatte, mit Verbrechern kurzen Prozess zu machen – keine langen Verhöre, die meisten bekamen den Kerker nicht einmal zu sehen, dafür eine sofortige Strafe. Manch einer mochte das für besser halten, statt Wochen, Monate oder Jahre im Kerker ausharren zu müssen. Die Härte der Strafen erschien Elathar jedoch in keinem Verhältnis zu den jeweiligen Taten zu stehen. Stockschläge, Peitschenhiebe und Verstümmlungen waren an der Tagesordnung. Die Gerüchte zu hören, war das eine – den nahezu verwaisten Kerker zu sehen und zu wissen, dass es die Wahrheit war, etwas anderes.

Der Kerker bestand aus vier weiteren Ebenen, alle durch das Treppenhaus am Ende des Gangs zu erreichen. Auf jeder Ebene befanden sich zwölf Zellen, eine Wachstube und ein weiterer Raum für Verhöre. Jede Zelle fasste bis zu zwanzig Gefangene. Derzeit war in jeder Ebene nicht einmal die Hälfte der Zellen belegt, manche nur mit einem einzelnen Gefangenen, andere mit drei oder vier.

Sie öffneten die Tür zum Treppenhaus und liefen nach oben. »Ich habe mich für die Armee entschieden, um nicht an einen Ort wie diesen zu müssen«, brummte Bordan. »Ich fasse es nicht, dass ich jetzt freiwillig hier bin.«

Hinter ihm lachte Larric sein keckerndes Lachen.

»Wie wäre es mit ein bisschen Unruhe?«, schlug Bordan vor, als sie die erste Ebene erreichten. »Wenn wir ein paar der anderen Gefangenen freilassen, könnten die für Ablenkung sorgen.«

Dainn schüttelte den Kopf. »Wir wollen möglichst unbemerkt von hier verschwinden. Denk an die Garnison der Stadtwache nebenan. Wenn wir die Gefangenen freilassen, wird es nicht lange dauern, bis sie in Alarmbereitschaft versetzt wird.«

Bordans kahler Schädel schimmerte im Fackelschein, als er sich mit einem Grinsen zu Elathar herumdrehte. »Dann sorgen wir eben dafür, dass sie bleiben, wo sie sind. Und die Wachen gleich mit.« Er nahm eines der Schwerter, das sie den Wachen abgenommen hatten, und schob es so durch die Griffe der doppelflügligen Tür, dass sie dadurch blockiert wurde. Dasselbe machten sie in der zweiten Ebene.

An der Tür zur dritten Ebene angekommen, blieb Elathar stehen. »Wir machen es wie besprochen.«

Alle nickten.

Elathar stieß die Tür auf und rannte los.

Aus der Wachstube rief jemand: »Was soll der Radau? Wenn euch da oben schon wieder das Ale ausgegangen ist, dann- » Der Mann verstummte, als er auf den Gang trat und Elathar auf sich zustürmen sah. Er griff nach seinem Schwert, doch Elathar war schneller. Er machte einen Schritt an ihm vorbei und schlug ihm die Breitseite seiner Klinge in den Rücken. Als der Mann taumelte, schickte er ihn mit einem Faustschlag zu Boden. Noch zwei Schritte, dann hatte er die Wachstube erreicht, Dainn und die anderen unmittelbar hinter ihm. Vom Lärm auf dem Gang alarmiert, hatten die Wachen ihre Schwerter gezogen. Elathar verpasste dem Ersten einen harten Tritt, der ihn nach hinten, gegen seine Kameraden taumeln ließ.

»Lasst die Waffen fallen und keinem wird etwas geschehen!«

Neben ihm fächerten sich seine Männer auf und nahmen die Wachen in die Zange. Fünf gegen neun mochte kein ausgewogenes Verhältnis sein, doch im Gegensatz zu den Männern der Stadtwache, die draußen in den Straßen und am Stadttor ihren Dienst versahen, waren Kerkerwachen häufig nur in den Grundlagen des Kampfes ausgebildet. Sie konnten ein Schwert gut genug schwingen, um ein paar unbewaffnete Gefangene unter Kontrolle zu halten, aber gegen ausgebildete Krieger würden sie nicht lange bestehen. Nicht mal in der Überzahl.

»Ihr könnt versuchen, gegen uns zu kämpfen«, fuhr Elathar fort. »Aber wir sind nicht die Einzigen. Und eure Kameraden aus den anderen Ebenen werden euch nicht helfen. Sie waren klug genug zu wissen, wann es besser ist, die Waffen ruhen zu lassen.«

Als er die verunsicherten Blicke sah, die die Männer wechselten, wusste Elathar, dass er gewonnen hatte. »Also? Wie entscheidet ihr euch?«

Sie streckten die Waffen.

Dainn und Larric sammelten die Schwerter ein, während Elathar und die anderen die Wachen in eine Zelle sperrten.

Bis jetzt war alles so erschreckend reibungslos verlaufen, dass Elathar es kaum glauben konnte. Er war davon ausgegangen, dass sie es ohne größere Kämpfe schaffen würden, aber darauf, dass die Wachen nicht einmal versuchen würden, sich zu wehren, hatte er nicht zu hoffen gewagt. Offenbar hatte er ihren Überlebenswillen unterschätzt.

Sie waren schnell gewesen, sodass noch niemand ihr Eindringen bemerkt hatte. Früher oder später allerdings würde jemand zum Kerker kommen. Sei es, um einen Gefangenen abzuliefern, oder um einen abzuholen … oder aus sonst einem Grund. Dann würde es nicht lange dauern, bis derjenige bemerkte, dass etwas vor sich ging. Bis dahin mussten sie hier raus sein.

»Bringen wir es zu Ende.« Elathar eilte den Gang entlang. Das einzige Licht kam von den Fackeln an der Wand. In den Zellen selbst war es finster, sodass er durch die Sichtklappen nichts erkennen konnte. Nachdem Kartos ihm versichert hatte, dass Willans Männer die Einzigen hier oben waren, sperrte er einfach eine Tür nach der anderen auf. In der dritten Zelle stießen sie auf die ersten vier Männer.

»Gehört ihr zu Willan Carrs Leibwache?«

»Unter welchem Stein hast du die letzten Monate gesteckt, Wache, dass du das nicht weißt?« Ein grauhaariger Mann trat in den kantigen Lichtschein, der durch die Tür hereinfiel. Seine Kleidung starrte vor Dreck, seine Haut war dunkel und schmutzig. Einzig das Weiß seiner Augen leuchtete hell. Doch so abgerissen er auch aussehen mochte, wies ihn seine aufrechte Haltung doch als den aus, der er war: Erlendur von Dirran, Kommandant der Leibwache von Fürst Willan Carr. Elathar hatte ihn auf dem Ball gesehen, wenngleich in anderer Verfassung.

Der Kommandant kniff die Augen zusammen. »Du bist der Welpe des Königs. Was willst du hier?«

»Wonach sieht es denn aus?«

Der Kommandant kam noch näher, begleitet vom unerfreulichen Geruch der Kerkerhaft. »Warum?«

»Wollt Ihr meine Motive hinterfragen oder von hier verschwinden?«

Das ließ er sich nicht zweimal sagen. Mit einem Nicken bedeutete er den zwei Männern, die mit ihm in der Zelle waren und ähnlich heruntergekommen aussahen, ihm zu folgen. Kurz darauf hatten sie auch die restlichen Männer befreit. Neben dem Kommandanten waren es zwölf weitere Krieger. Weniger, als Elathar sich erhofft hatte, aber es war ein Anfang.

Sie eilten den Gang entlang, zum Treppenhaus zurück und nach unten. An der Tür erwartete sie Jestar und drückte Bordan und Kestan jeweils ein Bündel Waffen in die Hand, die er in die Umhänge der Wachen gewickelt hatte. Das letzte schulterte er selbst.

»Jede Menge Schwerter und Dolche und ein paar Armbrüste und Bolzen«, erstattete er Elathar Bericht. Er deutete in Richtung der Wachstube. »Die haben sich nicht gerührt.«

Elathar öffnete die Sichtklappe und sah nach draußen. Auf der Straße herrschte geschäftiges Treiben, Männer und Frauen, die zum Marktplatz strebten oder von dort kamen. Wagen rumpelten an ihnen vorbei, manche leer, andere voll beladen. Ein Kind trieb einen Esel vor sich her, und ein Bauer versuchte, die Hühner einzufangen, die ihm aus einem geflochtenen Käfig entkommen waren.

Elathar drehte sich zu den anderen um. »Wir nehmen die Seitenstraßen, die neben der Hauptstraße entlangführen. Am Stadttor stehen in einem Stall Pferde bereit«, erklärte er Erlendur und seinen Männern. »Sobald wir sie haben, trennen wir uns und mischen uns unter die Menschen, die die

Stadt verlassen. Reitet zum Graustrom. Wir treffen uns hinter dem Wasserfall, am See. Wisst Ihr, wo das ist?«

Erlendur nickte.

»Wenn wir den Kerker alle gleichzeitig verlassen, fallen wir nur auf. Wir gehen in Gruppen. Jeweils vier Eurer Männer und ein oder zwei von meinen.« In Begleitung seiner uniformierten Männer würden Erlendurs Krieger weniger auffallen. »Wir beide bilden den Abschluss, Kommandant.«

Ein letzter Blick nach draußen, dann zog Elathar den schweren Riegel zurück, öffnete die Tür und schickte die erste Gruppe los. Durch die Sichtklappe beobachtete er, wie sie die Straße überquerten und auf der anderen Seite in die Schatten der Seitengasse eintauchten. Sobald sie außer Sicht waren, ließ Elathar die nächste Gruppe folgen. Nachdem die Letzten die andere Seite erreicht hatten, öffnete Elathar die Tür und ließ Erlendur nach draußen, ehe er selbst auf die Straße trat. Da er den Riegel von innen nicht mehr vorlegen konnte, zog er die Tür so fest wie möglich hinter sich zu. Glücklicherweise war sie zu schwer, um sich im Luftzug von selbst zu öffnen.

Elathar blieb dicht an der Seite des Kommandanten, als sie die Straße überquerten. Für die Passanten mochte es aussehen, als würde er einen Gefangenen eskortieren. Er unterdrückte den Drang, schneller zu gehen, und hielt den Kopf gerade. Doch seine Augen schweiften unaufhörlich hin und her, auf der Suche nach einer Bedrohung. Sobald sie in die Schatten der Seitengasse eintauchten, drehte sich Elathar um. Vier Stadtwachen mit einem einfach gekleideten Mann in ihrer Mitte, vermutlich einem Gefangenen, näherten sich dem Kerker. Elathar bedeutete Dainn und den anderen, die ihn weiter hinten in der Gasse erwarteten, weiterzugehen, als das Klopfen erklang.

Aus dem Inneren des Kerkers kam keine Reaktion. Natürlich nicht.

Als das zweite Klopfen ertönte, machte Elathar kehrt und

folgte seinen Männern. Ehe er am Ende der Gasse um die Ecke bog, warf er noch einen Blick zurück und sah, wie einer der Uniformierten die Tür zum Kerker aufdrückte.

»Beeilt euch!«, rief Elathar nach vorne. »Wir sind aufgeflogen!«

Auch wenn es eine Nebenstraße war, die sie jetzt entlangrannten, so herrschte hier noch immer zu viel Betrieb. Zu viele Menschen, die den Stadtwachen sagen konnten, in welche Richtung sie liefen. Nicht dass es schwer zu erraten sein dürfte, dass sie die Stadt verlassen wollten.

Sie waren noch nicht weit gekommen, als vom Kerker her Alarmrufe laut wurden.

Zu früh! Viel zu früh! Was mussten sie auch ausgerechnet jetzt diesen verfluchten Gefangenen bringen? Elathar glaubte, die stampfenden Stiefel der Stadtwachen zu hören, als sie aus der Garnison ausrückten. Jeden Moment würden sie ausschwärmen und auch – oder vor allem – die Nebenstraßen nach ihnen absuchen.

»Wir müssen von der Straße runter!« Er sah sich um und entdeckte einen schmalen Durchgang, der in ein verwinkeltes Labyrinth aus engen Gassen, Häusern und Hinterhöfen führte. »Da lang!«

Die Häuser standen hier so dicht, dass Elathar die Wände an manchen Stellen mit den Schultern streifte. Der Gestank von Unrat und Ausscheidungen lag in der Luft. Im Zickzack folgten sie einer schier endlosen Zahl verwinkelter Gassen.

Elathar schloss zu Erlendur auf. »Ihr müsst mit Euren Männern sofort raus aus der Stadt! Bevor sie die Tore abriegeln.«

»Was ist mit den Pferden?«

»Wir bleiben zurück und folgen mit den Pferden, sobald die Tore wieder offen sind. Wir treffen uns am Graustrom.«

»Die Wachen werden dich erkennen, Junge.«

»Nur die, die uns im Kerker in die Quere gekommen sind. Im Gegensatz zu Euch kenne ich mich in der Stadt aus. Ich weiß, wo wir untertauchen können.« Ein paar Tage in den Schmugglertunneln wären kein Vergnügen und bedeuteten auch längst keine Sicherheit, denn neben den Ratten gab es auch noch anderes lichtscheues Gesindel dort unten, doch wenn sie es geschickt anstellten, würde es gehen. Zumindest, solange die Stadtwache keine Suchtrupps hinunterschickte.

Hinter ihnen wurden die stampfenden Schritte lauter. Die Wachen waren jetzt auch in den Nebenstraßen. Nicht mehr lange, dann würden auch sie in das verwinkelte Labyrinth eindringen, in dem sie sich befanden.

»Beeilt euch!«, trieb Elathar die Männer an.

Sie sprangen über einen Bretterzaun und durchquerten einen winzigen Garten, gefolgt von mehreren Hinterhöfen und weiteren, immer enger werdenden Gassen. Die Häuser standen hier noch dichter, als hätte ein Kind seine Bauklötze auf dem Boden verteilt und wahllos zusammengeschoben. An manchen Stellen konnte man die Durchgänge kaum noch als Gasse bezeichnen. Vielmehr waren es Lücken zwischen den einzelnen Gebäuden, durch die sich Kestan und Bordan mit ihrer mächtigen Gestalt nur mühsam durchzwängen konnten. Schließlich erreichten sie eine Stelle, an der kein Weg weiterführte.

Larric deutete auf das Dach eines Schuppens. Da es keine Alternativen gab, zogen sie sich an der Dachkante nach oben und setzten ihren Weg von Schuppendach zu Schuppendach fort.

»Warum auch auf dem Boden bleiben, wenn es hier oben doch viel schöner ist?«, hörte Elathar Dainn sagen.

»Jetzt hör aber auf, das ist nicht einmal eine Mannslänge bis nach unten!«

»Ein ziemlich großer Mann, wenn du mich fragst.« Dainn richtete seinen Blick vom Boden auf die Dächer vor ihm und lief los.

Obwohl die Schuppen niedriger waren als die Häuser,

erhaschte Elathar einmal einen Blick auf ihre Verfolger. Einige von ihnen hatten sich inzwischen in die Außenbereiche der schmalen Gassen vorgewagt, doch sie waren noch immer ein ganzes Stück entfernt. *Wir können es schaffen!*

Mit langen Sätzen bewegten sie sich geduckt von Dach zu Dach voran, bis Elathar ihnen gebot, innezuhalten. Nur noch ein paar Häuser, dann wären sie am Stall, und dahinter, auf der anderen Seite eines kleinen Platzes, lag das Stadttor.

Sie befanden sich über einem von einer Mauer umgebenen Hinterhof. Die Fenster des angrenzenden Hauses waren mit Brettern vernagelt, die Hintertür hing nur noch an einer Angel. Hier wohnte schon lange niemand mehr. Niemand, der sie verraten konnte.

»Wartet hier«, sagte Elathar und wies in den Hinterhof. »Ich sehe nach, ob die Tore noch offen sind. Gebt Kommandant Erlendur und seinen Männern Schwerter. Jestar, du kommst mit!«

Während die anderen in den Hinterhof glitten, sprangen Elathar und Jestar auf das Dach des nächsten Schuppens.

Elathar bedeutete Jestar, zurückzubleiben. »Auf mein Zeichen sorgst du dafür, dass die anderen uns folgen.«

Noch zwei Sprünge, dann gab es keinen weiteren Schuppen mehr, nur noch ein angrenzendes Haus. Einen Moment lang spielte Elathar mit dem Gedanken, sich auf das höher liegende Hausdach zu ziehen, doch im Gegensatz zu den Schuppen, die im Schatten der Hauswände verborgen lagen, gab es dort oben nichts, das ihn vor den aufmerksamen Blicken einer Wache hätte schützen können. Unter ihm war die Gasse breiter geworden. Nicht breit genug für einen Reiter, aber ausreichend, um nicht bei jedem Schritt mit der Schulter gegen die Mauern zu stoßen. Weiter vorne mündete sie in eine größere Nebenstraße. Dahinter lagen die Hauptstraße und das Stadttor.

Elathar sprang vom Dach. Er hatte zu viel Schwung und

musste einen Schritt zur Seite machen, um sich abzufangen. Im selben Moment ging neben ihm die Schuppentür auf. Elathar stieß mit dem Kerl zusammen, der herauskam. Ein dumpfer Laut erklang, als etwas auf den Boden fiel, gefolgt von einem gedämpften Fluch.

Elathar packte den Kerl bei den Armen und war im Begriff, ihn in den Schuppen zurückzustoßen, als ihm auffiel, dass es kein Mädchen war. Etwas an ihr erschien ihm vertraut, doch es dauerte einen Moment, bevor er unter der Straßenkleidung die junge Frau erkannte, die bei ihrer ersten Begegnung ein Ballkleid getragen hatte. »Ihr?«

Rissa starrte ihn an. Im ersten Moment schien sie ihn nicht zu erkennen, und je länger sie ihn ansah, desto mehr legte sich ihre Stirn in Falten. »Ihr seid am Leben?«

Elathar zog sie tiefer in die Schatten. »Ihr wisst also doch, wer ich bin.«

»Seit Euer Name mit denen der Toten verkündet wurde.« Obwohl er sie noch immer bei den Schultern hielt, hob sie die Hand und kniff ihn in den Arm.

»Was soll das!«

»Manchmal verschwimmen Traum und Wirklichkeit. Ich wollte nur sichergehen, dass Ihr echt seid.«

»Die Gerüchte über meinen Tod waren übertrieben.«

»Gerüchte?« Trotz der Schatten, die sie umgaben, konnte er den Unglauben in ihrem Gesicht erkennen. »Sie haben Euch zu Grabe getragen! Wie ist das möglich?«

Abgesehen davon, dass das wohl kaum der geeignete Zeitpunkt für Erklärungen war, ging es sie auch nichts an. Sie war die Tochter von Falinns Berater! Für einen Moment streifte ihn der Gedanke, dass sie eingeweiht gewesen sein könnte. Die ganze Zeit über, die sie sich im Garten unterhalten hatten, konnte sie gewusst haben, was ihn erwartete. Unwillkürlich zog er sie näher zu sich heran, als wollte er die Wahrheit aus ihr herausschütteln.

Rissa verzog das Gesicht. »Ihr stinkt nach Ale und … Ist das eine Uniform der Stadtwache?«

Von der Hauptstraße her erklangen Rufe. Befehle wurden gebrüllt. Kurz darauf ein dumpfes Donnern. Sie hatten das Tor geschlossen.

Rissa wirkte erschrocken. »Was passiert hier?«

Sie sagte noch mehr, doch Elathar hörte ihr nicht länger zu. Sie war Dalkurs Tochter. Die Tochter eines wichtigen Mannes. Wenn die Tore geschlossen waren, war sie der Schlüssel, der sie wieder öffnen konnte.

Er stieß einen Pfiff aus. Kurz darauf erschien Jestars Kopf auf dem Schuppendach. »Hol die anderen! Dann folgt mir, aber bleibt auf Abstand und lasst euch noch nicht blicken!«

Er gab Rissas Schultern frei und packte sie stattdessen beim Handgelenk. »Kommt mit und seid leise!« Er zog sie mit sich, bis zu der Stelle, an der die Gasse in die nächstgrößere mündete. Nachdem er sich davon überzeugt hatte, dass sie nicht beim nächsten Schritt in einen Trupp Wachen laufen würden, kreuzten sie die Gasse und folgten dem Verlauf einer weiteren Seitenstraße. An der Ecke zur Hauptstraße blieb Elathar stehen. Er wandte sich um, bereit, Rissa an die Hausmauer zu drängen, wo sie nicht so schnell gesehen werden konnte, doch das war nicht nötig. Sie stand so dicht an der Mauer, als versuchte sie, eins mit ihr zu werden.

Elathar spähte um die Ecke. Vor den geschlossenen Toren hatte die Stadtwache Posten bezogen. Als stünden sie Spalier, hatten sie sich entlang des Platzes aufgereiht, den Blick auf die Hauptstraße vor ihnen gerichtet.

Rissa, die über seine Schulter geblickt hatte, zog sich weiter in die Gasse zurück. »Suchen die nach –«

»Mir«, beendete Elathar ihren Satz.

Fast schien es ihm, als wirkte sie erleichtert. Wenn sie jedoch glaubte, dass die Wachen etwas an ihrer Situation änderten, irrte sie sich.

»Verzeiht mir.« Er schob sie vor sich. Mit dem einen Arm umfing er sie von hinten und zog sie mit dem Rücken an seine Brust. Mit der anderen Hand zückte er seinen Dolch und setzte ihn ihr an die Kehle.

»Was soll das?« So erschrocken sie auch sein mochte, sie sprach noch immer gedämpft. »Lasst mich los! Sofort!«

»Das kann ich nicht.«

Sie versuchte, sich ihm zu entwinden, doch Elathar verstärkte seinen Griff, bis sie sich kaum noch bewegen konnte.

»Das an Eurer Kehle ist ein Dolch«, zischte er. »Wenn Ihr nicht wollt, dass ich Euch verletze, haltet Ihr jetzt besser still.« Am liebsten hätte er sie sich über die Schulter geworfen, doch wenn er einen Effekt erzielen wollte, musste er sie zur Schau stellen.

Seine Männer hatten die Gasse hinter ihm erreicht. Dainn kam zu ihm. »Was soll das werden?«

»Unser Weg nach draußen. Wartet auf mein Zeichen. Falls es schiefgeht, verschwindet.«

»Viel Glück.«

Elathar nickte. Dann packte er Rissa und schob sie vor sich auf die Hauptstraße hinaus. Während sie sich langsam auf die Stadtwachen zubewegten, wurden ihm sämtliche Schwächen seines Vorhabens auf einmal bewusst. Die Männer könnten sie beide mit Bolzen spicken, bevor er überhaupt dazu kam, ihnen zu sagen, wer sie war. Ebenso gut könnte es ihnen vollkommen gleichgültig sein. Was, wenn sie Rissa nicht erkannten? Und selbst wenn sie sie kannten – was, wenn seine Geisel weniger wertvoll war, als er es sich erhoffte? Immerhin war sie nicht der Berater des Königs, sondern nur dessen Tochter.

»Das ist der Kerl! Er hat meine Familie bedroht!« Neben den Wachen am Tor stand Kartos und wies mit dem Finger auf Elathar.

Für Zweifel war es jetzt zu spät. Die Stadtwachen rückten mit ihren Speeren näher, und auf der Stadtmauer waren mehrere Armbrüste auf ihn gerichtet, während sie hinter ihm die Straße abriegelten, um jene zurückzuhalten, die zum Tor hinaus oder einfach nur ihre Neugier befriedigen wollten.

Mit einem Ruck zwang er Rissa, stehen zu bleiben. »Das ist die Tochter Dalkurs«, rief er den näher rückenden Männern entgegen. »Wenn ihr nicht wollt, dass der Tochter des königlichen Beraters etwas zustößt, öffnet ihr besser das Tor!«

Rissa stellte schlagartig ihre Gegenwehr ein, die Wachen hingegen wurden nicht einmal langsamer. Unaufhaltsam rückten sie näher, fächerten sich auf und umzingelten Elathar und seine Geisel.

»Wenn du glaubst, dass wir auf dein Märchen hereinfallen, irrst du dich!« Ein gedrungener Mann in Offiziersuniform trat zwischen den anderen hervor. »So wie es aussieht, hast du zwei Möglichkeiten, Bursche: Entweder, du lässt das Mädel gehen und ergibst dich, oder aber du stichst sie ab, und deine Strafe wird weit über ein paar Jahre Kerker hinausgehen.«

Wenn Falinn erfuhr, dass er im Kerker saß, war sein Leben ohnehin verwirkt. Und daran, dass er davon erfahren würde, bestand angesichts der Tatsache, welche Geisel er sich ausgesucht hatte, kein Zweifel.

Elathar unterdrückte einen Fluch. Wie hatte er auch annehmen können, dass – nur weil er wusste, wer Rissa war – andere sie ebenfalls erkennen würden!

Er sah sich um. Zu seiner Linken gab es eine kleine Lücke zwischen den Männern, die ihn umzingelt hatten. Wenn er Rissa von sich stieß, könnte es ihm gelingen, an ihnen vorbeizukommen. Dann musste er schnell sein und darauf hoffen, dass die Schützen auf der Mauer weniger zielsicher waren, als er annahm – und dass er Rissa nicht in einen der auf sie gerichteten Speere stieß. Es war zu riskant.

»Bevor ich sie absteche, solltet Ihr vielleicht sichergehen, ob es eine gute Idee ist, der Offizier zu sein, unter dessen Befehl Dalkurs Tochter ermordet wurde.«

»Wer sagt mir, dass sie es ist? Sie könnte eine billige Straßendirne sein.«

»Wie könnt Ihr es wagen!«, fuhr Rissa den Mann zu Elathars Überraschung an und warf sich in seinem Griff nach vorne. »Schickt jemanden zur Königsburg. Ruft meinen Vater! Dann werdet Ihr schon sehen!«

Elathar spürte, wie sie unter seinem Griff Luft holte.

»Bitte«, sagte sie dann leise. »Ich will nicht sterben.«

»Eine Dirne, die du auf dein Schauspiel eingeschworen hast.«

»Dirne oder Tochter des Beraters – die Frage ist, ob Ihr das herausfinden wollt, bevor es für Euch zu spät ist.«

Im Blick des Offiziers flackerte ein Anflug von Unsicherheit.

»Tut, was sie sagt«, drang Elathar weiter in ihn. »Schickt einen Eurer Männer zur Burg. Es könnte Euer Leben retten.«

Der Offizier kniff die Augen zusammen. »Weißt du, was ich mich frage? Natürlich weißt du das nicht. Woher auch? Wenn das Mädel wirklich deine Geisel ist, warum wehrt sie sich dann nicht gegen dich?«

»Das ist nicht Euer Ernst!«, keuchte Rissa.

»Da ist ein Dolch an ihrer Kehle, das könnte sie in ihrer Gegenwehr ein wenig behindern.«

Der Offizier stieß ein Schnauben aus. »Schickt jemanden zur Burg«, rief er den Männern am Tor zu. »Na los! Sofort!«

»Das ist nicht nötig«, ertönte eine tiefe Stimme in Elathars Rücken.

Ohne Rissa freizugeben, wandte er sich um und sah einen Mann, der sich zwischen den Wachen hindurchdrängte, die die Schaulustigen auf Abstand hielten.

»Vater«, flüsterte Rissa.

Es fiel Elathar schwer zu glauben, dass der Mann in der dunkelblauen Robe ihr Vater sein sollte. Er war einen halben

Kopf kleiner als sie, dafür doppelt so breit. Sein Gesicht war frei von Falten, doch obwohl er kaum älter sein konnte als Elathars Vater, war sein Haar größtenteils ergraut. Die verbliebenen schwarzen Strähnen, die an seine ursprüngliche Haarfarbe erinnerten, standen in krassem Gegensatz zu Rissas Locken, die im Sonnenlicht mehr rot als braun schimmerten. Um seinen Hals lag die eiserne Kette eines Beraters, deren Glieder abwechselnd Augen, Ohren und Mund darstellten.

Als der Blick des Mannes auf seine Tochter fiel, erbleichte er. »Geht es dir gut, Kind?«

Rissa schluckte. »Ja, Vater.« Ihre Worte klangen gepresst, als bekäme sie es erst jetzt mit der Angst zu tun.

Dalkur sah sich um. Sein durchdringender Blick schien jedes Detail zu erfassen.

»Öffnet das Tor!«, wies er schließlich den Kommandanten an. »Lasst sie ziehen!«

»Mich und meine Männer«, fügte Elathar hinzu. Er stieß einen Pfiff aus, woraufhin Dainn und die anderen auf die Straße traten. »Holt die Pferde!«

Als die Männer zum Stall liefen, schob Dalkur die Soldaten, die Elathar noch immer umringten, zur Seite und trat zu ihm. »Niemand wird Euch folgen, doch im Gegenzug dafür will ich Euer Wort. Versprecht mir, dass Ihr meine Tochter wohlbehalten im Gasthaus von Falding zurücklasst. Falinns Männer werden bis morgen warten, ehe sie sie holen. Genug Zeit für Euch, um zu verschwinden.«

Seine Worte waren nichts anderes als die Zusicherung freien Geleits, dennoch erschien es Elathar, als würde noch etwas anderes darin mitschwingen – das Wissen darüber, wer er war. Natürlich wusste Dalkur es! Er war schließlich Falinns Berater. Wenn er nicht wollte, dass die Machenschaften seines Herrn aufgedeckt wurden, würde er alles daransetzen, dass Elathar nicht entkam.

Er würde kein Versprechen geben, das er nicht halten

konnte. Eines jedoch konnte er ihrem Vater versichern: »Ihr wird nichts passieren, solange uns niemand folgt.«

Die Männer hatten die Pferde aus dem Stall geholt. Bis auf Dainn, der mit seinem eigenen und Elathars Pferd zu ihm kam, saßen alle bereits im Sattel. Elathar schob Rissa vorwärts, doch die Wachen vertraten ihm noch immer den Weg.

»Macht Platz!«, brüllte Dalkur.

Sofort wichen sie zur Seite.

Rissa versuchte nicht einmal, sich zu wehren, als Elathar sie zu Dainn und den Pferden führte. Dainn hielt sie fest, während Elathar sich auf den Rücken des Pferdes schwang. Sobald er saß, zog er sie vor sich in den Sattel.

»Den braucht Ihr nicht«, sagte sie leise, als er ihr die Klinge in die Seite presste.

»Vielleicht nicht, was Euch angeht. Bei den Soldaten bin ich mir nicht so sicher.«

»Mein Vater wird nicht zulassen, dass sie Euch aufhalten.«

»Schöne Worte. Manchmal jedoch ist der Anblick einer Klinge überzeugender als jedes Argument.«

Auf Dalkurs Befehl hin wurden die Tore geöffnet. Elathar ritt hinter seinen Männern hindurch, fort von Naranor und der Vergangenheit – und erleichtert, dass Rissa so wertvoll war, wie er es sich erhofft hatte.

11

»Ich wünschte wirklich, Ihr würdet den Kopf nicht so hängen lassen, Hoheit.«

Carandir stieß ein humorloses Lachen aus. »Es ist nicht gerade so, als hätte mein Leben noch einen Sinn.«

Nachdem er aus der Burg entkommen war, hatte er im Haus von Torkal Barren Unterschlupf gefunden. Schon als Kind hatte sich Carandir oft im Geschäft des beleibten Händlers mit dem feuerroten Haar aufgehalten. Die Landkarten, Schriftrollen und Bücher in seinem Laden hatten ihn von jeher fasziniert. Oft war er hierhergekommen, nachdem sein Lehrer ihm etwas über die Geschichte des Landes oder der Inseln erzählt hatte, um sich die Orte auf Torkals Karten anzusehen und nach Büchern zu suchen, in denen Menschen, die dort gewesen waren, von all den exotischen Orten erzählten, die Carandir nur aus den Unterrichtsstunden kannte. Torkal hatte den Thronerben stundenlang in seinen Waren stöbern lassen und ihm erzählt, wie er in den Besitz mancher Schriften gekommen war. Nach seiner Flucht war Torkal der Einzige gewesen, dem er genug vertraute, um zu ihm zu gehen.

Der Händler hatte ihn in einer Dachkammer vor den Wachen verborgen, die in den darauf folgenden Tagen und Wochen immer wieder die Stadt durchkämmt hatten. Carandir war erstaunt gewesen, als ihm zu Ohren gekommen war, dass er angeblich im Kerker des Königs auf seine Hinrichtung wartete.

Anfangs dachte er, er könne die Menschen um sich versammeln und ihnen erzählen, was wirklich geschehen war. Doch wer würde ihm glauben? Falinn hatte alles perfekt vorbereitet. Sobald er sich in der Öffentlichkeit zeigte, würden die Leute annehmen, er sei dem Kerker entkommen. Wenn sie ihn nicht gleich selbst aufknüpften, würde er sich kurz darauf wirklich in Falinns Kerker wiederfinden.

In den letzten Wochen hatte Falinn die Stadtwachen auffällig verstärken lassen. Immer wieder zogen einzelne Trupps von Haus zu Haus und durchsuchten jedes Zimmer und jede Kammer. Glücklicherweise hatte Torkal einen geheimen Raum hinter der Dachkammer, in dem sich Carandir versteckte, wann immer die Wachen an die Tür pochten.

Tagein, tagaus in der kleinen Kammer festzusitzen und nichts tun zu können, zermürbte ihn. Wie fast immer in der letzten Zeit waren seine Gedanken in die Vergangenheit gerichtet. Elathar hätte gewusst, was zu tun war. Er hätte das Richtige getan. Und er – Carandir? Er hatte versagt. Ganz so, wie Vater es vorhergesehen hatte.

Torkal stellte Carandir einen Humpen Ale hin, den er von unten mitgebracht hatte. »Ich weiß, dass Eure Situation nicht einfach ist. Aber dennoch denke ich, es ist an der Zeit, dass Ihr für Gerechtigkeit kämpft.«

»Gerechtigkeit?« Nichts anderes hatte sich Carandir gewünscht. Er hatte darauf gewartet, dass sein Vater und Elathar Falinns Treiben ein Ende bereiteten. Jeden verdammten Tag hatte er gehofft, es möge endlich so weit sein.

Anfangs hatte er geglaubt, dass sie sich vor Falinns Kriegern verborgen hielten, die die Stadt überschwemmten. Und er war froh gewesen, denn solange er nicht wusste, ob Falinns Befehl weiterhin galt und die Bewohner der Stadt noch immer in Gefahr schwebten, konnte jedes Eingreifen in einer Katastrophe enden. Er hatte Torkal und dessen Vertraute gebeten, nach ihnen zu suchen. Sie mussten die beiden finden, bevor etwas passierte.

Als Carandir hörte, dass die Leichname seines Vaters und

seines Bruders bei der Beerdigung öffentlich zur Schau gestellt worden waren, hatte das all seine Hoffnungen zunichtegemacht. Die Adligen hätten es erkannt, wenn ein anderer als ihr König vor ihnen gelegen hätte. Carandirs Plan war gescheitert. Er war geschlagen. Er schüttelte den Kopf. »Es gibt keine Gerechtigkeit mehr, Torkal.«

Während der letzten Monate hatte er sich in seinem Elend gesuhlt und sich zur Gänze seinem Selbstmitleid hingegeben. Torkal wusste, was in jener Nacht geschehen war, und er gab Carandir keine Schuld daran. Doch das erleichterte Carandirs Gewissen nicht. Er mochte nicht aus freien Stücken gehandelt haben, dennoch war er zum Mörder geworden. Zum Mörder an seiner eigenen Familie.

Und jetzt war er nicht einmal in der Lage, etwas gegen Falinn zu unternehmen. Er war noch nie ein großer Held gewesen, dennoch war es armselig, was aus ihm geworden war. Er hatte nicht das Zeug zum Herrscher und sein Vater hatte es gewusst. Carandir schnaubte. Das Zeug zum Herrscher brauchte er wohl auch nicht mehr, denn jetzt saß ein anderer auf dem Thron seines Vaters.

»Ich habe Euch wochenlang nicht behelligt, damit Ihr Zeit habt, wieder zu Euch selbst zu finden.« Torkal setzte sich ihm gegenüber an den Tisch. »Ich habe Euch noch nie so mutlos gesehen, junger Prinz.«

»Mir wurde auch noch nie alles genommen, das mir je etwas bedeutet hätte.«

»Es gibt immer etwas, das uns antreibt, weiterzumachen.«

Was sollte das sein? Der Wunsch, gefasst zu werden, damit er es endlich hinter sich bringen konnte? Alles, was Carandir vorangetrieben hatte, war in den vergangenen Monaten wie feiner Sand durch seine Finger geronnen. Wie sollte er das Torkal erklären? Einem Mann, der Frau und Kinder hatte, ein Geschäft, Freunde – Dinge, die ihn am Leben hielten und antrieben, immer weiterzumachen.

Während er noch nach Worten suchte, wurden Schritte auf der Treppe laut. Das Poltern der Stiefel und der Rhythmus der Schritte war Carandir nur zu vertraut. Kurz darauf wurde die Tür aufgerissen, und Tora, Torkals älteste Tochter, platzte herein.

»Ihr werdet nicht glauben, was gerade passiert ist!« Die Wangen der jungen Frau waren gerötet und das feuerrote Haar hatte sich aus dem Zopf gelöst. Doch darüber machte sie sich ebenso wenig Gedanken wie über die Gegenwart des Prinzen. Ohne einmal Luft zu holen, rief sie: »Jemand hat Willan Carrs Leibwache aus dem Kerker befreit! Sie haben die Tochter des Beraters als Geisel genommen und sich mit ihr den Weg aus der Stadt erzwungen!«

Carandirs Herz begann schneller zu schlagen. In ihm erwachte ein Gefühl zum Leben, das er schon lange nicht mehr verspürt hatte: der Drang zu handeln. Wenn es stimmte, was Tora sagte, dann gab es noch andere, die bereit waren, gegen Falinn aufzubegehren. Wenn es ihm gelänge, sie zu finden und sich mit ihnen zu verbünden, war vielleicht doch noch nicht alles verloren. Es war an der Zeit, mit dem Selbstmitleid aufzuhören und etwas zu unternehmen.

12

Sie ritten, als wären alle Teufel hinter ihnen her.

Immer wieder sah sich Elathar um, auf der Suche nach einer verräterischen Staubwolke, die seine Verfolger auf der trockenen Handelsstraße aufwirbelten. Doch nie war etwas zu sehen. Dalkur schien Wort zu halten. Da sich Elathar nicht darauf verlassen wollte, dass das auch so blieb, verließen sie die Straße bei der ersten Gelegenheit und wichen auf kleinere Wege aus. Immer wieder schickte er Kestan und Jestar zurück, um nach Verfolgern Ausschau zu halten. Bei Einbruch der Nacht erreichten sie den Graustrom und führten ihre Pferde an einer flachen Stelle ans andere Ufer, in einen Wald. Die Baumkronen dämpften das schwindende Licht des Tages und tauchten den Weg vor ihnen in Zwielicht.

Auf einer Lichtung, nicht weit vom Fluss entfernt, blieb Elathar stehen. »Wir lagern hier!«

Er hob Rissa vom Pferd. Seit sie Naranor verlassen hatten, hatte sie kein Wort mehr gesagt. Hin und wieder war sie gegen seine Brust gesunken, als sei sie eingeschlafen. Elathar konnte es ihr nicht verdenken. Die Ereignisse des Tages waren anstrengend genug gewesen, um einem gestandenen Krieger die Kraft aus den Knochen zu ziehen. Gemessen an den Umständen, Umständen, die er ihr lieber erspart hätte, hatte sie sich erstaunlich gut geschlagen. Er straffte die Schultern und setzte eine gleichgültige Miene auf. Ganz gleich, was er am Abend ihrer ersten Begegnung über sie gedacht haben mochte – es zählte nicht mehr. Sie war nicht seine Verbündete und jegliches Mitgefühl war fehl am Platz.

Er wollte sie gerade zu einem Baum am Rand der Lichtung führen, als Erlendur zu ihm trat. Elathar nickte ihm zu. »Sagt Euren Männern, sie können absatteln.«

»Kommandant«, fügte der grauhaarige Krieger hinzu.

»Nicht der meine.«

Erlendur trat einen Schritt auf ihn zu und baute sich vor ihm auf. Elathar hatte nicht vor, sich auf eine Diskussion einzulassen, doch sie mussten die Fronten klären, andernfalls würde es nicht lange gut gehen.

Er wandte sich Erlendurs Männern zu. »Wir haben euch aus dem Kerker geholt, weil wir jedes Schwert brauchen, wenn wir gegen Falinn vorgehen wollen«, rief er. »Aber ich werde euch nicht in meinen Dienst zwingen. Keinen von euch. Ihr habt die Wahl: Geht und versteckt euch, hofft darauf, dass sie euch niemals finden! Beginnt euren eigenen Widerstand und lasst euch aufreiben – oder schließt euch mir an und kämpft mit mir um unser Land!«

»Und du glaubst, dass wir uns deinem Befehl unterwerfen, Welpe?«

Elathar erwiderte Erlendurs Blick kalt. »Wenn Ihr Euch entscheidet, bei uns zu bleiben, werdet Ihr Euch meinem Befehl unterwerfen. Wenn Ihr oder Eure Männer dazu nicht bereit seid – geht. Dann brauchen wir Euch nicht.«

»Nicht brauchen?«, schnaubte Erlendur. »Ha! Du brauchst jede Hilfe, die du kriegen kannst.« Sein Blick wanderte zu Rissa. »Vermutlich sogar ihre.«

13

Rissa beobachtete, wie der alte Krieger dem Hauptmann den Rücken zukehrte und zu seinen Männern ging. Sie war sicher, dass sie ihn schon einmal gesehen hatte, doch es wollte ihr nicht gelingen, sich an das Gesicht zu erinnern, das sich unter der Schicht aus Schmutz verbarg. So grimmig seine Worte auch geklungen haben mochten, waren sie doch auch das Zugeständnis gewesen, sich Hauptmann Elathar anzuschließen.

»Kommt mit.« Der Hauptmann griff nach ihrem Arm und führte sie auf den Rand der Lichtung zu. Zum ersten Mal, seit sie in Naranor aufeinandergetroffen – oder wohl eher ineinandergelaufen – waren, fand Rissa Gelegenheit, ihn eingehend zu betrachten. Von dem freundlichen Mann mit dem warmen Lachen, dem sie auf dem Ball begegnet war, war nichts mehr geblieben. Die Härte seiner Züge, die an jenem Abend durch das Lachen gemildert worden war, hatte jetzt die Oberhand gewonnen. Sein Blick und seine gesamte Haltung wirkten abweisend.

Rissa konnte noch immer nicht glauben, dass er am Leben war. Als er plötzlich vor ihr gestanden hatte, war sie so überrascht gewesen, dass ihr um ein Haar herausgerutscht wäre, dass sie ihn *gesehen* hatte. Seinen Leichnam! Gerade noch rechtzeitig war ihr klar geworden, dass Magie im Spiel sein musste. Ihr Vater musste dahinterstecken!

Aber allein würde er so etwas niemals tun – also musste Falinn ihn dazu gebracht haben. Aber warum? Um die Krone zu gewinnen? Um nicht den Verdacht der Zauberei auf ihn –

trotz allem war er immer noch ihr Vater! – zu lenken, hatte sie behauptet, lediglich von Elathars Tod gehört zu haben. Jetzt jedoch fragte sie sich, ob der Hauptmann womöglich derjenige war, von dem der König gesprochen hatte. Der, der angeblich Flüchtlinge um sich scharte? Aber war nicht die Rede von mehreren Männern gewesen? Wenn der Hauptmann einer von ihnen war, wer war dann der andere? Oder die anderen? Saß sein Bruder am Ende gar nicht im Kerker?

Rissa wollte ihn fragen, was passiert war, doch als sie dazu ansetzte, richtete er den Blick auf sie. Die Kälte darin ließ jede Frage gefrieren. Sie hatten den Stamm einer Eiche erreicht und Elathar blieb stehen.

»Dainn!«, rief er einem seiner Männer zu. »Du kümmerst dich um sie!«

Bevor sie noch etwas sagen konnte, war er fort und ein anderer an seine Stelle getreten. Es war der Soldat, den sie am Abend der Vermählung im Garten und vorhin am Stadttor zu Gesicht bekommen hatte. Jetzt trug er keine Uniform mehr, sondern Wams und Hosen in Erdtönen. Sein braunes Haar war im Nacken zu einem Zopf zusammengefasst. Im Gegensatz zum Hauptmann trat er ihr mit einem gut gelaunten Grinsen entgegen.

»Dein Name ist Rissa? Komm, setz dich.« Er deutete in den Schatten der Eiche. »Ich bin Dainn, aber das hast du ja schon mitbekommen.«

Sobald sich Rissa im Moos niedergelassen hatte, setzte er sich neben sie. Er kramte in seinem Bündel, zog einen Kanten Brot und ein wenig Dörrfleisch heraus und hielt es ihr hin. »Hier, iss. Es ist nicht das, was du gewöhnt bist, aber es macht satt.«

Es wäre dumm gewesen, das Essen abzulehnen. Ganz besonders, nachdem sie ihren eigenen Rucksack in Naranor hatte zurücklassen müssen. Er war heruntergefallen, als sie mit dem Hauptmann zusammengestoßen war. Hauptmann

Elathar hatte es nicht bemerkt, und ehe sie Gelegenheit gefunden hatte, ihn aufzuheben, war alles außer Kontrolle geraten. Im ersten Moment war sie erschrocken und nahe einer Panik gewesen – als sie jedoch begriffen hatte, was vor sich ging, hatte sie ihre Gegenwehr aufgegeben. Dank des Hauptmanns würde es aussehen, als sei sie entführt worden und nicht davongelaufen. Das war perfekt!

Nachdem deutlich geworden war, dass die Wachen sie nicht einfach passieren lassen würden, hatte sie darauf bestanden, dass sie ihren Vater riefen. Es war gewagt, doch wenn sie den Hauptmann gefangen genommen hätten, wäre auch ihre Flucht zu Ende gewesen. Als ihr Vater erschien, war ihr zum ersten Mal der Gedanke gekommen, der Hauptmann könne sie vor dem Tor zurücklassen und einfach davonreiten. Eine Vorstellung, schlimmer als der Dolch an ihrer Kehle. Glücklicherweise war ihm keine andere Wahl geblieben, als sie mitzunehmen.

Als Rissa gegessen hatte, warf der Hauptmann Dainn ein paar Stricke zu, ehe er sich wieder der Feuerstelle im Zentrum der Lichtung zuwandte. Rissa starrte auf die Stricke. »Das ist nicht dein Ernst!«

»Tut mir leid. Für gewöhnlich bin ich nicht so unhöflich.« Dainn stand auf und trat zu ihr. »Rutsch ein Stück nach vorne, damit ich … In Ordnung, ich werde dir die Hände nicht auf den Rücken fesseln. Kreuz die Hände.«

Widerwillig folgte Rissa seiner Aufforderung. Würde der Hauptmann sie auch fesseln lassen, wenn er wüsste, dass sie hatte abhauen wollen? »Dann mach sie wenigstens nicht so fest.«

»Tut mir leid, Herzchen, aber ich werde kein Risiko eingehen und dafür sorgen, dass du am Morgen noch da bist.«

Wo sollte sie schon hin? »Ihr seid aus Naranor entkommen, warum lasst ihr mich nicht gehen?«

»Das musst du Elathar fragen.«

Das hätte sie gern getan, doch abgesehen davon, dass er sie zu meiden schien, bezweifelte sie, dass er ihre Frage beantworten würde. Seit sie die Lichtung erreicht hatten, erweckte er den Eindruck, als würde er alles tun, um nur nicht in ihrer Nähe sein zu müssen. Vermutlich sollte sie froh darüber sein, denn sie hatte nicht vergessen, was seine Aufgabe war. Oder: gewesen war. »Wo wollt ihr mit mir hin? Zurück zu eurem Stützpunkt? Wo war der noch mal … die Ebene von Raidon?«

Dainn schnaubte. »Das war einmal. Seit dein König versucht hat, Elathar das Licht auszublasen, sind wir offiziell Deserteure.«

Dann jagt ihr zumindest keine Zauberer mehr. Das hieß jedoch nicht, dass sie sie ziehen ließen, wenn sie herausfanden, was sie war. Sie musste weiterhin auf der Hut sein. Und so bald wie möglich von hier verschwinden.

Dainn führte sie ins Zentrum der Lichtung, wo sie sich, umgeben von den Männern des Hauptmanns, vor dem Feuer niederließ. Sobald die Nacht hereinbrach, löschten sie das Feuer und postierten Wachen.

Während die übrigen Männer schliefen, lag Rissa wach und starrte auf die dunklen Reihen der Bäume, die die Lichtung umgaben. Sie war erschöpft, der Zauber der letzten Nacht steckte ihr noch immer in den Knochen, doch ihre Gedanken fanden keine Ruhe. Warum war der Hauptmann ins Visier der Wachen geraten? Sie konnte sich nicht vorstellen, dass er die letzten drei Monate in der Stadt gewesen war. Andernfalls hätten Falinns Männer ihn längst aufgegriffen. Aber warum war er zurückgekehrt? Der Mann, mit dem er vorhin gestritten hatte, war keiner seiner Männer gewesen, das war deutlich geworden. Aber wer war der alte Haudegen dann? Einmal hatte sie gehört, dass er ihn Erlendur genannt hatte. Und plötzlich wusste sie, woher sie ihn kannte. Er war der Kommandant von Willan Carrs Leibwache! Der Hauptmann musste ihn und seine Männer aus dem Kerker befreit haben. Aber warum?

Nachdem sie ziemlich sicher war zu wissen, was der Hauptmann in Naranor gewollt hatte, blieb noch die Frage, was jetzt aus ihr werden sollte. Wo sollte sie hin, wenn der Hauptmann sie gehen ließ? Vielleicht konnte sie sich ihm anschließen. Bestimmt hatte er ein gutes Versteck. Eines, in dem Falinn sie niemals finden würde. Doch abgesehen davon, dass sie bezweifelte, dass der Hauptmann sie aufnehmen würde – in seinen Augen musste sie zum Feind gehören –, gefiel ihr der Gedanke nicht sonderlich, sich tagein, tagaus diesem abweisenden Blick auszusetzen. Nicht, nachdem sie wusste, wie anders er sein konnte. Außerdem konnte sie sich nur schwer vorstellen, unter einem Haufen Krieger zu leben. Kommandant Erlendur erweckte nicht den Eindruck, als würde er den Hauptmann als seinen Anführer akzeptieren. Und wenn der Hauptmann seine Männer nicht im Griff hatte … Sicher, sie war nicht wehrlos, sie konnte immer noch auf ihre Magie zurückgreifen, um sich zu schützen. Wenn jedoch jemand bemerkte, was sie tat, würden diese Männer sie töten.

Sie hatte ihrem Vater ihr ganzes Leben lang vertraut, um herauszufinden, dass er sie nur benutzte! Ganz sicher würde sie nicht den Fehler machen und jetzt darauf vertrauen, dass sie bei Hauptmann Elathar und seinen Männern in Sicherheit sein könnte. Es war besser, sich allein durchzuschlagen.

Als sie am nächsten Morgen ihr Lager abbrachen, hatten sich Erlendur und seine Männer im Fluss gewaschen und saubere Gewänder angezogen. Dainn löste Rissa die Fesseln und setzte sie vor sich aufs Pferd. Der Hauptmann kam nicht einmal in ihre Nähe, und auf ihre Frage, wann man sie gehen lassen würde, hatte Dainn noch immer keine Antwort. Wenn sie rasteten, sah sie ihn mit dem Hauptmann sprechen – ein anderer übernahm es dann, auf sie aufzupassen –, doch er sagte ihr nie, worum es gegangen war. Nicht einmal, ob sie über sie gesprochen hatten.

Nach sieben Tagen, in denen sie immer weiter nach Norden geritten waren, war sie nicht mehr sicher, ob der Hauptmann überhaupt vorhatte, sie ziehen zu lassen. Deshalb fing sie an, die Augen nach einer Fluchtmöglichkeit offen zu halten.

14

Im Laufe der letzten Tage war Carandirs Zuversicht zurückgekehrt. Wenn er Verbündete fand, konnten sie womöglich etwas bewegen! Es war nicht viel, doch es war ein erster Silberstreif, der ihn mehr und mehr aus seiner Starre befreit hatte. Er wollte nicht kampflos aufgeben! Wollte sich nicht für den Rest seines Lebens verstecken – vor Falinn und vor jedem, der ihn kannte und für einen Verräter und Mörder hielt! Wenn er starb, dann sollte sein Name reingewaschen sein.

In den letzten Tagen war die Dachkammer vom Rückzugsort zum Zentrum seiner Planungen geworden. Unzählige Stunden hatte er mit Tora und Torkal zusammengesessen und sein Vorgehen geplant. Da sich Carandir nicht in der Öffentlichkeit zeigen durfte, hatte es der Händler übernommen, anderen seiner Zunft und sogar einigen Schmugglern auf den Zahn zu fühlen, und jene, die er für vertrauenswürdig hielt, in einem seiner Lagerhäuser mit Carandir zusammengebracht. Carandir hatte lange mit sich gerungen, ob er seine wahre Identität preisgeben sollte, und war letztlich zu dem Schluss gekommen, dass es ihm nur mit dem Vertrauen der Menschen gelingen konnte, etwas gegen Falinn auszurichten. Deshalb hatte er sich ihnen offenbart. Wie oft hatte er seitdem seine Geschichte erzählt? Wie oft die überraschten und entsetzten Gesichter der Männer und Frauen gesehen, die Torkal zu ihm geführt hatte? Binnen kürzester Zeit hatte er eine stattliche Anzahl Händler auf seine Seite gebracht und täglich wurden es mehr.

Keiner von ihnen war damit einverstanden, wie sich ihr Leben und ihre Geschäfte unter Falinns Regentschaft verändert hatten. Sie alle wussten, was in Lendaé geschehen war. Und auch in Naranor wurde der Wind rauer. Die Wachen waren angewiesen, jeden festzunehmen, der ein schlechtes Wort über den König fallen ließ – und im schlimmsten Fall sogar hinzurichten. Vor einigen Tagen war der Erlass ergangen, dass die Königsburg künftig nicht mehr – wie bisher üblich – von den hiesigen Händlern, sondern von jenen aus Falinns eigenem Fürstentum beliefert werden sollte. Einzig die Nahrung käme dann noch aus der Umgebung. Die Zusatzsteuer, die Falinn für den Unterhalt seiner Armee erhoben hatte, schmälerte die Einnahmen noch weiter. Die Leute hatten Angst – um ihre Existenz und ihr Leben.

Während sich Carandir den Kopf darüber zerbrach, wie er Kontakt zu den entkommenen Männern und ihren Befreiern aufnehmen konnte, hatte Torkal – zusammen mit ein paar anderen – begonnen, den König zu sabotieren. Sie sorgten dafür, dass Lieferungen die Burg nicht erreichten und Soldaten ihre Ausrüstung nicht bekamen, was den Aufbruch der Einheiten verzögerte, die Falinn immer wieder aussandte. Jemand hatte in einem der Feldlager vor der Stadt Feuer gelegt. Die Flammen waren rasch gelöscht gewesen, doch immerhin hatte es ausgereicht, um eine gewisse Unruhe zu verbreiten. Es waren nur winzige Nadelstiche, kaum der Rede wert, aber es war ein Anfang.

Gestern Abend hatte er sich auf Torkals Anraten mit einem Händler im Lagerhaus getroffen. Um nicht erkannt zu werden, hatte er sein Gesicht unter einer Kapuze verborgen gehalten. Der Mann war gerade aus dem Osten zurückgekehrt und brachte die Kunde, dass jemand Flüchtlinge aus Lendaé vor Falinn in Sicherheit brachte.

»Welche Flüchtlinge?«, hatte Carandir gefragt.

»In Lendaé herrscht noch immer Aufruhr«, hatte er erklärt.

»Fürst Willan war in der Bevölkerung beliebt. Seine Hinrichtung sorgt weiterhin für Unruhe.«

Falinn ließ jeden Landadligen hinrichten, der ihm oder dem neuen Fürsten die Treue verweigerte. Die Gehöfte und Häuser ihrer Pächter wurden abgefackelt. Hunderte waren auf der Flucht. Doch es waren die letzten Worte des Händlers, die Carandirs Blut vor Aufregung pulsieren ließen: »Man sagt, der Eisprinz ist da draußen und kümmert sich um sie.«

Auch nach ein paar Stunden Schlaf wusste Carandir noch immer nicht, wie er die Nachricht einordnen sollte. Nur zu gern wollte er glauben, dass es tatsächlich Elathar war, der den Flüchtlingen half.

Aber sein Bruder war tot! Sie hatten ihn begraben!

Seine Hoffnung war gering, doch der Gedanke, dass Elathar am Leben sein könnte, ließ sich nicht mehr abschütteln. Je länger Carandir darüber nachdachte, desto wahrscheinlicher erschien es ihm. Zumindest würde es erklären, warum Falinn so viele Soldaten ausgesandt hatte: Sie suchten nach jemandem! Und warum sollte das nicht Elathar sein?

Er ist tot, versuchte sich Carandir selbst zu zügeln. Sein Leichnam war öffentlich zur Schau gestellt worden, bevor man ihn begraben hatte. Aber was, wenn es nicht sein Leichnam war? Was, wenn Falinn einen anderen beerdigen ließ? Alles, was es brauchte, um die Menschen zu täuschen, war jemand von ähnlicher Statur und ein Totenschleier. Bisher war er nicht auf den Gedanken gekommen, denn sein Vater hatte die alte Tradition vor langer Zeit abschaffen lassen. Was, wenn Falinn sie wieder aufleben ließ? Dann konnte Elathar wirklich derjenige sein, der den Flüchtlingen half! Doch selbst wenn ein anderer im Namen seines Bruders handelte, war es ein Geschenk der Götter. *Jemand* war da draußen! Vielleicht sogar derselbe, der Willan Carrs Männer befreit hatte.

Carandir starrte auf die Karte der Stadt, die er vor sich auf dem Tisch ausgebreitet hatte. Mit kleinen Kreuzen in unterschiedlichen Farben hatte er die Orte markiert, an denen sich Verbündete befanden, wo sie Unterschlupf finden konnten oder jene, an denen sie auf der Hut sein mussten. Sein Blick glitt die Küstenlinie entlang zur Burg. Wenn er dort eine Markierung für einen Verbündeten setzen könnte …

Sie brauchten jemanden, der Falinns Vertrauen genoss. Jemanden, der an ihn herankam. Mit kleinen Nadelstichen würden sie Falinn nicht zu Fall bringen. Sie mussten größer denken. Weiter voraus planen. Ein Verbündeter in der Burg konnte all ihre Probleme auf einen Schlag lösen.

Und Carandir wusste auch, wer dafür infrage kam. Nicht nur, dass Beolan seit Kindertagen sein bester Freund war, der Mann war obendrein der Kommandant der Leibwache seines Vaters gewesen. Derselben Leibwache, die jetzt Falinn diente. Wenn es jemanden gab, dem er vertrauen konnte und der nah genug an Falinn herankam, dann er.

Sobald der Entschluss gefallen war, suchte er nach Tora und bat sie, eine Nachricht für ihn zu übermitteln. »Beolan ist an den Abenden oft in der Stadt. Meist hält er sich im *Goldenen Krug* auf. Fang ihn ab, bevor er hineingeht, und bring ihn zu mir.«

»Wie soll ich ihn überreden?«

»Sag ihm, dass ihn jemand aus einem früheren Leben sehen will.« Das würde ihn neugierig genug machen, der Aufforderung zu folgen. Falls es dennoch nicht ausreichen sollte, fügte er hinzu: »Und dass es um die Sicherheit der Stadt geht.«

Tora schüttelte so heftig den Kopf, dass ihr roter Zopf hin und her flog. »Ich kann ihn unmöglich ins Lagerhaus bringen. Es ist unser einziger Treffpunkt und wenn er ihn verrät …«

»Ich erwarte euch im Hinterzimmer des *Roten Hunds*.« Die Kaschemme gehörte dem Bruder eines Verbündeten, der den Schmugglern näherstand als den Händlern. In seinem Hinterzimmer wurden seit Jahren, vermutlich seit Jahrzehnten,

Geschäfte abgeschlossen, über die niemand in der Öffentlichkeit sprechen wollte.

»Was, wenn er nicht allein ist?«

»Ich werde erst hereinkommen, wenn ich sicher bin, dass euch niemand gefolgt ist.«

Tora nickte und ging.

Den Rest des Nachmittags verbrachte Carandir damit, die Karte vor sich anzustarren. Seine Gedanken jedoch waren bei der bevorstehenden Begegnung.

Als es schließlich an der Zeit war, legte er seinen Umhang um, streifte die Kapuze über und griff nach einem Messer, das Torkal ihm gegeben hatte. Unter den Augen der Stadtwache mit einem Schwert herumzulaufen, war zu auffällig. Wenn es sein musste, würde ihm ein Dolch ebenso gute Dienste leisten.

Er verließ Torkals Haus und machte sich auf den Weg zum Hafen. So selten, wie er in den letzten Monaten vor die Tür gekommen war, genoss Carandir jeden noch so kleinen Ausflug. Er sog die salzige Luft ein, unter die sich – je näher er dem Hafen kam – mehr und mehr der Geruch von Fisch mischte. Der Anblick der Straßen, auf denen selbst jetzt, nach Einbruch der Dunkelheit, noch immer Leute entlangeilten, überraschte ihn immer wieder. So viel war seit seiner Vermählung geschehen, doch das Leben ging weiter. Im Gegensatz zu ihm konnten es sich diese Menschen nicht erlauben, sich in ihrem Elend zu suhlen. Sie mussten weitermachen und dafür sorgen, dass ihre Familien zu essen hatten. Diese Menschen waren es gewesen, die er vor Falinns Bedrohung hatte schützen wollen. Statt seine Aufgabe jedoch zu Ende zu bringen, hatte er sich monatelang verkrochen und sie ihrem Schicksal unter Falinns Regentschaft überlassen. Ebenso wie jeden anderen im Reich, ganz besonders in Lendaé. Er hatte das Wohl der Menschen unter seiner eigenen Trauer aus den Augen verloren. Das wollte er nicht noch einmal zulassen.

Am *Roten Hund* angekommen, zog er sich in die danebenliegende Gasse zurück, ein schmaler, stinkender Durchgang, in dem sich alle Arten von Unrat auftürmten. Von Zeit zu Zeit öffnete jemand die Seitentür der Schenke und kippte einen weiteren Eimer in den Dreck. Bemüht, den Gestank zu ignorieren, behielt Carandir die Straße im Auge. Zu seiner Erleichterung wurde seine Geduld auf keine allzu harte Probe gestellt. Toras leuchtend rotes Haar fiel ihm im Schein der Straßenlaternen sofort ins Auge. Beolan ging neben ihr, ungeduldig vorwärtsdrängend, seinen Schritt fast schon widerwillig an ihre Geschwindigkeit angepasst. Er war nicht im Dienst, weshalb er die Uniform gegen ein einfaches Wams und Hosen getauscht hatte. Dennoch schrie einem seine ganze Erscheinung geradezu das Wort *Soldat* entgegen. Sein Schritt war kraftvoll und effizient, seine Bewegungen geschmeidig. Seinen Freund zu sehen, versetzte Carandir einen schmerzhaften Stich. Er war noch immer der große breitschultrige Hüne, dessen bärtiges Antlitz die Frauen zum Dahinschmelzen brachte, doch in seinen Zügen hatte sich etwas verändert. Der Schalk, der früher immer in seinen Augen geschimmert hatte, war verschwunden. Tiefe Linien der Sorge und Trauer hatten sich in sein Gesicht gegraben und die Fröhlichkeit darin erlöschen lassen.

Carandir wartete, bis Tora mit Beolan in der Schenke verschwunden war. Den Blick noch immer auf die Straße gerichtet, suchte er nach Anzeichen dafür, dass jemand den beiden gefolgt war. Er konnte nichts Verdächtiges erkennen. Schließlich straffte er die Schultern und machte sich auf den Weg zu einer Begegnung mit seiner Vergangenheit.

Er betrat das Haus durch die Küche. Auf diesem Weg konnte er den belebten Schankraum meiden und gelangte ungesehen zum Hinterzimmer. Die Öllampe auf dem Tisch vermochte es kaum, die Schatten zu vertreiben, die sich im Raum ausgebreitet hatten. Die dunklen Flecken auf den Holzdielen, von denen Carandir sicher war, dass es sich dabei um Blut handelte, ließen sich dennoch kaum übersehen. Der *Rote Hund* war eine jener Kaschemmen, in der man am besten starken Schnaps trank, um einen Abend ohne Krankheiten zu überstehen. Es war jedoch das Hinterzimmer, das sich für den einen oder anderen im Laufe der Jahre als tödlich erwiesen hatte.

Neben Tora und Beolan befanden sich auch Torkal und zwei weitere Händler im Raum, von denen Carandir sicher war, dass der Begriff Schmuggler passender wäre. Aus keinem anderen Grund hatte Torkal die beiden ausgewählt, denn im Gegensatz zu vielen anderen ihrer Zunft war ihnen der Umgang mit Waffen nicht fremd. Ein Umstand, der – wie Torkal meinte – bei einem Vorhaben wie diesem womöglich hilfreich sein würde. Wenn es nach Carandir gegangen wäre, hätte er sich allein mit Beolan getroffen. Torkal und Tora jedoch hatten darauf bestanden, ihn nicht ohne Schutz ziehen zu lassen.

»Wer will mich treffen?«, verlangte Beolan zu wissen, als Carandir eintrat. Sein Blick war auf Torkal und die beiden anderen gerichtet, die am anderen Ende des Raums standen. »Ihr sagtet, ich würde ihn kennen. Diese Männer habe ich noch nie gesehen.«

»Aber mich.« Carandir zog die Kapuze zurück und trat ins Licht. »Mich kennst du.«

»*Du!*«

Carandir sagte nichts. Er wollte Beolan einen Moment geben, um sich von seiner Überraschung zu erholen, ehe er auf sein Anliegen zu sprechen kam. Doch Beolan erholte sich nicht. Stattdessen brüllte er »Königsmörder!« und ging auf Carandir los, ehe Torkals Begleiter reagieren konnten. Er drängte Carandir an die Wand, eine Hand gegen seinen Brustkasten gedrückt. Die Finger der anderen schlossen sich um seine Kehle.

»Du elender Verräter!«

Hinter dem Kommandanten tauchten die Händler auf. Als

sie ihn jedoch packen und von Carandir fortzerren wollten, schüttelte dieser den Kopf. Beolan war ein Heißsporn. Er wäre nicht in der Lage, ihn anzuhören, bevor er nicht seinem Zorn Luft gemacht hätte. Früher oder später würde jedoch seine Neugier siegen, und er würde wissen wollen, warum Carandir ihn herbestellt hatte. Beolans Hand verschwand von seinem Hals. Einen Herzschlag später lag dort, wo sich zuvor noch Finger um Carandirs Kehle geschlossen hatten, eine kalte Stahlklinge auf seiner Haut.

»Bei den Göttern von Anfang und Ende!«, rief Tora hinter ihm. »Lasst ihn erklären, Mann!«

Carandirs Blick war auf Beolans Augen fixiert, in denen sich der Kampf abzeichnete, den der Kommandant mit sich ausfocht.

»Rede«, presste er schließlich zwischen zusammengebissenen Zähnen hervor. »Danach werde ich entscheiden, ob ich dich in den Kerker zurückbringe oder an Ort und Stelle töte.«

»Oder ob du mir helfen wirst«, fügte Carandir mit einer Ruhe hinzu, die er nicht im Mindesten verspürte. Sein Herz raste, seine Handflächen waren schweißnass, und wenn er an eines nicht denken durfte, dann daran, wie viel davon abhing, seinen einstmals besten Freund für seine Sache zu gewinnen.

»Das bezweifle ich.«

Obwohl ihm die Klinge an seinem Hals nicht viel Bewegungsspielraum ließ, deutete Carandir auf den Tisch im Zentrum des Raums. »Setz dich.«

»Nicht nötig.«

»Wenn du hörst, was ich zu sagen habe, wirst du dir wünschen, meinem Rat gefolgt zu sein.«

Beolan betrachtete ihn mit zusammengekniffenen Augen. Schließlich schien er zu dem Ergebnis zu kommen, dass es keine Falle war. Ihm war – ebenso wie Carandir – bewusst, dass ihm die Händler längst eine Klinge in den Rücken gerammt hätten, wenn es in ihrer Absicht gelegen hätte. »Keine miesen Tricks«, warnte er, als er den Dolch wegnahm und einen Schritt zurücktrat.

Die Waffe noch immer in der Hand, folgte er Carandir zum Tisch und nahm ihm gegenüber Platz. Tora, ihr Vater und die Händler blieben in der Nähe des Kommandanten stehen.

»Also gut«, sagte Beolan, ohne die anderen zu beachten. Den Dolch hatte er griffbereit vor sich auf den Tisch gelegt. »Wie bist du aus dem Kerker entkommen?«

»Wie kann man einem Ort entkommen, an dem man nie gewesen ist?«

»Du sprichst in Rätseln.«

»Bald wirst du alles verstehen«, sagte Carandir. Er hatte lange überlegt, wo er mit seiner Geschichte beginnen sollte, und war zu dem Schluss gekommen, dass es nur einen Anfang gab. »Es begann bereits vor meiner Vermählung.«

Carandir erzählte ihm alles, beginnend mit Falinns erster Drohung, dem Tod seiner Familie und seiner Flucht, bis hin zu dem Moment, in dem er entschieden hatte, Kontakt zu Beolan aufzunehmen. Teile seiner Geschichte musste er mehrmals wiederholen und selbst dann waren Beolan seine Zweifel noch anzusehen. Doch hinter dem Zweifel lag noch etwas anderes – war es Hoffnung?

»Wir müssen etwas gegen Falinn unternehmen«, sagte Carandir zum Schluss. »Deshalb bist du hier.«

Nachdem er geendet hatte, saßen sie sich lange schweigend gegenüber. Carandir gab seinem Freund die Zeit, alles zu verdauen. Wenn das überhaupt möglich war.

»Das sind schwere Anschuldigungen«, sagte Beolan schließlich. »Kannst du irgendetwas davon beweisen?«

»Früher einmal hätte dir mein Wort genügt.«

»Früher einmal warst du auch kein Verräter, der –«

»Ich bin kein Verräter!«, fuhr Carandir auf. »Und ich bin

auch kein Mörder!« Nach allem, was er erzählt hatte, hatte er darauf gehofft, Beolan würde ihm glauben und sich sofort rückhaltlos auf seine Seite stellen. Doch offensichtlich war es nicht so einfach.

»Warum bist du nicht zu mir gekommen? *Bevor* das alles passiert ist?«

»Was hättest du dann getan? Den König unterrichtet, vermute ich. Und dann? Mein Vater hätte seine Wachen in Alarmbereitschaft versetzt. Falinn hätte es gemerkt und in der Stadt wäre es zu einem Blutbad gekommen!«

Natürlich hatte er darüber nachgedacht, wie er Beolan von der Wahrheit seiner Geschichte überzeugen konnte. Es gab nur eine Möglichkeit – und er konnte nur hoffen, dass er sich nicht irrte. »Geh zu Elathars Grab. Öffne es. Ich bin sicher, dass sich darin kein Leichnam befindet – falls doch, ist es nicht der meines Bruders.«

Elathar war am Leben, davon war er inzwischen überzeugt. Es *musste* einfach so sein. »Ich vermute, dass sich dir derselbe Anblick im Grab meines Vaters bieten wird.«

»Du erwartest nicht von mir, dass ich die Totenruhe des Königs störe!«

»Wenn dir Elathars Grab als Beweis nicht ausreicht, wird dir keine andere Wahl bleiben.«

»Was ist mit der Königin?«

Carandir schüttelte den Kopf. Wie jedes Mal, wenn jemand seine Mutter erwähnte oder er an sie dachte, durchfuhr ihn ein schmerzhafter Stich.

Beolan kniff die Augen zusammen. »Woher soll ich wissen, dass du nicht verschwunden bist, wenn ich zurückkehre?«

»Warum hätte ich dieses Treffen arrangieren und dich erst auf mich aufmerksam machen sollen, wenn ich das vorhätte?«

»Einleuchtend.« Beolan griff nach seinem Dolch. Sofort rückten die Händler näher an ihn heran und entspannten sich erst, als er die Waffe in seinen Gürtel steckte. Er stand auf und ging zur Tür. Bevor er den Raum verließ, drehte er sich noch einmal um. »Wer sagt dir, dass ich nicht mit Falinns Soldaten zurückkehre?«

»Abgesehen davon, dass ich dich kenne und dir vertraue?« Carandir grinste. »Ich bin nicht dumm, Beolan. Wie vorhin auch, werde ich erst kommen, wenn ich sicher bin, dass du allein bist.«

* * *

Dieses Mal wartete Carandir nicht in der Gasse darauf, dass Beolan zurückkehrte. Er saß in einer Kammer unter dem Dach des *Roten Hunds* und ging in Gedanken immer und immer wieder durch, was er seinem Freund erzählt hatte, auf der Suche nach etwas, das ausgereicht hätte, ihn zu überzeugen. Doch was geschehen war, war so kompliziert und von Falinn so geschickt eingefädelt, dass es schon eine Menge blinden Vertrauens bräuchte, um ihm ohne jeden Beweis zu glauben.

Es war nach Mitternacht, die Sperrstunde hatte längst begonnen, und die Schenke war bis auf die wenigen Übernachtungsgäste verlassen, als Torkal die Kammer betrat.

»Er ist da«, sagte der Händler. »Malan und Sern haben die Straßen im Auge behalten – er ist allein.«

Carandir zweifelte nicht daran, dass die beiden Händler recht hatten. Er war von Anfang an davon ausgegangen, dass Beolan ihm nicht in den Rücken fallen würde. Die Kapuze ins Gesicht gezogen, für den Fall, dass in den nächtlichen Fluren des Gasthauses noch jemand seinen Weg kreuzte, machte er sich auf den Weg ins Hinterzimmer, gefolgt von Torkal. Beolan lief vor dem Tisch auf und ab. Er war bleich und rastlos, doch in seiner Haltung erkannte Carandir noch etwas anderes: Entschlossenheit.

»Es ist wahr!«, rief er, sobald er Carandir erblickte. »Es ist wirklich wahr! Dieser Mistkerl hat all das getan, was du sagst, oder?«

»All das. Und vermutlich noch viel mehr, von dem wir nicht einmal etwas ahnen.« Carandir ging zum Tisch und setzte sich. Es dauerte einen Moment, ehe Beolan ihm folgte und ebenfalls Platz nahm.

Elathar lebt! Carandir schloss die Augen. Als er sie wieder öffnete, brannten sie vor Glück und Erleichterung. »Sein Grab ist also tatsächlich leer.«

»Ein anderer liegt darin«, sagte Beolan. »Einer, der ihm von der Statur her gleicht, sonst aber keine Ähnlichkeit mit ihm hat.«

»Trug er einen Totenschleier?«

Beolan schüttelte den Kopf.

Merkwürdig. Vielleicht hatte Falinn den Schleier nach der Aufbahrung entfernen lassen. Auch wenn das in Carandirs Augen keinen Sinn ergab. Wozu sollte er sich die Mühe machen?

»Was machen wir jetzt?«, wollte Beolan wissen.

»Wir töten Falinn.«

»Unmöglich.«

»Du bist der Kommandant der königlichen Leibgarde!«

Beolan schüttelte den Kopf. »Ich befinde mich noch immer in einer gehobenen Position und habe auch noch den Rang eines Kommandanten, doch Falinns Bewachung obliegt mir schon lange nicht mehr. Kurz nach seiner Krönung hat er meinen Männern und mir andere Aufgaben zugewiesen. Wir sind jetzt für die Koordination der Sicherheit in der Königsburg verantwortlich, aber nicht mehr für die des Königs selbst. Dafür sorgen seine eigenen Männer. Wir kommen nicht einmal mehr nah genug an ihn heran, um einen Schwertstreich anzubringen.«

Das hätte ich mir denken können. Falinn hatte alles von Anfang an durchgeplant. Natürlich würde er nicht riskieren, dass ihm einstige Getreue der Melanthions gefährlich werden konnten. Dass er seine eigenen Leute vorzog, war nur logisch.

Unzählige Männer in der Stadt, die Truppen, die er ständig aussandte, die Heerlager vor den Toren und dann auch noch die Leibwache. Woher hatte er die vielen Krieger?

»Was machen wir jetzt?«, riss Beolan ihn aus seinen Gedanken.

Zu wissen, dass sein Freund auf seiner Seite war, ihm glaubte und bereit war, ihn zu unterstützen, war beinahe mehr, als sich Carandir erhofft hatte. Er hatte einen Verbündeten innerhalb der Mauern, der ihm, wenn er schon nicht nah genug an Falinn herankam, um dessen Regentschaft ein Ende zu setzen, zumindest wertvolle Informationen beschaffen konnte. »Wir müssen Elathar finden.«

Auf sein Zeichen hin setzte sich Torkal zu ihnen an den Tisch. Beolans Blick ruhte auf dem Händler. »Seid Ihr nicht der Mann, in dessen Laden Carandir früher ganze Tage verschwunden ist?«

Torkal grinste. »Der bin ich.«

»Und die anderen?«, fuhr Beolan fort. »Die sahen mir mehr nach Schmugglern als nach Händlern aus.«

»Manchmal sind die Übergänge fließend.«

»Interessante neue Freunde hast du da, Carandir.«

Die beiden grinsten sich an wie in alten Tagen und zum ersten Mal verspürte Carandir echte Zuversicht. Nicht nur den Wunsch, etwas zu bewegen, sondern auch das Gefühl, dass er es schaffen *konnte.*

»Wie finden wir Euren Bruder, Hoheit?«

»Er wird uns finden, wenn wir bei den Flüchtlingen sind.« Der Gedanke war ihm spontan gekommen, und nachdem er ihn ausgesprochen hatte, wusste er, dass es der richtige Weg war. Es dürfte leichter sein, ein paar vertriebene Bauern aufzuspüren, als einen Krieger, der nicht gefunden werden wollte. Vermutlich hatten sich unter der Bevölkerung Orte und Zeichen herumgesprochen, über die sie Kontakt zu Elathar und seinen Männern aufnehmen konnten.

»Wir?«, echote Beolan.

Carandir nickte.

»Das kommt überhaupt nicht infrage! Du bleibst, wo du bist! Es ist viel zu gefährlich! Wenn dich da draußen jemand erkennt!«

»Du kannst genauso wenig gehen, Beolan«, gab Carandir zu bedenken. »Wir brauchen dich in der Burg. Andernfalls verlieren wir jede Möglichkeit, an Falinn heranzukommen.«

»Das scheint mir ohnehin eine Aufgabe für einen Angehörigen der reisenden Zunft zu sein«, warf Torkal ein. »Ein Händler kommt ohne Aufsehen aus der Stadt und wieder hinein. Außerdem wird niemand Verdacht schöpfen, wenn er von Ort zu Ort und von Gasthaus zu Gasthaus reist. Und dabei ein paar Fragen stellt.«

»Aber ich brauche Euch hier, Torkal«, widersprach Carandir. »Ihr müsst mir helfen, weitere Kontakte zu knüpfen und Verbündete zu finden.«

Der Händler lehnte sich in seinem Stuhl zurück und faltete lächelnd die Hände über dem beachtlichen Bauch. »Wenn Ihr mich hier braucht, heißt das wohl, dass Ihr ebenfalls nicht gehen könnt. Wir werden Tora schicken.«

»Aber sie ist …«

»Was? Eine Frau?« Torkal nickte. »Und deshalb wird sie noch weniger auffallen.«

Carandir wollte einwenden, dass es gefährlich war, doch wem machte er etwas vor? Er brauchte Tora. Abgesehen davon begab sie sich allein damit, dass er unter dem Dach ihrer Familie Unterschlupf gefunden hatte, bereits in Gefahr. Davon, dass sie ihm in der Stadt zur Seite stand, gar nicht erst zu reden. Also nickte er.

Binnen kürzester Zeit kamen sie überein, dass Tora versuchen sollte, sich unter die Flüchtlinge zu mischen und Elathar zu finden, um ihm eine Nachricht von Carandir zu überbringen. Torkal würde ihm weiter in Naranor zur Seite stehen, und Beolan sollte die Zeit nutzen, um herauszufinden, welche seiner Männer bereit waren, sich ihnen anzuschließen. Außerdem sollte er sehen, was er über Falinn in Erfahrung bringen konnte. Seine Pläne, Truppenbewegungen. Etwas – *irgendwas* –, das ihnen einen Ansatz lieferte, wie sie gegen ihn vorgehen konnten.

15

Am Abend, wenn die Männer das Lager aufschlugen, war an Flucht nicht zu denken. Abgesehen davon, dass Dainn sie noch immer jeden Abend nach dem Essen fesselte, waren da auch noch die Wachen, die rund um den Lagerplatz postiert waren. Wenn Rissa verschwinden wollte, dann tagsüber, während sie rasteten. Dann gab es auch keine Wachen. Vielleicht konnte sie sich eines der Pferde schnappen und davongaloppieren. Sie war keine gute Reiterin, doch eine andere Möglichkeit sah sie nicht. Ihre Magie konnte sie nicht einsetzen, denn abgesehen davon, dass sie sich vom letzten Mal noch immer nicht vollständig erholt hatte, war das Risiko, dass jemand etwas bemerkte, zu hoch.

So sehr sie sich auch bemühte, sie fand einfach keine passende Gelegenheit. Wann immer sie auch nur darüber nachdachte zu fliehen, schien Dainn neben ihr aufzutauchen. Ganz zu schweigen von den anderen Männern, die zwar nicht ständig in ihrer Nähe waren, sie aber ebenso wachsam beobachteten.

Die Tage zogen eintönig dahin. Jeder Knochen in ihrem Leib schmerzte, da sie es nicht gewohnt war, länger als für einen kurzen Ausritt im Sattel zu sitzen. Mit jeder Stunde wurden ihre Glieder steifer und ihre Hoffnung auf Flucht rückte in immer weitere Ferne. Humpelnd konnte sie ihnen kaum entkommen.

Am elften Tag legte Dainn ihr zum ersten Mal auch auf dem Pferd Fesseln an. Sobald er sie vor sich in den Sattel gehoben hatte, zog er ein Stück Stoff aus der Satteltasche und verband ihr damit die Augen.

»Wir nähern uns unserem Ziel«, sagte er.

»Und du hast Angst, dass ich abhauen und euer Versteck verraten könnte.«

»Der Hauptmann will kein Risiko eingehen.«

Rissa schnaubte. »Ist er das nicht schon, als er Willan Carrs Männer aus Falinns Kerker geholt hat?«

»Versuchst du etwa zu feilschen?«, lachte Dainn.

»Ich versuche nur zu verstehen, was hier vor sich geht.«

Er nahm ihr die Augenbinde erst am Abend wieder ab, als es bereits zu dunkel war, um noch etwas von ihrer Umgebung zu erkennen. Am nächsten Morgen legte er sie ihr noch vor Tagesanbruch wieder an.

Im Laufe des Tages erreichten sie ein Gebirge. Rissa merkte es daran, dass die Hufe plötzlich anders klangen und ihr Schlag von überall her Echos warf. Die Stimmen der Männer hallten, wurden vermutlich von Felsen aufgefangen und zurückgeworfen, und der Weg stieg beständig an. Auch an diesem Abend nahm er ihr die Augenbinde erst nach Einbruch der Dunkelheit ab. Dieses Mal jedoch konnte sie zumindest genug im Mondlicht sehen, um zu erkennen, dass sie sich tatsächlich in den Bergen befanden. Die Wälder und Wiesen waren einer zerklüfteten Kulisse aus steil aufragenden Felsen gewichen. Statt von Bäumen, war ihr Lagerplatz von einer Gruppe Felsen umgeben.

Gegen Mittag des nächsten Tages sagte Dainn: »Wir sind gleich da.« Tatsächlich wurden sie schon bald langsamer. Stimmen wurden laut, dann vernahm sie etwas, das wie ein schwerer Riegel klang – und ein Tor, das geöffnet wurde. Ein Tor? Mitten in den Bergen? Wo bei allen Göttern waren sie?

Als sie schließlich stehen blieben und Dainn ihr die Augenbinde abnahm, befand sie sich mitten in einem Burghof. Die Festung fügte sich beinahe nahtlos in die dahinter aufragenden Felsen ein. Alles wirkte verwittert und ein wenig verfallen, doch was Rissa noch mehr überraschte, waren die vielen Menschen. Sie waren überall. Männer, Frauen und Kinder, Alte und Junge hatten ihre Lager auf dem Burghof aufgeschlagen. Windschiefe Zelte reihten sich aneinander wie die Latten eines Zauns, dazwischen immer wieder kleine Feuerstellen und vereinzelte Decken. Dort schienen die zu schlafen, die keinen Platz mehr in den Zelten fanden. Das mussten die Flüchtlinge sein, von denen Falinn und ihr Vater gesprochen hatten. *Bei den Göttern! So viele!* Während sie noch versuchte, das Durcheinander in sich aufzunehmen, wurde sie aus dem Sattel gehoben. Einer der Männer führte Dainns Pferd weg, zu einem Stall im Schatten der Mauer.

Zum ersten Mal seit ihrer Flucht aus Naranor kam der Hauptmann zu ihr. Er packte sie unsanft beim Arm und führte sie durch eine schmale Tür. Nach der sommerlichen Wärme war es im Inneren überraschend kalt. Rissa kämpfte gegen das Frösteln an, als der Hauptmann sie zu einer Treppe brachte, deren ausgetretene Stufen steil nach unten führten. Je weiter sie hinabstiegen, desto mehr wuchs in ihr das Begreifen: Er brachte sie in den Kerker!

Ruckartig blieb sie stehen und hätte ihn damit um ein Haar aus dem Gleichgewicht gebracht. »Das ist nicht Euer Ernst!«

Der Hauptmann schob sie weiter in einen Gang, an dessen Ende er vor einer Tür stehen blieb. Er öffnete sie und stieß Rissa hinein. Nach dem Fackelschein auf dem Gang fand sie sich in der Dunkelheit wieder, die lediglich von einem schmalen Streifen Tageslicht aufgeweicht wurde, der sich durch einen Spalt in der Wand oberhalb ihres Kopfes zwängte. Hinter ihr fiel die Tür ins Schloss.

Rissa hämmerte gegen das Holz. »Lasst mich sofort raus!«

Die einzige Antwort war ein Wummern, als von außen der Riegel vorgelegt wurde.

Sie schlug mit den Fäusten gegen die Tür und rüttelte an der verschlossenen Sichtklappe, doch nichts passierte. Sie schrie und tobte und flehte den Hauptmann an zurückzukommen. Aber er war längst fort.

Wütend und ernüchtert ließ sie sich mit dem Rücken zur Tür auf den Boden sinken. Sie hatte damit gerechnet, dass man sie in einer Kammer unterbringen würde, wenn man sie schon nicht ziehen ließ. Aber doch nicht in einem Verlies!

Ganz allmählich gewöhnten sich ihre Augen an das wenige Licht. In einer Ecke lag ein Haufen Stroh, daneben eine Decke. Offenbar war sie nicht der erste Gast hier – zu ihrer Erleichterung aber im Moment der einzige.

Die Reise hatte sie erschöpft, und obwohl sie es nicht wollte, nickte sie ein. Als sie aus dem Schlaf hochschreckte, war das Tageslicht fort, und sie fand sich in völliger Dunkelheit wieder. Die Zelle war nicht groß, und jetzt, in der Finsternis, in der es ihr nicht möglich war, die Wände auszumachen, schien sie ihr mit jedem Atemzug weiter zusammenzuschrumpfen. Als würden sich die Wände näher heranschieben.

Erschrocken fuhr Rissa zusammen, als hinter ihr ein Poltern erklang. Der Riegel! Jemand war an der Tür. Rissa kämpfte sich auf die Beine und wich ein Stück zurück. Mit genügend Anlauf könnte sie vielleicht …

Die Tür schwang auf, und alles, was sie sah, war der blendende Schein einer Laterne.

»Komm mit.« Die raue Stimme war ihr fremd.

Blinzelnd versuchte sie, den Mann hinter der Laterne zu erkennen, doch erst als sie zögernd aus der Zelle trat, gelang es ihr, seine Gestalt auszumachen. Bei den Göttern, der Kerl war riesig! Groß und breit, mit einem struppigen schwarzen Bart, der sein halbes Gesicht zu verdecken schien.

»Sag es ruhig«, sagte der Kerl. »Ich sehe aus wie ein Bär.«

Ertappt zuckte Rissa zusammen, doch der Mann lachte nur. »Ich heiße Kearn, aber alle nennen mich Bär. Dreimal darfst du raten, warum!«

»Wo gehen wir hin?«

»Der Hauptmann will mit dir reden.« Kearn, der Bär, führte sie den Gang entlang zu einer weiteren Tür. Dahinter verbarg sich eine Kammer mit kahlen Steinwänden, einem Tisch und zwei Stühlen, jeder davon auf einer Seite des Tisches. »Setz dich. Hast du Hunger? Willst du etwas essen?«

Rissa schüttelte den Kopf.

»Stolz macht nicht satt«, sagte der Bär.

»Und ein Kerker nicht frei.«

Der Bär begann zu lachen, laut und dröhnend und fast schon ansteckend. Bevor er jedoch etwas erwidern konnte, kam der Hauptmann herein und schickte ihn mit einem Nicken nach draußen. Obwohl der große Mann fort war, erschien Rissa der Raum mit einem Mal viel zu klein.

16

Elathar umrundete den Tisch, dann blieb er auf der gegenüberliegenden Seite stehen und betrachtete Rissa. Sie war bleich und sah müde aus. Er vermochte nicht zu sagen, ob die Schatten unter ihren Augen dem Licht oder den Strapazen der Reise geschuldet waren. Selbst das Grün ihrer Pupillen schien weniger strahlend zu sein, als er es in Erinnerung hatte. Doch da war noch etwas anderes, ein Funkeln, das er erst in dem Moment, in dem sie den Blick auf ihn richtete, als das erkannte, was er war: Sie war wütend.

»Wenn Ihr mich lange genug angestarrt habt, könntet Ihr mir endlich sagen, was das soll.« Ein winziges Zittern in ihrer Stimme verriet, dass sie längst nicht so unerschrocken war, wie sie sich gab. Trotz ihres Zorns, des entschlossen vorgereckten Kinns und der aufrechten Haltung, die sie eingenommen hatte, sobald er hereingekommen war, wirkte sie überraschend verletzlich und verloren.

Während der letzten Stunden und Tage hatte er lange darüber nachgedacht, ob er sie gehen lassen sollte. Letztlich hatte er sich dagegen entschieden. Erst musste er herausfinden, was sie über Falinn und seine Pläne wusste. Er bezweifelte zwar, dass sie ihm etwas über Truppenstärken und deren Standorte verraten konnte, aber vielleicht kannte sie die Namen und Aufenthaltsorte derer, die dazu in der Lage waren. Doch auch wenn sie nichts wusste, konnte er sie nicht gehen lassen. Er hatte gesehen, wie sehr Dalkur auf ihre Sicherheit bedacht gewesen war. Da war eine Furcht in den Augen des Mannes gewesen – als hätte Elathar ihm seinen wertvollsten Besitz genommen. Wenn es hart auf hart kam, konnten sie das Mädchen als Druckmittel einsetzen oder sie gegen weitere Gefangene austauschen.

»Was wisst Ihr über Falinn?«

»Ich weiß Eure Besorgnis wirklich zu schätzen«, gab sie zuckersüß zurück. »Macht Euch keine Sorgen um mich, es geht mir gut.«

Um ein Haar hätte er gegrinst. Das war die Frau, die er auf dem Ball kennengelernt hatte, voller Temperament und mit dem Herzen auf der Zunge. Nach ihrem Entkommen aus Naranor war es ihm anfangs gelungen, sich einzureden, dass sie die Tochter seines Feinds und damit auch seine Feindin war. Im Laufe ihrer Reise jedoch war ihm mehr und mehr klar geworden, dass sie ebenso wenig für ihre Herkunft und Abstammung konnte wie er selbst. Es war nicht ihre Schuld, dass ihr Vater der Berater eines Mörders und Thronräubers war. Elathar schob das aufkeimende Mitleid ebenso von sich wie die Zuneigung, die er an jenem Abend für sie empfunden haben mochte. Wenn er Antworten haben wollte, konnte er sich keine Gefühlsduseleien und erst recht kein Mitleid leisten.

»Ich bin nicht hier, um zu plaudern«, sagte er barsch.

»Wollt Ihr mir nicht erst einmal erklären, was hier überhaupt vor sich geht?«

Er stemmte die Hände auf den Tisch und beugte sich vor. »Was vor sich geht? Ist das nicht offensichtlich?«

Rissa sah ihn noch immer an. Sie wirkte ruhig, doch ihre Hände auf dem Tisch zitterten. »Was ist mit Euch geschehen?«

Ihre Frage traf ihn unvorbereitet, und es kostete ihn Mühe, sich das nicht anmerken zu lassen. Er wusste, dass sie nicht nur jene Nacht meinte, in der er offiziell gestorben war. Sie meinte auch ihn – die Veränderung, die er seitdem durchgemacht hatte. Er war ein anderer geworden. Wie hätte er, nach allem, was geschehen war, noch der Mann sein können, der mit ihr auf dem Ball gescherzt und geplaudert hatte? Mit all der Verantwortung, die seitdem auf seinen Schultern lastete? Er hatte für die Sicherheit der Menschen hier zu sorgen. Da blieb keine Zeit für belangloses Geplauder. Und keine Zeit für Schwäche. Nicht, wenn er die Ordnung inmitten des Durcheinanders, zu dem der Fels im Laufe der letzten Monate geworden war, aufrechthalten wollte. Nein, er war nicht mehr der Mann, dem sie damals begegnet war. Und er durfte es auch nicht mehr sein. Mit steinerner Miene erwiderte er ihren forschenden Blick. Sie suchte nach einer Antwort, doch sie würde sie nicht bekommen.

Mit erzwungener Ruhe und betont langsam sagte er: »Also noch einmal: Was wisst Ihr über Falinns Pläne?«

»Ich bin nicht sein Berater, nur dessen Tochter.«

»Und als solche hört und seht Ihr zweifelsohne Dinge, die anderen verborgen bleiben.«

»Denkt Ihr allen Ernstes, der König würde mit meinem Vater in meiner Gegenwart über wichtige Angelegenheiten sprechen? Glaubt Ihr, seine Türen stünden immer offen, sodass ich im Vorübergehen seine Geheimnisse erfahre?« Sie schüttelte den Kopf. »Warum wollt Ihr überhaupt etwas über den König wissen? Warum habt Ihr diese Männer aus dem Kerker befreit? Wenn Ihr am Leben seid, hättet Ihr doch zum König gehen können!«

Schlagartig wurde Elathar bewusst, dass sie keine Ahnung hatte. Sie wusste es nicht. Natürlich nicht! Wie alle anderen auch, hielt sie Carandir für den einzig Schuldigen an den Ereignissen jenes Abends. Vielleicht wäre sie eher bereit, ihr Wissen preiszugeben, wenn sie die Wahrheit erfuhr.

»Carandir hat das nicht allein getan«, sagte er. »An Falinns Händen klebt ebenso das Blut meiner Familie wie an seinen. Es war Falinns Dolch, der dem Leben von Königin Arien ein Ende gesetzt hat, als sie sich weigerte, den vergifteten Wein zu trinken.«

Unter seinen Worten war das letzte bisschen Farbe aus ihrem Gesicht gewichen. »Das ist … Das ist wahr, oder? Was ist mit dem König und Eleria? Haben sie das Gift getrunken? Und Ihr? Wie konntet Ihr das überleben?«

Elathar schwieg. Er *wollte* es ihr erzählen. Nicht, dass sein Vater lebte, aber das, was an jenem Abend passiert war, doch er brachte die Worte nicht über die Lippen. Er würde es nicht ertragen, wenn das Entsetzen in ihrem Blick in Mitleid umschlug. *Keine Schwäche!*

»Wollt Ihr einen Mann, der zu etwas Derartigem fähig ist, wirklich schützen?«, fragte er stattdessen. »Wenn Ihr etwas wisst, ganz gleich, was es auch sein und wie unwichtig es Euch erscheinen mag, dann sagt es mir! Helft mir, dieses Unrecht wiedergutzumachen!«

Einen Moment lang schien es, als wollte sie tatsächlich etwas sagen, doch dann schüttelte sie den Kopf. »Ich würde Euch gern helfen, aber ich weiß wirklich nichts.«

Elathar glaubte ihr. Es fiel ihm schwer, länger mit anzusehen, wie sie um ihre Fassung rang und immer noch darum kämpfte, die Fassade der Furchtlosigkeit aufrechtzuerhalten. Um ein Haar hätte er nach ihrer Hand gegriffen. Stattdessen richtete er sich auf und trat einen Schritt zurück. »Dann gibt es nichts mehr zu besprechen.«

Ohne ein Wort des Abschieds verließ er den Raum.

17

Als der Bär Rissa in ihre Zelle zurückbrachte, wartete dort ein Tablett mit Brot und Eintopf auf sie. War sie schon zuvor nicht hungrig gewesen, so war ihr jetzt jeder Appetit vergangen. Einzig die Tatsache, dass der Bär die Sichtklappe in der Tür öffnete, um etwas Licht vom Gang hereinzulassen, damit sie nicht im Dunkeln essen musste, machte die Rückkehr in die Zelle halbwegs erträglich.

Rissa setzte sich neben dem Tablett auf den Boden und fuhr sich mit den Händen über das Gesicht. Dass Prinz Carandir die Morde nicht allein begangen haben sollte, hatte sie überrascht und schockiert zugleich. Was Falinn getan hatte, war entsetzlich und abscheulich! Wusste ihr Vater davon? Die bloße Vorstellung war so schrecklich, dass sie nicht weiter darüber nachdenken wollte.

Wie von selbst fanden ihre Finger das Lederband an ihrem Hals. Ihre Hand schloss sich um die kleine goldene Scheibe, die daran hing. Was hatte der Fremde in ihrem Traum gesagt? *Um frei zu sein, musst du dich in die Hände des Feinds begeben.* Waren das die Hände des Feinds? Diese Zelle? Konnte der Hauptmann ihr womöglich helfen, frei zu sein? Unwillkürlich schüttelte sie den Kopf. Es war ein Traum gewesen, nichts weiter. Dass sie den Anhänger neben sich gefunden hatte, war bloßer Zufall. Vermutlich war er schon da gewesen, als sie sich in dem Schuppen versteckt hatte. Das war es! Sie musste ihn gesehen haben, bevor sie eingeschlafen war, und sein Anblick war ihr in den Traum gefolgt.

Hände des Feinds – ganz sicher nicht!

Die Frage, ob sie sich dem Hauptmann anschließen sollte, hatte er mit seinem Verhalten ein für alle Mal beantwortet. Sie würde nicht bei einem Mann bleiben, für den sie nur eine Geisel war. Selbst wenn sie ihm erzählte, was Falinn mit der Magie plante, würde sich daran nichts ändern. Er hatte es nicht ausgesprochen, doch das war auch nicht nötig gewesen, denn sie hatte es in seinen Augen gesehen: Sie war sein Druckmittel, sonst nichts. Womöglich würde er sie eines Tages gegen andere Gefangene austauschen, oder gegen sein eigenes Leben, sollte das nötig sein. Das konnte sie nicht zulassen. Niemals mehr würde sie nach Naranor zurückkehren!

Ihr blieb also nur die Flucht.

Rissa schnaubte über ihren eigenen Gedanken. Sie saß in einem Kerker, inmitten einer Felslandschaft – von der Festung und deren Mauern ganz zu schweigen. Wie sollte sie da entkommen?

Mit Magie.

Die Antwort war so offensichtlich, und trotzdem war es die Lösung, die ihr am wenigsten behagte. Sie hatte so wenig Erfahrung, war so ungeübt. Wenn jemand herausfand, was sie tat, würden sie sie umbringen. Aber vielleicht war der Tod besser als das, was Falinn für sie im Sinn hatte.

Doch so einfach würde sie es ihnen nicht machen. Rissa hatte nicht vor zu sterben. Sie wollte endlich leben! An einem Ort, an dem sie sich nicht länger von anderen fernhalten musste, aus Angst, jemand könne von ihrem Geheimnis erfahren. Einem Ort, an dem Magie nicht verboten war und verfolgt wurde. Sie wollte nicht länger allein sein und sich auch nicht mehr verstecken.

In Tharennia schwebte sie in ständiger Gefahr, sie hatte jedoch gehört, dass auf dem Kontinent im Westen Magie existierte und nicht nur akzeptiert, sondern auch geachtet wurde. Dorthin würde sie gehen.

Aber erst einmal musste sie hier raus.

Rissa stand auf, ging zur Tür und warf einen Blick durch die Luke. Auf dem Gang war niemand zu sehen. Zu ihrer Linken waren Stimmen zu hören. Gelächter und Gejohle. Vermutlich die Wachen, die in der Wachstube würfelten oder auf andere Weise ihre Münzen verwetteten. An ihnen musste sie vorbei. Fragte sich nur, wie?

Sie dachte daran, das Aussehen des Hauptmanns anzunehmen und den Bär, oder wer auch immer Wache schob, aufzufordern, sie – in den Augen der Wache den Hauptmann – rauszulassen. Doch ihr Plan scheiterte daran, dass niemand zuvor den Hauptmann in die Zelle gelassen hatte. Im günstigsten Fall waren die Männer angetrunken und würden sich darüber wundern – im schlimmsten Fall erkannten sie, womit sie es zu tun hatten.

Aber was dann? Warten, bis der Hauptmann kam, ihn niederschlagen und dann vorgeben, er zu sein, der rausgelassen werden wollte? Abgesehen davon, dass sie keine Ahnung hatte, ob er überhaupt noch einmal zu ihr kommen würde, bezweifelte sie, dass es ihr gelingen konnte, ihn mit bloßen Händen zu überwältigen. Wenn sie ihre Magie dafür benutzte, blieb ihr nicht mehr genug Energie dafür, sein Aussehen anzunehmen.

Ihre Gedanken drehten sich im Kreis. Was auch immer ihr einfiel – sie war entweder nicht stark genug oder sie hatte zu wenig Energie.

* * *

Drei Tage vergingen, in denen sich Rissa von den Strapazen der Reise erholte. Ihre Energiereserven hatten sich bereits auf dem Weg hierher regeneriert, aber die vielen Tage im Sattel hatten an ihren Kräften gezehrt. Während sie sich körperlich immer besser fühlte, dachte sie unaufhörlich darüber nach, wie sie von hier fortkommen sollte.

Sie nutzte die Zeit, um zu beobachten. Wie oft und wann bekam sie etwas zu essen? Wer brachte es ihr? Wie machte derjenige das? Nach wie vor standen keine Wachen vor ihrer Tür. Wenn jemand ihr Essen brachte, meistens waren es der Bär oder Dainn, war derjenige allein. Einzig die Stimmen und das Gelächter aus der Wachstube begleiteten ihn. Soweit sie es beurteilen konnte, war sie die Einzige, die hier unten eingesperrt war. Nur einmal hörte sie, wie sie einen Mann in eine andere Zelle brachten. Offenbar stockbesoffen, hatte er gesungen und gegrölt. Am nächsten Morgen hatten ihn die Männer unter Gelächter und spöttischen Bemerkungen wieder ziehen lassen.

Wenn Dainn oder der Bär ihre Zelle betraten, versuchten sie jedes Mal, ein Gespräch anzufangen. Rissa ging nie darauf ein. Abgesehen davon, dass sie es gewohnt war, sich von anderen fernzuhalten, verspürte sie nicht das Bedürfnis, sich mit ihren Kerkermeistern anzufreunden. Dainn mit seinem fröhlichen Geplauder und der Bär, der seine Freundlichkeit oft durch kleine Gesten zeigte – zum Beispiel, indem er die Sichtklappe in der Tür offen ließ, damit sie nachts nicht in völliger Dunkelheit sitzen musste. Zu ihrem Leidwesen begann sie jedoch, die beiden Männer samt ihrer freundlichen Hartnäckigkeit zu mögen. Das gefiel ihr nicht, denn es widersprach allem, wozu ihr Vater sie erzogen hatte

Einmal hatte sie versucht, einen Freund für sich zu gewinnen. Einen Laufburschen in einer Schenke, in der sie für einige Zeit untergekommen waren – lange bevor Falinn sie bei sich aufgenommen hatte. Rissa hatte die Energie durch ihren Körper, in ihre Fingerspitzen fließen lassen, als der Junge ins Zimmer platzte. Sie war erschrocken und hatte die Kontrolle verloren. Die Energie war in den Kamin geschossen. Die Scheite waren regelrecht explodiert und hatten den Jungen am Kopf und im Gesicht getroffen, wo er schwere Brandnarben zurückbehalten hatte. Ihr Vater hatte den Vorfall heruntergespielt und allen erzählt, dass ein Scheit im Feuer geplatzt war. Ein unglücklicher Unfall. Niemand hatte daran gezweifelt, trotzdem hatten sie bald darauf die Schenke verlassen und waren weitergezogen.

Dainn und der Bär wollten nicht ihre Freunde sein. Sie versuchten nur, sie dazu zu bringen, dass sie ihnen etwas über Falinns Pläne verriet!

Am Morgen des dritten Tages, als sich Dainn erkundigte, wie es ihr ging, platzte ihr der Kragen. »Ich kann euch nichts sagen, weil ich nichts weiß!«, fuhr sie ihn an. »Du kannst also aufhören, so freundlich zu sein!«

Er reichte ihr die Schüssel mit dem Haferschleim. »Ich glaube nicht, dass das geht.«

Rissa zog eine Augenbraue hoch. »Warum nicht?«

»Weil du aussiehst, als könntest du einen Freund gebrauchen.« Er seufzte. »Ich weiß, dass wir dich verschleppt haben, und ich kann es dir nicht verdenken, dass dir das nicht gefällt. Aber du bist jetzt eine von uns.«

Das bin ich nicht und ich werde es niemals sein. »Eine von euch? Seid ihr alle hier unten einquartiert?«

Dainn lachte, wurde aber gleich wieder ernst. »Betrachte es als vorübergehende Vorsichtsmaßnahme. Gib Elathar ein wenig Zeit. Er wird bald erkennen, dass du keine Bedrohung für uns bist.«

Rissa war sicher, dass er das längst erkannt hatte – ebenso wie ihren Wert als Geisel. Sie ersparte sich jedoch die Mühe, Dainn das zu sagen. Stattdessen schmiedete sie weiter ihre Fluchtpläne. Nachdem sie den Tagesablauf kannte und die Wachen lange genug beobachtet hatte, war es an der Zeit, sich zu überlegen, was sie mit diesem Wissen anfangen wollte. Die Idee, das Aussehen eines anderen anzunehmen, hatte sie längst verworfen. Es würde zu viel Kraft kosten, mehr, als sie hatte. Der Zauber würde sie aussaugen, bevor sie den Burghof erreichte.

Sie ging zur Tür und legte die Hand auf das Holz, an die Stelle, an der sie auf der anderen Seite den Riegel vermutete. Nachdem sie sich mit einem Blick nach draußen vergewissert hatte, dass niemand zu sehen war, ließ sie ihre Energie fließen. Ein warmes Prickeln erfasste ihre Fingerspitzen. Sie konzentrierte sich auf den Riegel, stellte sich vor, wie er sich bewegte, doch er rührte sich nicht. Rissa verstärkte den Fluss der Energie. Endlich rührte er sich … aber nur ein winziges Stück. Sie brach ab und zog die Hand zurück. Es kostete zu viel Energie. Wenn sie den Riegel sehen könnte, lägen die Dinge vielleicht anders, doch egal, wie sehr sie sich den Hals verrenkte, es wollte ihr nicht gelingen, durch die Sichtklappe einen Blick darauf zu erhaschen. Wenn sie hier rauswollte, durfte sie sich nicht allein auf ihre Magie verlassen. Dank der Wachen hegte sie die Hoffnung, dass es ihr gelingen konnte, sie zu überlisten. Die Männer waren freundlich, aber nicht sonderlich aufmerksam. Offenbar sahen sie in ihr keine Gefahr. Pech für sie.

18

Elathar saß an seinem Platz am Kopfende des Tisches und hörte sich die Berichte seiner Unterführer an. Dainn hatte er vorübergehend die Zuständigkeit für den Kerker und die Gefangene übertragen. Bisher war es nicht nötig gewesen, jemanden für den Kerker abzustellen, da sie im schlimmsten Fall einen Betrunkenen oder ein paar Streithähne für die Nacht hatten einsperren müssen. Darum hatte sich Bär gekümmert, der auch für die Wacheinteilung zuständig war. Elathar wollte jedoch, dass jemand Rissa im Auge behielt. Dass Dainn und Bär sich jetzt die meiste Zeit selbst darum kümmerten, war eigentlich nicht das, was er im Sinn gehabt hatte. Aber vielleicht gelang es ja einem der beiden, etwas aus ihr herauszubekommen.

Während sie in Naranor gewesen waren, hatten Dryden und seine Männer weitere Flüchtlinge in den Fels gebracht, und noch immer wurden es mehr. Elathar war durch die Festung gelaufen, hatte Kammer um Kammer und Gang um Gang inspiziert, um zu sehen, wo sie noch Leute unterbringen konnten. Allmählich mussten sie sich etwas einfallen lassen, denn ihnen ging der Platz aus. Zum Glück gab es nicht wenige, die gar nicht im Inneren der Festung schlafen wollten. Ihre Angst nach den Angriffen, bei denen man ihnen die Häuser über dem Kopf angezündet hatte, saß so tief, dass sie die Gebäude, in denen sie sich gefangen und ausgeliefert fühlten, mieden und ihr Lager lieber auf dem Hof aufschlugen.

Wo so viele Menschen dicht an dicht beisammenlebten, kam es natürlich zu Streitigkeiten. Njall, der für die Ordnung und den Frieden im Lager zuständig war, berichtete davon, dass erst gestern zwei der Flüchtlinge aneinandergeraten waren. Einer hatte ein Messer gezogen und gedroht, dem anderen die Kehle durchzuschneiden. Wäre nicht seine Frau dazwischengegangen, hätte es ein böses Ende nehmen können.

»Wo waren unsere Leute?«, wollte Elathar wissen.

Njall schüttelte den Kopf. Das Licht der Morgensonne fiel auf sein Haupt und ließ sein helles Haar durchscheinend wirken. »Sie können nicht überall sein. Wir sind einfach zu wenige, um alle im Auge zu behalten, Elathar.«

Elathar wusste, dass Njall recht hatte. Trotzdem mussten sie die Ordnung aufrechterhalten. Hätte der Mann mit dem Messer die Oberhand behalten und den anderen umgebracht, wären die Folgen unabsehbar gewesen. Die Menschen hatten Angst und wussten nicht, wie es weitergehen sollte. Nach wie vor fürchteten sie um ihr Leben. Wenn der Tod sie nun in Form einer Klinge oder einer brutalen Schlägerei erreichte, war das, als gieße man Öl ins Feuer. Ein winziger Streit konnte der Funken sein, der alles in Flammen aufgehen ließ.

»Warum nehmt ihr nicht ein paar Männer aus den Reihen der Flüchtlinge dazu?«, schlug Erlendur vor, der zum ersten Mal an einer Zusammenkunft teilnahm. Der frühere Kommandant trug saubere Gewänder und hatte das graue Haar und den Bart, die während seines Kerkeraufenthalts lang geworden waren, gestutzt. Der Schmutz des Kerkers mochte verschwunden und sein Stolz ungebrochen sein, doch die Ereignisse, die zu seiner Verhaftung geführt hatten, lagen wie ein Schatten über ihm und hatten tiefe Falten in seine Züge gegraben.

Seit ihrer Ankunft im Fels war Elathar keine Zeit geblieben, mit dem Krieger zu sprechen, sodass er noch immer nicht wusste, ob der Mann nun hinter ihm stand oder nicht. Deshalb hatte er ihn in die Zusammenkunft geholt. Da die

Männer ihren einstigen Kommandanten noch immer als ihren Befehlshaber ansahen, musste Elathar ihn wohl ohnehin als eine Art Unterführer betrachten. Wenn er die Gefolgschaft dieser Männer wollte, brauchte er Erlendur auf seiner Seite.

»Es muss doch Leute unter ihnen geben, zu denen die anderen aufsehen, auf die sie hören. Nehmt sie als Wachen und lasst sie für Ordnung sorgen.«

»Eine hervorragende Idee.« Elathar wandte sich wieder an Njall. »Wie viele Flüchtlinge haben wir momentan hier?«

»Über zweihundert, viele davon Frauen und Kinder.«

»Dann such dir für den Anfang zwanzig Männer aus. Gib ihnen bunte Armbinden, damit sie als Wachen zu erkennen sind. Prüfe sie, finde heraus, ob sie sich für die Aufgabe eignen. Wenn nicht, ersetze sie durch andere.«

»Jawohl, Hauptmann!«

Nachdem das geklärt war, sprachen sie über die Vorräte, die laut Leals Bericht drastisch dahinschmolzen. »Dann solltest du wohl weniger davon selbst essen«, befand Rinan grinsend. »Deine Wampe wird von Tag zu Tag größer.«

Es wurde immer schwieriger, Nachschub zu beschaffen, denn die Händler im näheren Umkreis waren auf der Hut. Um Beute zu machen, mussten sie sich immer weiter vom Fels entfernen und dabei riskieren, einem vom Falinns Suchtrupps in die Arme zu laufen, die sich in letzter Zeit immer weiter im Land ausbreiteten. Sie konnten jagen gehen, doch sie brauchten auch Mehl und Getreide, und hier oben ließ sich nichts anpflanzen. Noch war Sommer und es ging ihnen verhältnismäßig gut. Sie konnten den Fels jederzeit verlassen, um sich auf die Suche nach Nahrung zu begeben. Im Winter würden die Pässe unter dem Schnee unpassierbar sein.

Elathar wies Leal an, in die umliegenden Dörfer zu ziehen und dort alles, was sie nicht brauchten, gegen Lebensmittel einzutauschen. Ein weiterer Trupp sollte losziehen und auf die gewohnte Weise Vorräte beschaffen – dieses Mal weiter weg vom Fels. »Die Männer sollen sich Zeit nehmen. Meinetwegen sind sie ein paar Wochen unterwegs. Wichtig ist, dass die Lager bis zum Ende des Sommers voll sind.«

»Ich hatte eigentlich gehofft, dass ich den nächsten Winter in einem Schaukelstuhl vor meinem eigenen Feuer verbringe«, brummte Dryden und fuhr sich über die Glatze.

Rinan, der Stallmeister, grinste und offenbarte einen Mund voller Zahnlücken, dort wo ihm ein Gegner bei einer Schlägerei eine ganze Reihe Zähne ausgeschlagen hatte. »Dann solltest du schon mal anfangen, dir einen Schaukelstuhl zu bauen und dir eine freie Feuerstelle suchen. Die werden hier im Winter heiß umkämpft sein.«

Dryden verzog das Gesicht. »Wie lange werden wir uns hier verstecken, Elathar?«

»So lange es nötig ist.« *Und bis ich endlich weiß, wie wir gegen Falinn vorgehen können.* Nachdem alle ihren Bericht abgegeben hatten, fragte er: »Gibt es sonst noch etwas?«

Niemand antwortete.

»Dann macht euch an die Arbeit. Erlendur, mit Euch würde ich mich gern noch unterhalten. Wir hatten bisher noch keine Gelegenheit.«

Auf Dainns fragenden Blick hin bedeutete Elathar seinem Stellvertreter, ebenfalls zu bleiben.

Sobald die anderen den Raum verlassen hatten, griff Elathar nach dem Wasserkrug in der Mitte des Tisches und schenkte drei Becher voll. »Ihr hattet jetzt einige Tage, Euch alles anzusehen. Ich muss wissen, wo wir stehen«, sagte er, als er Erlendur einen der Becher hinschob. »Seid Ihr auf meiner Seite?«

Erlendur nahm einen Schluck Wasser. Während er trank, betrachtete er Elathar über den Rand seines Bechers hinweg. »Ich habe deinen Leichnam gesehen, Welpe«, sagte er, als er den Becher schließlich wieder abstellte. »Wie kommt es, dass du hier bist?«

Elathar runzelte die Stirn. »Meinen Leichnam?« Er wusste von Rissa, dass es ein Begräbnis gegeben hatte, doch ihm war nicht klar gewesen, dass dabei die Toten präsentiert worden waren.

»Aufgebahrt im Nebenraum des Haupttempels.«

»Habt Ihr den König und die Königin auch gesehen?«

»Dafür bin ich nicht in der richtigen Position. Der Fürst jedoch«, bei der Erwähnung seines Herrn glitt ein Schatten über Erlendurs Augen, »war dort. Er hat sie gesehen.«

»Ebenfalls aufgebahrt?«

Erlendur nickte.

Falinn musste zwei Leichname präsentiert haben, die dem König und ihm selbst ähnlich genug gesehen hatten, um die Leute zu täuschen. Oder hatte er es etwa gewagt, die Tradition des Totenschleiers wieder aufleben zu lassen, die sein Vater einst abschaffen ließ?

»Wenn Ihr auf meiner Seite seid«, nahm Elathar den ursprünglichen Faden wieder auf, »wäre es Eure Aufgabe, zusammen mit Euren Männern weitere Krieger zu finden, die bereit sind, sich mir anzuschließen. Wir brauchen jedes Schwert.«

»Anzuschließen wobei?«

»Im Kampf gegen Falinn.«

Erlendur gab ein humorloses Lachen von sich. »Du willst gegen Falinn kämpfen? Ausgerechnet *du*?«

»Vielleicht wollt Ihr mir ja allmählich erklären, was Ihr eigentlich gegen mich habt?«, erwiderte Elathar ruhig. »Ich kann mich nicht erinnern, dass wir uns schon einmal begegnet wären. Woher also diese Abneigung?«

Der Kommandant kniff die Augen zusammen. »Du bist ein Feigling und ein Drückeberger. Das habe ich gegen dich. Einer wie du, der sich aus dem Staub macht, sobald es schwierig wird, soll uns im Kampf gegen Falinn anführen? Niemals!«

»Das reicht!« Dainn schlug auf den Tisch und sprang auf. »Ich werde mir nicht anhören, wie Ihr meinen Hauptmann beleidigt!«

Elathar legte ihm eine Hand auf die Schulter. »Vielleicht wird er es uns ja erklären.« An Erlendur gewandt sagte er: »Das werdet Ihr doch, oder?«

Der alte Krieger zeigte sich von Dainns Ausbruch unbeeindruckt. »Was gibt es da groß zu erklären? Du hast dich deiner Verantwortung entzogen und dich aus dem Staub gemacht, um irgendwo ein Leben in Saus und Braus zu führen, während dein Bruder und dein Vater die Last zu tragen hatten.«

Elathar hatte mit vielem gerechnet: Damit, dass Erlendur ihn für zu jung hielt, um das Kommando zu übernehmen, oder einfach, dass dem Alten seine Nase nicht gefiel – aber nicht mit so etwas. »Ich weiß nicht, unter welchen Steinhaufen Ihr bisher gelebt habt, aber ich bin mir ziemlich sicher, dass eine Ausbildung in der königlichen Armee und der Dienst in der Garnison von Raidon nicht unbedingt ein Spaziergang durch die königlichen Gärten sind.«

»Dienst in der Armee? Pah! Das kannst du deiner –«

»Es reicht!« Elathar verlor die Geduld. »Ich weiß nicht, wie Ihr darauf kommt, dass ich mich irgendeiner Verantwortung entzogen hätte. Um ehrlich zu sein, ist es mir auch gleichgültig. Aber ich werde ganz sicher nicht mein Leben mit Euch diskutieren.«

Erlendur runzelte die Stirn. »Du warst wirklich in der Armee?« Sein Blick wanderte zu Dainn. »Hauptmann hast du ihn genannt? Ist das sein Rang?«

Elathar lehnte sich zurück und verschränkte die Arme vor der Brust. »Zumindest war das *sein* Rang, bevor wir nach Falinns Thronraub zu Deserteuren wurden«, antwortet er an Dainns Stelle.

»Die Männer hier?«

»Meine ehemalige Truppe.«

»Sie haben sich dir alle angeschlossen?«

»Bis auf den letzten Mann«, sagte Dainn nicht ohne Stolz.

Erlendur nickte anerkennend. »Raidon, also? Bist du je einem Zauberer begegnet?«

»Einmal.«

»Offensichtlich hat er den Kürzeren gezogen.«

»Ich weiß wirklich nicht, was das hier zur Sache tut.«

»Wenn ich mich dem Befehl eines Welpen unterwerfen soll, will ich vorher wissen, ob er überhaupt das Zeug zum Anführer hat«, erwiderte Erlendur ungerührt.

»Bisher seid Ihr noch immer der Ansicht, dass ich ein Feigling bin.«

Erlendur zuckte die Schultern. »Ansichten können sich ändern. In den letzten Tagen habe ich hier einiges gesehen. Du hast die Festung unter Kontrolle und scheinst zu wissen, was du tust. Die Männer hören auf dich und sie vertrauen dir. Du sorgst dich um das Wohl dieser Menschen, das würde niemand tun, dem andere gleichgültig sind. Und jetzt weiß ich, wie du damit umgehst, wenn sich jemand gegen dich stellt.«

Es war eine Prüfung. Der alte Haudegen hatte ihn provoziert, um zu sehen, wie er darauf reagierte! »Und wie fällt Euer Urteil aus?«

»Das wird wohl erst die Zeit zeigen. Ich habe Dinge über dich gehört, Eisprinz. Dinge, von denen ich mir jetzt nicht mehr so sicher bin, ob sie der Wahrheit entsprechen.« Er trank noch einen Schluck, ehe er fortfuhr: »Einmal hörte ich, wie Königin Arien meinem Fürsten erzählte, dass du dich aus dem Staub gemacht hast. Gerade als sich dein Vater entschlossen hatte, dich zum Fürsten von Atandara zu ernennen, sobald du alt genug wärst.«

Sein Vater hatte nie so etwas vorgehabt. Seit aus den Fürstentümern Tharennias ein Königreich geworden war,

war der König zugleich der Fürst von Atandara gewesen. Atandara war schon immer in der Hand der Melanthions und er – Elathar – war kein Melanthion. Dafür hätte sein Vater ihn anerkennen müssen.

»Der König hat mich fortgeschickt, damit ich in der Armee diene.« *Oder in der Lumpentruppe mein Leben lasse.*

»Wie mir scheint, habe ich etwas falsch verstanden.«

Elathar bezweifelte das. Wahrscheinlicher erschien es ihm, dass die Königin diese Art von Gerüchten verbreitet hatte, um ihn in einem schlechten Licht dastehen zu lassen. Das würde auch die Blicke und das Getuschel auf dem Ball erklären. Vermutlich hatte sie versucht, Willan Carr und andere auf ihre Seite zu ziehen.

»Du willst also wirklich gegen Falinn vorgehen? Welche Rolle spielen meine Männer und ich dabei?«

»Ihr sollt weitere Krieger finden, die sich mir anschließen. Viele von Fürst Willans Männern stehen jetzt auf Falinns Seite. Ihnen blieb gar keine andere Wahl, wenn sie nicht ebenfalls im Kerker landen und irgendwann aufgeknüpft werden wollten. Andere halten sich womöglich irgendwo versteckt. Wenn jemand kommt, den sie kennen und dem sie vertrauen, werden sie sich uns vielleicht anschließen.«

Erlendur dachte über seine Worte nach. Schließlich nickte er. »Es ist ein Risiko, wenn ich mich in Lendaé blicken lasse, das ist dir doch bewusst, oder?«

»Natürlich. Allerdings bezweifle ich, dass Falinns Soldaten wissen, wie Ihr ausseht.«

Der alte Krieger grinste. »Wenn ich dir die Männer bringe, schlagen wir zu?«

»Dann werden wir uns überlegen, wie wir sie nutzen.«

»Na, wie wohl? Wir werden kleine Truppen ausschicken, die sich Falinns Männer einen nach dem anderen schnappen und ausschalten.«

Elathar schüttelte den Kopf. »Bei den Suchtrupps, die

überall im Land unterwegs sind, mag das funktionieren, aber was wollt Ihr gegen seine Hauptstreitmacht ausrichten?«

»Einen Schritt nach dem anderen. Wenn wir Falinn erst einmal –«

»Wenn wir ihn erst einmal auf uns aufmerksam machen«, fiel Elathar ihm ins Wort, »und er anfängt, eine Bedrohung in uns zu sehen, wird er uns jagen. Habt Ihr eine Vorstellung davon, wie viele Krieger er unter Waffen hat?«

»Sie sind nicht alle am selben Ort«, widersprach Erlendur. »Oder spielst du etwa auf die Kreaturen an, die angeblich für ihn kämpfen? Ja, diese Geschichten haben sich bis in den Kerker verbreitet, wo die Wachen tratschen wie die Waschweiber.«

»Ist es das?«, mischte sich Dainn ein. Er hatte sich wieder gesetzt, doch die Wut war nicht aus seinem Blick gewichen. »Tratsch?«

Erlendur seufzte. »Hast du einen besseren Vorschlag?«, fragte er Elathar. »Willst du nach Naranor marschieren und Falinn selbst herausfordern? Viel Glück damit, Junge. Ich fürchte, du wirst schon weit vor den Toren das Atmen einstellen.«

»Wenn ich einen besseren Vorschlag hätte, würde ich nicht mehr hier sitzen, sondern ihn umsetzen«, sagte Elathar. »Dennoch halte ich kleine Scharmützel, bei denen wir uns nur selbst aufreiben und Falinn erst recht dazu bringen, Jagd auf uns zu machen, nicht für zielführend.« Schon jetzt waren Falinns Trupps überall. Kleine Einheiten von zehn oder zwölf Mann, die anfangs die Gegend um Naranor herum durchkämmt hatten und sich jetzt immer weiter im Land ausbreiteten. Elathar wusste, dass sie nach seinem Vater und ihm suchten. Noch waren sie weit genug von ihrem Versteck entfernt, doch sie kamen näher. Spätestens dann würden sie zum Problem für die Flüchtlinge und die Männer werden, die die Vorräte beschaffen mussten. Wie lange würde es dauern, bis sie in die Berge kamen? Der Fels lag gut verborgen inmitten des Gebirges und seine Existenz war längst dem Vergessen anheimgefallen. Doch früher oder später würden sie kommen und auf die Passfeste stoßen. Bevor es so weit kam, wollte Elathar selbst die Initiative ergreifen ... aber gezielt und nicht mit sinnlosen kleinen Scharmützeln. »Ich will Falinn ins Herz treffen.«

»Und wie stellst du dir das vor?«

»Erst einmal werden wir anfangen, diejenigen unter den Flüchtlingen im Umgang mit Waffen auszubilden, die bereit sind, sich uns anzuschließen. Außerdem brauchen wir mehr Informationen über Falinns Truppen. Wie viele sind es? Wo sind sie? Welche Bewaffnung? Und wir müssen herausfinden, welche Fürsten sich auf unsere Seite bringen ließen.«

»Wenigstens denkst du strategisch.«

Elathar zuckte die Schultern. »Natürlich tue ich das. Ich bin Soldat.«

Erlendur schnaubte.

»Was hat er jetzt schon wieder?«, brummte Dainn neben ihm und verdrehte die Augen.

»Du magst es noch nicht begriffen haben, Welpe, aber du bist kein Soldat mehr.«

Natürlich nicht. Er war desertiert. »Aber ich denke wie einer.«

»Junge, du bist der verdammte Thronerbe!« Mit diesen Worten erhob sich Erlendur, verneigte sich grinsend und verließ den Raum.

Elathar starrte auf die Tür, die hinter ihm zugefallen war.

»Dir ist klar, dass er recht hat, oder?«, fragte Dainn.

Darüber hatte er noch nie nachgedacht und offen gestanden wollte er auch jetzt nicht damit anfangen. Die Wahrscheinlichkeit, dass er in einem von Falinns Kerkern verrotten würde – wenn dieser keinen Weg fand, den Schutzzauber zu durchbrechen und ihn zu töten –, war weitaus größer als die, eines Tages auf dem Thron zu sitzen. Er würde sich um Falinn kümmern, der Thron war die Last eines anderen.

Elathar griff nach seinem Becher und setzte ihn an die Lippen. Wie jedes Mal zögerte er kurz, bevor er trank. Die Erinnerung an den vergifteten Wein war immer noch ausgesprochen lebendig. Da half es auch nichts, dass er sich selbst eingeschenkt hatte. Als er den Becher wieder abstellte, bemerkte er, dass Dainn noch da war.

»Gibt es noch etwas?«

»Wo soll ich da anfangen?«

Elathar zog eine Augenbraue hoch. »Was willst du denn noch? Ich habe doch bereits Verantwortung abgegeben.«

»Du hast Zuständigkeiten verteilt, als du die Unterführer ernannt hast. Aber du überwachst immer noch alles selbst.« Der immer fröhliche, scherzende Krieger wirkte ungewöhnlich ernst. »Ja, du tust weniger als zuvor. Aber es ist immer noch zu viel. Du musst lernen loszulassen. Vertrau darauf, dass Dryden, Bär und die anderen ihre Aufgaben im Griff haben. Es reicht doch, wenn sie dir regelmäßig Bericht erstatten. Du musst nicht auch noch herumlaufen und alles selbst kontrollieren und überwachen. Es hilft niemandem, wenn du Tag und Nacht hier schuftest und dann, wenn es zum Kampf mit Falinn kommt, vollkommen ausgelaugt bist.«

Seit er die Zuständigkeiten verteilt hatte, war es leichter geworden. Trotzdem musste jemand alles im Auge behalten. Nicht nur die einzelnen Bereiche, sondern das große Ganze. »Ich trage die Verantwortung. Ich bin es den Leuten schuldig, dafür zu sorgen, dass sie in Sicherheit sind.«

»Du trägst die Verantwortung dafür, dass die Dinge geregelt werden. Aber deshalb musst du nicht alles selbst übernehmen.«

Elathar seufzte. Bis zu einem gewissen Grad musste er Dainn sogar recht geben. Und trotzdem … »Was soll ich tun? In der Ratskammer sitzen und gelangweilt darauf warten, dass mir meine Leute Bericht erstatten, während sie da draußen nicht wissen, wo sie zuerst anpacken sollen?«

»Für den Anfang würde es schon reichen, wenn du die Nächte einfach mal zum Schlafen nutzen würdest.«

Tatsächlich schlief Elathar seit Wochen schlecht. Es fiel ihm schwer, Ruhe zu finden. Je mehr sie wurden und je mehr damit auch ihre Probleme wuchsen, desto häufiger wachte er mitten in der Nacht auf und begann zu grübeln. Oft saß er nachts am Bett seines Vaters, betrachtete den bewusstlosen Mann und fragte sich, was er an seiner Stelle wohl getan hätte. Wie sollte er all diese Menschen schützen? Wie gegen Falinn angehen? Wenn dann die Sonne aufging, war er einer Antwort nicht näher als am Abend zuvor.

Dainn erzählte er nichts von den Zweifeln und Gedanken, die ihn Tag für Tag plagten, und auch sonst niemandem. Jeder im Fels hatte seine eigenen Sorgen und Nöte. Seine Aufgabe war es, sie zu beschützen, nicht, sie noch mehr zu belasten. Sie brauchten Hoffnung, brauchten das Gefühl, dass sich alles zum Besseren wenden würden. Und verflucht, das würde es! Auch wenn er im Augenblick noch nicht wusste, wie, hatte er sich geschworen, alles daranzusetzen, damit es wahr wurde.

»Was ist mit Rissa?«, wechselte Dainn schließlich das Thema.

»Was soll mit ihr sein?«

»Du warst nicht mehr bei ihr.«

Und er würde auch nicht mehr zu ihr gehen. »Wozu? Sie weiß nichts.«

»Dann lass sie frei.«

Elathar schüttelte den Kopf. »Nicht, solange sie uns noch von Nutzen sein kann.«

Dainn grinste.

»Spar dir das.«

»Ich wollte nur darauf hinweisen, dass das Schicksal dieses Mädchen zu dir geführt hat.«

Darüber wollte Elathar nicht nachdenken. Nicht über das Schicksal und nicht über Rissa. »Das Schicksal hat uns eine wertvolle Geisel in die Hände gespielt.«

»Es wurden schon Ehen auf ungewöhnlicherem Weg angebahnt«, meinte Dainn mit einem Schulterzucken.

»Eine Frau fehlte mir gerade noch.«

»Meine Rede.«

Elathar stand auf und trat ans Fenster. Sein Blick fiel auf das Durcheinander aus Menschen, Zelten und Feuerstellen, in das sich der Burghof verwandelt hatte. »Sieh dich da draußen um! Denkst du wirklich, bei all dem hier habe ich Zeit, mich auf Brautschau zu begeben? Oder mich um eine Frau zu kümmern? Ich trage die Verantwortung für all diese Menschen, und obendrein planen wir, Falinn zu stürzen. Eine Frau, auf die ich auch noch aufpassen muss, ist das Letzte, was ich brauche.«

Dainn seufzte. »Dann lass sie wenigstens aus dem Kerker raus. Gib ihr eine kleine Kammer irgendwo.«

Abgesehen davon, dass alles aus den Nähten platzte und sie vermutlich bald dazu übergehen mussten, Flüchtlinge in den Kerkern einzuquartieren, hatte er nicht vor, sie unbewacht durch den Fels laufen zu lassen. Wenn sie entkam und Falinn verriet, wo sie sich versteckten … Nein! »Sie bleibt, wo sie ist.«

»Du denkst doch nicht ernsthaft, dass sie abhauen könnte?« Wieder einmal erfasste Dainn seine Gedanken. »Wir sind mitten in einer Festung. Die Tore sind bewacht, die Mauern bemannt. Wie soll sie von hier entkommen? Schlimmstenfalls versteckt sie sich in einer Abstellkammer. Nicht dass wir noch eine hätten, in der niemand schläft.«

»Ich will darüber nicht länger diskutieren. Sie bleibt, wo sie ist, und damit hat es sich.« Es gefiel ihm nicht, sie dort unten eingesperrt zu lassen. Das hatte sie nicht verdient. Doch er wollte sich keine zusätzlichen Probleme schaffen, die sich vermeiden ließen, wenn er sie dort unten ließ. »Ich muss nach meinem Vater sehen.«

Ohne ein weiteres Wort verließ er den Raum. Es war nicht richtig, Dainn einfach so stehen zu lassen. Aber sein Freund hatte das unfehlbare Talent, seinen Finger immer genau in die Wunden zu legen, die am meisten schmerzten. Rissa war so eine Wunde. Seit ihrer Ankunft hatte er sie nicht mehr gesehen, doch aus seinen Gedanken war sie nie verschwunden. Sie dort unten eingesperrt zu wissen, plagte ihn. Trotzdem weigerte er sich, etwas daran zu ändern. Wenn er sie gehen ließe – dabei war es unerheblich, ob er sie austauschte oder einfach ziehen ließ –, bestand die Gefahr, dass sie alles, was sie hier gehört und gesehen hatte, an ihren Vater und Falinn verriet. Ihre Augen mochten auf dem Weg hierher verbunden gewesen sein, doch sie war nicht dumm. Sie wusste, dass sie sich in den Bergen befanden, und sie wusste auch, in welche Richtung sie tagelang geritten waren, bevor sie ihr die Augenbinde angelegt hatten. Früher oder später würden Falinns Männer den Fels finden, doch warum sollte er das Unvermeidliche beschleunigen, indem er sie ziehen ließ?

Die junge Frau, die er auf dem Ball kennengelernt hatte, würde ihn nicht verraten! Zumindest wünschte er sich das. Die Wahrheit jedoch war, dass er sie nicht kannte. Abgesehen davon, wessen Tochter sie war, wusste er nichts über sie. Er wollte glauben, dass er ihr vertrauen konnte, doch er war nicht naiv genug, sich darauf zu verlassen. Götter, wie sie ihn angesehen hatte! Als könne sie nicht glauben, wie sehr er sich verändert hatte. Und dann ihre Angst, die sie so sehr zu verbergen versucht hatte. Er hatte Mitleid mit ihr, und deshalb würde er sich auch weiterhin von ihr fernhalten, bevor ihn sein Mitgefühl unvorsichtig werden ließ.

19

Es war an der Zeit zu verschwinden.

Schon den ganzen Tag war Rissa unruhig gewesen. Unzählige Male war sie ihren Plan im Kopf durchgegangen, hatte nach Schwachstellen gesucht – oder nach einer besseren Idee. Nachdem sie weder das eine noch das andere gefunden hatte, wollte sie keine Zeit mehr verschwenden. Vor einer Weile hatte Dainn ihr das Abendessen gebracht. Rissa hatte die Suppe gegessen und das Wasser getrunken, das Brot jedoch hatte sie in ihren Ärmel gesteckt. Wer konnte schon wissen, wann sie das nächste Mal etwas zu essen bekam.

Draußen war es dunkel geworden. Zu ihrer Erleichterung hatten sich die Männer angewöhnt, die Sichtklappe in der Tür offen zu lassen. Durch die offene Klappe konnte sie hören, was in der Wachstube vor sich ging. Dem Gelächter nach zu urteilen, hatten sich wieder ein paar andere zu Dainn und dem Bär gesellt. Die Knochenwürfel rollten klappernd über den Tisch, Humpen wurden aufgenommen und lautstark wieder abgestellt, und die Männer lachten und johlten.

Rissa schob das Stroh, auf dem sie sonst schlief, unter ihrer Decke zusammen. Immer wieder trat sie ein paar Schritte zurück und warf einen prüfenden Blick auf ihr Werk. Schließlich war sie zufrieden. Im Halbdunkel sah es aus, als läge sie selbst unter der Decke. Jetzt musste sie nur noch warten.

Aus der Erfahrung der letzten Tage wusste sie, dass die Männer das Tablett, auf dem sie ihr das Abendessen brachten, erst Stunden später – wenn sie längst schlief – wieder holen würden. Darauf hoffte sie auch heute. Je später es wurde, desto müder wären auch ihre Wachen. Und damit auch unaufmerksam. Dass sie Ale tranken – mit ein wenig Glück vielleicht sogar Branntwein –, konnte ihr nur recht sein.

Wenn nur das verfluchte Warten nicht wäre!

Sie saß neben der Tür, bereit aufzuspringen, sobald sich draußen etwas rührte. Doch außer dem Gelächter und dem Rollen der Würfel tat sich nichts. Die Zeit zog sich wie eine Ewigkeit dahin, und obwohl sie am Nachmittag geschlafen hatte, fielen ihr bald die Augen zu.

Beinahe zu spät hörte sie die Schritte, die sich über den Gang näherten. Erschrocken fuhr sie hoch und kam ein wenig ungelenk auf die Beine. Sie drückte sich neben der Tür mit dem Rücken an die Wand und griff nach ihrer Energie. Nicht viel, nur ein kleines bisschen, das sie durch ihre Haut in die Luft entließ. Noch während die Energie floss, sah Rissa, wie sich die Luft um sie herum veränderte. Sie wurde dichter und dunkler. Rissa wusste, dass die Schatten sie einhüllten und vor den Blicken der Wache verbargen. Mit Schatten zu arbeiten, sie zu verstärken, war etwas, das ihr überraschend leichtfiel. Es kostete sie nur wenig Kraft und war ausgesprochen effektiv. Als sie es gestern Abend zum ersten Mal ausprobiert hatte, war der Bär an ihr vorbeigegangen, ohne sie zu bemerken.

Die Schritte endeten vor der Tür. Der Riegel wurde zurückgeschoben und die Tür geöffnet. Fackelschein tastete sich vom Gang herein und zeichnete eine kantige Insel aus Licht auf den Zellenboden, aus der sich jetzt Dainns Schatten erhob. Als der Krieger in die Zelle trat, presste Rissa sich enger an die Wand und hielt die Luft an.

Sein Blick war auf das präparierte Nachtlager gerichtet. »Rissa?«, flüsterte er. »Schläfst du?«

Keine Antwort. Natürlich nicht.

Ohne nach rechts oder links zu sehen, ging Dainn zu dem Tablett, das sie in der hintersten Ecke abgestellt hatte. Noch immer wandte er ihr den Rücken zu. Das war die Gelegenheit, die sie brauchte. Sie schlüpfte aus der Tür. Der Gang war zu lang, um es bis zum anderen Ende zu schaffen, ehe Dainn die Zelle wieder verließ. Er würde sie entdecken. Statt also zur Treppe zu laufen, bewegte sie sich ein Stück in die entgegengesetzte Richtung und verschmolz mit den Schatten. Sie zapfte ihre Energie an und entließ sie in die Dunkelheit, die daraufhin noch undurchdringlicher wurde. Mit angehaltenem Atem beobachtete sie, wie Dainn mit dem Tablett in der Hand die Zelle verließ und den Riegel vorlegte. Konnte er die Energie spüren? Merkte er, dass sie das Licht manipulierte? Es fiel Rissa schwer zu glauben, dass dem nicht so sein könnte. Sie selbst spürte die Magie in jeder Faser ihres Körpers, knisternd und prickelnd wie die Luft nach einem Gewitter. Dainn jedoch schien davon nichts zu bemerken. Ohne sich auch nur umzusehen, ging er davon.

Rissa wartete, bis er in der Wachstube verschwunden war. Dann zählte sie bis zehn. Und vorsichtshalber noch einmal bis zehn. Als auf dem Gang alles ruhig blieb, wagte sie die ersten Schritte. Langsam näherte sie sich der Wachstube. Die Fackeln, die den Gang erhellten, waren in großen Abständen an den Wänden angebracht. Dazwischen gab es mehr als genug Schatten, die zu verstärken ihr immer leichter fiel. Als sie sich den Männern näherte, ließ sie ein wenig Energie in ihre Füße und von dort in die Sohlen ihrer Schuhe fließen, bis das Geräusch ihrer Schritte nicht mehr zu hören war.

Es war erstaunlich leicht. Ein so einfacher Trick und doch so wirksam.

Bevor sie die Tür zur Wachstube erreichte, blieb sie stehen. Vorsichtig spähte sie um die Ecke. Dainn saß mit drei anderen um einen Tisch herum. Sie lachten und johlten und schoben den Lederbecher mit den Würfeln von einem zum anderen. Als sie sich gegenseitig zuprosteten und zum Trinken ansetzten, glitt Rissa an der Tür vorbei.

Der Weg nach oben war ein Kinderspiel. Weder am unteren

noch am oberen Ende der Treppe stand eine Wache. Es war nicht sonderlich schwierig, den Weg zu finden, auf dem der Hauptmann sie vor ein paar Tagen nach unten gebracht hatte, und schon bald stand sie vor der Tür, auf deren anderer Seite der Burghof lag. Sie schlüpfte nach draußen und fand sich in einem überdachten Gang wieder, der außen um den Hof herumführte. *Überdacht und voller Schatten.* Rissa warf einen Blick zum Himmel. Wolken verdeckten den Mond und dämpften seinen fahlen Schein. Das einzige Licht auf dem Burghof stammte von ein paar halb heruntergebrannten Feuern zwischen den Zelten und den Fackeln am Tor. Die Luft roch frisch und sauber und war noch immer erfüllt von der Wärme des vergangenen Tages. Rissa gestattete es sich, ein paarmal tief durchzuatmen, um den Gestank des Kerkers aus der Nase und die abgestandene Luft aus ihren Lungen zu vertreiben.

Zu ihrer Linken erklangen Schritte, begleitet von gedämpften Stimmen. Rissa wich an die Wand zurück, dorthin, wo die Schatten so undurchdringlich waren, dass sie sie nicht einmal zu verstärken brauchte. Zwei Männer, offenbar gehörten sie zu den ehemaligen Soldaten des Hauptmanns, denn sie trugen Schwerter, waren durch eine andere Tür auf den Hof getreten und sprachen leise miteinander.

Während Rissa darauf wartete, dass die Männer wieder verschwanden, ließ sie den Blick über den Hof gleiten. Der überdachte Gang endete ein ganzes Stück vor der Mauer und dem Tor. Sie würde ein Stück des Hofs überqueren müssen, doch dort gab es nichts, wo sie sich verstecken konnte. Nichts, das ihr Schutz vor den Blicken derer bot, die noch nicht schliefen. Aber war das nötig? Die Flüchtlinge kannten sie nicht. Selbst wenn sie von einer Gefangenen im Kerker gehört hatten, wusste keiner, wie sie aussah. Wenn es sein musste, könnte sie zwischen den Flüchtlingen untertauchen, und niemand würde sie bemerken. Allerdings wollte sie das nur tun, falls sie keinen Weg aus der Burg fand.

Die Stimmen der Männer wurden lauter. Sie kamen näher. Rissas Blick schoss zur Tür. Sollte sie in den Schatten verharren und hoffen, dass sie sie nicht bemerkten, oder sollte sie sich drinnen verstecken?

Das Glück kam ihr in Form eines dritten Mannes zu Hilfe, der aus der Tür trat, durch die die anderen gekommen waren. Er rief den beiden etwas zu, woraufhin diese kehrtmachten und ihm wieder nach drinnen folgten. Rissa wartete eine Weile, doch sie kamen nicht zurück.

Höchste Zeit zu verschwinden.

Sie sah zum Tor. Auf der Mauer darüber und in einem kleinen Wachhäuschen unten waren Wachen postiert. Und wieder einmal waren es nicht nur die Wachen, die ihr im Weg standen, sondern auch das verschlossene Tor.

Im Stillen verfluchte sich Rissa mit den blumigsten Worten, die ihr in den Sinn kamen. Sie war so darauf konzentriert gewesen, aus ihrer Zelle zu entkommen, dass sie sich über alles, was danach kam, kaum Gedanken gemacht hatte. Natürlich war ihr bewusst gewesen, dass sie, wenn die Zelle erst hinter ihr lag, noch lange nicht frei war. Darüber jedoch, *wie* es danach weitergehen sollte, hatte sie nicht nachgedacht.

Ihr war klar, dass sie nicht noch einmal denselben Trick benutzen konnte wie in der Königsburg. Sie erinnerte sich nur zu gut daran, wie viel Kraft es sie in jener Nacht gekostet hatte, ihr Äußeres zu verändern. Ein paar Schatten zu manipulieren oder ihre Schritte zu dämpfen, war im Vergleich dazu nichts. Ihr blieb nichts anderes übrig, als zu warten. Vielleicht würden sie die Tore bei Tagesanbruch öffnen, und sie fände eine Möglichkeit, sich hinauszustehlen.

Daran, was passieren würde, wenn Dainn und die anderen bemerkten, dass sie nicht mehr in ihrer Zelle war, wollte sie lieber nicht denken. Sie konnte nur hoffen, dass sie dann bereits fort war.

Ihr Blick wanderte über den Hof, über die Menschen, die

dort dicht an dicht lagerten. Kinder, die sich im Schlaf wimmernd an ihre Mütter und Geschwister drängten. Männer und Frauen, Verletzte und Kranke, die sich unter ihren Decken zusammengerollt hatten. Und diejenigen, die keine Ruhe fanden und schweigend um die halb heruntergebrannten Feuer herumsaßen, elend und mit hängenden Köpfen. All dieses Leid hatte Falinn verursacht. Die Götter allein wussten, wie hoch der Anteil ihres Vaters daran sein mochte.

Was, wenn das doch der Ort war, an dem sie sein sollte? Sie könnte diesen Menschen helfen und versuchen, etwas von dem, was ihnen widerfahren war, wiedergutzumachen. Wenn sie dem Hauptmann sagte, was Falinn plante und ihm von der Essenz der Magie erzählte …

Nein!

Sie musste fort.

Fort von hier und aus Tharennia.

Während sie nach einer freien Stelle Ausschau hielt, an der sie sich, verborgen inmitten der Menschen, niederlassen konnte, rührte sich etwas am Tor. Von der Mauer rief jemand etwas nach unten. Zwei Männer kamen aus dem Wachhaus. Sie wuchteten den massiven Querbalken, der das Tor verschloss, zur Seite und öffneten einen der beiden Flügel.

Rissa unterdrückte einen Fluch. Wenn sie nur näher am Tor wäre, dann wäre das womöglich ihre Gelegenheit gewesen! Jetzt blieb ihr nichts anderes übrig, als zu warten, bis wieder Ruhe einkehrte, und sich dann einen Platz für die Nacht zu suchen. Ohne das Tor aus den Augen zu lassen, zog sie die Schatten um sich herum enger.

Zwei Männer führten ihre Pferde auf den Vorhof, gefolgt von einer Gruppe Männer und Frauen in staubigen Reisegewändern, denen die Erschöpfung im spärlichen Fackelschein deutlich anzusehen war. Kaum waren auch die Letzten im Inneren der Festung, wurden die Tore wieder geschlossen.

Einer der Männer wies in eine Ecke des Hofs und erklärte

den Leuten etwas. Einige nickten. Dann machten sie sich auf den Weg zu der ihnen zugewiesenen Stelle.

Rissas Blick blieb an einem der Flüchtlinge hängen. Etwas an ihm erschien ihr seltsam. Immer wieder sah er nach oben zum Himmel. Als sich die anderen in Bewegung setzten, ging er mit ihnen. Anfangs noch mitten unter ihnen, ließ er sich immer weiter zurückfallen, bis zum Ende der Gruppe. Im Gegensatz zu den anderen, die nur noch Augen für ihren Lagerplatz zu haben schienen, zuckte sein Blick von einer Seite zur anderen, als suche er nach etwas. Und dann sah sie es. Sein Gesicht! Etwas stimmte damit nicht. Im ersten Moment dachte sie, dass der schwache Schein der umliegenden Feuerstellen ihren Augen einen Streich spielte. Dann aber schaute sie noch einmal hin, und was sie sah, ließ sie erstarren. Sein Kopf mochte die Form eines menschlichen Schädels haben, doch seine Züge waren alles andere als menschlich. Anstelle von Haut war sein Körper überall dort, wo keine Kleidung ihn verdeckte, von Schuppen überzogen. An der rechten Hand endeten seine Finger in scharfen Klauen, und das Gesicht … Schuppen und Hornplatten überzogen seinen haarlosen Schädel. Seine Augen, geschlitzte Pupillen in unheilvollem Gelb, richteten sich auf Rissa. Ein eisiger Schauer überlief sie beim Anblick dieser Augen – tot und leer. Leblos. Und zugleich erfüllt vom stummen Versprechen des Todes. Sie war sicher, dass er sie in den Schatten nicht sehen konnte, trotzdem wich sie weiter zurück.

Er bleckte die Zähne zu einem Grinsen und offenbarte lange Reißzähne, bei deren Anblick Rissa entsetzt nach Luft schnappte. Hatte er sie gesehen? Unmöglich. Sie stand in völliger Dunkelheit. Mit wild pochendem Herzen verharrte sie reglos und atmete auf, als er seinen Blick weiterwandern ließ.

Die Wolken gaben den Mond frei. Fahles Licht breitete sich über den Hof aus. Bevor es die Kreatur erfasste, machte sie ein paar Schritte zur Seite und tauchte in den Schatten einer Mauer ein.

Bei den Göttern! Die Gerüchte waren wahr! Das musste einer von Falinns dämonischen Kriegern sein, von denen man sich in den Schenken und auf den Märkten erzählte. Einer von denen, die Falinn als Seelenlose bezeichnete, denn genau das waren seine Augen – leer und ohne Seele. Aber wie konnte es sein, dass die anderen nichts bemerkten? Wie kam er hierher? Was wollte er hier? Herausfinden, wo Hauptmann Elathar sich versteckte und es an Falinn melden?

Sie musste die Wachen alarmieren!

Rissa sah sich nach den Männern um, die mit den Flüchtlingen gekommen waren, doch sie waren mit den Pferden im Stall verschwunden. Die Männer am Tor! Wenn sie die Wachen auf sich aufmerksam machte, war ihre Flucht zu Ende. Doch so sehr sie auch von hier fortwollte, und so wenig ihr gefiel, wie der Hauptmann sie behandelte, so hatte es doch keiner der Menschen hier verdient, an Falinn verraten zu werden. Der König würde sie töten. Alle.

Rissa machte sich auf den Weg zum Tor. Bevor sie aus den Schatten des Gangs trat, sah sie noch einmal in Richtung der Kreatur. Des Seelenlosen. Er war nicht mehr zu sehen.

Abrupt blieb sie stehen. *Bei allen Neun Höllen!* Wo war er hin?

Die Wachen zu alarmieren, ohne zu wissen, wo das Monster war, war sinnlos. Niemand würde ihr glauben. Stattdessen würden sie denken, dass es ein Trick war und sie zu fliehen versuchte.

Ein schöner Trick. Rissa schnaubte. *Schaut mal, dahinten ist ein Monster!* Und während alle in die Richtung schauten, auf die sie zeigte, stahl sie sich an ihnen vorbei. Sie hätte sich gewünscht, dass es so leicht wäre. Unglücklicherweise würde es niemandem helfen und sie nur zurück in die Zelle bringen. Bevor sie jemanden rief, musste sie wissen, wo der Seelenlose war.

Sie machte kehrt. Im Schatten des Gangs umrundete sie den Hof bis zu der Stelle, an der sie die Kreatur zuletzt gesehen hatte. Das Wesen war fort. Nicht weit entfernt fiel eine Tür zu. Rissa folgte dem Geräusch. Ohne nachzudenken, öffnete sie die Tür und betrat das Haupthaus. Ein paar Fackeln erleuchteten die Eingangshalle, ähnlich spärlich gesät wie die Lagerfeuer auf dem Hof. Auch hier lagerten überall Menschen. Einige schliefen auf dem nackten Steinboden, andere besaßen noch den Luxus weiterer Gewänder und hatten diese unter sich ausgebreitet. Manche nutzten, trotz des kühlen Gemäuers, ihre Decken als Unterlage, statt sie über sich zu breiten.

Rissa sah sich nach dem Seelenlosen um. Was, wenn er sich zwischen den Leuten verborgen hielt? Ihr blieb keine andere Wahl, als von einem zum anderen zu gehen und dabei jedem ins Gesicht zu sehen. *Warum mache ich das eigentlich?*, fragte sie sich, als sie vor den ersten Schlafenden trat. Das Gesicht des kleinen Jungen vor ihr gab ihr die Antwort. Wie könnte sie es nicht tun und riskieren, dass er und andere deswegen den Tod fanden?

Die ersten fünf oder sechs Gesichter lagen hinter ihr, als ein gedämpftes Geräusch an ihr Ohr drang. Etwas schabte über Stein. Schritte!

Rissa hielt inne und lauschte. Dann sah sie ihn. Oder vielmehr seine Silhouette, die sich auf der breiten Treppe über ihr vor dem einfallenden Mondlicht erhob. Wie konnte man eine Kreatur wie diese für einen Menschen halten? Sicher, seine Gestalt ähnelte der eines Menschen, auch wenn die Haltung jetzt mehr der eines Raubtiers auf der Pirsch glich. Aber alles andere? Allein die Klauen …

Ohne innezuhalten oder sich auch nur umzudrehen, lief der Seelenlose die Treppe hinauf und verschwand erneut außer Sicht. Rissa schluckte einen Fluch herunter. Im Zickzack lief sie zwischen den Schlafenden hindurch zur Treppe. Die Stufen endeten auf einer kleinen Galerie, von der drei

Gänge abzweigten. Einer der Gänge lag in völliger Finsternis, am jeweiligen Ende der anderen beiden fiel Mondlicht durch ein Fenster und weichte die Dunkelheit in Grautöne auf. Die Kreatur war nicht zu sehen. Von Mensch zu Mensch zu laufen und jedem ins Gesicht zu blicken, war das eine. Jeden Raum abzusuchen, etwas vollkommen anderes. Wie lange würde es dauern, bis sie einem von Elathars Männern in die Arme lief? Es musste einen anderen Weg geben. Während sie noch dastand und unschlüssig von einem Gang zum anderen sah, kam ihr eine Idee. Eine Kreatur wie diese konnte unmöglich auf natürlichem Weg entstanden sein. Jemand musste sie erschaffen haben. Und wenn Magie im Spiel war, wäre sie in der Lage, sie aufzuspüren.

Rissa zapfte ihre Energie an und schickte einen Schwall in den Gang zu ihrer Linken. Mit zusammengekniffenen Augen starrte sie den Gang entlang und hoffte, dass sie es trotz völliger Dunkelheit erkennen würde, wenn sich dort Magie befand. Soweit sie es zu sagen vermochte, gab es keine Reaktion. Sie wandte sich dem nächsten Gang zu und entsandte erneut einen Stoß Energie. Am Ende des Gangs, nicht weit vom Fenster entfernt, glaubte sie, ein Flirren in der Luft auszumachen. Magie! Der Hauptmann und seine Männer hatten jahrelang Zauberer verfolgt. Sie bezweifelte, dass ausgerechnet einer von ihnen ein Artefakt in seinem Besitz haben könnte, das sie jetzt spürte. Für ebenso unwahrscheinlich hielt sie es, dass einer der Flüchtlinge etwas derart Kostbares besaß. Es musste der Seelenlose sein. Sie verstärkte den Fluss ihrer Energie noch einmal. Da war es wieder. Keine starke Reaktion, was vermutlich daran lag, dass das Wesen sich nicht länger dort befand und sich die Magie, die es abstrahlte, bereits verflüchtigte, aber zumindest wies sie ihr die Richtung.

Rissa rannte los.

Der Gang machte einen Knick und führte in ein enges Treppenhaus. Von oben waren Schritte zu hören. Sie folgte den gewundenen Stufen nach oben. Es war nicht nötig, noch einmal auf ihre Magie zurückzugreifen, denn jetzt konnte sie ihn hören. Knirschende Schritte auf den Stufen, die langsam verklangen, als er das Treppenhaus verließ. Zwei Etagen über ihr endete die Treppe vor einem gemauerten Rundbogen. Dahinter erstreckte sich ein weiterer Gang. Da war er! Er öffnete eine Tür und wandte sich ihr noch einmal mit diesem entsetzlichen Grinsen zu, ehe er in den dahinter liegenden Raum entschwand.

Rissa verließ das Treppenhaus und lief den Gang entlang. Vor der Tür zögerte sie. Was, wenn er ihr eine Falle stellte? Sie legte ihr Ohr an das Holz und lauschte. Nichts. Nur Stille, durchbrochen von ihren eigenen hektischen Atemzügen. Er war da drin. Was musste sie mehr wissen? Es war an der Zeit, die Wachen zu rufen. Aber sie war weit weg vom Hof und hatte keine Ahnung, wo der Hauptmann und seine Männer untergebracht waren. Bis sie mit jemandem zurückkam, war die Kreatur womöglich verschwunden. Was, wenn er dort drinnen mit jemandem sprach? Wenn dieses Wesen mit jemandem innerhalb der Burg verbündet war?

Nur einen kurzen Blick, nahm sie sich vor. Sobald sie gesehen hatte, was dort drinnen vor sich ging, würde sie Hilfe holen.

Als sie den Türgriff umfasste, ließ sie ein wenig Energie in ihre Finger fließen. In ihrem Kopf formte sich ein Bild, wie sie die Tür öffnete. Kein Knarren und kein Quietschen. Absolute Stille. Rissa formte die Energie, bis sie sich dem Bild in ihrem Kopf angepasst hatte. Dann drückte sie die Tür einen winzigen Spalt auf. Vollkommen lautlos und gerade weit genug, damit sie einen Blick in den Raum erhaschen konnte.

Was sie sah, war ein großes Schlafgemach mit einem Bett, einem Stuhl und ein paar alten, windschiefen Möbeln. Es musste zu den Gemächern des einstigen Herrn der Festung gehören. Es war nicht der Anblick des großen Gemachs, der sie überraschte, sondern die Tatsache, dass es – abgesehen von der Person im Bett, deren Umrisse sich unter den Decken abzeichneten – verlassen war. Die Festung schien aus allen Nähten zu platzen, die Menschen lagerten in den Gängen, Hallen und auf dem Hof, doch ein großes Gemach wie dieses war nahezu leer. Natürlich! Das musste das Schlafzimmer des Hauptmanns sein! Aber was machte das Wesen hier? Hauptmann Elathar würde sich niemals mit einer von Falinns Kreaturen verbünden. Aber was wollte der Seelenlose dann hier? Spionierte er für den Hauptmann und war hier, um Bericht –

Die Kreatur trat aus den Schatten vor das Bett. In seiner Hand blitzte etwas im Mondschein auf. Eine Klinge!

Rissa stieß die Tür auf und stürmte vor. Der Seelenlose hob den Arm, bereit zuzustoßen. Rissa überwand die letzten Meter. Dann hatte sie die Kreatur erreicht und sprang ihr, ohne nachzudenken, in den Rücken.

Aufwachen!, wollte sie dem Hauptmann entgegenschreien, doch alle Luft wurde ihr aus den Lungen gepresst, als der Seelenlose sie wie einen Sack Mehl packte und über seine Schulter zu Boden schleuderte. Schmerz explodierte in ihrem Rücken und ihren Schultern. Keuchend wälzte sie sich herum. Da stand er. Ragte über ihr auf wie eine Säule. Das Messer hatte er bei ihrem Angriff verloren, doch die Klauen an seiner Rechten waren noch da. Er holte aus und schlug nach ihr. Rissa rollte sich zur Seite. Sie war jetzt ganz nah beim Bett, aber der Hauptmann rührte sich nicht. Warum bei allen Neun Höllen wachte er nicht auf?

Ihr Hilferuf ging in einen Schrei über, als die Klauen nur knapp an ihrem linken Ohr vorbeizischten. Rissa griff nach dem Bettpfosten, zog sich auf die Beine und fuhr herum. Gerade noch rechtzeitig, um den nächsten Angriff kommen zu sehen. Sie duckte sich unter dem Arm des Seelenlosen hindurch und wich nach links aus. Er erwischte sie mit der anderen Hand. Doch es waren keine Klauen, sondern Finger, die sich in ihren Arm gruben. Er packte sie und stieß sie rückwärts, bis sie gegen die Wand knallte.

Panisch sah sie sich nach etwas um, das sie als Waffe nutzen konnte. Doch da war nichts in ihrer Reichweite.

Wieder schoss der erhobene Arm auf sie zu, dieses Mal der mit der Klaue. Rissa wich zur Seite. Die Krallen streiften ihren Hals und schnitten durch den Stoff ihres Hemds. Weiter und weiter zog sie sich zurück, bis ihre Flucht in einer Ecke ein Ende fand. Von hier gab es kein Entkommen mehr. Und auch kein Ausweichen. Dieses Mal würde er ihr die Kehle aufschlitzen.

Immer tiefer drängte sie sich in die Ecke, als könne sie mit den Wänden verschmelzen und dem drohenden Angriff auf diese Weise entgehen, während sie fieberhaft nach einem Ausweg suchte.

Sie hatte noch nie versucht, etwas anderes mit ihrer Magie zu tun, als die Elemente zu manipulieren oder Magie aufzuspüren. Alles Dinge, die Zeit kosteten. Und Konzentration. Beides stand ihr im Augenblick nur begrenzt zur Verfügung.

Wie setzte man sich damit zur Wehr?

Verflucht, warum habe ich nicht mehr Übung!

Aber das alles spielte jetzt keine Rolle. Sie musste etwas tun, egal was. Ihre Magie konnte versagen, doch zumindest hatte sie eine Chance. Wenn sie nichts tat, war sie tot.

Sie griff nach ihrer Energie.

Was sollte sie damit anstellen? In ihrem Kopf herrschte ein wildes Durcheinander. Sie war so in Panik, dass es ihr schwerfiel, einen Gedanken zu fassen, der darüber hinausging, dem nächsten Hieb auszuweichen. Der Seelenlose holte erneut aus. Statt einen Zauber zu wirken, riss sie den Arm nach oben und fing den Angriff ab. Ihre Finger klammerten sich um sein Handgelenk. Ihr Arm zitterte, während sie darum kämpfte, die Klauen auf Abstand zu halten. Energie prickelte in ihren

Fingerspitzen. Kleine Lichtblitze traten daraus hervor und wanden sich um den Arm des Seelenlosen. Wenn es ihr gelänge …

Mit der anderen Hand griff die Kreatur nach ihrer Kehle. Seine Finger schlossen sich um ihren Hals und drückten ihr die Luft ab. Während sie immer noch darum kämpfte, die Klauen auf Abstand zu halten, versuchte sie, mit der anderen Hand den Griff von ihrer Kehle zu lösen. Daran, ihre Magie zu nutzen, war nicht mehr zu denken. Der Energiefluss war in dem Augenblick versiegt, in dem er begonnen hatte, ihr den Atem abzuschnüren. Sie rang nach Luft, doch kein Quäntchen wollte ihre Lungen füllen. Ein Brennen breitete sich in ihrer Brust aus. Ihre Kräfte schwanden. Der Arm, mit dem sie seine Klauen noch immer auf Abstand hielt, zitterte.

Rote und schwarze Punkte explodierten vor ihren Augen und raubten ihr zunehmend die Sicht. Geräusche drangen nur noch undeutlich an ihr Ohr, überlagert vom Rauschen ihres eigenen Bluts. Krampfhaft darum bemüht, sich zu befreien oder seine Umklammerung zumindest so weit zu lockern, dass sie einen Atemzug machen konnte, streiften ihre Finger über seine Hand. Kraftlos. Hilflos. Als sie nach ihm trat, verstärkte er seinen Griff und zog sie nach oben. Immer weiter, bis nur noch ihre Zehenspitzen den Boden berührten. Strampelnd und um sich tretend versuchte sie, sich zu befreien. Die Schatten zogen sich weiter zusammen, gaukelten ihr Bewegungen im Raum vor, die nicht da sein konnten. Und dann wuchs der Kreatur plötzlich die Spitze eines Schwerts aus dem Bauch. Schlagartig löste sich der Griff um ihre Kehle und Rissa stürzte zu Boden. Keuchend und um Atem ringend, kämpfte sie sich auf die Knie, als neben ihr die Kreatur aufschlug.

20

»Seid Ihr verletzt?« Vor ihr kniete Hauptmann Elathar und hielt sie bei den Schultern, als wisse er nicht, ob er ihr auf die Beine helfen oder sie dazu bringen sollte, sich hinzulegen. Er war gänzlich angekleidet und erweckte nicht den Eindruck eines Mannes, den man aus dem Schlaf gerissen hatte.

»Ist er …« Ihre Stimme war nicht mehr als ein Kratzen. Sie hustete und atmete noch einmal tief durch. Ganz allmählich legte sich das Brennen in ihren Lungen. Die Beklemmung jedoch, die sie empfunden hatte, als sie nicht in der Lage gewesen war, Luft zu holen, lastete noch immer auf ihr. Sie starrte auf das blutige Schwert, das neben dem Toten auf dem Boden lag.

»Habt keine Angst, er kann Euch nichts mehr tun.«

Seine Worte ließen die Anspannung endgültig von ihr abfallen. Bei den Göttern von Anfang und Ende, sie hatte diese Kreatur einfach angesprungen! Unbewaffnet! Schlagartig wich alle Kraft aus ihren Gliedern. Zitternd sank sie im Griff des Hauptmanns zusammen. Ein eigenartiges Geräusch entrang sich ihrer Kehle. Kein weiterer keuchender Atemzug, sondern ein Schluchzen, wie sie befremdet feststellte.

Der Hauptmann zog sie an sich und schlang die Arme um sie. »Es ist alles gut. Ihr seid in Sicherheit.«

Rissa wusste nicht, wie lange sie so dasaß, gehalten von den Armen des Mannes, der sie gefangen genommen und in seinen Kerker gesperrt hatte. Sie wollte sich von ihm lösen, doch sie hatte nicht die Kraft dazu, seine Wärme und Stärke waren einfach zu tröstlich. Als sie es schließlich doch schaffte, fühlte es sich an, als hätte sie etwas verloren.

Hauptmann Elathar strich ihr das Haar aus dem Gesicht und musterte sie. Seine Augen fanden den Riss in ihrem Hemd. Vorsichtig zog er den Stoff auseinander, dort wo die Klauen ihn zerfetzt hatten. »Nichts verletzt.« Sein Blick kehrte zu ihren Augen zurück. »Fehlt Euch sonst etwas?«

Außer der Fähigkeit, eine Gefahr einzuschätzen, bevor ich mich hineinstürze? Sie schüttelte den Kopf. »Es geht mir gut.« Ihre Stimme klang noch immer ein wenig rau und ihr Hals brannte, doch ansonsten war sie tatsächlich unversehrt.

In einer fließenden Bewegung kam der Hauptmann auf die Beine und zog sie mit sich hoch. Ihr Blick glitt an seiner Schulter vorbei, hin zu seinem Bett. Die Gestalt unter den Decken hatte sich nicht gerührt. *Was zum …?* Zu ihrer Linken entdeckte sie eine offene Verbindungstür, durch die ein Lichtschein fiel. Er musste von dort gekommen sein. Aber wer lag dann in diesem Bett?

»Ihr rührt Euch nicht vom Fleck!« Die Sorge war dem gewohnten Befehlston gewichen. Mit einem raschen Blick vergewisserte er sich, dass es dem Schlafenden gut ging. Als er sich Rissa wieder zuwandte, war die Härte in seine Züge zurückgekehrt. »Wie kommt Ihr hierher? Warum seid Ihr nicht in Eurer Zelle?«

Rissa wusste nicht, was sie darauf sagen sollte. Sie hätte behaupten können, dass ihre Zelle nicht ordentlich verriegelt gewesen sei, doch sie wollte nicht, dass die Wachen ihretwegen Schwierigkeiten bekamen. Dainn und der Bär waren gut zu ihr gewesen. Sie würden ohnehin Ärger bekommen, weil sie entkommen war. Aber Rissa würde nichts dazutun, um die Männer noch tiefer in die Bredouille zu reiten.

Sollte der Hauptmann sich doch das Hirn zermartern.

Da es sonst nichts zu sagen gab, zuckte sie nur die Schultern.

Obwohl sie es nicht für möglich gehalten hätte, wurde sein Blick noch finsterer. »Wollt Ihr Euch über mich lustig machen?«

»Glaubt mir, mir ist schon seit einer ganzen Weile nicht mehr zum Scherzen zumute.« Sie reckte den Hals und sah an ihm vorbei. »Wer ist das? Eure Frau? Ist sie krank?«

»Das ist nicht… das geht Euch nicht das Geringste an!«, fuhr er sie an. »Ich will Antworten! Wer ist der Kerl?«

Rissa nutzte den kurzen Moment, in dem seine Aufmerksamkeit von ihr zu dem toten Seelenlosen glitt, und machte einen Schritt an ihm vorbei. Nachdem sie ohnehin bis zum Hals in Schwierigkeiten steckte, wollte sie zumindest herausfinden, wer dort lag, bevor der Hauptmann sie zurück in den Kerker schleifte. Sie merkte, wie er sich hinter ihr rührte, doch Rissa war beim Bett, bevor er sie aufhalten konnte.

Statt der erwarteten Frau lag ein alter Mann mit eingefallenen, ausgezehrten Zügen in den Kissen, der ihr auf eigenartige Weise fremd und vertraut zugleich erschien. In dem Augenblick, in dem sie begriff, wer da vor ihr lag, packte der Hauptmann sie und zerrte sie vom Bett fort.

»Was hat das zu bedeuten?«

Ohne zu antworten, schob er sie zur anderen Seite.

»Was ist passiert?«

Wieder erhielt sie keine Antwort.

Warum überraschte sie der Anblick des Königs überhaupt? Immerhin war der Hauptmann auch am Leben, und das, obwohl sie seinen Leichnam gesehen hatte. *Nur dass es ihm besser zu gehen scheint als seinem Vater.* »Was ist mit der Königin? Ist sie auch hier?«

»Falinn hat sie erdolcht«, sagte er grimmig.

Ich will sie tot sehen! Alle beide!, das waren Falinns Worte gewesen. Dass der Hauptmann der eine war, wusste sie bereits. Jetzt kannte sie auch die Identität des anderen. Aber wenn der König hier war, warum standen dann keine Wachen vor der Tür? Warum konnte der Seelenlose hier einfach hereinspazieren? »Die Leute hier wissen es nicht, oder? Sie wissen nicht, dass er hier ist.«

»Meine Männer wissen es, sonst niemand.« Er sah sie eisig an. »Und Ihr solltet es ebenfalls nicht wissen.«

Plötzlich begriff sie die Tragweite ihrer Entdeckung und in welche Gefahr sie sich damit gebracht hatte. Ihr Mund wurde trocken vor Furcht. »Was wollt Ihr jetzt tun? Dafür sorgen, dass ich dieses Wissen nicht verraten kann?«

»Ich werde Euch nicht töten, falls Ihr das meint – ich schulde Euch ein Leben.« Er bemerkte ihre Erleichterung nicht, denn seine Aufmerksamkeit kehrte zu dem Toten zurück, der mit dem Gesicht nach unten auf dem Boden lag. »Habt Ihr wenigstens dafür eine Erklärung?«

Rissa erzählte ihm, dass sie ihn auf dem Hof gesehen hatte. »Er kam mit einer Gruppe Flüchtlinge an und benahm sich seltsam. Ich wollte die Wachen alarmieren, aber dann habe ich ihn aus den Augen verloren. Ich wusste, dass mir niemand glauben würde, deshalb habe ich ihn gesucht.« Sie erzählte, wie sie ihn im Gebäude gesehen hatte und ihm gefolgt war. »Ich wollte sehen, was er hier machte, und fand ihn mit erhobenem Dolch über dem … Eurem Vater.«

Sie musste ihm sagen, was diese Kreatur war, denn offensichtlich erkannte der Hauptmann sein wahres Wesen ebenso wenig wie alle anderen, doch im Moment war sie zu verwirrt und aufgewühlt, um zu entscheiden, wie viel sie ihm sagen konnte, ohne sich selbst in Gefahr zu bringen. Wenn einer der Männer wegen ihrer Magie Verdacht schöpfte … Aber ihre Magie hatte nichts damit zu tun, dass sie in dem Seelenlosen mehr sah als die anderen. Es war der *Blick*, der sie hinter die magische Täuschung schauen ließ, die sein Äußeres verschleierte. Der *Blick* hatte nichts mit Magie zu tun. Er war nicht verboten und wurde auch nicht verfolgt. Trotzdem hatte sie Angst, sich in Widersprüche zu verwickeln. Ganz besonders, wenn der Hauptmann begann, sie wegen ihrem Entkommen aus der Zelle erneut in die Zange zu nehmen. Sie musste in Ruhe darüber nachdenken, was sie ihm erzählen konnte.

»Ich vermute, dass Euch klar ist, wie dürftig Eure Erklärung ist.«

Rissa nickte.

Er war unverschämt, unhöflich und unfreundlich, doch als sie die tiefe Ratlosigkeit in seinen Zügen sah, wünschte sie sich, ihm helfen zu können. Sie wollte, dass die Anspannung und der Ernst aus seinem Gesicht verschwanden und die Sorge aus seinem Blick wich. Mehr als die Aussicht auf Antworten konnte sie ihm im Augenblick jedoch nicht bieten.

»Gebt mir bis morgen Zeit. Ich … ich bin im Moment einfach zu … Es fällt mir schwer, einen klaren Gedanken zu fassen.«

Der Hauptmann wirkte nachdenklich. Schließlich nickte er. »Morgen also.« Plötzlich stand er vor ihr. Rissa wollte zurückweichen, doch er hielt sie fest. Etwas passierte mit ihm, die Sorge und der Ernst waren nicht von ihm gewichen, doch da war etwas in seinen Augen, das vorhin nicht da gewesen war. Ein Funken der Wärme, die sie bei ihrer ersten Begegnung an ihm gesehen hatte. Vorsichtig griff er nach ihrem Kinn, seine Berührung war sanft, beinahe zärtlich, und drehte ihren Kopf erst nach rechts, dann nach links, während er sie eingehend betrachtete. Vom Umgang mit dem Schwert waren seine Hände stark und voller Schwielen.

Mit jedem seiner Atemzüge, die ihr warm über das Gesicht strichen, fühlte sich Rissa unbehaglicher. Seine Aufmerksamkeit war ihr entschieden zu viel. »Was tut Ihr da?«

»Mich davon überzeugen, dass Ihr wirklich nicht verletzt seid.«

Natürlich! Rissa unterdrückte ein Schnauben. Der kostbaren Geisel durfte nichts geschehen. »Ihr könntet mich fragen.«

»Würdet Ihr mir die Wahrheit sagen?«

»Warum sollte ich das nicht tun?«

»Habt Ihr mir die Wahrheit gesagt, als Ihr behauptet habt, nichts über Falinns Pläne zu wissen?«

Sie wollte bejahen, doch beim Anblick des Seelenlosen blieb ihr die Antwort im Hals stecken.

»Seht Ihr«, gab er zurück. »Genau deswegen frage ich gar nicht erst.« Seine warme Berührung verschwand von ihrem Gesicht, seine Finger schlossen sich erneut um ihren Arm. »Gehen wir!«

Er würde sie in ihre Zelle zurückbringen und morgen würde er Antworten einfordern. Aber was, wenn ihnen nicht bis morgen Zeit blieb? Was, wenn noch andere dieser Kreaturen hier waren? Wenn sie ihm die Wahrheit zu lange vorenthielt, konnte ihn das in Gefahr bringen. Bevor er die Tür zum Gang öffnen und sie nach draußen führen konnte, traf sie eine Entscheidung. »Wartet! Ich muss Euch etwas sagen.« Sie löste sich aus seinem Griff und kehrte in den Raum zurück. Vor dem Leichnam des Seelenlosen hielt sie inne. »Kennt Ihr die Geschichten, die man sich über Falinns dämonische Krieger erzählt?«

»Wenn Menschen vor etwas Angst haben, suchen sie nach Erklärungen, ganz gleich, wie lächerlich die auch sein mögen.«

»Das ist einer dieser Krieger«, sagte sie. »Seht ihn Euch an.«

Hauptmann Elathar trat neben sie. Obwohl er Rissa dabei nie länger als ein paar Herzschläge lang aus den Augen ließ, inspizierte er den Leichnam. Schließlich drehte er ihn auf den Rücken. Rissa hielt den Atem an, als sie erneut in die reptilienhaften Züge der Kreatur blickte, die sie um ein Haar umgebracht hätte.

Der Hauptmann sah auf. »Es ist nur ein toter Krieger. Was soll daran dämonisch sein?«

»Seht genauer hin! Erkennt Ihr es denn nicht?« Die Menschen, die in den Schenken über diese Kreaturen berichteten, konnten unmöglich alle über den *Blick* verfügen. Es musste noch einen Weg geben, ihr wahres Wesen zu erkennen. Wenn sich der Hauptmann nur genug konzentrierte …

Doch seine Geduld war am Ende. »Versucht Ihr, mich abzulenken, damit Ihr entwischen könnt?«

»Würde ich dann immer noch hier stehen und Euch drängen, die Augen aufzumachen?« Was musste passieren, damit er die Wahrheit sah? Wie konnte … Das Mondlicht! Vorhin auf dem Hof, als die Wolken den Mond freigegeben hatten, war die Kreatur in die Schatten zurückgewichen. Das musste es sein! »Bringt ihn da rüber, zum Fenster!«

Für einen Moment sah es aus, als hätte der Hauptmann genug. Dann jedoch packte er den Leichnam bei den Armen und zerrte ihn zum Fenster.

»Ins Mondlicht«, sagte Rissa.

Der Hauptmann ließ den Toten fallen. »Und jetzt? Was wollt Ihr –« Sein Blick war am Gesicht des Seelenlosen hängen geblieben. »Bei den Göttern! Was ist das?« Er ging in die Knie und betrachtete den Leichnam eingehend, drehte seinen Kopf von einer Seite zur anderen und spürte den Hornplatten über seinen Augen und auf den Wangen mit seinen Fingern nach. Als er ihm die Lippen öffnete und dabei die Reißzähne offenbarte, sah er auf. »Woher wusstet Ihr das? Warum konnte ich das nicht sehen?«

»Weil Ihr nicht den *Blick* habt. Deshalb brauchtet Ihr das Mondlicht.«

»Der *Blick*? Ihr habt ihn? Warum habt Ihr das nicht gleich gesagt!«

»Ich weiß, was Eure Aufgabe in der Armee war, und ich hatte Angst, dass Ihr …«

Er kniff die Augen zusammen. »Dass ich Eure Gabe mit Magie gleichsetze?«

Rissa nickte.

Der Hauptmann, der noch immer neben dem Leichnam kniete, erhob sich. »Wenn Ihr meine einstige Aufgabe kennt, solltet Ihr auch wissen, dass ich sie beherrsche und zwischen Magie und harmlosen Fähigkeiten zu unterscheiden vermag.«

»Wenn der Verdacht der Magie im Raum steht, bleibt einem Verdächtigen oft nicht mehr die Zeit für Erklärungen.« Von ihrem Vater wusste sie, dass die Soldaten Befehl hatten, sofort zu handeln und einen Zauberer unschädlich zu machen, bevor er seine Kräfte gegen sie wenden konnte. Es war eine Frage von Leben und Tod – und davon, wer zuerst reagierte. Ganz gleich, was für ein ruhiges und friedliches Leben ein Zauberer geführt haben mochte, wenn es bedroht war, würde er sich verteidigen.

Würde ich das auch tun?

»Ich bin nicht mehr in der Armee – wenn ich auch heute noch mit einem Zauberer verfahren würde, wie es einst mein Befehl war. Abgesehen davon seid Ihr keine Zauberin.«

Und der Himmel ist grün.

»Ihr habt ihn auf dem Hof entdeckt und wolltet die Wachen alarmieren?«

»Bevor ich das tun konnte, habe ich ihn aus den Augen verloren. Kein Mensch hätte mir geglaubt, ganz egal, ob ich nun von einer dämonischen Kreatur oder einem feindlichen Eindringling rede. Also musste ich ihn finden.«

»Wie hat er hierher gefunden?«

»Er kam mit den Flüchtlingen an.«

Hauptmann Elathar schüttelte den Kopf. »Ich meine *hierher.* In dieses Gemach.«

Rissa hatte ihn mit niemandem sprechen sehen, der ihm hätte verraten können, wo die Gemächer des Hauptmanns lagen. Wie also?

Beide starrten sie auf die Kreatur, als Rissa etwas unter dem Kragen seines Hemds sah. Ein Lederband. Sie bückte sich danach und zog es hervor. Elathar, der sich über sie gebeugt hatte, sog beim Anblick der beiden Ringe, die daran befestigt waren, scharf die Luft ein.

Sie löste die Knoten und gab es ihm. »Was ist das?«

»Der Ring meiner Mutter«, sagte der Hauptmann. »Ich

musste ihn mit meinen übrigen Sachen in Naranor zurücklassen. Und das hier«, er hob den zweiten Ring in die Höhe, den ein silberner Greif, das Wappen der Melanthions zierte, »ist der Siegelring meines Vaters.«

Was vorher nur eine Vermutung gewesen war, wurde jetzt zur Gewissheit. Der Seelenlose hatte sie mithilfe von Magie aufgespürt. Die Ringe als persönliche Gegenstände waren so bearbeitet worden, dass sie ihn zu ihren Eigentümern führten. Das konnte nur das Werk ihres Vaters gewesen sein.

Rissa gab sich ahnungslos. »Zauberwerk?«

»Ich wüsste nicht, was es sonst sein sollte«, erwiderte er voller Grimm und ließ die Ringe in die Tasche seines Wamses gleiten.

»Was, wenn sie gefährlich sind?«, gab Rissa zu bedenken. Sie hätte sich die Ringe gern näher angeschaut. Am Ende konnten sie noch mehr bewirken, als ihren Träger zu Elathar und dem König zu führen.

Aber das konnte sie dem Hauptmann nicht sagen. Stattdessen griff sie nach ihrer Energie. Sie fühlte sich nicht wohl dabei, es in seiner Gegenwart zu tun, doch sie brauchte Antworten. Und solange sie lediglich Energie freisetzte, ohne damit einen Zauber zu bewirken, würde der Hauptmann nichts merken. Ihr Mund war trocken, und ein bitterer Geschmack breitete sich auf ihrer Zunge aus, als sie die Energie fließen ließ. Die Gabe des Aufspürens konnte ihr nicht nur verraten, ob sich Magie in ihrer Nähe befand, sondern auch, wie mächtig diese war. Von den Ringen in Elathars Tasche ging kaum etwas aus. Der verwendete Zauber war schwach und würde bald verblassen. Als sie jedoch ihre Energie in Richtung des Toten schickte, stieß sie auf eine weitaus stärkere Kraft. Auch sie war bereits im Schwinden begriffen. Ihr Träger war tot und mit der Magie war es ähnlich wie mit der Wärme eines erloschenen Feuers – sie würde vergehen.

Rissa stoppte den Fluss ihrer Energie. Der Hauptmann

hatte nichts bemerkt, und jetzt, da sie nicht länger auf ihre Gabe zugriff und sich damit in Gefahr brachte, sollte sie sich besser fühlen. Das Gegenteil war der Fall. Für einen Moment hatte sie die Hoffnung gehegt, es könne der Zauber gewesen sein, der auf den Ringen lag, den sie gespürt und der sie zu dem Seelenlosen geführt hatte. Diese Hoffnung war jetzt zerstört.

Dieses Wesen war nicht natürlich!

Es war eine Kreatur, erschaffen aus Magie!

Wenn die Gerüchte stimmten, gab es unzählige dieser Biester. So viel Macht hatte ihr Vater nicht. Wie waren sie dann erschaffen worden? Durch eines von Falinns Artefakten?

»Was, wenn Falinn noch andere Gegenstände hat – von mir oder dem König? Was, wenn er uns damit erneut aufspürt?« Die Frage war mehr an ihn selbst als an Rissa gerichtet, trotzdem schüttelte sie den Kopf.

»Ich glaube, dass jemand, der Euch auf diesem Weg finden will, erst in Eure Nähe kommen muss, ehe der Ring oder ein anderer Gegenstand seine Wirkung entfalten kann.« Sie *wusste*, dass dem so war. Doch auch das konnte sie ihm nicht sagen. Magie wirkte nicht auf derart große Entfernungen. Die Energie, die dafür nötig wäre, würde ganze Landstriche verheeren.

Elathar beäugte sie misstrauisch. »Woher wollt Ihr das wissen?«

»Das liegt doch auf der Hand«, beeilte sie sich zu sagen. »Dieser Kerl da hat sich unter die Flüchtlinge gemischt, deshalb hat er den Weg hierher gefunden und konnte die Magie nutzen. Wäre es anders und würde es auf jede Entfernung wirken, hätte Falinn Euch schon vor Monaten aufgespürt.«

Allmählich forderten die Anstrengungen der letzten Stunde ihren Tribut. Nach dem Kampf gegen den Seelenlosen schien es keine Stelle an ihrem Leib zu geben, die nicht schmerzte. Auch ihr Hals kratzte noch immer. Schlimmer jedoch als die

Schmerzen, die sich immer weiter ausbreiteten, war die Erschöpfung. Bisher hatte die Aufregung sie wach gehalten, jetzt jedoch, da sie sich in Sicherheit wusste und der Hauptmann den Seelenlosen gesehen und erkannt hatte, was er wirklich war, fühlte sie sich, als hätte ihr jemand alle Kraft aus den Gliedern gesogen. Fast wie nach dem Zauber, mit dem sie aus der Königsburg entkommen war.

»Vorsicht!«

Erschrocken fuhr sie zusammen, als der Hauptmann nach ihrem Arm griff. Es dauerte einen Moment, bis ihr klar wurde, dass sie ins Wanken geraten war und er sie festgehalten hatte, ehe sie das Gleichgewicht verlieren konnte. Zum wiederholten Mal in dieser Nacht sah er sie lange an. Und wieder löste sein Blick in ihr Unbehagen aus. Da war nichts Unfreundliches oder Kaltes in seinen Augen, sondern eine Mischung aus Sorge und Nachdenklichkeit. Was sie sah, war deutlich näher an dem Mann, dem sie auf dem Ball begegnet war, als jenem, der sie aus Naranor verschleppt und in seinen Kerker gesperrt hatte. Doch das war schlimmer, als wenn er sie barsch behandelte, denn seine Fürsorge verwirrte sie.

Schließlich fragte er: »Da ist noch mehr, oder?«

Rissa zögerte. Ihm die Wahrheit zu sagen, bedeutete, Magie ins Gespräch zu bringen. Und auch wenn sie nicht vorhatte, sich selbst damit in Verbindung zu bringen, war ihr bei dem Gedanken daran nicht wohl. Natürlich wollte sie nicht, dass ihm etwas zustieß, auch wenn sie in den letzten Tagen mehrmals das Bedürfnis verspürt hatte, ihm den Hals umzudrehen. Aber es ging nicht nur um sein Leben. All die Menschen, die hier Zuflucht gefunden hatten, brauchten ihn. Sie brauchten die Sicherheit, die er ihnen gab. Ebenso wie der König. Wenn ihr Wissen helfen konnte, diese Menschen zu beschützen, dann musste sie es mit ihm teilen.

»Ich weiß, was Falinn vorhat«, sagte sie leise. »Was er *wirklich* vorhat.«

21

Kurz nachdem sie die Worte ausgesprochen hatte, fand sich Rissa im Nebenraum wieder, wo der Hauptmann sie zu einem Sessel führte und sie anwies, Platz zu nehmen. Es war der Raum, aus dem er gekommen war. Ein karg eingerichteter Wohnraum, nicht mal halb so groß wie das Schlafgemach nebenan, ausgestattet mit einer Pritsche an der Wand, einem Tisch mit ein paar Stühlen und einer kleinen Sitzecke, bestehend aus zwei Sesseln.

Der Geruch von Moder stieg Rissa in die Nase, als sie sich setzte. Doch es war nicht der Geruch, der sie veranlasste, ganz nach vorne auf die Kante des Sessels zu rücken, sondern die Furcht davor, einzuschlafen, wenn sie sich jetzt zurücklehnte. Die Stille, die sich seit ihren letzten Worten zwischen ihnen ausgebreitet hatte, machte sie schläfrig.

Der Hauptmann war hinter dem anderen Sessel stehen geblieben. Wie er die Hände auf die Lehnen stützte, erinnerte sie an ihre letzte Begegnung mit ihm, im Kerker. Genau so hatte er ihr im Verhörraum gegenübergestanden. Selbst das Thema war dasselbe gewesen: Falinn und was sie über ihn wusste.

Als könne er ihr Unbehagen spüren, ging er um den Sessel herum und setzte sich. Wenn auch aus anderen Gründen, schien es ihm ebenso schwerzufallen wie ihr, sich zu entspannen, denn auch er lehnte sich nicht zurück. Und noch immer wirkte er rastlos.

»Also gut«, durchbrach er endlich das Schweigen. »Was wisst Ihr?«

So knapp wie möglich erzählte sie ihm, was sie gehört hatte. Von der Essenz der Magie, die Falinn aufspüren und sich einverleiben wollte, um selbst zum Zauberer zu werden. Letztlich brauchte sie nicht mehr als ein paar Sätze, um alles zu erklären.

»Und weiter?«

»Genügt das nicht?« Sie hatte nicht vor, ein Wort über die Rolle zu verlieren, die ihr selbst bei Falinns Vorhaben zugedacht war. Wenn sie das täte, könnte sie ihm auch gleich ins Gesicht schleudern, dass sie eine Zauberin war. »Wenn dieser Mann wirklich ein Mörder ist, wenn er die Königin ... der Gedanke, dass er zu einem Zauberer werden könnte, ist doch wohl erschreckend genug.«

»Ich muss wissen, wie er das zu erreichen gedenkt«, sagte der Hauptmann. »Was hat er vor?«

Mich als Werkzeug zu benutzen. »Wenn ich das richtig verstanden habe«, sagte sie vorsichtig, »ist diese Essenz nicht einfach so zu finden. Im Augenblick sucht er wohl nach einem Weg, wie ihm das gelingen kann.«

»Wo ist sie?«

»Irgendwo in Thanasses.«

Der Hauptmann zog eine Augenbraue in die Höhe. »In der Metropole der Zauberer? Nie im Leben kommt er dorthin! Und wenn doch, dort liegt alles in Trümmern. Er wird nichts finden.«

»Er hat seine Mittel und Wege«, gab sie zu bedenken. Wenn sie den Hauptmann schon warnen wollte, dann konnte sie ihm noch andere Informationen über Falinn geben. »Er verfügt über eine große Sammlung an magischen Artefakten. Eines davon scheint in der Lage zu sein, diese Seelenlosen zu erschaffen.«

»Warum nennt Ihr sie so?«

»Falinn nennt sie so. Als ich ihn das sagen hörte, dachte ich, er würde seine Krieger meinen, die jeden Befehl befolgen, als hätten sie ihre Seele verkauft. In gewisser Weise ist es wohl auch so. Natürlich habe ich die Gerüchte auch gehört, aber bis heute Nacht …« Sie schüttelte den Kopf. »Ich wollte es ebenso wenig glauben wie Ihr. Seine Artefakte – vielleicht ist eines davon der Schlüssel, der ihn nach Thanasses bringen kann.«

»Wir werden ihn zur Strecke bringen, bevor es dazu kommt.«

Es stand ihr nicht zu, seine Pläne zu hinterfragen. Abgesehen davon würde er ihr kaum verraten, was er vorhatte, denn sie war noch immer seine Gefangene.

Der Hauptmann erhob sich und ging zum Fenster. Eine Weile blickte er schweigend hinaus, gefangen in seinen eigenen Gedanken. Als er sich schließlich wieder zu ihr umdrehte, fragte er: »Wer ist es?«

»Wer ist was?«

»Der Zauberer, der Falinn unterstützt.«

Rissa wurde flau im Magen. Während sie noch nach einer Antwort suchte, trat Hauptmann Elathar wieder hinter seinen Sessel und stützte die Hände auf die Rückenlehne. »Die Leichen waren aufgebahrt. Menschen haben sie gesehen. Den König!« Er richtete sich wieder auf. »Ihr habt nicht einfach nur von meinem Tod gehört, habe ich recht? Ihr habt mich gesehen!«

Wie kann er das wissen? Bisher hatte sie ihm nur vage auf die Frage nach seinem Begräbnis geantwortet. Damit würde er sich jetzt nicht mehr zufriedengeben. »Ja, ich habe Euch gesehen«, räumte sie ein. »Aber Euer Gesicht war unter einem Totenschleier verborgen.« Etwas Besseres fiel ihr nicht ein, um ihn davon abzubringen, weiter über Zauberer und Magie nachzudenken.

Er schlug so heftig auf die Lehne, dass Rissa zusammenfuhr. Seine Augen blitzten vor Zorn. »Mein Vater ließ den Brauch des Totenschleiers abschaffen! Er sah darin eine Verunglimpfung der Toten. Wie kann man die Verblichenen ehren und in Erinnerung behalten, wenn ihr Antlitz beim Abschied verborgen ist? Es ist nicht zu fassen! Selbst im Tod musste Falinn ihn noch beleidigen, indem er ihm diese letzte Ehre verwehrte!«

»Nur dass Euer Vater nicht tot ist.«

»Nein«, sagte er jetzt ruhiger. »Aber es zählt die Absicht hinter der Tat.«

Was Falinn plante, ging weit über die Eroberung des Throns hinaus. Wenn die Magie erst in seinem Besitz war, wer konnte schon ahnen, welchen Schaden er damit verursachen würde. Noch mehr Schaden, als er ohnehin schon angerichtet hatte. Hauptmann Elathar war der Einzige, der etwas gegen ihn unternehmen konnte. Doch dafür musste er wissen, womit er es zu tun hatte.

»Mein Vater«, sagte sie und wunderte sich, dass ihre Stimme so fest klang. »Er ist kein Zauberer, aber er weiß viel über die Geschichte der Metropole und darüber, was die Zauberer dort getrieben haben. Er wird Falinn helfen, diese Essenz zu finden. Ich habe alles mit angehört, am Tag bevor Ihr mich … gefunden habt.«

Lange Zeit sah der Hauptmann sie nur an, ohne etwas zu sagen. Je länger sein Schweigen andauerte, desto unruhiger wurde sie. Was, wenn er ihr nicht glaubte? Was, wenn er ihren Vater, trotz ihrer Beteuerung, dass er nur ein Gelehrter war, für einen Zauberer hielt? Und sie gleich mit? *Wie der Vater, so die Tochter.* Halb rechnete sie damit, dass er nach nebenan stürmen und sein Schwert holen würde, um es ihr in den Leib zu stoßen.

»Steht auf«, sagte er stattdessen. »Wir gehen.«

»Wohin?«

»Was glaubt Ihr wohl?«

Die Angst, die sie eben noch verspürt hatte, verpuffte angesichts der Wut, die seine Worte in ihr entfachten. »Nach allem, was ich Euch erzählt habe, behandelt Ihr mich noch immer wie eine Gefangene?«

Der Hauptmann antwortete nicht. Sobald sie stand, griff er nach ihrem Arm, überraschend sanft, aber dennoch entschlossen, und führte sie auf den Gang hinaus und zur Treppe. Rissa wollte nicht zurück in die Zelle. Wäre sie dem Seelenlosen nicht gefolgt, hätte sie womöglich längst einen Weg aus der Festung gefunden. Das alles war nur die Schuld des Hauptmanns!

Dieser elende …!

So wie er sie behandelte, hatte er ihre Hilfe gar nicht verdient!

Sie versuchte, sich seinem Griff zu entwinden, doch auch wenn er sie nicht mit Gewalt hielt, gelang es ihr nicht. Abrupt blieb sie stehen und zwang ihn, ebenfalls innezuhalten. »Wenn Ihr nicht wollt, dass ich jedem hier erzähle, was – *wen* – ich in Euren Gemächern gesehen habe, solltet Ihr mich gehen lassen.«

»Wenn Ihr nicht gefesselt und geknebelt im finstersten Loch unter dem Fels landen wollt, solltet Ihr das noch einmal überdenken.«

»Als ob es noch finsterere Löcher hier geben würde als das, in das Ihr mich ohnehin werfen wollt.«

Er erwiderte nichts. Auch Rissa schwieg, denn noch während sie versucht hatte, ihre Freiheit zu erpressen, war ihr bewusst geworden, dass sie nicht gehen wollte. Sie wollte bleiben und helfen. Doch dafür musste sie ihn erst einmal dazu bringen, sie nicht mehr in den Kerker zu sperren.

Das Haupthaus und der Burghof lagen hinter ihnen, der Hauptmann führte sie die Stufen hinunter zum Kerker. »Wer kümmert sich um Euren Vater?«

»Eine Handvoll Eingeweihter und ich.«

»Ich vermute, Ihr habt noch eine Menge anderer Dinge zu tun. Ich könnte Euch helfen.«

Dieses Mal war er es, der so ruckartig stehen blieb, dass sie beinahe ins Stolpern geriet. »Ihr glaubt nicht im Ernst, dass ich Euch in seine Nähe lasse!«

»Was soll ich tun? Ihn umbringen? Das hätte ich diese Kreatur erledigen lassen können.«

Ohne ein weiteres Wort schob er sie weiter, die Treppe nach unten und den Gang entlang, vorbei an Dainn und den anderen, die ihn aus der Wachstube heraus mit fassungslosen Mienen anstarrten, zurück in ihre Zelle. Krachend fiel die Tür hinter ihr ins Schloss, gefolgt von einer durchdringenden, alles betäubenden Stille.

22

Die Stille währte nicht lange.

Kurz nachdem der Hauptmann die Tür hinter ihr verriegelt hatte, vernahm sie seine Stimme, die aus der Wachstube über den Gang hallte. Obwohl Rissa nur einzelne Wortfetzen aufschnappte, wusste sie sofort, dass es um ihr Entkommen ging. Der offensichtlichen Wut des Hauptmanns stand Dainns Ratlosigkeit gegenüber. Sie brauchte nicht zu verstehen, was er sagte, um zu wissen, dass er sich ihr Entkommen nicht erklären konnte. Wie sollte er auch?

Müde ging Rissa von der Tür weg und ließ sich ins Stroh fallen. Die Nacht hatte an dem Ort geendet, an dem sie begonnen hatte, und sie bezweifelte, dass sie in nächster Zeit etwas anderes als die feuchten Wände ihrer Zelle zu sehen bekäme. Zumindest wusste der Hauptmann jetzt, was Falinn vorhatte. Alles Weitere lag nun in seiner Hand.

Als er sie gefragt hatte, wer der Zauberer war, der Falinn half, hatte sie die Wahrheit nicht über die Lippen gebracht. Früher war es häufig vorgekommen, dass die Kinder eines Zauberers seine Gabe erbten. Wenn der Hauptmann erfuhr, was ihr Vater war, würde es nicht lange dauern, bis er auch sie der Zauberei verdächtigte. Vielleicht würde es eines Tages nötig sein, dass sie ihn vor der Magie ihres Vaters warnte. Aber nicht jetzt. Nicht, solange sie dabei nur ihren eigenen Tod riskierte.

Rissa konnte es immer noch nicht fassen, dass der König hier war. Am Leben! Allerdings schien es nicht gut um ihn zu stehen. Während sie mit ihm im selben Raum gewesen waren, hatte er sich nicht ein einziges Mal geregt – weder der Kampflärm noch ihre spätere Auseinandersetzung mit Hauptmann Elathar hatten ihn aus dem Schlaf reißen können. Plötzlich erinnerte sie sich daran, welchen Namen das Volk Elathar gegeben hatte. Eisprinz. Ein Prinz … wenn der König starb und sein Bruder hingerichtet wurde, wäre er der rechtmäßige Thronfolger.

»Da wird er garantiert für volle Kerker sorgen.« Mit einem wütenden Knurren legte sie sich hin und zog die Decke über sich. So zornig sie auch sein mochte, sein besorgter Blick, als er sie in Gefahr gesehen hatte, wollte ihr nicht aus dem Kopf gehen. Und das machte sie nur noch wütender. Trotz der Stimmen, die noch immer draußen zu hören waren, schlief sie ein.

Das Krachen des Riegels ließ sie hochfahren. Verwirrt blinzelnd betrachtete sie den Schatten, der in der Tür aufwuchs. »Es ist noch dunkel«, murmelte sie schlaftrunken. »Stell das Tablett einfach ab.«

»Ihr glaubt doch nicht, dass Ihr mitten in der Nacht etwas zu essen bekommt.« Zu ihrem Erstaunen war es keine der Wachen, sondern der Hauptmann. »Ich habe Euch gerade erst hergebracht.«

»Und offenbar reicht Euch das nicht. Wollt Ihr mich jetzt auch noch foltern, indem Ihr mir keinen Schlaf mehr gönnt?«

»Hört auf, Euch zu beklagen, und kommt mit.«

»Wohin?«

Als er nicht antwortete, kämpfte sie sich umständlich auf die Beine und ging zur Tür. Kaum war sie in Reichweite, griff er nach ihr und schob sie aus der Zelle, den Gang entlang. Zu ihrer Überraschung war die Wachstube verlassen, der Tisch, auf dem zuvor die Humpen gestanden hatten, aufgeräumt. Rissa löcherte den Hauptmann mit weiteren Fragen, doch so sehr sie auch darauf drängte, dass er ihr endlich sagte, wohin er sie brachte; er behielt sein Schweigen bei.

Wieder führte er sie auf den Hof hinaus und durch eine weitere Tür ins Haupthaus. Sie folgten einigen engen Treppen nach oben und liefen eine Flut verwinkelter Gänge entlang, bis sie schließlich einen Gang betraten, an dessen Ende der Bär sie vor einer Tür erwartete. Als sie ihn erreichten, zwinkerte er ihr grinsend zu. Für jemanden, der gerade erst ordentlich zusammengestaucht worden war, wirkte er erstaunlich gut gelaunt.

Der Hauptmann blieb stehen und deutete auf die Tür. »Das da ist Eure Kammer. Kommt gar nicht erst auf dumme Gedanken. Meine Männer werden dafür sorgen, dass Ihr dort bleibt.« Er warf dem Bär einen durchdringenden Blick zu. »Und zwar wirklich.«

23

Das verdammte Gör ist seit Wochen spurlos verschwunden!«

Falinn hätte vor Wut aus der Haut fahren können. Schon den halben Vormittag lief er in seinem Besprechungsraum auf und ab, rastlos und auf der Suche nach einer Lösung für sein Problem. Natürlich waren seine Seelenlosen dem Bastard gefolgt, nachdem er sich mit dem Leben des Mädchens den Weg aus Naranor freigepresst hatte. Doch der Abstand zwischen ihnen und dem Eisprinzen war zu groß gewesen, sodass es ihm mühelos gelungen war, seine Verfolger abzuschütteln.

Sein Zorn hätte sich längst legen sollen, stattdessen war er von Tag zu Tag weiter angewachsen. »Warum musstet Ihr auch so lange warten, bis Ihr die Männer hinterherschickt!«, warf er seinem Berater zum wohl hundertsten Mal vor.

Dalkur, der neben der Tür stand und seinem Herrn dabei zusah, wie dieser auf und ab lief, senkte das Haupt. »Um Eure Pläne nicht zu gefährden, durfte ich nicht riskieren, dass Rissa etwas zustößt, Euer Majestät«, rechtfertigte er sich erneut. »Was, wenn Fjal'Har die Verfolger bemerkt und seine Drohung, sie zu töten, wahr gemacht hätte?«

»Ja, ja.« Das Mädchen war am Leben – zumindest war ihm nichts Gegenteiliges zu Ohren gekommen –, helfen konnte sie ihnen dennoch nicht. Denn sie war, verdammt noch mal, nicht in seiner Reichweite!

Als seine Männer nach drei Tagen noch immer nicht mit ihr zurückgekehrt waren, hatte Falinn weitere Suchtrupps ausgeschickt, die das Land nach ihr durchkämmten. Über zweihundert Mann! Zusätzlich zu denen, die ohnehin nach Fjal'Har und seinem Vater suchten.

Und mit welchem Ergebnis?

Keinem!

Er war das Warten leid!

Was, wenn die Seelenlosen sie nicht fanden oder sie doch nicht mehr am Leben war? Vielleicht war sie dem Bastard entkommen und von Wölfen zerfleischt worden … oder in eine Schlucht gestürzt. Außerhalb der Städte gab es unzählige Möglichkeiten, sein Leben zu verlieren. Er konnte und wollte sich nicht darauf verlassen, dass er sie zurückbekam.

Ab sofort würde er nicht länger warten, sondern seine Pläne weiter vorantreiben. Ob mit oder ohne sie, war ihm dabei ganz egal. Er griff nach der Laterne, die er auf dem Kaminsims abgestellt hatte, stellte sie auf den Tisch, der das Zentrum des Raums einnahm, und versetzte ihr einen Stoß. Mit einem Scharren rutschte sie über die Tischplatte, zum anderen Ende, wo Dalkur sie stoppte.

»Macht Euch ans Werk, Zauberer!«

»Das Licht von Rivenna.« Der Blick des Mannes ruhte lange auf der Laterne. So lange, dass Falinn ihn am liebsten am Kragen seiner Robe gepackt und samt der Laterne zur Tür hinausgestoßen hätte, damit er endlich seine Arbeit begann. Endlich sah der Zauberer auf. »Ihr wisst, dass diese Variante ausgesprochen unzuverlässig ist, Majestät.«

Natürlich wusste er das! »Deswegen hatten wir uns für das Mädchen entschieden. Aber jetzt ist das Balg fort, und das hier«, er zeigte mit dem Finger auf die Laterne, »ist alles, was wir haben!«

Das Licht von Rivenna, benannt nach dem Küstenort, an dem es erschaffen wurde, erstrahlte nur dann, wenn ihm der Geist eines Toten innewohnte. Dann jedoch war die Laterne Licht und – sofern der Geist das Ziel kannte – Wegweiser zugleich. Räuber und Fürsten hatten sie im Laufe der Jahrhunderte für ihre Zwecke genutzt. Sie hatten damit Schätze aufgespürt oder verborgene Zugänge zu den Burgen ihrer Feinde ausfindig gemacht. Falinn selbst hätte sie gern genutzt, um weitere Artefakte zu finden, doch es war ihm nie gelungen, den Geist eines Zauberers zu beschwören, der ihm die versteckten Schätze zeigen konnte. Die Magie der Metropole schützte sie offenbar davor, gerufen und geknechtet zu werden. Seit Jahrzehnten, vielleicht sogar Jahrhunderten, hatte kein Licht mehr in der Laterne geglommen.

Doch das würde sich jetzt ändern.

Jemand, der die Gabe des Aufspürens beherrschte, konnte die Essenz der Magie zielgerichtet finden. Das war der Grund, warum Falinn das Mädchen hatte haben wollen. Die Laterne barg gewisse Risiken. Zum einen war sie nur ein Gefäß, und es musste Dalkur erst einmal gelingen, einen Geist an sie zu binden. Es musste der richtige Geist sein. Einer, der vollbringen konnte, was Falinn von ihm erwartete. Doch Geister, so hatte Dalkur einmal erklärt, waren unzuverlässig. Selbst wenn sie zu Lebzeiten über die Gabe des Aufspürens verfügt haben mochten, waren sie im Tode nicht länger in der Lage, diese gezielt einzusetzen und zu lenken. Es konnte einfach nur länger dauern, die Essenz auf diesem Weg zu finden. Ebenso gut konnte es sein, dass es gar nicht möglich war. Die Ruinen der Metropole waren voller Gefahren. Je länger der Geist brauchte, sein Ziel zu finden, je länger er umherirrte, desto eher würden sie den Dunklen Wächtern begegnen, die dort umherstreiften.

Nachdem es ihnen in all den Jahren nicht gelungen war, einen weiteren Zauberer aufzutreiben, der des Aufspürens mächtig war, blieb ihm ohnehin keine Wahl. Nicht ohne das Mädchen.

»Es liegt jetzt an Euch«, sagte Falinn an seinen Berater gewandt. Es musste dem Mann gelingen, den Geist eines

Bronnéa aus dem Jenseits zu extrahieren und an die Laterne zu binden. Ein weiterer Zauber würde dann dafür sorgen, dass Falinn über ihn gebieten konnte.

»Herr, ich glaube wirklich, dass –«

Falinns Blick fiel auf Dalkurs Handgelenk. Dorthin, wo die Fessel unsichtbar in seinem Fleisch schlummerte. »Tut, was ich sage!«

Dalkur senkte das Haupt. »Ja, Majestät.«

»Kümmert Euch um den Zauber. Meine Männer werden Euch einen Leichnam bringen, dessen Geist Ihr nutzen könnt.« Mit einem lebenden Bronnéa wäre alles bedeutend einfacher gewesen. Doch abgesehen davon, dass die Hüter des Alten Glaubens ihm die Zusammenarbeit verweigert hätten, waren sie ohnehin nicht mehr am Leben. *Gefallen in der letzten Schlacht gegen die Zauberer.* Falinn unterdrückte ein Lächeln angesichts der Ironie, dass ausgerechnet der Geist eines jener Männer, die einst für den Niedergang der Magie gesorgt hatten, jetzt das Werkzeug zu ihrer Wiederauferstehung sein würde. Glücklicherweise kannte er den Ort, an dem die Letzten von ihnen begraben lagen.

24

Am nächsten Morgen ließ Elathar seine Unterführer in die Ratskammer rufen. In knappen Sätzen erzählte er ihnen, wie ihn letzte Nacht Geräusche aufgeschreckt und er Rissa im Kampf mit einem Eindringling vor dem Krankenbett seines Vaters vorgefunden hatte.

Erlendur fuhr auf. »Der König lebt? Er ist hier?«

»Das Gift hat ihn nicht umgebracht, doch er ist seit jenem Abend nicht mehr zu sich gekommen.« Es war eine wohlüberlegte Entscheidung gewesen, Erlendur einzuweihen. Der ehemalige Kommandant war ein wichtiger Teil seines Unterfangens, entsprechend stand es ihm auch zu, die Wahrheit zu kennen. Mit wenigen Worten legte Elathar dar, wie sie den König aus Naranor fortgeschafft hatten. »Außer meinen Männern weiß niemand, dass er hier ist. Und das soll auch so bleiben.«

»Natürlich.« Der alte Krieger nickte. »Und wie kam das Mädchen in dein Schlafgemach?«

»Sie ist der Kreatur gefolgt.«

»Warte mal, Hauptmann!« Leal lehnte sich nach vorne, wobei das Wams gefährlich über seinem Bauch spannte. »Kreatur? Schlafgemach? Die Gefangene?« Sein Blick wanderte von Elathar zu Dainn, der ihn nur finster erwiderte und etwas davon brummte, dass irgendetwas mit dem Riegel an der Zellentür nicht stimmen konnte.

»Sie ist ausgebrochen«, sagte Elathar. »Aber das ist jetzt unerheblich.« Er erzählte seinen Männern, was er von ihr erfahren hatte. Wie sie die Flüchtlinge auf dem Hof gesehen hatte, darunter den Fremden, der sich aus der Gruppe gelöst und in die Schatten zurückgezogen hatte. Und wie sie ihm gefolgt und was danach geschehen war. »Die Geschichten sind wahr«, schloss er seinen Bericht. »Die Kreaturen, von denen sich die Leute erzählen, existieren wirklich. Falinn nennt sie wohl Seelenlose.«

Njall runzelte die Stirn. »Bist du sicher? Es war Nacht und im Halbdunkel kann selbst Rinan wie ein Dämon aussehen.«

»Ich bezweifle, dass Rinan geschlitzte Pupillen hat. Auch Klauen statt Fingern an der rechten Hand und geschuppte Haut wie die einer Echse konnte ich an ihm selbst bei der dunkelsten aller gemeinsamen Nachtwachen nicht feststellen. Oder Reißzähne.«

Die Männer starrten ihn an. Dainn war der Erste, der die Sprache wiederfand. »Das ist dein Ernst, oder? Diese Biester gibt es wirklich?«

»Ich schätze, die Wahrscheinlichkeit, dass Elathar gestern im Keller einen heben war, ist eher gering«, brummte Bär.

Elathar nickte. »Ich war stocknüchtern. Heute Abend werde ich euch die Kreatur zeigen.«

»Warum nicht sofort?«, wollte Dryden wissen. »Ich will das Vieh sehen, das sich so einfach unter die Flüchtlinge mischen konnte, die mein Trupp hierhergebracht hat!«

»Weil es einen Grund hat, dass das Wesen deine Leute täuschen konnte«, gab Elathar zurück. »Diese Kreaturen zeigen ihr wahres Gesicht nur jenen, die über den *Blick* verfügen. Ansonsten kann sie offenbar nur das Mondlicht verraten. Bei Tag werdet ihr nichts weiter sehen als einen toten Mann. Tatsache aber ist, dass einer von Falinns Kriegern den Weg in unser Lager gefunden hat. Was, wenn wir es beim nächsten Mal nicht bemerken? Wir müssen verhindern, dass so etwas noch einmal passiert!«

»Wir brauchen einen anderen Unterschlupf.«

Dainn schüttelte den Kopf. »Wo sollen wir mit all den Menschen hin, Bär?«

»Woher soll ich das wissen? Hier können wir jedenfalls nicht bleiben. Sie wissen jetzt, wo wir sind.«

Plötzlich begannen alle durcheinanderzureden. Elathar gab ihnen ein wenig Zeit, ihre Anspannung abzubauen, und wartete, bis sich die erste Aufregung legte. Doch es war Erlendur, der schließlich der Unruhe ein Ende setzte, indem er auf die Tischplatte schlug.

Augenblicklich wurde es still.

»Ich bin immer noch dafür, dass wir uns Falinns Soldaten, seine Monster oder was auch immer sie sein mögen, holen«, rief er. »Einen nach dem anderen!«

»Ich hatte es bis jetzt nicht vor und jetzt werde ich es erst recht nicht tun.« Elathar hatte dem Seelenlosen sein Schwert in die Eingeweide gerammt. Die Klinge hatte ihn getötet, doch die Kreatur hatte nicht einmal gezuckt. Keinen Laut hatte sie von sich gegeben, als hätte sie das Eisen gar nicht gespürt, das ihrem Dasein ein Ende gesetzt hatte. »Was wollt Ihr gegen eine Horde magisch erschaffener Wesen ausrichten, die keinen Schmerz, womöglich auch keinen Hunger und keine Müdigkeit kennen? Wenn sie uns in die Enge treiben – oder noch schlimmer: uns finden –, sind wir verloren. Dann werden sie uns einfach aushungern.«

»Dann müssen wir den Krieg eben zu Falinn bringen«, hielt Erlendur dagegen.

Elathar hatte den Rest der Nacht Zeit gehabt, um nachzudenken. »Wir werden hierbleiben.«

»Das kannst du nicht machen!«, fuhr Erlendur ihn an. »Das ist Selbstmord!«

»Die Kreatur wusste nicht, wo wir sind«, erwiderte Elathar ruhig. »Hätte er sich nicht unter die Flüchtlinge gemischt, hätte er uns niemals gefunden.«

»Also weiß Falinn nicht, wo wir sind. Und der Kerl von

letzter Nacht kann es keinem mehr erzählen.« Dainn kratzte sich nachdenklich am Kinn, eine Angewohnheit, die noch aus Zeiten stammte, in denen er einen Bart getragen hatte.

Elathar nickte. »Ganz recht. Wir werden Vorkehrungen treffen, aber wir werden die Festung nicht räumen.«

»Wie stellst du dir das vor?«

»Ich werde mit den Leuten reden und ihnen sagen, was passiert ist. Dass jemand uns gefunden hat. Wer will, kann den Fels verlassen.« Diese Leute, so erklärte er seinen Männern, würden sie in die nahe gelegenen Höhlen umsiedeln. Niemand würde auf die Idee kommen, dass sie dort waren – oder dass es diese Höhlen überhaupt gab. Der Zugang war schwer zu finden und die weitläufigen Felskammern durchzogen das Gebirge wie ein gewaltiges Labyrinth. Dort wären sie in Sicherheit, ganz gleich, was in der Festung passierte. »Der Fels platzt bald aus allen Nähten, sodass wir irgendwann ohnehin beginnen müssen, die Leute anderswo unterzubringen. Jetzt tun wir es eben etwas früher als geplant. Und nur für die, die freiwillig gehen wollen.«

»Ich werde den Fels nicht verlassen«, sagte Leal.

Bär nickte. »Keiner von uns wird das.«

Elathar konnte sich ein Grinsen nicht verkneifen. Natürlich umfasste sein Plan, in die Höhlen umzusiedeln, nicht seine Krieger. Sie wurden in der Festung gebraucht. Von ihnen selbst zu hören, dass sie bleiben wollten, tat dennoch gut. »Ich hatte auch nicht vor, euch fortzuschicken. Ihr und jeder, der ein Schwert halten kann, bleibt im Fels. Wir müssen die Vorräte aufteilen und natürlich auch weiterhin für Ordnung unter den Flüchtlingen sorgen. Umso wichtiger ist es, dass sie Verantwortung für sich selbst übernehmen. Einige von euch werden, zumindest zeitweise, in den Höhlen sein, doch generell ist euer Platz hier.«

Bär nickte. »Ich werde die Wachen auf der Mauer verstärken und ein paar Männer weiter unten am Pass postieren. Auf diese Weise werden wir rechtzeitig gewarnt, für den Fall, dass Falinns Krieger dort auftauchen.«

»Was ist mit den Flüchtlingen?«, wollte Dryden wissen. »Die, die wir immer noch beinahe täglich aufgabeln und zu uns bringen?«

»Sie werden entweder hier oder in den Höhlen einquartiert.«

Erlendur wirkte nicht überzeugt. »Wenn eines von diesen Biestern dabei ist, weiß es, wo es uns findet.«

»Das gehört zu den Vorkehrungen, von denen ich gesprochen habe.« Er wandte sich an Dryden. »Ab sofort werdet ihr die Leute an einer Stelle sammeln. Einer, an der sich nicht abschätzen lässt, wohin wir sie später bringen werden. Nach Einbruch der Dunkelheit werde ich euch zeigen, wie ihr diese Kreaturen erkennen könnt. Ihr werdet jeden der Flüchtlinge einer eingehenden Prüfung unterziehen. Ich will, dass ihr sie euch im Mondlicht anseht. Mehrfach, wenn es sein muss. Erst wenn ihr wirklich sicher seid, dass keiner dieser Seelenlosen unter ihnen ist, bringt ihr sie hoch.«

»In den Fels?«

Elathar nickte. »Wir werden sie vor die Wahl stellen, ob sie hierbleiben oder in die Höhlen gehen wollen.«

»Was, wenn sie alle hierbleiben wollen?«, gab Rinan zu bedenken. »Dann haben wir bald wieder ein Platzproblem.«

Dainn schüttelte den Kopf. »Das werden sie nicht. Der Fels mag eine Festung sein, mit Mauern und einem Dach über dem Kopf – aber das ist auch schon alles. Und auch nicht mehr, als sie in den Höhlen haben.«

»Wenn der Winter kommt«, fügte Elathar hinzu, »wird es ihnen in den Höhlen besser gehen. Dort gibt es heiße Quellen, die bestimmte Bereiche der Höhlen aufheizen. Wenn wir nicht genug Feuerholz finden, werden auch wir spätestens beim ersten Schnee dorthin ausweichen müssen.«

»Sofern wir dann nicht längst in Naranor sind.«

Elathar ließ Njalls Bemerkung unkommentiert. Er wollte

keine falsche Hoffnung verbreiten, denn es gab noch etwas, worüber sie noch nicht gesprochen hatten. »Ich weiß jetzt, was Falinn vorhat«, kam er ohne Umschweife zur Sache. »Er will in die Metropole und die Magie zurückholen.«

Hatte seine Offenbarung über die Existenz der Seelenlosen schon für Unruhe gesorgt, so waren seine Männer jetzt nicht mehr zu halten. Ihre Reaktionen bewegten sich zwischen Ungläubigkeit, Entsetzen und Zorn, als alle durcheinanderzureden begannen. Dieses Mal jedoch wartete Elathar nicht, bis sie sich von selbst wieder beruhigten. Aus Erfahrung wusste er, dass es, sobald Magie im Spiel war, besser war, die Zügel stramm zu halten. Im Kampf gegen Zauberer bedeutete Disziplin Sicherheit, und auch wenn sie jetzt noch nicht zu kämpfen hatten, wollte er davon nicht abweichen.

Er nahm seinen Wasserbecher und schlug damit mehrmals so heftig auf den Tisch, dass das Wasser nach allen Seiten spritzte. »Das reicht!«, rief er seine Männer zur Ordnung. Ein weiteres Hämmern, dann war die Ratskammer in Stille erstarrt. »Früher einmal war es unsere Aufgabe, Zauberer zu verfolgen. Dieses Mal werden wir verhindern, dass einer zum Zauberer wird.«

Was er von Rissa erfahren hatte, war schnell erzählt, denn abgesehen von dem, was Falinn vorhatte und wo er das zu erreichen gedachte, gab es kaum etwas zu berichten.

»Ich glaub das einfach nicht.« Bär konnte nicht aufhören, ungläubig den Kopf zu schütteln. »Reicht es denn nicht, dass dieser elende Hurensohn den Thron an sich gerissen hat? Dass er magische Krieger in seinem Dienst hat, von denen wir nicht einmal ansatzweise wissen, was sie können oder wie viele es sind? Jetzt auch noch Magie?«

Dryden nickte. »Wir hatten gedacht, die Magie sei ausgerottet. Unsere Aufgabe war es, die gefährlichen *Überreste* zu beseitigen. Und jetzt kommt einer daher und will dieses verdammte Zauberwerk nicht nur zurückbringen, sondern gleich selbst zum Zauberer werden?«

»Haben wir nicht immer geahnt, dass die Zauberer ihre Macht zurückhaben wollen?«, warf Rinan ein.

»Zumindest, dass die Magie irgendwann zurückkehren könnte.«

Vielleicht war es das, was der Sehende damals auf dem Marktplatz von Naranor gemeint hatte. *Die Begegnung mit der Magie wird zugleich eine mit dem Tod.* Elathar hatte immer angenommen, dass sich die Worte auf das Zusammentreffen mit dem Zauberer bezogen hatten, das zwei seiner Männer das Leben gekostet und das er selbst nur dank seines Schutzes überlebt hatte. Aber vielleicht hatte er sich geirrt. Vielleicht war es ihm bestimmt, im Kampf gegen Falinn zu sterben – niedergestreckt durch eine Magie, die es vermochte, den Schutzzauber zu überwinden, der auf der Blutlinie seines Vaters lag.

»Bist du sicher, dass Falinn *das* vorhat?«, fragte Dainn.

»Wenn man Rissa glauben kann – ja.« Während der letzten Stunden hatte er sich immer wieder gefragt, ob sie die Wahrheit sagte. Aber warum sollte sie lügen? Um ihn in seinem Kampf gegen Falinn einzuschüchtern? Ihnen klarzumachen, dass sie nichts ausrichten konnten? Er wäre froh gewesen, wenn es so wäre, doch er hatte ihr Gesicht gesehen. Was Falinn plante, machte ihr Angst.

Njall fuhr sich durch sein schütteres Haar, bis es ihm wild vom Kopf abstand. »Und was machen wir jetzt?«

»Wir müssen ihn vorher zu Fall bringen«, sagte Elathar. »Dafür brauchen wir jedes Schwert, das wir kriegen können.« Er sah zu Erlendur.

Der nickte. »Wir sind bereit. Sobald wir hier fertig sind, werde ich mit meinen Männern aufbrechen. Ich kann dir keine Armee bringen, aber ich werde nicht mit leeren Händen zurückkehren.«

Dainn runzelte die Stirn. »Und was passiert dann?«

»Dann brauchen wir jemanden, der für uns herausfinden kann, wie wir an Falinn herankommen können.«

»Das Mädchen?«, schnappte Erlendur. »Du denkst ernsthaft an das Mädchen, Welpe! Götter, du kannst ihr nicht vertrauen!«

»Warum nicht?«

Erlendur sprang auf. »Denk nach! Das kann doch unmöglich Zufall gewesen sein, dass sie ausgerechnet an dem Tag in dieser Gasse war. Falinn muss von deinen Plänen, uns zu befreien, erfahren haben. Er hat sie dorthin geschickt, damit wir sie finden. Wir *sollten* sie als Geisel nehmen! Deshalb haben sie uns ziehen lassen.«

»Wir konnten abziehen, weil ihr Vater Angst um ihr Leben hatte«, warf Dainn ein.

Erlendur schnaubte. »Oder weil sie eine Spionin ist.«

»Warum sollte eine Spionin mir erzählen, was Falinn plant?«

»Weil er in Wahrheit etwas ganz anderes vorhat?« Erlendur kniff die Lippen zusammen, bis sie nur noch zwei blutleere Striche waren. Es kostete ihn sichtlich Mühe, die Fassung zu wahren. »All diese Informationen, der Seelenlose, dem sie sich ach so mutig gestellt hat, sind nur dazu gedacht, unser Vertrauen zu gewinnen. Und sobald sie es hat und wir unvorsichtig werden, sind wir erledigt!«

Elathar war nicht entgangen, wie oft der alte Krieger das Wort *wir* benutzt hatte. Der Mann mochte wütend sein und anderer Meinung, doch er stand auf Elathars Seite. Das war mehr, als er sich unmittelbar nach Erlendurs Befreiung erhofft hatte. »Der Seelenlose war ein Geheimnis, das Falinn sicher gern länger für sich behalten hätte. Sie hätte ihn mir nicht zeigen müssen. Meinen Vater vor einem unbekannten Angreifer zu retten, hätte ausgereicht, wenn es ihr nur darum gegangen wäre, mein Vertrauen zu erschleichen. Eure Vorsicht in allen Ehren, aber Ihr überseht etwas.«

»Ach ja?«

»Sie ist aus ihrer Zelle ausgebrochen«, fuhr er mit einem

Blick zu Dainn fort. »Warum hätte sie flüchten wollen, wenn sie eine Spionin ist?«

»Warum ist sie noch hier?«, gab Erlendur zurück. »Sie will dich doch nur einlullen – uns alle! Sie will unser Vertrauen – und wenn sie es hat, ist sie endlich an der Stelle, an der sie noch mehr Informationen für Falinn sammeln kann. Und wenn das passiert, ist es vollkommen egal, ob die Flüchtlinge hier im Fels bleiben oder ob wir sie in den Höhlen oder am Grund der Südlichen See verstecken!«

Elathar konnte durchaus verstehen, warum Erlendur das so sah. Es war noch gar nicht so lange her, da wäre er derselben Ansicht gewesen. Tatsächlich hatte er diese Meinung bis letzte Nacht noch vertreten. Inzwischen jedoch war er davon überzeugt, dass er sich in ihr nicht täuschte. Wenn sie sein Vertrauen wollte, gab es leichtere Wege, als dabei ihr eigenes Leben zu riskieren. Erlendur würde argumentieren, dass es nichts weiter als ein Schauspiel war. Dass der Seelenlose sie angreifen sollte, damit es echt aussah, ihr aber nichts getan hätte. Doch Elathar war dort gewesen. Ohne sein Eingreifen hätte der Seelenlose sie umgebracht. Rissa hatte nicht wissen können, ob er rechtzeitig dazwischengehen würde. Sie hatte ja nicht einmal gewusst, in wessen Gemach sie war! *Das war kein Schauspiel.* Wenn es ihr um sein Vertrauen gegangen wäre, hätte sie einfach die Wachen alarmiert und auf den Seelenlosen gehetzt, ohne sich dabei in Gefahr zu bringen.

»Wäre es nicht einfacher gewesen, ihre Flucht zu Ende zu bringen und nach Naranor zurückzukehren, um Falinn unser Versteck zu verraten?« Elathar schob seinen Stuhl zurück und stand auf. »Ganz zu schweigen davon, dass sie letzte Nacht noch unzählige andere Dinge hätte tun können – Vorräte sabotieren, Wasser vergiften. Sie hätte mich sogar abstechen können.«

»Wer sagt dir, dass sie das nicht getan hat?«, gab Erlendur zu bedenken.

»Ich fühle mich ausgesprochen lebendig.«

»Nicht das!«, fuhr Erlendur ihn an. »Die Vorräte!«

»Das habe ich längst überprüfen lassen.« Elathar hatte die letzten Stunden der Nacht nicht nur mit Grübeleien verbracht, sondern auch damit, seine letzten Zweifel auszuräumen. Er warf einen Blick zu Leal, mit dem er die Vorräte durchgegangen war.

Der stämmige Mann nickte. »Abgesehen davon, dass wir nichts Verdächtiges gefunden haben, hat das Mädchen ohne Zögern alles gegessen und getrunken, was Dainn und Bär ihr vorgesetzt haben.«

Erlendur wollte einfach nicht lockerlassen. »Aber sie –«

»Es reicht!« Elathar schlug auf den Tisch. »Ich habe mir Eure Argumente geduldig angehört und ich konnte jedes davon entkräften. Jetzt ist es an der Zeit, dass Ihr meine Entscheidung akzeptiert.«

Erlendurs Miene verriet, wie wenig ihm das gefiel. »Ich hoffe nur, dass ich – wenn ich mit den Kriegern zurückkehre – hier mehr als einen Haufen Leichen vorfinde.« Er erhob sich. »Wenn es sonst nichts mehr zu besprechen gibt, das mich oder meine Männer betrifft, würde ich gern aufbrechen.«

Elathar entließ ihn mit einem Nicken. »Viel Glück.«

»Das brauchst du viel mehr als ich, Welpe.«

Sobald die Tür hinter dem alten Krieger zufiel, grinste Bär. »Allmählich wird er milde.«

Seine Worte lösten die Anspannung, die so lange über der Ratskammer gelegen hatte. Die Männer begannen zu lachen und selbst Elathar konnte sich ein Schmunzeln nicht verkneifen. Er wurde jedoch schnell wieder ernst. »Dryden, du weißt, was du zu tun hast?«

Der Glatzkopf nickte. »Ich glaube, ich weiß auch schon den richtigen Ort, wo wir die Flüchtlinge sammeln können. Ich werde einige Tage unterwegs sein, vielleicht eine Woche. Oder mehr.«

»Warte bis morgen Früh mit dem Aufbruch. Wir treffen uns heute Abend nach Einbruch der Dunkelheit, dann werde ich euch den Seelenlosen zeigen. Danach will ich, dass ihr jeden nach und nach dorthin bringt. Erzählt ihnen von den Seelenlosen und zeigt ihnen den Toten. Erklärt ihnen, wie sie sein wahres Äußeres erkennen können. Dryden, für dich und deine Männer ist es besonders wichtig, dass ihr wisst, womit ihr es zu tun habt, wenn ihr die neuen Flüchtlinge überprüft.«

»Was ist mit den Flüchtlingen? Sollen sie ihn auch sehen?«

»Unbedingt!« Elathar hätte es gern dabei belassen, ihnen zu sagen, dass sich einer von Falinns Kriegern eingeschlichen hatte und sie deshalb die Sicherheitsvorkehrungen verstärken mussten. Die Angst dieser Menschen noch weiter zu schüren, indem er die Gerüchte über Falinns dämonische Krieger bestätigte, gefiel ihm nicht. Doch es war nötig. »Wenn es einem Seelenlosen trotz aller Vorkehrungen gelingen sollte, in den Fels zu gelangen, sind die Flüchtlinge unsere beste Hoffnung, ihn zu finden.«

* * *

Nachdem alles gesagt war, hatte Elathar die Versammlung aufgelöst und sich auf den Weg zu Rissas Kammer gemacht. Der Raum lag abgelegen am Ende eines fensterlosen Gangs. In den umliegenden Räumen waren Teile der Vorräte untergebracht. Da – neben der Wache, die Elathar vor ihrer Tür postiert hatte – auch die Vorratskammern Tag und Nacht bewacht waren, war immer jemand in der Nähe, der ein Auge auf sie haben konnte. Allerdings bezweifelte er, dass sie noch einmal versuchen würde zu fliehen.

Elathar nutzte die Gelegenheit, Bordan, der vor ihrer Tür Wache schob, über das Treffen am Abend zu unterrichten. Noch befand sich der Leichnam des Seelenlosen in einer Abstellkammer neben seinen eigenen Gemächern. Nach Einbruch der Dunkelheit würde er ihn nach draußen bringen und allen präsentieren.

»Sag es jedem, den du siehst«, sagte Elathar, bevor er anklopfte.

Ohne auf eine Aufforderung zu warten, öffnete er die Tür und trat ein. Rissa stand am Fenster, das kaum mehr als eine Schießscharte war, und blickte auf die zerklüftete Felslandschaft hinaus. Elathar kannte den Anblick nur zu gut. An manchen Tagen, wenn die Wolken über das Gebirge von Demantur hereinzogen, vermochte man kaum zu sagen, wo die Festung endete und der Berg begann. Die Kammer selbst bot gerade genug Platz für eine Pritsche und einen wackligen Tisch, auf dem eine Waschschüssel stand. Immerhin gab es Tageslicht. Abgesehen davon war die Kammer so hoch gelegen, dass Rissa nicht wagen würde, sich durch das Fenster zu zwängen. Um sie von derartigen Überlegungen abzubringen, sollte der Anblick der Außenwand genügen, die nahtlos in den senkrecht abfallenden Fels überging.

»Wenn Ihr letzte Nacht entkommen wärt, wo wärt Ihr hingegangen?«, wollte Elathar wissen.

Rissa drehte sich zu ihm um. »Nach Hause natürlich.«

Er schüttelte den Kopf. Es hatte tatsächlich einen Grund, dass er ihr in dieser Gasse in Naranor begegnet war, aber der hatte nichts damit zu tun, dass Falinn das Mädchen auf ihn und seine Männer angesetzt hatte. »Einen Tag bevor ich in der Gasse auf Euch stieß, habt Ihr von Falinns Plänen erfahren und davon, dass Euer Vater ihn dabei unterstützt. Ich glaube nicht, dass Euch wohl dabei war.« Er hatte lange darüber nachgedacht, ob er ihr vertrauen sollte. Ein Teil von ihm war sich immer noch nicht sicher, doch sein Instinkt sagte ihm, dass er es konnte. Für einen Ausflug zum Markt hätte sie vielleicht ein einfaches Kleid getragen, aber keine Hose. Abgesehen davon hatte er sich daran erinnert, dass bei ihrem Zusammenstoß etwas heruntergefallen war. Je länger er darüber nachdachte, desto mehr wuchs in ihm die Gewissheit, dass es ein Rucksack oder ein Bündel gewesen sein musste. Anfangs hatte sie sich gegen ihn gewehrt. Sobald er jedoch von den Wachen gefordert hatte, das Tor zu öffnen, hatte sie damit aufgehört. Natürlich könnte sie eine Spionin sein, aber es kam noch ein anderer Grund infrage. Einer, der Elathar weitaus wahrscheinlicher erschien. »Ihr wolltet abhauen.«

Rissa schwieg.

»Wo wolltet Ihr hin?«

»Auf ein Schiff – irgendwohin, nur weit weg von Tharennia.« Ihr Blick fand den seinen und hielt ihn fest. Sie schien mit sich zu ringen, setzte mehrmals dazu an, etwas zu sagen, bis sie schließlich fragte: »Werdet Ihr mich zurückschicken? Im Austausch gegen weitere Gefangene? Gegen Euren Bruder?«

Als Elathar die Furcht in ihren Augen sah, wusste er, dass er sich nicht geirrt hatte. So mutig und tapfer sie auch sein mochte, die bloße Vorstellung zurückzumüssen, machte ihr Angst. Das war nicht gespielt.

In diesem Moment traf er eine Entscheidung. »Nein, ich werde Euch nicht austauschen.« Ganz sicher nicht gegen Carandir. Und auch sonst gegen niemanden. »Ich werde Euch nicht zwingen, nach Naranor zurückzukehren.«

»Aber Ihr werdet mich auch nicht gehen lassen.«

»Betrachtet es als Vorsichtsmaßnahme.«

In ihrem Mundwinkel zuckte ein Lächeln. »Dasselbe hat Dainn auch gesagt. Aber früher oder später werdet Ihr Euch entscheiden müssen, ob Ihr mir nun vollends vertrauen wollt oder nicht.«

»Früher oder später werde ich das.«

Als er ihre Kammer verließ, zog er die Tür in dem Wissen hinter sich zu, dass er diese Entscheidung längst getroffen hatte.

25

Der Hauptmann war schon lange fort, doch Rissa starrte noch immer auf die Tür, durch die er verschwunden war. Er würde sie nicht zurückschicken! Zum ersten Mal seit Tagen hatte sie das Gefühl, in Sicherheit zu sein. Sie versuchte sich einzureden, dass sie noch immer wütend war. Dieser Kerl hatte sie verschleppt und eingesperrt! In Wahrheit jedoch war ihre Wut längst verraucht. Etwas an der Art, wie er mit ihr gesprochen hatte, hatte sie an den Mann erinnert, dem sie auf dem Ball begegnet war. Jenen Elathar, der das Lächeln noch nicht verlernt hatte.

Doch so freundlich er auch gewesen sein mochte, mit dem anderen Elathar, dem zornigen und abweisenden Krieger, hatte sie besser umgehen können. Bei ihm war es ihr leichter gefallen, ihn nicht an sich heranzulassen. Wenn sie ihn jetzt ansah, nach allem, was sie gestern Nacht gehört und gesehen hatte, sah sie einen Mann mit Sorgen und Problemen. Jemanden, dem sie helfen und für den sie da sein wollte. Doch genau das durfte sie nicht. Sie konnte hierbleiben und den Menschen beistehen und versuchen, ihr Leben leichter zu machen, aber sie konnte nicht für *ihn* da sein. Früher oder später würde er die Wahrheit herausfinden. Sie würde irgendetwas Dummes tun, das sie verriet, und dann würde er sie töten. Deshalb musste sie sich von ihm fernhalten. Genauso, wie sie es sich nach ihrer ersten Begegnung geschworen hatte.

Ein Klopfen riss sie aus ihren Gedanken. »Ja?«

Auf ihre Aufforderung hin steckte Dainn den Kopf zur Tür herein. »Bereit?«

»Wofür?«

»Dir dein neues Zuhause anzusehen.«

»Wird er dir nicht den Kopf abreißen, wenn du mich rauslässt?«

»Schon *wieder* rauslässt, meinst du wohl.« Dainn grinste. »Lass uns gehen.«

Den größten Teil des Nachmittags führte Dainn sie überall herum. Er zeigte ihr den Fels bis in den letzten Winkel, stellte ihr unzählige Männer und Frauen vor, deren Namen Rissa meistens schon wieder vergessen hatte, sobald das nächste Gesicht vor ihr auftauchte. Elathars Krieger allerdings wussten alle, wer sie war. Einige bedankten sich sogar für das, was sie letzte Nacht getan hatte, wobei Rissa sich nicht sicher war, ob sie von der Rettung des Königs sprachen oder davon, dass sie den Seelenlosen enttarnt hatte. *Vielleicht beides.* Überall drängten sich die Leute zusammen. Jetzt bei Tag, da sie sich nicht an ihre Schlafplätze zurückgezogen hatten, war es sogar noch schlimmer. Es war laut, eng und hektisch. In vielen Räumen war die Luft trotz der Fensteröffnungen so abgestanden, dass ihr fast übel wurde. Angesichts der Verteidigungsanlagen, der dicken Mauern, des massiven Tors mit dem gewaltigen Riegel und den Schießscharten, die sich beinahe überall anstelle von Fensteröffnungen fanden, vermutete Rissa, dass die Festung einst der Stützpunkt einer Armee gewesen sein musste. Ganz sicher war sie nicht dafür gemacht, so viele Menschen zu beherbergen.

Die Große Halle war zu einem Krankenlager umfunktioniert worden. Überall standen notdürftig zusammengezimmerte Pritschen mit Kranken und Verletzten, und wo diese nicht ausreichten, lagen die Menschen auf dem Boden.

»Für viele waren die Strapazen zu viel«, erklärte Dainn, während er sie durch die Halle führte. »Einige erkrankten auf dem Weg hierher, andere wurden auf der Flucht von Falinns Soldaten verletzt.«

Rissa ließ den Blick durch den Raum wandern. In der hinteren Ecke blieben ihre Augen an einer zierlichen jungen Frau mit sonnengelbem Haar hängen, die sie finster anstarrte. »Ich schätze, ich bin hier nicht überall willkommen.«

»Das ist Lyanna«, sagte Dainn und versuchte, sich ein Grinsen zu verkneifen, was ihm nicht wirklich gelang. »Keine Sorge, sie ist nett.«

Als hätte die Frau seine Worte vernommen, veränderte sich ihr Gesichtsausdruck. Ihre Züge wurden weich, und als sich ihr Blick auf Dainn legte, lächelte sie.

Um ein Haar hätte Rissa laut aufgelacht. »Ist sie deine Frau?«

Auch wenn sie es nicht für möglich gehalten hätte; Dainn wurde tatsächlich rot. »Vielleicht eines Tages.«

Schließlich erklärte er die Besichtigung des Krankenlagers für beendet und führte sie wieder nach draußen.

Bei allem, was Rissa an diesem Nachmittag zu sehen bekam, war auffällig, wie diszipliniert die Männer des Hauptmanns waren. Sie mochten ihre Uniformen abgelegt haben, doch sie waren noch immer Soldaten durch und durch. Auf ihre Frage, warum sie Elathar so bereitwillig folgten, hatte Dainn eine ausgesprochen einfache Antwort: »Weil er unser Freund und Hauptmann ist. Wir vertrauen ihm. Abgesehen davon ist er vermutlich der Einzige, der noch etwas gegen Falinn ausrichten kann, nachdem ihm die Fürsten Gefolgschaft geschworen haben.«

»Er hat sich ziemlich verändert, oder?«

»Er ist noch immer –« Dainn nickte. »Früher hat er oft gelacht und mit den Männern gescherzt. Dafür hat er keine Zeit mehr. Hast du eine Vorstellung davon, wie viel Arbeit es bedeutet, das hier alles am Laufen zu halten? Ganz zu schweigen davon, die Erwartungen der Menschen zu erfüllen?«

»Was erwarten sie denn?«

»Eigentlich nur, dass er Falinn in die Neunte Hölle jagt.« Er zuckte die Schultern. »Und sie dabei am Leben hält.«

Als sie schließlich alles gesehen hatte, kam es Rissa vor, als wären sie seit Tagen unterwegs gewesen. Nach der einsamen Zeit im Kerker fiel es ihr schwer, die Flut von Eindrücken und Namen, Orten und Informationen zu bewältigen, die während der letzten Stunden über sie hereingebrochen war.

»Willst du uns helfen?«, fragte Dainn, als er ihr die Tür zu ihrer Kammer aufhielt.

Für den Moment mochte sie für die Stille dankbar sein, die sie nach allem, was sie gehört und gesehen hatte, in ihrer Kammer erwartete. Für eine Weile würde sie die Ruhe genießen, doch spätestens morgen wären die Langeweile und die Rastlosigkeit wieder zurück. »Ja, das will ich.«

»Kennst du dich mit Krankheiten und Verletzungen aus?«

»Ein wenig.«

Dainn nickte. »Wie wäre es dann, wenn du dich im Krankenlager nützlich machst?«

»Der Hauptmann wird dir den Kopf abreißen, wenn du mich auf wehrlose Leute loslässt.«

»Das bezweifle ich. Es war seine Idee.«

26

Während der nächsten Tage half Rissa im Krankenlager aus. Sie brachte den Menschen etwas zu essen, wechselte Verbände, versorgte Wunden und sprach Trost zu, wo er benötigt wurde. Am meisten gingen ihr die kranken und verletzten Kinder ans Herz, von denen es nicht alle schaffen würden.

Die Leute waren dankbar, dass Hauptmann Elathar ihnen Schutz bot, doch aus den Gesprächsfetzen, die Rissa immer wieder aufschnappte, zeichnete sich auch ab, dass ihre Unzufriedenheit wuchs. Sie wollten sich nicht ewig verstecken. Rissa konnte es ihnen nicht verdenken, dass sie ihr Leben zurückhaben wollten und sich ein Zuhause wünschten, doch sie wusste auch, dass der Hauptmann keine Wunder vollbringen konnte. Allerdings fand sie, dass er mit all dem, was er bis jetzt geleistet hatte, schon recht nah dran war.

Gleich am Morgen des ersten Tages, kaum dass Rissa die Große Halle betreten hatte, kam Lyanna zu ihr – das Mädchen, das sie am Tag zuvor noch mit Blicken aufgespießt hatte. Mit ihrem langen goldenen Haar und den strahlend blauen Augen war sie wirklich hübsch, befand Rissa. *Kein Wunder, dass Dainn einen Narren an ihr gefressen hat.* »Du bist die, die dem Hauptmann das Leben gerettet hat, oder? Dainn hat gesagt, dass dieses Monster dich dabei fast umgebracht hätte.«

Es dauerte einen Moment, bis sich Rissa daran erinnerte, dass außer Elathars Männern niemand vom König wusste. Weshalb auch niemand ahnte, wen sie in Wahrheit gerettet hatte. Offenbar war das die Version, die der Hauptmann verbreitet hatte. Sie verzog das Gesicht. »Es war wohl eher so, dass ich den Hauptmann gewarnt habe und er mich dann vor der Kreatur gerettet hat.«

Lyanna erzählte ihr, wie der Hauptmann letzte Nacht dafür gesorgt hatte, dass jeder auf den Burghof kam, um sich den Leichnam des Seelenlosen anzusehen. »Was für ein Monster! Ich wäre vor Schreck ohnmächtig geworden, wenn mir so etwas gegenübergestanden hätte!«

»Zumindest weißt du jetzt, wie sie aussehen, und falls du einmal einem von ihnen begegnest, kannst du vielleicht noch jemanden warnen, bevor du umkippst.«

Lyanna lachte. »Jemand, der sich mit derartigen Wesen anlegt, ohne aus den Schuhen zu kippen, ist hier genau richtig. Ich hoffe, du bist beim Anblick von Blut und Eiter genauso hart im Nehmen.«

Unter Lyannas Anleitung erfuhr Rissa, wie alles organisiert war, dass eine Heilerin namens Garri die Verantwortung für alles trug und in schwierigen Fällen gerufen werden sollte. Das blonde Mädchen zeigte ihr, wo sie das Verbandsmaterial fand und wie man die Kräuterpasten anrührte, die sie auf die Wunden auftrugen. Außerdem führte sie sie herum und stellte sie den Kranken und Verletzten vor. Wie schon bei Dainns Führung durch die Burg fiel es ihr auch hier schwer, die vielen Namen und Gesichter auseinanderzuhalten. Soweit sie es überblicken konnte, befanden sich beinahe dreißig Leute hier, die auf Hilfe angewiesen waren. Dazu kam ein halbes Dutzend Frauen, die wie Lyanna bei der Versorgung halfen. Einzig Garri, die Heilerin, die unermüdlich zwischen den Pritschen hin und her eilte, blieb ihr sofort im Gedächtnis. Dass ihr Haar, obwohl sie gerade einmal die vierzig hinter sich gelassen zu haben schien, bereits schlohweiß war, war nicht das Auffälligste an ihr. Es war ihre Gestalt, die sie von den anderen abhob; hochgewachsen und so dürr wie ein Ast.

Während Rissa von Pritsche zu Pritsche ging, Wunden versorgte und Trost zusprach, kam plötzlich Unruhe in die Leute.

Als sie aufsah, waren neben Garri und ihr selbst keine weiteren Helfer mehr in der Großen Halle.

»Wo sind alle hin?«, wollte Rissa wissen.

»Hauptmann Elathar hat sie zusammengerufen. Er hat etwas zu verkünden.«

»Warum bist du nicht draußen?«

Garri lächelte. »Die Menschen reden. Ich werde auch so erfahren, um was es geht. Und bis dahin werde ich hier mehr gebraucht als draußen.«

Die Menschen redeten tatsächlich. Kurze Zeit nachdem Lyanna und die anderen zurückgekehrt waren, wusste auch Rissa, warum der Hauptmann die Leute versammelt hatte. Noch einmal hatte er von dem Seelenlosen gesprochen, und davon, dass sie Maßnahmen ergriffen hatten, um einen weiteren Vorfall dieser Art zu verhindern. Was er ihnen jedoch nicht versprechen konnte, war, dass Falinns Krieger ihre Suche nicht früher oder später auf das Gebirge von Demantur ausweiten würden. »Irgendwann werden sie uns finden, hat er gesagt«, berichtete Lyanna. »Und er hat uns vor die Wahl gestellt, im Fels zu bleiben oder in nahe gelegene Höhlen umzusiedeln.«

»Wirst du gehen?«

Lyanna schüttelte den Kopf. »Nicht solange …«

»Dainn hier ist?«

Das Mädchen senkte verlegen den Blick, nickte aber. »Außerdem brauchen diese Leute jemanden, der sich um sie kümmert. Wenn wir alle gehen, was wird dann aus ihnen?«

Während draußen die Vorbereitungen für die Umsiedlung begannen, gingen Rissa, Lyanna und die anderen weiter ihrer Arbeit nach. Es war nicht leicht, das Leiden der Menschen mit anzusehen, ohne mehr für sie tun zu können, als ihre Wunden zu versorgen. Ein Mann, der sich bei der Flucht einen offenen Beinbruch zugezogen hatte, lag fiebernd auf seiner Pritsche. Keine Paste und kein Trank vermochte es, ihm Linderung zu verschaffen. Rissa tupfte ihm die schweißnasse Stirn mit einem feuchten Tuch ab und sah hilflos zu, wie er sich vor Schmerzen wand. Einem Instinkt folgend, legte sie ihm die flache Hand auf die Schulter und gab ein wenig Energie frei. Sie stellte sich vor, wie die Energie durch seinen Körper floss und die Hitze des Fiebers aufsog und den Schmerz dämpfte. Tatsächlich wurde er ruhiger und fiel schon bald in tiefen Schlaf. Im Laufe des Tages setzte sie immer wieder ihre Magie auf diese Weise ein. Sie konnte die Menschen dadurch nicht heilen, doch zumindest konnte sie ihr Leiden ein wenig lindern, während ihre Körper zu genesen versuchten. Trotz allem Mitgefühl achtete sie sorgsam darauf, dass niemand sah, was sie tat, und wendete ihre Gabe nur bei jenen an, die nicht bei Bewusstsein waren, schliefen oder fieberten, sodass ihnen niemand glauben würde, falls einer von Zauberei sprechen sollte. Kein Einziger von denen, bei denen sie ihre Magie einsetzte, verzog auch nur eine Miene. Einmal hatte Rissa das Gefühl, dass eine Frau trotz des Fiebers durchaus mitbekam, was da geschah, doch statt um Hilfe zu schreien, lächelte sie nur, schloss die Augen und schlief ein.

Am Abend war Rissa müde und erschöpft – vom Einsatz ihrer Magie und von der ungewohnt harten Arbeit. Trotzdem wollte es ihr nicht gelingen, Ruhe zu finden ... zu sehr verfolgte sie der Anblick jener, denen nicht mehr zu helfen war. Da an Schlafen ohnehin nicht zu denken war, verließ sie ihre Kammer, um ein wenig Luft zu schnappen. Sie war überrascht, dass niemand vor ihrer Tür Wache hielt. Trotzdem schienen die Männer des Hauptmanns die Anweisung zu haben, sie im Auge zu behalten. Wo immer sie auch hinging, folgten ihr die wachsamen Blicke. Rissa störte sich nicht daran. Vermutlich hätte sie es schlimmer gefunden, wenn der Hauptmann plötzlich sorglos geworden wäre.

Zwischen den Zelten und Feuerstellen auf dem Burghof herrschte reges Treiben. Mehr als einmal war Rissa gezwungen, jemandem auszuweichen. Als ein paar tobende Kinder auf sie zugerannt kamen, machte sie einen Schritt zur Seite. Dabei stieß sie mit einer alten Frau zusammen, die durch Rissas Schwung das Gleichgewicht verlor. Schnell griff Rissa nach ihren Schultern und bekam sie zu fassen, bevor sie stürzen konnte.

»Ist dir etwas passiert?«, erkundigte sie sich. »Hast du dich verletzt?«

Als die Alte den Kopf hob, blickte Rissa in ein Paar blinder Augen, deren Pupillen mit einem milchigen Schleier überzogen waren. *Kein Wunder, dass sie mich nicht gesehen hat.* Allerdings hatte Rissa nicht den Eindruck, dass sich die Frau sonderlich vorsichtig oder unsicher bewegt hätte. Sie trug nicht einmal einen Stock bei sich. Rissa sah sich um. Nein, es war auch kein Stock heruntergefallen.

Gesicht und Hände der Frau hatten mehr Falten als ein Winterapfel, die dünne Haut war voller dunkler Flecken, das dünne Haar hing in schlaffen weißen Strähnen auf ihre Schultern herab und ihre ausgemergelte Gestalt war vom Alter gebeugt. Sie wirkte derart zerbrechlich, dass Rissa gegen den Drang ankämpfen musste, einen Teil ihrer Energie in sie fließen zu lassen.

»Mir ist nichts passiert, Kind.« Mit einer beruhigenden Geste griff die Alte nach Rissas Händen. Schlagartig veränderte sich ihr Gesicht. Die Furchen darin vertieften sich noch weiter und ihr Mund verzog sich in einer Mischung aus Erschrecken und Verwunderung. »Deine Hände«, flüsterte sie. »Deine Hände sind so kalt wie der Tod, der dir innewohnt.«

Ein Schlag durchfuhr Rissa, als wäre ein Blitz durch ihren Körper geschossen. Die feinen Härchen an ihren Armen und in ihrem Nacken richteten sich auf. Ihr Herz begann zu rasen, feine Schweißperlen bildeten sich auf ihrer Haut. Da war ein Bild in ihrem Kopf. Etwas Schimmerndes. Eine Klinge. Für den Bruchteil eines Augenblicks glaubte sie, ein Schwert oder einen Dolch auszumachen, doch bevor sie mehr erkennen konnte, durchzuckte ein heftiger Schmerz ihre Eingeweide. Sie schnappte nach Luft. Und das Bild war fort.

Erschüttert und verwirrt entriss sie der Alten ihre Hände. Ihr Herz hämmerte noch immer wie wild in ihrer Brust. Befremdet stellte sie fest, dass es Panik war, die sie verspürte. Todesangst. Aber warum sollte ihr eine alte Frau derartige Angst einjagen? Das war lächerlich!

Die Frau selbst schien von alldem nichts zu bemerken. Ohne ein weiteres Wort wandte sie sich von Rissa ab und ging mit sicheren Schritten davon. Vor dem Eingang zu einem Zelt blieb sie stehen und wandte sich noch einmal um. Mit einer Geste winkte sie Rissa zu sich heran. Im Gegensatz zu der Alten waren Rissas Schritte unsicher, als sie der Aufforderung folgte. Ihr war schwindlig und sie fühlte sich eigenartig. Als wäre ihr Kopf zu schwer für ihren Körper.

Als Rissa vor der Alten zum Stehen kam, bedeutete diese ihr, noch näher zu kommen. Zögernd beugte sich Rissa zu ihr herab. Sie war ihr jetzt so nah, dass sie jede Furche in der Haut, jeden Flecken und auch die fauligen Zahnstümpfe hinter ihren geöffneten Lippen sehen konnte. Der Geruch des Alters umhüllte sie, süßlich und verdorben. Rissa wollte zurückfahren, doch die alte Vettel packte sie beim Kragen und zog sie noch weiter zu sich herab, bis ihr Mund dicht an ihrem Ohr war. Der Gestank war jetzt kaum noch auszuhalten.

»Mit deiner Magie«, flüsterte die Alte, »wirst du das Ende eines Zeitalters besiegeln.«

Rissa fuhr zurück. Woher wusste sie von der Magie? Sie musste eine Sehende sein. Das würde auch erklären, warum sie trotz ihrer offensichtlichen Blindheit in der Lage war, ihren Weg zu finden. Gelähmt vor Schreck, starrte sie die Alte an. Was, wenn sie sie verriet?

»Du musst dich erinnern, Kind. Und das wirst du. Bald.«

Die Alte machte kehrt und ging ins Zelt. Im Eingang drehte sie sich noch mal kurz um. »Dein Geheimnis ist bei mir sicher.« Dann verschwand sie.

Als sich Rissa abwandte, entdeckte sie Lyanna auf der anderen Seite des Hofs. Das Mädchen winkte ihr zu, ehe es weiterging. Rissa dachte daran, ihr zu folgen und sie nach der Alten zu fragen. Doch was sollte sie sagen? Dass sie ihre Magie erkannt hatte? Wohl kaum. Noch immer wie betäubt kehrte Rissa in ihre Kammer zurück und verriegelte die Tür hinter sich, als könne sie dadurch die Worte der Alten draußen halten.

Sehende waren selten geworden. Die meisten, die von sich behaupteten, sehen zu können, waren Scharlatane, die mit Schaustellern durch die Lande zogen und den Menschen gegen Münzen ihre Zukunft prophezeiten. Je rosiger die vorhergesagten Aussichten, desto mehr Münzen klimperten am Ende des Tages in ihren Taschen. Echte Sehende jedoch vermochten es nicht, ihre Fähigkeit bewusst einzusetzen. Nach allem, was Rissa gehört hatte, war es ein unzuverlässiges Talent, das kam und ging, wie es ihm zu belieben schien. Ähnlich wie der *Blick*, war es eine angeborene Gabe, die nichts mit Magie gemein hatte. Ausgelöst durch äußere Reize, wie eine Berührung oder den Anblick eines Orts, ermöglichte es einem Sehenden, einen kurzen Blick auf die Zukunft zu erhaschen. Die Bilder waren oft verwirrend und fast immer aus dem Zusammenhang gerissen, weshalb sie nur selten über wirkliche Aussagekraft verfügten. Davon jedoch, dass jemand, der von einem Sehenden berührt wurde, ebenfalls ein Bild empfing, hatte Rissa noch nie gehört.

* * *

Ihr Schlaf war unruhig, durchzogen von wirren Traumbildern, die immer auf ein und dasselbe hinausliefen: eine blitzende Klinge. Wieder und wieder sah Rissa das Bild vor sich. Sie vermochte nicht zu sagen, ob es ein Schwert oder ein Dolch war, doch sie wusste mit absoluter Sicherheit, dass der Stahl den Tod brachte. Sie rannte. Immer wieder sah sie sich um. Da war kein Verfolger zu sehen, nur immer wieder das Aufblitzen der Klinge. Und sie kam näher. Ganz gleich, wie schnell sie auch rannte, der Abstand zwischen ihr und dem Tod schrumpfte mit jedem Schritt. Als sie sich das nächste Mal umdrehte, glaubte sie, eine schemenhafte Gestalt auszumachen, das Antlitz unter einem Helm verborgen. Kaum sichtbar im Dunkel der Nacht. Ihr Verfolger war jetzt ganz nah. Den Arm zum tödlichen Stoß erhoben, überwand er den letzten Schritt, der ihn noch von seinem Opfer trennte. Die Klinge fuhr herab. Brennender Schmerz explodierte in ihren Eingeweiden. Mit einem Schrei fuhr sie hoch.

Ihr Blick schoss in der Kammer umher, auf der Suche nach ihrem schattenhaften Verfolger. Doch alles, was sie im Mondlicht ausmachen konnte, waren die mittlerweile vertrauten Umrisse der wenigen Möbelstücke, die sich wie Narben aus dem Grau der Nacht schälten. Sie war allein, so allein, wie sie es schon ihr ganzes Leben lang gewesen war.

Zitternd sank sie auf die Pritsche zurück, bemüht, die Erinnerung daran, wie der Dolch in ihren Leib gefahren war, abzustreifen. Nur langsam ließ das Pochen in ihren Eingeweiden nach. Doch die Bilder ihres Traums verfolgten sie bis zum Morgengrauen.

Als sie am nächsten Morgen in die Große Halle kam, fühlte sie sich vollkommen zerschlagen. Der gestrige Tag war anstrengend gewesen, die Nacht zu kurz. All das steckte ihr zusammen mit den Worten der Alten noch in den Knochen, als sie sich daranmachte, die Kranken zu versorgen. Garri entging nicht, dass sie sich nicht wohl fühlte. Die Heilerin bot ihr sogar an, zu gehen und sich hinzulegen. Doch wenn Rissa eines nicht wollte, dann, den ganzen Tag allein mit ihren Gedanken in ihrer Kammer zu verbringen.

Tatsächlich half die Ablenkung. Schon bald war sie so von ihrer Aufgabe vereinnahmt, dass ihr keine Zeit blieb, sich länger den Kopf zu zerbrechen. Als sie am Abend das Krankenlager verließ, war der Traum in ihrer Erinnerung verblasst, und die Worte der Alten hatten an Bedeutung verloren. Auf dem Weg aus der Tür stieß sie um ein Haar mit Lyanna zusammen.

»So abwesend?«, lachte Lyanna. »Dir steckt wohl noch die Begegnung mit Malyn in den Knochen.«

Rissa blinzelte verwirrt. »Mit wem?«

Lyanna zog eine Grimasse, streckte die Hände vor und tat, unterstrichen von ein paar Stöhnlauten, als würde sie sich blind den Weg ertasten. »Die Alte von gestern.«

Lyanna war auf dem Burghof gewesen. Aber sie konnte doch unmöglich etwas gehört haben, oder? Die Alte – Malyn – hatte ihr die Worte ins Ohr geflüstert.

»Mach dir keine Gedanken wegen ihr«, sagte Lyanna. »Sie ist verwirrt. Manche behaupten, sie sei eine Sehende, aber ich glaube, sie erschreckt einfach gern die Leute mit irgendwelchen rätselhaften Andeutungen. Kein Grund, sich darüber den Kopf zu zerbrechen.«

Rissa lachte. Nicht, weil ihr danach zumute war, sondern einfach, weil sie glaubte, dass es die Reaktion war, die Lyanna erwartete. *Die Reaktion eines normalen Menschen, der nichts zu verbergen hat.* Vielleicht hatte Lyanna ja sogar recht. Rissa war so auf der Hut, musste ständig aufpassen, dass niemand hinter ihr Geheimnis kam – da war es kaum verwunderlich, dass ein paar rätselhafte Worte sie aus dem Gleichgewicht brachten.

Rätselhafte Worte? Die Alte hatte von ihrer Magie gewusst! Dazu die anderen Dinge, die sie gesagt hatte. Wie war das noch gewesen? *Mit deiner Magie wirst du das Ende eines Zeitalters besiegeln.* Und was war das noch, von wegen sie sollte sich erinnern? Woran? Was, wenn Malyn wirklich eine Sehende war? Wenn diese Worte eine Wahrsehung waren? Ihre Zukunft!

Das Ende eines Zeitalters.

Eine Klinge in der Dunkelheit.

Schöne Zukunft.

Fröstelnd ging Rissa in ihre Kammer.

Hatte sie es während des Tages noch geschafft, sich abzulenken, wollten ihr die Worte der Alten jetzt nicht mehr aus dem Kopf gehen. »Mich erinnern ... Woran?«

Malyns Worte hatten mit Magie zu tun gehabt. Deshalb grub Rissa in ihrer Erinnerung nach etwas, das ebenfalls damit in Zusammenhang stand. Doch alles, was ihr in den Sinn kam, waren ihre heimlichen Versuche mit ihrer Gabe und die Übungsstunden mit ihrem Vater. Fast schien es ihr, als hätte sie erst vor Kurzem überhaupt angefangen, sich mit der Zauberei zu beschäftigen. Sie versuchte, sich an die Zeit zu entsinnen, bevor ihr Vater damit begonnen hatte, sie auszubilden, doch je weiter sie in die Vergangenheit ging, desto verschwommener wurde alles. Sie konzentrierte sich darauf, den Schleier zu durchdringen, doch je mehr sie ihre Aufmerksamkeit in die Vergangenheit richtete, desto mehr schien diese sich ihr zu entziehen. Trotzdem versuchte sie es weiter. *Nur eine einzige Erinnerung aus meiner Kindheit*, nahm sie sich vor. *Eine, die mit Magie zu tun hat.*

Sie schloss die Augen und schickte ihre Gedanken auf die Reise in die Vergangenheit. Ein Ziehen breitete sich in ihrem Brustkorb und ihren Eingeweiden aus und wuchs, je mehr sie sich konzentrierte, zu einem stechenden Schmerz an, der sie aufstöhnen ließ. Schließlich hielt sie es nicht mehr aus. Sie zog ihren Geist von dem Schleier zurück, der ihre Vergangenheit vernebelte. Schlagartig verebbte der Schmerz. Rissa schnappte nach Luft. Etwas stimmte nicht. Ganz und gar nicht.

Sie ließ sich auf ihre Pritsche zurücksinken und versuchte herauszufinden, wann ihre Erinnerungen hinter dem Nebel verschwanden. Während sie noch darüber nachdachte, schlief sie ein und schreckte bald darauf aus einem weiteren Traum auf, in dem die schemenhafte Gestalt sie verfolgte.

Dieses Mal war sie erwacht, kurz bevor sich die Klinge in ihren Leib bohrte. Wenn das ihre Zukunft war, wer war dann ihr Mörder? Und warum? Alles wirkte so erschreckend wirklich. Als wäre sie dem Mann, der ihrem Leben ein Ende setzen würde, bereits begegnet.

In erneuten Grübeleien gefangen, stand sie auf und verließ ihre Kammer. Vielleicht würden ein paar Schritte an der Luft helfen, ihren aufgewühlten Geist zu beruhigen. Die Hitze des Tages lag noch in der Luft, schwer und beinahe greifbar. Überall auf dem Hof hatten sich Männer, Frauen und Kinder in kleinen Grüppchen versammelt, saßen zusammen, aßen, tranken und sprachen miteinander. An Ruhe war hier nicht zu denken. Abgesehen davon wollte sie Malyn nicht noch einmal begegnen.

Auf der Suche nach einem geeigneten Rückzugsort fiel ihr Blick auf das von Zinnen bewehrte Dach des Haupthauses. Dort oben waren keine Wachen, und soweit sie es von hier aus erkennen konnte, war auch sonst niemand zu sehen. Wenn sie einen Weg dort hinauf fände …

Sie kehrte ins Haupthaus zurück und machte sich auf die Suche nach einem Treppenhaus zum Dach. Die meisten Treppen endeten im obersten Geschoss, und es dauerte eine Weile, bis sie eine schmale Tür entdeckte. Dahinter zeichneten sich schemenhaft ein paar ausgetretene Stufen ab, die nach oben zu führen schienen. Rissa kehrte auf den Gang zurück und holte eine Fackel, die sie am Fuß der Treppe in eine Wandhalterung steckte. Im Fackelschein wurde schnell sichtbar, warum dort oben keine Wachen postiert waren. Die Treppe war halb eingestürzt, einzig eine Seilleiter, die jemand von oben heruntergelassen hatte, gewährte Zutritt zum Dach. Rissa griff nach der Leiter und zerrte daran. Sie hielt. Neugierig, was sie oben erwarten mochte, kletterte sie hinauf. Die

Seilleiter endete vor einer Luke. Rissa stieß sie auf und zog sich an der Kante nach oben. Ein kühler Luftzug zupfte an ihren Haaren und trieb ihr die Locken ins Gesicht. Frische Luft. Nicht abgestanden wie im Hof. Rissa schloss die Augen und atmete ein paarmal tief durch, ehe sie sie wieder öffnete und an die Zinnen herantrat. So weit sie blicken konnte, sah sie zu allen Seiten nur Berge. Graubraune, zackige Linien, immer wieder durch scharfe Einschnitte durchbrochen, die sich wie Wellen vor dem dämmrig blauen Himmel erhoben. Es war atemberaubend. Sie ging zur Innenseite und blickte auf den Hof hinunter. Von hier aus wirkte alles so klein und unbedeutend. Weit weg. Aber das Beste war die Stille. An keinem einzigen Ort, nicht einmal in ihrer Zelle, in der sie die Wachen beim Würfelspiel hatte lachen und scherzen hören, war es so wunderbar still gewesen.

Sie setzte sich auf eine Zinne und blickte auf die Berge. Nach der Enge in der Burg war die Weite des Gebirges eine willkommene Abwechslung. Sie wusste nicht, wie lange sie so dasaß, versunken in ihre Gedanken, als ein Klappen sie auffahren ließ. Die Luke! Halb rechnete sie damit, jeden Moment das Gesicht der alten Malyn zu sehen, die ihr gefolgt war, um sie mit weiteren rätselhaften Worten zu überschütten. Stattdessen stieg Hauptmann Elathar durch die Öffnung auf das Dach.

Er war auf dem Weg zu den Zinnen, als er Rissa erblickte. Überrascht hielt er inne. »Ich wusste nicht, dass jemand hier ist.«

»Das ist Eure Leiter?«

Er nickte und machte Anstalten zu gehen.

»Wartet!«, rief Rissa, die das Gefühl hatte, ihm durch ihre Anwesenheit etwas genommen zu haben – dieselbe Ruhe, nach der auch sie gesucht hatte. »Bleibt. Bitte.«

Ihrer Aufforderung folgend, trat er neben ihr an die Zinnen heran und lehnte sich gegen den Stein. Seit der Nacht, in der sie seinen Vater vor dem Seelenlosen gerettet hatte, hatte sie ihn nur aus der Ferne zu sehen bekommen. Meistens war er mit einem oder mehreren seiner Männer unterwegs gewesen, hatte Anweisungen erteilt oder sich die Anliegen der Männer und Frauen angehört, die an ihn herantraten. Dabei hatte er die ganze Zeit über grimmig und angespannt gewirkt. Erst als sich sein Blick über die Zinnen hinweg auf die Berge richtete, schien er sich zu entspannen.

»Es ist schön hier«, sagte Rissa, die sich plötzlich wie ein Eindringling fühlte. »Ruhig.«

»Deshalb komme ich her.«

Eine Weile standen sie schweigend nebeneinander, den Blick auf die Welt außerhalb der Mauern gerichtet. Die Stille, die sich zwischen ihnen ausbreitete, hatte etwas Behagliches. Ein wenig zu behaglich, wie Rissa fand.

»Was Ihr für die Menschen hier tut, ist wirklich unglaublich«, durchbrach sie schließlich das Schweigen. Die Stille war angenehm gewesen, doch seine Nähe fühlte sich einfach *zu* gut an. *Als müsste es genau so sein.*

Der Hauptmann schnaubte. »Was mache ich schon, außer sie zu verstecken.«

»Ihr seid bereit, Falinn die Stirn zu bieten. Ist das etwa nichts?«

Kopfschüttelnd drehte er sich um und lehnte sich mit dem Rücken gegen die Zinnen. »Ich halte nur die Stellung, bis mein Vater wieder in der Lage ist, seine Aufgaben wahrzunehmen.«

Er schien wirklich zu glauben, was er da sagte. »Wann hat der König das letzte Mal einen Befehl gegeben? Oder überhaupt etwas gesagt?«

Der Hauptmann antwortete nicht. Das musste er auch nicht.

»Ihr wollt gegen Falinn vorgehen und behauptet, dabei nur die Befehle – oder Wünsche – Eures Vaters auszuführen.«

Noch immer zwischen den Zinnen sitzend, drehte sie sich herum, bis sie ihn ansehen konnte. »Wenn Ihr mich fragt, macht Ihr Euch etwas vor. Es sind *Eure* Entscheidungen, Elathar. Ihr seid der Letzte Eurer Blutlinie und Ihr habt die Verantwortung übernommen. Vielleicht handelt Ihr dabei im Sinne Eures Vaters, doch es ist einzig und allein Euer Handeln.«

Wieder schnaubte er.

»Wollt Ihr das etwa bestreiten? Wollt Ihr leugnen, dass Ihr die Verantwortung für all diese Menschen tragt? Dass Ihr dafür sorgt, dass sie ein Heim haben und in Sicherheit sind?«

»Ein *Heim*? Das ist ein verfluchtes Loch! Ein alter Steinhaufen!«

Überrascht stellte Rissa fest, dass sie die Hand ausgestreckt hatte, um nach seiner zu greifen. Als ihr bewusst wurde, was sie da tat, zog sie sie sofort wieder zurück. »Aber sie sind frei und in Sicherheit. Sie haben zu essen und können nachts die Augen schließen, ohne fürchten zu müssen, dass Falinns Krieger ihr Leben im Schlaf auslöschen.«

»Redet nicht so mit mir.«

»Wie?«

»Als wäre ich jemand …«

Jemand Besonderes, hätte sie seinen Satz um ein Haar vollendet. Es gelang ihr gerade noch, die Worte herunterzuschlucken. Sie wusste nicht einmal, warum sie ihr plötzlich in den Sinn gekommen waren.

»Ich kann die wachsende Unzufriedenheit spüren«, sagte er. »Und ich kann sie verstehen. Das ist kein Zuhause. Es ist nichts weiter als ein Haufen alter Steine. Der Winter kommt, die Vorräte werden knapp und Falinns Krieger rücken mit jedem Tag näher. Wir können nicht ewig so weitermachen.«

»Nein, das könnt Ihr nicht. Aber das habt Ihr ja auch nicht vor. Unzufrieden oder nicht, die Menschen sind Euch dankbar für das, was Ihr getan habt. Ihr sorgt für sie und kämpft für ihre Freiheit und die Eures Landes. Das ist mehr, als die meisten anderen Herrscher tun würden.«

»Herrscher?« Er verzog das Gesicht. »Ich bin nichts weiter als der titellose Bastard eines Königs – eines *gestürzten* Königs. Das Herrschen sollen andere übernehmen.«

»Ihr braucht keinen Titel, um diese Menschen anzuführen. Dafür genügen gesunder Menschenverstand und ein wenig Herz.« Verflucht, sie redete sich um Kopf und Kragen. Warum legte sie es plötzlich so sehr darauf an, ihm Mut zu machen? Lag es nur daran, dass die Menschen ihn brauchten, oder hatte es damit zu tun, dass sie etwas von dem Grimm der letzten Monate aus seinen Zügen vertreiben wollte? Was es auch sein mochte, es funktionierte nicht sonderlich gut.

»Ich muss wieder zurück. Ich habe noch zu tun.« Kaum hatte er die Worte ausgesprochen, war er bereits bei der Luke angekommen. Bevor er jedoch die Seilleiter ergriff, wandte er sich noch einmal Rissa zu. »Ihr könnt hierherkommen, wann immer Ihr wollt, wenn Ihr mir etwas versprecht.«

Misstrauisch sah sie ihn an. »Was soll das sein?«

»Brecht Euch beim Hochklettern nicht den Hals«, sagte er und war verschwunden, bevor sie etwas erwidern konnte.

27

Am nächsten Morgen fühlte sich Elathar unausgeschlafen und hatte Mühe, sich zu konzentrieren. Rissas Worte hatten ihn die ganze Nacht über verfolgt. *Ihr sorgt für sie und kämpft für ihre Freiheit und die Eures Landes. Das ist mehr, als die meisten anderen Herrscher tun würden.* Sie glaubte an ihn. Glaubte an das, was er hier tat. Wenn man bedachte, unter welchen Umständen sie in den Fels gekommen war, war das wohl überraschender als alles andere. Sogar überraschender als die Tatsache, dass er sie gestern auf dem Dach angetroffen hatte, dem einzigen Ort, den sonst niemand aufsuchte, abgesehen von ihm selbst. Nicht einmal Dainn kam auf das Dach, es war ihm entschieden zu weit oben, wie er meinte.

Dass er, von Carandir abgesehen, der im Kerker auf seine Hinrichtung wartete, der Letzte seiner Blutlinie war, war ihm erst durch ihre Worte wirklich bewusst geworden. Natürlich *wusste* er es, auch Erlendur hatte es schon zur Sprache gebracht. Trotzdem hatte er nie einen Gedanken daran verschwendet. Er war zu beschäftigt gewesen, tat einfach, was getan werden musste. Und irgendwie hatte er wohl auch gehofft, dass er – sofern es ihm gelang, Falinn zu besiegen – sein altes Leben wieder aufnehmen und weitermachen konnte wie bisher. Aber wem wollte er etwas vormachen? Anerkannt oder nicht, solange sein Vater nicht dazu in der Lage war und es keinen anderen seiner Blutlinie gab, der einen Anspruch erheben konnte, war er für weit mehr als nur die Flüchtlinge verantwortlich. Elathar hatte das nie gewollt. Und ohne Carandirs Verrat wäre es auch nie so weit gekommen. Er hätte ein friedliches Leben auf seinem Posten in Raidon führen können!

Rissa hatte ihm die Augen geöffnet und dafür gesorgt, dass er sich nicht länger selbst belügen konnte. Nichts würde jemals wieder so sein, wie es einmal gewesen war. Er war der verdammte Thronerbe! Elathar hatte sich eine Familie gewünscht, einen Vater. Titel oder gar die Krone waren ihm nie wichtig gewesen. Er hatte noch nicht einmal darüber nachgedacht. Und dann? Dann kam dieses Mädchen daher und plötzlich konnte er sich der Wahrheit nicht länger verschließen. Die Verantwortung, die er übernommen hatte, entsprang nicht länger seinem freien Willen – sie war seine Pflicht!

Rissa machte ihn verrückt. Er hatte versucht, ihr aus dem Weg zu gehen, was ihm auch gelungen war – zumindest, solange sie im Kerker gesessen hatte. Jetzt aber war sie frei und schien überall zu sein. Natürlich war das Unsinn, denn in Wahrheit war er ihr seitdem nur zweimal begegnet; einmal in seinem Gemach, als sie gegen den Seelenlosen gekämpft hatte, und dann letzte Nacht auf dem Dach. Ansonsten hatte er sie nur ein- oder zweimal aus der Ferne zu Gesicht bekommen. Trotzdem verfolgte sie ihn auf Schritt und Tritt – in seinen Gedanken, dem einzigen Ort, von dem es ihm nicht gelingen wollte, sie fernzuhalten.

Er packte einen Sack Mehl und lud ihn auf den Lastesel. Den ganzen Morgen schon machte er nichts anderes, als Vorräte und Ausrüstung herumzuschleppen und auf Karren und Esel zu laden. Es war eine schweißtreibende Arbeit, von der er gehofft hatte, sie könne ihn ablenken. Die ersten Flüchtlinge hatten die Festung am Morgen verlassen und sich unter Dainns Führung auf den Weg zu den Höhlen gemacht. Soweit er es überblicken konnte, hatte sich etwas mehr als die Hälfte entschlossen zu gehen. Die meisten schienen es kaum erwarten zu können, der Enge zu entkommen.

»Wie viele Vorräte sollen wir mitgeben?« Leal war neben ihm stehen geblieben und betrachtete das Durcheinander auf dem Burghof. Sie hatten die Zelte und Lagerplätze abbauen lassen, damit sie genug Platz für die Karren, Lasttiere und Vorräte hatten, die sie in die Höhlen transportieren wollten.

»Genug für eine Woche«, sagte Elathar. »Es ist besser, wenn die Vorräte hier eingesperrt und bewacht sind. Wir werden jede Woche eine Lieferung hochschicken.«

Leal nickte. »Sollten wir nicht …«

Elathars Aufmerksamkeit wurde zum Tor gelenkt, durch das ein Reiter auf den Hof preschte. In einer Staubwolke kam das Pferd zum Stehen. Als sich der Staub ein wenig legte, erkannte Elathar Tan, einen von Drydens Männern. »Entschuldige, wir reden später weiter.« Ohne eine Antwort abzuwarten, ließ er Leal stehen und ging auf Tan zu, der ihm bereits entgegenkam. Elathar versuchte, in seinem Gesicht zu lesen, was passiert war, doch Staub und Schmutz hatten sich wie eine starre Maske über seine Züge gelegt und machten es schwer, eine Regung darin abzulesen. So wie er auf den Hof galoppiert war, konnte sein Auftauchen nichts Gutes bedeuten. Wo waren die anderen? Warum war er allein?

»Was ist passiert?«, verlange Elathar zu wissen, sobald Tan vor ihm stand.

Der drahtige Mann mit den wettergegerbten Zügen erinnerte an eine knorrige Wurzel, ein Eindruck, den der Schmutz in seinem Gesicht nur noch unterstrich. »Falinns Truppen nähern sich den Bergen«, sagte er atemlos. »Sie sind noch einige Tage – so wie sie alles absuchen, vermutlich sogar Wochen – entfernt. Aber sie rücken näher. Dryden hat mich geschickt. Er wollte, dass du gewarnt bist – für den Fall, dass sie sich entscheiden, einen Teil ihrer Krieger sofort in die Berge zu schicken.«

Die Nachricht gefiel Elathar nicht. Andererseits war es zu erwarten gewesen, dass sie früher oder später näher kommen würden. Später wäre ihm allerdings lieber gewesen. Er winkte Bär zu sich, der gerade dabei war, einen Karren zu beladen.

»Was gibt es, Hauptmann?«

Elathar erklärte ihm, was er von Tan erfahren hatte. »Sorg dafür, dass zwei Wachen am Pass postiert werden.«

»Haben wir schon vor drei Tagen gemacht.«

»Aber nur auf halbem Weg. Zieh sie noch weiter runter, zum Zugang des Passes. Auf diese Weise werden wir noch früher gewarnt, wenn sich etwas tut.« Elathar wandte sich wieder Tan zu. »Wie viele Krieger habt ihr gesehen?«

»Unmöglich zu sagen. Es sind viele kleine Trupps, jeweils acht oder zehn Mann.«

»Bär, du ziehst zehn weitere Wachen von hier ab. Ich will, dass ein Dutzend unserer Männer unten postiert sind. Wenn uns Falinns Krieger zu nah kommen, soll einer hochkommen, um uns zu warnen. Die anderen greifen an.« Es war riskant, aber je früher sie Falinns Männer abfingen, desto geringer war die Gefahr, dass sie entdeckt wurden. Und mit einem Trupp von zehn Mann würden sie fertigwerden.

»Alles klar.« Für einen Mann seiner Statur entfernte Bär sich erstaunlich schnell und leichtfüßig.

Elathar schickte Tan nach drinnen, damit er sich etwas zu essen holen und ausruhen konnte. Er selbst machte sich wieder an die Arbeit. Je schneller die Leute in die Höhlen kamen, desto besser. Sicher, dass Falinns Krieger sich näherten, bedeutete nicht, dass sie auch in die Berge kamen. Zumindest noch nicht. Vielleicht nie. In den Augen der Leute gab es hier oben nichts von Bedeutung – auch keinen geeigneten Unterschlupf für eine Gruppe von Flüchtlingen. *Nur Felsen und unwegsames Gelände.* So hatte auch Elathar das Gebirge von Demantur gesehen, bevor er die Passfestung und die Höhlen entdeckt hatte.

»Das habt Ihr Euch ja fein ausgedacht, Eisprinz!« Ham, einer der Flüchtlinge, starrte Elathar wütend an. »Ihr hockt mit Euren Männern hinter den sicheren Festungsmauern, während wir in die Höhlen abgeschoben werden. Ich habe mir von Anfang an gedacht, dass Euer Vorschlag, uns in *Sicherheit* zu bringen, einen Haken hat. Wollt Ihr die Vorräte für Euch? Oder warum bekommen wir gerade mal genug für eine Woche? Ja, ich habe gehört, was Ihr zu Leal gesagt habt!«

Ham setzte an weiterzusprechen, doch Elathar fiel ihm ins Wort. »Willst du auch, dass ich etwas dazu sage, oder geht es dir nur darum, deinem Zorn Luft zu machen?«

Ham öffnete und schloss den Mund mehrmals. Dann nickte er.

»Wir müssen die Vorräte rationieren«, sagte Elathar mit erzwungener Ruhe. »Deshalb ist es besser, wenn sie bewacht sind. Und was mich und meine Männer in der sicheren Festung angeht – mal sehen, ob du immer noch der Meinung bist, abgeschoben worden zu sein, wenn Falinns Krieger erst den Fels finden und belagern.«

Elathar griff nach einem Bündel Decken und warf sie auf die Ladefläche eines Wagens.

»Ist das wirklich wahr?«, fragte Ham leiser. »Sind wir in Gefahr?«

»Nicht in den Höhlen. Und jetzt pack mit an, damit wir fertig werden.«

Das ließ sich Ham nicht zweimal sagen. »Herr, ich wollte nicht … es tut mir leid. Aber …«

Elathar schüttelte den Kopf. »Schon gut.«

»Nein, das ist es nicht. Ihr und Eure Männer habt so viel für uns getan und ich benehme mich wie ein undankbarer –«

»Ich sagte, es ist in Ordnung«, unterbrach Elathar ihn. »Wir sind alle angespannt, und manchmal sagt man eben Dinge, ohne vorher darüber nachzudenken.«

Ham nickte und schnappte sich ein weiteres Bündel.

Elathar sah, wie viel noch zu tun war. Schon gestern hätte er ein paar Männer runterschicken sollen, die Dryden und den anderen halfen, nach Vertriebenen Ausschau zu halten. Aber im Augenblick wurde jede Hand hier gebraucht, sodass Gimm und Dryden noch ein oder zwei Tage allein zurechtkommen mussten.

Eine Sache allerdings gab es, mit der er seine Männer entlasten konnte. Dann hätte er zumindest eine weitere Hand zur Verfügung, die mit anpacken konnte. Heute Abend würde er sich darum kümmern.

28

Wieder einmal schreckte Rissa aus einem Albtraum hoch. Erneut war es die schattenhafte Gestalt mit der Klinge, die ihr in den Schlaf gefolgt war. Seit der Begegnung mit Malyn hatte sie keine Nacht mehr durchgeschlafen. Mindestens einmal in jeder Nacht rissen die unheilvollen Bilder sie aus dem Schlaf, und jedes Mal erwachte sie mit dem verblassenden Schmerz in ihren Eingeweiden, als hätte sich die Klinge ihren Weg dorthin gefressen. Allmählich forderten die ständigen Träume ihren Tribut, was nicht nur am Schlafmangel lag, sondern auch daran, dass die Erinnerungen an den Traum ihr den ganzen Tag über anhafteten und es ihr schwerfiel, sich auf etwas anderes zu konzentrieren.

Da sie wusste, dass sie so schnell nicht wieder einschlafen würde, stand sie auf und kleidete sich an. Ein wenig frische Luft würde ihr guttun, ebenso wie die Ruhe, die auf dem Dach herrschte. Außerdem hoffte ein kleiner Teil von ihr, den Hauptmann dort zu treffen. Das war dumm, denn je öfter sie mit ihm sprach, je näher sie ihm kam, desto gefährlicher war es. Und doch zog sie etwas immer wieder zu ihm hin.

Dabei konnte sie ihn nicht einmal ausstehen!

Das entsprach nicht ganz der Wahrheit. Sie mochte den Mann nicht, zu dem er in den letzten Monaten geworden war, doch während ihrer letzten Begegnungen hatte sie immer wieder das Gefühl gehabt, dass der andere Elathar Fjal'Har noch da war.

Gähnend verließ sie ihre Kammer und ging den Flur entlang. Sie folgte den Gängen in Richtung der Treppe, die sie zum Dach bringen würde, als sie hinter sich Schritte vernahm.

»Rissa! Warte!«

Seufzend hielt sie inne und drehte sich zu Dainn herum. Sie mochte den Krieger, doch im Augenblick wäre sie lieber allein gewesen. Seinem Grinsen nach zu urteilen, konnte sie das wohl vergessen. Er hatte offensichtlich andere Pläne.

»Wie gut, dass ich dich treffe«, begrüßte er sie. »Es gibt nämlich noch einen Ort, den ich bei unserer Führung ausgelassen habe, von dem ich aber finde, dass du ihn kennen musst.«

Sag bitte, dass es ein ruhiges Dach ist.

»Komm mit!«

»Ich wollte eigentlich …« Was sollte sie ihm erzählen? Dass sie sich mit jemandem treffen wollte? Etwas zu erledigen hatte? Damit wäre sie vielleicht in Waerhall oder Naranor durchgekommen, Dainn jedoch würde ihr kein Wort glauben. Als er sie die Treppen nicht nach oben, sondern nach unten führte, zerschlug sich ihre Hoffnung auf ein wenig Ruhe. Fast schon fürchtete sie, er würde sie zum Kerker zurückbringen, doch abgesehen davon, dass es dafür keinen Grund gab, befanden sie sich in einem anderen Teil der Festung. Zu ihrem Erstaunen brachte Dainn sie in ein unterirdisches Bogengewölbe dessen Decke von Säulen getragen wurde, die in regelmäßigen Abständen aus dem Boden aufragten. Im ersten Moment war sie erstaunt darüber, dass sich hier keine Flüchtlinge niedergelassen hatten. Der Grund dafür wurde jedoch recht schnell offenbar. Es war nicht nur kalt und zugig, sondern auch feucht. Wer sich hier einquartierte, würde rasch seine Gesundheit riskieren.

Aus der Ferne drang Gelächter an ihr Ohr. Stimmen, die sich unter der Decke und an den Wänden fingen und in unzähligen Echos zurückgeworfen wurden. Fackeln waren an Säulen angebracht und führten sie schließlich zu einem großen offenen Raum. An den Wänden stapelten sich Fässer, Wein oder Ale, wie Rissa vermutete, und in Regalen standen Flaschen und Krüge aufgereiht. Das Zentrum des Raums bildete ein riesiger Tisch, bestehend aus Brettern, die sich, von Fässern gehalten, von einer Wand zur anderen zogen. Krumme Stühle und ein paar altersschwache Bänke waren um den Tisch herum aufgestellt. Dort hatte sich ein Teil von Elathars Männern versammelt. Sie rauchten Pfeife, tranken Ale aus großen Humpen und erzählten sich Geschichten. Einer von ihnen setzte zu einem Lied an, wurde jedoch vom Pfeifen der anderen sofort wieder zum Verstummen gebracht.

Rissa, die neben einer Säule stehen geblieben war, sah Dainn an. »Ihr habt also eure eigene Schenke.«

Bevor sie zu Falinn nach Waerhall gekommen waren, waren ihr Vater und sie viele Jahre umhergezogen. Trotzdem konnte sie sich an keinen einzigen Aufenthalt in einer Schenke wirklich erinnern. *Es müssen Hunderte gewesen sein!* Aber wo waren die Erinnerungen? Sie tastete in ihrem Geist danach, doch alles, was sie fand, waren ein paar vereinzelte Bilder. Schankräume. Der Geruch von Ale. Das Lied eines Spielmanns. Grölende und lachende Männer. Ein knisterndes Kaminfeuer. Sie versuchte, eines der Bilder festzuhalten und mehr als diesen einen Ausschnitt zu sehen, doch sofort breitete sich Nebel über das Bild. Eine undurchdringliche Wand, die sie nicht tiefer in die Erinnerung eintauchen ließ.

Du musst dich erinnern, Kind, hatte Malyn gesagt. Aber warum? Woran? Was stimmte mit ihrer Erinnerung nicht?

»Jetzt schau nicht so, als hätte ich dir einen feuerspeienden Zauberer vor die Nase gesetzt. Komm, setzen wir uns.«

Rissa war so in ihre Gedanken vertieft gewesen, dass sie zu spät bemerkte, wie Dainn sie auf den Tisch zuschob. Bevor sie protestieren konnte, saß sie schon neben Bär, der sie mit einem fröhlichen Grinsen begrüßte. Einen Moment später ließ sich Dainn neben ihr auf die Bank fallen und stellte ihr einen Humpen vor die Nase. »Trink das, dann kannst du heute Nacht vielleicht schlafen.«

Rissa sah ihn überrascht an.

»Denkst du, ich sehe nicht, dass du von Tag zu Tag müder aussiehst?« Er schnitt eine Grimasse. »Gut, mir wäre es vielleicht wirklich nicht aufgefallen, aber Lyanna hat es mir gesagt. Nachdem du am Abend in deine Kammer gehst und nicht die Nächte durcharbeitest, kann es wohl nur am Schlaf liegen, oder?«

Offenbar hatte Lyanna ihm aber nichts von ihrer Begegnung mit Malyn erzählt. Andernfalls hätte er doch sicher eine Bemerkung über die verrückte Alte übrig gehabt. »Vermutlich habe ich mich noch nicht ganz an all das hier gewöhnt.« Es war eine schwache Ausrede, und Dainn setzte schon zu einem Widerspruch an, als der Ausruf eines der Männer ihn verstummen ließ.

»Wenn ich es euch sage!«, rief ein drahtiger Kerl, dessen Gesicht knorrig wie eine alte Eiche war. »Als wir das letzte Mal in diesem Wald waren, habe ich einen leibhaftigen Bronnéa gesehen!«

Rissa horchte auf. Bei ihren Nachforschungen über die Magie hatte sie auch Geschichten über die Bronnéa gelesen, die Hüter des Alten Glaubens. Allerdings war es nicht möglich, dass dieser Mann einen von ihnen gesehen hatte, denn die Bronnéa existierten nicht mehr. Ebenso wenig wie der Glaube, für den sie gestanden hatten. Angeleitet von ihrem Hohepriester Celedan, hatten sie als Wächter der Wälder und Hüter des Lebens gedient. Die heiligen Haine waren ihre Tempel, jene Orte, an denen die Menschen zu den Feiertagen zusammenkamen, die Geister des Waldes und des Lebens um reiche Ernte baten oder ihnen dafür dankten. Außerhalb der Feiertage hörten sich die Priester, unterstützt von ihren Novizen, die Sorgen und Nöte der Menschen an, gaben ihnen Zuspruch und halfen, wo es möglich war.

»Du solltest wirklich mit dem Trinken aufhören, Tan!«, rief Bär über den Tisch hinweg.

»Ich habe keinen Tropfen angerührt.«

Einer der Männer deutete auf Tans Humpen. »Dann solltest du vielleicht ein Schlückchen nehmen«, sagte er und stieß ein keckerndes Lachen aus.

Gelächter machte sich breit.

»Du hast wahrscheinlich ein Echo aus der Vergangenheit gesehen«, mischte sich Dainn ein. »Die Wälder waren einst heilige Orte und vielleicht ist ein Teil der Bronnéa dort geblieben. Auch wenn es sie nicht mehr gibt.«

»Natürlich gibt es sie nicht mehr!«, rief ein Bärtiger, Rissa glaubte, dass sein Name Stran war. »Und auch keine Echos oder Geister.«

Rissa beugte sich zu Bär. »Worum geht es hier?«, fragte sie leise.

»Tan trinkt gern einen über den Durst und muss sich damit aufziehen lassen.«

Sie schüttelte den Kopf. »Das meine ich nicht. Diese Erscheinung, die er hatte …«

»Die er *angeblich* hatte.«

»Meinetwegen. Was meint er?«

»Er ist einer von denen, die mit Dryden Flüchtlinge einsammeln«, erklärte Bär. »Offenbar hat er sich dabei in einen der alten Haine verirrt. Einer von denen, die angeblich mal heilige Orte waren. Da will er einen Bronnéa gesehen haben.«

»Ich *habe* einen gesehen!«, mischte sich Tan ein.

»Und du hast ihn nicht erledigt?« Stran kniff die Augen zusammen. »Wenn er wirklich da war, hättest du ihm auf der Stelle einen Bolzen zwischen die Augen verpassen müssen. Verdammtes Zaubererpack!«

»Genau!«, stimmten ein paar andere ein.

»Magie hat schon genug Unheil angerichtet!«, rief einer der Männer.

»Darauf trinke ich!« Ein weiterer hob seinen Humpen. »Tod allen Zauberern!«

Rissa wurde hundeelend. Diese Männer standen sichtlich noch immer hinter der Aufgabe, die man ihnen in ihrer Garnison zugeteilt hatte. Sie hassten alle Formen von Magie und würden sie weiter verfolgen und vernichten, auch wenn es nicht mehr ihre Angelegenheit war. Am liebsten wäre sie aufgesprungen und davongelaufen, sie zwang sich jedoch, sitzen zu bleiben. Alles andere hätte nur merkwürdig gewirkt.

»Jetzt beruhigt euch mal wieder«, übertönte Dainn die Rufe der anderen. »Habt ihr ernsthaft vergessen, dass die Bronnéa nicht wie die Zauberer aus Thanasses waren? Sie waren Priester und Gelehrte, ihr Idioten! Die Hüter eines Glaubens, dem unsere Großeltern und unzählige Generationen davor angehört hatten. Im Krieg gegen die Zauberer standen die Bronnéa auf der Seite der Fürsten, und es heißt, dass wir ohne sie und ihre Magie niemals den Sieg errungen hätten. Und ihr tut so, als wären sie nichts weiter als dreckige Zauberer!«

»Warum sind sie dann in Vergessenheit geraten, wenn sie solche Helden waren? Warum glauben wir heute an die Kirk Tharennae, statt an … was immer sie geglaubt haben?«

Was Rissa über die Bronnéa gelesen hatte, deckte sich mit Dainns Worten. Sie hatten den Fürsten geholfen und ihre Magie eingesetzt, um die Zauberer zu besiegen. Dabei waren sie ausgelöscht worden. Und mit ihnen der Alte Glaube. Schon lange gab es keine Priester des Bronn und auch keine Kultstätten mehr. Was einst heilige Haine gewesen waren, waren heute nur noch Ansammlungen von Bäumen. Ganz normale Wälder.

Früher hatte es eine Zeit gegeben, in der der Alte und der Neue Glaube nebeneinander existiert hatten. Seit der Schlacht gab es nur noch die Kirk Tharennae, die Airleas, der Göttin des Anfangs, und Warian, dem Gott des Endes, huldigte. Der

Glaube selbst stammte aus Cymholt, einem südlich gelegenen Inselreich, wo er vor Jahrhunderten entstanden war. Damals, so sagte man, war in einer stürmischen Nacht die Frau eines Händlers bei der Geburt seines Sohns gestorben. Der verzweifelte Mann war zu den Klippen gegangen, um sich in den Tod zu stürzen. Der Sturm hatte an seinen Gewändern gezerrt, als trachte er danach, ihn über den Rand und in die Tiefe zu reißen. Doch als der Mann den letzten Schritt tun wollte, waren ihm ein Mann und eine Frau erschienen, ätherisch schöne Wesen, deren strahlende Körper vor ihm über dem Abgrund schwebten.

»Ich bin Warian«, war die Stimme des Mannes geradewegs im Verstand des Trauernden erklungen. »Ich bin das Ende – auch deines, wenn du es wünschst und die Erlösung wählst.«

Der Witwer machte einen Schritt auf die Klippe zu, als die Erscheinung der Frau näher schwebte. »Und ich bin Airleas.« Auch ihre Stimme erreichte ihn nicht über das Gehör. Ihre Worte waren mühelos über dem Tosen des Sturms zu vernehmen. »Ich bin der Anfang. Anfang und Ende sind untrennbar miteinander verbunden, doch deine Reise muss noch nicht zu Ende sein. Folge mir und erkenne die Schönheit des Anfangs. Mein Bruder wird seine Arme noch früh genug für dich öffnen.«

Das Herz des Mannes war noch immer von Trauer und Verzweiflung erfüllt, doch da war noch etwas anderes, das zu ihm durchdrang. Das Schreien eines Kindes. Seines neugeborenen Sohns. Er wählte das Leben und kehrte in sein Haus zurück, wo er Zeuge vom Ende, aber auch von einem neuen Anfang geworden war.

Beim Anblick des Neugeborenen, das er um ein Haar seinem Schicksal überlassen hätte, verspürte er eine tiefe Dankbarkeit für das Erscheinen von Airleas und Warian. Bald schon war er zu der Überzeugung gelangt, dass die beiden Götter sein mussten. Götter, die ihm in all seiner Ausweglosigkeit neue Hoffnung geschenkt hatten. Dieser Mann wurde der erste Priester des Glaubens an Anfang und Ende, und sobald er begann, die Welt mit offenen Augen zu sehen, fand er überall Spuren jenes Kreislaufs, von dem Airleas gesprochen hatte. Anfang und Ende waren untrennbar miteinander verbunden.

Sein Sohn, der mit dieser Geschichte aufgewachsen war, folgte in seinen Fußstapfen, und auch andere schlossen sich ihm an. Im Laufe der Jahrzehnte breitete sich der neue Glaube über ganz Cymholt aus – selbst an jenen Orten, an denen noch die alten Götter verehrt wurden, fanden sich Menschen, die ihr Herz für Anfang und Ende öffneten.

Vor etwa zweihundert Jahren dann hatten einige Familien Cymholt verlassen und sich in Tharennia angesiedelt. Sie gründeten eine Siedlung, in der sie nach den Bräuchen und dem Glauben ihrer Heimat lebten. Im Laufe der Zeit breiteten sich die Abkömmlinge Cymholts in Tharennia aus. Und mit ihnen ganz allmählich auch ihr Glaube.

Trotzdem war das, was damals noch der Glaube an Anfang und Ende hieß, wenig verbreitet und weitgehend unbekannt. Erst als die Zauberer mehr und mehr zur Gefahr wurden und damit auch die Priester des Bronn in Verruf gerieten, angesichts der Magie, über die auch sie verfügten, entdeckten die Menschen den fremden Glauben für sich. Nach dem Tod der letzten Bronnéa hatte der neue Glaube ungeahnten Zulauf erfahren. Um den Tharenniern das Gefühl zu geben, dass es sich um *ihren* Glauben handelte und nicht um einen, der von einer Minderheit aus einem anderen Land stammte, nannten sie sich fortan die Kirk Tharennae – die Kirche von Tharennia. Schon bald gab es in jedem Dorf einen Schrein und in jeder Stadt einen Tempel, die prächtigsten davon in den Hauptstädten der Fürstentümer. Doch keiner überstrahlte den Hohen Tempel in Naranor.

Rissa war nie sonderlich gläubig gewesen, und ihr Vater hatte auch nie darauf bestanden, dass sie in den Tempel ging und dort an den Zeremonien teilnahm. Tatsächlich hatte sie sich nie wirklich Gedanken darüber gemacht, woran sie glaubte. Die Kirk Tharennae mochte vielen Menschen Trost und Hoffnung spenden, doch Rissa empfand nichts, wenn sie an Airleas und Warian dachte. Der Alte Glaube mit all seinen Geheimnissen erschien ihr weitaus anziehender zu sein.

»Außerdem«, fuhr Dainn fort, »war es ein Bronnéa, der Barra Melanthion und seine Erben mit einem Schutz belegte, ehe sie in die letzte Schlacht zogen.«

»Der Schutz für Barras Blutlinie scheint aufgebraucht zu sein«, brummte Bär.

Auf der anderen Seite des Tisches waren die Männer dazu übergegangen, ihre Scherze auf Tans Kosten zu machen. Tan schien sich nicht sonderlich daran zu stören.

Rissa versuchte sich zu erinnern, was sie sonst noch über die Bronnéa wusste und ob sie je mit ihrem Vater darüber gesprochen hatte. Schlagartig kehrte der Nebel zurück und in ihren Eingeweiden und ihrer Brust breitete sich ein stechender Schmerz aus. Sie rang keuchend nach Luft, und als Dainn ihr einen besorgten Blick zuwarf, griff sie nach ihrem Humpen und nahm einen kräftigen Zug – teils um ihn abzulenken und teils um das Echo des Schmerzes zu vertreiben.

Bevor sie sich erneut in ihren Gedanken verlieren konnte, stieß Bär sie in die Seite. »Weißt du eigentlich, wie der Hauptmann zu unserer Lumpenkompanie gekommen ist?«

Lumpenkompanie? Rissa schnappte überrascht nach Luft. Natürlich wusste sie, was eine Lumpenkompanie war – ein Haufen Verbrecher und Betrüger, die lieber in den Dienst des Königs getreten waren, als ihre Strafe im Kerker abzusitzen –, allerdings wäre sie nie auf den Gedanken gekommen, Hauptmann Elathars Einheit könne eine derartige Truppe sein. *Der Sohn des Königs als Anführer eines Haufens ehemaliger Halunken?*

Die Männer wirkten rau und wild, aber sie waren auch diszipliniert und ihrem Hauptmann treu ergeben. Sie konnte sich nur schwer vorstellen, dass jemand wie Dainn oder Bär etwas verbrochen haben könnte.

»Ich glaube ja nicht, dass Elathar erfreut sein wird, wenn du –«

Bär wiegelte Dainns Einwand mit einem Kopfschütteln ab. »Er war vierzehn, als er zu uns abgeschoben wurde«, wandte er sich wieder an Rissa. »Was glaubst du, wie das für ihn war? Ein grüner Bengel unter einem Haufen wie uns.«

Sie waren Krieger und als solche im Kampf sicher auch beängstigend, aber die Männer, die vor ihr saßen, lachend und scherzend, erweckten nicht den Eindruck, als seien sie sonderlich gefährlich.

»Einem Haufen wie uns?«, fiel ihm ein blonder Mann ins Wort, der seine besten Jahre bereits hinter sich hatte. »Verbrecher meinst du.«

»Fehlgeleitete Seelen«, korrigierte Stran grinsend.

Die anderen lachten.

»Die ersten Wochen hat er sich jedes Mal fast in die Hosen gepisst, wenn einer von uns auch nur in seine Richtung geschaut hat«, rief Tan über den Tisch hinweg.

»Wenn ihr mal nur *geschaut* hättet«, sagte Dainn trocken. »Ihr habt ihn über den Hof gejagt, ihn in den Pferdemist gestoßen und ich weiß nicht wie oft beinahe in der Pferdetränke ersäuft. Von den Prügeleien will ich gar nicht erst anfangen.«

»Genau – in den ersten paar Wochen.«

Rissa konnte sich ein Grinsen nicht verkneifen. »Und dann?«

»Dann habe ich den Nächsten, der meinte, mir etwas *Gutes* tun zu müssen, verdroschen.« Ohne dass sie es bemerkt hatte, war Hauptmann Elathar hinter ihr an den Tisch getreten.

»Er hat mir die Abreibung meines Lebens und zwei blaue Augen verpasst, an die ich heute noch mit Schrecken denke«, grinste Bär.

»Dir?« Rissa starrte den bärtigen Mann an, der so kräftig wie ein Felsbrocken zu sein schien – und beinahe ebenso groß und schwer. Hauptmann Elathar war weder klein noch schwächlich, sie bezweifelte allerdings, dass er damals auch schon so ausgesehen hatte.

Bär lachte. »Er ist mir vom Dach des Stalls ins Kreuz gesprungen und hat mich umgerissen. Als ich erst einmal lag, hatte er leichtes Spiel.«

Der Hauptmann zuckte ungerührt die Schultern. »Irgendwie musste ich mir schließlich Respekt verschaffen.«

»Du hast dir fast den Daumen gebrochen, weil du ihn beim ersten Schlag in der Faust hattest«, warf Dainn von der Seite ein.

Daraufhin begannen alle zu lachen. Aber es war ein gutmütiges Gelächter, eine fröhliche Runde von Menschen, die – ganz gleich, welche Vergangenheit sie haben mochten – aufeinander eingespielt waren und einander vertrauten. Wie diese Männer miteinander umgingen, zeigte Rissa, dass sie weit mehr waren als ein paar Schwerter, die unter dem Befehl des Hauptmanns standen. Sie waren seine Freunde. Und seine Familie. Es musste ein gutes Gefühl sein, Menschen zu haben, die für einen einstanden, befand Rissa. Ein Gefühl, das sie selbst nie kennengelernt hatte.

Während die anderen noch lachten und sich gegenseitig alte Geschichten zuriefen, beugte sich Elathar zu Rissa herab. »Ich möchte, dass Ihr morgen Früh nicht in die Große Halle geht«, sagte er. »Kommt stattdessen zu mir in meine Gemächer. Ich habe eine Aufgabe für Euch.«

Sobald sie nickte, machte er kehrt und war verschwunden, bevor sie noch etwas sagen oder fragen konnte.

29

Wie jeden Morgen war Elathar früh auf den Beinen. Er hatte bereits gefrühstückt, eine erste Besprechung mit seinen Unterführern hinter sich gebracht und sich einen Überblick über die Aufgaben des Tages verschafft, bevor er in seine Gemächer zurückkehrte, um seinen Vater zu versorgen. Von dem wenigen Wasser, das er ihm einflößte, konnten kaum mehr als ein paar Tropfen ihr Ziel erreichen. Trotzdem genügte es, um ihn am Leben zu halten. Während er dem König das Gesicht und die Arme mit einem feuchten Tuch säuberte, wanderten seine Gedanken zu Rissa. Nachdem er sie gestern Abend nicht in ihrer Kammer vorgefunden hatte, war er ins Gewölbe gegangen, um zu sehen, ob Dainn oder Bär dort waren und vielleicht wussten, wo sie war. Sie ausgerechnet dort anzutreffen, hatte ihn überrascht. Doch fast noch mehr hatte es ihn erstaunt, wie seine Männer mit ihr umgegangen waren. Sie hatten gelacht und geschwatzt und Geschichten erzählt, als würde Rissa dazugehören. Dainn und Bär hatten sie von Anfang an nicht wie eine Gefangene behandelt. Wenn Dainn jemanden mochte, war es schwer, ihn davon abzubringen. Offensichtlich hatten er und Bär die anderen mit ihrer Schwäche für das Mädchen angesteckt.

Als Rissa schließlich an seine Tür klopfte und er sie hereinbat, wirkte sie noch genauso müde wie gestern Abend. »Geht es Euch nicht gut?«

Sie winkte ab. »Warum bin ich hier?«

»Ich möchte Euch bitten, auf meinen Vater achtzugeben.«

»Warum habt Ihr es Euch plötzlich anders überlegt?«

Er zuckte die Schultern. »Ich habe mich ja auch anders entschieden, was Euren Aufenthaltsort angeht. Falinns Krieger kommen uns immer näher und ich brauche jeden verfügbaren Mann. Ich kann es mir nicht länger erlauben, dass den ganzen Tag jemand hier ist, um für ihn zu sorgen.«

»Aber warum ich?«

»Ihr seid die logische Wahl«, sagte er. »Außerdem seid Ihr die Einzige, die abgesehen von meinen Männern davon weiß. Und so soll es auch bleiben. Wenn ich einen der Flüchtlinge darum bitte, würde es sich sofort herumsprechen.«

Er hatte lange darüber nachgedacht, ob er das Risiko eingehen und ihr seinen Vater anvertrauen sollte, und war zu dem Schluss gekommen, dass er es konnte. Wenn sie ihm etwas hätte antun wollen, hätte sie den Seelenlosen in jener Nacht sein Werk beenden lassen können, statt dazwischenzugehen. *Sie wusste nicht, wer in diesem Bett liegt!* Nein, das hatte sie nicht gewusst. Sie hatte gedacht, es wäre er. Aber wenn sie ihn – obwohl er sie verschleppt hatte – nicht tot sehen wollte, warum sollte sie sich dann den Tod eines Königs wünschen, der nicht einmal mehr auf dem Thron saß?

»Falinns Krieger kommen näher?« Rissa runzelte die Stirn. »Wissen sie, wo wir sind?«

»Nein. Aber sie durchstreifen das Land. Und früher oder später müssen wir damit rechnen, dass sie auch in die Berge kommen. Dann können wir einem Kampf nicht länger ausweichen.«

Rissa ging zum Bett und betrachtete den besinnungslosen König. »Es geht ihm schlechter, oder?«

Elathar nickte. In den letzten Wochen hatte sich sein Zustand immer weiter verschlechtert. Solange er nicht erwachte, blieb ihnen nichts anderes übrig, als ihm regelmäßig ein wenig Flüssigkeit einzuflößen. Genug, um ihn am Leben zu halten, aber zu wenig, um ihn zu Kräften kommen zu lassen. Wenn sein Vater nicht bald das Bewusstsein zurückerlangte, gab es keine Hoffnung mehr für ihn. Tag für Tag schwand er ein wenig mehr dahin, schon jetzt war er so ausgemergelt, dass Elathar in seinen Zügen kaum noch den Mann erkannte, der er einmal gewesen war.

»Alles, was Ihr tun müsst, ist, ihm in regelmäßigen Abständen ein wenig Wasser und Brühe einzuflößen«, wies er sie an. »Nicht zu viel, und gebt acht, dass er sich nicht verschluckt. Mehr gibt es nicht zu tun. Habt einfach ein Auge auf ihn, solange ich fort bin.« Auf dem Weg zur Tür blieb er noch einmal stehen. »Ich werde heute in den Höhlen sein. Wenn Ihr Hilfe braucht, wendet Euch an Dainn.«

Den größten Teil des Tages verbrachte Elathar auf dem Weg zu den Höhlen und wieder zurück. Nach der Enge in der Burg fühlte es sich gut an, wieder im Sattel zu sitzen. Sie koordinierten den Transport von Vorräten und Ausrüstung und achteten darauf, dass die Flüchtlinge es unbeschadet an ihr Ziel schafften. Dort angekommen, sorgte er dafür, dass sich die Menschen über die weitläufigen Kammern verteilten und jene Wege und Gänge kennenlernten, in denen sie sich verstecken sollten, falls jemand auftauchte. Vorräte und Ausrüstung lagerten sie in einer tiefer gelegenen Höhle, die nur durch einen schmalen Gang zu erreichen war. Ehe er in den Fels zurückkehrte, erinnerte er die Leute daran, dass hier dieselben Regeln für das Zusammenleben galten wie in der Festung. Er ließ jene Flüchtlinge vortreten, die, zusammen mit den sechs Männern seiner Einheit, die in den Höhlen bleiben würden, für Ordnung sorgen sollten.

»Diese Männer sind für eure Sicherheit zuständig.« Obwohl er nicht schrie, trug der Hall seine Stimme weit in die Felskammer hinein. »Wenn es Streit oder irgendwelchen Ärger gibt, dann wendet euch an sie. Wer sich ihre Gesichter nicht merken kann, erkennt sie an den roten Armbinden.« Sie hatten ein paar rote Flaggen, die sie in der Festung gefunden hatten, in Streifen geschnitten und als Erkennungszeichen verteilt. Neben den Wachen, die er in den Höhlen zurückließ, würden zwei weitere ein Stück davor Posten beziehen, um die Flüchtlinge frühzeitig vor Gefahr zu warnen. »Wenn meine Männer euch ein Zeichen geben, packt eure Sachen – alles, ihr dürft keine Spuren hinterlassen – und zieht euch tiefer in die Höhlen zurück. Geht dorthin, wo wir es euch gezeigt haben.« Als er die angespannten Gesichter der Männer und Frauen sah, fügte er hinzu: »Ich gehe aber davon aus, dass niemand den Zugang zu den Höhlen entdecken wird.«

»Was, wenn doch?«, rief einer.

»Dann sind wir verloren«, gab ein anderer zurück.

Elathar schüttelte den Kopf. »Die Höhlen sind groß. Vermutlich könnt ihr sie tagelang narren, bevor sie auch nur einen von euch zu Gesicht bekommen. Früher oder später werden sie aufgeben.« Er war sich dessen längst nicht sicher, doch warum sollte er die Leute noch weiter beunruhigen? Erst einmal mussten Falinns Männer die Höhlen überhaupt finden.

»Können wir gar nichts tun?«, wollte eine Frau wissen.

»Ja, ich will helfen!«, rief ein junger Mann, kaum alt genug für ein paar Bartstoppeln.

»Jeder Freiwillige, der eine Waffe halten kann, ist uns willkommen!« Natürlich würden sie jeden Mann brauchen, doch was er nicht brauchen konnte, waren Männer, die beim ersten Anflug von Panik türmten, oder – schlimmer noch – im Weg standen. Sie mussten wissen, worauf sie sich einließen. »Aber lasst euch gesagt sein, dass es gefährlich ist. Wenn Falinns Krieger angreifen, kann ich euch keine Sicherheit garantieren. Dann geht es um Leben und Tod. Wer nicht bereit ist, sein Leben zu geben, soll hier in der Sicherheit der Höhlen bleiben.«

»Zur Hölle damit!«, rief Ham, derselbe Mann, der ihn noch gestern als Feigling beschimpft hatte, der sich hinter den Mauern seiner Festung verschanzte. »Wir können uns nicht ewig verstecken, oder? Ihr habt so viel für uns und unsere Familien getan, Eisprinz. Da ist es wohl an der Zeit, etwas zurückzugeben.«

»Wir werden sterben«, meldete sich ein jüngerer Mann vorsichtig zu Wort. »Wollt ihr das wirklich?«

Ein anderer trat neben Ham. »Ohne Prinz Elathar wären wir längst tot. Abgeschlachtet oder im Schlaf in unseren Häusern verbrannt. Wenn wir kämpfen, ist es ziemlich wahrscheinlich, dass wir dabei sterben. Aber es wird kein sinnloser Tod sein. Wir können etwas bewirken! Wer ist dabei?«

Trotz der flammenden Worte der beiden Männer rechnete Elathar nicht damit, dass sich mehr als zwei oder drei Freiwillige melden würden. Vielleicht nicht einmal die, nachdem er sie so deutlich auf die Gefahren hingewiesen hatte. Tatsächlich traten zunächst auch nur Ham und sein Kamerad vor. Dann ein weiterer. Und noch einer. Am Ende standen beinahe zwei Dutzend kampfbereite Männer vor ihm.

»Wer kämpfen will, muss mit mir in den Fels zurückkehren. Dort bekommt ihr Waffen und werdet im Umgang damit unterwiesen.« Er wartete, bis die Männer von ihren Familien Abschied genommen und ihre nötige Habe zusammengepackt hatten. Bevor er das Zeichen zum Aufbruch gab, hielt er noch einmal inne. »Erste Lektion: Ich bin Hauptmann Elathar, kein Prinz.«

Der Tag war – ähnlich wie die zurückliegenden Tage, an denen sie alles für die Umsiedlung vorbereitet hatten – lang und arbeitsreich, dennoch genoss Elathar es zuzupacken. Es tat gut, mehr zu tun, als nur Anweisungen zu geben, Dinge zu überwachen und Entscheidungen zu treffen. Und es war ein unglaubliches Gefühl gewesen, als sich diese Männer bereit erklärt hatten, für sich und ihre Zukunft zu kämpfen.

Als er nach Einbruch der Dunkelheit in den Fels zurückkehrte, erwartete ihn Dainn mit der Nachricht, dass es keine Nachrichten gab. Alles war ruhig geblieben. Elathar erklärte ihm, was es mit den zurückgekehrten Männern auf sich hatte. »Kestan und Bordan sollen sich darum kümmern, dass sie in der Lage sind, eine Waffe zu halten. Wenn wir wissen, wie geschickt sie sind, überlegen wir, wo ihre Talente am nützlichsten sind.«

Zufrieden und müde machte er sich schließlich auf den Weg zu seinen Gemächern. Erst vor der Tür wurde ihm bewusst, dass Rissa auf der anderen Seite auf ihn wartete. Das Lächeln, das sich daraufhin in seine Mundwinkel schlich, überraschte ihn selbst.

Leise öffnete er die Tür und trat ein. Rissa bemerkte ihn nicht. Sie saß auf der Bettkante und flößte dem König ein wenig Brühe ein. Sobald sie die Schale zur Seite gestellt hatte, wischte sie seine Mundwinkel sauber und griff nach einem feuchten Tuch, um seine Stirn abzutupfen. Zu sehen, wie behutsam sie dabei vorging, bestätigte Elathar in seiner Entscheidung, ihr die Sorge für seinen Vater anzuvertrauen. Zum ersten Mal, seit er sie in den Fels gebracht hatte, wirkten ihre Züge vollkommen entspannt. So hatte er sie zuletzt auf dem Ball gesehen.

Rissa sagte noch immer, was sie dachte, und scherte sich nicht im Mindesten darum, wer er war. Es war erfrischend, sich mit ihr zu unterhalten. Und oft auch erhellend, denn hinter ihren Worten verbargen sich häufig Wahrheiten, die er sonst nicht erkannt hätte. Obwohl er kaum etwas von sich erzählt hatte, fühlte er sich von ihr auf eigenartige Weise verstanden. Die Unbeschwertheit jedoch, die sie auf dem Ball an den Tag gelegt hatte, war verschwunden. Gerade in seiner Gegenwart wirkte sie oft, als sei sie auf der Hut. Als sähe sie eine Gefahr in ihm. Da war eine ständige Anspannung, die er mehr spürte als sah, doch sie war da. Anfangs hatte er es nicht bemerkt, gestern jedoch war ihm aufgefallen, wie anders sie sich in seiner Gegenwart benahm. Anders als in der Nähe von Dainn, Bär oder einem der anderen. Er hatte sie mit seinen

Männern scherzen und lachen gesehen. Hatte gesehen, wie sie – trotz aller Müdigkeit – ihren Geschichten gelauscht und mit ihnen gesprochen hatte. Vielleicht war er ungerecht, denn neulich nachts auf dem Dach war sie auf ihn zugegangen, während er es vorgezogen hatte, auf Abstand zu bleiben.

»Das Gift ist noch immer in ihm«, hörte sich Elathar sagen.

Rissa sah überrascht auf, sagte jedoch nichts.

Er kam näher. Den Blick auf seinen Vater gerichtet, sagte er: »Offenbar war es nicht hoch genug dosiert, um ihn umzubringen, aber auch nicht so schwach, dass er die Wirkung einfach abschütteln kann, wie ich es konnte.«

»Wie ist es passiert?«, fragte sie leise.

Zu seinem eigenen Erstaunen begann er zu erzählen. Er begann damit, dass er nicht nach Naranor hatte kommen wollen und wie sehr er es gehasst hatte, auf dem Ball von allen angestarrt zu werden. Der Eisprinz. Der Bastard. »Dann bin ich Euch begegnet und der Abend nahm eine ausgesprochen unterhaltsame Wendung. Zumindest bis ...«

»Bis zum Bathrá.«

Elathar nickte und fuhr fort. Die Zusammenkunft in den Privatgemächern seines Vaters, der Wein, die Trinksprüche. Er erzählte davon, wie er angefangen hatte, sich merkwürdig zu fühlen und wie Falinn Königin Ariens Leben mit einem Dolch ein Ende gesetzt hatte. Wie er im Nebenraum des Tempels zu sich gekommen war und wie Dainn und er, zusammen mit seinem Vater, aus Naranor entkommen und nach einigen Umwegen mit den ersten Flüchtlingen im Fels gelandet waren. »Den Rest kennt Ihr.«

Ein Lächeln umspielte ihre Lippen. »Einschließlich Eures vollkommen lebensmüden Plans, Kommandant Erlendur und seine Männer zu befreien.«

Elathar zuckte die Schultern. »Wir brauchen jede Hilfe, die wir bekommen können.«

»Warum erzählt Ihr mir das alles? Warum jetzt?«

Wenn er ehrlich war, wusste er das selbst nicht. Als er sie bei seinem Vater gesehen hatte, war in ihm der Wunsch aufgekeimt, die Anspannung zu vertreiben, die sie in seiner Gegenwart zeigte. Es mochte dumm sein, doch plötzlich hatte er sich die Nähe zurückgewünscht, die er auf dem Ball verspürt hatte. Er wollte, dass sie ihm vertraute. »Vielleicht, damit Ihr es von mir hört.« *Und nicht im Gewölbe von einem meiner Männer.* »Seid Ihr den ganzen Tag hier gewesen? Was frage ich. Natürlich wart Ihr das. Ihr müsst hungrig sein.«

»Ich werde mir später noch etwas aus der Küche holen.«

Neben den unzähligen Kochstellen auf dem Hof gab es auch eine Küche, in der sich einige der Flüchtlinge als Köchinnen betätigten und alle mit einfachen Mahlzeiten versorgten.

»Ich habe selbst noch nichts gegessen. Wartet hier!«

Ohne eine Antwort abzuwarten, verließ er das Gemach und kehrte bald darauf mit einem beladenen Tablett zurück. »Lasst uns nach nebenan gehen, dort gibt es wenigstens einen Tisch.«

Er ließ sich von Rissa die Verbindungstür öffnen und brachte das Tablett zum Tisch. Trotz der späten Stunde war es ihm gelungen, zwei Schüsseln mit Gemüseeintopf und ein wenig Brot aufzutreiben. Dazu einen Krug mit Wein. Er stellte eine der Schüsseln vor Rissa ab und schenkte ihr einen Becher Wein ein, ehe er sich ihr gegenüber an den Tisch setzte. Als sie das letzte Mal in diesem Raum gesessen hatten, war sie noch seine Gefangene gewesen. Was war sie jetzt?

»Esst«, drängte er, als er ihr Zögern bemerkte. »Oder soll ich erst vorkosten?«

»Wenn Ihr Euch meiner entledigen wolltet, vermute ich, dass Ihr mir eher den Schädel einschlagen würdet, als kostbares Gift an mich zu verschwenden.«

Um ein Haar hätte er laut gelacht. »Bevor ich zu derart endgültigen Maßnahmen greifen würde, müsste ich versuchen, Euch auf anderem Wege zur Räson zu bringen. Schließlich will ich mir nicht vorwerfen lassen, ich hätte nicht alles versucht.«

»Ein paar Tage im Kerker?«, schlug sie vor.

»In Eurem Fall eher zwecklos.«

»Ihr könntet es mit einer Streckbank versuchen.«

»Oder Euch einfach übers Knie legen.«

Rissa, die sich gerade einen Löffel Eintopf einverleibt hatte, verschluckte sich beinahe. »Sicher wollt Ihr mir auch sagen, was ich angestellt habe, um eine derart drakonische Strafe zu verdienen.«

»Deswegen sagte ich auch ›bevor ich derartige Maßnahmen ergreifen *würde*‹, nicht, dass ich es tun werde. Auch wenn ich zugeben muss, dass ich manchmal durchaus darüber nachdenke.«

»Das Gift, die Folter oder die Sache mit dem übers Knie Legen?« Rissa zog eine Augenbraue in die Höhe. »Ist Euch auf dem Weg zu den Höhlen ein Stein auf den Kopf gefallen, oder warum seid Ihr heute so guter Dinge?«

Dieses Mal war es an ihm, sich beinahe zu verschlucken. Allerdings am Wein. »Ich bin nicht sonderlich freundlich gewesen, oder?«

»Wenn Ihr so fragt, kennt Ihr die Antwort vermutlich bereits.«

»Ich möchte Euch um Verzeihung bitten. Aufrichtig.«

Rissa nickte. Dann fiel ihr Blick auf das Lederband um seinen Hals. »Tragt Ihr daran den Ring Eurer Mutter?«

»Ja.« Elathar hatte gezögert, ihn anzulegen. Er hatte befürchtet, es könne noch immer ein Zauber daran haften, der seine Feinde auf seine Spur führen konnte. Schließlich jedoch war ihm klar geworden, dass dazu eine viel zu große Menge an Energie nötig gewesen wäre. Die Magie, die den Seelenlosen hierher und in seine Gemächer geführt hatte, war vermutlich längst verbraucht. Er zog den Ring unter seinem

Hemd hervor und betrachtete ihn nachdenklich. »Er ist die einzige Erinnerung, die mir an meine Mutter und unser Zuhause in Valin geblieben ist.«

»Das liegt in Maél, oder?«

Er nickte. »Deshalb nennen sie mich Eisprinz. Weil ich aus den kalten Bergen von Maél komme.«

Rissa brach ein Stück Brot entzwei und tunkte es in ihren Eintopf. »Wie seid Ihr aufgewachsen? Als Sohn des Königs wart Ihr doch sicher häufiger in Naranor als in Valin.«

Es überraschte ihn selbst, dass er weder schnaubte noch sonst einen verächtlichen Laut von sich gab. »Bis zum Tod meiner Mutter wusste ich nicht einmal, wer mein Vater war. Wir lebten im Haushalt meiner Tante, die mit einem Verbündeten von Fürst Weylan vermählt war. Ich weiß noch, dass ich die meiste Zeit draußen verbrachte. Als ich älter wurde, war ich oft tagelang unterwegs.«

»Das klingt nach Freiheit.«

»Das war es.« Die Erinnerung an seine Kindheit brachte ihn zum Lächeln. Zusammen mit den Söhnen seiner Tante war er durch die Berge gestreift, auf Gipfel geklettert oder durch kristallklare Bergseen geschwommen. Damals war das Leben so einfach gewesen. Er hatte keine Verantwortung zu tragen gehabt und das Gefühl des Verlusts und der Trauer noch nicht kennengelernt.

»Was ist dann passiert? Wie habt Ihr von Eurem Vater erfahren?«

Elathar beobachtete, wie sie sich das Brot in den Mund schob und genussvoll kaute. Offensichtlich war auch sie in der Lage, sich an den einfachen Dingen des Lebens zu erfreuen. Das gefiel ihm.

»In meinem achten Sommer starb meine Mutter am Fieber. Kurz darauf fand ich mich in Naranor wieder. Der König hatte gehört, was meiner Mutter zugestoßen war, und beschlossen, mich zu sich zu holen.« Er erzählte Rissa von seiner Zeit in Naranor. Davon, wie er in Carandir einen Bruder und Freund gefunden hatte und wie schwierig es gewesen war, sich seinem Vater anzunähern. »Ich mochte Naranor, aber erst durch Carandir und später auch durch die wachsende Nähe zu meinem Vater, wurde es mein Zuhause. Zumindest bis zu dem Tag, an dem er mich fortgeschickt hat.«

Rissa ließ den Löffel sinken. »Einfach so?«

»Ich dachte, wir hätten unseren Weg gefunden und seien einander nähergekommen, doch dann …« Elathar nickte. »Ja, einfach so. Von einem Tag auf den anderen hat man mich in eine Garnison verfrachtet, wo ich die Grundausbildung durchlief, und dann ging es weiter nach Raidon. Wie es aussieht, habe ich mich getäuscht.« Sein Blick glitt zur Verbindungstür. »Er hat mich nie akzeptiert. Carandir war der Einzige, der mir nahestand, und ausgerechnet er …« Er zuckte die Schultern. »Diesen Teil der Geschichte kennt Ihr ja bereits.« Wie jedes Mal, wenn er an Carandir und seinen Verrat dachte, erfasste ihn eine Mischung aus Wut und Trauer. Um sich abzulenken und weil es ihn wirklich interessierte, fragte er: »Was ist mit Euch? Erzählt mir von Eurer Kindheit.«

»Da gibt es nicht viel zu erzählen. Vater und ich sind lange Zeit von Ort zu Ort gezogen, ohne ein richtiges Zuhause. Er arbeitete als Gelehrter, gab den Söhnen reicher Männer Unterricht, beriet Händler und Wirte bei ihren Geschäften und führte ihre Bücher.«

»Was ist mit Eurer Mutter?«

»Sie starb früh.«

»Wie war sie?«

Rissa schien über seine Frage nachzudenken, doch schließlich schüttelte sie den Kopf. »Ich kann mich nicht erinnern.«

»An nichts?« Das überraschte Elathar, denn mit seiner Mutter waren seine lebendigsten Erinnerungen verbunden. Wie konnte das bei ihr anders sein?

»Ich weiß nicht. Da ist ein Gefühl, wenn ich an sie denke, aber kein Bild. Alles ist irgendwie verschwommen.« Sie zuckte die Schultern. »Ich war noch sehr klein.«

Während sie zu Ende aßen, erzählte Elathar davon, wie er die Passfeste entdeckt hatte. Rissa erzählte von ihrer Arbeit im Krankenlager und davon, wie gut Garri ihre Sache machte. Zum ersten Mal seit langer Zeit war ihr keine Anspannung anzumerken. Dass sie müde war, ließ sich allerdings nicht übersehen, denn schon seit geraumer Zeit bemühte sie sich redlich, das Gähnen zu unterdrücken.

»Ihr solltet schlafen gehen.«

»Ich sehe nur noch kurz nach, ob im Krankenlager alles in Ordnung ist.«

»Sie werden zurechtkommen. Solange Ihr hier seid, bitte ich Dainn, dass er ein oder zwei Freiwillige findet, die dort aushelfen können.«

»Trotzdem …«

»Trotzdem werde ich in diesem Fall keinen Widerspruch dulden. Ich will, dass Ihr ausgeruht seid«, sagte er entschieden.

»Ihr habt gewonnen. Ich gehe.«

Rissa stand auf. Auch Elathar erhob sich. Als er ihr zur Tür folgte und mit ihr auf den Gang hinaustrat, runzelte sie die Stirn. »Was soll das werden?«

»Ich sorge dafür, dass ich auch wirklich gewonnen habe und Ihr nicht auf direktem Weg zur Großen Halle marschiert.«

Auf dem Weg zu ihrer Kammer gingen sie schweigend nebeneinanderher. Es war eine angenehme Stille, bei der er nicht das Bedürfnis verspürte, sie mit Worten zu füllen. Vor ihrer Tür blieb er schließlich stehen. »Schlaft gut.«

Rissa nickte. »Danke für das Essen.« Als sie die Tür öffnete, fügte sie hinzu: »Und für die Gesellschaft. Gute Nacht.«

»Gute Nacht.«

Sie rührte sich nicht vom Fleck. »Wollt Ihr nicht langsam gehen?«

Elathar verschränkte die Arme vor der Brust. »Ich werde einfach hierbleiben, bis Ihr schlaft. Nur für den Fall, dass Ihr vorhaben solltet, dem Krankenlager doch noch einen Besuch abzustatten, sobald ich Euch den Rücken zuwende.«

Kopfschüttelnd schlüpfte sie in ihre Kammer und schloss die Tür hinter sich. Elathar lehnte sich an die gegenüberliegende Wand und wartete. Tatsächlich musste er nicht allzu lange warten, bis die Tür wieder geöffnet wurde und Rissa den Kopf herausstreckte.

»Nicht zu fassen, Ihr seid ja wirklich noch hier!«

Er deutete energisch auf die Kammer. »Ab mit Euch!«

Sie verschwand wieder. Alles, was er noch hörte, war ihr Lachen auf der anderen Seite der Tür.

Auch Elathar lächelte, wurde jedoch schnell wieder ernst. Bei ihrer ersten Begegnung auf dem Ball hatte sie ihn fasziniert, und er hatte sich gewünscht, sie wiederzusehen. Doch das war in einem anderen Leben gewesen. Einem Leben, in dem er sich nicht in einer verborgenen Festung verstecken und den Sturz des Königs vorbereiten musste. Schon damals wäre es schwierig gewesen, einer Frau einen Platz in seinem Leben einzuräumen. Schwierig – aber, wie Dainn angemerkt hatte, durchaus machbar. Unter den jetzigen Umständen jedoch war es unmöglich. Eine Frau, um deren Sicherheit er sich sorgen musste, würde ihn nur von dem ablenken, was getan werden musste. Es würde ihn verwundbar machen und schwach. Wenn er das riskierte, setzte er das Leben all derer aufs Spiel, die sich auf ihn verließen.

Er schlug mit der Faust gegen die Wand.

Das Leben war nicht gerecht.

30

Am nächsten Tag hatten sich zehn weitere Flüchtlinge gemeldet, die im Kampf gegen Falinn und seine Krieger helfen wollten. Den größten Teil des Tages hatte Elathar damit verbracht zuzusehen, wie Bordan und Kestan den Männern die verschiedensten Waffen in die Hand gaben, um zu sehen, wie sie sich damit schlugen. Ein paar von ihnen waren durchaus talentiert. Zwei Männer, ehemalige Jäger und Bauern, konnten bereits mit dem Bogen umgehen. Ein gutes Dutzend anderer hatte zwar noch nie einen Bogen in der Hand gehabt, stellte sich mit der Waffe aber durchaus geschickt an. Einige hatten ein Händchen für das Schwert. Die übrigen würden sie im Umgang mit Speer, Knüppel und Kurzschwert unterweisen. Wenn sie die Männer gezielt einsetzten, konnten sie eine wertvolle Unterstützung sein.

Als er am späten Abend in seine Gemächer zurückkehrte, fand er Rissa wieder am Bett seines Vaters. Sie hatte sich einen Stuhl herangezogen und war eingeschlafen. Er hatte gehofft, auch heute mit ihr zusammen zu speisen und sich mit ihr unterhalten zu können. Als er sie jedoch sah, halb zusammengesunken und so tief schlafend, dass sie nicht einmal aufschreckte, als er sich durch ein Räuspern bemerkbar zu machen versuchte, entschied er, sie nicht zu wecken. Auf dem Stuhl konnte sie allerdings auch nicht bleiben. Sie würde ihn verfluchen, wenn er sie in dieser unbequemen Haltung schlafen ließ und sie morgen jeder Muskel schmerzte. Da er nicht wusste, was er sonst tun sollte, trug er sie nach nebenan, wo er sie auf seine Pritsche legte und behutsam zudeckte.

Er selbst fand keine Ruhe. Rastlos streifte er umher, blieb immer wieder vor dem Fenster stehen, sein Blick zwischen der zerklüfteten Silhouette der Berge und Rissa hin und her schweifend. Die Umsiedlung in die Höhlen war abgeschlossen, doch noch immer hielten sich zu viele Menschen im Fels auf. Menschen, die nicht in die Höhlen wollten. Von den Kranken und Verletzten, die nicht transportfähig waren, gar nicht zu reden. Die Flüchtlinge, die sich ihm und seinen Männern angeschlossen hatten, waren keine ausgebildeten Krieger. Wenn es zum Kampf käme, wären sie die Ersten, die fielen. Und trotzdem hatten sie sich freiwillig gemeldet.

Anfangs hatte sich Elathar darüber gewundert, dass sie sehenden Auges bereit waren, in den Tod zu gehen. Je länger er jedoch darüber nachdachte, desto mehr konnte er sie verstehen. Sie wollten etwas tun. Wollten helfen, statt sich zu verstecken und abzuwarten, was das Schicksal für sie bereithielt. Handelte er nicht aus ganz ähnlichen Beweggründen? Jemand musste sich dem widersetzen, was in Tharennia geschah. Wenn sich niemand Falinn entgegenstellte, hatte er freie Hand.

Auf der Pritsche wurde Rissa unruhig. Sie wälzte sich hin und her, das Gesicht zu einer Grimasse verzogen. Als hätte sie Angst. Oder Schmerzen. Elathar ging zu ihr. Vorsichtig, um sie nicht zu erschrecken, legte er ihr eine Hand auf den Arm.

»Rissa?«, flüsterte er. »Es ist ein Traum. Nichts weiter als ein Traum.«

Sie erwachte nicht, wurde aber ruhiger. Er ging neben dem Bett in die Knie und strich ihr das Haar aus dem Gesicht. Seine Hand berührte ihre Wange, und ehe er wusste, was er tat, ließ er seine Finger den Konturen ihres Gesichts folgen. Ihre Haut war weich und warm, voller Leben. Sein Daumen strich über ihre Lippen. Der Drang, sich vorzubeugen und sie zu küssen, wurde beinahe übermächtig. Nur widerwillig zog er die Hand zurück und stand auf.

Kaum hatte er ihr seine Berührung entzogen, begann sie sich erneut im Schlaf zu winden. Sobald er seine Hand erneut auf ihre Schulter legte, entspannte sie sich wieder. Da er nicht wusste, was er sonst tun sollte – außer sie zu wecken, was er vermeiden wollte –, legte er sich neben sie. Dicht genug, dass sich ihre Arme berührten.

31

Als Rissa am nächsten Morgen die Augen aufschlug, war das Erste, was sie bemerkte, dass sie nicht auf ihrer eigenen Pritsche lag. Als Nächstes wurde ihr bewusst, dass sie nicht allein war. Sie lag in den Armen des Hauptmanns, das Gesicht an seiner Brust vergraben. Sein Kinn ruhte auf ihrem Haaransatz und seine Bartstoppeln kitzelten sie an der Stirn. Sie fuhr hoch und riss damit auch Elathar aus dem Schlaf.

»Ich tue Euch nichts.« Er klang verschlafen und wirkte selbst ein wenig überrascht, als er Rissa in seinen Armen sah.

»Das weiß ich doch!«, gab sie unwirsch zurück.

»Warum seid Ihr dann so angespannt? Man könnte glatt meinen, ich hätte Euch eins übergebraten und verschleppt.«

»Was das Verschleppen angeht, liegt Ihr wohl richtig.« Im Bett eines Mannes zu erwachen, ohne zu wissen, wie sie dorthin gekommen war, gehörte nicht gerade zu den alltäglichen Ereignissen ihres Lebens. Rissa hob den Kopf und sah, dass er lächelte. Sie kniff die Augen zusammen. »Macht Ihr Euch etwa über mich lustig?«

»Mitnichten«, wehrte er ab. Dann zuckte er die Schultern. »Vielleicht ein bisschen.«

Rissa stieß ihn in die Seite, was er mit einem Grunzen quittierte. Mehr noch als seine Worte wischte sein Lächeln ihre Befangenheit fort. Zum ersten Mal sah sie sich um und stellte fest, dass sie in seinem Gemach war. In seinem Bett. »Was mache ich hier?«

»Als ich gestern zurückkam, habt Ihr geschlafen«, sagte er. »Ich wollte Euch nicht wecken.«

»Danke.«

Sie schlug die Decke zurück – kein leichtes Unterfangen, denn sie hatten sich beide darin verheddert, und setzte sich auf.

»Wollt Ihr darüber reden?« Elathar setzte sich neben sie auf die Kante der Pritsche.

»Worüber?«

»Eure Träume.«

Rissas Herzschlag beschleunigte sich. Sie hatte mit niemandem darüber gesprochen. Tatsächlich konnte sie sich nicht einmal erinnern, in der letzten Nacht aus einem Albtraum aufgeschreckt zu sein. »Woher wisst Ihr das?«

»Was glaubt Ihr, warum ich neben Euch liege? Ihr wart so rastlos. So … getrieben. Und Euer Gesicht. Es sah aus, als würde Euch etwas schreckliche Angst machen. Ich wollte Euch wecken, doch Ihr seid nicht aufgewacht. Als ich Euch jedoch berührt habe, seid Ihr ruhiger geworden.«

Berührt? Zu wissen, dass er dagewesen war, als sie geschlafen hatte, dass er sie beobachtet und Zeuge ihrer Albträume geworden war, verunsicherte sie. Zugleich fühlte sie sich beschützt und sicher. »Und da habt Ihr …«

»Ich habe mich neben Euch gelegt.« Sein Haar war vom Schlaf zerzaust und sein Gesicht sah aus wie ein zerdrücktes Kissen. Doch sein Lächeln war so frisch wie der Morgen. »Es hat geholfen, oder?«

»Sicher nur Zufall.«

»Wohl kaum.« Der gewohnte Ernst war in seine Züge zurückgekehrt. »Das war nicht das erste Mal, oder? Ihr schlaft schon länger schlecht. Deshalb seht Ihr auch immer so müde aus.«

»Ihr versteht es wirklich, einer Frau zu schmeicheln.«

Elathar ignorierte ihre Bemerkung. »Was sind das für Träume?«

Sie sträubte sich dagegen, darüber zu sprechen. Es war ihr

unangenehm und sie kam sich lächerlich vor. *Albträume. Wie ein kleines Kind, das sich vor dem bösen Monster unter dem Bett fürchtet.* Abgesehen davon hatte er schon genug Sorgen und Probleme, da musste sie ihm nicht auch noch ihre eigenen aufbürden. Sie schüttelte den Kopf. »Nicht wichtig. Ihr habt genug andere Dinge, mit denen Ihr Euch herumschlagen könnt. Da braucht Ihr nicht auch noch mich.«

»Solange Ihr in meiner Festung seid, bin ich für Euch verantwortlich. Deshalb gehört es durchaus zu den Dingen, mit denen ich mich – wie Ihr es so schön ausgedrückt habt – *herumschlage*, wenn es Euch nicht gut geht.«

Seine Worte gaben ihr das Gefühl, dass er sich aufrichtig dafür interessierte, wie es ihr ging. Als sie noch immer nichts sagte, stupste er mit seiner Schulter gegen ihre. »Jetzt rückt endlich raus damit.«

»Es ist wie ein Blick in die Zukunft.« Sie erzählte ihm von der Gestalt mit der Klinge, die sie verfolgte und in den besonders schlimmen Nächten letztlich auch zu fassen bekam. Von ihrem Zusammentreffen mit Malyn und dem, was die Alte ihr gesagt oder was Rissa unter ihrer Berührung gesehen hatte, sagte sie nichts. »Es ist wie ein Blick in ein Leben, das ich noch gar nicht gelebt habe.«

»Ein ziemlich scheußliches Leben, wenn Ihr mich fragt.«

»Zumindest das Ende ist scheußlich.«

Obwohl sie ihm nur von dem Traum erzählt hatte, nicht aber davon, wann und unter welchen Umständen er entstanden war, tat es gut, darüber zu sprechen. Statt über sie zu lachen oder ihr zu raten, sie solle sich nicht so anstellen, zeigte er Mitgefühl. Als sie davon erzählte, wie sie sich beinahe jede Nacht durch die Klinge sterben sah, hatte er nach ihrer Hand gegriffen und sie seitdem nicht mehr losgelassen. Sein Daumen strich beruhigend über ihren Handrücken, als wollte er sie auffordern, sich alles von der Seele zu reden. Seine Freundlichkeit und sein Trost fühlten sich gut an – viel zu gut.

Verwirrt von ihren eigenen Gefühlen, zog sie ihre Hand zurück. »Ich sollte mich frisch machen und noch etwas essen, bevor ich mich um Euren Vater kümmere. Auf Euch wartet sicher auch eine Menge Arbeit.« Sie stand auf und ging zur Tür. »Danke, Elathar.«

* * *

Statt in die Küche oder in ihre Kammer zu gehen, ging Rissa nach draußen. Es dauerte nicht lang, bis sie Malyn auf dem Burghof entdeckte. Die Alte saß allein vor einer Feuerstelle und löffelte Haferschleim aus einer Holzschale.

Als Rissa ans Feuer trat, sah die Frau sie mit ihren blinden Augen an. Ein Anblick, der Rissa erschaudern ließ. *Blind und dennoch sehend*, schoss es ihr durch den Kopf. Etwas Brei lief an ihrem Mundwinkel herab und tropfte auf ihr fadenscheiniges Kleid, doch Malyn machte sich nicht die Mühe, ihn abzuwischen.

Alles hatte mit Malyns Berührung angefangen, das konnte unmöglich ein Zufall sein. »Die Träume«, sagte Rissa. »Seit unserer Begegnung verfolgen sie mich. Wie werde ich sie wieder los?«

»Du musst dich erinnern.« Malyn schob sich einen weiteren Löffel Haferschleim in den Mund.

»Woran soll ich mich erinnern? Warum ist das so wichtig? «

»Alles im Leben hat seinen Grund. Auch dass du hier bist.« Die Alte stellte ihre Schale zu Boden, so dicht an das Feuer heran, dass sie beinahe die Flammen berührte, ehe sie den Blick aus ihren milchig weißen Augen wieder auf Rissa richtete. »Du hast eine Aufgabe zu erfüllen.«

»Was für eine Aufgabe? Und was, wenn ich mich nicht erinnern kann?« Sie hasste das Gefühl, sich jeden Abend hinzulegen und zu wissen, dass sie bald wieder aus dem Schlaf schrecken würde. Verfolgt von den schrecklichen Bildern ihres eigenen Todes. »Ist das die Zukunft, die ich in meinen Träumen sehe?«

»Zukunft. Vergangenheit. Gegenwart.« Die Alte schnaubte. »Wen interessiert das schon? Die Zeit ist kein gerader Strom, und manchmal ist sie nur geborgt, kaltes Mädchen.«

Deine Hände sind so kalt wie der Tod, der dir innewohnt. Das waren Malyns erste Worte zu ihr gewesen. Und jetzt das. *Kaltes Mädchen.* »Warum nennt Ihr mich so?«

»Du wirst es erfahren. Vergiss eines nicht: Das Schicksal lässt sich nicht betrügen. Und jetzt geh.«

Rissa hatte noch so viele Fragen, doch sie wusste, dass die Alte ihr keine Antworten geben würde. Zumindest keine, aus denen sie schlau wurde. Während Malyn wieder nach ihrem Haferschleim griff, ging Rissa in ihre Kammer. Für ein Frühstück blieb keine Zeit mehr, doch zumindest wollte sie sich rasch kämmen und ihre Gewänder in Ordnung bringen, bevor sie zu Elathar zurückkehrte.

Sie stand vor der Wasserschüssel und starrte auf ihr eigenes bleiches Abbild.

Du musst dich erinnern.

Aber woran?

Wie?

Sie starrte auf ihr Spiegelbild, bis ihr Gesicht vor ihren Augen verschwamm und ihr den Blick auf eine Szene aus der näheren Vergangenheit eröffnete. Wie so viele Male sah sie sich im Labor ihres Vaters stehen, während er sie antrieb, mehr Energie fließen zu lassen, um das Artefakt aufzuspüren, das er versteckt hatte. In Gedanken reiste sie zu der Übungsstunde davor … und der davor und davor. Immer weiter zurück. Als sie mit ihren Erinnerungen in einer Zeit ankam, in der sie noch nicht in Falinns Burg gelebt hatten, verschwammen die Bilder. Der inzwischen beinahe vertraute Nebel legte sich wie ein Leichentuch über ihre Vergangenheit und verwischte ihre Konturen mehr und mehr.

Rissa konzentrierte sich. Erst vor ein paar Tagen hatte sie an den Jungen gedacht, der ihr Freund sein wollte. Der Junge, der beim Ausbruch ihrer Kräfte um ein Haar sein Leben gelassen hätte. Sie beschwor sein Gesicht in ihrer Erinnerung herauf, und als sie es vor sich sah, pausbäckig und fröhlich, noch ohne die entstellenden Narben, hangelte sie sich daran entlang, tiefer in ihre Vergangenheit. Zumindest versuchte sie es. Doch alles jenseits der Erinnerung an den Ausbruch ihrer Kräfte und den vor Schmerz brüllenden Jungen verschwamm sofort wieder. Wo waren sie gewesen, bevor sie dem Jungen begegnet waren? In welchem Dorf? Welcher Stadt? Nichts. Selbst der Versuch, sich an den Namen des Gasthauses zu erinnern, in dem es passiert war, scheiterte.

Rissa schloss die Augen und atmete ein paarmal tief durch. Als sie sich gesammelt hatte, setzte sie erneut an. Dieses Mal war das Ziel ihre Mutter. Sie war damals noch klein gewesen, aber nicht klein genug, um überhaupt keine Erinnerung mehr an sie zu haben. Vielleicht mochte es ihr nicht gelingen, ihr Gesicht zu sehen. Aber zumindest ein Gefühl, einen Geruch oder ein Geräusch musste es doch geben, das sich mit ihrer Mutter in Verbindung bringen ließ.

Der Schmerz kam so überraschend, dass sie zusammenfuhr. Ihr Herz zog sich zusammen, und ihre Eingeweide fühlten sich an, als stünden sie in Flammen. Sie kniff die Augen zusammen und konzentrierte sich erneut. Ein stechender Schmerz breitete sich in ihrem Brustkorb aus und nahm ihr den Atem. Trotzdem hörte sie nicht auf, veränderte die Erinnerung jedoch von ihrer Mutter und hin zu ihrem Vater. Sie stellte sich sein Gesicht vor, wie es heute aussah, und versuchte dann, sich in der Zeit rückwärts zu bewegen. Schlagartig veränderte sich das Bild vor ihren Augen. Das Gesicht ihres Vaters löste sich auf und gab den Blick auf den Schatten frei, der mit erhobener Klinge vor ihr stand. Rissa wurde schwarz vor Augen.

Als sie wieder zu sich kam, kniete einer von Elathars Männern neben ihr. Larric, der Mann mit dem eigenartigen Lachen.

»Was hast du hier zu suchen?«, fragte sie verwirrt. *Und warum liege ich auf dem Boden?*

»Der Hauptmann hat mich geschickt, um zu sehen, wo du bleibst. Du hast nicht aufgemacht und auch nicht auf mein Klopfen reagiert.« Er fuhr sich über die Stirn und blinzelte. »Bist du verletzt? Soll ich Garri rufen?«

»Es geht mir gut.« Rissa setzte sich auf. Ihr war schwindlig und ihr ganzer Oberkörper schmerzte. Dennoch tat sie so, als wäre nichts. Ihr wurde jedoch schnell klar, dass Larric nicht so einfach lockerlassen würde, deshalb sagte sie: »Nur ein Frauenproblem.«

Das wirkte. Hatte er eben noch zu weiteren Fragen angesetzt, schloss er abrupt den Mund. »Lass uns gehen.«

Es kostete Rissa Mühe aufzustehen, und noch schwieriger war es, mit Larric Schritt zu halten, als er sie zu den Gemächern des Hauptmanns brachte. Auf dem Weg bat sie ihn, dem Hauptmann nichts davon zu erzählen, wie er sie gefunden hatte.

»Ich bin nicht sicher, ob das eine gute Idee ist.«

»Komm schon, es war wirklich nichts Ernstes, und er hat nun wahrlich genug Sorgen, als dass er sich auch noch – wegen nichts – um mich Gedanken machen müsste!«

Larric dachte über ihre Worte nach. Schließlich nickte er. »Aber nur, wenn du mir versprichst, zumindest zu einem von uns zu kommen, falls so etwas noch einmal passiert.«

»Ein Frauenproblem? Da hättet ihr aber viel zu tun.«

Ihm war anzusehen, dass er ihr die Ausrede nicht länger abkaufte. Rissa gab nach. »Versprochen. Wenn etwas ist, werde ich es einem von euch sagen.«

Zufrieden verabschiedete sich Larric vor Elathars Tür und ging.

»Tut mir leid«, sagte Rissa, als sie eintrat. »Ich hatte mich eigentlich nur kurz hinsetzen wollen. Dabei bin ich wohl eingenickt und erst aufgewacht, als Larric an meine Tür geklopft hat.«

32

Rissa saß am Bett des Königs und wachte über seinen Schlaf. In den wenigen Tagen, seit sie ihn zum ersten Mal gesehen hatte, war er noch weiter dahingeschwunden. Die Wangen waren eingefallen, die wächserne Haut spannte über den Knochen und unter seinen Augen lagen dunkle Ringe. Vor drei Monaten war er ein stattlicher Mann in seinen besten Jahren gewesen. Davon war nichts mehr geblieben. Der Mann, der vor ihr lag, hatte nichts mehr mit dem Herrscher gemein, der er einmal gewesen war. Stattdessen ähnelte er einem Greis. Jemandem, der doppelt so viele Jahre zählte, wie er es in Wahrheit tat.

Mehr als einmal hatte sie versucht, ihm Wasser oder Brühe einzuflößen, doch die Flüssigkeit war ihm nur aus dem Mundwinkel gelaufen. Schließlich war sie dazu übergegangen, zumindest seine Lippen in regelmäßigen Abständen mit einem Tuch zu benetzen. Es ließ sich nicht länger leugnen – das Ende war nah.

Tod. Überall nur Tod. Vor meinen Augen und in meinen Träumen. Den des Königs konnte sie nicht verhindern, aber vielleicht ihren eigenen. Was, wenn es in ihrer Vergangenheit etwas gab, das ihren Tod, den sie in ihren Träumen sah, verhindern konnte? Wollte die Alte deshalb, dass sie sich erinnerte? Um sie zu retten? Verflucht, dann musste sie doch nicht dermaßen in Rätseln sprechen! Sie konnte doch einfach sagen, was sie zu sagen hatte!

Dass sie sich an so wenige konkrete Ereignisse aus ihrer Vergangenheit erinnern konnte, machte ihr mehr und mehr zu schaffen. Vermutlich war es nicht einmal ein Wunder, dass dem so war. Soweit sie zurückdenken konnte, war sie eine Einzelgängerin gewesen, weshalb sie wohl nur wenig erlebt hatte, was einer Erinnerung wert gewesen wäre. Dass sie sich nicht mehr an das Gesicht ihrer Mutter erinnern konnte, war ihr schon früher merkwürdig erschienen. Als sie ihren Vater einmal darauf angesprochen hatte, meinte dieser nur, dass es Menschen gäbe, die so sehr in der Gegenwart verhaftet sind, dass ihnen die Vergangenheit unwichtig erscheint und in ihrer Erinnerung verblasst. »Dort, wo andere sich an Gesichter und Begebenheiten erinnern, wissen diese Menschen noch, wie sie sich in einer bestimmten Situation gefühlt haben, können sich aber an die Situation selbst gar nicht mehr erinnern.«

Warum fühle ich dann nur Schmerz, wenn ich mich erinnern will?

Vor ihr regte sich der König. Während der letzten Tage hatte er keinen Laut von sich gegeben, lediglich seine flacher werdenden Atemzüge waren zu hören gewesen. Jetzt jedoch stöhnte er leise. Qualvoll und schmerzerfüllt, aber dennoch kaum zu vernehmen. Rissa tupfte ihm das Gesicht mit dem feuchten Tuch ab, doch der König beruhigte sich nicht. Sie legte ihm die Hand auf die Stirn und öffnete ihre Sinne. Langsam ließ sie die Energie fließen. Sie spürte das Prickeln in ihrem Arm und die Wärme in ihren Fingern. Wie sie es schon im Krankenlager getan hatte, stellte sie sich auch jetzt vor, wie die Energie in seinen Körper floss und sein Leiden linderte. Sie hätte es schon viel früher versuchen sollen! Was, wenn sie mit ihrer Magie das Gift aufhalten oder gar neutralisieren konnte?

Ein Ruck durchfuhr ihren Arm. Die Energie hätte in den König übergehen sollen, doch es war, als sei sie an ihren Fingerspitzen auf eine Barriere gestoßen. *Als wollte er mich nicht einlassen.* Oder als hätte er sich schon zu weit vom Leben entfernt, um es noch aufnehmen zu können.

Rissa verstärkte ihre Konzentration und sandte mehr Energie hinterher. Erst schien es, als würde sich die Kraft in ihrem Arm aufstauen. Dann ein weiterer Ruck, ein Gefühl, als hätte Rissa eine Mauer durchschlagen. Trotz des Schmerzes hielt sie den Kontakt und ließ die Energie fließen. Der König wurde ruhiger, doch sie spürte nicht die tiefe Ruhe, die sie bei den anderen Kranken und Verletzten gespürt hatte, wenn sie ihnen etwas von ihrer Energie abgegeben hatte. Es fühlte sich an, als könne ihre Energie nur einen winzigen Teil des Königs erreichen, während der andere weiterhin abgeschirmt blieb. Sosehr sie sich auch bemühte, es wollte ihr nicht gelingen, dorthin durchzudringen. Sie hatte schon mehr Energie freigegeben, als ihr guttat. Der Boden neigte sich nach unten und auch das Bett des Königs schien schief zu hängen. Rissa blinzelte und begriff, dass nicht der Raum schief, sondern sie im Begriff war, von ihrem Stuhl zu rutschen. Ohne die Verbindung zum König zu lösen, richtete sie sich auf. Ihr war schwindlig, ihr Atem ging schwer und sie fühlte sich schwach, trotzdem versuchte sie es noch einmal. Doch so sehr sie sich auch bemühte, es gelang ihr nicht, ihn zu erreichen.

Der König war für das Leben verloren.

Schließlich zog sie ihre Hand zurück. Ihre Finger prickelten, als wären sie eingeschlafen, und ihr Arm fühlte sich taub an. Schwer und ausgelaugt. Sie trank einen Schluck Wasser und bemühte sich, wieder zu Atem zu kommen.

»Sohn.« Es dauerte eine Weile, bis Rissa dem nahezu tonlosen Krächzen einen Sinn abtrotzen konnte. Die Lider des Königs flatterten und öffneten sich einen Spalt, als er die Hand ausstreckte. »Sohn.«

Rissa griff nach seiner Hand. »Strengt Euch nicht an«, sagte sie und bettete seinen Arm auf die Decke zurück. »Ich hole Euren Sohn für Euch.«

Sie rannte aus der Kammer, den Gang entlang, bis sie auf den Ersten von Elathars Männern stieß. Einen kleinen dürren

Kerl, dessen Namen sie nicht kannte. »Hol den Hauptmann!«, rief sie ihm zu, und als er zögerte: »Es eilt! Schick ihn in seine Gemächer!«

Da schien dem Mann zu dämmern, was passierte. Er machte kehrt und rannte los. Rissa hastete an die Seite des Königs zurück. Er hatte die Augen wieder geschlossen und lag so ruhig da, dass sie schon fürchtete, Elathar würde zu spät kommen. Dann jedoch sah sie, wie sich sein Brustkorb langsam hob und senkte. Sein Atem jedoch wurde unregelmäßiger.

»Er wird gleich hier sein«, sagte sie und griff nach seiner Hand. »Haltet noch ein wenig länger durch.« Sie versuchte noch einmal, ihm etwas von ihrer Energie zu geben, doch erneut scheiterte sie an der Mauer, hinter die er sich zurückgezogen hatte. Vielleicht hätte sie es mit mehr Wucht versuchen sollen, doch der Hauptmann konnte jeden Moment hier sein.

Tatsächlich dauerte es nicht lange, bis er zur Tür hereinplatzte. Erschrocken sah er sie an. »Was ist passiert? Geht es Euch gut?«

Rissa war erstaunt, dass er sich zuerst nach ihr erkundigte. »Euer Vater. Ihm bleibt nicht mehr viel Zeit und er hat nach Euch gefragt.«

»Nach mir?«

»Sohn.«

Elathar nickte, als hätte er nichts anderes erwartet. Nach allem, was er ihr über seine Familie erzählt hatte, musste er annehmen, dass der Wunsch seines Vaters nach seinem Sohn nicht ihm, sondern Carandir galt. Trotzdem kam er zum Bett. Rissa überließ ihm ihren Stuhl, blieb aber neben ihm stehen, so dicht, dass sie seine Wärme spüren konnte. Sie versuchte sich einzureden, dass sie hier sein musste, falls der König sie brauchte. Doch Elathar war da. Er würde alles tun, was nötig war. In Wahrheit war sie seinetwegen geblieben. Für den Fall, dass er sie – oder einfach nur irgendjemand – brauchte.

»Sohn?« Wieder flatterten seine Lider.

»Carandir ist nicht hier. Nur ich. Elathar.«

Ein Lächeln zeigte sich auf den Zügen des Sterbenden. Als wären die Worte keine Enttäuschung, sondern eine Erlösung.

»Ich wollte dich nie zu dieser Lumpenkompanie schicken.« Seine Stimme klang rau und trocken wie raschelndes Herbstlaub. Er sprach so leise, dass Rissa den Sinn seiner Worte mehr erahnte, als dass sie ihn wirklich hörte. Elathar beugte sich vor, um ihn besser verstehen zu können. Die Hand des Königs fuhr über die Decke. Tastend. Suchend. Als er Elathars Finger fand, umklammerte er sie so fest, dass seine Knöchel weiß hervortraten. »Ich … wollte, dass du … in Lendaé … aufwächst.« Er hustete und bäumte sich keuchend auf.

Elathar stützte ihn und half ihm, sich wieder niederzulegen.

»Arien«, fuhr der König atemlos fort. »Es war … ihre Bedingung für …«

Wieder wurde er von einer Hustenattacke geschüttelt. Er fuhr hoch, schnappte nach Luft und sank zurück in die Kissen. Ein einziger rasselnder Atemzug. Dann Stille. Bar allen Lebens starrten seine grünen Augen zur Decke, der Blick gebrochen. Wasser hatte sich in seinen Augen gesammelt und rann an den Seiten über seine Wangen. Die Tränen eines Toten.

Elathar saß still da, seine Finger noch immer im Griff seines Vaters, den Blick starr auf ihn gerichtet. Nach dem Gespräch, das sie vorgestern geführt hatten, glaubte Rissa zu erahnen, in welchem Zwiespalt er sich befand. Er trauerte, doch er wollte sich diese Trauer nicht zugestehen – nicht für einen Mann, der ihn nie gewollt hatte.

Es war ihre Bedingung. Rissa wusste nicht, was das bedeuten sollte. Vielleicht waren es nur die wirren Worte eines Sterbenden gewesen, doch sie wollten ihr nicht aus dem Kopf gehen.

Elathar löste seine Finger aus der Hand seines Vaters und stand auf. Seine Miene war vollkommen regungslos, als er sich Rissa zuwandte. Einzig seine Augen spiegelten seine Gefühle wider. »Danke, dass Ihr mich gerufen habt.«

»Ganz gleich, was er getan oder nicht getan hat«, sagte sie. »Er war Euer Vater. Vergesst das nicht.«

»Er hat mich nie gewollt.«

Als sie das kaum vernehmliche Beben in seiner Stimme bemerkte, machte sie einen Schritt auf ihn zu. Sie wusste nicht, was sie tun oder sagen wollte, bis sie in seine Augen sah. Die Augen eines Mannes, der von seinen eigenen Gefühlen überfordert war. Ohne ein Wort schlang sie die Arme um ihn. Einen Moment lang wirkte er wie erstarrt. Dann spürte sie, wie seine Arme sie umfingen und er das Gesicht in ihrem Haar vergrub. Sie wusste nicht, wie lange sie so dastanden. Rissa erschien es wie eine Ewigkeit und zugleich wie der Hauch eines Augenblicks. Viel zu lang und niemals lang genug. Sie spürte seine Muskeln, als er sie enger an sich zog, seine Kraft und die Wärme seines Körpers. Da war etwas in ihr, etwas, das sie so nicht kannte und das ihr Innerstes in Aufruhr versetzte. Hitze und Unruhe und der Wunsch nach mehr. Ihre Haut prickelte, doch es hatte nichts mit ihrer Energie zu tun, sondern nur mit der Nähe dieses Mannes. Eines Mannes, zu dem sie sich mehr und mehr hingezogen fühlte. Es war ihr vollkommen egal, ob er sich verändert hatte. Ein Teil des Mannes, den sie kennengelernt hatte, war noch immer da. Sie hatte ihn in den letzten Tagen mehr als einmal durchschimmern sehen. Und auch wenn er ernst und verschlossen wirken mochte, so war er noch immer-

Nähe offenbart Geheimnisse. Vertrauen kann dich umbringen, schossen ihr die warnenden Worte ihres Vaters durch den Kopf, die er ihr so viele Jahre eingetrichtert hatte.

Es durfte nicht sein.

Sie durfte für diesen Mann nicht das empfinden, was sie empfand.

Es war falsch.

Und es war gefährlich.

Mehr als ihren Trost durfte sie ihm nicht geben.

Als sie sich aus seinen Armen lösen wollte, sah er sie an. Rissa wich seinem Blick aus, sie wusste, dass sie nicht die Kraft haben würde, ihre Distanz zu wahren, wenn sie ihm jetzt in die Augen sah. Doch so einfach ließ er sie nicht davonkommen. Er legte einen Finger unter ihr Kinn und zwang sie, ihn anzusehen. Schmerz und Trauer lagen noch immer in seinen Augen, doch auch die Wärme war in seinen Blick zurückgekehrt. Eine Wärme, die einzig und allein ihr galt.

Nein! Bitte nicht …

Doch er hörte ihr stummes Flehen nicht. Sein Finger strich über ihre Wange, als er sich herabbeugte. Seine Lippen kamen näher. Rissa konnte nichts anderes tun, als auf seine Lippen zu starren und sich zu fragen, wie es sich anfühlen würde, sie auf ihren eigenen zu spüren. Ein erwartungsvoller Schauder erfasste sie, als sein Atem über ihr Gesicht strich. Hastig wandte sie den Kopf ab. Seine Lippen streiften ihre Wange.

Elathar fuhr zurück, als hätte sie ihm eine Ohrfeige gegeben. Er hielt sie nicht länger umschlungen, lediglich seine Hand lag noch auf ihrem Arm. »Habe ich etwas falsch gemacht?«

Nur, dass Ihr seid, wer Ihr nun einmal seid. Ein Mann, der meinesgleichen vernichten will. In mühsam erzwungener Ruhe schüttelte sie den Kopf. »Nein. Aber Eure Gefühle sind in Aufruhr. Macht nicht den Fehler, Eure Trauer mit etwas anderem zu verwechseln.«

Als sie sein Gesicht sah, glaubte sie zu spüren, wie ihr Herz brach. Behutsam löste sie seine Hand von ihrem Arm und ging zur Tür. »Ich schicke Dainn zu Euch«, sagte sie, dann floh sie nach draußen.

Kaum war die Tür hinter ihr zugefallen, blieb sie mit hämmerndem Herzen stehen und schloss die Augen. Das Gefühl, etwas Wichtiges verloren zu haben, zwang sie beinahe in die Knie.

33

Als Dainn hereinkam, stand Elathar noch immer da und starrte auf die Tür, durch die Rissa geflüchtet war.

»Ich habe gehört, was passiert ist«, sagte Dainn. Er betrachtete Elathar mit einem forschenden Blick. »Was jetzt?«

Elathar war froh, dass sich sein Freund nicht in endlosen Beileidsbekundungen erging, sondern sofort praktisch dachte. Er würde seinen Vater begraben, draußen zwischen den Felsen. Niemand würde je erfahren, wessen Gebeine dort lagen. Ganz gleich, wie er und sein Vater zueinander gestanden haben mochten, das hatte er nicht verdient. Er war der König von Tharennia gewesen. Er hatte verdient, dass es den Menschen erlaubt war, um ihn zu trauern. Nicht vor der leeren Familiengruft in Naranor, sondern hier, an dem Ort, an dem er seine letzte Ruhe finden würde. Er könnte es den Flüchtlingen sagen, doch das genügte ihm nicht. Ganz Tharennia hatte ein Recht darauf, die Wahrheit zu erfahren. Eines Tages, so hoffte Elathar, würde er die Möglichkeit bekommen, die Gebeine seines Vaters nach Hause zu bringen.

»Wir werden ihn außerhalb der Festung begraben«, sagte Elathar. Er war traurig. Und wütend. Ein Teil von ihm hatte darauf gehofft, dass sein Vater sich erholen würde und er ihn mit all dem konfrontieren konnte, was seit Jahren an seiner Seele nagte. Nur ein einziges Mal hatte er aus dem Mund seines Vaters hören wollen, warum er ihn damals fortgeschickt hatte. Ohne jede Vorwarnung. Warum er nicht einmal den Anstand besessen hatte, ihm zumindest Lebewohl zu sagen. Elathar hatte seinem Vater ins Gesicht sehen wollen, wenn dieser ihm erklärte, warum er seiner überdrüssig geworden war. Das würde nicht mehr passieren.

Er nahm ein Laken und breitete es über seinen Vater aus. »Morgen Früh bei Tagesanbruch«, sagte er zu Dainn. »Wirst du mir helfen?«

»Als ob du das fragen müsstest.«

Elathar war Rissa dankbar, dass sie ihn gerufen hatte. Er war dankbar für ihren Trost. Sie im Arm zu halten, so lebendig, hatte ihm die Kraft gegeben, die er brauchte. Doch noch etwas war geschehen. Es war, als hätte ihre Nähe seinen Widerstand zum Einsturz gebracht. All die Tage, in denen er versucht hatte, auf Abstand zu gehen, waren mit einem Mal bedeutungslos geworden. Sein Verstand hatte ihm geraten, sich von ihr zu lösen, doch sein Herz war stärker. In diesem Moment wäre er bereit gewesen, all seine Bedenken zu vergessen. Er hätte sie geküsst – und er hätte es genossen.

Glücklicherweise verfügte Rissa noch über genug Verstand, das nicht zuzulassen. Sie hatte ihn davor bewahrt, einen Fehler zu machen. Der Stich, den ihm ihre Zurückweisung versetzt hatte, war nichts weiter als sein gekränkter Stolz.

»Brauchst du etwas?«

Elathar schreckte aus seinen Gedanken, als ihm bewusst wurde, dass Dainn die Frage offensichtlich nicht zum ersten Mal gestellt hatte. Er schüttelte den Kopf. »Ich werde heute Nacht die Totenwache halten.«

»Soll ich –«

Wieder schüttelte Elathar den Kopf. Er wollte allein sein, mit sich und seinen Gedanken. Bevor er das Dainn jedoch sagen konnte, wurde die Tür aufgerissen, und Jestar platzte herein. Elathar wollte ihn anfahren, was ihm einfiel, doch Jestars Anblick ließ seine Wut schlagartig zerbröckeln. »Was ist passiert?«

Jestars Blick schoss an Elathar vorbei zum Bett mit dem abgedeckten Leichnam. Seine Augen wurden groß.

»Jestar!«

»Entschuldigung. Dryden ist auf dem Weg zum Tor! Er reitet wie ein Irrer. Da stimmt was nicht!«

Elathar und Dainn folgten Jestar nach unten. Mit großen Schritten hetzten sie über den Hof und erreichten das Tor in dem Augenblick, in dem Dryden mit seinem Pferd hindurchpreschte. Im Schlepptau hatte er ein weiteres Pferd, über dessen Sattel eine reglose Gestalt hing. Dort, wo sein Kopf lag, waren der Sattel und die Flanke des Pferds von verkrustetem Blut überzogen.

Dryden glitt aus dem Sattel und kam taumelnd zum Stehen. Sein kahler Schädel glänzte vor Schweiß, das Gesicht war von der Anstrengung gerötet. Quer über seine Brust verliefen mehrere blutige Streifen. Das Hemd war aufgerissen, als hätten Klauen es zerfetzt.

»Das ist Gimm.« Dainn war zu dem Pferd gegangen, das Dryden hinter sich hergeführt hatte, und besah sich den anderen Mann. »Er ist tot.«

»Es war ein Hinterhalt«, keuchte Dryden und hustete, was ihn erneut ins Straucheln brachte.

Elathar packte ihn beim Arm, um ihn zu stützen. »Kümmert euch um Gimm und die Pferde«, rief er jemandem zu. »Wir gehen zu Garri.«

»Ich muss …« Dryden war noch immer vollkommen außer Atem. »Muss …«

»Du musst uns erzählen, was passiert ist«, sagte Elathar an seiner Stelle. »Das kannst du auch machen, während Garri dich wieder zusammenflickt.«

Als sie die Große Halle betraten, Elathar stützte Dryden noch immer, bemerkte Garri die beiden sofort. »Was hast du denn angestellt?«, fragte sie Dryden. »Mit einem Fels gerauft?« Sie zog den zerfetzten Stoff seines Hemds auseinander, um einen Blick auf die Wunde zu werfen. »Das sieht aus wie … Hast du etwa einem von *denen* im Weg gestanden?«

Dryden nickte. »So könnte man es wohl nennen.«

»Setzt ihn da drüben hin, Hauptmann.« Die Heilerin deutete auf eine Bank vor einem Tisch. »Ich bin gleich da. Brauche nur ein paar Sachen, mit denen wir das wieder zusammenbekommen. Nadeln, Messer. All so was.«

Dryden stöhnte auf. »Messer brauchst du bestimmt nicht mehr.«

Kichernd ging Garri davon.

Elathar half seinem Unterführer, sich zu setzen, dann holte er ihm einen Becher mit Wasser. Dryden leerte ihn in einem Zug. Nachdem er auch einen zweiten Becher heruntergestürzt hatte, warf er einen Blick auf seine Brust. »Zumindest läuft nichts aus.«

Obwohl auf der Bank genug Platz gewesen wäre, blieb Elathar stehen. Zum Sitzen fehlte ihm die Ruhe. »Was ist passiert?«

»Sie haben uns gewaltig in den Arsch getreten, das ist passiert!« Dryden knallte den Becher auf den Tisch und zuckte ob der heftigen Bewegung schmerzerfüllt zusammen. »Wir hatten die Flüchtlinge in die Hütte gebracht. Dorthin, wo wir sie sammeln, bis der Mond günstig steht und wir sie überprüfen können. Drei Bauern.«

Garri kehrte mit einer Schüssel, einem Tuch und einem Bündel Verbandsmaterial zurück. Sie stellte alles auf dem Tisch ab und bedeutete Dryden, sein Hemd auszuziehen. Nur mühsam und unter sichtbaren Schmerzen schälte er sich aus dem Stoff, der sich mit der blutigen Wunde verklebt hatte. Garri tauchte das Tuch ins Wasser, von dem ein beißender Kräutergeruch aufstieg, und machte sich daran, die Wunde zu reinigen.

Dryden fuhr zusammen. »Verflucht, Weib! Willst du mich umbringen?«

Garri grinste. »Wenn dein Gegner es nicht geschafft hat, werde ich es wohl auch nicht hinkriegen.« Sie beugte sich erneut zu ihm herab, wobei ihre dürre Gestalt Elathar an einen Zweig erinnerte, der sich im Sturm bog. »Und jetzt lass mich meine Arbeit machen.«

Dryden verzog das Gesicht, als sie das Tuch erneut ansetzte, doch seine Aufmerksamkeit gehörte wieder Elathar. »Die Flüchtlinge waren am Morgen zu uns gestoßen, und als wir die Hütte erreichten, war es erst Mittag. Deshalb mussten wir bis Einbruch der Dunkelheit warten, ehe wir mit Sicherheit sagen konnten, ob sie sauber waren.«

»Hat einer von ihnen Verdacht geschöpft?«

Dryden schüttelte den Kopf. »Wir haben ihnen erzählt, dass wir noch auf weitere Leute warten und am nächsten Morgen aufbrechen würden. Es war alles bestens. Bis Gimm von seiner Patrouille zurückkam. Mindestens zwei Trupps von Falinns Kriegern waren ganz in der Nähe. Zu nah an der Hütte. Deshalb haben wir uns entschieden aufzubrechen. Eigentlich wollten wir uns ein anderes Versteck suchen, doch da draußen waren noch mehr von ihnen. Mindestens vier Trupps. Deshalb haben wir entschieden, sofort aufzubrechen.«

»Hierher?«

»Es war ein Fehler«, sagte Dryden zerknirscht. »Ich dachte, wenn wir in den Fels kommen, kann das Mädchen mit dem *Blick* herausfinden, ob die Flüchtlinge wirklich nur Flüchtlinge sind. Wir haben es an den Truppen vorbeigeschafft, aber sobald der Fels in Sicht kam, hat er angegriffen.«

Elathar ahnte, was geschehen war. »Einer der Bauern?«

»Bevor ich begriffen habe, was los ist, hatte er die anderen schon in den Abgrund gestoßen und Gimm die Kehle durchgeschnitten. Dann griff er mich an. Zerrte mich vom Pferd, bevor ich mein Schwert ziehen konnte, und verpasste mir das da.« Er deutete auf die Wunde, die Garri noch immer bearbeitete. »Er hätte ein verdammter Bauer sein sollen! Nicht so ein … Monster! Weißt du, um wie viel unheimlicher es ist, wenn du nur einen Bauern vor dir siehst, aber genau weißt, was sich unter dem harmlosen Äußeren verbirgt? Egal, was du weißt und wie sehr du auch versuchst, den Zauber zu durchschauen, der sein wahres Antlitz verbirgt, ohne Mondlicht ist es sinnlos. Der Kerl ist ein Bauer geblieben! Ich habe nicht einmal seine Klauen gesehen. Für mich waren das Hände, die mich halb aufgeschlitzt haben! Hände!«

»Was ist dann passiert?«

»Mein Pferd ist in Panik geraten. Der Gaul ist aufgestiegen und wäre beinahe mit mir über den Rand der Klippe gestürzt. Das hat den Seelenlosen abgelenkt und ich konnte ihm einen Tritt verpassen. Jetzt liegt er bei den anderen im Abgrund.«

Garri setzte dazu an, die Wunden zu nähen.

»Das muss doch nicht sein«, beklagte sich Dryden.

»Was geöffnet wurde, muss auch wieder verschlossen werden«, erwiderte Garri ungerührt. »Die Schnüre deines Rucksacks ziehst du auch wieder zusammen, damit nichts rausfällt, oder?«

Sie machte sich ans Werk und Dryden ließ es über sich ergehen. Die Lippen fest aufeinandergepresst und mit noch mehr Schweißperlen auf dem kahlen Schädel als ohnehin schon.

»Warum hat er uns plötzlich angegriffen?«, fragte er zwischen zusammengebissenen Zähnen. »Warum hat er nicht bis zum Fels gewartet und sich dann auf dich gestürzt?«

»Ich vermute, dass das nicht sein Auftrag war.« Sie waren heute nur knapp einer Katastrophe entgangen und das war einzig und allein Dryden zu verdanken. »Er hatte das, weshalb er gekommen war.«

Dryden sah auf. »Er hat den Fels gesehen. Und nachdem er wusste, wo wir sind, und uns aus dem Weg geräumt hätte, damit wir niemanden warnen können, wollte er seine Leute holen. Auf dem Weg nach unten hätte er unsere Wachen am Zugang zum Pass ausgeschaltet.«

»Wo sind Sil und Trev?«

»Hoffentlich in einem sicheren Versteck. Als Gimm auf Patrouille war, hat er sie gewarnt und ihnen geraten unterzutauchen.«

Nachdem Tan und Stran sich ebenfalls im Fels aufhielten, waren Sil und Trev die Einzigen aus Drydens Gruppe, die momentan noch auf der Suche nach Flüchtlingen waren. Elathar konnte nur hoffen, dass Falinns Krieger etwas Ähnliches nicht noch einmal versuchen würden. Ausgeschlossen war es dennoch nicht. »Ich werde einen Boten zum Passzugang schicken.« Die Posten dort wären die Ersten, die Sil und Trev zu Gesicht bekämen. Wenn sie Flüchtlinge bei sich hatten, mussten sie dafür sorgen, dass diese nur noch gefesselt, geknebelt und mit verbundenen Augen in den Fels gebracht wurden. Bevor Rissa nicht jeden Neuankömmling begutachtet hatte, würde Elathar sie künftig alle in den Kerker sperren lassen.

34

Wenig später hatte Elathar seine Unterführer in der Ratskammer versammelt. Er hatte versucht, Dryden davon zu überzeugen, sich auszuruhen. »Du versammelst deine Unterführer«, hatte Dryden beharrt. »Ich bin einer davon.«

»Und du hast wahrlich bereits genug für uns getan.«

Dryden schüttelte den Kopf. »Du kannst reden, wie du willst. Solange du mir nicht einen direkten Befehl erteilst – der in dieser Situation übrigens vollkommen unangebracht wäre –, oder ich nicht mehr in der Lage bin, mich auf den Beinen zu halten, werde ich dabei sein.«

»Vorhin konntest du dich kaum auf den Beinen halten«, erinnerte ihn Elathar.

»Vorhin ist vorhin. Garri hat den Rucksack geschlossen.«

So kam es, dass Dryden mit ihnen am Tisch saß und dieses Mal allen erzählte, was geschehen war. Nachdem er geendet hatte, lehnte sich Elathar zurück und blickte in die Gesichter seiner Männer, in denen sich dieselbe Anspannung abzeichnete, die auch er verspürte. Dainn und Bär hatten grimmig die Augenbrauen zusammengezogen. Leal starrte auf seine Hände, die vor ihm auf dem Tisch lagen. Dryden, Rinan und Njall erwiderten Elathars Blick.

»Was machen wir jetzt?«, fragte Leal, ohne aufzusehen.

»Wir können uns nicht länger hier verschanzen und warten«, sagte Dainn. »Wenn wir etwas gegen Falinn unternehmen wollen, müssen wir es jetzt tun, bevor uns seine Krieger finden und aufreiben.«

Elathar seufzte. »Du klingst schon wie Erlendur.«

»Aber ich habe recht.«

Das hatte er allerdings. Was jedoch nichts an der Tatsache änderte, dass sie noch immer keinen Schimmer hatten, was sie tun konnten. »Ab sofort bleiben die Tore jederzeit geschlossen und die Mauern bemannt – nicht nur am Tor, sondern rundherum. Deine Männer sollen auch auf den Wehrgängen patrouillieren, Bär. Die Außenposten haben wir bereits verstärkt. Vielleicht können wir sie noch ein Stück weiter nach unten ziehen, um im Falle eines Angriffs mehr Zeit zu gewinnen. Sie sollen sich das Gelände ansehen und entscheiden, ob sie genug Deckung finden.« Elathar wies seine Leute an, Feuerstellen im Hof zu errichten, die Tag und Nacht brennen sollten. Außerdem sollten sie Kessel und alles Nötige bereitstellen, damit sie Pech und Öl erhitzen konnten.

Rinan verzog das Gesicht und offenbarte einen Blick auf seine Zahnlücken. »Du rechnest damit, dass sie uns angreifen?«

»Noch nicht. Aber ich will vorbereitet sein, falls sie es tun.« So wie es aussah, mussten sie ab sofort mit allem rechnen. Wie lange würde es dauern, bis einer der Seelenlosen den Fels fand und mit diesem Wissen entkam? Dann mussten sie bereit sein. »Bär, ich will, dass du unseren neuen Rekruten Aufgaben zuweist, bei denen sie nicht im Weg stehen. Wer nicht gut genug schießen kann, soll auf der Mauer keine Pfeile verschwenden und sich lieber um Öl und Pech kümmern.«

Bär nickte. Selbst sein struppiger Bart vermochte es nicht, den verkniffenen Zug um seinen Mund zu verbergen. Seit sie in den Fels gekommen waren, hatten sie gewusst, dass der Tag kommen würde, an dem sie kämpfen mussten. Entweder, um die Festung zu verteidigen, oder gegen Falinn. Trotz dieses Wissens hatten sich alle an die friedliche Routine gewöhnt, die ihnen zwar jeden Tag viel Arbeit und Kopfzerbrechen bescherte, aber die meiste Zeit über zumindest niemanden in Gefahr gebracht hatte. Damit war jetzt Schluss.

»Leal, du sorgst dafür, dass weitere Vorräte in die Höhlen gebracht werden. Außerdem will ich, dass ihr jeden Mann, jede Frau und jedes Kind, die hier nicht gebraucht werden, in die Höhlen schickt. Es sollen nur jene bleiben, die den Fels entweder nicht verlassen können, weil sie krank oder verletzt sind, oder die bei der Verteidigung helfen wollen.« Er blickte in die Runde. »Hat noch jemand Vorschläge?«

Niemand sagte etwas.

Elathar löste die Versammlung auf. Die Männer waren bereits aufgestanden, als Kestan hereinkam. Er war gerannt, doch er wirkte weit weniger aufgeregt als Jestar zuvor. »Sag nicht, dass es noch mehr schlechte Nachrichten gibt.«

»Eher ungewöhnliche«, meinte Kestan. »Sil und Trev sind gerade mit einer Handvoll Flüchtlingen angekommen.«

»Gab es Zwischenfälle auf dem Weg?«

»Davon haben sie nichts gesagt.«

»Wir müssen sichergehen, dass kein Seelenloser unter ihnen ist«, sagte Elathar.

Bär stand auf. »Ich sorge dafür, dass sie in den Kerker gebracht werden, bis wir sie uns ansehen können.«

»Das kannst du dir sparen«, sagte Kestan. »Sil meint, sie seien sauber. Sie haben sie überprüft. Mehrmals. Aber das ist es nicht, weshalb ich –«

»Was ist es dann?« Elathar merkte, wie er die Geduld verlor. Es war ein langer Tag, der mit dem Tod seines Vaters begonnen hatte und danach nicht besser geworden war. Zu behaupten, er sei gereizt, wäre untertrieben.

»Unter den Flüchtlingen ist eine Frau, die behauptet, aus Naranor zu kommen und eine Nachricht für dich zu haben.«

»Bring sie her.«

Während sie warteten, ergingen sich seine Männer in Spekulationen darüber, ob die Frau wirklich aus Naranor war und von wem die Nachricht sein sollte, die sie angeblich zu überbringen hatte. Elathar beteiligte sich nicht daran. Er war aufgestanden und zum Fenster gegangen. Sein Blick war auf den Hof gerichtet, doch er sah nicht, was unten vor sich ging. Stattdessen hatte er den leblosen Blick seines Vaters vor Augen. Er hätte gewusst, was zu tun war. Wie sie sich vor Falinns Männern schützen und dem Usurpator die Stirn bieten konnten. Ebenso Carandir, der sein Leben lang dafür erzogen und ausgebildet worden war. *Und alles, was diese Menschen jetzt haben, bin ich. Der unerwünschte Bastard.* Es war die blanke Ironie.

Schließlich kehrte Kestan mit einer jungen Frau zurück, deren Gewänder ebenso wie das Gesicht und ihr Haar von einer dünnen Staubschicht überzogen waren. Sie wirkte erschöpft, aber auch erleichtert. Elathar wurde das Gefühl nicht los, dass er ihr schon einmal begegnet war. Auch sie schien ihn zu kennen, denn sie wandte sich ohne Zögern an ihn.

»Mein Name ist Tora Barren«, sagte sie.

Daher kannte er sie. Sie war die Tochter des Händlers, in dessen Haus sich Carandir früher so oft herumgetrieben hatte. Elathar hatte sie ein- oder zweimal gesehen, als er gekommen war, um seinen Bruder abzuholen.

»Kestan, hol Rissa.« Sil und Trev mochten die Flüchtlinge überprüft haben, trotzdem würde es nicht schaden, es noch einmal zu tun. Immerhin konnten sie einen Weg gefunden haben, der sie dem Mondlicht gegenüber immun machte. Für jemanden, der über den *Blick* verfügte, galt das hoffentlich nicht.

Kestan verließ die Ratskammer und Elathar richtete seine Aufmerksamkeit wieder auf Tora Barren. Mädchen hin oder her, er würde kein Risiko eingehen. Solange er sich nicht sicher sein konnte, in wessen Diensten sie stand, gab es nur einen Ort für sie – den Kerker. Auf seinen Wink hin rückten Dainn und Bär, die noch immer nicht zu ihren Stühlen zurückgekehrt waren, näher an das Mädchen heran.

»Wer schickt Euch?«, verlangte Elathar zu wissen. »Falinn?«

Die Erleichterung wich aus ihren Zügen und machte offener Empörung Platz. »Was? Nein!«

»Ist Euch bewusst, wie leichtsinnig es war, hierherzukommen?«

Tora schluckte. Sie wich seinem Blick aber nicht aus. »Nicht leichtsinnig. Aber riskant«, sagte sie. »Ich kenne jetzt Euer Versteck, und ich weiß, dass Ihr mich nicht mehr gehen lassen könnt. Zumindest nicht, solange Ihr mir nicht vertraut. Vermutlich denkt Ihr gerade darüber nach, wie viel Zeit Ihr mir geben wollt, mich zu erklären, bevor Ihr meinem Leben ein Ende setzt.«

Zumindest hatte er darüber nachgedacht, wie viel er sich anhören würde, ehe er sie in den Kerker sperren ließ. »Dann solltet Ihr besser keine Zeit verschwenden. Wie habt Ihr uns gefunden?«

»Wir haben die Gerüchte über die Flüchtlinge gehört, denen Ihr Zuflucht bietet. Wusstet Ihr, dass man sich überall davon erzählt? Ihr seid ein Held, Eisprinz. Um Euch aufzuspüren, brauchte ich nur ein paar Flüchtlinge zu finden. In den Schenken und den Dorfläden munkelt man, dass sie alle früher oder später in die Nähe der Berge von Demantur kommen. Also habe ich diese Richtung eingeschlagen.«

Elathar unterdrückte einen Fluch. Sie waren so vorsichtig, und trotzdem gelang es den Leuten so leicht, sie zu finden. Klatsch und Tratsch! Kein Wunder, dass es den Seelenlosen gelungen war, zu den Flüchtlingen zu stoßen.

»Jetzt wissen wir, wie Ihr hierhergekommen seid. Und noch immer habt Ihr uns nicht verraten, wer Euch schickt«, sagte Dainn neben ihr. »Was denkst du?«, wandte er sich an Elathar. »Haben sie uns eine Frau als Spionin geschickt, nachdem sie mit ihren Seelenlosen kein Glück hatten?«

»Ich bin weder eine Spionin noch stehe ich im Dienste dieses Thronräubers!« In ihrem Ton lag Verachtung. »Euer Bruder schickt mich!«

In der Ratskammer wurde es so still, dass man eine Feder hätte fallen hören können. Elathar starrte sie an. »Carandir? Ihr habt ihn gesehen?«

»Er ist in unserem Haus.«

»Er sitzt im Kerker und wartet auf seine Hinrichtung.«

»Behauptet Falinn.«

Elathar wies sie an, sich zu setzen. Er selbst blieb stehen, ebenso wie Dainn und Bär, die noch immer nicht von ihrer Seite wichen.

»Ihr habt meine volle Aufmerksamkeit.« Wenn Carandir entkommen war und Falinn Lügen verbreiten ließ, bedeutete das, dass sich zwei Verbündete entzweit hatten. Wenn es ihm gelang, den einen gegen den anderen auszuspielen, konnte er Falinn vielleicht auf diesem Weg zu Fall bringen.

Tora berichtete, dass Carandir am Abend seiner Vermählung aus der Burg entkommen war und bei ihrem Vater Unterschlupf gefunden hatte. Sie erzählte von Sabotageakten und Händlern, die sich ihm angeschlossen hatten, und wie sie von Elathar erfahren hatten. Wieder einmal Gerüchte, die in den Schenken und auf den Märkten die Runde machten!

Als sie davon sprach, wie Carandir Kontakt zu Beolan aufgenommen hatte, kam Rissa herein. Offenbar hatte Kestan sie bereits eingeweiht, denn in dem Moment, in dem sie die Ratskammer betrat, richtete sich ihr Blick sofort auf Tora. Sie nahm sich Zeit, musterte sie eingehend von allen Seiten. Schließlich sah sie Elathar an. »Sie ist ein Mensch.«

Elathar übermittelte seinen Dank mit einem Nicken und bedeutete Tora fortzufahren. »Viel gibt es nicht mehr zu sagen. Der Prinz braucht Eure Hilfe im Kampf gegen Falinn. Er ist der Ansicht, dass er es nur mit Euch zusammen schaffen kann, ihn zu besiegen. Deshalb will er sich mit Euch treffen. In Naranor.«

»Glaubt dieser Narr wirklich, dass der Hauptmann darauf hereinfällt?«, platzte Rinan heraus.

»Das ist der billigste Trick aller Zeiten!«, rief Leal. »Der muss uns für vollkommen einfältig halten!«

Oder für verzweifelt genug, uns darauf einzulassen. Natürlich war Elathar das Risiko bewusst. Er war misstrauisch. Gleichzeitig aber hatte Tora recht, wenn sie sagte, dass es ihnen wohl nur gemeinsam gelingen würde, Falinn zu stürzen. Doch dafür musste er erst einmal herausfinden, auf wessen Seite Carandir stand und was er wirklich vorhatte. Wenn sein Bruder wirklich einen Verbündeten in der Königsburg hatte, konnte das die Möglichkeit sein, Falinn auszuschalten.

Elathars Blick glitt zu Rissa, die ihn entsetzt anstarrte. Sie wusste, dass er den Köder geschluckt hatte. *Das ist Wahnsinn*, formten ihre Lippen lautlos.

Elathar nickte. *Ich weiß*, gab er auf dieselbe Weise zurück. Aber welche Wahl blieb ihm schon?

Dainn kniff die Augen zusammen. »Du denkst ernsthaft darüber nach, oder?«

Elathar sagte nichts. Das war nicht nötig. Dainn wusste es ebenso, wie Rissa es wusste.

»Das ist eine verfluchte Falle!«, rief Dryden. »Die ist doch nur hier, um dich aus dem Fels zu locken. Und sobald du draußen bist, wird sie ihren Leuten ein Zeichen geben, damit die dich erledigen. Seelenlose! Zack! Zack!« Mit seiner Hand ahmte er die Bewegung der Klauen nach, die ihm den Brustkorb aufgerissen hatten.

»Dann wird sie eben hierbleiben«, erwiderte Elathar ungerührt. »Die Posten hätten es längst gemeldet, wenn ihr jemand gefolgt wäre. Sollte also jemand auf ihr Zeichen warten, dann außerhalb der Berge.« *Wo ich ihnen aus dem Weg gehen kann.*

»Ich kann nicht hierbleiben«, sagte Tora. »Ich soll Euch zu Carandir führen.«

»Ihr werdet mir sagen müssen, wie ich ihn finde.«

Das schien ihr nicht zu gefallen. Ob es daran lag, dass er

dadurch ihren Plan zunichtemachte, ihren Leuten ein Zeichen zu geben, oder ob sie lediglich versuchte, Carandir zu schützen, vermochte er nicht zu sagen. Er vermochte nicht einmal zu sagen, ob es eine gute Idee war, sich überhaupt darauf einzulassen. Zweifelsohne aber war es die *einzige* Idee, die Elathar und seine Männer ihrem Ziel näher bringen konnte.

»Kennt Ihr den *Roten Hund*?«, wollte Tora wissen.

Elathar nickte. *Räudiger Hund* wäre ein passenderer Name für die Kaschemme gewesen, doch er wusste, wo sie war.

»An dem Tag, an dem Ihr Euren Bruder treffen wollt, schickt meinem Vater eine Nachricht. Nur ein Wort: *Hund*. Dann wartet im Hinterzimmer bis zum Einbruch der Dunkelheit.«

Elathar hatte nicht vor, es ihnen so leicht zu machen. Dieses Treffen würde zu seinen Bedingungen stattfinden. »Bis zu meiner Rückkehr seid Ihr mein Gast. Ich fürchte nur, dass die Unterkunft nicht dem entspricht, was Ihr gewohnt seid.«

Tora nickte nur, als hätte sie schon damit gerechnet. Auf sein Zeichen hin führten Bär und Njall sie aus der Ratskammer, zum Kerker.

»Ihr wisst, was ihr zu tun habt«, sagte er an die anderen gewandt. »Ich möchte, dass ihr alles umsetzt, was wir vorhin besprochen haben. Solange ich fort bin, hat Dainn das Kommando.«

»Ich dachte eigentlich, dass ich mitkomme.«

Elathar schüttelte den Kopf. »Nicht dieses Mal. Ich brauche dich hier.«

Als endlich alle Männer die Kammer verlassen hatten, ließ sich Elathar mit einem Seufzer gegen die Fensterbank sinken.

»Das könnt Ihr nicht tun!« Rissa stand mit verschränkten Armen auf der anderen Seite des Tisches und forderte seinen Blick heraus. »Ihr könnt doch nicht ernsthaft glauben, dass …«

»Ich glaube gar nichts«, erwiderte er in einer Ruhe, die er nicht empfand. »Im Augenblick aber sind unsere Möglichkeiten ausgesprochen begrenzt. Wenn diese Frau wirklich die Wahrheit sagt, gibt es vielleicht Hoffnung.«

»Und wenn sie es nicht tut, bringt es Euch um«, sagte sie leise.

Elathar ging um den Tisch herum zu ihr. »Ihr vergesst den magischen Schutz. Mir wird nichts passieren.«

Sie schüttelte den Kopf. »Selbst wenn sie Euch nicht töten können, so können sie Euch für den Rest Eures Lebens in irgendeinem Verlies verschwinden lassen. Sie könnten Euch foltern – jeden Tag! Oder einfach verhungern lassen! Ist es nicht so, dass sich dieser Schutzzauber lediglich auf gewaltsame Übergriffe bezieht?« Ihre Lippen bebten, und in ihren Augen lag eine Angst, die ihm ans Herz ging. Sie fürchtete um *sein* Leben!

Trotzdem konnte er nicht nachgeben. »Ich werde gehen und ich werde das nicht mit Euch diskutieren.« Als er sah, wie sie unter seinen harschen Worten zusammenzuckte, machte er einen Schritt auf sie zu und fasste sie bei den Schultern. »Seht mich an, Rissa. Ich bin weder dumm noch naiv. Ich weiß, dass es eine Falle sein könnte, und ich werde darauf vorbereitet sein. Aber ich kann diese Gelegenheit nicht verstreichen lassen.« Er dachte einen Moment nach, dann fragte er: »Würdet Ihr etwas für mich tun?«

Sie nickte.

»Seid dabei, wenn Dainn meinen Vater begräbt. Sprecht ein Gebet für mich.« Er wollte sie an sich ziehen, wollte sie küssen und ihr versichern, dass alles gut werden würde. Stattdessen gab er ihr einen Kuss auf die Stirn und verließ den Raum, ohne sich noch einmal nach ihr umzusehen.

35

Schon seit Tagen lag die Sommerhitze unerbittlich über Naranor und der Königsburg. In Waerhall, Falinns Heimat, gab es keine derart heißen Sommer. Tatsächlich regnete es die meiste Zeit und die Temperaturen schienen den größten Teil des Jahres gleich zu bleiben. Die Hitze machte ihn verrückt! Wann immer er einen Fuß nach draußen setzte, wünschte er sich den Regen herbei. Einzig hinter den dicken Steinmauern der Königsburg fand er Abkühlung. Zumindest bis dieser Trottel von einem Pagen heute Morgen auf die Idee gekommen war, in seinem Besprechungsraum ein Feuer im Kamin zu entzünden. Ein Feuer! Am liebsten hätte er diesem Narr einen Tritt verpasst, der ihn bis nach Maél katapultierte. Dort hätte er dann sein verfluchtes Feuer entzünden können!

Falinn hatte es löschen lassen und die Fenster weit aufgerissen, um die Hitze nach draußen zu lassen. Vom Hafen her trieb der Wind den Geruch von Fisch den Hügel hinauf, doch das war allemal besser als die Hitze.

»Ich kann einfach nicht glauben, dass meine Männer immer noch keinen Erfolg hatten!« Seit Monaten durchstreiften die Suchtrupps das Land, inzwischen waren Hunderte Mann überall unterwegs, und noch immer hatten sie keine Spur von Melanthions Bastard gefunden. Er führte sie alle an der Nase herum! Und das, obwohl es in der Bevölkerung genug Gerüchte über den Eisprinzen gab, der den Flüchtlingen Schutz bot. Keiner der Seelenlosen, die als vertriebene Bauern das Land durchstreiften, hatte bisher Erfolg gehabt. Falinn wusste nicht einmal, ob überhaupt je einer auch nur in die Nähe des Bastards gekommen war.

»Tharennia ist groß«, sagte Dalkur. »Aber früher oder später werden sie ihn finden.«

»Groß?«, schnappte Falinn. »Wenn man den Gerüchten glauben darf, ist er es, der unsere Lieferungen sabotiert. Direkt unter unserer Nase!«

»Ich glaube nicht, dass er in der Nähe von Naranor ist, Majestät. Hinter diesen Sabotageakten stecken irgendwelche Aufständischen oder –«

»Oder Carandir«, vollendete Falinn Dalkurs Satz. Seit seiner Flucht war der Prinz wie vom Erdboden verschluckt. Niemand hatte ihn gesehen, niemand hatte von ihm gehört und es war auch keine Leiche aufgetaucht. Die Möglichkeit, dass er noch immer in Naranor war, bestand durchaus. Er hegte schon länger den Verdacht, dass der Prinz sich irgendwo versteckt hielt. Deshalb hatte er seine Seelenlosen jedes Haus in der Stadt durchsuchen lassen und einige von ihnen der Stadtwache zugeteilt, damit sie weiterhin die Augen offen hielten. Sie hatten vorgegeben, nach weiteren Verbündeten des Prinzen zu suchen. Ohne Erfolg. Selbst ein Kopfgeld hatte die Leute nicht zum Reden gebracht. Wer auch immer ihn versteckte, stand bedingungslos hinter dem jungen Melanthion.

Falinn ballte die Fäuste. Wenn er die Brüder in die Finger bekam, würde er sie töten. Es war zu warm hier! Falinn ging zum Kamin und griff nach dem Schürhaken. Auf der Suche nach Glutnestern stocherte er in der Asche herum. Nichts. Es war sein Zorn, der ihn so erhitzte. Der Zorn und der Drang, endlich zu handeln. Den Schürhaken in der Hand, drehte er sich zu Dalkur herum, der am anderen Ende des Besprechungstischs stand. »Habt Ihr herausgefunden, was ich Euch aufgetragen habe?«

»Ja, Euer Hoheit. Meine Nachforschungen haben bestätigt, was Ihr von Anfang an vermutet habt. Durch Prinz Carandirs

Tat wurde der Zauber gebrochen, der über den Melanthions lag.«

»Seid Ihr sicher?«

»Absolut, Herr.« Dalkur nickte. »›*Wendet sich einer vom selben Blut gegen die Seinen, verliert der Schutz seine Wirkung*‹, so steht es in den Aufzeichnungen geschrieben, die ich über diesen speziellen Zauber gefunden habe. Keiner der noch lebenden Abkömmlinge Melanthions steht seit jenem Abend noch unter magischem Schutz. Jeder kann sie jetzt töten. Wirklich jeder.«

Das war zumindest ein Lichtblick. Obwohl sie inzwischen weitere Vorbereitungen getroffen hatten, hatte Falinn noch immer gehofft, dass seine Seelenlosen den Bastard aufspüren und ihm das Mädchen zurückbringen würden. Dass Fjal'Har ausgerechnet sie als Geisel ausgesucht hatte, ließ ihn selbst jetzt noch vor Wut schäumen, wenn er nur daran dachte.

Aber das war nicht mehr wichtig. Er hatte begonnen, sich damit abzufinden, dass das Mädchen für ihn verloren war. Er glaubte nicht, dass der Bastard über die nötige Kaltblütigkeit verfügte, das Mädchen umzubringen. Doch was nützte ihm das? Tot oder lebendig, sie war für ihn unerreichbar. Er würde die Suche nach ihr und den Brüdern nicht aufgeben, trotzdem würde er keine weitere Zeit mehr verschwenden.

Ungeduldig zupfte er an seinem Wams. »Ist die Laterne fertig?«

Dalkur neigte das Haupt. »So gut wie, Majestät. Ein paar letzte Anpassungen noch, dann ist es so weit und das Licht von Rivenna wird erstrahlen.«

»Wie lange noch?«

»Eine Woche, vielleicht zwei, dann können Eure Männer aufbrechen.«

»Ich hoffe für Euch, dass es funktioniert. Ich will diese Essenz!« Er wollte noch mehr sagen, als er draußen vor dem Fenster etwas hörte.

»Kommandant!«, rief jemand aus einiger Entfernung. Dann: »Kommandant Beolan!«

Falinn stürmte zum Fenster und erblickte den früheren Kommandanten der königlichen Leibgarde und einstmals besten Freund des Prinzen, der über den Rasen auf den Pagen zuging, der ihn gerufen hatte. Über den Rasen! Vor seinem Fenster! Falinn knallte das Fenster zu. Mit wenigen Schritten war er an der Tür und riss sie auf. »Sorgt dafür, dass Kommandant Beolan Tag und Nacht überwacht wird!«, wies er die Wachen an. »Ich will wissen, was er isst, wann er schläft, wo er hingeht und mit wem er spricht!« Er wollte nicht länger König sein, wenn Beolan nicht derjenige war, der ihn zu Carandir führen würde.

36

Elathar war noch am selben Tag aufgebrochen.

Er bereute, dass er seinen Vater nicht zu Grabe tragen konnte. Zugleich war er erleichtert, da er nicht wusste, wie er sich verhalten sollte. Hin- und hergerissen zwischen Trauer, Enttäuschung und Wut, fiel es ihm schwer, einen klaren Gedanken zu fassen, wenn er an seinen Vater dachte. Was die Bestattung anging, mochte er innerlich zerrissen sein, wenn er jedoch an Rissa dachte, sah er die Dinge so klar wie nie zuvor. Es war ihm schwergefallen, sie zurückzulassen. Er versuchte sich einzureden, dass es Unsinn war, so zu empfinden. Als er sie jedoch, kurz bevor er vom Hof geritten war, zum letzten Mal gesehen und sie ihm ein »seid vorsichtig« ins Ohr geflüstert hatte, hätte er sie um ein Haar zur Seite gezogen. Er wollte ihr sagen, dass seine Gefühle zwar aufgewühlt sein mochten, er aber dennoch durchaus in der Lage war, Trauer von dem zu unterscheiden, was er für sie empfand. Glücklicherweise war ihm keine Zeit dafür geblieben. Andernfalls hätte ihn wohl ihre Zurückweisung wieder einmal auf den Boden der Tatsachen zurückgeholt.

Bisher hatte er sich eingeredet, dass er sich nicht von seinen Pflichten ablenken lassen konnte. Aber das war lächerlich. Auch wenn sie seine Gefühle nicht erwiderte und er sie ans andere Ende Tharennias schicken würde, änderte das nichts daran, was er für sie empfand. Er würde sich immer Sorgen um sie machen, selbst wenn er sich von ihr fernhielt.

Elathar kam schnell voran. Immer wieder war er auf Spuren von Falinns Patrouillen gestoßen, zweimal – nicht weit von den Bergen entfernt – war er nur haarscharf einem Trupp entgangen, der die Straße gesperrt und die Reisenden angehalten hatte, um sie zu überprüfen. Dann war er gezwungen gewesen, die Straße zu verlassen und abseits der Wege durch Wälder und Sumpfland zu reiten. Ursprünglich hatte er vorgehabt, die Handelsstraße, den schnellsten Weg in die Hauptstadt, zu nehmen. Nachdem schon die unbedeutenderen Straßen von Falinns Soldaten verseucht waren, konnte er sich in etwa ausmalen, wie viele erst dort postiert sein würden. Deshalb hielt er sich abseits der Straßen.

In den zwei Wochen, die er unterwegs war, ließ er seinen Bart wachsen. Alles, was sein Äußeres veränderte, war gut. Außerdem verzichtete er darauf, seine Gewänder zu säubern und sich zu waschen. Schon nach drei Tagen hätte er sich am liebsten in den nächsten Fluss gestürzt, und als endlich Naranor in Sicht kam, gab es keine Stelle an seinem Körper, die nicht wie verrückt gejuckt hätte.

Er stellte sein Pferd außerhalb der Stadt bei einem Bauern unter und brachte das letzte Stück des Wegs zu Fuß hinter sich. Es gefiel ihm nicht, doch wenn er als Landstreicher durchgehen wollte, konnte er das Pferd unmöglich mitnehmen. Auch sein Schwert musste er zurücklassen. Alles, was ihm blieb, war ein Dolch, den er in seinem Stiefel verbarg.

Kurz bevor er in Sichtweite der Tore gelangte, zog er sich die Kapuze seines Umhangs ins Gesicht, schulterte das Bündel mit den sauberen Gewändern und verließ den Wald, um sich auf der Handelsstraße unter jene einzureihen, die auf dem Weg in die Stadt waren. Einer Eingebung folgend, beugte er sich zu einem der unzähligen Haufen Pferdemist herunter, die sich die Straße entlangzogen, als hätte jemand versucht, seinen Weg zu markieren. Er nahm eine Handvoll und rieb seine Gewänder damit ein, ehe er seinen Weg fortsetzte.

Wenn Dainn ihn so sehen könnte, unrasiert, dreckig und nach Pferdemist stinkend, würde er sich vor Lachen biegen.

Gut, dass er nicht hier war. Oder Rissa. Ihr würde er glatt zutrauen, dass sie ihn in den nächsten Tümpel stieß.

Elathar erkannte schnell, dass die Torwachen jenen, die die Stadt verließen, mehr Beachtung schenkten als denen, die hereinwollten. *Wer kann auch ahnen, dass ausgerechnet die in die Stadt kommen, die ihr am dringendsten fernbleiben sollten.* Die Wachen ließen die Kolonne derer, die nach Naranor wollten, an sich vorüberziehen, nahmen jeden kurz in Augenschein und winkten ihn dann herein.

Als er hier gewesen war, um Erlendur und seine Männer zu befreien, hatte es noch keine Kontrollen gegeben. Er hätte sein letztes Hemd verwettet, dass die Sicherheitsmaßnahmen einzig seinem letzten Besuch in der Stadt – und seiner überhasteten Abreise – geschuldet waren.

Eine Wache bedeutete ihm, stehen zu bleiben. »Warum bist du hier?«

»Suche nach Arbeit«, sagte Elathar so leise, dass der Mann ihn unmöglich verstehen konnte. Als er ihn aufforderte, seine Worte zu wiederholen, sprach Elathar nicht etwa lauter, sondern trat dichter an den Wachposten heran. »Ich suche nach Arbeit«, sagte er noch mal und beobachtete zufrieden, wie der Mann angewidert das Gesicht verzog. Der Wind stand günstig, sodass er eine ordentliche Nase Pferdemist und Reisedreck abbekommen hatte.

»Passieren!«, scheuchte er Elathar weiter, und als dieser nicht sofort reagierte: »Na los, hau schon ab!«

Ein paar Schritte, dann lagen das Tor und die Wachen hinter ihm und er war zurück in Naranor. Sein erster Weg führte ihn in ein Badehaus. Eines am Hafen, wo niemand Fragen stellte. Während er im dampfenden Zuber saß und sich den Schmutz der Reise abwusch, ließ er seine Gewänder reinigen und die Stiefel putzen. Den Dolch hatte er solange in seinem Bündel verstaut.

Zwischen den Zubern liefen leicht bekleidete Mädchen

umher, verteilten Wein, Ale und Käse und boten unverhohlen ihre Körper an. Elathar nahm den Wein und den Käse. Nach mehr stand ihm nicht der Sinn. Nicht hier und nicht mit einer Unbekannten, die sein Herz kalt ließ.

Als er schließlich frisch gewaschen – das Angebot einer Rasur hatte er bedauernd abgelehnt – und mit sauberen, wenn auch noch feuchten Gewändern wieder auf die Straße trat, fühlte er sich zum ersten Mal seit Tagen wieder wie ein Mensch. Einzig der juckende Bart störte ihn.

In einer Schreibstube erwarb er ein Stück Pergament und lieh sich eine Feder, um die Nachricht an Torkal Barren zu verfassen. Er bezahlte einen Botenjungen, damit dieser sie überbrachte. Wie er Rissa vor seinem Aufbruch versichert hatte, war er weder dumm noch naiv. Dieser Teil von Toras Anweisungen würde der einzige bleiben, an den er sich hielt. Ab jetzt bestimmte er die Regeln. Er verfasste eine weitere Nachricht, rollte sie zusammen und verstaute sie in seinem Ärmel. Dann schulterte er sein Bündel und ging in den *Roten Hund*, wo er sich einen Tisch in einer Nische suchte. Er bestellte etwas zu essen, trank Dünnbier und wartete. Obwohl noch immer die sommerliche Hitze wie eine Glocke über der Stadt lag, rückte der Herbst bereits näher. Die Tage wurden kürzer, die Nächte länger. Ein Umstand, der Elathar zupasskam, verkürzte er doch seine Wartezeit. Kurz vor Einbruch der Dämmerung bezahlte Elathar seine Zeche und übergab dem Wirt die zweite Nachricht, die er in der Schreibstube verfasst hatte. »Für den Mann, der heute in Euer Hinterzimmer kommt.«

Dann nahm er sein Bündel und verließ die Schenke. Eine Weile streifte er über den Marktplatz, wanderte zwischen den Buden umher, als würde er sich für die feilgebotenen Waren interessieren, während er in Wahrheit nur auf die Dunkelheit wartete. Sobald die Nacht hereinbrach und die Händler ihre Stände schlossen, machte sich Elathar auf den Weg zu dem verlassenen Haus, an dem sie auf ihrer Flucht vorbeigekommen waren – kurz bevor er auf Rissa gestoßen war. Auf dem Weg dorthin begegnete er immer wieder einzelnen Stadtwachen. Jedes Mal senkte er den Kopf und versuchte, wenn möglich, in einer Gruppe Menschen unterzutauchen. Niemand schenkte ihm Beachtung. Er war nur ein weiterer Bewohner Naranors, der nach getanem Tagwerk auf dem Weg zu einer Schenke oder nach Hause war. Schließlich bog er in eine Seitenstraße ein. Abseits der Hauptstraße gab es keine Laternen. Wer hier unterwegs war, kannte entweder den Weg oder hatte seine eigene Laterne dabei. Elathar hielt einen Moment inne und wartete, bis sich seine Augen an die Dunkelheit gewöhnt hatten und er sich im Mondlicht orientieren konnte.

Von der Hauptstraße aus war es nicht schwer, das Haus zu finden. Zu seiner Erleichterung hatte sich in den letzten Wochen nichts geändert. Nirgendwo brannte ein Licht hinter den Fenstern, die Tür war nicht wieder eingehängt worden und der Hinterhof war überwuchert von Unkraut und voller Abfall und Unrat. Elathar versteckte sein Bündel hinter einem Haufen Bretter und vergewisserte sich noch einmal, dass der Dolch in seinem Stiefel griffbereit war. Dann schwang er sich auf die Mauer und kletterte von dort aus auf das Schieferdach des Hauses, wo er sich, auf dem Bauch liegend, an die Dachkante heranschob. Von hier aus hatte er einen guten Blick über den Hinterhof, ohne selbst gesehen zu werden.

Jetzt hieß es warten.

Er lag noch nicht lange auf der Lauer, als zwei Gestalten die Gasse entlangkamen. Sie hätten Männer auf dem Weg nach Hause sein können, doch die tief ins Gesicht gezogenen Kapuzen sagten etwas anderes. Je näher sie dem Haus kamen, desto häufiger sahen sie sich um. Mehr als einmal wanderten ihre Blicke nach oben und zwangen Elathar, den Kopf einzuziehen. Einmal fiel der Mondschein auf eines der Gesichter.

Carandir.

Elathar ballte die Hand zur Faust. Zumindest wusste er jetzt, dass Falinn ihn nicht im Namen seines Bruders hierhergelockt hatte. Er beobachtete, wie sich Carandir der Mauer näherte. Der andere zog sich daran hoch und warf einen Blick in den Hinterhof. Kurz darauf schwang er sich auf die andere Seite. Für einen Moment verrutschte die Kapuze und gab die Sicht auf Beolans vertraute Züge frei. Sobald sich dieser davon überzeugt hatte, dass niemand im Hinterhof lauerte, gab er Carandir ein Zeichen, ihm über die Mauer zu folgen.

»Was jetzt?«, fragte Beolan, sobald Carandir neben ihn trat. »Gehen wir rein?«

Carandir schüttelte den Kopf. »Elathar wollte nicht im *Hund* auf uns warten. Er wird auch nicht in diesem Haus sein.« Sein Blick wanderte über den Hof. »Er ist irgendwo hier draußen und beobachtet uns.«

Worauf du wetten kannst! Elathar unterdrückte ein Knurren und sah zu, wie Carandir langsam den Hof abschritt, in jeden Winkel sah und sogar die Tür zum Schuppen öffnete, der auf der anderen Seite des Gartens an der Mauer lehnte.

Je länger er seinen Bruder beobachtete, desto mehr wuchs seine Wut. Ohne Carandirs Verrat wäre er jetzt nicht hier. Er müsste sich nicht mit einer Horde Flüchtlinge in einer alten Festung verschanzen und den Kampf eines anderen ausfechten, sondern könnte sein Leben leben. Vielleicht sogar mit Rissa an seiner Seite.

Carandir hatte alles zerstört.

Als Carandir den Blick nach oben richtete, konnte Elathar sich nicht länger zurückhalten. Mit einem unterdrückten Schrei sprang er vom Dach und stürmte auf seinen Bruder los. Dass er seinen Dolch gezogen hatte, bemerkte Elathar erst, als sich Beolan zwischen ihn und Carandir schob und sich die Hand des Kriegers um das Gelenk seiner Waffenhand schloss.

»Hör auf!«, stieß Beolan zwischen zusammengepressten Zähnen hervor. »Ich weiß, was du jetzt denkst.«

»Nichts weißt du!«

»Es ist noch gar nicht so lange her, da war ich in einer ähnlichen Situation wie du jetzt.« Unnachgiebig klammerten sich seine Finger um Elathars Handgelenk, in dem Bemühen, den Dolch fernzuhalten. »Ich hätte ihn am liebsten abgestochen. Erwürgt. Erschlagen. Egal was, solange es nur mit seinem Tod endete. Stattdessen habe ich ihn angehört. Und das solltest du auch tun.«

Elathar blinzelte. Die Wut hielt ihn noch immer im Griff. Nur langsam gelang es ihm, sich ins Gedächtnis zu rufen, warum er hier war. *Der Feind meines Feindes ist mein Freund.* So groß sein Hass auf Carandir auch sein mochte, er musste ihn tatsächlich anhören. Umbringen konnte er ihn auch später noch.

»Also gut«, sagte er und befreite seinen Arm mit einem Ruck aus Beolans Griff. Der Krieger stand noch immer zwischen Carandir und ihm, als wollte er sichergehen, dass Elathar es sich nicht noch einmal anders überlegte. »Ich bringe ihn schon nicht um. Nicht jetzt.« Um seine Worte zu unterstreichen, ließ er den Dolch wieder in seinem Stiefel verschwinden. »Zufrieden?«

Beolan nickte. Plötzlich breitete sich ein Grinsen in seinem Gesicht aus. »Anders als bei mir sieht ein Bart an dir wirklich übel aus. Aber es ist schön, dich zu sehen! Auch wenn ich dich mit diesem Gestrüpp fast nicht erkannt hätte.«

Elathar schlug dem Mann, der einmal sein Freund gewesen war, auf die Schulter. »Die Stadtwachen wollten mich auch nicht erkennen.«

Hinter Beolan war Carandir näher gekommen. Ein unsicheres Lächeln zeigte sich in seinen Zügen, als er jedoch Anstalten machte, auf Elathar zuzugehen und ihn womöglich zu umarmen, gebot Elathar ihm mit erhobener Hand Einhalt.

»Du bleibst besser, wo du bist, sonst kann ich für nichts garantieren. Sag, was du willst, damit wir das hier ein für alle Mal hinter uns bringen können.«

Die Hoffnung hatte ihn hierher geführt, doch Carandirs Anblick hatte die Erinnerungen an jenen Abend wieder lebendig werden lassen. Der Tod seines Vaters. Beinahe sein eigener. Elathar wusste nicht, ob er imstande sein würde, sich mit diesem Mann gegen Falinn zu verbünden. Er schaffte es ja kaum, ihn anzusehen, ohne dass es ihn in den Fingern juckte, seinen Dolch erneut zu zücken.

»Lasst uns mal sehen, wie es da drinnen aussieht«, sagte Beolan mit einem Blick auf das Haus. »Wenn wir nicht Gefahr laufen, dass uns das Dach auf den Kopf fällt, sind wir dort vermutlich ungestört.«

Kurz darauf hatten sie die windschiefe Tür weit genug nach innen geschoben, um sich ins Haus zu zwängen. Es war eine einfache Behausung, bestehend aus zwei Räumen unten und vermutlich ein oder zwei weiteren oben. Allerdings machte keiner von ihnen Anstalten, der Treppe nach oben zu folgen. Sie gingen in die Küche, wo noch immer ein Tisch und ein paar Stühle standen. Während Beolan die Stühle auf ihre Stabilität hin überprüfte, durchstöberte Carandir die Schränke.

»Was suchst du?«, wollte Beolan wissen.

»Eine Kerze oder eine Laterne.«

»Wenn du Licht machst, können wir uns auch gleich vor die Tür setzen und auf die Stadtwache warten.« Elathar ging zum Fenster und löste einen der Balken, mit denen es vernagelt war. Der Mondschein genügte, um einander über den Tisch hinweg erkennen zu können.

»Die Stühle sind stabil«, verkündete Beolan.

Als Carandir Anstalten machte, sich neben Elathar zu setzen, schüttelte er den Kopf. »Warum kommst du nicht auf diese Seite des Tisches? Dann könnt ihr euch in die Augen sehen, ohne euch sofort an die Kehle zu springen.«

Carandir folgte Beolans Aufforderung und setzte sich. Mehr als einmal zuckte seine Hand nach vorne, als wollte er sie Elathar reichen. Er zog sie jedoch jedes Mal zurück und schließlich presste er die Handflächen auf die Tischplatte. »Ich wollte das alles nicht«, begann er endlich. »Falinn hat mich vor eine schreckliche Wahl gestellt. Auf dem Ball wollte ich dir alles sagen. Ich wollte dich um Hilfe bitten.« Für einen Moment presste er die Lippen fest aufeinander, als versuchte er, all seine Gefühle in sich zu behalten. Dann sagte er: »Ich hätte dich so dringend gebraucht.«

»Willst du jetzt mir die Schuld für das geben, was du getan hast?«

»Natürlich nicht! Aber du warst der Einzige … du hättest gewusst, was wir tun können, um all das zu verhindern. Du …«

Elathar kniff die Augen zusammen. »Ich habe nicht die geringste Ahnung, wovon du überhaupt redest! Was hätte ich tun sollen? Was willst du von mir, außer dein Gewissen zu erleichtern?«

»Ich will, dass du weißt, was wirklich passiert ist!«

»Danke, ich war dabei, falls du das vergessen hast.«

Beolan schüttelte den Kopf. »So einfach ist es nicht, Elathar. Hör ihn an. Dann wirst du es verstehen.«

Elathar bezweifelte, dass er irgendetwas von dem verstehen würde, was Carandir getan hatte. Oder warum er es getan hatte. Trotzdem forderte er seinen Bruder mit einer Handbewegung auf fortzufahren.

Mit wachsender Fassungslosigkeit folgte er dem Bericht seines Bruders. Zunächst wollte er kaum glauben, dass Falinn tatsächlich versucht haben sollte, Carandir zu einer derartigen Tat zu zwingen. Je mehr er jedoch darüber nachdachte, desto schlüssiger erschien es ihm. Falinn hatte jemanden gebraucht, der den magischen Schutz umgehen konnte, und Carandir war der Einzige, der dafür infrage gekommen war. Der König hätte sich niemals auf etwas Derartiges eingelassen und

Elathar war nicht greifbar gewesen. Er versuchte, nicht darüber nachzudenken, wie er sich an Carandirs Stelle entschieden hätte. Auch wenn das Verhältnis zu seinem Vater und zu Königin Arien alles andere als gut gewesen war, wäre es ihm schwergefallen, sie zu opfern. Wie schlimm musste es dann erst für Carandir gewesen sein?

»Nachdem Falinn verhindert hatte, dass ich dich in alles einweihen kann, stand ich vollkommen allein da«, sagte Carandir. »Ich wusste nicht, was ich tun sollte. Also tat ich das Einzige, was mir noch eingefallen ist: Ich habe das Gift mit Wasser verdünnt. Ich hatte nicht die geringste Ahnung, wie stark es war und wie viel Wasser ich verwenden musste, um eure Leben zu retten. Mir war nur bewusst, dass es noch genug Wirkung zeigen musste, um euch zumindest für eine Weile auszuschalten.«

»Falinn sollte uns für tot halten.«

Carandir nickte. »Ich wollte euch retten! Wie hätte ich ahnen sollen, dass Mutter den Wein nicht anrühren würde? Und dass Falinn sie …«

Elathar hielt es auf seinem Stuhl nicht mehr aus. Er sprang auf. Nur zu gern hätte er etwas zertrümmert – am liebsten Falinn selbst. All die Monate, die er an Carandir gezweifelt und dabei nicht geahnt hatte, in welcher Lage sich sein Bruder befand! Die ganze Zeit über hatte er sich gefragt, warum sich Carandir mit Falinn verbündet hatte, und nie eine Antwort darauf gefunden. Er wusste, dass Falinn das Volk belogen hatte, was den Tod des Königs und seinen eigenen anging. Er wusste, was mit Willan Carr und seinen Gefolgsleuten geschehen war, und er hatte die Seelenlosen mit eigenen Augen gesehen, die die Bevölkerung abschlachteten. Doch trotz allem war er nie auf den Gedanken gekommen, dass etwas an Falinns Bündnis mit Carandir nicht stimmen könnte. Wie hatte er jemals glauben können, dass Carandir aus freien Stücken zu einer derart abscheulichen Tat in der Lage sein könnte!

Die ganzen Monate, in denen er seine Wut und seinen Hass auf Carandir genährt und sich ausgemalt hatte, wie er ihn töten würde, wenn er ihn je in die Finger bekam … Während der ganzen Zeit hatte Carandir damit leben müssen, was er getan hatte.

Elathar begriff, dass seinem Bruder keine andere Wahl geblieben war. Er hatte versucht, die Bevölkerung Naranors und seine Familie zu retten und dabei seine eigene Zukunft geopfert. Die Menschen, die nicht einmal ahnten, in welcher Gefahr sie geschwebt hatten, sahen in ihrem einst so verehrten Prinzen einen Verräter und Mörder. Falinn wollte ihn tot sehen. Und trotz allem war es ihm nicht gelungen, seine Familie zu retten.

Er war allein mit alldem!

Während Elathar seine Männer hatte, die ihm zur Seite standen und ihn unterstützten, hatte Carandir niemanden gehabt.

Allein!

Elathar schlug mit der Faust gegen einen Schrank. Das morsche Holz knackte und brach. Er zog die Hand zurück, ohne den Schmerz wirklich zu spüren, der aus den aufgeschürften Knöcheln durch seinen Arm fuhr.

»Schon bevor Falinn mich vor die Wahl gestellt hat, habe ich mit Vater über ihn gesprochen. Ich hatte kein gutes Gefühl und war mir sicher, dass er etwas im Schilde führt. Doch wie so oft hat Vater mich nur ausgelacht und mir vorgehalten, dass ich noch viel zu lernen hätte. Er wollte nicht auf mich hören, und später konnte ich es nicht mehr wagen, zu ihm oder Beolan zu gehen. Abgesehen davon, dass Falinns Leute mich mit Sicherheit beschattet haben, hätte Vater – falls er mir überhaupt Glauben geschenkt hätte – sofort seine Krieger in Alarmbereitschaft versetzt. Für die Menschen in Naranor wäre das das Ende gewesen.« Einen Moment lang starrte er auf seine Hände. Obwohl er die Handflächen noch immer gegen die Tischplatte presste, entging Elathar nicht, dass seine Finger zitterten. »Ich hatte gehofft, dass ich euch holen und in Sicherheit bringen kann, sobald sich Falinn anderen Dingen zuwendet«, fuhr Carandir tonlos fort. »Stattdessen hat er mich festgesetzt, um mich dem Volk als den Schuldigen zu präsentieren. Als ich gehört habe, dass ihr entkommen seid, konnte ich es kaum glauben. Zugleich hatte ich Angst, denn ihr hattet keine Ahnung, was vorging.«

Stück für Stück legte Carandir dar, wie es ihm nach seiner Flucht aus der Königsburg ergangen war und welche Ereignisse schließlich dazu geführt hatten, dass sie jetzt hier waren. »Allein kann ich nicht viel ausrichten. Aber zusammen …«

»Zusammen werden wir dafür sorgen, dass Falinn sich wünschen wird, niemals einen Fuß nach Naranor gesetzt zu haben«, beendete Elathar den Satz seines Bruders.

Carandir sah auf. »Dann glaubst du mir?«

»Ich hätte von Anfang an nicht an dir zweifeln dürfen.«

Beolan erhob sich. »Ich denke, dann lasse ich euch Brüder mal für eine Weile allein und passe auf, dass uns niemand auf die Pelle rückt.« Auf dem Weg aus der Küche blieb er vor Elathar stehen. »Muss ich dich im Auge behalten?«

»Nur, falls Falinn hier auftauchen sollte.«

Mit einem Grinsen verließ Beolan die Küche und überließ die Brüder sich selbst.

37

Elathar wusste nicht, was er sagen sollte. Er wollte sich entschuldigen. Wollte seinen Bruder um Verzeihung bitten, dass er je an ihm gezweifelt hatte, doch die Worte kamen ihm nicht über die Lippen.

»Was ist mit Vater?«, durchbrach Carandir schließlich die Stille.

»Er starb, kurz bevor deine Botin uns erreicht hat.«

Carandir ließ sich in seinem Stuhl zurücksinken und vergrub das Gesicht in den Händen. Als er Elathar wieder ansah, schimmerten Tränen in seinen Augen. »Das Gift?«

Elathar nickte. »Offenbar war es für ihn noch immer zu hoch dosiert gewesen.« Er erzählte seinem Bruder, wie er in der Kapelle zu sich gekommen und zusammen mit ihrem Vater aus der Stadt geflohen war.

»Und die Flüchtlinge?«

»Ursprünglich hatten wir vorgehabt, das Land zu verlassen. Dann kreuzten die ersten Flüchtlinge unseren Weg. Wir konnten sie nicht einfach sich selbst überlassen.« Elathar zuckte die Schultern. »Und jetzt sitzen wir in einer alten Festung, mit einem Haufen Kranker und Verletzter, und warten darauf, dass Falinns Krieger näher rücken.«

Zu seiner Überraschung lächelte Carandir.

»Was ist daran so komisch?«

»Komisch? Gar nichts. Es ist nur schön zu sehen, dass Vater die ganze Zeit über recht hatte.«

»Damit, mich fortzuschicken?«

»Damit, dass du der Bessere von uns bist.«

Elathar stieß ein humorloses Lachen aus. »Deshalb hat er mich auch fortgeschickt. Weil ich so ein guter Sohn war und er mich geliebt hat. Er ist tot, aber deshalb brauchst du ihn nicht in Schutz zu nehmen.«

»Setz dich.« Carandir wartete, bis Elathar seiner Aufforderung gefolgt war, ehe er fortfuhr: »Die Wahrheit ist eine andere, als du offensichtlich annimmst.«

»Für einen Abend sind mir das entschieden zu viele *andere* Wahrheiten. Dass du unschuldig bist, reicht mir für den Anfang. Ich glaube nicht, dass ich noch mehr hören muss.« *Oder hören will.*

»Mein Leben lang wurde ich als künftiger König erzogen und ausgebildet«, ignorierte Carandir Elathars Einwand. »Dabei war mir die Last der Verantwortung immer zuwider und ich habe mir nichts mehr als meine Freiheit gewünscht.«

Die Last der Verantwortung hatte Elathar in den letzten Monaten am eigenen Leib zu spüren bekommen. Fast schon bemitleidete er seinen Bruder dafür, konnte er doch nur zu gut nachvollziehen, wie er sich all die Jahre gefühlt haben musste.

»Als gehorsamer Sohn hatte ich mich zu fügen. Aber dann kamst du. Der Ältere. Und ich fing an, die Hoffnung zu hegen, dass Vater dich eines Tages anerkennen und dir die Krone zusprechen würde. Ich hätte bereitwillig verzichtet.«

Na, vielen Dank auch. »Ich wusste gar nicht, dass du eine derart egoistische Seite hast.«

Erst als Carandir plötzlich grinste, wurde Elathar bewusst, dass er seinen Bruder geneckt hatte. Wie früher, als sie noch Kinder gewesen waren. Doch sein Bruder wurde schnell wieder ernst.

»Eine egoistische Seite und eine zu weiche. Zumindest, wenn es nach Vater ging. Ich war im Volk beliebt, jeder mochte mich, doch das ist nicht das, was einen guten König ausmacht. Mir fehlt die Entschlossenheit, die es braucht. Die

Stärke, auch unangenehme Entscheidungen zu treffen und –«

»Was für ein Unsinn«, fiel Elathar ihm ins Wort. Was Carandir unter Falinns Druck getan hatte, war zweifelsohne eine der schwierigsten Entscheidungen, die je ein Mensch hatte treffen müssen. »Du hast diese Stärke doch längst bewiesen!«

»Und danach habe ich mich aufgegeben. Hättest du nicht Willan Carrs Männer aus dem Kerker befreit – das warst doch du, oder? –, dann hätte ich mich vermutlich früher oder später umgebracht. Ich hatte keine Hoffnung mehr und ich wollte auch nicht mehr kämpfen.« Carandir schüttelte den Kopf. »Vater hat das erkannt. Einmal sagte er zu mir: ›*Du weißt nicht, was es bedeutet, ein Herrscher zu sein, obwohl du dazu erzogen wurdest.*‹ Er hat mich und meine Entscheidungen nie ernst genommen.«

»Vermutlich hat er dich das nur glauben lassen, damit du weiter an dir arbeitest und ein noch besserer König wirst, als du ohnehin schon geworden wärst.«

Carandir sah auf. »Du begreifst es nicht, oder? Vater wollte dich auf dem Thron sehen, nicht mich. Du bist derjenige, der in seinen Augen das Zeug zum Anführer hatte!«

»Deshalb hat er mich zu einer Lumpenkompanie geschickt.«

»Ich weiß nicht, warum er dich ausgerechnet nach Raidon geschickt hat«, sagte Carandir. »Aber ich weiß, dass er dir das Leben gerettet hat. Ich habe dir das nie erzählt, aber damals habe ich ein Gespräch mit angehört, zwischen ihm und Mutter. Vater stand kurz davor, dich als seinen legitimen Erben anzuerkennen, und Mutter wollte nicht, dass ich meinen Anspruch auf den Thron verliere.« Carandir beugte sich über den Tisch vor. »Erinnerst du dich an den Jagdunfall, den du um ein Haar gehabt hättest?«

Elathar nickte. Wenige Tage, bevor sein Vater ihn fortgeschickt hatte, waren sie im Königswald unterwegs gewesen und hatten Wildschweine gejagt. Elathar war einer Fährte hinter ein paar Büsche gefolgt und in die Knie gegangen, um sie genauer zu betrachten. Dabei hatte ihn um ein Haar der Bolzen eines Jagdhelfers getroffen, der das Rascheln in den Büschen vernommen und ihn mit einem Wildschwein verwechselt hatte.

»Das war kein Unfall. Soweit ich es verstanden habe, steckte Mutter dahinter. Ich wusste nichts davon. Wenn ich geahnt hätte …« Er schüttelte den Kopf. »Sie hätte sich auch von mir nicht aufhalten lassen. Sie hat Vater buchstäblich das Messer auf die Brust gesetzt. Du solltest für immer verschwinden, und er konnte entscheiden, ob tot oder lebendig. Wenn du geblieben wärst, hätte dich der nächste Bolzen vielleicht nicht verfehlt.«

Arien. Es war ihre Bedingung, kamen Elathar die letzten Worte seines Vaters in den Sinn. »Er wollte mich zu Fürst Willan nach Lendaé schicken, aber Arien … Sie hat auf der Lumpenkompanie bestanden.« Vermutlich hatte sie sich erhofft, dass er dort den Tod finden würde.

»Er hat dich fortgeschickt, um dich zu schützen.«

Elathar hatte geglaubt, dass sein Vater mit seinen letzten Worten lediglich versucht hatte, sein Gewissen zu erleichtern, bevor es zu Ende ging. Was aber, wenn es die Wahrheit gewesen war? Was, wenn sein Vater wirklich gezwungen gewesen war, ihn fortzuschicken? Es interessierte Elathar nicht, ob sein Vater in ihm wirklich den geeigneteren Herrscher gesehen hatte. Damals waren sie Kinder gewesen und die Dinge mochten sich im Laufe der Jahre geändert haben. Er zweifelte auch nicht daran, dass Carandir viel zu bescheiden war, um seine eigenen Fähigkeiten zu würdigen. Was ihn jedoch wie eine Lawine überrollte, war die Erkenntnis, dass sein Vater ihn nie verstoßen hatte. Der König hatte eine Entscheidung getroffen – ganz ähnlich wie Carandir am Abend des Bathrá.

»Elathar? Ist alles in Ordnung?«

»Ich bereue nur gerade, dich nicht im *Roten Hund* getroffen zu haben. Ich hätte jetzt wirklich gern einen Becher Branntwein.«

Carandir lachte. »Ja, den hätte ich jetzt auch gern. Du hast es wirklich nicht gewusst, oder?«

»Nein.«

»Es tut mir leid, wenn ich das geahnt hätte, hätte ich dir schon viel früher davon erzählt. Ich dachte …«

Du dachtest, es sei ein Thema, über das wir einfach nicht sprechen. Wann immer sie einander gesehen hatten, war sein Weggang aus Naranor nie zur Sprache gekommen.

»Ich dachte wirklich, Vater hätte dir vor deiner Abreise alles erklärt.«

Er kam nicht einmal, um Abschied zu nehmen. Doch das behielt Elathar für sich. Vielleicht war der König zu feige gewesen, ihm ins Gesicht zu sehen und zu sagen, dass er gehen musste. Oder sich die Frage nach dem Warum gefallen zu lassen. Vielleicht war es auch zu schmerzhaft für einen Vater gewesen, seinen Sohn fortzuschicken. Elathar wusste es nicht und er würde keine Antwort mehr auf diese Frage bekommen, trotzdem sah er seinen Vater mit einem Mal in einem anderen Licht. Jahrelang war er in seinen Augen ein kalter, herzloser Mann gewesen. Jetzt jedoch bröckelte dieses Bild. Er erinnerte sich an den Nachmittag von Carandirs Vermählung, als Elathar dem König seine Aufwartung gemacht hatte. Sein Vater war auf dem Thron nach vorne gerückt, und einen Moment lang hatte Elathar geglaubt, er würde aufstehen und zu ihm kommen. Vielleicht hatte ihn sein Eindruck nicht getäuscht. In einem jedoch hatte er sich geirrt; sein Vater war längst nicht so stark gewesen, wie er immer geglaubt hatte. Andernfalls wäre die Königin niemals damit durchgekommen. Stattdessen hätte sie sich bei der ersten Drohung im Kerker wiedergefunden – oder in einem abgeschiedenen

Kloster der Kirk Tharennae. Dass nichts dergleichen geschehen war, konnte aber auch bedeuten, dass sie ein weiteres Druckmittel in der Hand gehabt hatte. Entweder das, oder sein Vater hatte sie wirklich geliebt. Wie sonst hätte er es all die Jahre an ihrer Seite ausgehalten? Der König hatte sich für den einzigen Weg entschieden, auf dem er beides haben konnte: die Frau an seiner Seite und das Leben seines Sohns.

Beolan steckte den Kopf zur Tür herein. »Draußen ist alles ruhig. Wie sieht es hier aus?«

»Alle noch am Leben.« Carandir warf Elathar einen Blick zu, und als dieser nickte, sagte er: »Komm wieder rein und setz dich.«

»Also gut«, begann Elathar nach einer Weile. »Wie sehen eure Pläne aus?«

Carandir und Beolan erwiderten seinen Blick schweigend. Elathar seufzte. »Ihr hattet auf meine Pläne gehofft.«

»Um ehrlich zu sein, schon.«

Elathar richtete seinen Blick auf Beolan. »Du bist mit deinen Männern noch immer im Dienst des Königs?«

»In seinem Dienst schon, aber nicht mehr in einer Position, in der ich an ihn herankommen könnte.«

»Also kein Attentat.«

Beolan schüttelte den Kopf. »Falinn ist vorsichtig. Er umgibt sich nur noch mit seinen eigenen Kriegern.«

»Zweifelsohne Seelenlose.« Wenn Rissa recht hatte, waren sie magisch erschaffene Geschöpfe ohne eigenes Bewusstsein. Er konnte sie lenken und ihnen befehlen, und keiner von ihnen würde sich je gegen ihn wenden.

»Seelenlose?«, fragten Beolan und Carandir gleichzeitig.

»Habt ihr die Gerüchte gehört, dass Falinn angeblich über ein Heer von Dämonen verfügt?«

»In jeder Schenke redet man darüber«, sagte Beolan. »Allerdings sind sich die Leute auch sicher, dass Falinn selbst ein Dämon ist.«

»So weit würde ich nicht gehen. Was allerdings seine Krieger betrifft, ist es die Wahrheit.« Er erzählte den beiden von den Seelenlosen, die es in den Fels geschafft hatten, und wie man sie erkennen konnte. »Sie sind allerdings keine Dämonen«, schloss er seinen Bericht, »sondern magisch erschaffene Wesen.«

»Magie!« Beolan spie das Wort beinahe aus. »Zumindest erklärt das die riesigen Heerlager, die überall in der Nähe der Stadt aus dem Boden gewachsen sind.«

»Wie viele sind es?«, wollte Elathar wissen.

»Soweit wir wissen, sechs. Jedes mit mehreren Hundert Kriegern.«

»Die königliche Armee ist groß, aber nicht so groß«, überlegte Elathar. »Wenn man in Betracht zieht, dass es überall im Land Garnisonen gibt und lediglich einen großen Stützpunkt nahe der Hauptstadt, müssen wir davon ausgehen, dass vermutlich fünf dieser Heerlager allein aus Seelenlosen bestehen.«

Carandir blickte ratlos drein. »Dann haben wir es nicht nur mit Falinn und seiner Armee zu tun, sondern auch noch mit einer Übermacht magischer Krieger.«

Elathar nickte. Ein offener Kampf gegen Falinns Armee würde zu nichts führen – nicht einmal, wenn es ihnen gelänge, alle Fürsten auf ihre Seite zu bringen. Bisher hatte Elathar es vermieden, näher darüber nachzudenken, je mehr er jedoch erfuhr, desto deutlicher wurde ihm, dass es nur einen Weg gab, auf dem sie vielleicht etwas ausrichten konnten. Sie mussten an seinem Heer vorbei, ins Zentrum seiner Macht. Beolan mochte nicht mehr in seine Nähe kommen, aber immerhin hatte er Zugang zur Burg. Einen Zugang, den er auch anderen öffnen konnte. »Ich muss mehr über Falinn wissen. Darum musst du dich kümmern, Beolan. Wir müssen wissen, wie viele Männer er in der Burg hat. Wie schnell sie alle kampfbereit sein können. Wie viele in seiner Nähe sind. Ich brauche die Zeiten der Wachablösungen, muss wissen, wer gern im Dienst döst, wer nicht so genau hinsieht oder dem Wein zuspricht. Du weißt, welche Art von Informationen.«

»Alle, die ich bekommen kann. Ich sammle schon seit einer Weile.« Beolan sah zu Carandir. »Während der letzten Tage und Wochen habe ich die Zeit genutzt, meine Männer beobachtet und immer wieder vermeintlich harmlose Fragen gestellt. Keiner von ihnen ist zufrieden mit dem, was wir jetzt tun, und keiner schätzt Falinn sonderlich. Ich denke, es ist an der Zeit, sie einzuweihen.«

Carandir nickte. »Je mehr Verbündete wir innerhalb der Königsburg haben, desto besser. Was ist mit der anderen Sache? Diesem Gespräch, das du mit angehört hast? Vielleicht weiß Elathar, was es zu bedeuten hat.«

Beolan zuckte die Schultern. »Vor einer Weile habe ich Falinn und seinen Berater belauscht. Ich glaube, dass sie sich nicht sicher sind, ob ich wirklich etwas gehört habe. Seitdem ist mir allerdings ständig einer von Falinns Männern auf den Fersen, und ich bin die meiste Zeit gezwungen, mich auf Umwegen und über Mittelsmänner mit Carandir auszutauschen.«

Elathar horchte auf. »Du wirst verfolgt?«

Beolan nickte. »Normalerweise hätte ich mich nicht so weit hervorgewagt wie heute, aber ich wollte dich unbedingt sehen. Ich musste mich mit eigenen Augen davon überzeugen, dass du wirklich am Leben bist.« Als er Elathars Blick sah, hob er beschwichtigend die Hände. »Keine Angst, ich habe meine Schatten abgehängt. Und ja, ich bin absolut sicher, dass mir niemand gefolgt ist. Für Falinns Männer bin ich in Madame Oseras Etablissement.«

»Du? Im Bordell?« Elathar hätte um ein Haar gelacht. Das Lachen blieb ihm jedoch im Hals stecken, als ihm der Gedanke kam, dass Beolan für Falinn spionieren könnte. Rasch verdrängte er den Gedanken wieder. Dass Beolan nicht im Kerker saß oder bereits tot war, konnte ebenso gut daran liegen, dass Falinn sich erhoffte, er würde ihn zu Carandir führen. »Wenn die dir das abnehmen, sind sie wirklich magische Kreaturen, die zwar ihre Befehle ausführen, aber keinerlei Menschenkenntnis haben.«

»Madame Osera hat jedenfalls ein paar sehr nützliche Gänge, durch die man ihren Keller ausgesprochen bequem und unauffällig verlassen kann. Eigentlich sind die dafür gedacht, damit sich die Reichen und Mächtigen ungesehen in die Arme ihrer Mädchen begeben können, aber gegen ein paar Münzen …« Er zuckte die Schultern. »Viel habe ich gar nicht gehört. Falinn und Dalkur sprachen von etwas, das sie das Licht von Rivenna nannten. Eine Laterne oder etwas in der Art.«

»Nie davon gehört. Ist das alles?«

»Ja. Das heißt, nein. Mit diesem Licht sollen Falinns Männer nach etwas suchen. Einer Essenz.«

Elathar stieß einen Fluch aus.

»Ich schätze, du weißt, was das ist«, bemerkte Carandir trocken.

»Das kann man wohl sagen. Falinn will seine Leute nach Thanasses schicken, damit sie ihm das Herz der Magie bringen.« In knappen Worten legte er dar, was er von Rissa erfahren hatte.

»Er will Zauberer werden?«, entfuhr es Carandir. »Reicht es ihm nicht, ein Mörder und Thronräuber zu sein?«

»Manche bekommen eben nie genug«, brummte Beolan.

»Wir müssen jetzt handeln. Sobald die Sonne aufgeht, breche ich auf.« Elathar hoffte, dass Erlendur ihn bei seiner Rückkehr mit weiteren Kriegern im Fels erwartete. »Ich werde meine Männer sammeln und sie in die Nähe von Naranor bringen. Dann treffen wir uns erneut und planen unser weiteres Vorgehen. Sieh zu, dass du so viele Verbündete um dich scharst, wie du kannst. Wir brauchen jeden Mann. Und wir brauchen Waffen. Könnt ihr da was arrangieren?«

Carandir nickte. »Einer der Händler kennt sicher jemanden, der uns da weiterhelfen kann. Wäre nicht die erste Lieferung, die ihr Ziel nicht erreicht. Wie können wir dich kontaktieren?«

Elathar nannte ihnen den Namen eines Gasthauses, in dem seine Männer regelmäßig vorbeikamen. »Fragt nach Dryden. Wenn sich etwas ändert oder ich eine Nachricht für euch habe, werde ich dir das Mädchen schicken.«

»Tora? Wo ist sie?«

»In meinem Verlies.«

»Was?«, rief Beolan. »Wie konntest du das dem armen Mädchen antun!«

»Entschuldige mal, aber wer konnte mir denn garantieren, dass das *arme Mädchen* mir keine Falle stellt? Sie hätte ebenso gut ein Seelenloser oder sonst jemand in Falinns Diensten sein können.«

Carandir nickte. »Du hast recht. Aber lass sie jetzt raus, ja?«

»Sobald ich zurück bin, ist sie frei.« Elathar warf einen Blick aus dem Fenster. Am Himmel zeigten sich die ersten Anzeichen des heranziehenden Tages. »Ihr solltet jetzt besser verschwinden. Wenn du in der Morgendämmerung nicht Madame Oseras Haus verlässt, werden deine Verfolger sicher misstrauisch.«

Beolan grinste und stand auf. Carandir hingegen erhob sich sichtlich widerwillig. Sein Blick richtete sich auf Elathar. »Sind wir …«

Elathar nickte. »Wir sind im Reinen.« Dieses Mal war er es, der auf seinen Bruder zuging und ihn zum Abschied umarmte.

»Du musst vorsichtig sein«, sagte Carandir, als er schließlich zurücktrat. »Durch das, was ich getan habe, existiert der magische Schutz nicht mehr.«

Beolan, der bereits an der Haustür stand, nickte. »Ich habe

gehört, wie sie darüber gesprochen haben. Dalkur sagt, jeder kann euch jetzt töten.«

»Danke für die Warnung.« Trotz des Schutzes war Elathar nie jemand gewesen, der sich kopflos in einen Kampf stürzte. Dennoch hatte sich der Schutzzauber das eine oder andere Mal als hilfreich erwiesen. Dass er ausgerechnet jetzt nicht mehr existierte, da sie im Begriff waren, gegen Falinn anzugehen, kam ausgesprochen ungelegen.

38

Nach Elathars Aufbruch hatte Rissa begonnen, sich mit ihren Träumen auseinanderzusetzen. Sie waren noch immer da, aber sie waren leichter geworden. Noch immer wusste sie nicht, warum die Alte wollte, dass sie sich erinnerte. Oder woran sie sich erinnern sollte. Aber immerhin lernte sie, ihre Energie zu nutzen, um ihre Gedanken und Gefühle so weit zu beruhigen, dass sie besser schlief. Sie träumte weiterhin von dem Schatten mit der Klinge, doch jetzt war sie sich, während es geschah, bewusst, dass es sich um einen Traum handelte, sodass sie nicht mehr jedes Mal schweißgebadet aufschreckte.

Noch am selben Tag, an dem Elathar davongeritten war, hatten Bär und Dainn den König und Gimm in der Nähe der Festung unter einem Haufen Steine begraben. Rissa war, wie Elathar es sich gewünscht hatte, mit ihnen gekommen. Es gab keine Zeremonie und keinen Priester. Die beiden Männer hatten mit gesenkten Häuptern vor den Gräbern gestanden, als Rissa sich an Elathars Worte erinnert hatte. *Sprecht ein Gebet für mich.* Sie wusste, dass er ein Gebet in seinem Namen gemeint hatte. Bei dem, was er vorhatte, konnte es jedoch nicht schaden, auch ein Gebet *für* ihn zu sprechen.

»Es ist wirklich eine Schande«, sagte Bär, als es vorüber war. »Ein Haufen Steine ist alles, was von einem Leben übrig bleibt. Egal, ob du ein König warst oder Mitglied einer Lumpentruppe.«

Dainn nickte.

»Warum seid ihr beiden überhaupt in der Lumpenkompanie gelandet?« Rissa hatte sich die Frage schon öfter gestellt, aber noch nie den Mut gefunden, sie auszusprechen.

»Ich habe einen umgebracht«, sagte Bär.

»Aber doch sicher nicht absichtlich.« Der Mann war groß und einschüchternd, aber zugleich so gutmütig und freundlich, dass sie ihm eine derartige Tat nicht zutrauen wollte.

»Mit voller Absicht. Und ich würde es wieder tun.« Ohne ein weiteres Wort machte er kehrt und stampfte davon.

Rissa sah zu Dainn. »Habe ich was Falsches gesagt?«

Dainn schüttelte den Kopf. »Er redet nur nicht gern darüber. Aber du brauchst keine Angst vor ihm zu haben. Der Kerl, den er getötet hat, hatte es verdient.«

»Wie kann jemand den Tod verdienen?«

»Wenn er deine schwangere Frau vergewaltigt und ermordet?«

Rissa blieb der Mund offen stehen. Sie war nicht einmal auf den Gedanken gekommen, dass Bär verheiratet gewesen sein könnte. Ganz zu schweigen davon, dass ein freundlicher Mann wie er ein derart schreckliches Schicksal zu erleiden gehabt hatte. »Das ist furchtbar.« Obwohl sie neugierig war, wagte sie nicht mehr, nach Dainns Geschichte zu fragen.

»Sieh mich nicht so an«, lachte er. »Meine Vergangenheit ist nicht einmal halb so tragisch. Mein Pech war nur, dass meine Eltern arm waren.«

»Wo hast du gelebt?«

»Im Fürstentum Assana, in den Armenvierteln Latmerias.«

Rissa hatte von der Stadt gehört, die berüchtigt für ihre Armut war. Sie lag zu weit von der Küste entfernt, um Seehandel zu betreiben, und zu dicht an der kargen Steppe von Sola, um das Land zu bewirtschaften.

»Wenn wir etwas zu essen wollten, mussten wir es stehlen«, sagte Dainn, als sie sich auf den Weg zurück zum Fels machten. »Meistens bin ich mit meinen beiden Brüdern losgezogen. Sie übernahmen die Ablenkung, und ich stahl Brot und

Käse, oder Dinge, die wir dringend benötigten. Ein paar Mal haben sie mich erwischt. Dann wurde ich von der Stadtwache verprügelt, aber jedes Mal wieder laufen gelassen, weil sie mich zu jung für den Kerker befanden.«

»Aber irgendwann haben sie es sich anders überlegt.«

»Als ich vierzehn war, starben meine Eltern und meine Brüder am Fieber. Zwei Jahre später haben mich die Stadtwachen dann wieder beim Stehlen erwischt. Dieses Mal kam ich nicht mit einer Tracht Prügel davon. Stattdessen brachten sie mich zum Statthalter. Dann wurde ich vor die Wahl gestellt: Kerker oder Dienst in der königlichen Armee.« Er zuckte die Schultern. »Es gab nichts mehr, das mich in Latmeria gehalten hätte, und in der Armee muss man sich zumindest über die nächste Mahlzeit keine Gedanken machen.«

Viele andere wären angesichts eines derartigen Schicksals verzweifelt und hätten sich aufgegeben. Nicht so Dainn. Seine Eltern waren tot, ebenso seine Brüder, und dennoch fand er sein Schicksal weniger tragisch als das von Bär. Rissa fragte sich, wie es ihm gelungen war, nach all dem sein sonniges Gemüt zu bewahren. *Vielleicht ist es die ständig gute Laune, die ihn die Vergangenheit vergessen lässt?*

»Darf ich dich auch etwas fragen, Rissa?«

»Natürlich.« Nachdem er seine Geschichte erzählt hatte, konnte sie ihm diesen Wunsch schlecht abschlagen. Allerdings war sie nicht sicher, ob sie seine Fragen auch wahrheitsgemäß beantworten konnte.

»Empfindest du etwas für Elathar?«

Rissa blieb abrupt stehen. »*Das* ist deine Frage? Ich dachte, du würdest etwas wissen wollen, wie … welches Verbrechen ich begangen habe, um in eurem Kerker zu landen.«

Dainn stieß sie spielerisch in die Seite. »Lenk nicht ab.«

»Ich weiß nicht, was ich sagen soll. Ich habe noch nie darüber nachgedacht.« Sie zuckte die Schultern.

»Ich glaube, du weißt es sehr wohl.«

Er hatte recht. Sie wusste es, *fühlte* es, wann immer sie Elathar sah oder an ihn dachte. Aber welchen Sinn hatte es, etwas zu empfinden, das ohnehin nicht sein durfte?

Zu ihrer Erleichterung bohrte Dainn nicht weiter nach, und sie setzten ihren Weg zurück zum Fels fort. Wenn sie Dainn jedoch ansah, den zufriedenen Blick, den Anflug eines Lächelns auf den Lippen, dann wurde sie das Gefühl nicht los, dass er glaubte, erreicht zu haben, was er erreichen wollte. Und das hatte er – zumindest, wenn es sein Ziel gewesen war, sie dazu zu bringen, über Elathar nachzudenken. Seit der Hauptmann sie um ein Haar geküsst hatte, war sie bemüht gewesen, ihm selbst und jedem Gedanken an ihn aus dem Weg zu gehen. Wie sinnlos gerade Letzteres war, hatte ihr Dainns einfache Frage vor Augen geführt. Mit fünf kleinen Wörtern hatte er sie dazu gebracht, an Gefühlen zu rühren, die sie lieber verborgen gehalten hätte. Gefühle, die sie mit Wärme erfüllten und sie wünschen ließen, Elathar wäre jetzt hier. Und eine Sehnsucht, die sie zu zerreißen drohte, vor allem, da sie wusste, dass sie ihr nicht nachgeben durfte. Rissa blinzelte die Tränen fort, die ihr in die Augen stiegen, und beschleunigte ihren Schritt. Dainn folgte ihr schweigend.

Als Bär kurz vor den Toren der Festung wieder zu ihnen stieß, benahm er sich, als wäre nichts passiert. Und auch Dainn schien sich nicht daran zu stören, dass sie seine Vergangenheit kannte.

Von Zeit zu Zeit warf er einen unbehaglichen Blick auf die steil abfallenden Felswände, die ihren Weg säumten. »Ich vergesse immer wieder, wie viele Felsen es hier gibt«, seufzte er.

Rissa warf einen Blick auf ihre Umgebung. »Ziemlich schwer zu vergessen, wenn du mich fragst.«

»Ich ziehe es trotzdem vor, nicht daran zu denken, dass wir in den Bergen sind.«

»Warum das?«

»Weil Berge hoch sind«, sagte Bär. »Er mag keine Höhen.«

* * *

Einige Tage nach der Beerdigung kehrte Kommandant Erlendur mit vierzig Kriegern im Schlepptau zurück. Seine Ankunft sorgte für Jubel und Freude, bedeuteten diese vierzig Schwerter mehr doch auch mehr Hoffnung. Getrübt wurde die Freude jedoch von seinen Berichten darüber, wie viele von Falinns Suchtrupps überall unterwegs waren.

Rissa hoffte inständig, dass es Elathar gelungen war, sie zu umgehen, und er nicht doch in Naranor in eine Falle lief. Sie zählte die Tage und versuchte abzuschätzen, wann er die Hauptstadt erreichen und wie lange es dauern würde, bis er endlich zurückkäme.

Seit dem Tod des Königs packte sie überall an, wo eine Hand gebraucht wurde. Sie half wieder im Krankenlager und verteilte außerdem zusammen mit Lyanna Rationen an die Menschen im Fels. Obwohl sie den ganzen Tag beschäftigt war, hatte sie ständig das Gefühl, dass es nicht genug war.

Elathar war seit mehr als zwei Wochen fort, und Rissa kam inzwischen auch nachts ins Krankenlager, um nach Braden zu sehen. Der Junge war kurz nach Elathars Aufbruch zu ihnen gekommen. Braden war noch keine zehn und doch war sein Leben zu Ende. Er hatte sich bei einem Sturz das Bein gebrochen und bald darauf hohes Fieber bekommen. Der offene Bruch hatte sich entzündet, und selbst Garris Künste hatten nicht verhindern können, dass man ihm das Bein hatte abnehmen müssen. Doch das Fieber wich nicht. Der Junge litt entsetzliche Schmerzen. *Und wofür? Dafür, dass er die nächste Woche ohnehin nicht überleben wird.*

Rissa hatte versucht, Garri davon zu überzeugen, ihm etwas gegen den Schmerz zu geben, doch die Heilerin hatte abgelehnt. Die wenigen Mittel, die sie hatten, wollte sie nicht für hoffnungslose Fälle verwenden. Rissa konnte sie sogar verstehen, Garri war für alle hier verantwortlich, nicht nur für Braden. Trotzdem war sie wütend. Und traurig. Seitdem kam sie jeden Abend, bevor sie zu Bett ging, noch einmal zu ihm und nutzte ihre Magie, um ihm die letzten Tage zumindest ein wenig zu erleichtern. Immer wieder hatte sie versucht, mit ihrer Energie seine Wunden zu heilen und sein Fieber zu senken. Erfolglos. Seinen Schmerz zu betäuben, war alles, was sie für ihn tun konnte.

Sie hatte darauf bestanden, dass seine Pritsche in die hinterste Ecke der Großen Halle gebracht wurde. Zumindest diesen Wunsch hatte Garri ihr erfüllt und Bradens Pritsche in eine einsame Nische bringen lassen, die durch einen Vorhang vom Hauptraum abgetrennt war. Rissa behauptete, dass sie wollte, dass Braden ein wenig Ruhe hatte. In Wahrheit jedoch wollte sie unbemerkt ihre Magie einsetzen, denn schon beim ersten Mal war ihr aufgefallen, dass Braden anders darauf reagierte als die anderen Kranken. Fast schien es ihr, als wisse er, was sie tat. Seine wachen und lichten Momente wurden von Tag zu Tag weniger. Mit dem Fieber kamen die Träume und Halluzinationen. Monster schienen ihn zu verfolgen und in Panik zu versetzen, und Rissa setzte seit Tagen alles daran, ihm wenigstens die Angst zu nehmen und ein wenig Frieden zu geben.

Als sie sich am Ende eines langen Tages zu ihm auf die Pritsche setzte, war er so tief im Fieberwahn gefangen, dass er sie nicht einmal erkannte. Er war in Schweiß gebadet, sein Gesicht bleich, nahezu grau. Seine Augen waren geöffnet, doch sein Blick so glasig vom Fieber, dass sie sich fragte, was er noch von seiner Umgebung wahrnahm. Unruhig wälzte er sich hin und her, unverständliche Worte vor sich hinmurmelnd.

Sie legte ihm eine Hand auf die fiebrige Stirn und ließ ihre Energie fließen. Fast schon rechnete sie damit, auf eine ähnliche Wand zu stoßen, wie es bei Elathars Vater der Fall gewesen war. Jene Wand, die ihr sagte, dass das Ende kam. Aber noch war es nicht so weit. Die Energie strömte in seinen

Körper und breitete sich aus. Rissa spürte, wie er ruhiger wurde. Eine Ruhe, die sich auch auf sie übertrug. Sie stellte sich vor, wie die Energie seinen Schmerz betäubte, und sandte sie aus. Ganz allmählich klärte sich sein Blick.

Braden lächelte. »Zauberin«, murmelte er. »Gute Zauberin.«

Um ein Haar hätte Rissa ihre Hand zurückgerissen. Nur mit Mühe gelang es ihr, die Verbindung zu halten. Und dann geschah, was jedes Mal passierte, sobald sie Braden ihre Energie gab. Etwas antwortete ihr. Eine andere Energie, die in Wellen von Braden ausströmte und nichts mit dem schwachen Leben zu tun hatte, das seinem Körper noch innewohnte. Es war die Energie eines Zauberers, die – angezogen von ihrer eigenen – nach oben stieg und seinen Körper in einen silbernen Schimmer hüllte. Dieser verräterische Schimmer zeigte sich nur, wenn sie ihre Energie fließen ließ. Er war der Grund dafür, dass Rissa ihn an diesen abgeschiedenen Ort hatte bringen lassen. Andernfalls hätte früher oder später jemand etwas bemerkt. Anfangs war Rissa nicht einmal sicher gewesen, was es war. Sie hatte Bradens Magie erst mit ihrer eigenen aufspüren müssen. Danach bestand kein Zweifel mehr: Braden war wie sie. Die Energie in ihm war gering und vermutlich hatte er in seinem ganzen Leben keinen bewussten Zauber gewirkt. Allenfalls waren ihm Dinge passiert, wenn er aufgeregt oder verängstigt war. Seine Eltern, einfache Bauern, hatten sich darüber womöglich gewundert, aber niemand wäre in der Lage gewesen, ihm zu sagen, was er war. Rissa hatte sich seitdem oft gefragt, ob Braden es wusste, oder ob es sein Unterbewusstsein war, das ihre Magie erkannt hatte.

»Das ist also der Grund, warum du versuchst, uns auf Abstand zu halten.«

Rissa fuhr hoch. Der Fluss ihrer Energie endete abrupt, sobald sie Braden nicht mehr berührte. Der Schimmer, der ihn eingehüllt hatte, erlosch. Doch es war zu spät.

Dainn hatte es gesehen!

Entsetzt starrte sie auf den Krieger, der in die Nische getreten war. Sie wollte flüchten, doch er stand ihr im Weg, sodass ihr nichts anderes übrig blieb, als die wenigen Schritte zurückzuweichen, die sie noch von der Wand trennten. Sie presste sich mit dem Rücken gegen den kalten Stein, als versuche sie, einen Weg hindurch zu finden. Doch die Wand bot keinen Ausweg, markierte nur das Ende ihrer Flucht. Und ihres Lebens. Bittere Galle stieg in ihrem Mund auf. Ihre Hände waren eiskalt und zitterten, ihre Haut hingegen schien vor Hitze zu brennen. War das Todesangst? Ihr Blick wanderte zu Dainns Schwertgürtel. Würde er es sofort tun? Sein Dienst in der Garnison hatte ihn gelehrt, nicht zu zögern. Warum also stand er noch da und sah sie nur an, statt zu handeln?

Alles in ihrem Kopf fühlte sich dumpf an. Rote Punkte breiteten sich vor ihren Augen aus, die sie rasch wegblinzelte. Dainn sagte etwas. Er bewegte die Lippen, doch Rissa konnte ihn nicht hören. Es war, als hielte ihr jemand die Ohren zu.

Jetzt kam er auf sie zu!

Sie versuchte, noch weiter zurückzuweichen, doch der Stein in ihrem Rücken war unerbittlich. Gleich würde er sein Schwert ziehen.

Stattdessen griff er nach ihrer Hand und zog sie hinter sich her, aus der Nische und der Großen Halle, den Gang entlang zu einer Tür. Dainn stieß sie auf und schob Rissa in die Kammer dahinter, die offensichtlich als Lagerraum diente. Der Raum war so klein, dass Rissa nicht einmal eine Armlänge Abstand zwischen sich und Dainn bringen konnte, bevor sie erneut auf eine Wand traf.

Hier würde es also passieren. In einem abgelegenen Raum, in dem niemand Zeuge ihres Todes würde. Sie war froh, dass zumindest Braden nichts davon mitbekam. Wenn ihr heute Morgen jemand gesagt hätte, dass sie vor Braden sterben würde, hätte sie gelacht. Jetzt war Lachen in etwa das Letzte, wonach ihr zumute war.

»Rissa!« Ihr Name war das Erste, was sie hörte, als die unsichtbaren Hände von ihren Ohren verschwanden. Nur langsam wurde ihr bewusst, dass Dainn näher gekommen war und sie bei den Schultern gepackt hatte. »Atme! Du musst Luft holen, ich weiß nämlich nicht, was ich tun soll, wenn du jetzt umfällst.«

Wenn du mich mit dem Schwert durchbohrst, werde ich auf jeden Fall umfallen. Rissa holte tief Luft. Ein Atemzug folgte dem anderen, und ganz allmählich löste sich das dumpfe Gefühl in ihrem Kopf auf, und sie begann, ihre Umwelt wieder normal wahrzunehmen.

»Das ist besser«, sagte Dainn. »Wenn du jetzt noch aufhören könntest, mich anzusehen, als würde ich dir gleich den Kopf abschlagen, wäre ich dir wirklich dankbar.«

Rissa blinzelte. Ihr war übel, und das Zittern hatte mittlerweile ihren ganzen Leib erfasst, aber immerhin gelang es ihr, seine Worte zu verstehen.

»Aber du … die …«

Ihr Blick glitt zu seinem Schwert an seiner Seite. Sie schluckte.

»Nein!«, rief Dainn, als er es begriff. »Nein! Nicht doch!« Er zog sie in seine Arme und hielt sie fest. Rissa hatte nicht länger die Kraft, sich auf den Beinen zu halten. Als Dainn das spürte, ließ er sich mit ihr vor der Wand zu Boden sinken, ohne sie aus seiner Umarmung zu lassen. »Alles ist gut«, sagte er leise und strich ihr über das Haar. »Ich werde dir nichts tun.«

Als er sie schließlich freigab, ließ sich Rissa mit dem Rücken an die Wand sinken und schloss die Augen. Ihre Wangen waren nass, doch erst als Dainn ihr die Tränen abwischte, begriff sie, dass sie geweint hatte. Oder weinte, denn die Nässe kehrte sofort wieder zurück.

»Ich weiß wirklich nicht, wie ich mit einer weinenden Frau umgehen soll.« Er lehnte sich neben sie an die Wand und sah sie an. »Wenn ich gewusst hätte, dass ich dich derart erschrecke, hätte ich … dann wäre ich … Ich hätte es wohl anders angestellt.«

Rissa warf einen Blick auf die Kammer. »Dann hast du mich wirklich nicht hierhergebracht, um mich ungestört töten zu können?«

»Bist du übergeschnappt? Abgesehen davon, dass mir der Hauptmann den Kopf abreißen würde, wenn dir etwas passiert, habe ich nun wirklich nicht vor, dir etwas zu tun.«

»Er wird dir den Kopf abreißen, weil ich noch am Leben bin.« Aus seiner Reaktion auf die Seelenlosen und die Essenz der Magie wusste sie, wie Elathar zur Magie stand. Er hätte nicht gezögert. Rissa sah Dainn an. »Was wirst du jetzt tun?«

»Wegen der Magie?« Dainn zuckte die Schultern. »Was soll ich schon tun? Jetzt habe ich zumindest die Bestätigung für etwas, das ich längst geahnt habe.«

Rissa runzelte die Stirn.

»Du glaubst doch nicht ernsthaft, dass ich dir auch nur einen Moment lang abgenommen habe, dass du dich damals einfach aus deiner Kerkerzelle, deiner – da bin ich absolut sicher – *verschlossenen* Kerkerzelle geschlichen hast. An mir vorbei? Ich bitte dich!«

»Du hast es die ganze Zeit über …« Wusste Elathar es auch? Das war unmöglich. Er wäre nicht so nachsichtig mit ihr gewesen.

Als hätte er ihre Gedanken erraten, schüttelte Dainn den Kopf. »Er weiß es nicht.«

Elathar war weder blind noch dumm. Wenn Dainn die Wahrheit kannte, erschien es ihr unmöglich, dass er nichts davon bemerkt haben sollte. »Aber er muss etwas ahnen.«

»Als du aus dem Kerker entkommen bist, hatte er einen Verdacht«, sagte Dainn. »Der hat sich aber nicht bestätigt, nachdem ich eingeräumt habe, dass ich die Tür wohl nicht richtig abgeschlossen hatte und mehr auf das Würfelspiel konzentriert war als darauf, dich im Auge zu behalten.«

»Du hast für mich gelogen?« Es schien ihr unfassbar, dass dieser Mann, ein damals nahezu Fremder, die Schuld für ihr Entkommen auf sich genommen hatte, um ihr Geheimnis zu wahren. Ein Geheimnis, das ihr den Tod bringen konnte. War das Freundschaft? Handelten so Menschen, denen man vertrauen konnte? Zu wissen, dass da jemand war, der ihr bedingungslos half und zu ihr stand, war einfach zu wunderbar, als dass sie sich dem hätte verschließen können. Sie hatte sich immer gewünscht, nicht länger allein zu sein. Hatte sich gewünscht, Menschen in ihrem Leben zu haben, die ihr vertrauten und denen auch sie vertrauen konnte. Zugleich fürchtete sie sich davor. Vertrauen konnte nur allzu leicht enttäuscht werden. Für einen normalen Menschen mochte das schmerzhaft sein. Jemanden wie sie konnte es das Leben kosten.

»Du musst dich nicht wieder in deinem Schneckenhaus verkriechen«, sagte Dainn. »Ich werde niemandem etwas erzählen. Aber du wirst mir etwas versprechen müssen.«

»Was soll das sein?«, fragte sie misstrauisch.

»Versprich mir, dass du aufhörst, mich anzusehen, als würde ich dich jeden Moment an den nächsten Baum binden und in Flammen setzen.«

Rissa entfuhr ein Laut, der halb Lachen, halb Schluchzen war. »Warum hast du nie etwas gesagt?«

»Bisher war es nur ein Verdacht«, räumte er ein. »Und was passiert ist, nachdem ich dich mit meinem Wissen konfrontiert habe, haben wir ja gerade gesehen.«

Rissa blickte zu Boden. In ihrem Leben hatte es schon des Öfteren Situationen gegeben, in denen sie Angst gehabt hatte. Aber noch nie hatte sie derart den Kopf verloren wie vorhin.

»Dieses Leuchten … hast du versucht, den Jungen zu heilen?«

Sie schüttelte den Kopf. »Das kann ich nicht. Ich kann ihm nur den Schmerz nehmen und ihm den Weg auf die andere Seite erleichtern.«

»Hast du das auch für Elathars Vater getan?«

»Er war schon zu weit entglitten.«

»Weißt du«, begann Dainn, nachdem sie eine Weile schweigend nebeneinander gesessen hatten. »Die Zeiten ändern sich allmählich. Nach Jahrzehnten, in denen Magie verfolgt und vernichtet wurde, halten die meisten sie inzwischen für ausgestorben. Deshalb macht auch – außer den Garnisonen, die mehr der Beruhigung der Bevölkerung dienen – niemand mehr Jagd auf sie. Bis auf ein einziges Mal hatten wir es in Raidon nie mit echten Zauberern zu tun, sondern immer nur mit Leuten, die ihren Nachbarn aus irgendwelchen Gründen ein Dorn im Auge waren. Vorsicht ist angebracht, und natürlich darfst du nicht herumlaufen und den Leuten dein Geheimnis erzählen, aber deine Angst ist wirklich unnötig. Es gibt keinen Grund, sich vor allem und jedem zu verstecken. Niemand wird auf die Idee kommen, was du bist oder was du kannst.« Grinsend fügte er hinzu: »Zumindest, solange du nicht wieder aus einem verschlossenen Kerker abhaust.«

Aber was, wenn die Magie aus ihr herausbrach? Wie damals bei dem Jungen, der ihr Freund sein wollte? Sie schob den Gedanken beiseite. Sie war jung gewesen und ungeübt im Umgang mit ihren Kräften. Etwas Ähnliches war ihr seitdem nie wieder passiert. Sie mochte das Ausmaß ihrer Fähigkeiten nicht kennen, aber zumindest war sie in der Lage, sie zu kontrollieren. Rissa konnte es noch immer nicht glauben. »Warum hast du keine Angst vor mir? Ich stehe für alles, das ihr verabscheut!«

»Falinn steht für alles, das wir verabscheuen. Aber dir vertraue ich. Bei den Göttern, Rissa! Du hast Elathar und seinen Vater vor dem Seelenlosen gerettet! Ich kann dir nicht versprechen, dass die anderen meine Einstellung teilen, deshalb sollten wir das für uns behalten. Aber ich verspreche dir, dass dein Geheimnis bei mir sicher ist.«

»Du wirst auch Elathar nichts davon erzählen?«

»Mein Wort darauf.«

39

Kurz nachdem Carandir und Beolan das Haus verlassen hatten, war Torkal Barren erschienen. Der Händler hatte Elathar davor bewahrt, noch einmal in den Pferdemist greifen zu müssen, indem er ihn an einer bestochenen Torwache vorbeigeschleust hatte. Auf dem Weg zu dem Gehöft, bei dem sein Pferd auf ihn wartete, nahm er einen Umweg, um sich eines von Falinns Heerlagern anzusehen. Der Anblick übertraf seine schlimmsten Befürchtungen. Und nach allem, was Carandir und Beolan erzählt hatten, war es nicht das einzige Lager. Ein Kampf war aussichtslos. Sie mussten Falinn von innen angreifen.

Dass Carandir kein Verräter war, erleichterte Elathar zutiefst. Sich nicht in seinem Bruder getäuscht und ihn nicht verloren zu haben, war das Beste, was ihm in den letzten Monaten widerfahren war. Ein weiterer Vorteil wurde ihm im Verlauf seiner Reise erst so richtig bewusst: Ganz gleich, was sein Vater einmal gedacht oder gesagt haben mochte, Carandir war noch immer der Thronerbe. Wenn Falinn gestürzt war, konnten sie den Fürsten und dem Volk erklären, was sich wirklich zugetragen hatte. Und dann würde Carandir den Thron besteigen. Natürlich würde Elathar seinem Bruder zur Seite stehen, wenn der das wollte, aber er konnte sein eigenes Leben führen. Vielleicht würde Rissa … Er schüttelte den Kopf. Das war zu weit vorausgedacht. Zunächst einmal mussten sie sich mit Falinn auseinandersetzen – und überleben. Danach konnte er sich Gedanken über seine Zukunft machen.

Wie schon auf dem Weg nach Naranor, ritt er auch jetzt schnell und hielt seine Pausen so kurz wie möglich. Häufig rastete er nur, um sein Pferd nicht zu Schanden zu reiten. Sonst wäre er noch schneller vorangekommen. Er wählte alte Straßen und Pfade abseits der bekannten Routen, die ihn um Falinns Suchtrupps herumführten, und während der Nächte, die bereits empfindlich kühl wurden, verzichtete er auf ein verräterisches Feuer.

Er folgte dem Verlauf eines schmalen Stroms, an dessen Ufer sich Wiesen und Bäume schon seit einiger Zeit immer wieder abwechselten. Im Laufe des nächsten Tages würde er die ersten Ausläufer der Berge erreichen, dann war es nicht mehr weit bis zum Fels. Es dämmerte bereits, und Elathar war auf der Suche nach einem Platz für die Nacht, als er zwischen den Bäumen den Schein eines Lagerfeuers ausmachen konnte. Er wusste nicht, ob es sich dabei um Falinns Männer oder Reisende handelte, und er hatte auch nicht vor, nah genug ranzugehen, um es herauszufinden. Selbst wenn es sich um das Lager harmloser Händler handeln sollte, würde er sich ihnen nicht anschließen. Wer konnte schon wissen, wen das Feuer alles anlockte. Er verließ das Flussufer. Die Bäume rückten enger zusammen, tief hängende Äste und große Wurzeln machten schon bald das Reiten unmöglich. Elathar sprang aus dem Sattel und führte sein Pferd tiefer in das kleine Wäldchen hinein, fort von dem Lagerfeuer. Es wurde jetzt rasch dunkler. Die Bäume wiegten sich im Wind, immer wieder fand der Mond seinen Weg durch das Blätterdach und zeichnete lange bleiche Finger aus Licht auf den Waldboden. Hinter ihm knackte ein Ast. Elathar fuhr herum. Keine Armlänge von ihm entfernt ragte ein Krieger auf, Falinns Leuchtturm auf der Brust seines Wappenrocks prangend. Darunter schimmerte ein Kettenhemd. Im Mondschein konnte Elathar seine wahre Gestalt erkennen, die echsenhaften Züge eines Seelenlosen, die Klaue der rechten Hand drohend erhoben.

Er würde angreifen, das war Elathar im selben Moment klar, in dem der Seelenlose zum Schlag ausholte. Ob er Elathar erkannte oder nur einen Menschen ausschalten wollte, der sein wahres Gesicht zu sehen bekommen hatte, vermochte er dabei nicht zu sagen.

Die Klaue zischte an ihm vorbei. Einmal. Zweimal. Dreimal. In einer Abfolge schneller Hiebe schlug der Seelenlose immer wieder zu und trieb Elathar, dem nichts anderes übrig blieb, als zurückzuweichen, vor sich her. An Flucht war nicht zu denken. Er musste die Kreatur unschädlich machen. Andernfalls hätte er bald die ganze Einheit auf den Fersen. Elathar wich einem weiteren Angriff aus und zog seinen Dolch. Sein Schwert war an seinem Sattel befestigt, das Pferd außerhalb seiner Reichweite, sodass ihm keine Wahl blieb, als sich auf einen Kampf aus nächster Nähe einzulassen. Er ließ zu, dass der Seelenlose ihn weiter zurückdrängte, und fragte sich, ob diese Kreaturen je ermüdeten. Bisher schien es, als wäre das Biest nicht mal außer Atem. Das Gewitter von Hieben geriet erst ins Stocken, als sein Angreifer mit dem Stiefel an einer Wurzel hängen blieb. Nur ein winziger Augenblick, ein kleiner Aussetzer im Takt seines Angriffs. Elathar nutzte die Gelegenheit und sprang vor. Den Dolch erhoben, duckte er sich unter dem nächsten Schlag hindurch. Er spürte ein Brennen in der linken Schulter, als ihn die Klaue traf, und stieß zu. Seine Klinge bohrte sich in den Hals des Seelenlosen, an eine der wenigen Stellen, an der ihn das Kettenhemd nicht schützte. Ein gurgelnder Laut entrang sich der Kreatur. Dann brach sie in die Knie und kippte wie ein gefällter Baum mit dem Gesicht nach unten zu Boden.

Elathar drehte ihn mit einem Tritt herum und überzeugte sich davon, dass er wirklich tot war, ehe er seinen Dolch an einem Büschel Moos abwischte und wegsteckte. Mit wenigen Schritten war er bei seinem Pferd, packte den Zügel und ging weiter, dieses Mal schneller. Erst als er eine Senke fand, die weit genug vom Lager der Seelenlosen entfernt und vor neugierigen Blicken geschützt war, wagte er anzuhalten und die Wunde an seiner Schulter zu versorgen. Die Kratzer waren tief und schmerzhaft, aber nicht weiter bedrohlich.

* * *

Nicht einmal drei Tage später erreichte er am späten Nachmittag den Fels. Seine Männer hatten das Tor noch nicht ganz hinter ihm geschlossen, als sich auf dem Hof bereits eine Traube Neugieriger bildete. Weiter hinten, im Zugang zur Großen Halle, entdeckte er Rissa. Als sich ihre Blicke trafen, lächelte sie und nickte ihm zu. Am liebsten wäre er zu ihr gelaufen, doch dafür war später noch Zeit. Jetzt musste er erst mit seinen Männern sprechen. Er erwiderte ihr Lächeln und warf einem der Männer die Zügel zu.

»Schick die Unterführer sofort in die Ratskammer«, wies er Larric an.

Auf dem Weg nach drinnen stieß er auf Erlendur, der in eine lebhafte Diskussion mit Dainn verstrickt war. Soweit Elathar es sagen konnte, ging es dabei um den Einsatz der Männer, die Erlendur für sie angeworben hatte. *Er hat es wirklich geschafft!*

»Elathar!« Dainn hatte ihn bemerkt und war mit wenigen Schritten bei ihm. Sein freundschaftlicher Schlag auf die Schulter ließ eine Welle des Schmerzes durch seinen Körper fahren. Drei Tage waren zu wenig Zeit gewesen, um die Wunde heilen zu lassen. »Wie war es? Was hast du erreicht? Und was ist das für ein Gestrüpp in deinem Gesicht? Soll das ein Bart sein?«

»Du warst wirklich in Naranor?« Erlendur schüttelte ungläubig den Kopf. »Du bist noch verrückter, als ich dachte, Welpe!«

* * *

Kurz darauf saßen sie alle um den Tisch in der Ratskammer versammelt. Jemand hatte für Elathar Brot und Eintopf aufgetrieben, doch obwohl Elathar hungrig war, rührte er das Essen nicht an. Er war zu ruhelos und auch zu müde, um jetzt ans Essen zu denken.

Auch wenn er sich bemühte, seinen Bericht so knapp wie möglich zu halten, zog draußen bereits die Nacht herein, bis er seinen Männern dargelegt hatte, was in Naranor geschehen war. Was er von und über Carandir erfahren und in und vor der Stadt gehört und gesehen hatte. Und auch, dass Falinn offenbar so weit war, seine Männer auf die Suche nach der Essenz der Magie zu schicken. »Wir müssen ihn ausschalten, bevor er die Magie an sich reißen kann«, schloss Elathar seinen Bericht und lehnte sich erschöpft zurück.

Wie erwartet prasselten unzählige Fragen auf ihn ein. Geduldig beantwortete er sie alle. »Ein Anschlag ist sinnlos. Falinn umgibt sich mit seinen Seelenlosen, die dafür sorgen, dass niemand so einfach in seine Nähe kommt.«

»Wir können ihn also nicht unauffällig ausschalten?«, fragte Bär.

Elathar schüttelte den Kopf. »Aber wenn es uns gelingt, einen Trupp in die Burg zu schleusen, können wir uns vielleicht zu ihm durchschlagen und ihn töten.«

»Das klingt ziemlich … vage«, gab Erlendur zu bedenken. Während der letzten Wochen schienen sich die Falten im Gesicht des grauhaarigen Kriegers noch weiter vertieft zu haben, was ihn noch mürrischer als gewöhnlich wirken ließ.

»Das ist es im Augenblick auch noch«, räumte Elathar ein. Die Reise und die Verletzung steckten ihm in den Knochen und machten es ihm zunehmend schwer, einen klaren Gedanken zu fassen. »Ich brauche eine Aufstellung, wie viele Männer wir haben. Wie viele Waffen, Pferde, Ausrüstung – alles, was wir brauchen, wenn wir nach Naranor und in den Kampf ziehen. Leal, du kümmerst dich darum.«

»Vielleicht sollten wir es doch bei den anderen Fürsten versuchen«, schlug Rinan vor.

Erlendur schüttelte den Kopf. »Sinnlos. Nach Fürst Willans Hinrichtung wird keiner von ihnen einen Finger krumm machen, solange Falinn noch atmet.«

Elathar war derselben Ansicht. »Abgesehen davon würde uns das zu viel Zeit kosten. Zeit, die wir nicht haben – schon gar nicht für ein Unterfangen, das von vornherein aussichtslos ist.«

»So aussichtslos wie dein Versuch, Falinn von innen heraus zu erwischen?«

»Habt Ihr eine bessere Idee, Erlendur?«

»Du solltest in Betracht ziehen, was ich von Anfang an vorgeschlagen habe.«

»Einzelne Scharmützel? Falinns Krieger aus dem Hinterhalt anzugreifen und einen nach dem anderen auszuschalten, mag bei kleineren Einheiten Erfolg haben.« Elathar schüttelte langsam den Kopf. »In den Heerlagern rund um Naranor befinden sich Hunderte! Wie wollt Ihr gegen die vorgehen?«

Darauf wusste weder Erlendur noch einer der anderen eine Antwort.

»Warum beenden wir das nicht an dieser Stelle«, schlug Dainn vor. »Lasst uns eine Nacht drüber schlafen und morgen in Ruhe weiterreden. Vielleicht fällt uns dann etwas ein.« Elathar wollte widersprechen, doch Dainn ließ ihn gar nicht zu Wort kommen. »Du warst wochenlang fort. Ein paar Stunden mehr fallen da auch nicht mehr ins Gewicht.«

Als Elathar nickte, löste sich die Versammlung auf. Einzig Dainn war noch geblieben.

»Wir haben deinen Vater begraben. Und Gimm.«

»Danke.« Seit seinem Gespräch mit Carandir hatte er nicht mehr an seinen Vater gedacht. Doch selbst jetzt, nach allem, was er erfahren hatte, wusste er noch immer nicht, wie er seine Gefühle einordnen sollte. All die Jahre, die er in dem

Glauben gelebt hatte, der ungeliebte Bastard zu sein, ließen sich nicht so einfach abschütteln.

»Ich bin wirklich froh, dass dein Bruder nicht getan ... na ja, getan schon, aber nicht freiwillig ... du weißt, was ich meine!« Dainn zog eine Grimasse und verdrehte die Augen. Dann blieb sein Blick an Elathars Schulter hängen. »Ist das Blut?«

Nach dem Kampf hatte Elathar das Hemd gewechselt, doch offensichtlich war durch den Verband darunter Blut gesickert. »Der Seelenlose, auf den ich vor drei Tagen gestoßen bin«, sagte er mit einem Schulterzucken und bereute die Bewegung noch im selben Augenblick, als ein brennender Schmerz durch seine Schulter fuhr. Eigentlich hatte er vorgehabt, zu Rissa zu gehen, doch wenn sie das Blut sah, würde sie sich nur unnötig Sorgen machen. Er stand auf und ging zur Tür. »Ich sollte das Hemd und den Verband wohl besser wechseln. Und am besten ...« Er fuhr sich mit der Hand über den Bart. »Dagegen sollte ich wohl auch etwas unternehmen.«

40

Als Rissa Dainn und die anderen Unterführer auf dem Hof sah, wusste sie, dass die Versammlung aufgelöst war. Auch ihre Arbeit für den heutigen Tag war beendet, sie hatte bereits nach Braden gesehen und machte sich auf den Weg zu ihrer Kammer. Elathar nach über drei Wochen wiederzusehen, lebendig und unversehrt, hatte eine Last von ihr genommen, von der sie erst jetzt bemerkte, dass sie sie seit seinem Aufbruch mit sich herumgetragen hatte. Sie hätte ihn gern begrüßt und gefragt, wie es ihm ergangen war, doch er war sicher müde. Für ein Wiedersehen war auch morgen noch Zeit. Zumindest sagte ihr das ihr Verstand. Ihr Herz war offensichtlich anderer Meinung, denn statt vor der Tür zu ihrer Kammer fand sie sich schließlich vor der zu seinem Gemach wieder. Bevor sich die Vernunft bemerkbar machen konnte, klopfte sie an. Von drinnen erklang ein undeutliches »Herein«. Als Rissa eintrat, saß der Hauptmann mit bloßem Oberkörper am Tisch und kämpfte fluchend mit einem Verband.

»Ihr seid verletzt!«

Elathar sah sie erschrocken an, wie ein Kind, das dabei erwischt worden war, wie es heimlich eine Pastete stibitzte. Dann verfinsterten sich seine Züge. »Was habt Ihr hier zu suchen!«

»Die Frage ist wohl eher, was Ihr hier zu suchen habt?« Sie deutete auf seine Schulter. »Damit solltet Ihr bei Garri sein.«

Etwas in seinem Blick sagte ihr, dass er das bewusst vermieden hatte. *Etwa meinetwegen? Wollte er nicht, dass ich das sehe?*

Dafür war es jetzt zu spät. Mit drei Schritten war sie bei ihm und nahm ihm den Verband aus der Hand. »Lasst mich das ansehen.«

Sie legte den Verband auf den Tisch zurück und betrachtete die Wunde eingehend. Ein paar tiefe Kratzer, als hätte ... Götter! Er hatte sich mit einem Seelenlosen angelegt. Falls es das nicht war, musste er einem Bären oder einem Berglöwen begegnet sein. Was es auch nicht besser machte. Vorsichtig tastete sie die halb verkrusteten Kratzer ab. Erst als sie sicher war, dass die Verletzung nicht bedrohlich war, sah sie ihm ins Gesicht. »Ich muss zu Garri. Ich brauche ihre Kräuterpaste und außerdem frisches Wasser und Branntwein ... das muss noch einmal gründlich gereinigt werden.«

»Ich habe alles da«, sagte Elathar und deutete auf eine altersschwache Truhe am Fußende seiner Pritsche. Tatsächlich fand Rissa darin ein Bündel mit Verbandsmaterial und einen Tiegel mit Garris Paste. Außerdem einen Schlauch mit Branntwein, der – wie Elathar sagte – für Notfälle war. Frische Verbände lagen bereits auf dem Tisch und eine Karaffe Wasser stand ebenfalls dort.

Rissa tränkte einen Fetzen sauberen Stoff mit Wasser und säuberte die Wunden behutsam. Sie wusste nicht, ob er sie gereinigt hatte, bevor er den ersten Verband angelegt hatte. Auf die Idee, ihn zu fragen, kam sie nicht, denn ihre Gedanken kreisten um die Frage, wie knapp er dem Tod entronnen sein mochte.

Nachdem sie alles sorgfältig gesäubert und sich vergewissert hatte, dass die Wunde zwar tief, aber nicht so tief war, dass sie genäht werden musste, tränkte sie das Tuch mit Branntwein und presste es auf die Wunde. Elathar fuhr mit einem Fluch auf, schaffte es jedoch, sitzen zu bleiben.

»Das ist wirklich eine reichlich grobe Begrüßung, die Ihr mir da zukommen lasst«, beschwerte er sich.

»Das hättet Ihr Euch überlegen müssen, bevor Ihr Euch

auf ein Stelldichein mit einem Seelenlosen einlasst. Seid kein Jammerlappen und beißt die Zähne zusammen.« Auch wenn ihre Worte grob waren, ging sie jetzt sanfter vor. Trotzdem musste die Wunde mit dem Branntwein ausgewaschen werden, um sicherzugehen, dass er keinen Wundbrand bekam.

Nachdem sie sich davon überzeugt hatte, dass die Verletzung ihn nicht umbringen würde, fiel es ihr zunehmend schwerer, ihn nicht anzustarren. Seine Haut war gebräunt und glänzte vom Wasser, das aus den Tüchern nach unten gelaufen war. Ihr Blick folgte den Muskeln, die sich deutlich sichtbar unter seiner Haut abzeichneten, von den Schultern, über die Brust, hinunter zum Bauch. Nur mühsam widerstand sie der Versuchung, ihn zu berühren. »Wie ist das passiert?«

»Ich bin auf eine Patrouille gestoßen und wollte sie umgehen«, presste er zwischen zusammengebissenen Zähnen hervor. »Einer von ihnen hatte sich von seiner Einheit entfernt und sich an mich herangeschlichen.«

Rissa warf das Tuch mit dem Branntwein auf den Tisch und griff nach Garris Paste. Als sie den Tiegel öffnete, stieg ihr ein würziger Geruch entgegen, unter den sich eine bittere Note mischte. Sie tauchte die Finger in die Paste und bestrich die Kratzer behutsam damit. »Ihr müsst vorsichtiger sein.«

»Wir ziehen bald in den Kampf. Solche Dinge passieren.«

Der Schutzzauber, erinnerte sich Rissa. Wusste er überhaupt, dass er nicht länger existierte? Was, wenn er sich noch immer darauf verließ? Nur zu gern hätte sie Elathar gewarnt, doch sie konnte ihm schlecht sagen, woher sie das wusste. Sie musste darauf bauen, dass er auf sich achtgab.

Ohne es zu bemerken, hatte sie in ihrem Tun innegehalten. Ihre Hand lag auf seiner Schulter, ihre Finger zitterten. Elathar legte seine Hand über die ihre und strich sanft über ihren Handrücken. »Das ist nur ein Kratzer. Es geht mir gut.«

»Dieses Mal ist es vielleicht nur ein Kratzer. Was, wenn es beim nächsten Mal mehr ist?«

Elathar sah sie an. »Ihr macht Euch wirklich Sorgen. Warum?«

»Weil ich … Ihr …« Ihre Wangen glühten, und an seinem amüsierten Blick erkannte sie, dass sie vermutlich rot geworden war. Sie war so auf seine Wunde konzentriert gewesen, dass sie nicht bemerkt hatte, wie nah ihr Gesicht dem seinen war. So nah, dass sie seinen warmen Atem auf ihren Wangen spürte. Elathars Hand lag noch immer auf ihrer und seine Finger streichelten über ihren Handrücken. Ein wohliger Schauer breitete sich über ihren Rücken aus, und sie wünschte sich nichts mehr, als diesen einen Schritt zu tun, der sie noch voneinander trennte. Stattdessen zog sie ihre Hand weg und wich ein Stück zurück. Mit schnellen Handgriffen legte sie ihm den frischen Verband an. »Passt einfach besser auf, ja?« Unbeholfen tätschelte sie ihm die gesunde Schulter und machte sich daran, die Sachen wieder aufzuräumen.

Elathar wirkte, als hätte ihm jemand verdorbenen Wein gegeben. In seinen Zügen lag eine Mischung aus Unglaube und Verwirrung. Um ein Haar hätte sie gelacht.

»Wie war es in Naranor?«, erkundigte sie sich.

Während sie alles wieder in der Truhe verstaute und die alten Verbände sowie den nassen Stoff auf einen Haufen legte, um sie später ins Feuer zu werfen, lauschte sie seiner Erzählung. Nachdem alles aufgeräumt war, setzte sie sich zu ihm an den Tisch. Ohne seinen Bericht zu unterbrechen, zog Elathar sein Hemd über, schenkte einen Becher Wein ein und schob ihn Rissa hin. Während er sprach, rieb er sich immer wieder über den abscheulichen Bart.

»Falinn will die Essenz«, sagte er, als er zum Ende kam. »Und so, wie es aussieht, hat er bereits einen Trupp ausgesandt, der sie ihm bringen soll.«

Offenbar hatte Falinn einen anderen Weg gefunden, die Essenz aufzuspüren. Vermutlich ein Artefakt. Etwas, das ihren Platz einnehmen und die ihr zugedachte Aufgabe erfüllen sollte.

Doch da war noch etwas in seiner Geschichte, das ihr zu denken gab. Dieser Beolan hatte gesagt, dass Falinn seine eigenen Männer als Wache hatte, und Elathar zweifelte nicht daran, dass es sich um Seelenlose handelte. Als sie in dem Gespräch zwischen Falinn und ihrem Vater zum ersten Mal von den Seelenlosen gehört hatte, war sie selbst davon ausgegangen, dass die Männer, die Falinn seit einiger Zeit bewachten, Seelenlose sein mussten. Dann allerdings hatte sie zum ersten Mal einen Seelenlosen gesehen, ihr *Blick* hatte ihn ihr offenbart. Keiner der Männer aus der Königsburg hatte auch nur ansatzweise Ähnlichkeit mit dieser Kreatur gehabt. Entweder lag Elathar mit seiner Vermutung falsch, oder etwas in Naranor hatte verhindert, dass sie die Wahrheit erkennen konnte. Wenn es jemand vermochte, den *Blick* zu manipulieren, dann ein Zauberer. Aber wenn ihr Vater einen Zauber über sie gelegt hatte, warum war sie dann jetzt in der Lage, die Kreaturen zu erkennen? Konnte es …? Ihre Hand glitt zu dem Lederband an ihrem Hals und tastete nach der goldenen Scheibe daran. Der Traum. Was hatte der Fremde zu ihr gesagt, als er ihr das Medaillon übergeben hatte? *Es wird dir die Augen öffnen und dir – wenn die Zeit gekommen ist – den Weg weisen.* Die Augen öffnen. Konnte das Medaillon, das den Weg aus ihrem Traum heraus zu ihr gefunden hatte, den Zauber ihres Vaters gebrochen haben?

»Jetzt stehen wir unter Zugzwang«, sagte Elathar und riss sie aus ihren Gedanken. »Wir müssen Falinn ausschalten, bevor er die Magie in seinen Besitz bringen kann.« Er schüttelte den Kopf. »All die Menschen hier verlassen sich auf mich. Sie vertrauen darauf, dass ich sie von Falinn befreie. Selbst Carandir scheint darauf zu bauen, dass mir eine Lösung einfällt. Aber alles, was ich habe, ist eine vage Vorstellung von dem, was wir vielleicht tun könnten.«

Es erstaunte Rissa, dass er so offen sprach. Sie bezweifelte, dass er einem anderen gegenüber – von Dainn einmal abgesehen – ebenfalls so einfach zugeben würde, wie ratlos er war. Dass er ausgerechnet ihr dieses Vertrauen zuteilwerden ließ, berührte sie. Dieses Mal war sie es, die nach seiner Hand griff. »Ihr habt schon so viel geschafft – und Ihr seid noch lange nicht geschlagen.«

»Nicht geschlagen?«, schnaubte er. »Unser Kampf hat noch nicht einmal begonnen, und ich weiß schon jetzt, dass er unzählige Leben fordern wird. Was ich vorhabe, wird ohnehin schon schwierig, vor allem, nachdem uns nicht mehr viel Zeit für die Vorbereitungen bleibt. Wenn Falinn erst die Essenz in seinem Besitz hat, haben wir ihm nichts mehr entgegenzusetzen.«

»Vielleicht gibt es einen Weg, mit Falinn fertigzuwerden«, sagte sie vorsichtig. Was sie ihm vorschlagen wollte, war gewagt, denn damit begab sie sich in die Nähe ihres Geheimnisses.

Elathar, der ihre Finger betrachtet hatte, die sich um seine Hand schlossen, sah auf.

»Wir müssen die Essenz vor Falinn finden.«

»Was soll das bringen? Er mag dann nicht übermächtig sein, aber er ist noch immer zu mächtig für uns, um –« Abrupt hielt er inne und runzelte die Stirn. »Wollt Ihr etwa andeuten, wir könnten die Essenz gegen ihn einsetzen? *Magie?* Abgesehen davon, dass mir schon bei der Vorstellung übel wird, wissen wir doch gar nicht, was wir damit machen sollten.«

Rissa schüttelte den Kopf. »Nicht einsetzen. Wir werden sie vernichten.«

»Und dann?«

Seit Rissa zum ersten Mal von der Essenz der Magie und von Falinns Plänen, sie sich einzuverleiben, erfahren hatte, hatte sie oft darüber nachgedacht, was passieren würde, wenn die Essenz nicht mehr existierte. Ganz gleich, von welcher Seite sie das Problem betrachtete, anhand dessen, was sie über Zauberei wusste, war sie immer zu demselben Ergebnis gelangt: »Diese Essenz, so sagt man, ist das Herz aller Magie, ihr Ursprung. Wenn sie zerstört wird, wird womöglich jede andere Form von Magie mit ihr getilgt.«

Elathar begriff sofort, worauf sie hinauswollte. »Die Seelenlosen! Keine magischen Kreaturen mehr und auch keine Zauberer! Die Auslöschung aller Magie!«

Als sie das Leuchten in seinen Augen sah, zog sich alles in ihr zusammen. Sie spülte ihr Unbehagen mit einem Schluck Wein herunter, doch der bittere Geschmack in ihrem Mund ließ sich nicht vertreiben. Unwillkürlich fragte sie sich, was gewesen wäre, wenn er anstelle von Dainn sie bei Braden erwischt hätte.

Die Auslöschung aller Magie. Konnte das stimmen? Würde ihre Magie verschwinden, wenn die Essenz vernichtet war? Der Gedanke verursachte ihr ein unangenehmes Gefühl des Verlusts, so als wollte ihr jemand ein Körperteil amputieren. Zugleich spürte sie einen Anflug von Hoffnung. Ohne die Magie wäre sie nicht länger in Gefahr. Sie müsste sich nicht mehr verstecken und könnte ein normales Leben führen. Ihr Blick fiel auf ihre Finger, die sich inzwischen mit Elathars verflochten hatten. Ein normales Leben. Nicht mehr allein. Sie war sich ziemlich sicher, dass mit der Vernichtung der Essenz einmal gewobene Zauber aufgehoben und magische Artefakte von ihrer Magie befreit wurden. Aber was, wenn Zauberer selbst ihre Kräfte behielten? Was, wenn sich die Vernichtung der Essenz in dieser Hinsicht nur auf die Zukunft auswirkte und künftig niemand mehr mit der Gabe geboren wurde, sich aber für sie selbst nichts änderte?

Die Seelenlosen würde es dennoch vernichten. Sie waren magisch erschaffene Wesen. Entzog man ihnen die Magie, dann entzog man ihnen auch die Grundlage ihrer Existenz. Dessen war Rissa sich absolut sicher, denn sie hatte es schon einmal gesehen. Es war das einzige Mal gewesen, dass sie einem Gegenstand Leben eingehaucht hatte. Ein winziger

Schmetterling, gefaltet aus Pergament. Sie hatte ihm so viel Energie gegeben, dass sie um ein Haar ohnmächtig geworden wäre. Zu sehen, wie seine Flügel zitterten und er sich schließlich in die Luft erhob, auch wenn es nur eine Handbreit war, war die Mühe wert gewesen. Es war auch das einzige Mal, dass ihr Vater sie bei einer ihrer Übungen erwischt hatte. Sie war unvorsichtig gewesen und hatte den Pergamentschmetterling in seinem Labor zum Leben erweckt. Als ihr Vater sah, was sie getan hatte, entzog er dem Schmetterling die Magie. Daraufhin war das Pergament zu Boden gesegelt, so leblos wie zuvor. Ihr Vater hatte es aufgehoben und zerknüllt. »Wenn du etwas genommen hättest, das auch nur ein bisschen größer gewesen wäre als das hier, hätte dich der Versuch, es zum Leben zu erwecken, umgebracht.« Wenn ein Objekt genug Leben in sich aufnahm, erklärte er ihr damals, war es imstande, sich selbst damit zu versorgen. Es entzog dem Zauberer Energie, erst jene, die er aus seiner Umgebung aufgenommen hatte, dann seine eigene. Bis zum Tod. »Ohne entsprechende Schutzzauber und ein mächtiges Artefakt, das den Zauber begleitet, bringt es uns um. Deshalb spielen wir nicht mit Leben.« Rissa hatte sich nie des Eindrucks erwehren können, dass er nur zu gut wusste, wovon er sprach.

»Was ist, wenn wir uns irren«, riss Elathar sie erneut aus ihren Gedanken. »Wenn es nicht funktioniert?«

»Dann können wir uns immer noch auf hoffnungslose Scharmützel und das Beten für ein Wunder verlegen.« Rissa sah ihm fest in die Augen. »Es *muss* einfach funktionieren!«

»Es klingt zumindest plausibel – und abgesehen vom Hoffen auf ein Wunder scheint es mir die beste Option zu sein.«

»Dann werden wir sie suchen?«

»Wir?«

»Ich will Euch helfen!«

Elathar schüttelte den Kopf. »Hier seid Ihr Hilfe genug. Ich werde nicht zulassen, dass Ihr auch nur in die Nähe der

Metropole kommt. Oder in die Nähe irgendeiner anderen Gefahr.«

Ohne mich werdet Ihr das Herz der Magie nicht finden. Doch das konnte sie ihm nicht sagen. Etwas anderes allerdings konnte – und musste – sie ihm offenbaren. Sie hatte gehofft, dass der Zeitpunkt nie kommen würde, doch wenn sie wollte, dass er vorbereitet war, ließ es sich nicht länger aufschieben. Ihr Vater hatte Blut an den Händen, sie konnte ihn nicht länger schützen. Nicht, wenn dabei das Leben so vieler Menschen auf dem Spiel stand. »Es gibt da etwas, das Ihr wissen müsst.«

Elathar zog eine Augenbraue hoch. »Das klingt ernst.«

»Ist es auch.« Wo sollte sie anfangen? Zögerlich löste sie ihre Hand aus seiner. Da ihre Finger eine Beschäftigung brauchten, griff sie nach ihrem Weinkelch und hielt ihn umfangen. »Ich habe Euch nicht die Wahrheit gesagt. Euer Gesicht war nicht unter einem Totenschleier verborgen. Ich habe Euch gesehen und jeder andere auch. Dasselbe gilt für Euren Vater.« Elathar setzte dazu an, etwas zu sagen, doch Rissa hob die Hand, um ihm Einhalt zu gebieten. »Die Gefahr besteht nicht nur darin, dass Falinn die Magie haben will. Selbst wenn es uns – Euch – gelingt, die Essenz zu vernichten, verfügt er dennoch über eine Form davon.«

»Ihr habt mir bereits von den Artefakten erzählt.«

»Es sind nicht nur die Artefakte«, räumte sie ein. Elathar musste darauf vorbereitet sein, welche Gefahren ihn in Naranor erwarteten. Gefahren, die über eine Klinge hinausgingen. »Ich rede von Magie, echter Magie in Form eines Zauberers.« Sie atmete tief durch, dann platzte es aus ihr heraus. »Mein Vater … Er ist kein einfacher Gelehrter. Er ist ein Zauberer.«

Mit angehaltenem Atem wartete sie auf Elathars Reaktion. Eine Weile musterte er sie schweigend. Sie sah, wie seine Kiefermuskeln sich vor Anspannung bewegten, und fragte sich, ob er an seine letzte Begegnung mit einem Zauberer dachte, oder daran, ihr sein Schwert in den Leib zu rammen. Schließlich schüttelte er den Kopf. »Ihr braucht nicht zu fürchten, dass ich Euch in Sippenhaft nehme für das, was Euer Vater ist. Wir können uns nicht aussuchen, wer unsere Mütter und Väter sind – wir können nur lernen, damit zu leben. Ich bin froh, dass Ihr mich gewarnt habt.«

Rissa ließ den Atem entweichen und stand langsam auf. »Es ist spät. Ihr solltet Euch ausruhen.«

»Ihr habt noch gar nichts zu meinem Bart gesagt.«

Angesichts des abrupten Themenwechsels runzelte sie die Stirn. »Was soll ich dazu sagen?«

»Wie gefällt er Euch?«

»Er ist hübsch«, sagte sie, dann konnte sie sich ein Lächeln nicht mehr verkneifen. »Zumindest für einen Gärtner, der Gestrüpp mag und seine Tage zwischen Unkraut verbringt.«

Elathar begann zu lachen. Überrascht sah sie ihn an. In den letzten Wochen hatte sie von Zeit zu Zeit einen Blick auf den Mann erhaschen können, dem sie vor Monaten auf dem Ball begegnet war. Flüchtige Momente, die, so schnell sie gekommen, auch wieder vergangen waren. Jetzt jedoch hatte er zum ersten Mal die Maske der Anspannung und Beherrschung fallen lassen. Sie hatte sich nicht geirrt, der Mann von damals war noch immer da, und sie war froh, dass er sich ihr zeigte.

Rissa war schon an der Tür, als er fragte: »Was ist mit Euren Träumen? Verfolgen sie Euch immer noch?«

»Sie werden leichter.« Sie öffnete die Tür.

»Rissa?«

Noch einmal hielt sie inne. »Ja?«

»Ihr habt mir gefehlt.«

41

Am nächsten Morgen war Rissa wieder im Krankenlager und ging Garri zur Hand. Elathar hatte sich schon früh mit seinen Unterführern zusammengesetzt, und sie war gespannt, was sie beschließen würden.

Am späten Vormittag platzte ein Junge herein und rannte geradewegs zu Lyanna. »Sie brechen auf!«

Lyanna ließ sofort alles stehen und liegen und rannte auf den Hof. Rissa folgte ihr, nur um zu sehen, wie ein paar von Elathars Männern ihre Pferde aus dem Stall führten und ihr Gepäck aufluden. Dainn, der noch mit Bär sprach, wollte gerade zum Stall, als er Lyanna sah. Die beiden wechselten ein paar Worte, dann fiel Lyanna ihm um den Hals. Rissa konnte ein Grinsen nicht unterdrücken, als sie Dainns erst überraschtes, dann erfreutes Gesicht sah. Als er das Mädchen küsste, wandte sich Rissa ab und hielt nach Elathar Ausschau. Der Hauptmann hatte sie bereits entdeckt und war auf dem Weg zu ihr.

Rissa betrachtete seine glatten Wangen. »Wo ist Euer Bart hin?«

»Er hat Euch nicht gefallen, also musste er weg.«

»So einfach ist das?«, neckte sie ihn. »Ich sage, was mir nicht gefällt, und Ihr entfernt es?«

Er verneigte sich spielerisch. »Euer Wunsch ist mir Befehl.«

»Dann wünsche ich mir zu wissen, was hier los ist.«

»Wir reiten nach Thanasses«, sagte er. »Die Händlerin, die Carandir uns geschickt hat, lassen wir ziehen. Sie soll ihm sagen, was wir vorhaben. Solange wir fort sind, hat Erlendur das Kommando. Er wird dafür sorgen, dass alle vom Fels in die Höhlen umsiedeln, bevor er mit den Kriegern aufbricht.«

»Aufbrechen? Wohin?«

»Er wird uns in der Nähe von Naranor erwarten«, erklärte er. »Auf diese Weise müssen wir nicht erst in den Fels zurück, sondern können gleich weiter nach Süden reiten.«

»Wartet! Ihr wollt nicht, dass ich mitkomme, aber Ihr habt auch nicht vor zurückzukommen?« Er würde nach Thanasses gehen, und wenn ihn das nicht umbrachte, dann vielleicht die Konfrontation mit Falinn in Naranor. Sie würde ihn nie wiedersehen und dabei … *Ohne mich werdet Ihr in Thanasses nichts erreichen!* Wenn er die Essenz finden wollte, brauchte er sie. Nur dass sie ihm das nicht sagen konnte.

»Glaubt mir, ich werde alles in meiner Macht Stehende tun, um zu Euch zurückzukommen.«

»Nehmt mich mit. Bitte!«

»Ich brauche Euch hier.« Er griff nach ihren Händen. »Ihr seid in der Lage, die Seelenlosen auch bei Tag zu erkennen. Wenn es noch einmal einem gelingt, es bis in den Fels zu schaffen, seid Ihr unsere beste Hoffnung.«

Rissa erwiderte den sanften Druck seiner Finger, dennoch war sie nicht bereit nachzugeben. »Dryden und die anderen sind vorsichtig. Sie wissen, wie sie sich absichern können. Bei Euch sind meine Fähigkeiten besser aufgehoben, denn die Wahrscheinlichkeit, dass Ihr einem Trupp Seelenloser begegnet, ist weitaus größer, als dass sich noch einmal einer hier einschleicht.«

»Da draußen erkennen wir unsere Feinde«, sagte er. »Im Gegensatz zu denen, die versucht haben, sich im Fels einzuschleichen, tragen sie eine Uniform mit Falinns Wappen.«

Rissa schloss die Augen. Sie wusste, dass sie geschlagen war. Außer der Wahrheit gab es kein Argument mehr, mit dem sie ihn überzeugen konnte. »Also gut, ich bleibe hier.«

Ein Schatten legte sich über sie, und als sie die Augen wieder öffnete, sah sie, dass Elathar näher gekommen war. Er hob die Hand und strich ihr über die Wange. »Wenn ich zurückkomme, denkt Ihr, dass wir …«

Rissa schüttelte den Kopf. »Lasst uns nicht darüber reden. Nicht jetzt.« *Nicht, solange ich nicht weiß, was mit meiner Magie passiert, wenn die Essenz vernichtet ist.* »Seid vorsichtig.« Sie hauchte ihm einen Kuss auf die Wange und ging.

Elathar wollte ihr folgen, sie sah, wie er einen Schritt auf sie zumachte, doch ehe er sie erreichte, kam Erlendur zu ihm. Elathars Blick folgte ihr, während der alte Krieger ihn zur Seite nahm und auf ihn einredete.

Rissa hielt nach Dainn Ausschau und sah ihn gerade noch im Stall verschwinden. Als sie ins Halbdunkel trat, hatte er sich bereits seinen Sattel geschnappt und machte sich daran, sein Pferd zu satteln.

»Er will mich nicht mitnehmen!«, sagte sie gerade so laut, dass die anderen Männer, die ebenfalls ihre Pferde aufzäumten, sie nicht hören konnten.

»Und er tut gut daran.« Dainn wuchtete den Sattel auf den Rücken des Pferdes und begann, die Gurte und Riemen zu befestigen.

»Ohne mich werdet ihr die Essenz nicht finden.«

»Was? Was soll das heißen?«

»Was glaubst du, warum Falinn so lange gewartet hat? Er kann nicht einfach nach Thanasses marschieren, die Essenz in einen Tiegel füllen und sich wieder davonmachen. Es braucht Magie, um sie aufzuspüren. Seltene Magie.«

In wenigen Worten offenbarte sie ihm jenen Teil des Gesprächs, den sie noch nie jemandem erzählt hatte. »Mein Vater hat mich jahrelang darin ausgebildet, Magie aufzuspüren. *Dafür.* Deshalb suchen sie nach mir, und deshalb konntet ihr mich überhaupt als Druckmittel benutzen, um aus Naranor zu entkommen. Mir durfte nichts passieren, weil er mich brauchte. Und jetzt braucht *ihr* mich.«

Dainn starrte sie an. »Besteht die Hoffnung, dass du dir das gerade ausgedacht hast?«

»Nicht die geringste.«

»Bei den Ärschen der Götter!« Er dachte kurz nach, dann meinte er: »Wir müssen es Elathar sagen.«

»Auf keinen Fall.«

»Wie stellst du dir das vor? Wie willst du deinen Zauber einsetzen, ohne dass es jemand bemerkt?«

Darüber hatte sie noch nicht nachgedacht. »Das lass meine Sorge sein. Jetzt müssen wir Elathar erst einmal davon überzeugen, dass er mich mitnimmt.«

»Eher friert die Neunte Hölle zu. Wir müssen das anders anstellen.« Er sah sich nach allen Seiten um, dann kam er noch einen Schritt näher und senkte die Stimme. »Du wirst uns folgen. Gib uns ein wenig Vorsprung, dann komm nach.« Er beschrieb ihr den Weg, den sie einschlagen wollten. »Halte Abstand und pass auf, dass dich keiner bemerkt. Nach ein paar Tagen kannst du zu uns stoßen. Elathar wird dich dann nicht mehr zurückschicken.«

»Das bezweifle ich.«

»Wir werden ihm schon klarmachen, dass er es nicht tun *kann*, ohne ihm dein Geheimnis zu verraten. Hast du eine Waffe?« Als sie den Kopf schüttelte, zog er seinen Dolch und hielt ihn vor ihr in die Höhe. »Kannst du damit umgehen?«

»Festhalten und zustechen?«

»Das wird wohl genügen müssen.« Er drückte ihr die Waffe in die Hand und schloss ihre Finger um den Griff.

Rissa betrachtete die Klinge, die nur wenig länger war als ihre Hand. »Wie soll ich damit etwas gegen ein Schwert ausrichten?«

»Du sollst nicht mal in die Nähe eines Schwerts kommen. Das hier«, er nahm den Dolch, steckte ihn in die Scheide und reichte ihn ihr wieder, »ist für Notfälle gedacht – und nur für Notfälle. Du wirst damit nicht in eine Schlacht ziehen. Übrigens auch mit keiner anderen Waffe. Du wirst überhaupt nicht in eine Schlacht ziehen.«

* * *

Kurz darauf stand Rissa neben Lyanna auf dem Hof und beobachtete, wie die Männer durch das Tor ritten. »Würdest du mich bei Garri entschuldigen?«, bat sie Lyanna. »Mir ist nicht wohl und ich würde mich gern hinlegen.«

»Sicher. Brauchst du was?«

»Nur ein paar Stunden Schlaf. Danke.«

Rissa verabschiedete sich und ging in ihre Kammer, um ihr Bündel zu packen. Ein bisschen Kleidung, einen Umhang, ein wenig Proviant, den sie aus der Küche stibitzte, einen Wasserschlauch und eine Decke. Dainns Dolch befestigte sie an ihrem Gürtel. Hätte sie ein Kleid getragen, hätte sie ihn vielleicht an ihr Bein geschnallt. Mit den Hosen war es ein wenig unpraktisch. Abgesehen davon war es nicht verboten, offen einen Dolch zu tragen.

Sobald sie fertig war, nahm sie ihr Bündel und ging zum Stall. Sie bat einen der Jungen, die sich um die Tiere kümmerten, ihr ein Pferd zu satteln, und führte es zum Tor. Die Wachen wollten sie erst nicht passieren lassen. Als sie ihnen jedoch erzählte, dass sie in Elathars Auftrag zu den Höhlen reiten und eine Nachricht überbringen sollte, ließen sie sie ziehen.

Rissa folgte den Männern drei Tage in sicherem Abstand. Wie Dainn gesagt hatte, durchquerten sie das Gebirge von Demantur gen Osten. Die Landschaft war schroff und felsig, kleine, von Stoppelgras überzogene Ebenen bildeten die einzigen Farbtupfer im Grau der Felsen. Immer wieder fand sie kleine Zeichen, die Dainn für sie in die Felsen gekerbt hatte. Solange sie da waren, wusste sie, dass sie auf dem richtigen Weg war. Obwohl die Nächte in den Bergen bereits empfindlich kühl wurden, verzichtete sie auf ein Feuer und wickelte sich in ihre Decke. Jedes Mal, wenn sie sich dafür verfluchte, sich der Kälte auszusetzen, musste sie nur einen Blick auf Elathars Lager werfen, wo das Orange der Flammen deutlich zu erkennen war.

Am vierten Tag führte der Weg aus den Bergen heraus. Mehr und mehr wichen die schroffen Felsen saftig grünen Wiesen, die sich einen Hang entlang nach unten zogen. Schon bald stieß sie auf die ersten Bäume. Rissa verzichtete auf eine Mittagsrast und ritt ohne Pause weiter. Die Dämmerung hielt bereits Einzug, und Elathar und seine Männer hatten ihr Nachtlager aufgeschlagen, als Rissa sie schließlich einholte. Die sechs Männer saßen im Schutz einer Gruppe Eichen um ein kleines Feuer herum, das in einer Mulde im Boden brannte. Die Pferde grasten ein Stück abseits, angebunden an einen umgestürzten Baumstamm.

Rissa saß ab und führte ihr Pferd die letzten Meter hinter sich her. Sobald die Männer sie bemerkten, standen sie auf. Bordan und Kestan zogen ihre Schwerter, Elathar, Jestar und Larric hatten die Hand am Schwertgriff. Nur Dainn machte keine Anstalten, nach einer Waffe zu greifen. Rissa war noch zu weit entfernt, um zu verstehen, was er zu Elathar sagte. Seine Worte jedoch veranlassten den Hauptmann, nach vorne zu treten. Selbst im Halbdunkel konnte sie sehen, wie er die Augen zusammenkniff. Dann erkannte er sie. Den Fluch, den er daraufhin ausstieß, konnte selbst sie hören. Er überwand die dreißig Meter, die sie noch voneinander trennten, so schnell, dass sie glaubte, er würde sie niederrennen.

»Was im Namen aller verfluchten Götter habt Ihr hier zu suchen?«, fuhr er sie an. »Seid Ihr vollkommen übergeschnappt? Ihr setzt Euch sofort auf diesen Gaul und reitet zurück!«

»Ihr wollt mich zurückschicken? Nachts? Allein? Habt Ihr eine Ahnung, was mir alles zustoßen könnte?«

Elathar packte sie beim Arm. »Das ist nicht lustig! Ihr

könnt unmöglich …« Schlagartig lockerte sich sein Griff. Seine Hand glitt ihren Arm entlang zu ihrer Hand. Beinahe sanft schlossen sich seine Finger um ihre. »Ihr könnt nicht bleiben. Ich könnte mir nie verzeihen, wenn Euch etwas zustößt.«

Rissa löste ihre Hand aus seinem Griff. »Was, wenn Falinns Soldaten nicht die Einzigen sind, um die Ihr Euch Sorgen machen müsst? Der Mann, der Gimm getötet und Dryden verletzt hat, war als Bauer verkleidet. Was, wenn sich noch weitere Seelenlose unter die Bevölkerung gemischt haben und nur darauf warten, dass Ihr Euch blicken lasst?« Sie hielt die Wahrscheinlichkeit für eher gering, doch es war das beste Argument, das sie hatte – und das einzige. »Ihr würdet es nicht merken! Ihr braucht mich, Elathar.«

Dainn war in Elathars Rücken näher gekommen und nickte Rissa aufmunternd zu. Die anderen waren beim Feuer geblieben. Sie hatten ihre Schwerter weggesteckt und sich wieder gesetzt, doch ihre Aufmerksamkeit war auf Rissa und Elathar gerichtet.

»Ich brauche Euch nicht so sehr, dass ich Euer Leben aufs Spiel setzen werde.«

»Was willst du tun?«, mischte sich Dainn ein. »Sie zurückschicken? Allein? Es ist zu spät dafür, das weißt du. Du wirst sie nicht allein gehen lassen, eben weil du ihr Leben nicht riskieren willst.«

»Dann wird Jestar sie zurückbringen.«

Rissa schüttelte den Kopf. »Ihr werdet jeden Mann brauchen. Ihr könnt unmöglich meinetwegen auf einen verzichten!«

Elathars Blick wanderte zwischen Rissa und Dainn hin und her. Schließlich runzelte er die Stirn. »Ihr beide! Ihr habt das geplant!«

»Ich gebe Euch mein Wort, dass ich keine Last sein werde. Ich kann auf mich aufpassen.«

»Also gut, Ihr bleibt.« Er trat dicht an Rissa heran und hob mahnend den Zeigefinger vor ihrer Nase. »Aber Ihr werdet auf mich hören. Immer und jederzeit. Wenn ich sage, versteckt Euch, dann versteckt Ihr Euch. Und wenn ich sonst etwas sage, dann werdet Ihr auch das tun. Keine Fragen und keine Widerworte. Ihr werdet mir gehorchen, ist das klar?«

Rissa nickte. Und so leise, dass Dainn es nicht hören konnte, sagte sie: »Seid Ihr immer noch der Meinung, dass in Euch kein Herrscher steckt?«

42

Selbst Tage später konnte Elathar noch immer nicht fassen, dass Rissa bei ihnen war. Noch weniger konnte er glauben, dass er ihr gestattet hatte zu bleiben. Ihm war schnell klar geworden, dass der Grund, warum er sie brauchen sollte, nur vorgeschoben war. Niemand wusste von seiner Suche nach der Essenz. Warum also sollten sich Falinns Seelenlose die Mühe machen, sich unter die Bevölkerung zu mischen, wenn sie nicht vorhatten, sich als Flüchtlinge in den Fels zu schmuggeln? Wenn überhaupt, wäre das bestenfalls an den südlichen Ausläufern der Berge sinnvoll gewesen, in der Gegend, in der seine Männer für gewöhnlich die Flüchtlinge aufgriffen. Hier im Nordosten wäre es sinnlos. Aber warum war sie so versessen darauf, sie zu begleiten? Abgesehen von ihrem offenbar ausgeprägten Wunsch, zu helfen und sich nützlich zu machen, wollte ihm keine sinnvolle Erklärung einfallen. Früher oder später jedoch würde er die Wahrheit herausfinden.

Trotz allem gefiel es ihm, Rissa um sich zu haben. Sie schien gut mit dem Leben unterwegs zurechtzukommen und hatte weder ein Problem mit dem mangelnden Komfort noch mit den kurzen Rasten und den kargen Mahlzeiten. Immer wieder ertappte er seine Männer dabei, wie sie versuchten, ihr das Leben leichter zu machen, indem sie ihr ihre Decken oder einen Teil ihrer Rationen anboten. Rissa lehnte jedes Mal ab. Dass sie nicht anders behandelt werden wollte als die anderen, nötigte Elathar Respekt ab. Ihre Schlagfertigkeit und ihr Humor hatten ihn schon bei ihrer ersten Begegnung angezogen. Doch in ihr steckte noch so viel mehr. Er schätzte es, dass sie offen aussprach, was sie dachte, und auch wenn so manche Wahrheit unbequem war, so hatte sie ihm in den letzten Wochen mehr als einmal die Augen geöffnet. Seit sie sich zur Flucht aus Naranor entschlossen hatte, war sie auf sich allein gestellt gewesen. Wie viel Angst musste sie gehabt haben?

Elathar vermochte kaum, sich auszumalen, wie es für sie gewesen sein musste, in seinem Kerker eingesperrt zu sein. Oder dem Seelenlosen gegenüberzustehen. Doch die Angst hatte sie nie gelähmt.

Jetzt bist du nicht mehr allein. Nicht, solange ich lebe.

In den letzten Tagen und Wochen gelang es ihm immer weniger, sich gegen die Gefühle zu wehren, die sie in ihm auslöste. Er wollte sich von ihr fernhalten, doch ganz gleich, was er auch tat, sie war immer da. Selbst jetzt, wo er nichts lieber wollte, als sie in der Sicherheit der Festung zu wissen. Ihr Wunsch zu helfen, schien jedoch weniger mit ihm zu tun zu haben, als damit, Falinn Einhalt zu gebieten. Offenbar hatte sie ihm noch längst nicht verziehen, dass er sie als Geisel genommen hatte. Anders konnte er sich nicht erklären, warum sie jedes Mal, wenn er versuchte, ihr näherzukommen, auf Abstand ging. Vermutlich würde Dainn ihn auf die Möglichkeit hinweisen, dass sie ihn einfach nicht leiden konnte. Doch daran wollte Elathar nicht glauben. Sie war nie unfreundlich gewesen – zumindest nicht, wenn er es nicht verdient hatte –, und wann immer zwischen ihnen diese Momente der Nähe entstanden waren, war sie nicht sofort zurückgewichen. Sie sorgte sich aufrichtig um ihn, das hatte er an dem Abend gesehen, an dem sie seine Wunde verbunden hatte. Um ein Haar hätte er sie geküsst. Und sie ihn. Doch dann war es, als hätte sie sich an etwas erinnert, und plötzlich war da wieder diese Distanz zwischen ihnen gewesen.

Du hast sie entführt und eingesperrt, was erwartest du?

Er würde es wiedergutmachen. Irgendwie.

Nach einer Woche, sie hatten längst die Grenze zum

Fürstentum Uryen überschritten und setzten ihren Weg über ein Geflecht alter Handelsstraßen nach Norden fort, stießen sie auf die erste Spur des Trupps, den Falinn ausgesandt hatte, um ihm die Essenz zu bringen. Erst hatte Elathar angenommen, die Männer in der Schenke sprachen über einen der Suchtrupps, denen sie, seit sie die Berge hinter sich gelassen hatten, immer wieder ausgewichen waren. Dann jedoch hatte er gehört, dass es sich um zwei Dutzend Soldaten zu handeln schien, zu viele Männer für eine der gewohnten Einheiten. Als einer der Männer dann noch lachend von einer Laterne erzählte, über die der Anführer gewacht hatte, als wäre sie ein kostbarer Schatz, gab es keinen Zweifel mehr. Wie hatte Beolan gesagt, nannte Falinn es? Das Licht von Rivenna?

Falinns Männer hatten zwei Tage Vorsprung. Ein Vorsprung, den sie so schnell wie möglich aufholen mussten. Deshalb entschied Elathar, vorerst auf der Straße zu bleiben, die schnurgerade nach Norden führte und den schnellsten Weg darstellte. Schwierig würde es erst werden, wenn sie Falinns Krieger einholten und unbemerkt an ihnen vorbeimussten.

Nach nicht einmal zwei Tagen hatten sie zu Falinns Männern aufgeschlossen und wären um ein Haar mit ihnen zusammengestoßen, als diese ihr Lager auf einem Feld neben der Straße abbrachen. Es gelang ihnen gerade noch, auf der anderen Seite der Straße zwischen ein paar Bäumen in Deckung zu gehen, ehe die Ersten von Falinns Kriegern ihre Pferde auf die Straße führten.

Zu gern hätte Elathar den Schutz der Bäume genutzt, um an den Männern vorbeizukommen und sich vor sie zu setzen. Unglücklicherweise wurden die Baumreihen nach wenigen Metern von offenen Feldern abgelöst. Da sie sich nicht aus der Deckung wagen konnten, blieb ihnen nichts anderes übrig, als zu warten.

Elathar hatte sein Pferd ein Stück weiter hinten zurückgelassen und war zum Straßenrand zurückgeschlichen, wo er, hinter einem Busch kauernd, die letzten Vorbereitungen beobachtete. Die Männer in der Schenke hatten nicht übertrieben, es waren tatsächlich zwei Dutzend Krieger, die jetzt einer nach dem anderen in den Sattel stiegen. Unter dem schwarzen Wappenrock, auf dessen Brust Falinns Leuchtturm prangte, schimmerten Kettenhemden, und an ihren Sätteln hatten sie Helme und Schilde befestigt. Bewaffnet waren sie mit Schwertern und Dolchen, ein halbes Dutzend trug Armbrüste bei sich. Elathar sah sich nach dem Anführer um und entdeckte ihn an der Spitze der Gruppe neben seinem Pferd: Falinns Hauptmann – derselbe bullige Krieger, der beim Bathrá vor den königlichen Gemächern postiert gewesen war. Er hielt eine Laterne vor sich in die Höhe, in der ein feuerrotes Licht tanzte, das sich in Richtung Straße gegen das Glas drängte. »Wir sind auf dem richtigen Weg«, rief der Hauptmann und deutete die Straße entlang. »Aufbruch!«

Kurz darauf sah Elathar nur noch die riesige Staubwolke, die die Pferde auf der Straße hinter sich herzogen. Er kehrte zu den anderen zurück und erzählte ihnen, was er beobachtet hatte.

Kestan wirkte skeptisch. »Und diese Laterne soll das Artefakt sein, mit dem sie die Essenz finden wollen?«

»Warum sonst sollten sie am helllichten Tag mit einer Lampe durch die Gegend reiten?«, gab Elathar zurück.

Dainn grinste. »Die kennen sich wohl ziemlich schlecht in der Gegend aus, wenn sie ihr Zauberwerk jetzt schon auspacken müssen, um überhaupt nach Thanasses zu finden.«

Elathar ging zu Rissa, die ein Stück abseits bei den Pferden stand und noch immer in Richtung Straße blickte. »Habt Ihr sie gesehen?«

Sie nickte.

»Es waren keine Menschen, oder?«

»Nein. Seelenlose. Nur ihr Anführer, Hauptmann Kartain,

ist ein Mensch.« Sie rieb sich die Arme, als wäre ihr kalt. »Es ist unheimlich, so viele auf einmal zu sehen.«

Dann wünsche ich Euch, dass Euch der Anblick von Falinns Heerlagern erspart bleibt.

Sie hob etwas auf, das vor ihr auf dem Boden lag. Ein Lederband, an dem ein goldenes Medaillon hing. »Seit Ihr davon erzählt habt, dass sich Falinn nur noch mit Seelenlosen als Wachen umgibt, habe ich mich gefragt, warum ich in Naranor nie einen gesehen habe.«

»Und jetzt kennt Ihr die Antwort?«

Sie nickte. Leise, sodass keiner der anderen sie hören konnte, sagte sie: »Mein Vater. Er muss meinen *Blick* manipuliert und dafür gesorgt haben, dass ich sie nicht erkennen kann. Erst das hier«, sie deutete auf das Medaillon in ihrer Hand, eine kleine goldene Scheibe, »hat es mir möglich gemacht. Ich habe es gerade ausprobiert. Wenn ich es am Körper trage, erkenne ich diese Kreaturen als das, was sie sind. Sobald ich es aber ablege ... Ohne das Medaillon habe ich nichts weiter als zwei Dutzend normaler Menschen gesehen. Ich fasse es nicht! Mein Vater hat einen Zauber über mich gelegt. Mein eigener Vater!«

Elathar betrachtete das Medaillon. »Wo habt Ihr es her?«

»Ein Fremder gab es mir, kurz bevor ich Naranor verließ. Er sagte, es würde mir die Augen öffnen.«

Elathar hatte den Eindruck, dass das nicht alles war, verzichtete aber darauf, nachzufragen. Wenn sie ihm nicht mehr sagen wollte, würde er ohnehin kein Wort aus ihr herausbekommen. Schweigend beobachtete er, wie sie sich das Lederband um den Hals legte und den Anhänger in ihrem Kragen verschwinden ließ.

Gemeinsam kehrten sie zu den anderen zurück.

»Wir müssen einen anderen Weg nach Thanasses finden, einen, auf dem wir schneller sind und trotzdem unentdeckt bleiben«, sagte Elathar.

»Wenn Falinns Männer weiterhin den schnellsten Weg nehmen, werden sie auf der Straße bleiben, die westlich am Heiligen Hain von Tarwén entlangführt«, überlegte Bordan.

»Bist du sicher?«

»Ziemlich. Ich bin in der Gegend aufgewachsen.«

Elathar nickte. »Was sind unsere Optionen?«

»Wir könnten ihnen weiter folgen, die Straße ist der schnellste Weg. Oder wir verlassen die Hauptstraße und reiten durch die ersten Ausläufer der Schlucht von Correl und von dort aus dann direkt durch den Heiligen Hain«, schlug Bordan vor. »Es gibt da zwar keine großen Straßen und Wege, aber wenn wir uns beeilen und die Pausen so kurz wie möglich halten, sollten wir Thanasses vor ihnen erreichen.«

Elathar ersparte es sich, ihm zu sagen, dass sie auch die Essenz vor Falinns Männern finden mussten. Vor ihnen in Thanasses zu sein, war zumindest ein Anfang.

Sobald die Staubwolke von Falinns Kriegern nicht mehr zu sehen war, brachen sie auf. Bordan ritt ein Stück voraus, um auszuspähen, welche Richtung die Männer einschlugen. Am nächsten Morgen, sie hatten ihr Lager noch nicht lange abgebrochen, kehrte er mit einem selbstgefälligen Grinsen zu Elathar und den anderen zurück. »Nicht weit von hier gabelt sich die Straße«, sagte er. »Eine Abzweigung führt am Heiligen Hain vorbei, die andere direkt darauf zu. Wie vermutet, nehmen sie die Hauptstraße, die daran vorbeiführt.«

»Dann also durch den Wald!«, rief Elathar und trieb sein Pferd an.

43

Je näher sie der Schlucht von Correl kamen, desto mehr veränderte sich die Umgebung. Felder und Wäldchen wichen, saftig grüne Wiesen traten an ihre Stelle und wurden bald von kurzem Stoppelgras abgelöst, das den zunehmend felsiger werdenden Untergrund überzog. Bald schon war auch das letzte Gras verschwunden, und alles, was blieb, war grauer Fels. Der abfallende Weg führte sie immer weiter nach unten, vielleicht waren es auch die Felswände, die steil zu ihren Seiten anwuchsen, je weiter sie kamen. Die Schlucht war gerade breit genug, dass zwei Pferde nebeneinander gehen konnten. Dank der senkrecht aufragenden Wände, die zu beiden Seiten bis in den Himmel zu reichen schienen, fühlte sich Rissa wie in einem Gefängnis. Die Sonne reichte nicht bis auf den Grund der Schlucht und selbst das Tageslicht wirkte gedämpft. Fröstelnd zog sie ihren Umhang enger um die Schultern und betrachtete die Schlucht, die sich vor ihnen durch das Land zog wie eine Narbe.

Elathar, der an der Spitze geritten war, verlangsamte sein Tempo. »Wie weit müssen wir, Bordan?«

»Noch bevor es richtig losgeht mit der Schlucht, müsste am Rand irgendwo ein Weg nach oben führen.«

»Müsste?« Elathar runzelte die Stirn. »Du bist dir nicht sicher?«

Bordan rieb sich den kahlen Schädel. »Ich weiß, dass dieser Weg existiert, Hauptmann, aber ich bin ihn selbst noch nicht gegangen.«

»Woher weißt du dann davon?«

»Von einem der Ältesten aus meinem Dorf. Er hat uns eingeschärft, dass wir, wenn wir uns jemals in die Schlucht verirren sollten, diesen Weg nehmen sollen.«

»Weil die Schlucht so groß ist, dass es sonst tagelang keinen Ausweg mehr gibt?«, fragte Kestan.

Bordan zuckte die Schultern.

»Was meinst du überhaupt mit *bevor es richtig losgeht?«* Jestar legte den Kopf in den Nacken und ließ den Blick an den Steilwänden entlang nach oben gleiten. »Was ist das deiner Meinung nach?«

»Der Zugang«, erwiderte Bordan ungerührt. »Die eigentliche Schlucht ist angeblich an manchen Stellen so breit, dass ein halbes Dorf darin Platz hätte. Abgesehen davon, dass es Tage dauert, sie von einem Ende zum anderen zu durchqueren, was glaubst du, wie dieser Zauberer einst eine ganze Armee in diesem schmalen Stück erschaffen haben soll?«

»Das war *hier*? Kein Wunder, dass euer Ältester nicht wollte, dass ihr hierherkommt!« Jestar sah sich erschrocken um, was Larric in sein unnachahmliches, abgehacktes Gelächter ausbrechen ließ.

»Komm schon, Jestar, tu nicht so entsetzt«, sagte er, sobald er sich wieder beruhigt hatte. »Wir sind auf dem Weg nach Thanasses, um die Magie zu suchen. Wen stören da schon ein paar alte Schauplätze, an denen es garantiert nicht mehr gibt als –«

»Skelette.«

»Genau«, pflichtete Larric Kestan bei. »Nicht mehr als Skelette. – *Was?«*

Alle blickten in die Richtung, in die Kestan deutete. Skelette säumten den Wegesrand, einige in sich zusammengefallen, andere von den Steilwänden aufrecht gehalten wie stumme Wachen.

»Eigentlich wollte ich Felsen sagen«, brummte Larric.

»Weiter.« Elathar trat seinem Pferd in die Flanken.

Schweigend setzten sie ihren Weg fort. Die anfänglichen Abstände zwischen den knöchernen Überresten schmolzen immer mehr zusammen, je tiefer sie in die Schlucht gelangten. Dicht an dicht mussten sie zu Lebzeiten gestanden haben, dicht an dicht, als das Ende sie ereilt hatte. Rissa kannte die Geschichten über Tarlan, den Zauberer, der versucht haben sollte, eine Armee zu erschaffen. Jetzt wusste sie auch, warum ihr der Name der Schlucht so bekannt vorgekommen war. Es war tatsächlich hier gewesen. Sie konnte nicht aufhören, auf die bleichen Knochen zu starren, die sich selbst nach all den Jahren noch deutlich von den Schatten abhoben. Die Form der Köpfe war anders als bei einem Menschen, sie glichen …

Rissa zügelte ihr Pferd und glitt aus dem Sattel. Sofort hielten auch die anderen inne. Elathar rief ihr etwas zu, doch sie war so sehr auf das Skelett konzentriert, das vor ihr an der Wand zusammengesunken war, dass seine Worte nicht zu ihr durchdrangen. Die Schädelplatte. Die Form der Wangenknochen. Sie ging in die Hocke, um einen Blick auf sein Gebiss zu werfen. Der Anblick der Reißzähne wischte ihren letzten Zweifel beiseite.

»Das sind Seelenlose«, sagte sie an Elathar gewandt, der zu ihr getreten war. »Falinn muss denselben Zauber, wahrscheinlich dasselbe Artefakt wie Tarlan benutzt haben.«

»Er war hier, um es zu suchen?«

»Vermutlich.«

Elathar deutete auf die Skelette. »Sie hätten den Krieg zugunsten der Zauberer entscheiden können. Warum sind sie nie zum Einsatz gekommen?«

Darüber war nichts überliefert. »Vielleicht ist ihm etwas zugestoßen, bevor es dazu kommen konnte.«

»Und die Seelenlosen?«

»Soweit ich es verstehe, haben sie keinen eigenen Willen. Ohne Befehle warten sie, bis sie gebraucht werden. Vielleicht sind sie an Ort und Stelle verhungert und verdurstet. Vielleicht sind sie auch zusammen mit ihrem Erschaffer gestorben.«

»Ihr Leben an seines gebunden?«

»Möglich.« Rissa wusste es nicht. Was den Seelenlosen letztlich den Tod gebracht hatte, war nicht von Bedeutung, denn selbst wenn ihr Leben an ihren Schöpfer gebunden wäre, kämen Elathar und seine Männer niemals nah genug an Falinn heran, um ihn zu töten. Nicht, solange ihn ausgerechnet jene Kreaturen beschützten, die sie vernichten wollten.

»Lasst uns weiterreiten.«

Die Sonne hatte ihren höchsten Stand erreicht, als sie schließlich den Pfad entdeckten, von dem Bordan gesprochen hatte. Ein schmaler Steg, der sich entlang der Steilwand nach oben zog und bei dessen Anblick Dainn einen gedämpften Fluch ausstieß.

Sie saßen ab und führten die Pferde hinter sich her. Der Aufstieg war steil und anstrengend. Jeder falsche Schritt war gefährlich, und vermutlich hatte Bordans Dorfältester nicht damit gerechnet, dass jemand Pferde bei sich haben würde. Die Tiere ruhig zu halten, war der schwierigste Teil. Elathar bot an, ihr Pferd zu übernehmen, doch Rissa lehnte ab. Ein einzelnes Pferd zu führen und zu kontrollieren, war machbar. Ein zweites Tier, das außerhalb seiner unmittelbaren Reichweite folgte, konnte den Unterschied zwischen Leben und Tod bedeuten. Obwohl sie sich vorsichtig bewegten, kamen sie gut voran. Am frühen Nachmittag erreichten sie das Ende des Pfads. Sie ließen die Schlucht hinter sich und ritten gen Norden, hinein in den Heiligen Hain von Tarwén.

Zwischen den Bäumen war es kühl und schattig, trotzdem fühlte sich Rissa nicht annähernd so unbehaglich wie auf dem Grund der Schlucht. Den Männern hingegen schien der Wald nicht sonderlich zuzusagen. Immer wieder bemerkte sie die Blicke, die sie einander zuwarfen, ehe sie ihre Aufmerksamkeit wieder auf die Bäume richteten. *Als fürchteten sie, dass jeden Moment etwas dazwischen hervorspringen und uns angreifen könnte.*

Dainn, der seit Erreichen des Waldes neben Rissa ritt, ließ den Blick von einer Seite zur anderen schweifen. »Wenn ich mich hier umsehe, kann ich verstehen, warum Tan sich einbilden konnte, einen Bronnéa zu sehen.«

»Hast du ihn nicht selbst darauf hingewiesen, dass die Bronnéa aufseiten der Fürsten standen?«

»Die Gänsehaut auf meinen Armen scheint anderer Meinung zu sein.«

Rissa schüttelte den Kopf. Dies war ein Heiliger Hain, ein Ort des Friedens. Hier hatten die Bronnéa ihren Glauben ausgeübt. Für Rissa hatte dieser Ort nichts Unheilvolles oder Bedrohliches an sich. Tatsächlich wirkte er friedlich und auf eigenartige Weise vertraut. Wenn sie sich jedoch konzentrierte, glaubte sie, das Echo von etwas Dunklem zu spüren. Doch was sie empfand, hatte nichts mit dem Ort selbst zu tun, sondern vielmehr mit etwas, das den Frieden hier gestört hatte. Sie bezweifelte jedoch, dass Elathars Männer dasselbe verspürten. Ihr Unbehagen rührte wohl eher von dem Gedanken an die Bronnéa, die einst hier geweilt hatten.

»Wir sehen uns nach einem Platz für die Nacht um.« Elathar, der an der Spitze geritten war, ließ sich zurückfallen und lenkte sein Pferd neben Rissas.

»Glaubt Ihr auch, dass es hier umgeht?«, fragte sie.

»Geister?« Elathar schüttelte den Kopf. »Es ist ein alter Ort, einer mit Geschichte. Das ist alles.«

»Da drüben scheint eine Lichtung zu sein.« Dainn wies auf eine Stelle zu seiner Rechten, an der sich die Baumreihen zu öffnen schienen. »Lasst uns sehen, ob wir dort lagern können.«

Elathar und Dainn saßen ab und ließen die Pferde bei den anderen zurück. Rissa wollte den beiden folgen, doch Elathar bedeutete ihr, bei den anderen zu warten. Da war etwas an diesem Ort, das sie anzog. Als würde er nach ihr rufen.

Nur mühsam gelang es ihr, den Drang im Zaum zu halten, Elathar zu folgen, um zu sehen, was an dieser Lichtung so besonders war. Einzig das Versprechen, auf ihn zu hören, ließ sie verharren. Während sie darauf wartete, dass die beiden die Lichtung zum Lagerplatz für die Nacht erklärten und sie zu sich winkten, reckte sie immer wieder den Hals, in der Hoffnung, zwischen den Bäumen etwas zu sehen. Abgesehen davon, dass es hinter einer letzten Baumreihe heller zu sein schien, als würde die Sonne nicht länger von einem dichten Blätterdach abgehalten, vermochte sie nichts zu erkennen. Je länger sie in Richtung der Lichtung starrte, desto durchdringender breitete sich eine angenehme Wärme in ihrer Brust aus. Es dauerte jedoch, bis Rissa bewusst wurde, dass die Wärme nicht aus ihrem Innersten stammte, sondern von dem Medaillon um ihren Hals. Sie tastete danach und stellte verwundert fest, dass sich die goldene Scheibe warm anfühlte – als hätte sie jemand für einen Nachmittag in die Sonne gelegt.

Rissa zuckte zusammen, als sich eine Hand auf ihre Schulter legte. Sie fuhr herum und blickte in Bordans Gesicht. Erst als er den Kopf schüttelte, wurde ihr bewusst, dass sie im Begriff gewesen war, Elathar und Dainn zu folgen. Unruhig wartete sie darauf, dass die beiden endlich zurückkehrten. Als sie es schließlich taten, waren die Nachrichten nicht die, auf die sie gehofft hatte.

»Kein Ort für ein Lager.« Elathar nahm Jestar die Zügel seines Pferds ab und schwang sich in den Sattel. »Lasst uns weitersuchen.«

Ohne ein weiteres Wort der Erklärung setzte er sich wieder an die Spitze der Gruppe. Als sie sich langsam von der Lichtung entfernten, wandte Rissa immer wieder den Kopf, in der Hoffnung, zumindest einen kurzen Blick darauf zu erhaschen.

»Spar dir die Mühe«, sagte Dainn. »Das war weder ein hübscher noch ein sehenswerter Ort.«

»Was dann?«

Dainn seufzte. »Du hörst vermutlich nicht auf zu fragen, oder?«

Sie schüttelte den Kopf. »Etwas geht von dort aus, das kann ich fühlen.«

»Vermutlich ist es die Magie, die du fühlst«, gab er leise zurück. »Jemand hat dort einen Zauber gewirkt. Die ganze Lichtung ist … tot. Verdorrt.«

War das die Dunkelheit, die sie über dem Wald spürte? »Was hast du gesehen?«

»Gräber.«

Der Heilige Hain von Tarwén. Natürlich! »Das müssen die Gräber der letzten Bronnéa sein. Haben die Fürsten sie nach der Schlacht nicht in diesem Wald zu Grabe getragen?«

»Du hast recht. Es gab keine Familien mehr, an die sie die Toten hätten übergeben können, deshalb entschieden sich die Fürsten für den Wald. Einen Ort, der den Bronnéa heilig gewesen war.«

»Dann ist es kein böser Ort.«

»Böse nicht, aber ziemlich unheimlich, wenn du mich fragst. Dass dort alles tot ist … So sollte es nicht sein.«

Die Gräber lagen noch nicht weit hinter ihnen, als Elathar erneut sein Pferd zügelte. Die Lichtung, die er abseits des Wegs entdeckt hatte, war schnell erkundet und zum passenden Platz für die Nacht erkoren. Rechtzeitig zum Einbruch der Dämmerung hatten sie die Pferde angebunden und versorgt, eine Feuerstelle errichtet und die Rationen verteilt. Während die Nacht langsam näher kroch, beobachtete Rissa, wie die Blicke der Männer immer wieder unbehaglich zwischen den Bäumen umherwanderten. Als fürchteten sie, dass jeden Augenblick der Geist eines Bronnéa dazwischen hervortreten könnte.

»Das ist kein Ort, vor dem man sich fürchten muss«, versuchte Rissa, sie zu beruhigen. »Soweit ich weiß, waren die Wälder für die Bronnéa einst heilig. Es ist friedlich hier.«

Jestar seufzte. »Vermutlich hast du recht. Aber dass ganz in unserer Nähe Magie gewirkt wurde, gefällt mir nicht.«

»Wir wissen doch gar nicht, wann das passiert ist«, gab Dainn zu bedenken. »Das kann Jahrzehnte her sein.«

Bordan wirkte wenig überzeugt. »Oder Stunden.«

Rissa entging der Blick nicht, mit dem Elathar sie musterte. Als fürchtete er, das Gerede seiner Männer könne sie in Panik versetzen. »Ich will jetzt nichts mehr davon hören«, setzte er der Unterhaltung ein Ende. »Wir teilen Nachtwachen ein. Wer etwas Verdächtiges hört oder sieht, alarmiert die anderen. Ihr wisst, was zu tun ist, wenn Magie im Spiel ist.«

»Beim ersten Anzeichen von Zauberwerk schießen.« Kestan löste eine Armbrust von seinem Rucksack, spannte sie und legte einen Köcher mit Bolzen in Reichweite.

44

Im Lager war Ruhe eingekehrt, lediglich leise Atemgeräusche und Larrics Schnarchen durchbrachen die nächtliche Stille, dazu die gedämpften Schritte der Nachtwache, die in regelmäßigen Abständen das Lager umrundete. Die Schauergeschichten, die sich die Männer den Abend über erzählt hatten, schienen keinen von ihnen um den Schlaf zu bringen. Einzig Rissa fand keine Ruhe. Doch es war nicht die Furcht vor Magie oder Geistern, die sie wachhielten, sondern der Gedanke an die Grabstätte. Kestan, der die erste Wache gehalten hatte, war längst von Jestar abgelöst worden, und noch immer wollte der Schlaf nicht zu Rissa finden. Als Jestar schließlich Dainn weckte und sich selbst hinlegte, wusste sie, was sie tun würde.

Wie jeden Abend hatte Elathar sein Lager so dicht neben ihrem aufgeschlagen, dass sie nur die Hand auszustrecken brauchte, um ihn zu berühren. Seine Nähe und das Wissen, dass sie nur die Augen öffnen musste, um ihn zu sehen, gaben ihr ein sicheres Gefühl. Mehr als einmal hatte sie sich gefragt, wie es sich anfühlen würde, sich in seine Arme zu schmiegen. Jetzt jedoch fürchtete sie, er könne erwachen und ihr Vorhaben zunichtemachen.

Ohne den Blick von ihm zu nehmen, rückte sie von ihm ab und schlug die Decke zurück. Elathar regte sich. Er drehte sich auf die Seite, das Gesicht in ihre Richtung gewandt. Wenn er die Augen öffnete, würde er sehen, dass sie fort war. Rissa griff nach ihrem Bündel und schob es an ihrer statt unter die Decke. Sie konnte nur hoffen, dass er – sollte er aufwachen – schlaftrunken genug wäre, die Täuschung nicht zu bemerken. Vorsichtig erhob sie sich. Eine Weile stand sie still da und beobachtete Elathar. Als er sich nicht regte, ging sie zu Dainn, der mit dem Rücken zum halb heruntergebrannten Feuer stand und in den nächtlichen Wald blickte, Kestans Armbrust über der Schulter hängend.

»Halten dich die Geistergeschichten wach?«, fragte er leise.

Rissa schüttelte den Kopf. »Ich …« Sie suchte nach Worten, doch wie sich herausstellte, war das gar nicht nötig.

»Sag nicht, dass du vorhast, was ich denke, dass du vorhast.« Sie konnte förmlich sehen, wie er nach Luft schnappte. »Ich kann dich da nicht allein hingehen lassen!«

»Du kannst deinen Wachposten nicht verlassen«, sagte sie. »Und du kannst niemand anderen bitten, ihn zu übernehmen, ohne dass derjenige Fragen stellen würde. Die Lichtung ist nicht weit weg, und ich wette, dass du meine Hilfeschreie bis hierher hören würdest.«

»Warum?«

Weil mich etwas dorthin zieht. »Ich will versuchen herauszufinden, was das für Magie war. Und wie lange es her ist. Dann wissen wir wenigstens, ob sie eine Bedrohung ist oder nicht.«

Dainn nickte. »Wenn du nicht den Weg nimmst, sondern dich da vorne zwischen den Bäumen immer geradeaus hältst, bist du schneller dort. Sei vorsichtig, ja?«

»Versprochen.«

Rissa schlug die Richtung ein, die er ihr gezeigt hatte, doch sie hätte seine Hilfe gar nicht gebraucht. In dem Moment, in dem sie aus dem Schein des Lagerfeuers in den Wald trat, spürte sie die Wärme, die von dem Medaillon an ihrem Hals ausging. Da sie dieses Mal niemand beobachtete, zog sie den Anhänger unter ihrem Hemd hervor und betrachtete ihn. Ein glühender Pfeil zeigte sich darauf und schien geradewegs in Richtung der Lichtung zu weisen. Versuchsweise drehte sie sich um, wandte sich dem Lager zu, das sie eben erst verlassen hatte. Sofort änderte der Pfeil seine Richtung und zeigte nun hinter sie.

Wenn die Zeit gekommen war, sollte es ihr den Weg weisen, hatte der Fremde in ihrem Traum gesagt. Er schien recht zu behalten.

Rissa wusste weder, wie das möglich war, noch ergab es irgendeinen Sinn für sie. Ebenso wenig Sinn ergab es, ein Schmuckstück aus einem Traum plötzlich neben sich zu finden. Was auch immer es damit – und mit dem Traum – auf sich haben mochte, offenbar war die Zeit gekommen, es herauszufinden.

Der Mond stand hoch am Himmel, und das silberne Licht, das zwischen den Baumwipfeln hindurchfiel, war hell genug, um sie ihren Weg finden zu lassen. Von Zeit zu Zeit stolperte sie über eine Wurzel, die sie in den Schatten nicht gesehen hatte, und einmal wäre sie um ein Haar gestürzt. Trotzdem wurde sie erst langsamer, als sie die Lichtung vor sich sah, die sich – gebadet im Mondschein – vom Wald abhob. An der letzten Baumreihe angekommen, blieb Rissa stehen. Die Gräber auf der Lichtung waren alt und beinahe bis zur Unkenntlichkeit mit Moos und Gras überwuchert. An manchen Stellen waren die Steinhaufen an ihren Kopfenden, Ehrbekundungen für die Toten, die einzigen Hinweise auf ihre Existenz.

Rissa löste sich aus dem Schutz der Bäume und trat auf die Lichtung. Mit langsamen Schritten näherte sie sich ihrem Zentrum. Die Dunkelheit, die sie seit Betreten des Waldes verspürt hatte, war hier stärker. An einigen Stellen war der Boden aufgewühlt. Moos und Gras waren tot, keine Blume, nicht einmal Unkraut gedieh hier mehr. Auf dieser Lichtung gab es kein Leben. Selbst die letzte Baumreihe, das vermochte sie jetzt zu erkennen, war schwarz und verdorrt. Die Äste knorrig und kahl. Jemand hatte den Frieden dieses Orts gestört und die Gräber geschändet. Aber warum?

Rissa ging zu der Stelle, an der die Erde aufgewühlt war.

Ein langes tiefes Loch klaffte im Erdreich. Groß genug … Ihr Blick fiel auf die Überreste eines Steinhaufens an einem Ende des Lochs. Ein Grab. Jemand hatte ein Grab geöffnet, und so aufgewühlt, wie die Erde aussah, war es noch nicht lange her. Ein paar Wochen vielleicht.

Rissa kniete daneben nieder und grub ihre Hand in die Erde, die sich kühl und feucht um ihre Finger schmiegte. Ohne nachzudenken, ließ sie ihre Energie frei. Sie ließ sie fließen, bis sie auf die Magie stieß, die an diesem Ort gewirkt worden war. Das Echo war schwach und alt, vermutlich mehrere Jahre. Wer immer dieses Grab geöffnet hatte, hatte es mit einer Schaufel getan. Vielleicht auch mit bloßen Händen, aber sicher nicht mit Magie. Vorsichtig beugte sich Rissa vor, um einen Blick in das Grab zu erhaschen. Sie rechnete damit, Knochen zu erblicken, doch alles, was ihr aus der Grube entgegenstarrte, war Leere. Warum sollte jemand einen Haufen alter Knochen stehlen?

Sie stand auf, klopfte sich die Erde von den Knien und trat von der Grube zurück. Mit dem Absatz ihrer Stiefel blieb sie in einer Kuhle hängen und geriet ins Stolpern. Ein rascher Schritt zur Seite bewahrte sie vor dem Sturz. Neugierig betrachtete sie die Kuhle vor sich. Ein tiefes rundes Loch vom Durchmesser einer Faust. Jemand hatte hier etwas in die Erde gesteckt.

Eine Armlänge davon entfernt entdeckte sie ein weiteres Loch. Dann noch eines und noch eines. Insgesamt waren es sieben. So wie es aussah, liefen sie an der Außenseite eines Grabs entlang. Drei an jeder Längsseite und eines am Fußende. An der Stirnseite, dort wo die Steine aufgehäuft waren, fand sie keinen Hinweis darauf, dass auch hier etwas im Boden gesteckt hatte. Sie ging in die Hocke und griff in eines der Löcher hinein – vorsichtig, als könne jeden Moment ein Tier herausschnellen und ihr den Arm abreißen. Fast hätte sie gelacht. Auf dieser Lichtung lebte nichts mehr, und das

Echo der Magie würde jedes Tier davon abhalten, sich auch nur in die Nähe zu wagen. Selbst die gefährlichsten. Wie vorhin auch schon, ließ sie ihre Energie langsam ins Erdreich fließen. Die Magie war hier weitaus stärker. Auch in den anderen Kuhlen, die sie auf dieselbe Art überprüfte, spürte sie den Nachklang eines Zaubers. Was auch immer hier im Boden gesteckt hatte, war magisch gewesen. Rissa zweifelte nicht daran, dass es sich dabei um Artefakte gehandelt hatte. Langsam wandte sie sich dem Grab zu, das die Kuhlen flankierten. Der Boden war aufgewühlt und eingesunken, als wäre nicht genug Erdreich vorhanden gewesen, um das Loch zu füllen. Konnte das bedeuten, dass auch hier der Leichnam fehlte? Aber warum hatten sie diese Grube wieder zugeschüttet, während das andere Grab wie eine offene Wunde zurückgeblieben war? Rissas Blick fiel auf die Löcher im Boden. Löcher, die es an dem anderen Grab nicht gab. Die Gräber mussten von verschiedenen Personen zu verschiedenen Zeitpunkten geöffnet worden sein. Und bei diesem hier war die Magie zum Einsatz gekommen, die die Lichtung verheert hatte und deren Dunkelheit wie ein Schleier über dem Wald lag.

Wozu braucht jemand Magie, um einen Leichnam zu stehlen?

Einmal mehr ging sie in die Hocke und griff in die Erde. Die Bilder trafen sie wie ein Fausthieb, noch bevor sie ihre Energie freilassen konnte. Sie befand sich nicht länger auf der nächtlichen Lichtung. Stattdessen fand sie sich auf einer weitläufigen Wiese wieder, deren Blumen in allen Farben in der Morgensonne leuchteten. Es war ein schöner Ort, doch kein friedlicher. Vor sich, an der Spitze einer Armee, sah sie hoch zu Ross Barra Melanthion, Seite an Seite mit den anderen Fürsten. Neben dem Mann, der bald der erste König Tharennias werden sollte, stand eine hochgewachsene Gestalt, gekleidet in eine lange braune Robe.

Der Fremde aus ihrem Traum!

Er war derjenige, der ihr das Medaillon gegeben hatte, dessen war sie sich sicher. *Noch ein Traum.* Gespannt darauf, wann er sich ihr zuwenden würde und was er dieses Mal zu sagen hatte, trat sie näher. Wie ein Schatten zog sie zwischen den Kriegern hindurch auf den König zu. Die Krieger standen dicht an dicht, trotzdem streifte Rissa sie nicht einmal. Sie glitt einfach durch sie hindurch, als wäre sie nichts weiter als Luft oder Nebel. Niemand sah oder hörte sie. Niemand reagierte auf ihre Anwesenheit, während sie sich weiter nach vorne schob. Jetzt sah sie die Silhouetten der Dunklen Wächter, die Barras Armee auf der anderen Seite des Felds gegenüberstanden. Rissa hatte noch nie einen von ihnen zu Gesicht bekommen, dennoch wusste sie mit absoluter Gewissheit, dass dies die Armee war, die die Zauberer von Thanasses gegen die Fürsten ins Feld geschickt hatten.

Sie war jetzt nah genug, um die letzten Worte des Mannes in der Robe zu verstehen. Fürst Barra hatte sich nach vorne geneigt und dem Mann gestattet, die Hand auf seine Stirn zu legen. »Keine fremde Hand kann diesen Mann und seine Erben töten«, vernahm sie die vertraute Stimme des Robenträgers. »Kein fremdes Blut den Zauber brechen.« Einen Moment noch hielt er inne, dann zog er die Hand zurück. »Ihr seid nun sicher, Barra Melanthion. Möge der Sieg der Eure sein.«

Der Fürst neigte das Haupt. »Ich danke Euch, Celedan.«

Der Name traf Rissa wie ein Blitzschlag. Celedan. Der Hohepriester des Bronn. Wie konnte er …? Ihr Traum … Rufe wurden laut, Befehle gebrüllt. Die Armee in ihrem Rücken setzte sich in Bewegung.

»Meine Kinder werden die Zauberer in Schach halten«, sagte Celedan. »Sie werden nicht gänzlich ohne Kräfte sein, doch mit ein wenig Glück wird es Euch gelingen, sie zu besiegen. Aber Ihr müsst schnell sein. Ihr müsst die Zauberer erreichen, bevor die Dunklen Krieger ihr blutiges Werk vollenden können.«

Ihr blutiges Werk. Die Bronnéa.

Rissa blinzelte.

Die Umgebung veränderte sich.

Mit einem Mal war die Armee vor ihr, stürmte – angeführt von Barra und den Fürsten – auf die Dunklen Wächter zu. Die Fürsten trieben ihre Pferde an ihnen vorbei. Jene, die ihnen unmittelbar folgten, stürzten sich auf die Dunklen in ihrer Schlagweite. Die anderen folgten ihren Anführern, denn hinter den Dunklen lauerten die Zauberer. Rissa spürte die Energie, die sie dem Land entzogen. Sie sah, wie das Grün aus den Grashalmen wich, die Blumen ihre Farbe verloren und Tiere tot in sich zusammenfielen. Das Verdorbene Land. Sie stand mitten im Verdorbenen Land, an jenem Ort, an dem die letzte Schlacht stattgefunden hatte. Während die Armee der Fürsten nach vorne drängte und das Land um sie herum mehr und mehr verdorrte und starb, wurde Rissas Aufmerksamkeit von ein paar Gestalten am nahen Waldrand angezogen.

Und wieder veränderte sich die Umgebung. Eine Gruppe aus Männern und Frauen hatte am Waldrand Stellung bezogen. Als würden die Kämpfe sie nichts angehen und die Dunklen Krieger in ihrem Rücken keine Bedrohung darstellen, hatten sie einen Kreis gebildet und einander die Hände gereicht. Rissa war jetzt ein Teil des Kreises. Sie stand zwischen einer Frau und Celedan, nicht länger unsichtbar für ihre Umwelt. Sie spürte die warmen Hände, die sich um ihre eigenen schlossen, und die Energie, die sie durchströmte. Magie. Sie wirkten Magie! Jene Magie, die die Kräfte der Zauberer lange genug neutralisieren würde, damit die Fürsten und ihre Armee sie erreichen und besiegen konnten. Doch hinter ihnen rückten die Dunklen unaufhaltsam näher. Rissa schloss die Augen und konzentrierte sich auf die Energie. Sie mussten den Fürsten Zeit verschaffen! Sie verstärkte den Druck ihrer Hände, fest entschlossen, den Kreis nicht zu brechen.

Die Energie wirbelte in der Mitte des Kreises auf, verdichtete sich immer mehr, bis sie von einem Flimmern in der Luft zu etwas Greifbaren wurde. Dünne Fäden lösten sich daraus und strömten in Richtung der Zauberer, unzählige Tentakel, die nach einem Ziel suchten. Rissa wusste, dass dieses Ziel die Energie der Zauberer war. Die dünnen Fäden würden sich darum schlingen, sie festsetzen und davon abhalten, in einem zerstörerischen Zauber freigelassen zu werden, der sonst den Tod der Fürsten und ihrer Armee bedeuten würde.

Sie wusste nicht, wie viel Zeit vergangen war. Unaufhörlich leitete sie ihre Energie ins Zentrum des Kreises, erstaunt darüber, dass die Anstrengung sie nicht längst in die Knie gezwungen hatte. Sie hörte das Stampfen schwerer Stiefel hinter sich, dann die ersten Schreie. Ein Schatten legte sich über sie, und als sie die Augen öffnete, erblickte sie eine schemenhafte Gestalt, deren Antlitz unter einem Helm verborgen war. Dieselbe Gestalt, die sie seit Wochen in ihren Träumen verfolgte. Und wie in ihrem Traum sah sie auch jetzt die Klinge in seiner Hand. Ein Schwert. Tödlicher Stahl, der sich in ihre Eingeweide biss. Dann versank die Welt in Dunkelheit.

Als sie die Augen wieder öffnete, lag sie auf dem Boden. Tränen rannen ihr über das Gesicht und tropften auf die aufgewühlte Erde unter ihr. Sie war zurück auf der Lichtung. Noch immer spürte sie das Echo des Schmerzes in ihren Eingeweiden, dort wo das Schwert ihren Leib zerfetzt hatte, doch als sie nach der Stelle tastete, fand sie nichts. Keine Verletzung. Kein Blut. Lediglich Erde klebte an ihren Fingern. Die Erde eines Grabs. Ihres eigenen Grabs.

45

Zitternd kämpfte Rissa sich auf die Knie.

Es war alles eine Lüge gewesen. Nichts von dem, was sie die letzten beiden Jahre geglaubt hatte, war wahr. Dalkur war nicht ihr Vater, und die Erinnerungen an ihr Leben, das Leben, von dem er behauptete, dass sie es geführt hatte, waren nichts weiter als Lügen. Illusionen, die er ihr mit seiner Magie in den Kopf gesetzt hatte.

In dem Augenblick, in dem sie das Grab – *ihr* Grab – berührt hatte, war Dalkurs Zauber in sich zusammengefallen. All die falschen Erinnerungen lösten sich in Luft auf, und alles, was blieb, waren die letzten Jahre. Jene Jahre, die sie in dem Glauben, seine Tochter zu sein, an der Seite dieses Mannes verbracht hatte.

Sie war eine Bronnéa gewesen, daran erinnerte sie sich jetzt. Zusammen mit ihren Eltern hatte sie im Einklang mit dem Alten Glauben gelebt. Ihre Eltern waren beide Heiler. Wie alle Bronnéa hatten auch sie über eine magische Begabung verfügt, doch nicht jeder wurde erwählt, um den Glauben weiterzutragen.

Jedes Jahr zur Sommersonnwende fanden sich die Kinder, die das rechte Alter erreicht hatten, im Heiligen Hain von Ereleah, am Fuße der Silbereiche ein, jenes Baums, der das symbolische Herz ihres Glaubens darstellte und der auch der Baum des Lebens genannt wurde. In einer feierlichen Zeremonie erwählte Celedan die künftigen Diener des Glaubens, die als Novizen den Priesterinnen und Priestern des Bronn zur Seite stehen sollten, ehe sie selbst einmal Priester werden würden. Nur noch ein Jahr, dann wäre Rissa alt genug gewesen, an der Zeremonie teilzunehmen. Sie hatte sich so sehr gewünscht, erwählt zu werden. All ihre Sorgen hatten sich darum gedreht, dass Bronn sie nicht für würdig genug erachten könnte. Daran, dass ihr Leben vorher enden könnte, hatte sie nicht gedacht.

Jene Bronnéa, die nicht als Novizen erwählt wurden, dienten der Bevölkerung als Heiler, Kräuterkundige und Hebammen. Menschen, die sich mit der Natur auskannten, wussten, wann die beste Zeit für die Aussaat war und auf welchen Äckern welche Pflanzen am besten gediehen. Sie heilten Krankheiten, kümmerten sich um Verletzungen und Geburten. All das unter Zuhilfenahme eines uralten Wissens, gepaart mit der Macht ihrer Magie.

Die Bronnéa waren noch nie zahlreich gewesen – es gab nicht einmal hundert von ihnen –, weshalb sich jeder Ort glücklich schätzte, in dessen Nähe sich einer von ihnen ansiedelte. Um auch andere Gebiete des Landes zu erreichen, waren nicht alle von ihnen sesshaft. Einige zogen umher und halfen, wo immer ihr Weg sie hinführte.

Als die Zauberer immer mächtiger und die Angst vor ihnen größer wurde, gerieten auch die Bronnéa ins Visier der Menschen. Nicht alle verstanden, dass ihre Gabe anders war als die der Zauberer. Die Bronnéa nahmen nur, was die Natur ihnen freiwillig gab. Keiner von ihnen raubte seiner Umwelt Energie, um seine Magie zu wirken.

Deshalb ist meine Magie so anders. Ich bin keine Zauberin.

In den Augen der Menschen war Magie jedoch Magie – und damit gefährlich. Immer wieder gab es Übergriffe auf Bronnéa, einige wurden getötet, manche verbannt. Und je mehr die Bedrohung aus Thanasses wuchs, desto mehr wandten sich die Menschen vom Glauben ab.

Doch nicht nur die Menschen verfolgten die Bronnéa. Auch die Zauberer machten Jagd auf sie, aus Angst, dass sie sich mit den Fürsten gegen sie verbünden könnten. Viele ließen ihr Leben bei Übergriffen, auch Rissas Eltern. Die Gemeinschaft der Bronnéa war auf ein Dutzend dezimiert worden. Hatten sie es bisher vermieden, Partei in diesem Konflikt zu ergreifen, war ihnen schließlich keine Wahl mehr geblieben. Wenn sie nichts gegen die Zauberer unternahmen, würde diese sie endgültig auslöschen. Deshalb waren die Letzten von ihnen unter Celedans Führung zusammengekommen, um die Fürsten zu unterstützen. Und sie – Rissa – war eine von ihnen gewesen.

Sie war auch eine der Ersten gewesen, die gefallen waren.

Vor zwei Jahren hatte der Mann, der sich als ihr Vater ausgab, sie ins Leben zurückgeholt. Nach allem, was er ihr über das Erwecken von Toten erzählt hatte, konnte er es unmöglich aus eigener Kraft geschafft haben. Die Kuhlen, die ihr Grab umgaben, deuteten auf den Einsatz eines Artefakts hin. Hatte er nicht selbst gesagt, dass es ohne ein Artefakt nicht möglich war? Damals, als sie den Pergamentschmetterling zum Leben erweckt und damit seinen Zorn heraufbeschworen hatte?

Dalkur hatte sie nur aus einem einzigen Grund ins Leben zurückgeholt: damit sie die Essenz der Magie für Falinn aufspüren konnte. Die Bronnéa waren die Einzigen, denen die Gabe des Aufspürens in die Wiege gelegt war. Deshalb hatte Dalkur sie gebraucht. Er selbst war nicht dazu imstande, und offenbar kannte er auch sonst keinen noch lebenden Zauberer, der es konnte. Plötzlich verstand sie auch, warum ihre Erinnerungen so verschwommen und oberflächlich waren. Die Bälle, der verletzte Junge, der ihr Freund hätte sein können, die Reisen mit ihrem Vater – nichts davon war je passiert. Dalkur hatte ihr diese Bilder eingegeben, größtenteils, um sie nach seinem Willen zu lenken und zu formen. Sie war nicht seine Tochter. Sie gehörte nicht einmal in diese Zeit. Sie war eine Bronnéa. Gestorben vor mehr als vier Jahrzehnten im

Kampf gegen die Zauberer und ihre Dunklen Krieger. Und jetzt war sie wieder hier. Magie hatte sie ins Leben zurückgeholt.

46

Als Elathar am Morgen die Augen aufschlug, bemerkte er sofort, dass mit Rissa etwas nicht stimmte. Sie lag reglos unter ihrer Decke, den Blick starr in den Himmel gerichtet. Ihre Augen waren gerötet, als hätte sie geweint. Behutsam streckte er die Hand nach ihr aus. Bevor er sie jedoch berühren konnte, streifte sie die Decke ab und stand auf. Beim Frühstück suchte sie sich einen Platz am Rand des Lagers, und als sie schließlich aufbrachen, zog sie sich die Kapuze tief ins Gesicht und folgte ihm schweigend. Sie sprach den ganzen Tag über kein Wort, nicht einmal mit Dainn, der mehr als einmal versuchte, sie zu einer Unterhaltung zu bewegen. Dabei war sie nicht unfreundlich, viel mehr erweckte sie den Eindruck, als würden seine Worte gar nicht bis zu ihr durchdringen. Wo immer sie mit ihren Gedanken war, es musste ein weit entfernter Ort sein.

Am Abend lagerten sie auf einer weiteren Lichtung. Nachdem sie gegessen hatten, zog Rissa sich an einen nahen Bach zurück, um die Schalen auszuwaschen und die Wasserschläuche aufzufüllen. Elathar folgte ihr.

»Sind Eure Albträume zurück?«

Rissa fuhr erschrocken hoch und prallte mit Elathar zusammen, der in ihrem Rücken näher gekommen war. Hastig griff er nach ihren Schultern, um zu verhindern, dass sie nach hinten in den Bach stolperte.

»Vorsicht!« Unwillkürlich zog er sie näher zu sich heran. Sein Blick legte sich auf ihre Lippen, auf denen sich den ganzen Tag nicht einmal der Anflug eines Lächelns gezeigt hatte.

Er hob eine Hand und strich ihr eine Locke aus dem Gesicht. Statt seine Finger zurückzuziehen, vergrub er sie in ihrem Haar und zog sie noch näher zu sich heran.

»Lasst das!«

Mit einem Ruck befreite sie sich aus seinem Griff und schob ihn von sich. Bevor er noch etwas sagen oder sie aufhalten konnte, war sie schon an ihm vorbei. Die Schüsseln hatte sie am Ufer zurückgelassen. Seufzend bückte sich Elathar danach und säuberte sie, ehe er zum Lagerplatz zurückkehrte, wo Rissa sich bereits, in ihre Decke gewickelt, zum Schlafen niedergelegt hatte.

Vermutlich sollte er froh sein, dass sie imstande war, die Distanz zu wahren, wo er es nicht mehr konnte. Als sie ihm jedoch auch am nächsten Tag aus dem Weg ging, begann ihre Zurückweisung mehr und mehr an ihm zu nagen. Er hatte ihre Nähe nie gewollt. Hatte sich eingeredet, dass in seinem Leben kein Platz für eine Frau war. Jetzt jedoch, wo sie deutlich machte, dass sie ihn nicht wollte, begriff er mehr und mehr, wie sehr er sich geirrt hatte.

Nicht einmal Dainn, der ihr von Anfang an nähergestanden hatte als jeder andere, war in der Lage, etwas aus ihr herauszubekommen. »Sie spricht nicht mit mir.« Dainn wirkte nachdenklich und besorgt. »Aber soweit ich es beurteilen kann, ist sie weder krank noch verletzt.«

»Wenn du etwas …«

Dainn nickte. »Sollte ich etwas herausfinden, bist du der Erste, der es erfährt.«

Es hätte ihn trösten sollen, dass sie auch den anderen aus dem Weg ging, stattdessen beunruhigte es ihn. Er konnte sehen, dass sie etwas quälte, sah, wie die Schatten unter ihren Augen beinahe von Stunde zu Stunde tiefer wurden, doch es wollte ihm nicht gelingen, sie zum Reden zu bringen. Oder dazu, ihn überhaupt anzusehen.

Nach zwei Tagen, in denen sich Rissa zunehmend zurückzog, endete der Wald und ging in jenen Landstrich über, an dessen Ende sie das Verdorbene Land erwartete.

Obwohl die Wiesen und Äcker fruchtbar waren, war das Land verlassen. Niemand wollte so nah am Verdorbenen Land leben. Nicht einmal der Fürst von Uryen hatte es länger haben wollen, weshalb es vor Jahrzehnten – zusammen mit Thanasses und dem Verdorbenen Land selbst – der Krone zugefallen war.

Einen Tag später führte sie ihr Weg über eine Wiese voller Wildblumen, einen Hügel hinauf. Auf dem Hügelkamm zügelte Elathar sein Pferd und blickte auf die Ebene, die sich vor ihm erstreckte. Nach den saftigen Wiesen und dem Wald, der hinter ihnen lag, traf der Anblick Elathar bis ins Mark. Er kannte die Geschichten über die letzte Schlacht, wusste, was die Zauberer dem Land angetan hatten, um ihre Magie zu wirken. Doch nichts – nicht einmal der Anblick der toten Lichtung – hatte ihn darauf vorbereitet, es wirklich zu *sehen.* Alles war schwarz und verdorrt. Bar jeden Lebens. Der Boden wirkte, als hätte jemand jedes Grün, jeden Funken von Leben an der Wurzel herausgerissen und den kahlen Boden mit Flammen geschwärzt. So weit das Auge reichte, war kein Tier zu sehen, kein Anzeichen von Leben. Nur schwarzes, totes Land.

Verdorbenes Land.

Die anderen hatten ihre Pferde neben ihm zum Stehen gebracht. In ihren Gesichtern zeigte sich dieselbe Erschütterung, die auch Elathar verspürte.

»Auf der anderen Seite dieses Landstrichs liegt Thanasses. Lasst uns sehen, dass wir es so schnell wie möglich erreichen!« Er trat seinem Pferd in die Flanken und preschte los.

47

Drei Tage waren vergangen seit jener Nacht, die alles verändert hatte. Drei Tage, in denen Rissas Gedanken kaum zur Ruhe gekommen waren. Es überraschte sie, dass sie es nach ihrer Entdeckung überhaupt geschafft hatte, zum Lager zurückzukehren und wieder unter ihre Decke zu schlüpfen. Am liebsten hätte sie sich neben ihrem Grab zusammengerollt und nicht mehr vom Fleck gerührt.

Ich war tot. Bin tot? Ihr Herz schlug, ihre Haut fühlte sich warm an, trotzdem wusste sie nicht, was sie war. Doch immerhin begriff sie jetzt, was die alte Malyn ihr zu sagen versucht hatte. *Deine Hände sind so kalt wie der Tod, der dir innewohnt.* Es waren die Hände eines Leichnams, die Malyn gespürt hatte. *Du musst dich erinnern.*

Das tat sie jetzt. Auch wenn sie wünschte, es wäre anders. Womöglich gab es Erinnerungen, die besser auf immer vergessen blieben. So wie die an den eigenen Tod. Wann immer sie daran dachte, glaubte sie den Schmerz zu spüren, den die Klinge in ihrem Innersten entfacht hatte. Derselbe Schmerz, der sie auch überkommen hatte, sobald sie versucht hatte, den Nebel der falschen Erinnerungen zu durchdringen, der über ihrer Vergangenheit lag.

Bei den Göttern! Die ganze Zeit über hatte sie geglaubt, in ihren Träumen ihre mögliche Zukunft zu sehen. In Wahrheit jedoch war es ihre Vergangenheit gewesen. Das Ende ihres Lebens.

Aber warum war es wichtig, dass sie sich an etwas erinnerte, das vier Jahrzehnte zurücklag? Was sollte sie damit anfangen?

Beinahe ununterbrochen hatte sie sich während der letzten Tage und Nächte den Kopf darüber zerbrochen, doch abgesehen davon, dass es schmerzte, wollte es ihr nicht gelingen, einen Nutzen in ihren Erinnerungen zu erkennen. Tatsächlich machte es ihr zu schaffen. So sehr, dass sie die Nähe der anderen kaum aushielt. Sie war tot! Was hatte sie noch unter den Lebenden verloren?

Noch nie, weder in diesem noch in ihrem vorherigen Leben, hatte sie sich derart entwurzelt gefühlt. Verwirrt und allein. Obwohl sie gewusst hatte, dass ihr *Vater* sie nur als Werkzeug benutzen wollte, hatte sie ein schlechtes Gewissen gehabt, sich gegen ihn zu stellen. Als sie Elathar offenbart hatte, dass er ein Zauberer war, war sie sich wie eine Verräterin vorgekommen. Dabei hatte er sie all die Jahre belogen und betrogen! Diesem Mann war sie nicht das Geringste schuldig.

Mit den Erinnerungen an ihr Leben war auch die Erinnerung daran zurückgekehrt, was sie wirklich über Magie wusste – nicht nur die Bruchstücke, die Dalkur ihr offenbart oder die sie selbst herausgefunden hatte. Erstaunlicherweise schien vieles von dem, was sie sich selbst angeeignet hatte, aus ihrem Unterbewusstsein zu stammen. Wissen, das über die Grenze von Leben und Tod hinweg erhalten geblieben war. Das erklärte auch, warum sie so sicher gewesen war, dass die Vernichtung der Essenz auch das Ende der Seelenlosen bedeutete. Nur welche Auswirkungen es auf sie selbst haben würde, wusste sie noch immer nicht.

Ihr Wissen war noch da, doch die Welt hatte sich verändert. Sie konnte sich nicht länger vorstellen, eine Priesterin zu werden. Der Glaube, dem sie angehörte, existierte ohnehin nicht mehr. Ebenso wenig wie ihr Volk. Dennoch fühlte sie sich der Lebensweise der Bronnéa noch immer verbunden. Schon immer hatte sie in diesem Leben das Gefühl gehabt, dem Alten Glauben näher zu sein als der Kirk Tharennae. Jetzt kannte sie den Grund dafür.

Rissa saß mit untergeschlagenen Beinen auf dem Boden. Lustlos auf einem Stück Dörrfleisch kauend, beobachtete sie die Männer, die im Kreis zusammensaßen und sich leise unterhielten. Seit sie das Verdorbene Land erreicht hatten, sprachen sie nur noch mit gedämpfter Stimme. Als fürchteten sie, jemanden auf sich aufmerksam zu machen, wenn sie zu laut sprachen. Die Dunklen Krieger. Hieß es nicht, dass sie auch heute – Jahrzehnte nach ihrem Tod – noch immer umgingen? Allein der Gedanke daran, noch einmal einem der Krieger zu begegnen, die ihr das Leben genommen hatten, ließ Rissa schaudern.

Je näher sie der Metropole kamen, desto angespannter wurde die Stimmung. Die Männer zogen sich nicht länger gegenseitig auf, und selbst Larric hatte aufgehört, Witze zu reißen.

Nachdenklich sah Rissa zu, wie Dainn und Kestan die Pferde versorgten. Schon bald würden sie die Mittagsrast beenden und wieder aufbrechen. Von Zeit zu Zeit schaute Dainn zu ihr herüber. Sie wich seinem Blick nicht aus, doch sie wollte auch mit ihm nicht sprechen. Zu ihrer Erleichterung hatte er es nur einmal versucht. Sobald er gemerkt hatte, dass sie seine Fragen nicht beantworten würde, hatte er aufgegeben und sich stattdessen darauf verlegt, sich mit Blicken mit ihr zu verständigen. Wie so oft während der letzten Tage nickte sie ihm auch jetzt stumm zu. Ein winziges Signal, das ihm zu genügen schien.

Elathar war weit weniger genügsam. Ganz egal, wie sehr sie ihn auch vor den Kopf stieß, er hörte nicht auf, sich zu erkundigen, ob es ihr gut ging. Natürlich tat es das nicht – das musste er ebenfalls wissen –, trotzdem stellte er die Frage jeden Morgen und Abend aufs Neue. Und damit verbunden erneuerte er das Angebot, dass er da wäre, wenn sie reden wollte. Jedes Mal, wenn sie ihn ansah, rechnete sie damit, dass er aufgegeben hatte. Dass er sich nicht länger für sie interessierte. Oder dafür, warum sie sich so abweisend benahm. Sie wartete auf den Moment, in dem er nicht mehr in ihre Richtung schaute. Doch beinahe jedes Mal, wenn sie zu ihm sah, trafen sich ihre Blicke. Er mochte angesichts ihres Verhaltens wütend auf sie sein, vielleicht auch ratlos, aber er hatte sie noch nicht aufgegeben. Und das war das Schlimmste, was er ihr antun konnte. Zu spüren, wie er sich sorgte und herauszufinden versuchte, was los war, schürte eine Hoffnung in ihr, die sie sich jetzt noch weniger erlauben durfte als noch vor ein paar Tagen.

Während der vergangenen Tage war sie mehr als einmal versucht gewesen, ihm alles zu erzählen. Doch das konnte sie nicht. Deshalb zog sie sich zurück. Und je länger ihr Schweigen andauerte, desto weiter schien die Mauer aus Geheimnissen anzuwachsen, die sich zwischen ihnen erhob.

Nähe offenbart Geheimnisse. Vertrauen kann dich umbringen. Zumindest damit hatte Dalkur sie nicht belogen. Selbst wenn es ihr gelänge, Elathar begreiflich zu machen, was mit ihr geschehen war, konnte sie ihm nicht die Wahrheit sagen. Er würde es nicht verstehen. Bronnéa oder nicht, für Elathar wäre sie eine Zauberin. Sie hatte erlebt, dass seine Männer keinen Unterschied zwischen den beiden Formen der Magie machten. Ganz ähnlich wie die Menschen damals, die aus Furcht vor den Zauberern auch ihr Volk verfolgt und getötet hatten. Aber konnte man jemanden umbringen, der längst tot war?

Verstohlen sah sie zu Elathar und schlug die Augen nieder, als sich ihre Blicke trafen. Ihre Augen brannten, und es dauerte einen Moment, bis sie begriff, dass sie kurz davor war, in Tränen auszubrechen.

Den Blick auf den Boden gerichtet, blieb ihre Aufmerksamkeit an etwas neben ihrem Oberschenkel hängen. Ein Pflanzenstiel, der wie eine Totgeburt aus der Erde ragte. Dunkelbraun, fast schwarz, und vertrocknet. Ohne Leben. Überall im

Verdorbenen Land hatte der Boden Ähnlichkeit mit einem verbrannten Acker. Nur dass es keine verkohlten Pflanzen mehr gab, die einst hier gewachsen waren. Ihre Überreste waren längst zerfallen und vom Wind davongetragen worden. Dieser Stiel war das erste Anzeichen von Bewuchs, das sie sah. Vorsichtig streckte sie die Hand danach aus. Als ihre Fingerspitze den Stängel berührte, war sie überzeugt davon, dass er zu Staub zerfallen würde. Doch er fühlte sich fest an, nicht wie eine Pflanze, die seit vier Jahrzehnten kein Leben mehr in sich trug. Rissa sah sich um. Tatsächlich entdeckte sie an mehreren Stellen ähnliche Stiele. Kaum länger als ihr kleiner Finger und so tot wie der Rest der Umgebung.

Versuchte das Land, sich zu heilen? Doch wo sie auch hinsah, nirgendwo fand sie ein Anzeichen von Grün. Was die Erde hervorbrachte, war so tot wie die Zauberer, die sie zerstört hatten. Es war ein herzzerreißender Anblick.

Was, wenn sich das ändern ließe? Den Finger noch immer auf dem Stiel ruhend, ließ sie ein wenig Energie in ihre Fingerspitze fließen. Sie rechnete damit, auf eine Barriere zu stoßen, so wie jedes Mal, wenn sie versuchte, einem Todgeweihten ihre Energie zu geben – doch da war nichts. Keine Mauer. Nichts. Tatsächlich fühlte es sich an, als würde die Pflanze regelrecht um ihre Energie betteln. Das ganze Land hier schrie danach, mit Leben erfüllt zu werden. Und war es nicht gerecht, jene Energie, die sie aus ihrer Umwelt bezog, an eben diese zurückzugeben? Immer weiter und weiter ließ sie die Energie fließen, ein Unterfangen, das weit mehr Kraft kostete, als einen Zauber zu wirken. Doch zu sehen, wie sich die Pflanze veränderte, die Farbe des Stiels von beinahe Schwarz zu dunklem Braun, dann zu hellerem Braun und schließlich zu einem zarten Grün wechselte, war es wert. Als sie schließlich die Hand zurückzog, war ihr schwindlig, trotzdem konnte sie beim Anblick der Pflanze ein Lächeln nicht unterdrücken. Sie hatte Leben erschaffen. Nicht durch Magie, sondern nur durch Energie. Dieselbe Energie, die diesem Landstrich einst gewaltsam genommen worden war. Rissa wusste nicht, ob diese eine Pflanze einen Unterschied machte, ob sie der Anfang von neuem Leben in diesem Landstrich war. Trotzdem fühlte es sich gut an.

48

Nach zwei weiteren Tagen erreichten sie endlich Thanasses.

Die Metropole war ein Ort von derart gigantischen Ausmaßen gewesen, dass selbst ihre Ruinen schon von Weitem auszumachen waren.

»Endlich«, seufzte Jestar. »Lasst es uns hinter uns bringen.«

Rissa sah, dass Elathar kurz davor war, sein Pferd anzutreiben. »Wartet!«, rief sie. »Was ist mit den Dunklen Wächtern?«

»Wenn ich wetten müsste, würde ich sagen, sie sind nichts weiter als eine Legende, die die Leute davon abhalten soll, die Ruinen zu plündern«, sagte Dainn, der sein Pferd neben ihr zum Stehen gebracht hatte. Als er Rissas Blick sah, fügte er hinzu: »Oder sie sind eine real existierende Gefahr.«

Neben den Seelenlosen waren die Dunklen Wächter die Beschützer der Metropole gewesen. Krieger, die ihre Treue den Zauberern geschworen hatten und die durch die Magie ihrer Herren zu tödlichen Gegnern geworden waren. Rissa war nicht mehr da gewesen, um mit eigenen Augen zu sehen, was aus ihnen geworden war. Die Geschichten jedoch, die sie gehört hatte – nicht zuletzt von Dalkur –, berichteten davon, dass keiner der Dunklen Wächter die letzte Schlacht überlebt hatte. Durch die Magie jedoch waren sie auch im Tod noch immer an ihre Aufgabe gebunden. Wie rachsüchtige Geister durchstreiften sie die Ruinen der Metropole, die sie einst zu schützen geschworen hatten.

Dainn hatte recht, das Ganze hörte sich wie eine erfundene

Geschichte an. Etwas, das man den Leuten erzählte, um sie von einem Ort fernzuhalten. Rissa war sich allerdings sicher, dass es die Wahrheit war. Warum sollte Dalkur ihr von Gefahren erzählen, die nicht existierten, wenn diese Geschichten auch Rissa davon abhalten konnten, die ihr zugedachte Aufgabe zu erfüllen? Hatte nicht selbst Falinn von den Dunklen Wächtern gesprochen und davon, dass seine Seelenlosen sie ablenken sollten, um Rissa den Weg in die Katakomben zu ebnen?

Kestan verdrehte die Augen. »Glaubt außer Dainn noch jemand an Geister?«

»Niemand redet von Geistern«, sagte Dainn. »Aber Rissa hat recht, wir sollten einfach vorsichtig sein. Wenn es keine Dunklen Wächter gibt, könnte es jede Menge anderer Fallen geben. Eine Horde Räuber, die sich hier niedergelassen hat. Oder Reste von Magie, die nur darauf warten, dass ein paar Trottel kommen und geradewegs hineintappen.«

Die Männer sahen Elathar an.

»Wir gehen kein Risiko ein. Kein wilder Galopp und kein blindwütiges Vordringen. Seht euch genau um und achtet auf Fallen. Seid auf alles gefasst.« Sein Blick richtete sich auf Rissa. »Achtet darauf, dass immer mindestens zwei von uns in Eurer Nähe sind.«

Totes Erdreich stieg in kleinen Staubwolken in die Luft, als sie langsam weiterritten. Je näher sie der Metropole kamen, desto unruhiger wurde Rissa. *Mit deiner Magie wirst du das Ende eines Zeitalters besiegeln*, hatte Malyn gesagt. Obwohl ihre Erinnerungen zurückgekehrt waren, ergaben die Worte keinen Sinn. Welches Zeitalter war gemeint? Das der Zauberer? Falinns Herrschaft? Waren es ihre Kräfte, die ihm Einhalt gebieten konnten? Was auch immer die Alte gemeint haben mochte, eines stand zweifelsfrei fest: Dies war der Ort, für den sie bestimmt war. Der Ort, an dem sich ihr Schicksal erfüllen würde. Das spürte sie bis in die letzte Faser ihres Körpers.

Sie waren noch nicht lange unterwegs, da ließ Elathar die Gruppe anhalten. Er deutete auf einen rechteckigen Stein, der aus der schwarzen Erde ragte. »Ein Grenzstein«, sagte er. »Dahinter beginnt das Gebiet der Metropole.«

Schon von hier aus waren die Überreste von Thanasses deutlich zu erkennen. Wie drohendes Unheil erhob sich die Metropole der Zauberer vor ihnen, die Steine geschwärzt vom Alter und von Magie. Große Teile waren eingestürzt, andere noch immer intakt und scheinbar unversehrt, umgeben von Geröll und herabgestürzten Mauersteinen.

Rissa hatte die Stadt nur ein einziges Mal zu Gesicht bekommen, einen Tag bevor sie gestorben war. Auch damals war sie nicht näher herangekommen, trotzdem konnte sie sich erinnern, wie riesig sie selbst aus sicherer Entfernung erschienen war. Genau genommen handelte es sich bei der Metropole nicht um eine Stadt, sondern um eine Festung, an die im Laufe der Jahrhunderte immer wieder angebaut worden war. Ein Sammelsurium, bestehend aus einem gewaltigen Hauptbau, dessen Rückseite unmittelbar an die Steilküste angrenzte, einer Vielzahl an Türmen und einer Flut weiterer Gebäude, die dem Hauptbau nur wenig an Größe nachstanden. Außen herum drängten sich unzählige größere und kleinere Bauten, die meisten davon durch Treppen oder Brücken miteinander verbunden, von denen nur noch Reste erkennbar waren. Kaum eines der Gebäude verfügte noch über ein Dach, und wenn, war es löchrig und schief, große Teile der Wände waren eingestürzt, die Türme zusammengebrochen. Die Steine waren geschwärzt von den Feuern, die hier gewütet hatten, und dort, wo sie von den Flammen verschont geblieben waren, von dicken Teppichen aus Flechten und Moos überzogen. Von der Mauer, die einst die Metropole nach außen geschützt hatte, ragten nur noch verkohlte Reste aus dem Boden wie faulige Zahnstümpfe.

Bordan rieb sich über die schweißnasse Glatze. »Wo bei allen Neun Höllen sollen wir da drin diese Essenz finden?«

»In den Katakomben«, sagte Rissa.

Elathar zog eine Augenbraue in die Höhe. »Woher wollt Ihr das wissen?«

»Falinn hat gesagt, dass sie dort sein soll. Abgesehen davon erzählen die Legenden davon, dass Nakkon Sawans Leichnam in den Katakomben *unter* der Metropole liegt.«

»Der Erste Zauberer.« Larric schüttelte ungläubig den Kopf. »Ich kann nicht glauben, dass wir das wirklich tun wollen.«

»Du meinst, dass Falinn das tun will«, meinte Jestar. »Wir versuchen nur, schneller zu sein. – Die Geschichten sind wahr!«

»Über den Ersten Zauberer?«

»Über die Dunklen Wächter.«

Als Rissa in die Richtung sah, in die Jestar zeigte, wurde ihr eiskalt. Ein Dutzend Dunkler Wächter war nicht einmal zwanzig Meter von ihnen entfernt aus dem Nichts erschienen. Sie hatten die Schwerter gezogen und trugen schwere Rüstungen – und trotzdem war kein Laut zu hören. Sie sahen genauso aus, wie Rissa sie in Erinnerung hatte. Nur dass diese Erinnerung sie umbringen konnte. Noch einmal.

Die Pferde witterten die nahe Gefahr. Rissa fasste die Zügel fester, um das Tier ruhig zu halten.

»Greifen wir an, Hauptmann?«, fragte Kestan, ohne den Blick von den Kriegern zu nehmen, die sich in tödlicher Stille näherten.

Elathar schüttelte den Kopf. »Noch nicht.« Sein Blick glitt den Boden entlang, erst nach rechts, dann nach links, ehe er sich seinen Männern zuwandte. »Die Wächter schützen die Metropole. Eine Aufgabe, die sie offenbar selbst im Tod nicht vergessen haben. Wenn ich richtigliege, können sie uns nichts anhaben, solange wir hinter den Grenzsteinen – und damit außerhalb der Metropole – bleiben.«

»Und wenn du dich irrst?«, wollte Dainn wissen.

»Dann kämpfen wir.«

»Gegen alle?« Bordan kniff die Augen zusammen. »Ich glaube, da hinten kommen noch mehr.«

»Nur so weit, dass der Rückzug frei ist. Geht kein Risiko ein«, befahl Elathar. »Rissa, Ihr kommt hinter Dainn und mich! Rissa!«

Erst beim zweiten Mal gelang es ihr, den Blick von den Dunklen Kriegern loszureißen und ihn anzusehen.

»Hinter mich!«

Für einen Moment glaubte sie, sie hätte schlicht vergessen, wie man sich bewegte. Dann zog sie am Zügel und lenkte ihr Pferd an die Stelle, die Elathar ihr zugewiesen hatte. Gemeinsam mit den anderen zogen sie sich ein ganzes Stück von den Grenzsteinen zurück, ehe Elathar ein Zeichen gab anzuhalten.

»Haltet Euch bereit«, sagte er an Rissa gewandt. »Wenn ich es sage, reitet, was das Zeug hält. Bleibt nicht stehen, solange noch eine dieser Kreaturen in der Nähe ist.«

Sie nickte, die Augen wieder in Richtung ihrer Mörder gerichtet. Mit angehaltenem Atem beobachtete sie, wie die Dunklen Wächter sich den Grenzsteinen näherten. Der Wind stand günstig, sie hätte das Klirren der Kettenhemden und das Stampfen ihrer Stiefel hören müssen, doch noch immer verursachten sie keinen Laut. Je näher sie rückten, desto schwieriger wurde es für Rissa, ruhig zu bleiben. Sie glaubte, den Blick des Dunklen Wächters zu sehen, als er sie mit seiner Klinge durchbohrte, glaubte, den Schmerz in ihren Eingeweiden zu spüren. Ihre Handflächen waren schweißnass und ihre Hände zitterten.

Dainn deutete ihre Reaktion falsch. »Keine Sorge, die werden uns nicht kriegen.«

Rissa hätte ihm gern ein beruhigendes Lächeln geschenkt, oder zumindest einen Blick, aber sie war nicht in der Lage, sich zu bewegen. Alles, was sie tun konnte, war, die Krieger anzustarren, die sich unaufhörlich den Grenzsteinen näherten. Jene Krieger, von denen einer ihr Leben auf dem Gewissen hatte.

Nur noch wenige Schritte trennten die Dunklen jetzt noch von der unsichtbaren Linie, die die Grenzsteine verband. Je näher sie kamen, desto langsamer wurden sie. An der Grenze angekommen, hielten sie inne. Elathar trieb sein Pferd ein Stück voran, den Dunklen Wächtern entgegen. Die Krieger fächerten sich entlang der unsichtbaren Grenze auf, die Schwerter noch immer erhoben, doch sie übertraten sie nicht. Die Luft um sie herum flirrte, und ihre Rüstungen schienen das Licht aus der Umgebung zu saugen, was ihre Umrisse verschwommen und schemenhaft wirken ließ. Wie die Gestalt aus Rissas Traum.

Als Elathar sich parallel zur Grenze bewegte, folgten ihm die Wächter in tödlicher Präzision, ohne sich ihm jedoch zu nähern. Er versuchte es in jeder Richtung, näherte sich ihnen schließlich sogar frontal, bis ihn nicht einmal mehr zwei Pferdelängen von den feindlichen Kriegern trennten. Es war immer dasselbe: Die Krieger folgten seiner Bewegung, bereit, jederzeit zuzuschlagen, blieben aber auf ihrer Seite der Grenze.

»Die Grenze hält sie tatsächlich auf«, sagte Dainn, als Elathar schließlich zu ihnen zurückkehrte. »Bleibt nur die Frage, wie kommen wir an ihnen vorbei?«

Elathar warf einen Blick zum Himmel. »Es wird bald dunkel. Wir suchen uns erst mal einen Platz für die Nacht. Bis zum Morgen sollten sie sich wieder zurückgezogen haben. Wenn wir Glück haben, finden wir einen Zugang zu diesen Katakomben, bevor sie wieder auf uns aufmerksam werden.«

»Wenn du mich fragst, wissen sie in dem Moment, dass wir da sind, in dem wir uns der Grenze nähern«, überlegte Dainn. »Wie sonst sollten sie jetzt auf uns aufmerksam geworden sein?«

»Sie könnten uns schlicht und ergreifend gesehen haben.« Elathars Blick war noch immer auf die Wächter gerichtet. Reglos wie Statuen harrten sie der Eindringlinge, bereit, jeden zu töten, der das Land betrat, das zu schützen sie geschworen hatten.

»Wenn wir diese Katakomben finden«, sagte Larric. »Was, wenn sie uns da unten aufspüren?«

»Das werden sie nicht«, sagte Rissa. »Ich habe gehört, wie Falinn davon sprach, dass sie an die Außenanlagen gebunden sind.«

»Dann müssen wir also nur einen Eingang finden«, überlegte Elathar. »Darum kümmern wir uns morgen. Jetzt lasst uns einen Lagerplatz suchen, den sie nicht einsehen können.«

Hinter einem Hügelkamm, außer Sichtweite der Dunklen Wächter, fanden sie eine Gruppe Felsen, in deren Schutz sie sich niederließen. Obwohl die Nächte, ungeachtet der Hitze des Tages, inzwischen kühl waren, verzichteten sie auf ein Feuer. Sie wussten nicht, wie die Sinne der Dunklen Wächter funktionierten und ob sie überhaupt imstande waren, wahrzunehmen, was außerhalb ihrer Grenzen geschah, doch Elathar wollte kein Risiko eingehen. »Morgen früh werden wir entlang des Hügels weiter nach Osten reiten, bevor wir uns erneut der Grenze annähern«, verkündete er seinen Plan. »Dort gibt es abgestorbene Bäume und einige Ruinen, die wie ein altes Gehöft aussehen. Wenn die Wächter unsere Gegenwart spüren können, ist es unerheblich. Wenn sie das nicht können und uns einfach gesehen haben, wird uns die Deckung helfen, unbemerkt über die Grenze zu kommen.«

Als Rissa ihr Pferd absattelte, kam Dainn zu ihr. »Wir werden den Zugang nicht finden, oder?«

Sie schüttelte den Kopf. Vielleicht wären sie imstande, die Katakomben ohne ihre Hilfe zu finden, doch nicht, wenn Elathar plante, innerhalb der Grenzen danach zu suchen. Die Dunklen Wächter würden sie alle umbringen. Rissa erinnerte sich jedoch daran, dass Celedan einmal von einem Zugang außerhalb der Grenzen der Metropole gesprochen hatte. Der Zugang hätte eine Rolle für die Eroberung der Metropole spielen sollen, bevor es jedoch dazu kommen konnte, waren die Zauberer in die Offensive gegangen und hatten ihre Krieger in die Schlacht geschickt.

»Heute Nacht, wenn alle schlafen, werde ich mich umsehen.«

»Du gehst auf keinen Fall allein!«

»Mach dir keine Sorgen, ich werde nicht in die Nähe der Wächter kommen.« Das war das Letzte, was sie vorhatte. »Ich glaube, es gibt einen Zugang außerhalb der Grenze.«

49

Es war dunkel und empfindlich kühl, als Rissa mitten in der Nacht das Lager verließ. Dainn hatte sie zum Beginn seiner Wache geweckt. Glücklicherweise mussten sie leise sein, um die anderen nicht zu wecken, andernfalls hätte er sicher noch einmal versucht, ihr ihr Vorhaben auszureden. Jetzt war es zu spät. Auch dafür, es sich noch einmal anders zu überlegen. Sie hatte sich der Grenze an der Stelle genähert, an der Elathar die Ruinen und die Überreste der Bäume entdeckt hatte. Die Nacht war wolkenlos, und der Mond erhellte ihren Weg, weshalb es ihr nicht schwerfiel, die Grenzsteine auszumachen, denen Flechten und Moos offenbar nichts anhaben konnten. Darauf bedacht, nicht auf die falsche Seite der Grenze zu geraten, folgte sie ihrem Verlauf weiter nach Osten.

Schon seit einer Weile spürte Rissa die Magie, die wie ein Schleier über allem lag. Heute Nachmittag hatte sie der Anblick der Dunklen Wächter zu sehr aufgewühlt, um auf etwas anderes zu achten als auf die todbringenden Krieger. Jetzt jedoch waren ihre Sinne erfüllt von Magie. Sie war überall. Warm wie ein Herdfeuer und tröstlich wie eine Umarmung lag sie in der Luft. Rissa ließ ein wenig ihrer eigenen Energie frei, sandte sie aus, um nach einer stärkeren Konzentration von Magie zu suchen, die in den Katakomben zweifelsohne herrschen musste. Und da war sie! So stark, dass sie beinahe glaubte, einen Faden vor sich zu sehen, der ihren Weg markierte. Ohne zu zögern, folgte sie der Magie.

Sie war sich der Dunklen Wächter auf der anderen Seite

der Grenze bewusst, doch die Wärme und Zugkraft der Magie waren stärker als die Furcht, die die Nähe der Krieger in ihr auslöste. Ein- oder zweimal glaubte sie, einen Schatten in der Dunkelheit auszumachen, der sich parallel zu ihr bewegte. Als lauerte er nur darauf, dass sie die Grenze überschritt.

Die Ruinen der Gebäude lagen noch nicht weit hinter ihr. Der Boden war uneben, tote Erde wurde mehr und mehr von Felsen abgelöst, die sich rasch zu einem zerklüfteten Labyrinth aus Stein ausweiteten. Hinter den Felsen verborgen lag der Zugang, schmal und niedrig und für das bloße Auge kaum zu erkennen. Für Rissa jedoch, die von der Magie geleitet wurde, war er nicht zu übersehen.

Das Mondlicht reichte kaum eine Handbreit hinein. Danach wartete die Finsternis. Rissa hob zwei faustgroße Steine vom Boden auf und schlug sie gegeneinander, bis Funken flogen. Sofort sandte sie ihre Energie aus, um einen davon aufzufangen. Wie erstarrt schwebte er in der Luft, ein kleiner glühender Punkt. Sie ließ die Steine fallen, schloss ihre Handfläche um den Funken und sandte einen weiteren Energiestoß aus. Als der Funken zu einem faustgroßen Ball aus Feuer angewachsen war, beendete sie den Fluss der Energie. Sie rechnete damit, sich zu verbrennen, doch das Feuer strahlte zwar Licht, aber keine Wärme ab. Vorsichtig kippte sie ihre Hand leicht zur Seite. Der Feuerball bewegte sich nicht. Selbst als sie den Arm sinken ließ, ruhte er unverändert in ihrer Handfläche.

Mit dem Licht in der Hand duckte sie sich und schlüpfte in den Zugang. Nach drei Schritten weitete sich die schmale Öffnung zu einem Gang, hoch genug, um aufrecht zu stehen, und breit genug für drei Männer. Das also waren die Katakomben. Jetzt musste sie nur noch Nakkon Sawans Grabstätte finden. Sobald sie wusste, wo sich die Essenz befand, würde sie die Katakomben verlassen. Dann musste sie nur noch dafür sorgen, dass die Männer den Zugang finden konnten.

Sie würde Dainn sagen, wo sie suchen mussten. Mit seiner Hilfe sollte es gelingen, die Männer unauffällig in die richtige Richtung zu lenken.

Mit festen Schritten folgte sie dem Gang, der beständig nach unten führte, auf der Suche nach weiteren Gängen und Abzweigungen, die unweigerlich kommen mussten. Einmal glaubte sie, ein Knirschen hinter sich zu hören. Abrupt hielt sie inne und lauschte. Stille. Langsam wandte sie sich um und streckte den Arm nach vorne, damit das Licht in ihrer Hand die Dunkelheit durchbrach. Ein Schatten am Rande des Lichtkranzes ließ sie zusammenzucken. Im ersten Moment glaubte sie, einen Dunklen Wächter zu sehen. Dann jedoch trat die Gestalt vor. Und was sie sah, war schlimmer als jeder Wächter. Erschrocken riss sie die Hand zurück, als könnte sie dadurch den Ball aus Licht darin verbergen.

Rissa wollte kehrtmachen und davonlaufen, doch ihre Beine wollten ihr nicht gehorchen. Als wären ihre Füße eins mit dem Stein geworden, stand sie da und starrte auf die Gestalt, die unaufhaltsam näher kam. Ihre Hände zitterten, das Licht bebte und ließ die Schatten bedrohlich über den Fels zucken.

Rissa setzte an, etwas zu sagen, doch ihr Mund war trocken vor Furcht, ihre Zunge klebte an ihrem Gaumen. Sie schluckte zweimal heftig. »Ihr solltet warten, bis ich die Essenz gefunden habe«, stieß sie hervor. »Wenn Ihr mich vorher tötet, werdet Ihr sie niemals aufspüren. Dann hat Falinn gewonnen.«

Elathar blieb so dicht vor ihr stehen, dass er nur die Hand ausstrecken brauchte, um ihr einen Dolch zwischen die Rippen zu stoßen. Oder das Genick zu brechen. Endlich konnte sie sich wieder bewegen. Ein erster Schritt nach hinten, dann noch einer. Als sie weiter zurückweichen wollte, schoss Elathars Arm nach vorne. Er packte sie am Handgelenk und verhinderte, dass sie herumfahren und davonlaufen konnte.

Verflucht, er hatte nicht einmal eine Laterne bei sich! Um hier unten nicht vollkommen blind zu sein, musste er ihr bereits beim Betreten des Gangs dicht auf den Fersen gewesen sein. Und sie hatte es nicht bemerkt!

Sie versuchte, sich loszureißen. »Wir müssen die Essenz finden, bevor –«

»Bevor was? Ich Euch umbringe?«

Sie wollte nicken, doch sie konnte nur noch den Kopf hängen lassen und auf den Fels zu ihren Füßen starren. Es war vorbei. Sie konnte nur hoffen, dass er begriff, wie wichtig es war, dass sie die Essenz aufspürte, bevor er tat, was immer er tun musste.

Elathar hob ihren Arm an und betrachtete das Licht in ihrer Handfläche, das sich die ganze Zeit über nicht bewegt hatte. Vorsichtig näherte sich seine andere Hand dem leuchtenden Feuerball. Näher und näher kamen seine Finger, bis er den Flammenkranz schließlich berührte. »Es ist kalt«, sagte er überrascht.

»Mir wäre längst die Hand abgebrannt, wenn dem nicht so wäre.« Die Worte waren ihr einfach so herausgerutscht.

Der Anflug eines Lächelns zuckte in Elathars Mundwinkeln, verschwand jedoch so rasch, wie er gekommen war. Jetzt war es so weit, er würde sie töten, und dann war alles … Mit einem Ruck versuchte sie sich zu befreien und geriet ins Straucheln, als er ihr Handgelenk freigab. Die Freiheit währte nicht lange. Während sie noch versuchte, ihr Gleichgewicht zurückzuerlangen, packte er sie bei den Schultern.

»Hör endlich auf, davonzulaufen und erklär mir, was hier los ist!«

»Ich kann zaubern«, war alles, was ihr einfiel.

»Das sehe ich. Jetzt rede endlich!«

Dass er zum vertraulichen Du übergegangen war, konnte kein gutes Zeichen sein. So sprach man mit Verbrechern, kurz bevor- Rissa streifte den Gedanken ab. Sie musste ihn dazu bewegen, sie zumindest zuerst die Essenz aufspüren zu lassen. Wenn es half, ihre Geschichte zu erzählen, um ihn zu überzeugen, sollte es eben so sein.

»Ich bin keine Zauberin«, begann sie und als sie sah, wie sein Blick zu dem Licht in ihrer Hand wanderte, fügte sie hinzu: »Mein Leben lang dachte ich, meine Gabe sei verkrüppelt. Dabei ist sie nur anders. *Ich* bin anders.«

Mit anfangs stolpernden Sätzen, dann immer sicherer, erzählte sie ihm von ihrem Leben. Davon, wie ihr Vater stets dafür gesorgt hatte, dass sie sich von anderen fernhielt, und dass er all die Jahre nichts anderes getan hatte, als sie im Aufspüren zu unterrichten. Jener Fähigkeit, die Falinn brauchte, um die Essenz zu finden. »Es ist eine seltene Fähigkeit, unter den Zauberern nahezu ausgestorben. Deshalb ließ Dalkur Euch ziehen, als Ihr mich als Geisel genommen habt. Mir durfte nichts zustoßen, denn er und Falinn brauchten mich lebend.« Ihren Zusammenstoß mit Malyn ließ sie dieses Mal ebenso wenig aus wie die Dinge, die die Alte zu ihr gesagt hatte. »Sie wollte, dass ich mich erinnere, ohne mir zu sagen, woran. Je mehr ich mich jedoch mit meiner Vergangenheit befasste, desto deutlicher wurde mir bewusst, wie lückenhaft und verschwommen meine Erinnerungen waren.« Sie erzählte von ihren Versuchen, sich zu erinnern, und von den Schmerzen, die sie dabei jedes Mal überkommen hatten. Als sie schließlich zu jener Nacht im Heiligen Hain von Tarwén kam, geriet sie erneut ins Stocken. Je mehr sie darüber erzählte, was sie in jener Nacht über sich und ihr Leben herausgefunden hatte, desto häufiger verhaspelte sie sich. Immer wieder musste sie innehalten, um ihre Gedanken zu sortieren, und als sie schließlich zu dem Moment kam, an dem sie ihr Grab gefunden und sich ihr die ganze Wahrheit offenbart hatte, liefen ihr Tränen über die Wangen. Trotzdem sprach sie weiter, darüber, was kurz vor ihrem Tod passiert war, welches Leben sie gehabt und zu welcher Gemeinschaft sie gehört hatte. Als sie zum Ende kam, fühlte sie sich ausgelaugt und leer. »Die Lichtung im Wald sah meinetwegen so aus. Dalkur brauchte die Energie, um mich zurückzuholen. Deshalb existiert dort kein Leben mehr.«

Es war alles gesagt. Jetzt konnte sie nur noch warten, welche Schlüsse er aus ihrer Geschichte ziehen würde. Müde senkte sie erneut den Blick.

Elathar, der irgendwann im Lauf ihrer Erzählung ihre Schultern losgelassen hatte, schwieg. So lange, dass sie ihn am liebsten angefleht hätte, er möge endlich etwas sagen. Ganz gleich, was. Beschimpfungen, Wut, Hass. Alles war besser als diese Stille. Sein Schweigen lastete so schwer auf ihr wie die Erde ihres kalten Grabs. Als Dainn die Wahrheit über sie und ihre Magie herausgefunden hatte, war sie in Todesangst gewesen. Voller Verzweiflung und beseelt von dem Wunsch, nicht sterben zu wollen. Genau so sollte sie sich jetzt auch fühlen, doch alles, was sie verspürte, war eine Mischung aus Erschöpfung und einer alles betäubenden Resignation. Für mehr fehlte ihr die Kraft.

»Das ist also der Grund«, sagte er endlich.

Nicht gerade die Worte, die sie erwartet hatte. Und erst recht keine Worte, die Sinn ergaben. Die Verwirrung musste ihr anzusehen sein, denn Elathar schüttelte den Kopf. »Ich dachte, du hättest mir nicht verziehen, dass ich dich entführt habe, und würdest deshalb … Aber in Wahrheit hattest du die ganze Zeit über Angst, dass ich hinter dein Geheimnis kommen könnte, wenn ich dir zu nah komme.«

Es fiel ihr schwer, seinen Worten zu folgen. »Nah kommen? Was würde ich deshalb?«

»Mich abweisen.«

Elathar kam langsam näher. Sie war viel zu sehr von seinen Worten überrascht, als dass sie daran gedacht hätte, zurückzuweichen. Tatsächlich bemerkte sie kaum, dass er sich bewegte, bis er dicht vor ihr stehen blieb.

»Ich habe mir so lange eingeredet, dass in meinem Leben kein Platz für dich ist. Dass ich nicht auf dich aufpassen und gleichzeitig meine Verantwortung den Flüchtlingen gegenüber wahrnehmen kann. Dass du mich nur von meinen Pflichten ablenken würdest.« Er kam noch einen Schritt näher. »Es hat lange gedauert, bis mir klar wurde, dass du sehr gut selbst auf dich achtgeben kannst und mir keine Last, sondern eine Hilfe bist. Aber als ich endlich begriffen hatte, dass du dir längst den Platz in meinem Leben – und in meinem Herzen – erobert hast, den ich dir nicht zugestehen wollte, da …«

»Da hatten wir den Heiligen Hain erreicht«, flüsterte sie.

Er nickte.

In jener Nacht hatte sich alles verändert. »Jetzt würdest du ohnehin nicht mehr … Nicht, nachdem du weißt, dass ich tot bin. Tot war.« Wieder begannen die Tränen zu fließen. »Ich weiß nicht einmal, was ich eigentlich bin.«

»Aber ich weiß es.« Er nahm ihr Gesicht in seine Hände und legte seine Stirn an ihre. Für einen Moment sah er ihr nur in die Augen. Dann küsste er sie. Seine Lippen waren warm und weich, die Berührung zärtlich und zugleich verlangend. Rissa wurde schwindlig, vor Erschöpfung, vor Verwirrung und ein kleines bisschen auch vor Glück. Ihre Knie wurden weich, doch bevor ihre Beine unter ihr nachgeben konnten, schlang Elathar seine Arme um sie, umschloss sie mit seiner Wärme und gab ihr die Kraft, sich aufrecht zu halten. Wie oft hatte sie sich diesen Moment ausgemalt und sich gefragt, wie sich seine Lippen auf ihren anfühlen würden? Nicht im Traum wäre sie auf den Gedanken gekommen, dass es hier und jetzt passieren könnte. Wie konnte er sie küssen, nach allem, was sie ihm erzählt hatte?

Sie löste ihre Lippen von seinen und wollte zurückweichen, doch Elathar gab sie nicht frei. »Du sprühst so vor Leben, wie kannst du auch nur daran zweifeln, dass du lebendig bist?« Er schlang einen Arm um ihre Taille, damit sie ihm nicht entkommen konnte. Mit der freien Hand strich er ihr über die Wange. »Du bist einer der mutigsten und aufrichtigsten …« Lächelnd schüttelte er den Kopf. »Vermutlich sollte ich aufrichtig streichen nach allem, was du mir verschwiegen hast. Aber ich verstehe deine Gründe und kann nicht behaupten, dass ich an deiner Stelle etwas anderes getan hätte. So wie dein angeblicher Vater dich von allem abgeschottet und mit seiner Magie beeinflusst hat, kann ich verstehen, dass du nicht gewagt hast, dich mir anzuvertrauen.« Er hauchte ihr einen Kuss auf die Nasenspitze. »Du bist wundervoll, so wie du bist. Glaubst du ernsthaft, dass es etwas gäbe, das meine Gefühle für dich ändern könnte?«

»Nicht einmal die Magie?«

»Nicht einmal die.« Er fing ihren Blick ein und sah ihr fest in die Augen. »Du bist eine Bronnéa, Rissa, und ich vermag sehr wohl zwischen einem Kind des Bronn und einem Zauberer zu unterscheiden.«

»Was, wenn es anders gewesen wäre? Was, wenn ich …«

»Wenn du eine echte Zauberin wärst? Dann hätte ich wohl einige meiner Überzeugungen neu überdenken müssen.«

»Aber …«

»Ob Zauberin oder Bronnéa, ich könnte dir niemals etwas antun.«

Als er sie dieses Mal an sich zog, wehrte sie sich nicht. Sie verlor sich ganz in der Wärme seiner Umarmung und seines Kusses. Nur widerwillig lösten sie sich schließlich voneinander.

»Wir sollten …«

Elathar nickte. »Wenn wir schon einmal hier sind, sollten wir sehen, ob es der richtige Ort ist.«

50

Seite an Seite folgten sie dem Gang. Rissa war müde und ausgelaugt, doch Elathars Nähe gab ihr Kraft. Die letzten Tage waren schrecklich gewesen, sie hatte sich einsam und verloren gefühlt. Empfindungen, die jetzt mit jedem weiteren Schritt ein Stück mehr von ihr abfielen. Wie ein altes Gewand, das man abstreifte und gegen ein neues, farbenfrohes austauschte. Sie konnte noch immer nicht fassen, wie viel Zeit sie damit verschwendet hatte, sich davor zu fürchten, er könne hinter ihr Geheimnis kommen. Wenn sie geahnt hätte, dass er so reagieren würde …

»Wie hast du mich überhaupt gefunden?«, fragte sie.

»Dainn hat mich geweckt und mir gesagt, dass du das Lager verlassen hast. Da er seinen Wachposten nicht verlassen konnte, wollte er, dass ich nach dir sehe.«

»Das hat er nicht! Dieser … Er hat versprochen …!«

»Er wusste es?« Elathar runzelte die Stirn. »Natürlich! Deswegen hat er dir geholfen, mich davon zu überzeugen, dass ich dich mit nach Thanasses nehme. Er wusste, dass wir dich brauchen! Und als du aus dem Kerker entkommen bist und ich argwöhnte, dass Magie im Spiel sein könnte, da hat er mich bewusst auf eine falsche Fährte gelockt und behauptet, er hätte die Tür nicht verriegelt. Und ich habe ihm geglaubt! Als ob ihm jemals so ein dilettantischer Fehler unterlaufen wäre!«

Etwas Ähnliches hatte Dainn auch gesagt. Rissa fragte sich, ob sie auf Dainn wütend oder ihm dankbar sein sollte. Letztlich entschied sie sich für eine Mischung aus beidem.

»Was weißt du über diese Katakomben?«

»Nach allem, was ich gehört habe, ist das Gelände unter der Metropole von einem Labyrinth aus geheimen Gängen und Kammern durchzogen. Und irgendwo dort befindet sich die Grabkammer des Ersten Zauberers.«

Elathars Blick folgte dem Gang. »Bisher erscheint es mir ziemlich übersichtlich.«

Solange es nur einen Gang gab, dem sie folgen konnten, war es das auch. »Ich vermute, dass sich das ändern wird, je näher wir der Metropole kommen.«

»Warum die Gabe des Aufspürens? Um sich in einem Labyrinth zurechtzufinden, könnte man einfach eine verfluchte Karte zeichnen.«

»Eine Karte kann in falsche Hände geraten – und damit auch die Essenz der Magie.« Rissa erinnerte sich, dass Celedan einmal darüber gesprochen hatte. »Nach Nakkon Sawans Tod hatten die Zauberer beschlossen, seine sterblichen Überreste, die zugleich der Quell ihrer Kraft waren, in Sicherheit zu bringen. Solange das Herz der Magie existiert, wird es auch Magie geben. Sie legten eine Grabkammer tief unter der Erde an und vereinten ihre Macht für einen Zauber, der dafür sorgte, dass nur Eingeweihte in der Lage sind, sie zu finden. Deshalb war eine Karte nicht nötig. Für alle anderen sind die Wege trügerisch und verschlungen. Man sagt, sie könnten für den Rest ihres Lebens umherirren, ohne auch nur in die Nähe der Grabkammer zu gelangen.«

Als sie an die erste Gabelung gelangten, sandte Rissa ihre Energie aus. Im linken Gang geschah nichts. Im rechten jedoch zeigte sich ein Flirren in der Luft, nur schwach, aber deutlich genug, um es zu erkennen.

»Es funktioniert«, sagte sie. »Ich kann die Magie des Ersten Zauberers spüren, die Essenz. Dort entlang.«

»Wie machst du das? Woher weißt du, welchen Weg wir nehmen müssen?«

»Ich sende meine Energie aus. Wenn sich in der Richtung, in die ich sie schicke, keine Magie befindet, geschieht nichts. Stößt sie jedoch auf einen Zauberwirker, einen Zauber oder ein magisches Artefakt, macht sich das durch ein Flirren in der Luft bemerkbar.«

Elathar runzelte die Stirn. »Ich sehe nichts.«

»Aber ich. Es ist wie ein Hitzeflimmern.« Das Flirren war eine natürliche Reaktion, die immer dann stattfand, wenn ihre freigelassene Energie auf eine ungewöhnlich hohe Konzentration anderer Energie traf. Einer, wie sie nur Zauberer in sich trugen oder die bei der Erschaffung eines Artefakts in den jeweiligen Gegenstand gebunden wurde.

Je tiefer sie in die Katakomben eindrangen, desto weiter verzweigten sich die Gänge – und desto deutlicher nahm Rissa die Essenz wahr. Alles hier war voll davon. Sie konnte sie bei jedem Schritt spüren, es fühlte sich an, als wäre die Luft nach einem Gewitter noch aufgeladen. Und je weiter sie kamen, desto stärker wurde sie. Die immer verwinkelter werdenden Gänge vermochten nicht, sie in die Irre zu führen. Zielstrebig folgte Rissa der Essenz, die wie ein Leuchtfeuer auf die von ihr ausgesandte Energie reagierte.

Als sie die Grabkammer schließlich fanden, war diese vollkommen anders, als Rissa erwartet hatte. Sie hatte mit Prunk gerechnet, aufwändigem Schmuck, edlen Materialien – ein Ort der Anbetung. Stattdessen entpuppte sie sich als schmuckloses Gewölbe mit Zugängen auf vier Seiten. In ihrem Zentrum befand sich ein Podest. Drei Stufen führten zu einem steinernen Sarkophag, der dort oben – von vier Fackeln in steinernen Halterungen umgeben – ruhte.

Elathar, der neben Rissa im Durchgang stehen geblieben war, sah sich um. »Mir scheint, die Zauberer von einst waren weit weniger eitel als ihre Nachfolger.«

Langsam, den Blick nach allen Seiten schweifen lassend, ging Rissa auf das Podest zu. Vor der ersten Stufe hielt sie inne. Aus dem Augenwinkel sah sie, wie Elathar das Podest einmal umrundete, ehe er neben ihr stehen blieb.

»Vollkommen schmucklos. Nicht einmal eine Gedenktafel oder ein Name, der in den Stein graviert ist. Bist du sicher, dass das *sein* Grab ist?«

Rissa nickte. Sie konnte die Essenz der Magie bis in die Tiefen ihrer Seele spüren. Die Macht und die Möglichkeiten, die sie in sich trug, ebenso wie die Gefahren, die sie barg.

»Müssen wir ihn öffnen?«

»Ich glaube nicht, dass das nötig ist.« Sie stieg die Stufen empor und entzündete die Fackeln mit dem Feuerball in ihrer Hand. Sobald ihr Licht die Kammer erhellte, ließ sie die Lichtkugel erlöschen, die ihren Weg bis hierher erhellt hatte, und wandte sich dem Sarkophag zu.

Vorsichtig tastete sie mit ihrer Energie nach seinem Innersten. Die Magie, auf die sie stieß, war so hell und klar, dass es ihr die Tränen in die Augen trieb. Unbefleckt und rein, so wie die Magie einst gewesen war. Wie sie hätte sein können, hätten die Zauberer nicht ihrer Gier und dem Drang nach Macht nachgegeben. Eine nie gekannte Wärme breitete sich in ihr aus. So musste es sein. So war es einst gewesen. Wie konnte sie auch nur daran denken, etwas so Wundervolles zu zerstören?

»Rissa?« Elathar legte ihr eine Hand auf den Arm. »Alles in Ordnung?«

Sie nickte und blinzelte die Tränen fort. »Das ist … es ist wunderschön. Wie konnten die Zauberer etwas derart Großartiges nur so missbrauchen?«

»Weißt du, wie du sie zerstören kannst?«

»Ich glaube schon.« Wenn sie die Augen schloss, eröffnete ihre Energie ihr ein Bild der Essenz, das mit dem bloßen Auge nicht zu fassen war. Wie eine gewaltige Kristallkugel schwebte sie über dem Sarkophag, durch einen leuchtenden Silberfaden mit dem Toten darin verbunden. Vielleicht auch mit seiner Seele. Wenn sie die Kugel öffnete, würde die Essenz entweichen. Sie würde sich verteilen und wie freigelassene Energie von ihrer Umwelt aufgenommen werden. Vielleicht lautlos und ohne Spuren zu hinterlassen, vielleicht mit einem Knall. Das vermochte sie nicht zu sagen.

Mit deiner Magie wirst du das Ende eines Zeitalters besiegeln. War es das, was Malyn gemeint hatte? Dass sie die Essenz und damit alle Magie vernichten und dem Zeitalter der Zauberei ein für alle Mal ein Ende setzen würde?

Rissa richtete ihre Energie auf die Kugel.

»Warte!«, rief Elathar neben ihr. »Wir können das nicht tun!«

Rissa wusste nicht, was sie erwartet hatte. Sie hatte keine Vorstellung davon gehabt, wie die Essenz aussehen oder sich anfühlen würde. Trotzdem war sie entschlossen zu tun, was getan werden musste, auch wenn ihr der Gedanke, dieses Wunder zu zerstören, beinahe körperliche Schmerzen bereitete.

»Du hast gesagt, dass mit ihrer Vernichtung alle Magie aus der Welt verschwinden könnte. Was, wenn es dich umbringt?«

Die Magie hatte sie ins Leben zurückgeholt, und wenn sie jetzt verschwand, würde sie nicht nur – wie sie gehofft hatte – ihre Zauberkräfte verlieren, sondern vermutlich auch ihr Leben. *Das Schicksal lässt sich nicht betrügen*, hatte Malyn gesagt. Vielleicht war es ihr Schicksal, tot unter der Erde zu liegen. Wenn es ihr jedoch gelang, Falinn davon abzuhalten, noch mächtiger zu werden, und Elathar und all die anderen vor seiner Schreckensherrschaft zu bewahren, dann war es den Preis wert. Vielleicht konnte man das Schicksal nicht betrügen, aber man konnte ihm trotzen – zumindest für eine Weile. Es mochte ihr Ende bedeuten, doch lebte sie nicht ohnehin von geborgter Zeit?

»Mir wird nichts passieren.« Elathar würde nicht verstehen, warum sie es tat, und womöglich hätte sie nicht die Kraft weiterzumachen, wenn sie ihm die Wahrheit sagte. »Das spüre ich.«

Wieder richtete sie ihre Konzentration auf den Kristall und ließ die Energie fließen. Sie spürte, wie ihre Kräfte an der Außenschale kratzten, daran schabten und danach trachteten, sie aufzubrechen. Doch abgesehen davon, dass mehr und mehr Energie ihren Körper verließ, passierte nichts. Wieder und wieder sandte sie ihre Energie aus, mal in einem gleichförmigen Strom, mal in Wellen, später sogar in wilden Stößen. Nichts davon vermochte der schützenden Hülle, die die Essenz umgab, etwas anzuhaben.

Der Schweiß lief ihr über die Schläfen, ihre Knie wurden weich. Wie viel Energie sie bereits aufgewandt hatte, wurde ihr jedoch erst bewusst, als sie plötzlich Elathars Arm um ihre Taille spürte. Blinzelnd sah sie ihn an. Sie schwankte und konnte sich kaum noch auf den Beinen halten. Ohne seinen Halt wäre sie gestürzt.

»Hör auf, Rissa.«

Noch hatte sie ein wenig Energie, und wenn diese zu Ende ging, konnte sie noch immer auf ihre eigene Lebenskraft zurückgreifen. Vielleicht war das sogar nötig, um etwas auszurichten. Keine fremde Kraft, sondern eine, die aus ihr selbst stammte.

Wieder ließ sie die Energie fließen, hüllte die Kugel darin ein, bis sie so hell strahlte, dass sie es selbst durch ihre geschlossenen Augenlider sehen konnte. Neben ihr schnappte Elathar nach Luft. Offenbar hatte ihre Energie die Essenz auch für ihn sichtbar gemacht.

Ihre Kräfte schwanden jetzt schneller. Als würde die Hülle, die sie um die Kugel gelegt hatte, mehr und mehr aus ihr herausziehen. Rissa zog die Hülle enger, versuchte nicht länger, die Kugel aufzubrechen, sondern sie durch den Druck zum Zerbersten zu bringen. Das Atmen fiel ihr schwer, sie fühlte sich so ausgelaugt, als sei sie tagelang gelaufen. Ihre

Glieder schienen Tonnen zu wiegen und ihre Beine vermochten sie kaum noch zu tragen. Die Energie, die sie aus ihrer Umwelt aufgenommen hatte, war aufgebraucht. Jetzt saugte die Kugel das Leben aus ihr heraus.

Ich werde nicht sterben, bevor die Essenz nicht vernichtet ist!

Keuchend versuchte sie es weiter. Die Welt kippte und wurde kalt.

Als sie die Augen aufschlug, lag sie auf dem Boden, den Oberkörper in Elathars Arme gebettet.

»Ist sie …?«

Er schüttelte den Kopf. »Ich kann sie sehen, Rissa. Aber sie scheint nicht mal einen Kratzer zu haben.«

»Meine Energie reicht nicht.« Sie versuchte, sich aufzusetzen, doch Elathar zog sie nur enger in seine Arme.

»Wenn du noch mehr brauchst, dann nimm von mir.«

Sein Angebot erstaunte und rührte sie zutiefst. Trotzdem schüttelte sie den Kopf. »Ich bin eine Bronnéa. Wir nehmen unsere Energie nicht gewaltsam. Selbst wenn ich es wollte, wäre ich gar nicht dazu in der Lage.«

»Du kannst nicht weitermachen. Sonst wird es dich umbringen.«

Vielleicht war ihr Leben der Preis, um die Essenz zu vernichten. Aber was, wenn sie sich irrte? Was, wenn sie starb und die Essenz weiter existierte? Dann waren Elathar und die anderen verloren. Es musste einen anderen Weg geben. Einen, der zwar ihr Leben nicht verschonen, sie aber zumindest ans Ziel bringen würde.

»Ich glaube, ich kann sie nicht vernichten.«

Elathar küsste sie auf den Haaransatz. »Dann werden wir Falinns Trupp abfangen und dafür sorgen, dass sie die Essenz nicht in die Finger bekommen.«

Was bedeuten würde, dass Falinn zwar die Essenz nicht bekam – zumindest noch nicht –, die Seelenlosen aber nach wie vor für ihn kämpfen würden.

»Es gibt noch einen anderen Weg.« Sie löste sich aus seinen Armen und setzte sich auf. »Ich kann sie vielleicht nicht zerstören, aber ich glaube, ich könnte sie in mich aufnehmen.«

Elathar runzelte die Stirn. »So wie Falinn es vorhat?«

Sie nickte. »Falinn muss im Besitz des Artefakts sein, mit dem die Seelenlosen erschaffen wurden und das es ihm möglich macht, über sie zu befehlen. Ich muss in die Nähe dieses Artefakts.« Sie hatte einmal gehört, wie einer der Priester darüber gesprochen hatte, welchen Schaden ein Zuviel an Energie anrichten konnte. Es war in der Lage, eine Überladung herbeizuführen und einen Zauber oder ein Artefakt unbrauchbar zu machen. Dalkur hatte etwas Ähnliches erzählt. Wenn ein Zuviel an Energie eine Überladung möglich machte, was würde dann erst passieren, wenn die Essenz *aller* Magie ins Spiel kam? Rissa hatte eine ziemlich genaue Vorstellung davon. »Wenn ich die Essenz freilasse, wird sie wie eine Schockwelle über alles hinwegrasen. Es ist zu viel Energie, als dass ein Artefakt oder ein Zauber damit fertigwerden könnten. Die Magie wird regelrecht ausbrennen. Vielleicht tötet sie die Seelenlosen sofort. Auf jeden Fall aber wird das Artefakt zerstört, das sie lenkt – und wenn es nicht mehr existiert, ist das auch das Ende der Seelenlosen.«

»Bist du sicher?«

Ziemlich. »Ja.«

»Aber dafür musst du …«

»In Falinns Nähe. In seinen und in Dalkurs Augen bin ich noch immer die fügsame Tochter. Keiner von ihnen weiß, was passiert ist.«

»Wenn du also zurückkehrst, dann als das Entführungsopfer, das seinem Peiniger entkommen ist.« Elathar nickte. »Das dürfte funktionieren.«

Ihm war anzusehen, dass es ihm nicht gefiel, sie in Falinns Nähe zu lassen. Dass er es nicht aussprach, rechnete sie ihm hoch an. Stattdessen half er ihr auf die Beine. Sie wankte und wäre in die Knie gegangen, hätte er sie nicht gehalten. »Zusammen schaffen wir das«, sagte er neben ihrem Ohr. »Konzentriere du dich auf die Essenz, ich sorge dafür, dass du auf den Beinen bleibst.«

Die Energie, die Rissa um die Kugel gelegt hatte, war verblasst. Lediglich ein leichtes Glimmen war noch zu erkennen. Was, wenn es ihr nicht gelingen wollte, die Essenz in sich aufzunehmen? Es war ihr nicht einmal gelungen, den schützenden Kokon zu durchbrechen, der sie umhüllte. Wie sollte sie die Essenz jetzt freilegen? Ihr Blick fiel auf den silbernen Faden, der die Kugel mit dem Sarkophag verband. Vielleicht war es gar nicht nötig, die Essenz freizulegen.

Statt auf die Kugel, konzentrierte sie sich dieses Mal auf den Faden. Sie hatte keine Energie mehr in sich außer ihrer eigenen, auf die sie jetzt zugriff. Vorsichtig ließ sie sie fließen, richtete sie auf den Faden, dort wo er mit dem Sarkophag verbunden war, und umwickelte ihn. Einmal. Zweimal. Dreimal. Sie spürte, wie der Faden aus Licht dünner wurde. Als sie ihre Energie ein fünftes Mal darum wickelte, riss er. Rissa packte zu. Mit der Macht ihrer Gedanken griff sie nach dem losen Faden und zog ihn zu sich. Öffnete sich ihm. Als er nah genug war, streckte sie unwillkürlich die Hand danach aus. Dort, wo sie den Faden berührte, zerfaserte er, wurde zu einem breiten Leuchten, das wie flüssiges Silber über ihre Fingerspitzen und ihren Handrücken zu ihrem Arm hinablief. Wie Wasser suchte es sich seinen Weg über ihren Körper, breitete sich immer weiter aus, bis es sie vollständig umgab. Die Kugel am anderen Ende kam näher. Rissa spürte ihre Macht und die unglaubliche Menge Energie in ihrem Innersten. Als das flüssige Silber die letzte Stelle ihres Körpers überzog, explodierte die Kugel in einem gewaltigen Blitz. Die Druckwelle warf Rissa von den Beinen. Geblendet und nach Luft schnappend, setzte sie sich auf und sah sich um. Neben ihr kämpfte sich Elathar auf die Knie.

Sofort war er an ihrer Seite. »Bist du verletzt?«

Sie schüttelte den Kopf. Ihr war nichts passiert. Tatsächlich fühlte sie sich besser. Nicht mehr schwach und ohne Kraft. Sondern voller … Energie. Dort, wo die Kugel über dem Sarkophag geschwebt hatte, war jetzt nichts mehr. Die Kugel war fort, ihr Leuchten erloschen. Die vier Fackeln waren das einzige verbliebene Licht. Rissa gab ein wenig Energie frei, schickte sie aus, auf der Suche nach der Essenz. Egal, in welche Richtung sie sie schickte, da war nichts. Erst als sie die Energie auf sich selbst richtete, spürte Rissa sie wieder – als Teil von sich selbst. Sie trug das Herz der Magie in sich.

51

Elathar konnte noch immer nicht glauben, was er gesehen hatte. Die Essenz der Magie, den Kern dessen, was einen Zauberer ausmachte. Dass Rissa sie jetzt in sich trug, erschien ihm unfassbar und zugleich – nachdem er dieses Wunder zu Gesicht bekommen hatte – vollkommen richtig. Die Essenz war rein und unverdorben, zu wem konnte sie besser passen als zu ihr – einer Bronnéa?

Nachdem sie sicher waren, dass die Essenz ein Teil von ihr war, hatten sie das Gewölbe und die Katakomben verlassen. Das Echo der Energie, die Rissa aufgewandt hatte, um Nakkon Sawans Grab zu finden, hatte ihnen den Weg zurück gewiesen. Sie waren beide ausgelaugt, und Elathar verspürte den Wunsch, Rissa noch ein paar Stunden für sich allein zu haben, deshalb hatte er vorgeschlagen, den Rest der Nacht in der Ruine des Gehöfts zu verbringen. Er hatte sich vor einer der noch stehenden Mauern niedergelassen und Rissa in seine Arme gezogen. Schweigend hielten sie einander fest, noch immer unter dem Eindruck dessen, was sie soeben zu sehen bekommen hatten. *Ein Geschenk*, dachte Elathar. *Das zu sehen, war ein Geschenk*. Der Anblick der Essenz, das Gefühl, das ihn dabei überkommen hatte, hatte ihm gezeigt, dass nicht die Magie schlecht war, sondern nur jene, die sie für ihre Zwecke missbrauchten. Es war nicht die Magie selbst, die ausgerottet werden musste, stattdessen musste jenen Einhalt geboten werden, sie sich voller Selbstsucht und Gier daran bedienten. Wie Falinn.

Es war in jeder Hinsicht eine bemerkenswerte Nacht gewesen und zum ersten Mal seit langer Zeit verspürte Elathar so etwas wie Glück. Vermutlich fand es ein Ende, wenn sie nach Naranor kamen und sich Falinn entgegenstellten. Doch es war unwichtig, wie lange dieses Glück währen mochte, er war dankbar, es empfinden zu dürfen.

Die Frau in seinen Armen war eine Zauberin, eine Bronnéa, die aus einer anderen Zeit stammte. Fast schon musste er Falinn für seinen Wahnsinn danken, denn ohne ihn wäre er Rissa niemals begegnet. Sie läge noch immer in ihrem Grab und er … Plötzlich wurde ihm etwas bewusst. Es war so verrückt und unglaublich, dass er lachen musste.

Rissa sah ihn verwirrt an. »Was ist los?«

»Als ich ein Junge war, sagte mir ein Sehender, dass mein Leben an die Magie gebunden sei und dass meine Begegnung mit der Magie zugleich eine mit dem Tod werden würde. Mit der Bindung an die Magie ist vermutlich der Schutzzauber gemeint, der auf meiner Familie liegt.« *Oder zumindest bis vor Kurzem gelegen hatte.* »Was die Begegnung mit dem Tod angeht, dachte ich lange Zeit, dass es sich auf den Zauberer bezog, den wir zur Strecke gebracht haben. Ohne den Schutz hätte er mich getötet. Vor einiger Zeit kam ich dann zu dem Schluss, dass damit Falinn gemeint sein könnte, der zum Zauberer wird.«

»Was jetzt nicht mehr möglich ist, weil ich die Essenz habe.«

Elathar lächelte. »Genau. Aber die Weissagung hat immer noch Bestand.«

Rissa setzte sich ein Stück auf, ohne sich von ihm zu lösen. »Ich bin es. Ich bin die Magie und … der Tod.«

»Ich dachte immer, dass damit *mein* Tod gemeint sein muss«, stimmte er zu. »Dabei kann es ebenso gut der Tod im Allgemeinen sein. Du warst …«

»Sprich es ruhig aus. Ich war tot. Das ist eine ziemlich dämliche Weissagung.«

»Für ein Kupferstück kann man wohl nicht mehr erwarten.« Elathar zog Rissa an sich und küsste sie. Anfangs zärtlich, spürte er, wie sein Begehren mehr und mehr wuchs. Er wollte sie für sich haben, wollte, dass sie sein war, und sei es nur für diese eine Nacht. Rissa schien es nicht anders zu ergehen. Mit wachsender Leidenschaft erwiderte sie seinen Kuss. Ihre Hände strichen über seine Schultern und seinen Rücken und wanderten weiter, seine Taille entlang nach unten. Als er sie zu Boden drängte, ließ sie es geschehen. Elathar wusste nicht, wie sie es schafften, sich aus ihren Gewändern zu befreien. Er wusste nicht, warum sie trotz der Kühle der Nacht nicht froren, oder warum ihnen der harte Stein nichts ausmachte. Alles, was er noch wahrnahm, war die Frau in seinen Armen, die sich ihm vollkommen hingab und ihm ihren Körper und ihre Seele öffnete.

Als sie später eng umschlungen und notdürftig von ihren Gewändern bedeckt beieinanderlagen, konnte er nicht aufhören, sie anzusehen. Jedes Detail, das das Mondlicht ihm preisgab, wollte er in sich aufnehmen und für immer in seinem Herzen tragen. Die Augen, die im Mondschein beinahe silbern schimmerten, ihr Lächeln und diese vollen Lippen, die ihn immer wieder dazu verleiteten, sie zu küssen. Seine Finger folgten der Linie ihres Kinns zu ihrem Hals und den Schultern.

Elathar wollte nicht über die Dinge sprechen, die vor ihnen lagen. Im Augenblick wollte er nicht einmal darüber nachdenken. Trotzdem gab es etwas, das ihm auf der Seele brannte. »Ich weiß, was du tust«, sagte er zwischen zwei Küssen, die er in die Kuhle neben ihrem Hals hauchte. »Du versuchst, mich zu schonen, indem du nicht aussprichst, was wir beide wissen.« Sie hatte behauptet, die Vernichtung der Essenz könne ihr nichts anhaben. Elathar bezweifelte, dass das stimmte. Ebenso bezweifelte er, dass sie es überleben würde, wenn sie die Essenz frei ließ. *Die Magie wird regelrecht ausbrennen*, hatte sie gesagt. Auch die Magie, die sie selbst ins Leben zurückgeholt hatte. »Es hat so lange gedauert, dich zu finden, Rissa. Ich will dich nicht schon wieder verlieren.«

Sie zeichnete den Schwung seiner Augenbrauen nach. »Und was ist, wenn ich dich verliere, wenn du in den Kampf ziehst? Hast du daran schon einmal gedacht?«

»Offenbar sind wir beide bereit, dasselbe Opfer zu bringen.«

»Lass uns nicht länger darüber reden«, bat sie. »Nicht, solange wir noch so weit von Naranor entfernt sind. Vorher will ich nicht Abschied nehmen.«

52

Als sie bei Tagesanbruch ins Lager zurückkehrten, war Rissa zwar müde, aber so glücklich wie noch nie. Elathar hatte mehr als deutlich gemacht, dass er sie weder verabscheute noch sich vor ihr fürchtete. Oder sie für tot hielt. Die Gelassenheit und die Wärme, mit der er auf ihre Offenbarungen reagiert hatte, berührten sie zutiefst. *Hätte Dainn ihn nicht hinter mir hergeschickt, hätte ich niemals erfahren, was er wirklich denkt.*

Während Elathar die Männer zusammenrief, ging Rissa zu Dainn, der am Rande des Lagerplatzes sein Pferd sattelte.

»Elathar muss mit euch sprechen«, sagte sie. »Es gibt Neuigkeiten.«

Dainn betrachtete sie mit einem forschenden Blick. »Gute Neuigkeiten, hoffe ich.«

»Du hast mir dein Wort gegeben, nichts zu verraten«, platzte sie heraus, noch immer nicht wissend, ob sie ihm den Hals umdrehen oder ihn umarmen sollte.

»Und ich habe es gehalten.« Er zog den Sattelriemen fest und wandte sich Rissa erneut zu. »Ich habe lediglich gesagt, dass es vielleicht sicherer wäre, wenn er dir folgt und darauf aufpasst, dass dir nichts zustößt. Nicht, dass ich ihn darauf hätte aufmerksam machen müssen. In dem Augenblick, in dem ich ihm sagte, dass du das Lager verlassen hast, war er dir schon auf den Fersen. Er wollte nicht einmal wissen, warum du gegangen bist.«

»Aber du hast in Kauf genommen, dass …«

Dainn kam näher. »Irgendwann muss er es erfahren, Rissa.

Was glaubst du, wie er reagiert, wenn eines eurer Kinder magische Fähigkeiten zeigt und er nicht darauf vorbereitet ist?«

Rissa starrte ihn an. »Unsere Kinder?«

»Du meine Güte, ich bin doch nicht blind! Ich sehe doch, wie ihr beide euch anseht, wenn ihr glaubt, der andere würde es nicht bemerken! Und ganz ehrlich, es tut weh, das zu sehen. Ich will nicht, dass ihr umeinander herumschleicht und dabei unglücklich seid. Ich will, dass ihr aufeinander zugeht.«

»Du bist wirklich ...«

»Hilfreich?«

Jetzt musste sie lachen. »Ein bisschen vielleicht.«

»Dann weiß er es jetzt also?«

Sie nickte und konnte sich ein Lächeln nicht verkneifen, als sie erneut an Elathars Reaktion denken musste. *Glaubst du ernsthaft, dass es etwas gibt, das meine Gefühle für dich ändern könnte?*

»Und weiter?«, hakte Dainn nach. »Was noch?«

»Das, mein hilfreicher Freund, geht dich nichts an.« Mit diesen Worten machte sie kehrt und ging zum Lager, wo sich die anderen bereits um Elathar versammelt hatten.

Dainn folgte ihr auf dem Fuße. »Das ist nicht gerecht! Immerhin habe ich meinen Anteil an der Sache, da habe ich doch wohl auch ein Recht darauf zu erfahren, wie es ausgegangen ist.«

Als Rissa neben Elathar trat, griff dieser nach ihrer Hand und hauchte ihr einen Kuss auf die Fingerspitzen.

Dainn grinste selbstzufrieden.

»Wir haben letzte Nacht die Gegend erkundet«, sagte Elathar an alle gerichtet. »Dabei ist es uns gelungen, einen Zugang zu den Katakomben zu finden – und letztlich auch die Grabkammer selbst.«

Er gab seinen Männern einen Moment, ihre Überraschung zu überwinden. Natürlich wollten sie wissen, was geschehen war. Und ob sie Erfolg gehabt hatten.

Rissa bewunderte ihn für die Ruhe, mit der er die Fragen ignorierte, die sie abschossen wie Pfeile, und einfach abwartete. Er warf einen Blick zu Rissa, und als sie nickte, ergriff er erneut das Wort. »Wir haben die Essenz gefunden«, fuhr er fort. »Aber sie ließ sich nicht vernichten.« Dieses Mal ließ er seine Männer gar nicht erst zu Wort kommen. »Wir haben einen anderen Weg gefunden. Es ist ein Risiko, aber es ist unsere größte und vermutlich auch einzige Hoffnung: Rissa trägt die Essenz in sich. Auf diesem Weg werden wir sie nach Naranor bringen.«

»Wie ist das möglich? Wie kann jemand diese Essenz in sich aufnehmen?«, rief Larric.

Bordan stieß ihn in die Seite. »Was glaubst du, was Falinn vorhat, du Narr!«

Larric war noch nicht zufrieden. »Aber geht das so einfach? Und warum Rissa? Warum nicht du? Oder einer von uns? Ist es nicht viel zu gefährlich für sie?«

»Rissa ist dafür besser geeignet als wir alle zusammen«, erklärte Elathar. »Ohne ihre Hilfe hätten wir die Essenz niemals gefunden. Es wäre uns auch nicht gelungen, sie zu vernichten. Vielleicht hätten wir sie nicht einmal befreien und in uns aufnehmen können – ganz gleich, wer von uns es versucht hätte.«

Rissa hielt den Atem an. Der Moment, über den sie heute Morgen gesprochen hatten, war gekommen. Obwohl sie vorgewarnt war, spürte sie den Drang, die Flucht zu ergreifen. Einzig Elathars Hand, die sich warm um ihre schloss, und der beruhigende Druck seiner Finger hielten sie davon ab.

»Um die Essenz aufzuspüren, war eine bestimmte Form von Magie nötig«, ergriff sie das Wort. Trotz ihrer Unsicherheit klang ihre Stimme überraschend fest. »Eine Form von Magie, wie sie unter den Zauberern größtenteils ausgestorben ist, über die aber die Bronnéa von Natur aus verfügen. Ich bin eine Bronnéa.« Sie machte eine Pause und wartete darauf, dass die Rufe und Beschimpfungen einsetzen würden. Dass jemand eine Waffe zückte oder ihren Kopf verlangte. Doch die Männer sahen sie nur an, als hätte sie ihnen eröffnet, dass die Sonne künftig eckig am Himmel stehen würde.

»Ich dachte, die Bronnéa seien ausgelöscht«, rief Jestar.

»Rissa ist die Letzte ihrer Art«, übernahm Elathar.

»Aber ihr Vater ist ein Zauberer! Wie soll das möglich sein!«

»Er ist nicht ihr wirklicher Vater. Er hat sie zu sich genommen und ihr die Erinnerungen an ihre Vergangenheit geraubt. Sein Plan war es, Rissa für seine und Falinns Zwecke zu nutzen. Mit ihrer Gabe hätte sie die Essenz für ihn aufspüren sollen, doch dann kamen wir ihm in die Quere. Deshalb muss er sich jetzt dieses Trupps und der magischen Laterne bedienen.«

Zu ihrer Erleichterung stellte niemand Elathars Worte infrage. Niemand wollte wissen, wie sie existieren konnte, wenn die Letzten ihres Volkes vor Jahrzehnten ihr Leben verloren hatten. Und selbst wenn sie gefragt hätten – Rissa und Elathar waren übereingekommen, diesen Teil ihrer Vergangenheit für sich zu behalten.

Dieses Mal zitterte ihre Stimme leicht, als sie sagte: »Nachdem sich die Essenz nicht zerstören ließ, haben wir beschlossen, sie zu Falinn zu bringen.« In knappen Worten legte sie ihre Theorie dar, dass die freigelassene Magie alle Artefakte und Zauber in ihrem Umkreis überladen und ausbrennen lassen würde.

»Es ist unsere einzige Möglichkeit, die Seelenlosen auszuschalten«, sagte Elathar. »Ohne sie sollte es möglich sein, Falinn zu überwältigen.« Sein Blick richtete sich auf Rissa. »Einst standen die Bronnéa aufseiten unserer Vorfahren. Jetzt steht wieder eine an unserer Seite!«

* * *

Kurz darauf hatten sie das Lager abgebrochen und waren zum Aufbruch bereit, als Bordan rief: »Da drüben tut sich was!«

Gefolgt von den anderen, liefen Elathar und Rissa zu der Stelle, an der Bordan zwischen den Felsen hindurch auf den Hügel spähte. Beim Anblick der Reiter, die sich aus der Ferne näherten, zog sich Rissas Magen zusammen. Falinns Krieger!

Elathar gab Dainn ein Zeichen. »Die Pferde!«

Zusammen mit Kestan und Larric führte Dainn die gesattelten Pferde in den Schutz der Felsen. Mit ein wenig Glück hatten die Seelenlosen die Tiere noch nicht gesehen.

»Sollen wir verschwinden?«, fragte Jestar, der neben Bordan in die Hocke gegangen war und die Reiter beobachtete.

Elathar nickte. »Wir warten, bis sie über den Hügel und außer Sicht sind, dann reiten wir los.«

Ohne die näher kommenden Reiter aus den Augen zu lassen, verharrten sie schweigend in ihrem Versteck zwischen den Felsen. Warum ritten sie unterhalb der Hügelkuppe entlang, statt den Hügel hinauf? Wollten sie vermeiden, dass die Dunklen Wächter sie früher als nötig bemerkten?

»Warum drehen sie nicht ab?« Dainn kniff die Augen zusammen, als könne er dann besser erkennen, was Falinns Männer planten. »Die müssen doch wissen, dass die Metropole da drüben liegt! Sollen wir ihnen erst den Weg erklären?«

An der Spitze des Trupps befahl Hauptmann Kartain anzuhalten. Sobald sie ihre Pferde gezügelt hatten, griff er nach der Laterne, die an seinem Sattelknauf befestigt war, und hob sie in die Höhe. Selbst aus der Ferne glaubte Rissa, den roten Funken darin zu erkennen. Der Hauptmann schwenkte die Laterne, hielt sie mal hierhin, mal dahin. Als er sie schließlich wieder am Sattel befestigte und das Zeichen zum Aufbruch gab, machten sie noch immer keine Anstalten, den Hügel zu überqueren. Stattdessen hielten sie weiter auf das Versteck von Rissa und den anderen zu. Da begriff sie es. »Die Laterne! Sie spürt mich!«

Elathar stieß einen Fluch aus. »Dainn, du und Rissa, ihr reitet, was das Zeug hält. Bleibt nicht stehen und seht nicht zurück. Was auch immer passiert: Rissa muss nach Naranor!«

Dainn wollte nach Rissas Arm greifen, doch sie entzog sich ihm. »Was hast du vor, Elathar?«

»Wir werden dafür sorgen, dass sie euch nicht folgen.«

Fassungslos schüttelte sie den Kopf. Auf der anderen Seite der Felsen kamen zwei Dutzend Seelenlose näher. Gerüstet und schwer bewaffnet, von Klauen und Reißzähnen ganz zu schweigen. Elathar und seine Männer hatten nichts weiter als ihre Schwerter und eine Armbrust. Sie trugen nicht einmal Rüstungen! Sich einer derartigen Übermacht entgegenzustellen, bedeutete den sicheren Tod! Und es wäre ein sinnloser Tod, das wurde Rissa umso klarer, je länger sie darüber nachdachte. Wie viele von Falinns Seelenlosen konnten sie überwältigen, bevor es vorbei war? Ein Dutzend? Ein paar mehr? Ganz sicher würde es ihnen nicht gelingen, eine beinahe fünffache Übermacht zu besiegen. Und wenn auch nur einer von Falinns Kriegern am Leben blieb, war das genug. Solange derjenige die Laterne hatte und Rissa die Essenz in sich trug, konnte er sie immer und überall finden.

Immer und überall. Der Gedanke machte ihr Angst, zugleich aber erweckte er den Funken einer Idee in ihr. Sie würden die Essenz spüren. Was, wenn sie sich genau diesen Umstand zunutze machen konnte?

Sie legte Elathar eine Hand auf den Arm. »Ihr könnt nicht kämpfen«, sagte sie, sobald er sie ansah. »Es ist sinnlos.«

»Uns bleibt keine Wahl.« In seinen Augen sah sie die Sorge, nicht um sein eigenes Leben, sondern um ihres. Natürlich wusste er, wie ihre Aussichten auf einen Sieg standen. Alles, was er und seine Männer tun konnten, war, ihr einen Vorsprung zu erkaufen. Das war zu wenig, um seinen Tod und den seiner Männer in Kauf zu nehmen.

»Und wenn es eine andere Möglichkeit gibt?«

»Ich wüsste nicht, welche.«

Rissa erwiderte seinen Blick stumm. Wie konnte sie ihm erklären, was sie vorhatte? Ihn davon überzeugen, dass es ihre einzige Hoffnung war, das hier zu überstehen, ohne dass er versuchte, sie aufzuhalten? »Vertraust du mir?«

»Natürlich. Aber ich vertraue *denen* nicht.« Er deutete in Richtung von Falinns Kriegern, die unaufhaltsam näher kamen. »Was auch immer du vorhast, ich werde dich begleiten.«

»Reitet nach Naranor«, sagte sie. »So schnell wie möglich. Seid bereit!«

Es dauerte einen Moment, bis Elathar erkannte, was sie vorhatte. »Du willst dich ihnen ausliefern? Das kannst du nicht tun!«

»Es ist der schnellste Weg zu Falinn.« Hauptmann Kartain würde sie nach Naranor bringen und geradewegs seinem König vorführen. Dann musste sie nur noch die Essenz freilassen. »Sie werden mir nichts tun, sobald sie begreifen, dass ich die Essenz in mir trage. Es ist genau das, was Falinn von Anfang an wollte!«

»Und was, wenn sie es nicht begreifen? Was, wenn sie längst wissen, dass du nicht länger meine Gefangene bist? Wenn sie dich für eine Verräterin halten und kurzen Prozess machen?«

»Das Artefakt wird es ihnen verraten.« Vielleicht würden sie eine Weile suchen, in dem Bemühen, dass die Laterne sie leiten würde, doch das Licht würde sie immer wieder zu Rissa führen. Sie musste nur dafür sorgen, dass sie ihr lange genug zuhörten, bevor einer von ihnen auf die Idee kam, sie könne nicht länger auf Falinns Seite stehen, und sie tötete.

Es war ein guter Plan, mit nur einem kleinen Schönheitsfehler: Es musste Elathar gelingen, so schnell wie möglich nach Naranor zu gelangen und seine Männer in Position zu bringen. Wenn er nicht bereit war, sobald sie die Essenz frei ließ, und Falinn Zeit hatte, seine verbliebenen menschlichen Truppen zusammenzuziehen, würde es trotz allem zu einem Blutvergießen kommen.

»Bist du sicher, Rissa?«

»Ja.«

Als sie sich erhob, stand auch Elathar auf. Er zog sie in den Schatten des Felsens. »Wir werden ihnen mit ein wenig Abstand folgen«, sagte er. »Wenn etwas schiefgeht, sind wir bereit, sofort einzugreifen.«

»Das wird nicht nötig sein.« *Es* darf *nicht nötig sein.* Wenn sie entdeckt wurden, brachten sie sich nur in Gefahr. Und wollte sie nicht genau das verhindern? »Du musst dich beeilen. Sei in Naranor, wenn es so weit ist.«

Elathar nahm ihr Gesicht in beide Hände und hauchte ihr einen Kuss auf die Lippen, ehe er seine Stirn gegen ihre lehnte. »Sei vorsichtig.«

Bevor sie es sich noch einmal anders überlegen konnte, schnappte sie sich eines der Pferde und schwang sich in den Sattel. Sie drückte ihre Fersen in die Flanken und trieb das Pferd in einer gemächlichen Gangart Falinns Trupp entgegen.

Ein gewöhnlicher Trupp hätte Überraschung gezeigt. Sie hätten ihre Pferde gezügelt oder ihren Hauptmann um Befehle gebeten. Nicht so die Seelenlosen. Kein Ruf entkam ihnen. Keine noch so geringe Reaktion. Sie ritten einfach schweigend weiter auf sie zu.

Hauptmann Kartains feuerrotes Haar leuchtete in der Morgensonne. Trotz der Entfernung glaubte sie, ein kaltes Lächeln in seinen Zügen zu sehen. Vielleicht bildete sie sich das auch nur ein, weil es der Ausdruck war, den sie am meisten an ihm verabscheute.

Was, wenn er ihr nicht glaubte? Wenn er sie nicht einmal anhörte? Was, wenn das Artefakt nicht zuverlässig war? Konnte Falinn wissen, dass sie sich mit Elathar verbündet hatte?

Immer und immer wieder gingen ihr die Fragen durch den Kopf. Doch es war die Zeit, die ihr am meisten zu schaffen machte. Es sollte Elathar und den anderen keine Schwierigkeiten bereiten, vor ihr in Naranor zu sein. Aber was dann? Wie lange würde er brauchen, Erlendur zu finden und einen Plan zu fassen?

Rissa glaubte, Elathars Blick im Rücken zu spüren. Glaubte zu spüren, wie er sie beschwor, ihr Vorhaben fallen zu lassen und kehrtzumachen. Es kostete sie Überwindung, es nicht zu tun.

Nur noch ein kleines Stück!

Je näher sie dem Trupp kam, desto deutlicher konnte sie die Laterne an Kartains Sattelknauf erkennen. Und das Licht darin, das immer heller strahlte, je weiter sie sich darauf zubewegte.

In diesem Augenblick fasste sie einen Entschluss.

Sieh hin, Hauptmann! Sieh dir das Licht an!

Als Kartains Blick endlich zu der Laterne glitt, riss sie ihr Pferd herum und trieb es den Hügel hinauf, der Metropole entgegen. In ihrem Rücken wurden Befehle gerufen. Dann erklang das Stampfen der Hufe. Rissa musste sich nicht umdrehen, um zu wissen, dass sie ihr folgten. Immer weiter sprengte sie vorwärts, über die Hügelkuppe hinweg und über das karge Land, an dessen Horizont sich dunkel die Ruinen der Metropole erhoben.

Bevor sie es sich anders überlegen konnte, trieb sie ihr Pferd an den Grenzsteinen vorbei, hinein in das Gebiet der Zauberer. Ihr Blick suchte nach den Dunklen Wächtern, hielt Ausschau nach den tödlichen Kriegern mit ihren Schwertern. Aber sie waren nirgendwo zu sehen. Falinns Krieger hingegen kamen unaufhaltsam näher. Rissa war keine geübte Reiterin, trotzdem hatte sie gehofft, dass es ausreichen würde, um ihre Verfolger auf Abstand zu halten. Es reichte nicht, und sie wagte nicht, ihr Pferd noch schneller voranzutreiben. Der

Boden war uneben, und je weiter sie vorankam, desto häufiger fanden sich Geröll und die Überreste alter Mauern im Erdreich. Die Gefahr, dass ihr Pferd ins Stolpern geriet und sie abgeworfen wurde, war zu groß. Eine Sorge, die ihre Verfolger nicht zu teilen schienen. Unerbittlich trieben die Krieger ihre Pferde an und ließen den Abstand weiter dahinschmelzen.

Ihr blieb nicht mehr viel Zeit, bis sie sie endgültig einholen würden. So weit durfte es nicht kommen! Rissa hielt auf die ersten Ruinen zu, die Überreste alter Wohnhäuser, von denen lediglich noch Teile der Außenmauern standen. Vielleicht gelang es ihr hier, den Abstand wieder zu vergrößern. Oder ihre Verfolger für eine Weile abzuhängen. Alles, was sie brauchte, war ein wenig Zeit.

Zumindest hoffte sie das.

Sie zügelte ihr Pferd und lenkte es zwischen den Mauern hindurch, bis Falinns Krieger nicht mehr zu sehen waren. Fast hätte sie aufgeatmet, doch die Männer nicht zu sehen, bedeutete nicht, dass sie nicht mehr da waren. Es war nur eine Frage von Augenblicken, bis sie zwischen den Mauern auftauchten. Was, wenn sie sie einkreisten?

Warum dauerte das so lange?

Rissa sah sich zwischen den Mauern um. Sie war noch ein ganzes Stück von der eigentlichen Metropole entfernt. So weit, wie sich die Ruinen der Häuser vor ihr dahinzogen, musste es sich dabei einmal um eine Art Vorstadt gehandelt haben. Den Ort, an dem jene gelebt hatten, die für die Zauberer gearbeitet und ihnen gedient hatten, aber selbst nicht über die Gabe der Magie verfügten, die ihnen das Recht gegeben hätte, innerhalb der Mauern von Thanasses zu leben.

Rissa führte ihr Pferd zwischen den Ruinen entlang, bis die Wege zu eng und zu sehr von Geröll und Steinen überzogen waren, um weiterzureiten. Sie sprang aus dem Sattel. Wenn sie nicht wollte, dass sich das Pferd ein Bein brach, musste sie es zurücklassen. Aus der Ferne vernahm sie Hauptmann Kartains Stimme. Der Hufschlag der Pferde war verklungen, der Trupp hatte angehalten.

Rissa ließ das Pferd stehen und schlich an einer Abfolge verfallener Mauern entlang, bis sie einen Blick auf die Krieger erhaschen konnte. Der Hauptmann betrachtete die Laterne. Das Licht darin tanzte wie verrückt, schlug immer wieder gegen das Glas, als versuchte es, aus seinem Gefängnis auszubrechen und sich Rissa entgegenzuwerfen.

Rissa ließ den Blick an Falinns Leuten vorbeigleiten und suchend über das tote Land schweifen.

Götter, lasst nicht zu, dass ich mich geirrt habe!

Kartain befestigte die Laterne wieder an seinem Sattel, dann hob er den Arm und deutete in ihre Richtung. So zielsicher, dass sie das Gefühl hatte, er könne sie hinter den Steinen sehen. In dieser Hinsicht hatte sie sich nicht geirrt. Das Artefakt spürte die Essenz in ihr und wies dem Hauptmann den Weg. Jetzt konnte sie nur hoffen, dass sie auch noch ein zweites Mal recht behielt.

Geradezu schmerzhaft langsam lenkten die Reiter ihre Pferde näher. Auf Kartains Zeichen hin fächerten sie auf und machten Anstalten, die Ruinen einzukreisen. Wie lange konnte sie sich vor ihnen verstecken, ehe die Laterne sie verriet? Wie lange noch, bis …

Da! Da kamen sie!

Erst nur eine Bewegung im Augenwinkel. Dann sah sie sie überall. Dunkle Wächter. In tödlicher Stille näherten sie sich von allen Seiten, schienen geradewegs aus dem Boden zu wachsen. Hauptmann Kartain und seine Seelenlosen hatten die Gefahr noch nicht bemerkt. Rissa sah sich nach ihrem Pferd um und erstarrte. Sie waren auch zwischen den Ruinen! Mit erhobenen Schwertern kamen sie auf Rissa zu. *Götter, nein! Das darf nicht sein! Das ist nicht möglich!* Sie wollte kehrtmachen und davonlaufen. Doch wohin sollte sie? Die Dunklen Wächter waren überall, und dort, wo sie nicht waren, warteten Kartain und seine Krieger. Sie hatte sich geirrt. Sie würden sie ebenfalls töten, würden mit ihr verfahren wie mit jedem anderen Eindringling. Und dieses Mal würde sie niemand aus dem Grab zurückholen.

Wie gelähmt starrte sie auf die Krieger in ihren schwarzen Rüstungen. Auf die Schwerter in ihren Händen. *Das Schicksal lässt sich nicht betrügen.* Ihre Atmung beschleunigte sich, als sich die Wächter unaufhaltsam näherten. Der bittere Geschmack der Panik breitete sich in ihrem Mund aus, und ihr Herz schlug so schnell, dass sie fürchtete, jeden Moment das Bewusstsein zu verlieren. Sie wusste, was passieren würde. Sie hatte es während der letzten Wochen und Monate oft genug in ihren Träumen gesehen. Träume, von denen sie jetzt wusste, dass sie ihre Erinnerung waren.

Und offenbar auch ihre Zukunft.

Ihre Sicht verschwamm und verwandelte die Krieger vor ihr in schemenhafte Umrisse. *Schemen. Wie damals.* Rissa wich in eine Ecke zurück, drängte sich gegen die Mauerreste, bis sie sich nicht weiter zu bewegen vermochte. Es war vorbei. Sie hatte geglaubt, das Schicksal überlisten zu können, aber sie hatte sich geirrt. Geschlagen und nicht länger in der Lage, sich auf den Beinen zu halten, sank sie zu Boden. Einer der Dunklen Wächter wuchs vor ihr auf. Ein verschwommener Schemen, der mit erhobenem Schwert auf sie herabsah. Sie wusste, wie sich das Ende anfühlen würde. Der Schmerz, die Klinge, die sie innerlich zerfetzte. Rissa versuchte, sich dagegen zu wappnen, suchte Trost in ihrer Energie und tastete nach dem Licht und der Wärme der Essenz, die sie in sich trug. Um sie herum wurde es hell. Ein strahlendes Leuchten strömte aus ihren Poren und hüllte sie ein. Wärme. Tröstliche Wärme. Sie war noch immer nicht bereit. Wie sollte sie jemals bereit sein, wenn sie wusste, dass sie versagt hatte? Ihretwegen wäre Elathar verloren. Die Wärme und das Licht jedoch, die sich immer weiter ausbreiteten, betäubten ihre Furcht. Rissa schloss die Augen und wartete auf die dunkle Umarmung des Todes.

Doch der Tod kam nicht.

Als sie die Augen wieder öffnete, war das Licht noch immer da. Verschwommen sah sie, wie der Dunkle Wächter einen Schritt zurücktrat. Er senkte sein Schwert und verneigte sich. Dann machte er kehrt und folgte seinen Kameraden. Umständlich kämpfte sich Rissa auf die Beine. Mit unsicheren Schritten stolperte sie zu einer Lücke im Mauerwerk und spähte hindurch. Hauptmann Kartain und die Seelenlosen waren umzingelt. Das Letzte, was sie sah, bevor sein Trupp von einer Welle Dunkler Wächter verschlungen wurde, war die Laterne, die zu Boden fiel und zerbrach. Das Licht darin entwich in die Luft und verging wie Morgennebel, der sich allmählich auflöste.

53

Fünf Wochen nachdem Rissa die Essenz in sich aufgenommen und die Dunklen Wächter Falinns Trupp ausgelöscht hatten, hatten sie Erlendurs Lager im Königswald erreicht, nur wenige Stunden von Naranor entfernt. Elathar war überrascht, wie vollkommen sich das Lager in die Umgebung einfügte. Die Männer hatten ein kleines Wunder vollbracht und das Lager so errichtet, dass ein Reisender es passieren könnte, ohne es zu bemerken. Verborgen hinter dicken Büschen und Ästen, geschützt von Zeltplanen, die die Männer, getarnt mit Laub, Gras und Moos, zwischen den Bäumen gespannt hatten, fügte es sich nahezu unbemerkt in die Umgebung ein. Wachposten sollten dafür sorgen, dass die Männer rechtzeitig gewarnt waren und sich verbergen konnten. Bisher jedoch hatte sich, abgesehen von einer Rotte Wildschweine, niemand in die Nähe des Lagers verirrt. Reisende folgten für gewöhnlich den Handelsrouten, die in die Stadt des Königs oder von ihr fortführten, und auch eine Patrouille hatten Erlendurs Männer noch nicht zu Gesicht bekommen. Offenbar ging Falinn davon aus, dass seine Gegner geradewegs nach Naranor marschieren würden, nicht aber, dass sie vor den Toren der Stadt ihr Lager aufschlagen könnten.

Von dem Drang getrieben, endlich nach Naranor zu kommen, waren sie so schnell geritten, wie sie konnten. Doch so sehr es Elathar danach verlangte, es endlich zu Ende zu bringen, so sehr hatte er auch jeden Moment genossen, den er während der letzten Wochen mit Rissa verbringen durfte.

Als sie an jenem Morgen das Lager verlassen hatte, um sich

Falinns Trupp zu stellen, hatte er geglaubt, sie zum letzten Mal gesehen zu haben. Er hatte sich um den Abschied betrogen gefühlt, von dem er wusste, dass er kommen würde, den er jedoch noch in weiter Ferne gewähnt hatte. Als sie ihr Pferd herumgerissen hatte und – verfolgt von Falinns Seelenlosen – über den Hügel davongeprescht war, war ihm beinahe das Herz stehen geblieben. Elathar war ihr mit seinen Männern gefolgt, hatte ihnen jedoch vor den Grenzsteinen befohlen, haltzumachen. Er hatte geahnt, was Rissa vorhatte. Ahnte, dass sie davon ausging, dass die Essenz sie vor den Dunklen Wächtern schützen würde. Er konnte nur hoffen, dass sie sich nicht irrte. Nicht zu sehen, wo Rissa war und was sie tat, war kaum auszuhalten gewesen. Trotzdem hatte er abgewartet, denn im Reich der Dunklen Wächter konnte er ihr keine Hilfe sein.

Als sie dann endlich zurückgekommen war, hätte er sie am liebsten irgendwohin gebracht, weit weg von allen Gefahren, an einen Ort, an dem niemand sie finden konnte. Unglücklicherweise war das nicht möglich. Er brauchte Rissa. Tharennia brauchte sie. Also waren sie wie geplant nach Naranor geritten.

Sie hatten das Lager kaum erreicht, da schickte Erlendur auch schon Tora Barren los, damit sie Carandir benachrichtigte. Ein paar Stunden später kam sein Bruder. Zusammen mit einem seiner Verbündeten aus der Stadt hatte er Naranor bei Einbruch der Dämmerung in einem Fischerboot verlassen und war an der Küste entlang bis zum Königswald gerudert. Der Händler war beim Boot zurückgeblieben, als Carandir sich auf den Weg zum Lager machte.

Elathar war froh, seinen Bruder zu sehen. Ein Teil von ihm hatte befürchtet, Carandir könne bei seiner Rückkehr nicht mehr am Leben sein. Zu seiner Erleichterung war es ihm jedoch auch weiterhin gelungen, sich vor Falinns Leuten verborgen zu halten. Die letzten Wochen jedoch hatten ihre Spuren hinterlassen. Carandir wirkte dünn und ausgezehrt.

Seine Haut war bleich, das Haar hing ihm in wirren Locken in die Stirn, und unter seinen Augen lagen tiefe Schatten, die sein Gesicht im Dunkel der Nacht wie einen Totenschädel aussehen ließen. Selbst das Lächeln, das sich bei Elathars Anblick auf seine Züge legte, war nur ein schwacher Abglanz seiner Freude.

Ihnen blieb keine Gelegenheit für eine ungestörte Begrüßung, denn Erlendur hatte sofort alle zusammengerufen. Nur wenige Augenblicke nach Carandirs Ankunft saßen sie mit Rissa, Erlendur und den Unterführern um ein Feuer versammelt. So knapp wie möglich und so ausführlich wie nötig schilderten Rissa und Elathar die Umstände ihrer Reise nach Thanasses und Rissas Theorie, was mit den Seelenlosen geschehen würde, wenn sie die Essenz freiließ. Wieder einmal offenbarten sie, dass Rissa eine Bronnéa war, behielten jedoch die genauen Umstände ihrer Vergangenheit für sich. Ebenso wie die Möglichkeit, dass sie es nicht überleben könnte, wenn sie die Essenz freigab. Das waren Dinge, die nur Rissa und ihn etwas angingen. Immerhin schien sie während der letzten Wochen akzeptiert zu haben, dass sie lebendig war – ganz gleich, welchen Umständen sie dieses Leben auch zu verdanken haben mochte.

Auf dem Weg nach Naranor hatte Elathar Zeit gehabt, über ihr Vorgehen nachzudenken. Wieder und wieder hatte er an den Abenden mit Rissa und Dainn zusammengesessen und Gedanken und Ideen gewälzt, bis schließlich ein Plan Gestalt angenommen hatte.

Er sah zu Rissa. »Dir kommt die wichtigste Aufgabe zu. Bist du sicher, dass du das tun willst?«

Ihr war anzusehen, wie unbehaglich sie sich bei dem Gedanken fühlte, an den Ort zurückzukehren, den sie vor so vielen Wochen hinter sich gelassen hatte. Zu den Menschen, die sie benutzt und belogen hatten. Trotzdem reckte sie entschlossen das Kinn und nickte.

»Während Rissa in die Burg geht, bringen wir uns in Position«, fuhr Elathar fort. »Sobald die Seelenlosen fallen, müssen wir bereit sein. Nicht alle von Falinns verbliebenen Kriegern werden kämpfen. Einige werden die Waffen strecken. Allerdings vermag ich nicht einzuschätzen, wie viele es sein werden. Die anderen müssen wir zur Aufgabe bewegen. Was am einfachsten möglich sein sollte, wenn wir ihren Herrn in unsere Gewalt bringen.«

Erlendur runzelte die Stirn. »Du willst ihn nicht töten?«

»Wenn wir ihn umbringen, sind wir nicht besser als er. Die Menschen müssen erfahren, was wirklich passiert ist. Nur dann werden sie Carandirs Rückkehr und seinen Anspruch auf den Thron akzeptieren. Am besten erreichen wir das in einem öffentlichen Verfahren auf dem Marktplatz, wo jeder mit anhören kann, was Falinn getan hat.«

»Ist das nicht zu riskant?«, fragte Carandir. »Was, wenn er entkommt? Oder wenn es ihm gelingt, sich herauszuwinden und weiter Lügen zu verbreiten?«

»Es gibt so viele Zeugen für sein Tun, dass ihm das unmöglich gelingen kann.« Die anderen schienen das genauso zu sehen, nur Carandir schüttelte noch immer den Kopf. Da begriff Elathar, dass es ihm in Wahrheit nicht um Falinn ging, sondern darum, sich selbst dem Urteil der Menschen zu stellen, das sie zweifelsohne über ihn fällen würden. »Das Gericht kann auch in der Königsburg stattfinden, mit den Oberhäuptern jeder Gilde als Vertreter der Öffentlichkeit.« Auf diese Weise würden die Menschen ebenfalls die Wahrheit erfahren, ohne dass Carandir sich ihnen allen stellen musste. Elathar sah seinen Bruder an. »Letztlich ist es allein deine Entscheidung, wie wir mit Falinn verfahren.«

Carandir nickte. »Dann lasst uns zuerst sehen, dass wir überhaupt an einen Punkt kommen, an dem es etwas zu entscheiden gibt. Wie sieht dein weiterer Plan aus?«

»Der größte Teil meiner Männer kommt mit mir in die

Burg«, sagte Elathar. »Die anderen bringen sich, unter Erlendurs Kommando, in der Stadt in Stellung. Eure Aufgabe ist es, dafür zu sorgen, dass die Stadtwache keine Dummheiten macht.«

Bei Tagesanbruch würden sie beginnen, Erlendur und seine Männer in die Stadt zu schleusen. Einige sollten sich in den Besucherstrom einreihen und als Reisende, Händler und Bauern durch die Tore gehen. »Der Mann, der dich hierher begleitet hat, soll dafür sorgen, dass deine Händlerfreunde ein Schiff schicken. Eines, das groß genug ist, damit sich der Rest von Erlendurs Trupp darauf verbergen kann. Außerdem sollen sie uns Gewänder schicken. Einfache Umhänge, Hosen und Tuniken, wie sie Händler und Bauern tragen. Auf diese Weise sollte es leichter sein, unsere Leute durch die Stadttore zu bringen. Ein Karren mit Heu wäre gut für Waffen und Rüstungen.« Wenn ein Teil der Männer über den Hafen und ein anderer durch die Stadttore kam, würde es ihnen schneller gelingen, sich in Naranor zu verteilen und Position zu beziehen.

Dainn kratzte sich am Kinn. »Jetzt bleibt nur noch die Frage, wie wir unbemerkt in die Burg kommen sollen.«

»Über die Zisterne«, sagte Carandir. »Sie hat einen Überlauf an der Steilküste. Ein schmaler Spalt, durch den wir uns hindurchzwängen müssen. Doch wenn wir erst einmal drin sind –«

»Sagtet Ihr Steilküste?« Dainn wirkte alles andere als begeistert. »Heißt das, wir müssen uns abseilen?«

Carandir schüttelte den Kopf. »Nicht abseilen. Klettern. Wenn wir von oben kommen, könnten sie uns sehen. Von unten wird niemand mit uns rechnen.«

»Ich vermute mal, weil es ein vollkommen verrücktes und halsbrecherisches Unterfangen ist, an dieser Klippe nach oben zu klettern«, brummte Dainn.

»Und weil der Zugang zur Zisterne von außen nicht zu sehen ist. Wer nicht weiß, dass er da ist, wird ihn nicht finden.

Deshalb wird auch niemand auf den Gedanken kommen, dass er unser Ziel ist.«

»Ein Tor wäre mir trotzdem lieber.«

Elathar konnte sich ein Grinsen nicht verkneifen. Er hätte Dainn angeboten, sich Erlendurs Trupp in der Stadt anzuschließen, doch damit hätte er nur den Stolz seines Freundes verletzt. Höhenangst hin oder her, Dainn würde sich nicht davon abhalten lassen, mit ihnen in die Burg zu kommen. »Was ist mit Beolans Männern?«

»Ich lasse Beolan eine Nachricht zukommen, dass er uns an der Zisterne trifft. Seine Männer werden sich uns anschließen, sobald wir in der Burg sind.«

Elathar sah erneut zu Erlendur. »Setzt die Stadtwache fest, aber wartet damit, bis die Seelenlosen außer Gefecht gesetzt sind.«

Erlendur wandte sich an Carandir. »Haben wir in der Stadt Verbündete?«

»So ziemlich jeden Händler, die meisten Fischer und Schmuggler und vermutlich auch den einen oder anderen Dieb. Alles in allem mehr als hundert Mann. Sie mögen keine ausgebildeten Krieger sein, aber sie sind bereit zu kämpfen.« Carandir war anzusehen, wie stolz er auf diese Männer war, die sich ihm angeschlossen hatten. »Serral, der Mann, der mich hierhergebracht hat, wird dafür sorgen, dass sie zu Eurer Verfügung stehen.«

Nachdem die Grundzüge ihres Plans feststanden, verbrachten sie die nächsten Stunden damit, alle Details festzulegen. Solange niemand eine Frage an ihn richtete, mischte sich Carandir nicht ein. Selbst bei Diskussionen warf er seine Meinung nicht mit in die Waagschale. Elathar sagte nichts, doch ihm entging nicht, dass Carandir ihm die Führung überlassen hatte. So bereitwillig wie ein geprügelter Hund.

Als sich die Versammlung schließlich auflöste, nahm Elathar seinen Bruder zur Seite.

»Du warst sehr schweigsam.«

Carandir zuckte die Schultern. »Du bekommst das ganz gut ohne mich hin. Es sind ohnehin deine Männer. Sie folgen dir und –«

»Du wirst ihr König sein! Das macht sie auch zu deinen Männern!« Wenn Carandir die Menschen überzeugen und wieder auf seine Seite bringen wollte, dann musste er Stärke zeigen! Er musste das verdammte Kommando übernehmen! »Ich werde das Gefühl nicht los, dass du nur darauf wartest, dass es endlich vorbei ist.«

»Und wenn es so wäre? Wäre das so verwerflich?«

Elathar seufzte. »Nein. Es ist das, was wir alle wollen. Aber du musst etwas tun, Carandir. Wo ist deine Entschlossenheit? Wo dein Drang, den Mörder unseres Vaters zur Rechenschaft zu ziehen? Wenn es losgeht, sind wir alle aufeinander angewiesen. Um Falinn zu besiegen, müssen wir mit vollem Einsatz kämpfen. Ich brauche deine Aufmerksamkeit und deinen wachen Verstand, wenn wir nicht in eine Falle laufen wollen. Kann ich mich auf dich verlassen?«

»Natürlich kannst du das.« Die Worte kamen schnell und fest, doch was Elathar in den Augen seines Bruders sah, ließ ihn an ihrer Wahrheit zweifeln. Als er Carandir vor Wochen in Naranor getroffen hatte, war ihm nicht entgangen, wie hart ihn die Ereignisse getroffen hatten. Jetzt jedoch erkannte Elathar das wahre Ausmaß – sein Bruder war gebrochen.

»Wenn du jetzt aufgibst, hat er gesiegt. Lass das nicht zu!«

Carandir fuhr sich über die Augen. Eine Geste, die ihn nur noch erschöpfter wirken ließ. »Vielleicht werden die Menschen uns glauben, was wirklich geschehen ist. Aber sie werden mir nicht verzeihen. Sie werden es nicht verstehen.«

»Ich habe es verstanden. Sie werden das auch.« Er schlug seinem Bruder auf die Schulter. »Lass uns einen Schritt nach dem anderen machen. Erst Falinn, dann alles andere.«

54

Obwohl sie die Nacht gemeinsam abseits des Lagers verbracht hatten, kam die Zeit des Abschieds viel zu schnell. Elathar wusste nicht, was er sagen sollte. Es gab nichts, das Rissa nicht ohnehin längst wusste oder das er ihr nicht während der letzten Nacht gezeigt hätte. Falls er überlebte, wie sollte er ohne sie weitermachen? Die bloße Vorstellung war mehr, als er im Augenblick ertragen konnte, deshalb zwang er sich, sich ganz auf die Gegenwart zu konzentrieren und nicht daran zu denken, wie dieser Tag enden würde.

Mehr als die Hälfte der Männer war bereits fort. Ein Teil von ihnen war an Bord des Schiffs gegangen, das Carandirs Verbündete geschickt hatten. Wie versprochen hatten sie einen Karren und Gewänder an Bord gehabt. Kurz nach Tagesanbruch waren die restlichen Männer von Erlendurs Trupp umgezogen und auf dem Weg nach Naranor, wo sie sich über den Tag verteilt unter den Besucherstrom mischen sollten.

Während sich die verbliebenen Männer zum Aufbruch bereit machten, nahm Elathar Rissa zur Seite. »Warte bis kurz vor Einbruch der Dunkelheit, dann geh in die Stadt. Wenn das Tempelhorn zur Nachtandacht erklingt, mach dich auf den Weg zur Burg.« Bis dahin sollte er mit seinen Männern die Klippe überwunden haben und in Position sein.

»Bist du sicher, dass du kein Kettenhemd anlegen willst?«

»Das hatten wir doch schon.« Natürlich hätte er sein Kettenhemd vorgezogen, doch beim Erklimmen der Steilküste würde ihn das Gewicht nur behindern. Wie seine Männer auch hatte er sich für eine Lederrüstung entschieden, in der Hoffnung, dass sie ihn ausreichend schützen und er genügend Bewegungsfreiheit haben würde.

»Sei vorsichtig.« Rissa strich ihm über die Wange, den Blick auf seine Augen geheftet. »Dein magischer Schutz, ich glaube, er existiert nicht mehr.«

Es wäre ihm lieber gewesen, wenn sie es nicht gewusst und damit einen Grund weniger zur Sorge gehabt hätte. Gern hätte er sie beruhigt und behauptet, dass der Schutz noch immer intakt war, doch sie wusste zu viel über Magie, um seine Lüge nicht als das zu erkennen, was sie war. Deshalb nickte er nur und zog sie an sich.

»Rissa, ich …« *Ich liebe dich.* Die Worte wollten ihm nicht über die Lippen kommen. Zu sehr klangen sie nach einem Abschied für immer. Als wollte er noch ein letztes Mal seine Gefühle für sie bekräftigen. Aber war es nicht genau das? Wenn er es aussprach, würde es wirklich werden, greifbar. Das wollte er nicht. Er wollte nicht, dass sie in dem Bewusstsein auseinandergingen, dass es für immer war. Stattdessen wollte er mit der Hoffnung in den Kampf ziehen, sie wiederzusehen. Auch wenn sie beide wussten, dass das nicht passieren würde. Rissa würde den nächsten Morgen nicht erleben und er selbst vielleicht auch nicht.

Noch einmal setzte er an, die Worte zu sagen, doch Rissa legte ihm den Finger auf den Mund. »Ich weiß«, sagte sie und küsste ihn.

Elathar verlor sich in ihrem Kuss und ihrer Wärme. Er versuchte, jeden Moment in sich aufzunehmen, um sich später zu erinnern, wie sich ihre Lippen auf seinen angefühlt hatten. Wie *sie* sich angefühlt hatte, wenn er sie im Arm hielt. Dass es – wenn auch nur für kurze Zeit – jemanden in seinem Leben gegeben hatte, der derart tiefe Gefühle in ihm weckte, war ein Geschenk. Er war froh, Rissa begegnet zu sein. Wenn er etwas bereute, dann nur, dass er so viel Zeit damit verschwendet hatte, sich von ihr fernzuhalten.

Nur widerwillig löste er die Lippen von ihren. »Wir müssen aufbrechen.«

Rissa nickte. In ihren Augen schimmerten Tränen. Bevor er noch etwas sagen konnte, brachte Dainn ihr Pferd. Elathar half ihr in den Sattel und reichte ihr den Zügel. Als sie ihn nahm, griff er nach ihrer Hand und hauchte ihr einen Kuss auf die Fingerspitzen.

»Wir sehen uns in Naranor.« Rissa drückte noch einmal seine Finger, dann löste sie ihre Hand aus seiner und trat ihr Pferd in die Flanken.

Ich liebe dich. »In Naranor«, flüsterte Elathar, als sie zwischen den Bäumen außer Sicht verschwand.

Dainn legte ihm eine Hand auf die Schulter. »Wenn jemand das schaffen kann, dann sie.«

Es war keine Frage, ob sie es schaffen würde, daran zweifelte Elathar nicht im Geringsten. Es war der Preis, der ihr dafür abverlangt wurde, der ihm den Abschied so schwer machte. Ein Preis, von dem Dainn und die anderen nichts ahnten.

55

Während Rissa die Handelsstraße nahm, führte Carandir Elathar und dessen Truppe an der Küste entlang. Sie folgten einer schmalen Straße, die die Küstendörfer miteinander verband und für gewöhnlich nur von Fischern und Händlern benutzt wurde. Die Menschen verschwanden in ihren Häusern und verriegelten die Türen, sobald sie die vierzig Reiter kommen sahen. Carandir konnte es ihnen nicht verdenken. Seit Falinn Fürst Willan gerichtet hatte und gegen jeden vorging, der gegen ihn sprach, hatte sich die Angst im Land breitgemacht. Bisher kannte er nur die Berichte von Torkal und den anderen Händlern, jetzt wurde er zum ersten Mal selbst der Furcht der Menschen ansichtig.

Den ganzen Weg über gingen ihm die furchtsamen Gesichter nicht aus dem Kopf. Diese Menschen waren der Grund, warum er tat, was er tat.

Kurz nach Mittag erreichten sie das letzte Dorf auf ihrem Weg nach Naranor. Dahinter verjüngte sich die Straße zu einem Trampelpfad, auf der dem Meer abgewandten Seite abwechselnd gesäumt von kleinen Wäldchen und ausgedehnten Wiesen. Von der Küste wehte ein frischer Wind, der die See aufwühlte und die Wellen schäumend ans Ufer schlagen ließ. Die Luft roch frisch und salzig.

Je weiter sie kamen, desto zerklüfteter und felsiger wurde der Untergrund. Schließlich erreichten sie die Stelle, an der sie den Weg verlassen mussten. Zu ihrer Rechten wuchs ein Hang zu der mächtigen Steilküste empor, an deren höchstem Punkt sich die Königsburg über dem Meer erhob. Auf der linken Seite führte ein Weg am Fuße der Klippen über einen schmalen Strand weiter. Diesen Weg würden sie gehen, später, kurz vor Einbruch der Dunkelheit.

»Wir sollten hier haltmachen«, sagte Carandir zu Elathar, der dicht hinter ihm ritt. »Von hier aus ist es nicht mehr weit, aber weit genug, sodass sie uns von oben nicht sehen können.«

Elathar nickte und gab seinen Männern den Befehl, ein Lager aufzuschlagen. Die wenigen Stunden bis zum Abend verbrachte Carandir größtenteils schweigend abseits der anderen.

Elathar hatte immer wieder versucht, ihn zu einem Gespräch zu bewegen oder ihn zumindest dazu zu bringen, sich zu ihm und den anderen zu gesellen. Doch ihm war weder nach dem einen noch nach dem anderen zumute. So viele Jahre waren vergangen, in denen er Elathar nur selten zu Gesicht bekommen hatte. Noch vor ein paar Monaten hätte er alles dafür gegeben, Zeit mit seinem Bruder verbringen zu können. Jetzt jedoch wusste er nicht, was er sagen sollte. Oder wie er verbergen konnte, was die Ereignisse der letzten Monate mit ihm gemacht hatten.

Als endlich die Zeit zum Aufbruch kam, übernahm er erneut die Führung und leitete die Krieger im Schutz der aufsteigenden Klippen über den Strand. Im Schatten der Königsburg, die hoch über ihnen auf den Klippen thronte, gab er das Zeichen anzuhalten und saß ab.

Sie schlangen die Zügel um das wilde Gestrüpp, das am Fuße der Felsen wucherte, und sammelten sich vor der zerklüfteten Steilwand, aus deren Spalten vereinzelte Büsche wuchsen. Dainn war ein paar Schritte zurückgetreten und sah nach oben. »Ich habe kein Problem, gegen Falinn und ein paar Hundert seiner Seelenlosen anzutreten. Aber das da«, sagte er und deutete den Fels hinauf, »das ist verrückt!«

»Es wird noch verrückter, wenn du hörst, wie weit wir hochmüssen«, gab Elathar zurück.

»Oh, ich mache mir keine Hoffnungen, dass unser Ziel auch nur ansatzweise in der unteren Hälfte dieser Felswand liegt.«

»Seht Ihr den Busch, etwa fünfzehn Meter unter dem oberen Rand?« Carandir deutete an die Stelle und bezweifelte nicht, dass es für Dainn eher die fünfzig oder sechzig Meter vom Boden waren, die zählten. »Dahinter liegt der Zugang zur Zisterne.«

»Haben wir einen Wurfanker?«

»Haben wir«, sagte einer von Elathars Unterführern von hinten. »Wir haben sogar genug Seile, die wir aneinanderknoten können. Allerdings bezweifle ich, dass einer von uns in der Lage ist, das Ding weit genug nach oben zu werfen.«

»Ich nehme das Seil und klettere hoch«, sagte Elathar. »Sobald ich oben bin, befestige ich es und werfe es euch herunter. Dann folgt ihr mir, einer nach dem anderen.«

»Erinnerst du dich an die alte Eiche in Vaters Garten, Elathar?«

»Damals waren wir Kinder.« Ihm war anzusehen, dass er genau wusste, worauf Carandir hinauswollte. Sie hatten damals Wetten abgeschlossen, wer von ihnen höher käme. Im Gegensatz zu Carandir, der es bis in die Baumkrone geschafft hatte, war Elathar heruntergefallen und hatte sich nur mit Glück nichts gebrochen. Während Carandir häufig auf den Klippen herumgeklettert war, hatte sein Bruder es danach vorgezogen, auf sicherem Boden zu bleiben. Elathar beherrschte vieles – Klettern gehörte nicht dazu.

»Ich werde gehen«, sagte Carandir.

Elathar schüttelte den Kopf. »Nein. Du bist –«

»Zu wichtig? Was hast du vor, wenn wir erst drin sind? Mich in der Zisterne zurücklassen, während ihr kämpft? Damit mir nichts passiert, weil ich so *wichtig* bin?«

»So war das nicht gemeint.«

»Doch, das war es«, sagte Carandir. »Ich werde gehen und

du wirst mich nicht aufhalten. Oder willst du dich mit mir streiten, bis es zu dunkel ist, um den Fels zu erklimmen?«

Elathar ließ den Blick über die Männer schweifen, und Carandir war sicher, dass er abzuwägen versuchte, wer von ihnen ein besserer Kletterer sein könnte. Allerdings bezweifelte er, dass das Erklettern von Felswänden zu ihren Aufgaben in der Garnison gehört hatte. Eine Annahme, die durch Elathars Nicken bekräftigt wurde. Er streifte seine Lederhandschuhe ab und hielt sie Carandir entgegen. »Dann nimm wenigstens die.«

»Danke.« Er sah sich nach dem Unterführer um, der sich schon vorhin zu Wort gemeldet hatte. »Haben wir nur einen Wurfanker oder auch Kletterhaken?«

Der kleine Mann mit dem kahlen Schädel grinste. »Eure Händlerfreunde haben uns sogar einen Hammer mitgeschickt, als sie hörten, was wir vorhaben. Wir sind ziemlich gut ausgerüstet.«

Carandir nickte und wandte sich wieder Elathar zu. »Wenn ich oben bin, werde ich euch das Seil runterlassen. Passt oben auf. Die Öffnung ist schmal und dahinter geht es erst einmal ein Stück abwärts.«

Carandir schnallte sich das Schwert, das er am Morgen bekommen hatte, auf den Rücken, befestigte den Beutel mit den Kletterhaken zusammen mit dem Hammer an seinem Gürtel und schlang sich die Seilrolle über die Schulter. Dann streifte er sich die Handschuhe über und sah sich nach einem geeigneten Einstieg in die Wand um. Der Fels war zwar steil, aber zerklüftet, sodass er nicht lange nach Halt suchen musste. Die ersten Meter kam er gut voran, danach wurde es ein wenig komplizierter, die Griffmöglichkeiten lagen weiter auseinander, und er musste immer wieder einen Haken in einen Spalt schlagen, um sich daran weiter nach oben zu ziehen. Wenn sie mit Falinn fertig waren, musste dringend etwas mit dieser Felswand geschehen. Es war viel zu leicht, diese Klippe zu erklimmen. Sicher, es würde weitaus schwieriger werden, wenn der zerklüftete Fels in den glatten Stein der Burgmauern überging – wenn jedoch jemand von der Existenz des Überlaufs wusste, wäre es ein Leichtes, in die Burg einzudringen. Ein schweres Gitter vor dem Überlauf sollte das Problem beheben.

Um ein Haar hätte er gelacht. Sie standen kurz davor, Falinn und seine Armee zu konfrontieren, und er machte sich über einen verdammten Zugang Gedanken. Dabei gab es ganz andere Dinge, um die er sich sorgen sollte. Wenn er jetzt den Halt verlor und abstürzte, wäre alles vorbei.

Aber wäre das wirklich so schlimm?

Elathar und seine Männer wussten jetzt, wo der Zugang war. Sie brauchten ihn nicht mehr.

Als reichte der bloße Gedanke aus, brach an der Stelle, an die er seinen rechten Fuß setzte, ein Stück Fels ab. Carandir trat ins Leere. Sobald sein Gewicht nur noch auf einem Fuß ruhte, geriet auch der ins Rutschen. Krampfhaft tastete er nach einem neuen Halt. Die Muskeln in seinen Oberarmen und Schultern waren zum Zerreißen gespannt, als er den größten Teil seines Gewichts auf die Arme verlagerte, um mehr Spielraum für seine Beine und die Suche nach Halt zu haben. Seine Schultern brannten, und seine Finger begannen sich zu verkrampfen, während er darum kämpfte, wieder Fuß zu fassen. Als es ihm endlich gelang und er die Spannung von seinen Armen nehmen konnte, war er schweißüberströmt.

Abzustürzen war keineswegs so leicht, wie er es sich noch Augenblicke zuvor vorgestellt hatte. Nicht, solange er noch einen Funken Überlebenswillen in sich trug.

Zornig schüttelte er den Gedanken an den Tod ab, trieb einen weiteren Haken in die Wand und zog sich daran hoch. Verflucht, warum dachte er so etwas überhaupt?

Es war ihm gut gegangen. Seit er mit Beolan gesprochen und schließlich herausgefunden hatte, dass Elathar am Leben war, war er voller Tatendrang gewesen. Erfüllt von dem Wunsch, Falinn endlich zur Strecke zu bringen. Wochenlang hatte er nichts anderes getan, als mit Torkals Hilfe Verbündete zu suchen, Waffen und Ausrüstung zu organisieren und ein Netz aus Informanten aufzubauen, durch das jeder seiner Verbündeten von neuen Entwicklungen und Plänen binnen kürzester Zeit in Kenntnis gesetzt werden konnte.

Jetzt jedoch, da der Augenblick des Handelns gekommen war, hätte er sich am liebsten in Torkals Dachkammer verkrochen, die Tür verriegelt und nie wieder geöffnet. Während Elathar es kaum erwarten konnte, endlich loszuschlagen, fühlte er sich wie gelähmt.

Er hatte versucht, es Elathar zu sagen, doch wie konnte er etwas aussprechen, das er sich selbst nicht eingestehen wollte? Trotzdem war er sicher, dass Elathar die Wahrheit längst erkannt hatte. Carandir würde kämpfen, mit all seiner Kraft. Doch er wusste nicht, ob er auch die Kraft haben würde für das, was danach kam.

56

Rissa hatte den größten Teil des Tages mit Warten verbracht. Nicht weit von der Stadt entfernt lag eine Schenke am Wegesrand. Sie hatte sich einen Tisch am Fenster gesucht und sich, obwohl sie nicht hungrig war, etwas zu essen bestellt. Die meiste Zeit über hatte sie aus dem Fenster gestarrt und darauf gewartet, dass das Tageslicht zu schwinden begann. Als es endlich so weit war, bezahlte sie ihre Zeche, holte ihr Pferd und ritt im strammen Galopp nach Naranor.

Sie wusste, wann Elathar losschlagen wollte. Was sie nicht wusste, war, wie lange sie brauchen würde, um in Falinns Nähe zu gelangen.

Entgegen ihrer Annahme, man würde sie bereits an den Toren erkennen und in die Burg bringen, gelangte sie in die Stadt, ohne dass eine der Wachen auch nur einen zweiten Blick an sie verschwendete. In der Stadt bereitete man sich auf den Abend vor. Wirte öffneten die Türen zu ihren Schenken, um Besucher anzulocken, die Händler auf dem Marktplatz schlossen ihre Stände, und ein steter Strom an Menschen war auf den Straßen unterwegs, viele davon auf dem Weg nach Hause oder in eines der Gasthäuser. Aus dem Augenwinkel musterte sie die Männer, die ihr auf der Straße begegneten, immer auf der Suche nach einem bekannten Gesicht. Wo auch immer sich Elathars Krieger verbargen, sie konnte keinen von ihnen entdecken.

Als endlich das Tempelhorn erklang, erschien es Rissa wie eine Erlösung. Endlich war das Warten vorbei. Jetzt lag es an ihr, Elathar und seinen Männern den Weg zu ebnen.

Noch waren die Straßen belebt, doch schon bald würde sich das ändern. Spätestens wenn die letzten Stände und Läden geschlossen hatten, würde auf den Straßen Ruhe einkehren. Eine Ruhe, von der sie hoffte, sie möge für den Rest der Nacht andauern. Je weniger die Menschen in der Stadt von dem mitbekamen, was in der Burg vor sich ging, desto besser wäre es für Erlendur und seine Männer.

Der Weg den Hügel hinauf erschien Rissa endlos und zugleich war er nicht annähernd lang genug. Ein Teil von ihr brannte darauf, endlich zu handeln, es hinter sich zu bringen, während ein anderer Teil von ihr am liebsten kehrtgemacht hätte und davongelaufen wäre. Sie hatte Angst. Weniger um ihr eigenes Leben als um Elathars. Oder Dainns. Oder das Leben jeden einzelnen Mannes, der an der Seite der beiden heute Nacht in den Kampf zog.

Ihr eigenes Leben war bereits vor vier Jahrzehnten verwirkt gewesen. Ein Umstand, mit dem sie im Laufe der vergangenen Wochen ihren Frieden geschlossen hatte. Wenn es etwas gab, das ihr Angst machte, war es die Möglichkeit zu versagen. Von ihrem Erfolg hing heute Nacht alles ab. Wenn es ihr nicht gelang, nah genug an Falinn heranzukommen, um das Artefakt zu zerstören – ein Artefakt, von dem sie nicht einmal wusste, wie es aussah –, war alles verloren. Solange die Seelenlosen existierten, gab es für Elathar und die anderen keine Aussicht auf Erfolg. Das Blut dieser Männer würde an ihren Händen kleben.

Am Ende der Hauptstraße, auf Höhe der letzten Häuser, hielt Rissa inne und betrachtete die Burg, die wie ein gewaltiger Schatten aus der Dämmerung emporragte. Ihr Blick wanderte nach rechts in Richtung der Klippe. Es war fast dunkel. Sie wusste, dass zumindest die ersten Männer noch bei Tageslicht den Fels erklimmen mussten. In der Dunkelheit wäre es zu gefährlich. Zu groß wäre die Gefahr, einen sicheren Halt zu verfehlen und abzustürzen. Die anderen konnten an einem

Seil folgen, für sie wäre es unerheblich, ob es hell oder dunkel war. Hatten Elathar und die anderen den Aufstieg bereits geschafft? Oder waren sie gar entdeckt worden? Ihr Blick glitt über die Mauern, wo die Wachen auf dem Wehrgang patrouillierten. Nein, wenn man Elathar entdeckt hätte, wäre es nicht so ruhig. Abgesehen davon hatte die Klippe im oberen Teil einen leichten Überhang. Nur wer sich über den Rand der Mauer beugte, wäre überhaupt in der Lage, einen Kletterer zu erkennen. So wie es aussah, machte sich nicht einmal jemand die Mühe, nach unten zu blicken.

Am Burgtor stellten sich ihr zwei Wachen in den Weg. »Wer seid Ihr? Was ist Euer Begehr?«

»Ich bin Rissa, Dalkurs Tochter.« Das Wort *Tochter* kam ihr nur schwer über die Lippen. »Und ich will zu meinem Vater.«

»Wartet hier.«

Einer der Männer verschwand über den Burghof, ein anderer trat an seine Stelle und versperrte Rissa nicht nur den Weg, sondern auch die Sicht. Zu ihrer Erleichterung musste sie nicht lange warten, bis die Wache mit einem anderen Soldaten zurückkam. Der andere war ein Seelenloser. Dank Celedans Medaillon erkannte sie ihn als das, was er war. Obwohl sie gewusst hatte, dass die Seelenlosen in der Burg waren, war es das erste Mal, dass sie hier einen in seiner wahren Gestalt zu Gesicht bekam. Ihn in dieser geschützten Umgebung zu sehen, die sie für eine Weile als ihr Zuhause betrachtet hatte, war schlimmer als jede Begegnung davor.

»Folgt mir«, sagte das Monster und machte kehrt.

Die Wachen gaben den Weg frei und Rissa trat an ihnen vorbei. Der Seelenlose legte ein derart flottes Tempo vor, dass sie Mühe hatte, mit ihm Schritt zu halten. Je näher sie dem Haupthaus kam, desto rastloser wurden ihre Gedanken. Mit jedem Schritt, der sie näher an ihr Ziel brachte, wurde ihr deutlicher bewusst, was alles schiefgehen konnte. Was, wenn sie, nach allem, was sie erfahren und erlebt hatte, nicht einfach die heimgekehrte Tochter spielen konnte? Wie sollte sie diesem Mann, der sie nur belogen und betrogen hatte, in die Augen sehen und ihn Vater nennen? Und wenn sie es tat, was, wenn er es ihr nicht abnahm? Was, wenn er sie durchschaute? Dann würde er sie in den Kerker werfen lassen, bevor sie auch nur in Falinns Nähe gelangte.

Reiß dich zusammen!, rief sie sich zur Räson. *Dann wird auch nichts passieren!*

Für Notfälle hatte sie noch immer Dainns Dolch, den sie vor ihrem Aufbruch in ihren Stiefel geschoben hatte. Sie straffte die Schultern und folgte dem Seelenlosen nach drinnen, durch die Eingangshalle zu einem Treppenhaus. Rissas Herzschlag beschleunigte sich, als die Kreatur sie die Stufen hinaufführte. Sie war diese Treppe noch nie gegangen, hatte immer einen anderen Weg eingeschlagen, der sie über die Gänge und Treppen der Dienerschaft geführt hatte. Das wäre doch zu einfach! Bestimmt würde er bald einen anderen Weg einschlagen. Doch das tat er nicht. Stattdessen führte er sie einen Gang entlang, den sie bei ihrem letzten Besuch von der anderen Seite betreten hatte. Den Gang zu Falinns Besprechungsraum.

Rissa hielt den Atem an. War Dalkur allein dort oder wäre Falinn bei ihm? Besorgt fragte sie sich, wie die Männer reagieren würden, wenn sie ihr die Rolle des Entführungsopfers nicht abnahmen. Dann jedoch wurde ihr bewusst, dass es nicht wichtig war. Wenn sie erst nah genug an Falinn dran war, brauchte sie nur noch ein paar ungestörte Momente der Konzentration. Alles andere war unwichtig.

Elathar war der Ansicht gewesen, dass es genügen würde, wenn sie die Essenz irgendwo in der Burg freiließ. Rissa war sich da nicht so sicher. Sie wusste nicht, welche Reichweite die freigesetzte Magie haben und ob sie ausreichen würde, um das Artefakt zu zerstören. Nur eines wusste sie mit Sicherheit: Falinn würde ein derart wichtiges Artefakt bei sich tragen. Deshalb musste sie so nah wie möglich an ihn heran.

Dieses Mal waren zwei Wachen vor der Tür des Besprechungsraums postiert, beides Seelenlose. Als sie ihren Kameraden mit Rissa kommen sahen, öffnete einer der beiden die Tür, um sie anzukündigen. Von drinnen war Falinns Stimme zu vernehmen, sie war jedoch zu weit entfernt, um seine Worte zu verstehen.

An der Tür angekommen, ließen die Wachen sie passieren. Überrascht darüber, dass niemand sie nach Waffen durchsuchte, trat sie ein. Mit einem Dolch würde sie ohnehin nicht viel ausrichten können, und wenn ihr gelang, weshalb sie gekommen war, würde er auch nicht vonnöten sein. Trotzdem fühlte es sich beruhigend an, ihn an ihrem Bein zu spüren.

Rissa hatte oft und lange darüber nachgedacht, wie es sein würde, Falinn und Dalkur erneut gegenüberzustehen. Sie hatte sich gefragt, wie sie reagieren, was sie beim Anblick der Männer empfinden würde. Als sie die beiden jetzt sah, empfand sie nichts. Keinen Hass. Keine Wut. Nur Gleichgültigkeit. Mehr verdiente keiner von ihnen.

Als sie Naranor den Rücken gekehrt hatte, war Dalkur der Mensch in ihrem Leben gewesen, der ihr am vertrautesten war. Sie hatte mit sich gerungen, und trotz seines Verrats war es ihr schwergefallen, ihn zurückzulassen. Nach allem, was sie inzwischen wusste, war der Mann, der neben dem langen Tisch stand, ein Fremder. Das Gefühl der Vertrautheit und jedes bisschen Zuneigung, die sie je für ihn – ihren *Vater* – empfunden haben mochte, waren fort. Selbst Falinn in seinem dunkelroten, von Goldfäden durchwirkten Wams, mit seinem Lächeln, das es nicht vermochte, seine Augen zu erreichen, erschien ihr vertrauter als der Mann in der dunkelblauen Robe.

Rissa zwang sich zu einem Lächeln. Nur ein paar Augenblicke der Konzentration, dann wäre es vorüber. Erst jedoch musste sie die Begrüßung der beiden über sich ergehen lassen. Vorher würde es ihr nicht gelingen, ihrem Geist die nötige Ruhe zu verschaffen.

Falinn befahl dem Seelenlosen, der sie hergebracht hatte, den Raum zu verlassen und die Tür hinter sich zu schließen. Während Rissas Blick noch zwischen Falinn und Dalkur hin und her glitt, wurde sie einer Bewegung in ihrem Rücken gewahr. Erst jetzt bemerkte sie, dass noch jemand im Raum war. Jemand, der bisher von der offen stehenden Tür verborgen gewesen sein musste. Als sie den Kopf nach ihm wandte, setzte ihr Herz für einen Schlag aus.

»Ich hoffe, Ihr hattet eine angenehme Reise«, sagte Hauptmann Kartain.

57

Die Zisterne war ein weitläufiges Gewölbe aus grob behauenem Stein, das sich unter den tiefsten Kellern der Burg erstreckte. Der Überlauf, durch den sie gekommen waren, sorgte dafür, dass das Wasser selbst in den regenreichsten Jahren nicht weit genug ansteigen konnte, um die Vorratslager oder gar die Burg selbst zu überschwemmen.

Zum wohl hundertsten Mal überprüfte Elathar den Sitz seines Schwertgurts und zog seine Lederrüstung zurecht. Das Warten war zermürbend. Am liebsten wäre er losgestürmt, aus der Zisterne heraus, die Treppen hinauf, in Falinns Gemächer. Wenn er diesen elenden Mistkerl nur endlich zu fassen bekäme! Stattdessen wäre Rissa mit ihm allein. Zumindest für eine Weile.

»Wenn wir noch länger warten müssen, wird Moos zwischen meinen Zehen wachsen«, brummte Dainn und blickte auf seine Stiefel hinab, mit denen er bis zu den Waden im Wasser stand.

»Du kannst froh sein, dass es ein trockener Sommer war, sonst hättest du längst am eigenen Leib erfahren, was es heißt, wenn einem das Wasser bis zum Hals steht.«

Nachdem der Letzte seiner Männer Carandirs Seil erklommen hatte und in die Zisterne geklettert war, hatte Bär Fackeln verteilt. Der orangefarbene Schein breitete sich im Gewölbe aus und legte sich wie flüssiges Feuer über die Wasseroberfläche. Das grobe Mauerwerk war in ein Geflecht aus Licht und Schatten gehüllt, als Carandir sie durch die lang gezogenen Gewölbe bis zu einer schmalen Treppe führte, die keine dreißig Stufen über ihnen vor einer dicken Eichenholztür endete. Dahinter lag ihr Ziel. Unglücklicherweise waren sie nicht in der Lage, die Zisterne ohne Hilfe zu verlassen, denn die Tür war von der anderen Seite mit einem schweren Balken gesichert. Der letzte Schutz vor Eindringlingen wie ihnen.

»Bist du sicher, dass er kommen wird?«, fragte Elathar seinen Bruder.

»Du kennst Beolan. Natürlich wird er kommen.«

Sofern ihn die Nachricht erreicht hatte. Selbst wenn er sie bekommen hatte, konnte etwas schiefgegangen sein. Hatte Beolan nicht selbst gesagt, dass Falinns Männer ihn überwachten? Die Seelenlosen konnten ihn auf dem Weg hierher abgefangen haben, und wenn sich die Tür endlich öffnete – falls sie sich überhaupt öffnete –, würden Elathar und die anderen nicht in Beolans Gesicht blicken, sondern in die Gesichter von Falinns Kreaturen.

Elathar schob den Gedanken beiseite. Es war sinnlos, darüber nachzudenken, was alles passieren konnte. Das würde ihn nur lähmen.

Am liebsten wäre er die Treppe nach oben gelaufen, um an der Tür zu lauschen. Allerdings bezweifelte er, dass er etwas hören würde. Die Tür war einfach zu massiv. Aber wenigstens wäre er dann aus dem Wasser raus. Dainn war nicht der Einzige, der kein Vergnügen an nassen Füßen hatte. Sie hätten ein Stück die Stufen hinaufgehen können, um ins Trockene zu gelangen. Da die Treppe jedoch nur einem Teil der Männer Platz bot, hatte Elathar entschieden, mit allen anderen unten zu bleiben.

Elathar winkte Carandir zu sich und holte das Lederband unter seinem Hemd hervor, an dem der Siegelring seines Vaters hing. Er zog es sich über den Kopf und hielt es Carandir entgegen. »Das wollte ich dir eigentlich schon gestern geben.« Um ein Haar hätte er es vergessen. Zum Glück war es ihm noch rechtzeitig eingefallen, denn vielleicht war das genau das, was Carandir jetzt nötig hatte: die Erinnerung, dass er gebraucht wurde. Dass er eine Aufgabe hatte, die auf ihn wartete.

Der Anflug eines Lächelns zeigte sich auf Carandirs Lippen. »Vaters Ring. Ich dachte, er sei für immer verloren.«

»Falinn hat ihn benutzt, um uns aufzuspüren. Hier.« Als Carandir ihn nicht nahm, griff Elathar nach der Hand seines Bruders und legte den Ring hinein. »Er gehört dir.«

Eine Weile betrachtete Carandir den Ring, den er als Kind immer so bewundert hatte. Dann lächelte er. »Danke.« Statt ihn sich an den Finger zu stecken, streifte er sich das Lederband über den Kopf.

Ein Geräusch an der Tür ließ Elathar auffahren. Als der Balken zurückgeschoben und die Tür geöffnet wurde, griff er nach seinem Schwert. Doch es war nur Beolan, der oben in der Türöffnung stand.

Mit wenigen Schritten überwand Elathar die Stufen. »Es ist gut, dich zu sehen. Wie ist die Lage?«

»Dalkurs Tochter ist in der Burg.«

»Wo ist sie?«

»Auf dem Weg zu Falinns Besprechungsraum.« Beolan runzelte die Stirn. »Was ist das für ein Plan, bei dem ein Mädchen eine Rolle spielt?«

»Es würde zu lange dauern, das zu erklären«, sagte Elathar. »Aber ohne sie werden wir nichts ausrichten können. Wir müssen zu ihr. Schnell!«

»Dann los.«

Beolan trat zur Seite und gab den Weg frei. Einer nach dem anderen kamen die Männer nach oben und sammelten sich in dem großen Lagerraum auf der anderen Seite der Tür.

Elathar hatte jedem seiner Unterführer das Kommando über einen Teil der Männer gegeben. Sie sollten sich die verbliebenen Soldaten vorknöpfen, sobald Rissa sich um die Seelenlosen gekümmert hatte. Bis dahin aber war es wichtig, dass sie so lange wie möglich unbemerkt blieben. Elathar, Carandir, Dainn und sechs weitere Männer würden sich um Falinn kümmern. Denn wenn die Seelenlosen vernichtet waren, mussten sie noch immer den Thronräuber überwältigen und gefangen nehmen.

Elathar wandte sich seinen Männern zu, sein Blick wanderte von einem zum anderen, glitt über ihre vertrauten Gesichter. Halb rechnete er damit, Furcht oder Widerwillen in ihnen zu sehen, doch alles, was er entdeckte, war Entschlossenheit.

»Viel Glück!« Er nickte ihnen noch einmal zu, dann machte er kehrt und folgte Beolan, Carandir und den anderen seines Trupps nach draußen.

»Wo sind deine Männer?«, fragte er Beolan.

»Ein Teil ist bei den Soldatenunterkünften. Sie haben sie von außen verriegelt und sorgen dafür, dass niemand herauskommt, wenn der Alarm losgeht. Die anderen haben den Befehl, deine Leute zu unterstützen.«

Es war inzwischen dunkel geworden und in weiten Teilen der Burg kehrte bereits Ruhe ein. Die meisten der Soldaten, die keinen Dienst hatten, wären entweder in ihrer Unterkunft, einem lang gezogenen Bau, der unmittelbar an die Stallungen anschloss, oder in den Schenken der Stadt. Elathar war alles recht, was die Männer in irgendeiner Form aufhielt. Ein paar verbarrikadierte Türen und Fenster waren besser als ein Kampf gegen Männer, die von Rechts wegen auf Carandirs Seite stehen sollten.

Obwohl Elathar die Burg gut kannte, überließ er Beolan und Carandir die Führung. Zu lange war es her, dass er durch diese Gänge gestreift war, zu groß die Gefahr, einen Weg falsch in Erinnerung zu haben. Zu Beginn folgten sie breiten Gängen, die in regelmäßigen Abständen von einzelnen Fackeln erhellt waren. Nicht viel, aber ausreichend, um den Weg vor sich zu erkennen.

Unter Carandirs Führung eilten sie schmale Treppen und

verwinkelte Gänge entlang. Nur ein einziges Mal begegnete ihnen jemand. Kaum mehr als ein geisterhafter Schatten, der ihren Gang in einiger Entfernung kreuzte, ohne in ihre Richtung zu blicken. Schließlich blieb Carandir vor einem Wandvorhang stehen. »Ich brauche die Laterne!«

Beolan löste eine kleine Handlaterne von seinem Gürtel, ging zu einer der Fackeln und entzündete sie daran.

»Ist das nicht zu auffällig?«, flüsterte Elathar. Bisher waren sie schnell vorangekommen, die Fackeln hatten ausgereicht, um sie den Weg erkennen zu lassen. Eine eigene Lichtquelle würde nur Aufmerksamkeit erregen.

»Dort, wo wir hingehen, gibt es keine Fackeln und keine Fenster mehr«, sagte Carandir. »Abgesehen davon ist es nicht mehr weit.« Er nahm die Laterne von Beolan entgegen und schlug den Wandteppich zur Seite. Dahinter war eine Tür. Carandir führte die Gruppe hindurch und folgte einer Flut verwinkelter Gänge, die so eng waren, dass Elathar mit den Schultern an der Mauer entlangstreifte. Immer wieder mussten sie Stufen erklimmen, die die verschiedenen Ebenen miteinander verbanden, doch es waren keine ausgetretenen Steintreppen, die nach oben führten, sondern wenig vertrauenerweckende Holzkonstruktionen. Die Zeit hatte das Holz dunkel gefärbt und die Trittbretter knarrten bei jedem Schritt altersschwach. Einmal brach eine Stufe unter der Last, von da an waren sie vorsichtiger.

Elathar versuchte, sich zu orientieren, doch nichts hier erschien ihm vertraut. Nur nackter Stein, niedrige, enge Gänge und immer wieder diese Holztreppen. Ihm wurde klar, dass sie sich im ältesten Teil der Burg befinden mussten, einem Teil, der noch aus einer Zeit stammte, als das Gemäuer noch keinen König beherbergt und es sich dabei nicht um die weitläufige Anlage mit all den großen Räumen und Gemächern gehandelt hatte, die sie heute war. Als die Burg im Laufe der Jahrzehnte und Jahrhunderte gewachsen war, hatte man den größten Teil der alten Anlage entweder abgerissen oder zumindest so weit umgebaut, dass sie den Anforderungen ihrer Herren genügte. Einige Gänge und Treppen waren offenbar unangetastet geblieben und über die Zeit weitgehend in Vergessenheit geraten.

Der Gang, dem sie folgten, so niedrig, dass sie die Köpfe einziehen mussten, öffnete sich vor ihnen zu einem quadratischen Raum, groß genug, dass sie alle darin Platz fanden. Es war jedoch nicht die Größe, die Elathar überraschte, sondern die Höhe. Das Licht der Laterne reichte nicht aus, um die Decke über ihnen zu erfassen. Allerdings genügte es, um die schmalen, geländerlosen Steinstufen der Finsternis zu entreißen, die an der Wand zu seiner Rechten nach oben führten und vier oder fünf Meter über dem Boden vor einer Tür endeten.

»Ab jetzt«, sagte Carandir leise, »werden wir nicht mehr lange unbemerkt bleiben.«

»Dann sind wir am königlichen Flügel angelangt?«

Carandir nickte. »Die Tür da oben führt in die Bibliothek.«

Elathar war der Erste, der die Stufen erklomm. Die anderen folgten ihm, aufgereiht wie die Perlen an einer Schnur. Am liebsten hätte er sein Schwert gezogen, doch hier auf der Treppe war es zu eng, um damit zu hantieren, deshalb zückte er seinen Dolch. Mit einem raschen Blick vergewisserte er sich, dass die anderen bereit waren, und gab Carandir ein Zeichen, die Laterne abzublenden. Dann öffnete er den Riegel und zog die Tür auf.

Statt der erwarteten Bibliothek erblickte er die Rückseite eines Wandteppichs. Auch ohne die Vorderseite zu sehen, wusste Elathar, dass der Teppich Barra Melanthion zeigte, wie er vor Celedan, dem Obersten Bronnéa, kniete und den magischen Schutz in Empfang nahm. Um ihn herum die anderen Fürsten und am Horizont, in Form einer bedrohlichen schwarzen Linie, über der Blitze emporzuckten, die Zauberer.

Elathar hatte das Motiv immer gemocht, es hatte etwas Erhabenes und Heroisches an sich. Nach allem, was er jedoch inzwischen von Rissa gehört hatte, war die Darstellung nichts weiter als eine romantische Übertreibung. In Wahrheit war Celedan nicht einmal genügend Zeit geblieben, um seine Worte sorgfältig auszuwählen. *Keine fremde Hand kann diesen Mann und seine Erben töten, kein fremdes Blut den Zauber brechen*. Die Eile hatte ihn einen Fehler machen lassen. Und Falinn war nicht davor zurückgeschreckt, diesen Fehler für seine Zwecke auszunutzen.

Vorsichtig schob er den Wandteppich zur Seite. Der Raum dahinter war in Mondschein gebadet. Der dicke Teppich dämpfte seine Schritte, als er eintrat. Bei Tag war die Bibliothek ein heimeliger Ort mit deckenhohen Regalen, die bis auf den letzten Platz mit Büchern und Schriftrollen ausgefüllt waren, gemütlichen Polstersesseln vor dem Kamin und einem Tisch mit ein paar Stühlen im Zentrum. Jetzt jedoch, im bleichen Weiß des Mondlichts, wirkte der Raum kalt und bedrohlich. Schatten türmten sich in den Ecken wie eine dunkle Vorahnung. Elathar streifte das unangenehme Gefühl ab, das ihn überkommen hatte, und gab den anderen ein Zeichen, ihm zu folgen.

Sie versammelten sich vor der Tür, die auf den Gang hinausführte. Elathar steckte den Dolch weg und wandte sich an Beolan. »Wachen?«, fragte er leise.

»Jeweils zwei an den Treppenhäusern und vor Falinns Besprechungsraum. Keine vor dieser Tür.«

Von der Bibliothek aus, erinnerte sich Elathar, waren die Zugänge zu den Treppenhäusern nicht einsehbar. Er lauschte an der Tür. Als er nichts hörte, öffnete er sie und spähte nach draußen. Der Gang lag verlassen da. Im Gegensatz zu den meisten anderen Teilen der Königsburg, in denen nachts nur jede dritte oder vierte Fackel entzündet war, war hier alles hell erleuchtet.

König Falinn soll sich schließlich nicht den Zeh stoßen, wenn er nachts seine finsteren Pläne schmiedet.

Die Hand am Schwertgriff, trat Elathar aus der Bibliothek. Gefolgt von den anderen eilte er den Gang entlang. Kurz vor der Abzweigung, die zu Falinn führte, blieb er stehen und sah vorsichtig um die Ecke. Entgegen Beolans Worten standen nicht zwei Wachen vor der Tür, sondern ein ganzes Dutzend. Elathar unterdrückte einen Fluch. Er hatte gehofft, dass es ihnen gelingen würde, die Wachen vor der Tür schnell auszuschalten und zu Falinn vorzudringen. Es sah jedoch danach aus, als würden sie sich den Weg frei schlagen müssen.

Nachdem er wusste, dass sich Falinn nur mit seinen eigenen Männern umgab, musste er davon ausgehen, dass in diesem Teil der Burg keine menschlichen Krieger zum Einsatz kamen.

Aber warum waren die Seelenlosen noch hier? Hatte Rissa die Essenz noch nicht freigelassen? Oder hatte sie sich geirrt und die erhoffte Wirkung war ausgeblieben?

Elathar zog sich von der Ecke zurück. »Ein Dutzend«, sagte er leise. Falinn musste gewarnt sein. Womöglich war es Beolan nicht gelungen, seine Verfolger abzuschütteln. Aber warum erwarteten sie sie dann hier, so nah bei ihrem König? Stattdessen hätten sie sie irgendwo auf dem Weg hierher abfangen können. Oder gleich an der Zisterne.

»Wenn wir schnell sind, erledigen wir sie, bevor Verstärkung eintrifft«, sagte er leise. Wenn sie Falinn erreichten und in ihre Gewalt brachten, könnten sie es beenden, bevor es überall in der Burg zu Kämpfen kam.

Allerdings nur, wenn es Rissa gelang, die Seelenlosen unschädlich zu machen. Im Gegensatz zur königlichen Armee würden sie Falinn bis zu dessen Tod verteidigen. *Vielleicht will das Schicksal am Ende gar nicht, dass ein Gericht über ihn urteilt.* Wenn Falinns Tod die einzige Möglichkeit war, sinnloses Blutvergießen zu verhindern, würde Elathar nicht zögern.

»Wir müssen –«

Er verstummte mitten im Satz, als er die Krieger sah, die in etwa zwanzig Metern Entfernung vor ihnen um die Ecke bogen. Beim Anblick von Elathar und seinen Männern zogen sie ihre Waffen und stürmten los. Elathar fuhr herum. Hinter ihnen, am anderen Ende des Gangs, erschien ein weiterer Trupp.

Sie mussten zu Falinn, bevor die Seelenlosen sie in die Zangen nahmen. Elathar zog sein Schwert. »Mir nach!«, rief er und rannte los.

58

Wie gelähmt stand Rissa da und starrte Hauptmann Kartain an, der mit gezogenem Schwert auf sie zukam. Er hinkte leicht und über seine linke Gesichtshälfte verlief eine zornig rote Narbe. Er war den Dunklen Wächtern entkommen! Wie um alles in der Welt hatte er das geschafft?

»Tötet sie«, befahl Falinn.

Die Klinge blitzte auf, als der Hauptmann sein Schwert hob.

Das war es? So sollte es enden?

Nein!

Rissa wich zurück, während sie ihren Geist nach der Essenz ausstreckte. Nur ein paar Momente der Konzentration, mehr brauchte sie nicht. Aber wie sollte sie sich konzentrieren mit der tödlichen Klinge vor sich? *Vergiss das Schwert. Vergiss Kartain.* Sie schloss die Augen und versuchte, den Krieger auszublenden, dessen gedämpfte Schritte sie noch immer zu hören vermochte. Wie weit war er noch entfernt?

Reiß dich zusammen! Konzentriere dich!

»Ihr könnt sie nicht töten!«, rief Dalkur. »Sie trägt die Essenz in sich!«

Sie riss die Augen wieder auf. Eisiges Entsetzen floss durch ihre Adern. Wie konnte er von der Essenz wissen? Spürte er sie etwa?

Kartain, der nur mehr eine Armlänge von ihr entfernt war, schien ihre Gedanken zu erraten. »Das Licht hat es mir verraten.«

Die Laterne, natürlich.

Dalkur sah seinen König an. »Wenn sie stirbt, wird die Essenz womöglich freigesetzt. Dann ist sie für Euch verloren, Majestät.«

Rissa wunderte sich über seine Worte. Wenn es so einfach wäre, müsste sie sich lediglich in das Schwert des Hauptmanns stürzen, um ihr Ziel zu erreichen. Sie bezweifelte jedoch, dass Dalkur recht hatte. Nakkon Sawans Tod hatte die Essenz damals nicht freigesetzt. Sie war mit ihm, mit einem Teil seiner unsterblichen Seele, verbunden geblieben, bis Rissa diese Verbindung gelöst und auf sich selbst übertragen hatte. Dalkur konnte das natürlich nicht wissen.

»Dann extrahiert sie!«, befahl der König. »Sofort!«

Der Hauptmann steckte sein Schwert weg. Rissa nutzte den Moment. Sie beugte sich herab und riss den Dolch aus ihrem Stiefel. Sie musste Kartain damit nur lange genug auf Abstand halten, um …

Als sie sich mit der Waffe in der Hand aufrichtete, ragte der Hauptmann über ihr auf. Er packte ihr Handgelenk und drehte es mit einem harten Ruck herum. Rissa schrie auf. Einen Herzschlag später war der Dolch aus ihrer Hand verschwunden.

Bevor sie reagieren konnte, packte Kartain sie, riss sie herum und zog sie mit eisernem Griff an sich. Sein Brustpanzer presste sich schmerzhaft in ihren Rücken. Rissa versuchte, sich zu befreien. Kartain verstärkte seinen Griff noch weiter, bis sie kaum mehr atmen konnte. Trotzdem hörte sie nicht auf, gegen ihn anzukämpfen. Ihr Vorhaben schien von Erfolg gekrönt zu sein; einer seiner Arme verschwand. Wenn es ihr jetzt noch gelang, sich dem anderen zu entwinden, den er von hinten um ihre Taille geschlungen hatte … Die Klinge eines Dolchs an ihrer Kehle – ihres eigenen Dolchs! – setzte ihrem Befreiungsversuch ein abruptes Ende.

»Genug, hörst du!« Der Hauptmann schüttelte sie wie ein ungehorsames Kind. Dass ihre Zähne dabei hart aufeinanderschlugen und die Klinge ihren Hals ritzte, bis Blut floss, schien ihn nicht zu stören. Rissa gab ihre Gegenwehr auf. »So ist es gut.« Sein Gesicht war dicht neben ihrem. Sie konnte den Wein in seinem Atem riechen. Speichelfäden spritzten aus seinem Mund und trafen ihre Wange, als er zischte: »Wenn sie mit dir fertig sind, gehört das, was von dir übrig ist, mir.«

Als Dalkur vor sie trat, lag Bedauern in seinem Blick. Wie gern hätte sie ihn angeschrien, hätte ihm und Falinn ins Gesicht geschleudert, dass sie die Wahrheit kannte. Dass sie jetzt wusste, wer sie war. Stattdessen schloss sie die Augen und richtete ihre Aufmerksamkeit nach innen. Auf die Essenz, die sie wie ein wärmendes Herdfeuer in sich trug. *Nur ein paar Momente der Konzentration.* Vor ihrem geistigen Auge sah sie die silbernen Fäden, mit denen die Essenz mit ihrer Seele verbunden war. Vorsichtig tastete sie nach dem ersten Faden und löste ihn. Als sie ihren Geist nach dem nächsten Faden tasten ließ, fand sie ihn nicht. Plötzlich konnte sie auch die Essenz nicht mehr spüren. Etwas zerrte an ihr, drängte sich unter ihre Haut und griff nach der Energie, die darunter floss.

Nein!

Als sie spürte, wie die Energie ihren Körper verließ, riss sie die Augen auf. Dalkur hatte ihr die Hand auf die Stirn gelegt. Sein Mund war angespannt, die Augenbrauen vor Anstrengung zusammengezogen. Rissa kannte diesen Gesichtsausdruck. Sie wusste, was er tat. Dalkur entzog ihr ihre Energie! Erst würde er jenen Teil nehmen, den sie aus ihrer Umwelt aufgenommen hatte, dann ihre eigene. Mit schwindender Lebenskraft würde sich ihm die Essenz immer weiter offenbaren, bis sie ungeschützt vor ihm läge. Dann müsste er nur noch zugreifen. So wie Rissa es getan hatte.

Sie wand sich in Kartains Griff, doch der Dolch an ihrem Hals belehrte sie schnell eines Besseren. Wenn er ihr die Kehle aufschnitt, käme Dalkur nur umso schneller ans Ziel.

Rissa kämpfte gegen ihn an. Sie versuchte, die Energie zu

halten. Versuchte, Dalkurs Angriff abzuwehren, ihn aus ihrem Körper zu drängen. Doch er war bereits zu weit gekommen, hatte schon zu viel Energie genommen. Der Augenblick, in dem das letzte bisschen Energie ihren Körper verließ und Dalkur nach ihrem Leben griff, fühlte sich an wie ein Faustschlag. Keuchend sackte sie in sich zusammen und wäre gestürzt, hätte Kartain nicht noch immer seinen Arm wie ein Eisenband um sie geschlungen.

»Nein«, flüsterte sie. »Nein.«

Sie versuchte, sich zu konzentrieren. Versuchte, auf ihre Energie zuzugreifen. Nicht, um sie zu schützen, sondern um einen Zauber zu wirken, mit dem sie Dalkur davon abhalten konnte, ihr immer weiter das Leben zu entziehen. Doch sein Werk war bereits zu weit vorangeschritten. Zu wenig Kraft war ihr geblieben, als dass sie noch etwas davon für einen Zauber hätte erübrigen können. Das bisschen, das ihr noch innewohnte, benötigte sie, um ihren Körper am Leben zu erhalten.

»Lass los. Wehr dich nicht, Kind!« Dalkur klang beinahe beschwörend, als wollte er sie nicht töten. Trotzdem hörte er nicht auf, ihr Leben zu nehmen.

Rissa wurde allmählich schwarz vor Augen. Ihr Sichtfeld engte sich immer weiter ein, und bald konnte sie kaum noch etwas anderes erkennen als Dalkur, der unmittelbar vor ihr stand, die Hand noch immer auf ihrer Stirn.

Ein Zittern durchlief ihren Leib. Jeder Atemzug fiel ihr schwerer als der davor, als würden ihre Lungen jeden Moment ihren Dienst verweigern. Als sich ihr Herzschlag zu verlangsamen begann, zog Dalkur die Hand zurück.

»Sie gibt die Essenz nicht frei, Herr! Wenn ich weitermache, wird es sie umbringen.«

»Bekommt Ihr die Essenz aus ihr heraus, bevor sie stirbt?« Falinns Stimme klang dumpf und weit entfernt, fast so, als wäre er durch eine dicke Mauer von ihnen getrennt.

Wenn Dalkur nur noch ein bisschen mehr von ihrer Lebenskraft nahm, könnte sie sich nicht länger an die Essenz klammern. Dalkur würde sie einen Atemzug vor ihrem Tod extrahieren. Dann war alles verloren.

»Antwortet!«, donnerte Falinn.

»Ja, Majestät.«

»Dann hört auf, meine Zeit zu verschwenden.«

Zu ihrem Erstaunen zögerte Dalkur.

»Ich befehle Euch, mir augenblicklich diese Essenz zu extrahieren!« Der Zauberer zuckte, als hätten die Worte seines Herrn ihn aus einer Trance gerissen. Etwas Unerwartetes lag in seinem Blick, als er sich wieder Rissa zuwandte. Bedauern? Mitleid?

Bevor sie sich entscheiden konnte, was es war, das sie da sah, griff er mit einem brutalen Ruck erneut nach ihrem Leben. Je weiter das Leben aus ihr wich, desto mehr verschwamm ihre Sicht. Ihre Sinne begannen zu schwinden. Die Welt kippte und wurde finster.

59

Elathar riss sein Schwert herum und wehrte den Angriff des Seelenlosen ab. Um ein Haar hätten sie es geschafft, an den Kriegern vor Falinns Tür vorbeizugelangen. Dann jedoch hatten die beiden anderen Einheiten zu ihnen aufgeschlossen und sie in die Zange genommen. Mit den Kriegern in ihrem Rücken war es unmöglich, ihre Aufmerksamkeit nur nach vorne zu richten.

Der Gang war gerade breit genug, dass sie zu dritt nebeneinander kämpfen konnten, ohne sich mit ihren Schwertern gegenseitig in die Quere zu kommen. Elathar, Dainn und Beolan bildeten die vordere Kampfreihe. Larric, Kestan und Bordan verteidigten den Gang nach hinten. Zwischen ihnen standen Carandir, Jestar, Stran und Sil, bereit einzugreifen, falls einer der anderen verwundet wurde oder fiel. Carandir wollte ebenfalls kämpfen. Um ein Haar hätte er vorhin Dainns Platz in der vordersten Reihe eingenommen, Beolan und Elathar hatten gerade noch schnell genug reagiert und ihn zurückgedrängt. Carandir war der rechtmäßige König! Je länger er sich aus den Kämpfen heraushielt, desto besser!

Anfangs hatten sie noch versucht, sich den Weg an den Kriegern vorbei freizuschlagen, inzwischen jedoch hatten sie alle Hände voll zu tun, sich ihre Gegner einfach nur vom Leib zu halten. Wann immer einer der Seelenlosen verwundet oder erschöpft war, trat er einfach zur Seite und überließ einem anderen seinen Platz. Elathars Männern war dieser Luxus nicht vergönnt. Er musste sich nicht umdrehen, um zu wissen, dass die anderen drei, die in ihrem Rücken gegen die Seelenlosen ankämpften, in noch größerer Bedrängnis waren.

Elathar hatte daran gedacht, die Reihe aufzulösen, damit auch Jestar, Stran und Sil in den Kampf eingreifen konnten, doch wenn er das tat, würden die Seelenlosen sie binnen weniger Augenblicke auseinanderdrängen und jeden einkreisen. Nur in der Formation gab es überhaupt Hoffnung, lange genug zu bestehen, um doch noch einen Weg an ihnen vorbei zu finden.

Wieder und wieder riss Elathar sein Schwert in die Höhe, mehr damit beschäftigt, die unablässigen Angriffe abzuwehren, als selbst einen Vorstoß zu wagen. Es war ihnen gelungen, drei ihrer Gegner auszuschalten, doch noch immer hatten sie es mit neun weiteren zu tun. Von den zwei Dutzend, die in ihrem Rücken von Kestan, Bordan und Larric in Schach gehalten wurden, gar nicht zu reden.

Immer weiter wurden sie von beiden Seiten zurückgedrängt. Der Abstand zwischen den beiden Kampfreihen schloss sich mehr und mehr. Bald würden Carandir und die anderen zwischen ihnen in Bedrängnis geraten. Spätestens dann wäre Elathar gezwungen, die Formation aufzulösen.

Einer der Seelenlosen kam ihm gefährlich nah. Elathar duckte sich, als die Klinge auf ihn zuraste. Er spürte den Luftzug und hörte das Zischen, als der Stahl knapp über seinem Kopf die Luft durchschnitt. Dem Dolch, den sein Gegner in der linken Hand führte, konnte er nicht mehr ausweichen. Die Klinge bohrte sich in seine ungeschützte Seite. Der Seelenlose zog den Arm mit dem Dolch zurück und setzte nach. Dieses Mal war Elathar vorbereitet. Er wich zur Seite aus, wirbelte herum und stieß zu. Sein Schwert bohrte sich dem Seelenlosen in die Brust. Elathar trat ihm gegen den Bauch, um seine Waffe wieder freizubekommen. Der Seelenlose sackte in die Knie und für einen Moment hatte Elathar keinen Gegner vor sich. Er stand außen, an der

Wand, keine fünf Meter von Falinns Tür entfernt. Wenn er schnell war …

Er wollte einem der Männer hinter sich ein Zeichen geben, seinen Platz einzunehmen, als Carandir mit erhobenem Schwert neben ihn trat. »Lauf!«

Elathar zögerte. Vor ihm zerrten zwei Seelenlose an ihrem zusammengesunkenen Kameraden. Wenn sie erst Platz geschafft hatten, würden sie ihn erneut angreifen. Auch wenn er nicht wollte, dass sich Carandir in den Kampf einmischte, war das vielleicht die einzige Möglichkeit, noch etwas auszurichten. Wenn er wartete, bis Stran oder einer der anderen seinen Platz einnahm, war es vielleicht zu spät.

Er musste zu Rissa, musste herausfinden, warum sie die Essenz noch nicht freigelassen hatte. Wenn Falinn sie umbrachte, bevor sie es tun konnte, wäre alles umsonst gewesen. Aber wenn Carandir jetzt starb …

Während er noch mit sich rang, nahm sein Bruder ihm die Entscheidung ab. Er stieß Elathar so hart zur Seite, dass er gegen die Wand prallte, und warf sich einem der Seelenlosen entgegen, die den Gefallenen fortziehen wollten.

»Jetzt mach schon!«

Elathar sprang vor. Er wehrte einen Seelenlosen mit dem Schwert ab und drängte ihn zurück. Unter dem Angriff eines Zweiten duckte er sich hinweg. Warmes Blut sickerte aus der Dolchwunde in seiner Seite und tränkte sein Hemd. Die Wunde pochte und sandte bei jeder Bewegung ein protestierendes Stechen aus. Doch davon würde er sich nicht aufhalten lassen!

Ein Problem ganz anderer Art waren die Seelenlosen, die nicht in den Kampf verwickelt waren und danach trachteten, ihn in die Finger zu bekommen. Selbst wenn er es an ihnen vorbeischaffte, würden sie ihm folgen und ihm in den Rücken fallen.

Er sah sich nach Jestar und Stran um. Wenn die beiden es zu ihm schafften, konnten sie ihm die Seelenlosen vielleicht lange genug vom Leib halten, damit er zu Falinn durchkam. Seine Hoffnung zerschlug sich, als Beolan und Dainn gleichzeitig getroffen wurden. Die beiden wankten und versuchten, die Reihe zu halten, doch die Seelenlosen drängten sie gnadenlos zurück. Einen Herzschlag später war die Kampfreihe durchbrochen und der Gang versank vollends im Chaos.

Elathar wartete nicht länger.

Er musste handeln.

Jetzt!

Mit drei großen Schritten war er an der Tür zum Besprechungsraum und stieß sie auf. Das Erste, was er sah, war Rissa. Sie lag zwischen Dalkur und einem Krieger auf dem Boden. Elathar wusste nicht, ob sie noch in der Lage war, etwas auszurichten. Verflucht, er wusste ja nicht einmal, ob sie überhaupt noch am Leben war! Warum rührte sie sich nicht!

Sein Blick richtete sich auf den Krieger, der im selben Moment sein Schwert zog und sich zu ihm umdrehte.

Kartain!

Er war der Grund, warum die Wachen sie auf dem Gang erwartet hatten. Sie waren nicht etwa Beolan gefolgt – vermutlich wussten sie nicht einmal, dass er sie durch die Zisterne eingelassen hatte. Aber sie wussten, dass Elathar und seine Männer kommen würden. Und dass Falinn ihr Ziel war. Deswegen war dies der einzige Ort, an dem die Seelenlosen sie abfangen konnten.

»Hauptmann, zu mir!«

Kartain folgte dem Befehl und baute sich schützend vor seinem Herrn auf. Eine Welle des Zorns schlug über Elathar zusammen, als sein Blick Falinn Dane fand. Der Thronräuber hatte sich ans andere Ende des Raums, hinter den langen Tisch zurückgezogen, und versteckte sich wie ein Feigling hinter dem Rücken seines Hauptmanns. Wenn es nach Elathar ging, konnte er sich genauso gut hinter einer ganzen Flut von Seelenlosen verstecken. Das würde ihn nicht retten!

Auf dem Weg zu ihm verpasste Elathar Dalkur einen Stoß, der ihn von den Beinen fegte. Mehr Hilfe konnte er Rissa im Augenblick nicht zukommen lassen. Erst musste er Falinn ausschalten.

»Tötet ihn!«, brüllte Falinn. »Tötet Fjal'Har!«

Als sich Elathar umwandte, sah er die Seelenlosen, die hinter ihm in den Raum stürmten. Zwei von ihnen eilten an die Seite ihres Herrn, die anderen hatten es auf Elathar abgesehen. Schon jetzt war ihm der Weg zu Falinn abgeschnitten und in wenigen Atemzügen hätten sie ihn umzingelt. Er wich mit erhobenem Schwert zurück, bis er eine Wand in seinem Rücken hatte. Dann griffen die Seelenlosen an.

60

Als Elathar Dalkur zu Boden stieß, hatte Rissa die Augen geschlossen. Sie wusste, dass die Seelenlosen hier waren, dass sie Elathar bedrängten. All die Geräusche, das Klirren der Schwerter, die Rufe und Schritte zu hören, ohne zu wissen, was vor sich ging, war kaum zu ertragen. Sie war versucht, die Augen wieder zu öffnen und sich zu vergewissern, dass Elathar noch am Leben war. Wenn sie ihn jedoch retten wollte, durfte sie jetzt nicht an ihn denken. Sie zwang sich, die Augen geschlossen zu halten und alles um sich herum auszublenden. Alles, was zählte, war, dass Dalkur nicht länger an ihrer Lebensenergie zog. Es würde nicht lange dauern, bis er wieder auf die Beine kam und seinen Befehl zu Ende führte, doch Elathars Eingreifen hatte ihr kostbare Zeit verschafft. Zeit, die sie nutzen musste, ohne sich von dem ablenken zu lassen, was um sie herum geschah.

Einmal mehr richtete sie ihre Aufmerksamkeit nach innen, suchte nach der Essenz, die dort mit ihrer Seele verbunden war. Ihr Atem war flach, sie zitterte am ganzen Leib, ob vor Schwäche oder Furcht, vermochte sie nicht zu sagen. Ihre Haut schien zu glühen, war das die Hitze der Essenz, die bereits kurz davor war, ihren sterbenden Leib zu verlassen? Rissa schob den Gedanken beiseite und streckte ihre Sinne erneut aus. Erst dachte sie schon, nichts mehr zu finden, doch dann war sie plötzlich da. Strahlend schön und hell! Sie schluckte ein erleichtertes Schluchzen herunter und machte sich daran, die silbernen Fäden zu durchtrennen, die die Essenz an sie banden. Einen nach dem anderen löste sie. Als auch die letzte Verbindung gekappt war, fühlte es sich wie ein Verlust an. Als würde ihr ein Teil ihrer Seele herausgerissen.

Die Wärme verteilte sich in ihrem Körper, und vor ihrem geistigen Auge sah Rissa, wie sich die Essenz ausbreitete, nach außen drängte und durch die Poren ihrer Haut aus ihr strömte.

Rissa öffnete die Augen. Sie war in goldenes Licht gebadet, so gleißend hell, dass sie nichts anderes erkennen konnte. Das Licht breitete sich immer weiter nach allen Seiten aus.

Warm.

Strahlend.

Und wunderschön.

Im Raum war es totenstill. Einzig das Rauschen der Macht war noch zu vernehmen, das die Essenz begleitete, als sie sich in einem größer werdenden Kreis immer weiter um Rissa herum ausdehnte. Das Strahlen erreichte die Männer im Raum ebenso wie die Wände, das Fenster und die Tür, doch nichts konnte es aufhalten. Es bahnte sich seinen Weg durch Haut, Knochen, Stein und Holz, während es sich immer weiter ausbreitete und nur ganz allmählich an Strahlkraft verlor, je mehr sein Radius wuchs.

Das Leuchten mochte schwächer werden, doch noch immer trug Rissa Teile der Essenz in sich, die nur nach und nach ihren Körper verließen.

Sie sah, wie Falinn aufschrie und sich ans Bein griff, als die Energie über ihn hinwegfegte. Im nächsten Moment stürzten die Seelenlosen zu Boden, fielen in sich zusammen wie Marionetten, denen die Fäden gekappt worden waren. Hinter den Seelenlosen stand Elathar. Blut lief ihm über das Gesicht, sein Wams war von Schnitten und Rissen überzogen und dunkel von Blut. Er wankte. Aber er war am Leben.

Auch draußen hatten sich die Geräusche verändert. Der Kampflärm war verebbt, und alles, was jetzt noch zu hören war, war eine Mischung aus überraschten Rufen, gepaart mit vorsichtiger Freude.

Rissa kämpfte sich auf die Knie.

»Tötet sie, Dalkur!«, brüllte Falinn.

Der Zauberer, der nicht einmal eine Armeslänge von Rissa entfernt auf dem Boden kniete, richtete den Blick von seinem Herrn auf sein Handgelenk. Ein einfaches Kupferband, das Rissa niemals zuvor gesehen hatte, lag darum. Die Haut darunter sah aus, als hätte es jemand aus seinem Fleisch gerissen. Das geschundene Fleisch ignorierend, streifte Dalkur das Kupferband ab und ließ es fallen.

»Nie wieder werdet Ihr mir einen Befehl erteilen«, sagte der Zauberer.

»Wie Ihr meint.« Auf Falinns Zeichen hin stürzte sich Hauptmann Kartain mit erhobenem Schwert auf Rissa.

»Nein!«, brüllte Elathar und stürmte los.

Rissa erkannte sofort, dass er sie nicht rechtzeitig erreichen würde. Noch war ein Teil der Essenz in ihr, doch wenn auch der letzte Rest ihren Körper verlassen hatte, würde sie ohnehin sterben. Welchen Unterschied machte es da schon, ob sie deshalb starb oder durch ein Schwert? Sie hatte ihr Ziel erreicht. Die Seelenlosen waren vernichtet. Den Rest konnte sie Elathar und seinen Männern überlassen.

Kartain hatte sie fast erreicht. Als er den Schwertarm hob und zustieß, warf sich Dalkur dazwischen. Die Klinge bohrte sich in die Brust des Zauberers. Fluchend riss der Hauptmann sein Schwert zurück, stieß den alten Mann zur Seite und wollte zu Rissa. Dieses Mal jedoch war Elathar zur Stelle. Er packte Kartain, riss ihn herum und rammte ihm seinen Dolch in die Kehle. Rissa sah nicht, wie er zu Boden ging. Sie hörte lediglich einen dumpfen Aufprall, als sie sich Dalkur zuwandte.

Der Zauberer war auf dem Boden zusammengesunken. Dunkles Blut sammelte sich in einer Lache unter ihm, die sich mit jedem seiner schwächer werdenden Herzschläge weiter ausbreitete. Rissa war überrascht, wie sehr es schmerzte, ihn sterben zu sehen. Er hatte sie benutzt und um ein Haar hätte er sie getötet. Trotzdem war er zwei Jahre lang ihr Vater gewesen. Und letztlich hatte er ihr das Leben gerettet. Zumindest so lange, bis der letzte Funken der Essenz ihren Leib verließ.

Er öffnete den Mund, um etwas zu sagen, doch die Worte waren zu leise, als dass Rissa sie hätte verstehen können. Mit zittriger Hand griff er nach dem Kragen ihres Hemds und zog sie zu sich herunter. »Ich weiß, dass du damals vor dem Besprechungsraum warst.« Das Sprechen strengte ihn sichtlich an, seine Stimme war leise und klang gepresst. »Ich weiß, was du gehört hast.«

Aus dem Augenwinkel sah sie Dainn und ein paar andere, die in den Raum stürmten und Falinn in die Zange nahmen.

»Warum hast du mich dann nicht gestellt?«

Er verzog die Lippen zu einem Lächeln. Blut sickerte aus seinem Mundwinkel und hatte seine Zähne rot gefärbt. »Es gab keinen Befehl dazu, und ich wollte nur, dass er dich nicht bemerkt.«

»Aber du warst in der Stadt. Bist du nicht gekommen, um mich aufzuhalten?«

»Ich bin gekommen, um sicherzugehen, dass du auch wirklich davonkommst.« Seine Worte wurden undeutlicher, seine Stimme klang, als würde er langsam ertrinken. An seinem eigenen Blut. Hustend bäumte er sich auf, und als er sich wieder beruhigt hatte, lächelte er. »Das Band zwang mich, Falinns Befehle auszuführen, auch wenn es mir nicht gefiel. Sein Befehl war, dass dir nichts zustoßen durfte. Davon, dass ich dich nicht entkommen lassen durfte, hat er nichts gesagt.«

Wieder hustete er, und als er Rissa danach wieder ansah, waren seine Augen von einem milchigen Schleier überzogen. Dalkur mochte sie benutzt haben, aber er hatte es offenbar nicht freiwillig getan. Als sie die Essenz freigegeben hatte, waren nicht nur die Seelenlosen zerstört worden, sondern auch der Zauber, der Dalkur unter Falinns Befehl zwang. *Das Kupferband.* Sie ziehen zu lassen, war seine Form des passiven Widerstands gewesen.

»Er hatte nicht mehr dieselben Ziele«, flüsterte Dalkur. »Er … die Essenz nur für sich. Würde keine … anderen … dulden. Auch mich nicht. Hätte … mich getötet, wenn er erst …« Wieder hustete er, bäumte sich auf, das Gesicht vom Schmerz verzerrt. Ein keuchender Atemzug fuhr über seine Lippen. Dann nichts mehr.

Der Mann, der behauptet hatte, ihr Vater zu sein, war tot.

Mit Tränen in den Augen sah Rissa auf. Das Licht, das noch immer aus ihren Poren sickerte, war nahezu erloschen. Nicht mehr lange, dann würde sie Dalkur folgen.

Sie sah sich nach Elathar um, der neben ihr kniete, und streckte die Arme nach ihm aus. Eine letzte Umarmung. Vielleicht noch ein Kuss. Doch ihr Glück war aufgebraucht. Das Licht erstarb und die Dunkelheit griff nach ihr.

61

Tränen brannten in Elathars Augen, als Rissa leblos gegen ihn sank. Er fing sie auf und zog sie an sich. Das Gesicht in ihrem Haar vergraben, hielt er sie fest, nicht wissend, woher er die Kraft nehmen sollte, sie jemals wieder loszulassen.

Es war vorbei.

Sie hatte es geschafft.

Sie hatten gewonnen.

Nur dass er sich nicht wie ein Sieger fühlte. Es war ihm gleichgültig, ob Beolan Falinn in den Kerker brachte oder ihm eine Klinge ins Herz stieß. Nichts davon würde ihm Rissa zurückbringen.

Seine Wunden und die Erschöpfung waren vergessen. Da war nur noch Schmerz. Jener Schmerz, von dem er gewusst hatte, dass er kommen würde, und auf dessen brutale Wucht er dennoch nicht annähernd vorbereitet gewesen war.

Er wusste nicht, wie lange er so dasaß, Rissa fest an sich gedrückt, als sich eine Hand auf seine Schulter legte.

»Du musst loslassen«, sagte Dainn neben ihm.

Das kann ich nicht. Er brachte keinen Ton heraus, konnte nur stumm den Kopf schütteln.

Dainn ließ sich neben ihm auf die Knie nieder. Er griff nach Elathars Händen und begann behutsam, seine Finger zu lösen. Elathar wollte sich wehren. Rissa jetzt freizugeben, bedeutete, Abschied zu nehmen. Dazu war er noch nicht bereit.

Doch Dainns Griff war unnachgiebig, und ihm fehlte einfach die Kraft, länger dagegen anzukämpfen. Widerwillig gab er Rissa frei. Dainn zog sie von ihm fort und ließ sie sanft zu Boden gleiten.

Ganz konnte sich Elathar dennoch nicht von ihr lösen. Er hob sie an und bettete ihren Kopf in seinen Schoß. Ihre Wange war noch warm, als er darüberstrich, ein Echo des Lebens, das ihr noch vor wenigen Augenblicken innegewohnt hatte.

»Du und Rissa, habt ihr das gewusst?«, flüsterte Dainn. »Habt ihr gewusst, dass das passieren würde?«

Elathar nickte, zu mehr war er nicht in der Lage.

»Und trotzdem …?«

Es musste getan werden. Rissa hatte das gewusst. Und er auch.

Sein Blick ruhte auf Rissas Gesicht, als er in seinem Augenwinkel einen goldenen Schimmer wahrnahm. Vermutlich nur eine Reflexion des Kaminfeuers. Er strich ihr die Locken aus der Stirn und zeichnete mit dem Finger die Konturen ihres Gesichts nach. Es war wie damals, als er sie schlafend neben dem Bett seines Vaters gefunden und zu seiner eigenen Pritsche getragen hatte. In jener Nacht hatte sich ihre Haut nicht anders angefühlt als jetzt. Warm, weich und voller Leben. Nur dass die Wärme nicht mehr lange bleiben würde. Sie … Erneut nahm er den Schimmer wahr. Dieses Mal wandte er den Kopf.

Was er sah, war keine Reflexion. Goldenes Licht erhob sich überall um ihn und Rissa herum aus dem Teppich, schwach und kaum wahrnehmbar. Immer weiter stieg es in die Luft und umgab sie wie ein luftiger Ring aus dünnen, kaum wahrnehmbaren Goldfäden, die sich über ihren Köpfen zu verbinden begannen. Die Fäden wirbelten umher, schlangen sich immer weiter und weiter umeinander. Immer schneller wirbelten sie im Kreis, bis Elathar vom Zusehen schwindlig wurde. Dann erhellte ein goldenes Licht den Raum, füllte ihn für die Dauer eines Herzschlags bis in den letzten Winkel aus.

Als es verging und Elathar wieder etwas sehen konnte, war an der Stelle der Fäden ein winziger goldener Funke geblieben, der jetzt über ihm schwebte.

Fasziniert beobachtete Elathar, wie das Glimmen langsam nach unten schwebte. Tanzend wie ein Irrlicht und so leicht wie ein Lufthauch, sank der Funken auf Rissas Brust. Elathar dachte schon, er sei verglommen, denn plötzlich war er nicht länger zu sehen. Dann jedoch breitete sich das goldene Licht unter Rissas Haut aus, bis es schließlich ihren ganzen Körper wie eine Aura umhüllte und langsam verging. Als der letzte Schimmer verblasste, öffnete Rissa die Augen.

Sechs Wochen später …

Nach allem, was geschehen war, konnte Elathar an manchen Tagen noch immer nicht glauben, dass Rissa lebte. Selbst Wochen nach dieser Nacht musste er sich immer wieder vergewissern, dass sie noch da war. Dann schlich er nachts in ihr Schlafzimmer, schlüpfte neben ihr unter die Decken und zog sie in seine Arme. Erst wenn sie sich an ihn schmiegte und er ihre Wärme und ihren Atem auf seiner Haut spürte, war er sicher, nicht geträumt zu haben.

Niemals zuvor hatte er so viel Glück verspürt wie an jenem Abend in Falinns Besprechungsraum, als sie die Augen aufgeschlagen und ihn angelächelt hatte. Dieser eine Moment hatte ihm die Kraft gegeben, die ihn durch den Rest der Nacht gebracht hatte. Ungeachtet seiner Verletzungen und der Tatsache, dass er am liebsten mit Rissa allein gewesen wäre, dauerte es noch bis zum nächsten Tag, bis er ein paar Augenblicke der Ruhe fand.

Als sie Falinn bei seiner Gefangennahme nach Waffen durchsuchten, fanden sie – verborgen unter seiner Hose – einen silbernen Stab an seinen Unterschenkel geschnallt. Das Artefakt, mit dem die Seelenlosen erschaffen und kontrolliert worden waren. Wie Rissa es vorhergesagt hatte, war es ausgebrannt – im wahrsten Sinne des Wortes. Bei seiner Vernichtung hatte es sich tief in Falinns Fleisch gebrannt und dort hässliche Wunden hinterlassen.

Durch die Zerstörung des Artefakts war auch die Magie vernichtet worden, die den Seelenlosen ihr unheiliges Leben verliehen hatte. Sie waren überall in der Burg, der Stadt und den Heerlagern tot zusammengebrochen, ihr wahres Antlitz nicht länger vom Schleier der Magie verborgen. Der Anblick der echsenähnlichen Kreaturen mit ihren Klauen und Fangzähnen hatte die menschlichen Krieger der königlichen Armee und die Angehörigen der Stadtwache zutiefst verstört. Die meisten streckten widerstandslos ihre Waffen, manche aus Entsetzen über die Seelenlosen, andere, weil sie froh waren, dass Falinns Regentschaft ein Ende hatte. Um den Rest hatten sich Erlendur und Beolan gekümmert. Einige hatten sich überzeugen lassen, sich ihnen anzuschließen, die Verbliebenen hatten sie in den Kerker gebracht. Dort sollten sie bleiben, bis sie sich beruhigt hatten.

Zusammen mit einer Handvoll Offiziere der königlichen Armee war Beolan zu den Heerlagern geritten und hatte die Kommandanten gebeten, ihn zur Burg zu begleiten. Noch in derselben Nacht hatte Elathar vor den versammelten Offizieren der Stadt- und Burgwache sowie denen der königlichen Armee gesprochen. Es wäre Carandirs Aufgabe gewesen, doch sein Bruder war im Kampf verletzt und in ein Schlafgemach gebracht worden, wo sich ein Heiler um ihn kümmerte. So hatte sich Elathar mit Rissa, Dainn, Erlendur und Beolan an seiner Seite auf den Stufen vor dem Haupthaus eingefunden und den Anwesenden so viel über die vergangenen Ereignisse erklärt, wie nötig war, um die Ruhe und den Frieden aufrechtzuerhalten. Sobald Carandir wieder auf den Beinen war, würde er sich mit den Kommandanten zusammensetzen und alles Weitere klären.

Erst im Morgengrauen hatte Elathar die Zeit gefunden, seine Wunden verbinden zu lassen. Er war erschöpft und hatte Schmerzen, doch es gab zu viel zu tun, als dass er sich mehr als ein paar Stunden Schlaf gönnen konnte.

Erst da war ihm bewusst geworden, welch unglaubliches Glück sie gehabt hatten. Zwei seiner Männer waren während des Kampfs gegen die Seelenlosen schwer verletzt worden, doch sie hatten keine Toten zu beklagen. Bei den größeren und kleineren Scharmützeln innerhalb der Burg hatte es einige leicht Verwundete gegeben, darunter Dainn und Beolan.

Als er am späten Vormittag nach Carandir sehen wollte, fand er das Gemach verlassen vor. Im ersten Moment nahm er an, dass sich sein Bruder vielleicht etwas zu essen holte oder sich bereits in einer Besprechung mit den Kommandanten befand, dann jedoch fiel sein Blick auf das Kopfkissen. Und auf das Lederband mit dem Siegelring seines Vaters darauf.

Noch in derselben Stunde hatte er Boten ausgeschickt, die die Fürsten nach Naranor rufen sollten.

Elathar vermisste seinen Bruder. Aber er war auch wütend und verletzt. Dass sich Carandir aus der Verantwortung gestohlen hatte, konnte er noch verzeihen. Dass er jedoch nicht einmal den Mut aufgebracht hatte, sich zu verabschieden, schmerzte.

Elathar war nie der Ansicht gewesen, Carandir könne ein schlechter Herrscher sein. Ein anderer Herrscher als sein Vater und sein Großvater, gewiss, aber deswegen nicht weniger geeignet. Carandir war kein Krieger, er hätte das Land klug und überlegt regiert und sicher keine vorschnellen Entscheidungen getroffen. Machte ihn das zu einem schlechten König?

Was geschehen war, hatte Carandir verändert, ihn gebrochen. Falinns Machenschaften und sein eigener Anteil daran – auch wenn er nicht aus freien Stücken gehandelt hatte –, hatten einen tiefen Riss in seiner Seele hinterlassen. Einen Riss, der seinen Bruder zu einem anderen Mann gemacht hatte. Elathar wünschte ihm, dass er, wohin sein Weg ihn auch führen mochte, zumindest ein wenig Frieden und Glück finden würde.

Die Wochen bis zur Ankunft der Fürsten hatte Elathar damit zu tun, die Geschäfte der Stadt und des Reichs zu führen und dafür zu sorgen, dass die innere Ordnung aufrechterhalten wurde. Er verteilte die Zuständigkeiten neu und sorgte dafür, dass der Alltag in Naranor weitgehend ungestört weiterlief. Zugleich verschaffte er sich einen Überblick darüber, welche Angelegenheiten einer sofortigen Lösung bedurften und welche sich aufschieben ließen. Er traf sich mit den Oberhäuptern der Gilden Naranors und eröffnete ihnen, dass sie ihre Waren ab sofort wieder in die Burg liefern konnten. Außerdem hatte er Kestan und Bär beauftragt, die Gebeine seines Vaters nach Hause zu bringen.

Als die Fürsten sich schließlich in der Burg einfanden, zog er sich mit ihnen in einen Raum neben dem Thronsaal zurück, den er für Besprechungen und Zusammenkünfte nutzte und der, in Anlehnung an die kleine Kammer im Fels, nach wenigen Tagen nur noch als Ratskammer bekannt war. Bis ins letzte Detail erklärte er den Fürsten, was sich nach Carandirs Vermählung zugetragen und welch perfiden Plan Falinn verfolgt hatte. Wenn es nach Elathar gegangen wäre, hätte er Rissas Magie unerwähnt gelassen, doch inzwischen wussten zu viele darüber Bescheid. Für die Verschwiegenheit seiner Männer hätte Elathar die Hand ins Feuer gelegt, nicht aber für Falinn, der im Kerker auf sein Urteil wartete. Er würde sich die Gelegenheit nicht entgehen lassen, Rissa der Zauberei zu beschuldigen.

Natürlich ließen die Fürsten auch Rissa rufen, damit sie noch einmal alle Aspekte darlegte, die die Magie betrafen. Auch dieses Mal erklärte sie nur, dass sie eine Bronnéa war – die Letzte ihrer Art –, deren besondere Gabe Falinn und Dalkur für ihre Zwecke nutzen wollten. Dass Dalkur sie dafür eigens von den Toten zurückgeholt hatte, behielt sie wieder einmal für sich. Elathar bezweifelte, dass Falinn diesen Punkt im Verhör zur Sprache bringen würde. Falls doch, würde ihm niemand glauben.

Anfangs reagierten die Fürsten mit einer Mischung aus Entsetzen, Schrecken und Unglauben auf ihre Eröffnung. Je ausführlicher sie ihnen jedoch auseinandersetzte, wie sehr sich ihre Magie von der der Zauberer unterschied, und je öfter Elathar die Männer daran erinnerte, dass es die Bronnéa waren, die einst den Sieg über die Zauberer überhaupt erst möglich gemacht hatten, desto mehr schienen sie sich mit dem Gedanken anzufreunden, dass die Magie des Alten Glaubens noch immer unter ihnen war.

Der eine oder andere mochte noch immer skeptisch wirken, vielleicht auch vorsichtig, doch keiner begegnete Rissa mit Feindseligkeit. Das war es, was sich Elathar für sie wünschte. Sie sollte nie wieder Angst davor haben müssen, dass jemand hinter ihr Geheimnis kam, sich nie wieder verstecken müssen. Die Menschen sollten wissen, was sie für sie getan hatte und welchen Preis sie um ein Haar gezahlt hätte.

Nachdem Elathar, abwechselnd allein oder zusammen mit Rissa, Dainn, Beolan oder Erlendur, seine Geschichte immer und immer wieder zum Besten gegeben hatte, fühlte er sich leer und müde. Doch mit den Ereignissen, die zu Falinns Einkerkerung geführt hatten, waren sie noch nicht am Ende angekommen. Es schmerzte, von Carandirs Weggang zu berichten. Ganz gleich, wie sehr er sich auch bemühte, Carandirs Beweggründe begreifbar zu machen, so wusste Elathar doch, dass niemand, der Carandir nicht gesehen und erlebt hatte, sie wirklich verstehen konnte.

Seinen letzten Worten folgte ein langes Schweigen.

»Ihr seid also der Letzte Eurer Blutlinie«, sagte Bowyn Aden, der Fürst von Uryen, schließlich.

Elathar nickte. »Das bin ich.«

Teon Tellan, der Fürst von Callendaé, runzelte die Stirn. »Aber Ihr wurdet nie offiziell anerkannt. Also habt Ihr keinerlei Ansprüche. Korrigiert mich, falls ich mich irre.«

»Ihr irrt Euch nicht, Euer Gnaden.«

Fürst Bowyn erhob sich. »Das wäre dann alles für den Moment.«

Damit war Elathar entlassen und fand sich vor der Ratskammer wieder – vor *seiner* Ratskammer, in der die Fürsten jetzt über sein Schicksal und das des Reiches entscheiden würden.

Rissa erwartete ihn vor der Tür. »Wie haben sie sich entschieden?«

»Sie beraten sich jetzt.«

»Ohne dich?«

»Es ist nicht an mir, diese Entscheidung zu treffen.«

Rissa hob eine Augenbraue. »Du bist der rechtmäßige Erbe. Du solltest hören, was sie sagen, und ein Recht haben, an ihrer Entscheidung teilzuhaben.« Sie griff nach seiner Hand. »Ich weiß, dass du die Verantwortung nie gewollt hast und nie auf den Gedanken gekommen bist, sie könne dir eines Tages zufallen. Aber ich weiß auch, dass du sie nicht einfach abgeben kannst. Du hättest Tharennia damals mit deinen Männern verlassen können, stattdessen hast du den Flüchtlingen geholfen und für ihre Sicherheit gesorgt.« Sie schüttelte den Kopf. »Du kannst dich nicht aus deiner Verantwortung stehlen, weil du nicht verleugnen kannst, was dein Herz dir sagt.«

Elathar wunderte sich schon lange nicht mehr, dass Rissa jedes Mal wusste, was in ihm vorging, bevor er es selbst wusste. »Danke.«

»Wofür?«

»Dafür, dass du mir die Augen geöffnet hast.« Er küsste sie auf die Stirn, dann stürmte er, ohne anzuklopfen, in die Ratskammer.

Vor der langen Tafel, an der die Fürsten tagten, hielt er inne. »Ich habe das nie gewollt, aber es ist meine Verantwortung, und ich werde sie übernehmen.«

Die Fürsten wandten sich ihm zu. Sie hätten angesichts seiner Unterbrechung wütend sein müssen, doch keiner von ihnen wirkte erbost. Tatsächlich wirkten sie … zufrieden.

»Das hat länger gedauert, als wir angenommen hatten.« Der Fürst von Maél lächelte. »Ihr habt uns lange genug warten lassen.«

»Wie bitte?«

»Ihr wollt die Krone nicht, weil Ihr denkt, dass sie Euch zusteht«, sagte Fürst Bowyn. »Es ist Euer Pflichtgefühl, das Euch gebietet, sie zu nehmen. In wessen Händen wäre die Macht besser aufgehoben als in den Händen dessen, der sie gar nicht haben will?«

* * *

Die Wochen, nachdem sie die Essenz freigelassen hatte, waren für Rissa wie im Traum vergangen. Manchmal konnte sie kaum glauben, dass sie noch am Leben war. Wann immer sie Zweifel überkamen, streckte sie ihre Sinne aus und tastete nach der Essenz, jenem winzigen Funken, der wie ein Wunder in ihren Körper zurückgekehrt und seitdem untrennbar mit ihrer Seele verbunden war.

Das Schicksal lässt sich nicht betrügen. Oft hatte sie seit jener Nacht über diesen Satz nachgedacht. Was, wenn es ihr Schicksal gewesen war, länger zu leben? Stattdessen war sie in der Schlacht gegen die Zauberer gestorben. Weit vor ihrer Zeit. Vielleicht war das der Weg des Schicksals, ihr zurückzugeben, was sie verloren hatte? Rissa wusste nicht, ob das Sinn ergab, doch der Gedanke gefiel ihr.

Sie war davon ausgegangen, dass die freigelassene Essenz wie überschüssige Energie einfach in ihre Umwelt eingehen würde. Doch das war nicht passiert. Wo immer sie ging, konnte sie die Essenz um sich herum spüren. Sie war nicht absorbiert worden, stattdessen lag sie wie ein unsichtbarer Schleier über allem. Es war der Funke in ihr, der sie noch immer mit der Essenz verband und es ihr ermöglichte, sie wahrzunehmen. Dieser Funken war es auch, der ihr ein tiefes Verständnis über das Wesen der Magie ermöglichte.

Die Magie hatte sich verändert.

Die Essenz wirkte wie ein Schutzschild. Ein Schild, der es Zauberern in Zukunft unmöglich machte, Energie mit Gewalt zu nehmen. Rissas Gabe hatte sich nicht verändert. Noch immer nahm sie immer und überall ein wenig Energie auf. Und so wäre es auch bei jenen, die in Zukunft mit der Gabe der Magie zur Welt kämen. Die Zauberer, wie die Welt sie einst gekannt und gefürchtet hatte, gehörten der Vergangenheit an. Die Bronnéa würden in die Welt zurückkehren.

Rissa hatte lange darüber nachgedacht, wie das möglich war. Sie konnte nur spekulieren, doch die einzig schlüssige Erklärung, die ihr in den Sinn kam, war, dass es etwas mit ihr zu tun haben musste. Damit, dass die Essenz, solange Rissa sie in sich getragen hatte, mit der besonderen Gabe der Bronnéa in Verbindung gekommen war und sich dadurch verändert hatte.

In den vergangenen Wochen war jeder um sie herum beschäftigt gewesen. Einzig Rissa hatte keine Aufgabe gehabt. Um etwas zu tun zu haben, hatte sie sich darangemacht, eine Bestandsaufnahme von Dalkurs Labor zu machen. Seine Aufzeichnungen hatte sie an sich genommen, die Überreste seiner Versuche und die Artefakte, die sich in seinem Besitz befunden hatten – allesamt ausgebrannt –, hatte sie vernichtet. Anschließend hatte sie sich Falinns Artefaktsammlung zugewandt und jedes einer eingehenden Prüfung unterzogen. Nachdem sie sicher war, dass davon keine Gefahr mehr ausging, hatte sie die Überreste ins Meer geworfen.

Auch Falinn hatte sein Ende gefunden. Elathar hatte es den Fürsten überlassen, ein Urteil zu sprechen. Am nächsten Tag im Morgengrauen hatte sich die Schlinge des Henkers um seinen Hals geschlossen und seinem Leben ein Ende gesetzt.

Eines Tages waren einige der Flüchtlinge, die sie aus dem Fels kannte, in Naranor angekommen. Die meisten waren in ihre Heimat zurückgekehrt, in der Hoffnung, sich dort wieder etwas aufbauen zu können. Eine Handvoll jedoch wollte einen neuen Anfang wagen, fernab ihrer alten Heimat. Unter ihnen waren auch Garri und Lyanna gewesen, und plötzlich hatte Rissa gewusst, was sie als Nächstes tun wollte.

Zusammen mit den beiden Frauen und einigen freiwilligen Helfern hatten sie sich darangemacht, das verlassene Haus in der Nähe des Stadttors instand zu setzen. Wenn es erst fertig war, wollten sie darin ein Haus für Kranke und Verletzte einrichten. Einen Ort, an den sich jene wenden konnten, die nicht über die nötigen Mittel für einen Heiler verfügten.

Die Tage und Wochen waren vergangen, Rissa war froh, eine Aufgabe gefunden zu haben, die sie erfüllte. Das machte es ein wenig leichter, dass ihr und Elathar während der vergangenen Wochen nur wenige ungestörte Momente zu zweit geblieben waren. Und selbst diese seltenen Momente hatten sie sich stehlen müssen.

Sie hatte sich eingeredet, dass alles besser werden würde. Dass es nur jetzt am Anfang so wäre, bis alles seinen geregelten Gang ging. Dann war der Tag gekommen, an dem die Fürsten Elathar zum künftigen König proklamierten. Rissa freute sich für ihn. Sie wusste, dass der Titel ihm nichts bedeutete, dass es die Verantwortung war, die für ihn zählte. Allein deshalb würde er ein guter König werden. Erst am nächsten Morgen war ihr bewusst geworden, was das für sie hieß. Elathar würde in wenigen Tagen gekrönt werden. Er würde den höchsten Titel des Landes tragen. Und sie? Sie war nichts weiter als ein Mädchen aus dem Volk. Rissa wusste, dass er sie liebte. Er würde sie niemals fortschicken. Aber sie wusste auch, dass die Fürsten früher oder später darauf drängen würden, dass er eine ihrer Töchter ehelichte. Als guter König konnte er es sich nicht leisten, gegen die Belange des Reichs zu handeln. Und sie? Sie konnte unmöglich die Geliebte an seiner Seite sein, wenn eine andere in seinem Bett schlief.

Um ihm die Entscheidung zu ersparen, entschloss sie sich schweren Herzens, Naranor zu verlassen. Sie verfasste eine Nachricht und übergab sie Dainn mit der Bitte, sie Elathar erst in einigen Tagen zukommen zu lassen.

»Willst du wirklich gehen?«

Rissa nickte. »Es ist besser so. Versprich mir nur, dass du wartest, bevor du ihm meine Nachricht gibst, ja?«

»Natürlich. Fünf Tage, wie du es möchtest. Aber dir ist klar, dass er jeden Stein nach dir umdrehen wird, oder?«

Ein Teil von ihr hoffte darauf. Die Wahrheit jedoch war, dass ihm seine Aufgaben keine Zeit dafür lassen würden. »Falls du es bist, der für ihn die Steine umdrehen soll, wirst du mir versprechen müssen, mich nicht zu finden.«

»Zwei Versprechen an einem Tag?«

»Ich nehme, was ich kriegen kann.«

Als Dainn sie zum Abschied umarmte, hatte sie Tränen in den Augen. Sie ließ nicht nur den Mann zurück, den sie liebte, sondern auch den ersten und besten Freund, den sie je gehabt hatte. Abrupt löste sie sich von ihm. Sie lächelte ihm noch einmal zu, ehe sie ihr Pferd am Zügel nahm und über den Burghof führte.

Auf dem Weg durch die Stadt hatte sie es nicht eilig. Stattdessen sah sie sich alles genau an, versuchte, sich jedes Haus, jede Straße und Gasse einzuprägen. Sie wollte Naranor für immer so in Erinnerung behalten, mit allen Gerüchen, Farben und Geräuschen.

Es war fast Mittag, als sie das Stadttor erreichte, und zu ihrer Erleichterung wollten zu dieser Tageszeit nur wenige nach draußen. Rissa war froh, sich nicht in eine lange Schlange einreihen zu müssen, denn plötzlich hatte sie das Gefühl, nicht mehr gehen zu können, wenn sie jetzt noch länger wartete.

Als sie schließlich an der Reihe war, wandte sich der Wachmann, der die Reisenden kontrolliert hatte, ab und ging davon. Seine Ablösung trat aus dem Schatten des Wachhäuschens und stellte sich ihr in den Weg. Rissa erstarrte mitten im Schritt, als sie Elathars vertraute Züge erkannte.

»Es sieht so aus, als hätte ich mich geirrt«, sagte er.

Rissa brachte keinen Ton heraus. Sie konnte ihn nur anstarren.

Elathar deutete auf das Pferd. »Ich dachte, du könntest selbst auf dich achtgeben, doch so wie es aussieht, muss ich doch aufpassen, dass du nichts Unüberlegtes tust. Offenbar scheinst du es darauf anzulegen, dass ich dich ein zweites Mal vor dem Stadttor entführe.«

Die Menschen um sie herum hatten bemerkt, dass etwas vor sich ging, und begannen, sich um sie zu scharen. Im Gegensatz zu Rissa, die ihre alten Gewohnheiten nicht so einfach abschütteln konnte und sich mit jedem neuen Augenpaar, das auf ihr ruhte, unbehaglicher fühlte, schien sich Elathar nicht im Geringsten daran zu stören. Er schien nicht einmal zu bemerken, dass sie da waren. Seine Aufmerksamkeit galt einzig und allein ihr.

Endlich fand sie ihre Sprache wieder. »Wie kommst du hierher?«

»Dainn. Keine Sorge, er hat sein Versprechen gehalten«, sagte Elathar. »Tatsächlich hat er sich standhaft geweigert, mir deine Nachricht zu geben, und mir lediglich gesagt, was du vorhast.«

Ich hätte es wissen müssen!

Offenbar hatte Dainn wieder einmal beschlossen, besser als sie selbst zu wissen, was gut für sie war.

»Was soll das, Rissa? Was denkst du, was du da tust?«

»Ich weiß, dass du niemals …«

»Dass ich dich niemals fortschicken werde? Da hast du verdammt recht! Ich werde dich auch nicht durch dieses Tor gehen lassen. Zumindest nicht, wenn du es nicht *wirklich* willst! Sieh mir in die Augen und sag mir, dass du gehen willst!«

»Ich … Du brauchst eine Frau deines Standes, Elathar, nicht mich.«

Elathar kam näher. Erst unmittelbar vor ihr blieb er stehen. »Ich brauche *genau* dich. Was den Stand angeht, hast du allerdings recht. In ein paar Tagen werde ich zum König gekrönt. Im Augenblick jedoch bin ich noch immer der titellose Bastard, der ich auch bei unserer ersten Begegnung war. Auch wenn sie mich den Eisprinzen nennen, ist es kein Titel, sondern nur ein Name. Bis zu meiner Krönung bin ich nichts weiter als ein Mann des Volkes. Und wie der Zufall es will, habe ich mich für eine Frau des Volkes entschieden.«

»Das werden sie dir nicht durchgehen lassen.«

»Das haben sie bereits.«

Konnte das wirklich sein? Ein winziger Anflug von Hoffnung erfasste sie und ließ ihr Herz schneller schlagen. »Wie soll das möglich sein?«

»Ich werde einen Kronrat ins Leben rufen, in dem aus jedem Fürstentum ein Vertreter sitzen und eine Stimme haben soll. Aber ich werde keine ihrer Töchter heiraten. Auch nicht, wenn du jetzt gehst.« Er kam noch einen Schritt näher. Jetzt stand er so dicht vor ihr, dass sie seinen Atem auf ihrem Gesicht spürte. »Ich wollte es dir heute Abend sagen, ich habe die Dienerschaft angewiesen, uns ein Mahl in meinen Gemächern zu servieren, damit wir ungestört sein können.« Sein Blick streifte über die Schaulustigen um sie herum. »Aber ich habe auch keine Angst, es vor Zeugen zu tun. Ich habe meine Wahl getroffen, Rissa. Jetzt ist es an dir, die deine zu treffen.«

Es war kein Traum. Elathar war wirklich hier. Und sie war sich sicher, sich nicht verhört zu haben. Sie musste nur in seine Augen sehen, um zu wissen, dass er jedes Wort ernst meinte. Eine unglaubliche Wärme breitete sich in ihrem Innersten aus, eine Wärme, die dieses Mal nichts mit dem Funken oder der Essenz zu tun hatte, sondern einzig und allein den Worten und der Gegenwart des Mannes vor ihr geschuldet war. Dieses Mal war sie es, die einen Schritt näher kam. Ihre Gesichter berührten einander jetzt beinahe.

»Ich vermute, Dainn wäre am Boden zerstört, wenn sein Plan dieses Mal nicht aufgeht.« Als sie ihre Arme um seinen Hals schlang, zog er sie an sich und küsste sie. Rissa erwiderte seinen Kuss und gab ihm ohne Worte die Antwort, nach der er verlangt hatte.

Maureen Johnson

Die SCHATTEN *von* LONDON

Die Schatten von London
Band 1, 512 Seiten,
ISBN 978-3-570-30943-8

Die Schatten von London – In Memoriam
Band 2, 384 Seiten,
ISBN 978-3-570-30999-5

Die Schatten von London – In Aeternum
Band 3, ca. 500 Seiten,
ISBN 978-3-570-31020-5

The Boy in the Smoke – Die Schatten von London
eOnly,
ISBN 978-3-641-17666-2

cbt

www.cbt-buecher.de

30217_3

Ruth Frances Long

Die Chroniken der Fae – Aus Papier und Asche

ca. 350 Seiten, ISBN 978-3-570-31033-5

Izzy traut ihren Augen kaum, als sie mitten in Dublin einen Engel sieht. Oder ist es bloß ein Graffiti? Als sie ein Foto machen will, wird ihr prompt das Handy gestohlen. Und dann überschlagen sich die Ereignisse, denn auf der Jagd nach dem Dieb stolpert sie in eine völlig andere Welt – ins Schattenreich Dubh Linn, wo die Fae über die Menschen wachen und ganz eigene Pläne mit ihnen verfolgen. Besonders mit Izzy: Nach ihrer unfreiwilligen Entdeckung liegt ihr Leben in der Hand des Fae-Kriegers Jinx. Doch auch Jinx entdeckt durch Izzy eine neue Welt – und plötzlich befinden sich die beiden in einem atemberaubenden Wettlauf zwischen den Fronten ...

30206

cbt

www.cbt-buecher.de